나에게는 꿈이 있습니다

마틴 루터 킹 자서전

| 마틴 루터 킹 자서전 |

나에게는 꿈이 있습니다

클레이본 카슨 엮음 | **이순희** 옮김

바다출판사

I HAVE A DREAM

나에게는 꿈이 있습니다.

조지아 주의 붉은 언덕에서 노예의 후손들과 노예 주인의 후손들이
형제처럼 손을 맞잡고 나란히 앉게 되는 꿈입니다.

나에게는 꿈이 있습니다.

이글거리는 불의와 억압이 존재하는 미시시피 주가 자유와 정의의
오아시스가 되는 꿈입니다.

나에게는 꿈이 있습니다.

내 아이들이 피부색을 기준으로 사람을 평가하지 않고 인격을 기준으로
사람을 평가하는 나라에서 살게 되는 꿈입니다.

지금 나에게는 꿈이 있습니다!

나에게는 꿈이 있습니다.

지금은 지독한 인종차별주의자들과 주지사가 간섭이니 무효니 하는 말을
떠벌리고 있는 앨라배마 주에서, 흑인어린이들이 백인어린이들과 형제자매처럼
손을 마주잡을 수 있는 날이 올 것이라는 꿈입니다.

지금 나에게는 꿈이 있습니다!

골짜기마다 돋우어지고 산마다, 작은 산마다 낮아지며 고르지 않은 곳이
평탄케 되며 험한 곳이 평지가 될 것이요, 주님의 영광이 나타나고
모든 육체가 그것을 함께 보게 될 날이 있을 것이라는 꿈입니다.

차례

1

어린 시절
Early Years

내가 신앙심이 깊은 것은 당연한 일이었다.
나는 교회에서 자랐으며,
아버지도 할아버지도 증조할아버지도 형도 작은아버지도 목사였다.
그러니 내가 선택할 수 있는 폭은 그다지 넓지 않았다.

1926년 11월 25일
마이클(나중에 마틴으로 이름을 바꿈) 루터 킹 1세, 에버니저 침례교회 소속의
A. D. 윌리엄스 목사의 딸인 앨버타 윌리엄스와 결혼하다.

1929년 1월 15일
마이클(나중에 마틴으로 이름을 바꿈) 루터 킹 2세,
애틀랜타 오번 가 501번지에서 태어나다.

1931년 3월 21일
A. D. 윌리엄스 사망. 킹 1세, 에버니저 침례교회 목사직을 계승하다.

1941년 5월 18일
킹 1세의 외할머니인 실레스트 윌리엄스 사망.
킹 일가, 애틀랜타 불바드 193번지로 이사하다.

1944년 4월 17일
킹 2세, 조지아 주 더블린에서 열린 웅변대회에서 "흑인과 헌법"이라는 주제로 연설하다.

조지아 주 애틀랜타에 있는 킹의 생가.

두 살 때 누나 크리스틴과 함께.

나는 대공황이 시작될 무렵인 1920년대 말에 태어났다. 미국은 10년이 넘는 동안 대공황의 재앙에 시달렸다. 물론 나는 어린 나이에 대공황을 겪었기 때문에 그것이 어떻게 시작되고 어떻게 끝났는지는 기억할 수 없다. 하지만 다섯 살 때 빵을 구하려고 장사진을 치고 있는 사람들을 보고 "저 사람들은 무얼 하고 있는 거예요?" 하고 부모님께 질문했던 기억은 남아 있다. 내가 성년이 되어서 자본주의에 대해 부정적인 태도를 지니게 된 것은 이런 어린 시절의 경험 때문일 것이다.

나는 애틀랜타 시 오번 가에서 태어났다. 애틀랜타는 조지아의 주도(州都)로 '남부지역의 관문'이라고 불리는 곳이다. 나에게 오번 가는 집이나 다름없다. 어려서부터 다녔고 지금 공동목사로 일하는 에버니저 침례교회도 오번 가에 있다. 현재 내가 일하는 SCLC(Southern Christian Leadership Conference, 남부기독교지도자협의회) 사무실도 오번 가에 있다.

나는 애틀랜타에서 공립학교를 졸업하고 애틀랜타 대학 부설 고등학교에 진학했다. 그런데 그 학교가 폐교되는 바람에 2년 만에 부커 T. 워싱턴 고등학교로 전학해야 했다.

내가 태어난 동네는 서민층에 속했다. 재산가도, '상류계층'에 속하는 사람도 없었다. 부유한 흑인들은 대부분 '헌터 힐'이라는 다른 지역에 살았다. 우리 동네 주민들은 순박하고 검소하며 지나치게 가난한 사람도 없었다. 주민들을 굳이 분류한다면 보통 수준의 소득을 가진 사람들이었다. 우리 동네는 범죄가 거의 일어나지 않는 건전한 마을이었으며, 사람들은 대부분 깊은 신앙심을 가지고 있었다.

날 때부터 건강 체질이었던 나는 몸이 아픈 것이 어떤 것인지 모를 정도로 건강하게 자랐다. 물론 정신적인 면에서도 건강했다. 어려서부터 신체적으로나 정신적으로 다소 조숙했으니, 나는 핏줄을 통해서 건강이라는 타고난 축복을 물려받은 사람인 것 같다.

집안 분위기는 화목했다. 부모님은 훌륭한 분들이셨다. 나는 두 분이 언쟁을 벌이거나 불화를 일으키는 것을 본 적이 없다. 이러한 집안 분위기는 나의 종교관에 결정적인 영향을 미쳤다. 내가 사랑을 베푸는 주님의 존재를 별 어려움 없이 확신할 수 있었던 것과 낙관적인 세계관을 가지게 된 것은 모두 타고난 건강 체질과 화목하고 사랑이 넘쳐흐르는 가정 덕분이었다.

사람은 누구나 이중적인 성격을 가지고 있다. 거친 면과 부드러운 면을 동시에 가진 사람도 있고, 이상적인 면과 현실적인 면을 함께 가진 사람도 있다. 내 경우, 강인하고 열정적인 성격의 아버지에게서는 불의에 굴하지 않는 단호한 결단력을 물려받고, 부드럽고 상냥한 어머니에게서는 온화한 품성을 물려받은 것 같다.

나의 어머니

어머니 앨버타 윌리엄스 킹 여사는 나를 따스한 사랑으로 감싸 키워주셨다. 어머니의 사랑이 없었다면 지금의 나는 존재하지 못했을 것이다. 어머니는 독실한 신앙을 가졌으며, 아버지와는 달리 부드러운 말씨에 모난 곳이 없는 성격이셨다. 약간 내성적이지만 매우 상냥해서 누구나 쉽게 사귈 수 있는 분이다.

어머니는 유명한 A. D. 윌리엄스 목사의 딸로 비교적 안락하고 유복한 환경에서 자랐다. 흑인이 갈 수 있는 학교 중에서 가장 좋은 학교에 다녔기 때문에 인종차별을 경험하지 않고 행복한 학창 시절을 보낼 수 있었다. 그렇지만 어머니는 흑백분리제도에 결코 순응하지 않았으며, 어릴 때부터 자식들의 마음속에 자부심을 심어주셨다.

미국에 사는 흑인들은 누구나 '아이들에게 인종차별과 흑백분리제도를 어떻게 설명해야 하는가'의 문제에 직면하게 마련이다. 어머니는 우리들에게 "자신이 '당당한 인간'임을 잠시라도 잊지 말아라. 사회에 나가서 '열등하다'거나 '못났다'는 말을 듣는 일이 생기더라도 언제나 당당한 태도로 맞서야 한다"고 일깨워주셨다. 노예제도와 남북전쟁, 그리고 노예제도의 종말에 대한 이야기를 처음 들은 것도 어머니를 통해서였다. 어머니는 남부의 일부 지역에선 아직도 학교와 식당, 극장, 주택, 술집, 대합실, 화장실 등에 흑백분리제도가 잔존해 있지만 그것은 자연적인 질서가 아니라 사회적인 상황일 뿐이니 이런 제도에 순응해서도 안 되고 '열등감'을 느껴서도 안 된다고 말씀하셨다. 어머니는 내게 "너는 누구 못지않게 뛰어난 아이"라고 말씀하셨다. 이 말은 대부분의 흑인아이들이 '불평등'이 무엇인지, 왜 이런 말을 들어야 하는지 이해할 수 없는 시절부터 늘 듣는 말이다. 나를 품에 안고 인종차별제도에 대해서 말씀하시던 어머니도 후일 내가 인종차별 철폐투쟁에 나서리라고는 전혀 생각하지 못했을 것이다.

나의 아버지

아버지 마틴 루터 킹 1세는 신체적으로 정신적으로 강인하며 활달한 성격이셨다. 아버지는 사람들의 주목을 끌 만큼 체격이 컸으며 의지가 굳센 자신만만한 분이다. 나는 아버지보다 더 대담하고 용감한 사람을 본 적이 없다. 아버지는 난폭한 백인들을 겁내지 않았다. 모욕적인 말을 내뱉는 백인들에게 아버지는 단호하게 "그런 말투는 맘에 들지 않는다"고 말씀하셨다.

소작인의 아들로 태어난 아버지는 난폭한 백인들을 직접 겪으며 자랐고, 어렸을 때부터 백인들에게 반항적이었다. 아버지는 애틀랜타에서

18마일 떨어진 작은 마을, 스톡브리지에서 자랐다. 농장에서 일하던 아버지는 농장주인이 할아버지를 속여서 피땀 흘려 번 돈을 부당하게 빼앗는 현장을 목격했다. 아버지는 농장주인 앞에서 할아버지에게 주인이 부당한 속임수를 쓰고 있다는 사실을 알려드렸다. 그러자 농장주인은 "짐, 이 검둥이 입을 당장 틀어막지 않으면 내 주먹이 가만있지 않을 거야" 하며 몹시 화를 냈다. 그 농장주인에게 밉보였다가는 밥줄이 끊길 형편이었기에 할아버지께서는 아버지에게 잠자코 있으라고 하셨다.

바로 그 순간, 아버지는 농장을 떠나기로 결심했다. 몇 달 뒤 아버지는 스톡브리지를 떠나 애틀랜타로 갔다. 보통 사람 같으면 고등학교를 졸업하고도 남았을 열여덟 살에 아버지는 고등학교 과정을 시작했고 나중에 모어하우스 대학에 진학했다.

나는 아버지의 가장 훌륭한 덕목은 독실한 기독교인으로서의 품성이라고 생각한다. 아버지는 정직하고 헌신적으로 도덕적 원칙을 지키셨으며 어떤 일에도 성실하게 임하셨다. 아버지의 솔직한 태도를 마땅찮게 여기는 사람들조차도 아버지의 정직한 동기와 행동에 대해서는 전혀 불평하지 않았다. 아버지는 진실을 말하거나 자신의 속마음을 밝힐 때는 조금도 주저하지 않았다. 그래서 아버지의 솔직성을 두려워하는 사람도 많았다. 내게 "자네 아버지는 너무 무서워" 하고 말하는 사람들도 많았다. 사실 아버지는 여러 면에서 엄격한 분이시다.

아버지는 시민권 문제에 적극적인 관심을 가지고 NAACP(National Association for the Advancement of Colored People, 유색인종의 향상을 위한 전국협회)의 애틀랜타 지부장으로 재직하면서 사회개혁에 앞장서고 계셨다. 아버지는 버스에 탄 흑인들에게 퍼부어지던 폭력과 모욕을 목격한 다음부터는 버스를 타지 않았다고 한다. 아버지는 애틀랜타에서 교원급여 평준화투쟁을 주도했고, 법원 내 엘리베이터의 흑백차별을 철폐하는 데 기여하셨다.

아버지는 에버니저 침례교회 목사로 재직하면서 흑인 사회에 많은 영향을 미쳤다. 백인들 중에도 아버지를 존경하는 사람들이 많았다. 아버지는 물리적인 공격을 받은 적도 없었는데, 이 점은 흑백차별의 긴장감 속에서 자란 우리 형제들에게는 신기한 일이었다. 내가 흑백분리제도의 부당성과 부도덕성을 확신하게 된 것은 이런 가정 환경에서 자라났기에 자연스러운 결과였다.

어릴 적에는 거의 생활의 어려움을 느껴본 적이 없다. 아버지는 가족을 무엇보다 소중히 여기셨으며 항상 모든 필수품을 부족하지 않게 마련해주셨다. 아버지는 월급 외에는 별다른 수입이 없었지만 예산에 따라 절약하며 생활하는 법을 알고 계셨기 때문에 우리 가족은 궁색함을 모르고 지냈다. 아버지의 검소한 생활 태도가 아니었다면 나는 학업을 계속하지 못하고 일자리를 찾아야 했을 것이다.

스물다섯 살이 될 때까지 나는 안락한 생활을 했다. 문제가 생길 때는 아버지에게 도움을 청하기만 하면 해결되었다. 인생은 크리스마스 선물처럼 멋지게 포장된 채 나를 기다리고 있었다. 그렇다고 해서 내가 부유한 환경에서 자랐다고 생각하면 큰 오산이다. 나는 항상 일자리를 찾아다녔고 해마다 여름방학이면 돈벌이에 뛰어들었다.

꼬리를 물고 이어지는 의혹

내가 교회에 다니기 시작한 것은 다섯 살 때부터였다. 당시의 기억은 내 머릿속에 남아 있다. 그때 교회에서는 부활절 행사가 한창이었다. 버지니아에서 초빙되어온 전도자 한 분이 구원에 대해서 설교하고 나서 교회에 오고 싶은 사람은 누구든지 환영한다고 말했다. 그날 아침 맨 처음으로 교회에 간 것은 바로 누나였다. 나도 누나에게 뒤질세라 교회로 달려갔다. 그때만 해도 교회에 가서 무엇을 하겠다는 생각은 전혀 없었다. 세례를 받을 즈음에도 나는 건성으로 교회를 다녔다. 확고한 믿음이 있었기 때문이 아니라 그저 누나에게 뒤지고 싶지 않다는 어린아이다운 욕심 때문에 그랬던 것 같다.

교회는 내게 있어 제2의 집이었다. 어린 시절에는 주일마다 빠지지 않고 교회에 나갔다. 주일학교에서 친구들도 사귀고 사이좋게 지내는 법도 배웠다. 목사의 아들답게 나는 대학 2학년이 되기 전까지는 교회에 다니기 싫다는 생각을 해본 적이 없었다.

주일학교에서는 근본주의적인 교의를 배웠다. 주일학교 교사들은 대부분 학력이 낮았고 성서비평이란 말조차 들어본 적이 없는 사람들이었다. 나는 그런 교사들의 무비판적인 성서 해설을 아무런 의문도 없이 그대로 받아들였다. 그러나 나는 천성적으로 끊임없이 질문을 퍼붓는 조숙한 아이였으므로 이런 무비판적인 태도는 그리 오래 가지 않았다. 열세 살 때 나는 "예수님의 부활이 사실인지 어떻게 알 수 있어요?" 하고 질문해 주일학교 아이들을 놀라게 만들었다. 그 뒤부터 신앙적인 의혹은 꼬리를 물고 터져 나오기 시작했다.

나를 미워하는 인종을 사랑하라니?

소년기가 끝날 무렵 나는 정신적 성장의 계기를 맞게 되었다. 첫번째 계기는 외할머니의 죽음이었다. 가족들은 모두 외할머니를 좋아했는데, 그 중에서도 나는 유난히 외할머니를 좋아했다. 외할머니는 손자들을 모두 아끼셨지만 나를 가장 아끼셨다. 외할머니를 유난히 좋아했던 나는 도저히 그분의 죽음을 담담히 받아들일 수 없었다. 그때 처음으로 영생의 문제에 대해서 진지하게 고민하기 시작했다. 나는 부모님의 자상한 설명 덕분에 외할머니는 아직도 살아 계시다는 확신을 가지게 되었다. 그때 이후로 나는 영생에 대해서 확고한 믿음을 가졌다.

두번째 계기는 여섯 살 무렵의 일이었다. 세 살 때부터 나는 한 백인 아이와 친해져서 아무런 거리낌없이 함께 놀며 자랐다. 서로 집이 가깝지는 않지만 그 아이 아버지가 운영하는 가게가 우리 집 맞은 편에 있어 매일 함께 어울려 다녔다. 여섯 살이 되어 학교에 갈 나이가 되자 우리는 다른 학교로 갈라져야 했다. 학교에 입학하고 나자 그 아이는 함께 노는 것을 그다지 반기지 않았다. 결정적으로 사이가 틀어지게 된 것은 그 아이가 "우리 아버지가 이제부터는 너랑 같이 놀지 말래" 하고 말한 뒤부터였다. 그 말에 충격받은 나는 당장 부모님께 달려가서 그게 무슨 뜻이냐고 여쭤보았다.

그날 저녁 식탁에서 나는 난생 처음으로 인종문제의 존재를 확인하게 되었다. 부모님은 인종문제로 빚어지는 여러 비극과 모욕들에 대해서 자세히 말씀하셨다. 나는 큰 충격을 받아 앞으로는 모든 백인들을 미워하기로 마음먹었다. 이런 생각은 나이를 먹을수록 더욱 굳어져 갔다.

부모님은 한결같이 '백인을 미워해서는 안 된다' '백인을 사랑하는 것은 기독교인의 의무다'라고 가르치셨다. 내 마음속에서는 의문이 일기 시작했다. 나를 미워하는 백인들, 천진한 아이들의 우정까지 짓밟는 백인들을 어떻게 사랑할 수 있단 말인가? 이런 의문은 여러 해 동안 내 마음속에 남아 있었다.

나는 어렸을 때부터 흑백분리제도에 강한 반감을 가지고 있었다. 흑백분리제도에 순응하지 않는 아버지의 태도를 목격하면서 자란 것이 내 자아 형성에 큰 영향을 미친 것 같다. 한번은 아버지를 따라서 상점가에 있는 신발가게에 갔다. 가게에 들어간 아버지와 나는 맨 앞에 있는 좌석에 앉았다. 그때 젊은 백인 점원이 다가와서 공손하게 말했다.

"뒤에 있는 좌석으로 옮겨서 기다리시면 고맙겠습니다."

아버지는 "이 좌석에 앉아 있어도 전혀 불편하지 않은데요. 여기가 아주 편합니다" 하고 응수했다.

"죄송합니다. 옮겨주셔야 하겠는데요."

"여기에 앉을 수 없다면 신발을 사지 않겠소."

아버지는 이렇게 말하고 나서 내 손을 이끌고 가게에서 나왔다. 아버지가 그처럼 크게 화를 내시는 것은 처음 보는 일이었다. 아버지는 길을 걸어가면서 "이런 세상에서 얼마나 더 살아야 할지 모르겠지만 그대로 묵인하며 살지는 않겠다"고 말씀하셨다.

아버지는 실제로 부당한 흑백차별제도에 굴종하지 않으셨다. 아버지가 운전하는 차를 타고 가다가 겪은 일이다. 아버지가 실수로 정지신호를 무시했는데, 한 경관이 그것을 보고 아버지에게 이렇게 말했다.

"야, 저쪽으로 차 끌고 와서 면허증 제시해."

아버지는 "지금 어린애한테 말하고 있는 것이 아니잖소? 계속 나를 애 취급한다면 당신의 지시를 따를 수 없소" 하고 응수했다.

아버지의 당당한 지적을 들은 경관은 난처한 표정이 되더니 신경질적으로 딱지를 끊고는 재빨리 그 자리를 떠났다.

어린 시절의 치욕스런 기억들

당시 애틀랜타에서는 흑백분리제도가 엄격히 유지되고 있었다. 흑인 YMCA가 생기기 전까지는 흑인들은 수영장을 이용할 수도 없었다. 흑인아이들은 공원에서 놀 수 없었고 백인학교에 입학할 수도 없었다. 중심가에 있는 대부분의 상점들은 흑인에게는 햄버거 한 조각, 커피 한 잔도 팔지 않았다. 극장에도 마음대로 갈 수 없었다. 흑인전용극장이 있기는 했지만 좋은 영화는 거의 상영되지 않았으며 볼 만한 영화들은 개봉된 지 이삼 년이 지나서야 흑인극장으로 들어왔다.

여덟 살이 될 무렵에 겪은 일이다. 어머니와 함께 애틀랜타 중심가의 상점에 들어갔는데 갑자기 어떤 백인여자가 내 따귀를 때리면서 "이 검둥이 녀석이 내 발을 밟았잖아!" 하고 소리를 질렀다. 나는 감히 대들 엄두도 내지 못했다. 흑인이 백인과 관련된 문제가 발생했을 때 대든다는 것은 생각할 수도 없는 일이었다. 하기야 나는 천성적으로 주먹질을 당했다고 해서 보복을 하는 성격이 아니었다. 울먹이는 내 말을 들은 어머니는 너무나 화가 나서 어쩔 줄을 모르셨다. 하지만 나를 때린 여자는 이미 가버리고 없었다.

나는 중심가 반대편에 있는 부커 T. 워싱턴 고등학교에 다녔다. 학교에 가려면 포스 워드라는 곳에서 버스를 타고 웨스트 사이드 방향으로 가야 했다. 당시에는 백인들은 버스 앞쪽에 앉고 흑인들은 뒤쪽에 앉아야 한다는 흑백분리의 엄격한 관행이 정해져 있었다. 백인들이 타지 않아 앞쪽 좌석이 비어 있을 때도 흑인들은 서서 가야 했다. 버스를 탈 때마다 나는 "언젠가는 앞좌석에 앉아야지" 하고 혼잣말을 하면서 앞쪽 좌석에 앉고 싶은 마음을 추슬러서 뒤쪽을 향해 걸음을 옮겨야 했다.

열네 살 때 나는 더블린에서 열린 웅변대회에 참가했다. 그 대회에서 나는 '흑인과 헌법'이라는 주제로 연설을 해서 입상했다.

다수의 국민이 무지 속에 방치되는 나라에서 민주주의는 꽃을 피울 수 없습니다. 국민의 십분의 일이 영양실조와 질병에 시달리는 나라가 부강해질 수는 없습니다. 다수의 국민이 억압과 멸시에 시달리다가 반사회적인 태도와 범죄에 빠져 들어가는 상황에서 질서 있고 건전한 국가가 이룩될 수는 없는 일입니다. "형제를 사랑하라. 무엇이든지 남에게 대접을 받고자 하는 대로 남을 대접하라"는 예수님의 핵심적인 가르침을 하찮게 여기는 사람은 독실한 기독교인이 아닙니다. 다수의 국민이 상품을 구입할 때 차별대우를 받는 상황에서 경제적인 번영을 이룬다는 것은 불가능한 일입니다. 외부의 공격으로부터 민주주의를 방어하려면 모든 국민에게 자유로운 기회와 공정한 대우를 보장하려는 노력을 배가해야 합니다.

오늘날 1,300만 명의 흑인들은 사문화한 미국헌법 수정조항 13조, 14조, 15조를 현실로 옮기려는 투쟁을 계속하고 있습니다. 우리는 "자유가 누군가에게 유익한 것이라면 만인에게도 유익한 것"이라는 믿음이 있습니다. 남부 군대가 무력으로 정복되었다고 해서 남부인들의 증오심까지 정복된 것은 아닙니다. 흑인들에게 참정권이 주어지면 남부인들은 남부 연방의 자유라는 기치가 적에 의해서 유린당하는 것을 막겠다고 결의하고 무력도 불사하고 나설 것입니다.

웅변대회를 마치고 나서 브래들리 선생님과 함께 애틀랜타로 돌아오는 버스를 탔다. 중간에 백인 몇 명이 타자 백인운전사가 우리에게 자리를 양보하라고 말했다. 우리가 어물거리자 운전사는 화를 내며 욕을 퍼붓기 시작했다. 나는 그대로 앉아 있으려 했지만 선생님은 법을 지켜야 한다며 일어나라고 타일렀다. 결국 우리는 애틀랜타에 도착할 때까지 90마일을 서 있어야 했다. 그때처럼 화가 치밀었던 적은 없었다. 나는 평생토록 그날의 치욕과 분노를 기억할 것이다.

나는 흑백분리제도뿐만 아니라 그와 관련된 억압적이고 야만적인 법령들을 혐오하면서 자랐다. 나는 경찰이 흑인들을 잔혹하게 다루는 모습과 법정에서 흑인들에게 부당한 판결을 내리는 것을 직접 목격하며 자랐다. KKK(Ku Klux Klan)단이 흑인들에게 야만적인 폭행을 가하는 현장도 목격한 적이 있다. KKK단은 백인우월주의를 표방하면서 흑백분리제도를 유지하고 흑인들을 굴복시키기 위해서 폭력적인 방법도 불사하는 조직이었다. 이런 경험들은 자아 형성기에 있었던 나에게 지대한 영향을 미쳤다.

나는 경제적으로 안정되고 안락한 가정에서 자랐다. 하지만 친구들을 비롯한 주위 사람들이 경제적 궁핍에 시달리는 모습을 보면서 인종차별 뒤에는 경제적인 차별이 쌍둥이처럼 따라다닌다는 사실을 깨닫게 되었다. 10대 후반에 나는 두 해에 걸쳐서 여름방학을 이용해 돈벌이를 했다. 아버지는 근로조건이 열악하였기에 우리 형제가 백인 밑에서 일하는 것을 원치 않으셨다. 우리가 일했던 농장은 흑인과 백인을 함께 고용하고 있었다. 그곳에서 나는 가난한 백인들도 흑인들과 마찬가지로 경제적인 차별을 당하면서 착취당하고 있음을 깨달았다. 이런 경험들은 사회에 존재하는 다양한 불평등에 대해 더 깊이 인식하게 했다.

자존심을 짓누르던 흑백차별의 칸막이

대학에 가기 직전 여름방학에 나는 부모님의 학비 부담을 덜 작정으로 코네티컷 주 심즈베리에 있는 담배농장에서 일했다. 심즈베리의 교회에 갔더니 흑인이라고는 우리 일행뿐이었다. 나는 주일 아침이면 리더가 되어 107명의 소년들에게 내가 직접 고른 교재로 강연을 했다. 그때까지 나는 흑인들은 아무 식당이나 들어갈 수 없는 것으로 알고 있었는데 해트포드에서는 흑인들도 최고급 식당에 드나들 수 있었다.

흑백차별이 심하지 않은 코네티컷 주에서 여름을 보내고 나서 다시 흑백차별이 극심한 애틀랜타로 돌아가려니 마음이 불편했다. 뉴욕 발 워싱턴 행 기차에서는 인종에 관계없이 원하는 좌석에 앉을 수 있었는데, 내 눈에는 그것이 아주 신기해보였다. 그런데 워싱턴 발 애틀랜타 행 구간에서는 흑인전용 객차로 옮겨 타야 했다. 식당 칸에도 흑백분리용 칸막이가 설치되어 있었다. 칸막이 뒤에 앉아 있으려니 그 칸막이가 자존심을 짓누르며 서 있는 듯이 느껴졌다. 흑백분리 관행이 남아 있는 대기실과 식당, 화장실을 이용할 때마다 나는 마음이 편치 않았다. 흑백분리는 곧 불평등을 의미하는 것임을 알고 있었기에 자존심이 상했던 것이다.

2

모어하우스 대학

Morehouse College

나를 성직으로 인도한 것은 초자연적인 기적이 아니라
인류를 위해 몸을 바쳐 봉사하겠다는 내적인 충동이었다.

1944년 9월 20일(15세)
모어하우스 대학에 입학하다.

1948년 2월 25일
에버니저에서 목사 안수를 받다.

1948년 6월 8일
모어하우스 대학에서 사회학 학사 학위를 받다.

1948년 모어하우스 대학 교정에서 부모님, 동생 A. D. 킹, 누나 크리스틴, 삼촌 조엘 킹과 함께.

열다섯 살 때 나는 모어하우스 대학에 입학했다. 아버지와 외할아버지도 모어하우스를 졸업하셨으니, 우리 집은 삼대가 모어하우스 대학에 적을 두고 있는 셈이었다.

대학에 갓 입학한 나는 여러 어려움을 겪었다. 고등학교 성적은 우수했지만, 독해 능력은 8등급에 머물러 있었다. 고등학교 2학년 과정을 마친 상태에서 3학년 과정을 밟지 않고 대학에 입학했을 뿐 아니라 그 전에도 한 학년을 건너뛴 적이 있었기 때문에 다른 학우들보다 나이도 어린 편이었다.

대학생활은 아주 재미있었다. 모어하우스의 자유로운 분위기 덕분에 나는 난생 처음으로 인종문제에 관해서 솔직하게 토론할 수 있었다. 교수들은 재단에 구속되지 않았으며 학문적인 자유를 누리면서 자신이 원하는 대로 학생들을 가르칠 수 있었다. 교수들은 학생들에게 적극적으로 인종문제의 해결책을 찾는 자세를 가지라고 권했다. 모어하우스에서는 교수들도 학생들도 인종문제 때문에 위축되지 않았다. 많은 사람들이 인종문제에 관해서 합리적인 토론을 나누는 곳이라는 점에서 모어하우스는 내게 중요한 의미를 가지는 곳이었다.

1944년 대학에 갓 입학했을 당시에도 인종차별과 경제적 불평등에 관한 나의 관심은 이미 상당한 수준이었다. 나는 헨리 데이비드 소로의 에세이 『시민 불복종』을 읽었다. 뉴잉글랜드 출신의 소로는 세금납부를 거부한 대담한 사람이었다. 그는 멕시코 내의 노예지구 확장을 위한 전쟁에 자금을 보태느니 차라리 감옥에 가는 쪽을 택하겠다고 주장했다. 이 책을 통해서 나는 비폭력저항주의를 처음으로 접했다. 나는 사악한 제도에는 협조하지 말아야 한다는 사상에 너무나 큰 감명을 받았기 때문에 그 책을 몇 번이나 다시 읽었다.

나는 선에 협조하는 것뿐 아니라 악에 협조하지 않는 것도 도덕적 의무라는 확신을 가지게 되었다. 헨리 데이비드 소로는 열정적이고 웅변적으로 이 사상을 표현했다. 우리는 현재 소로의 개인적 활동과 저작이 지닌 창조적 저항정신을 계승하고 있다. 소로의 가르침은 현대인의 시민권 운동에서 소생하여 과거 어느 때보다 왕성한 영향력을 끼치고 있다. 런치 카운터 연좌운동, 조지아 주 올버니에서의 평화적인 항의집회운동, 앨라배마 주 몽고메리에서의 버스보이콧운동 등은 도덕적 인간이라면 불평등에 순응하지 말고 악에 대항해야 한다는 소로의 주장이 결실을 맺은 결과라고 할 수 있다.

대학에 들어간 직후, 나는 인종평등의 실현을 위해 노력하는 '대학간 협의회'에 참여하였다. 이 조직에서 많은 사람들과 관계를 맺으면서 나는 백인들, 특히 젊은 백인들 중에도 뜻을 같이 하는 사람들이 많다는 믿음을 가지게 되었다. 어렸을 때 형성된 백인에 대한 적개심이 차차 완화되면서 백인도 협조의 대상이 될 수 있다는 생각이 자라났다. 정치 문제와 사회적 병폐에 대한 관심도 깊어져서 흑인의 권리를 가로막는 법적인 제한들을 폐지하는 일을 맡고 싶다는 소망을 가지게 되었다.

사회를 위해 봉사하고 싶다

부모님의 영향 덕분에 나의 마음속에는 인류를 위해 봉사하겠다는 강한 열망이 늘 자리잡고 있었다. 하지만 처음부터 성직자가 될 생각이 있었던 것은 아니었다. 처음에는 성직자보다는 의사나 법률가가 되고 싶었다. 모어하우스 대학에서 사귄 절친한 친구 월터 맥콜은 대학 시절부터 성직자가 되겠다는 결심을 밝혔지만 나는 쉽게 마음을 굳히지 못하고 주저하고 있었다. 나는 여섯 달 동안 아버지를 도와 부목사로서 교회 일을 하기도 했다.

앞서 말했듯이 대학 재학중에 나는 여러 의문을 품게 되었는데, 신앙적 성장의 폭이 가장 컸던 것은 처음 두 해 동안이었다. 나는 근본주의의 계율에서 벗어나서 주일학교에서 배웠던 교의와 대학에서 배우는 교의 간의 차이를 이해할 수 있게 되었다. 여러 가지 공부를 하면서 점점 많은 의문이 생겨났다. 특히 여러 과학적 사실들이 종교와 어떻게 양립할 수 있는지에 대한 의문이 가장 많았다. 나는 흑인 종교가 가진 감정 위주의 특성들에 대해 반감을 느꼈다. 큰 소리로 부르짖고 발을 구르면서 기도하는 행동은 나로서는 도저히 이해할 수 없는 것이었다. 그런 모습을 볼 때마다 나는 당혹감에 빠져들었다. 사람들이 발과 다리를 구를 때와 같은 열정적인 신앙을 지니게 된다면 세상은 달라질 것이라는 생각이 들었다. 흑인 목사들 중에는 신학교조차 나오지 않은 사람들이 많았다. 나는 이런 점들 때문에 성직에 종사하겠다는 결심을 쉽게 굳힐 수 없었다. 나는 교회에서 자라났고 종교와 관련한 많은 지식이 있었지만, 종교가 현대적인 사상을 수용하고 전파하는 역할을 할 수 있는지, 종교가 훌륭한 사상으로서 사람들에게 정서적인 만족뿐 아니라 지적인 충족감을 줄 수 있는지에 대해서는 확신을 가질 수 없었다.

이런 갈등은 성서연구 강좌를 들으면서 서서히 해소되었다. 이 강좌를 통해서 나는 성경에 실린 이야기와 신화들 뒤에는 많은 심오한 진리가 숨겨져 있다는 것을 알게 되었다. 내 갈등을 잠재우고 깊이 있는 사색으로 인도한 사람은 모어하우스 대학장인 메이즈 박사와 철학과 종교학을 전공한 조지 켈시 교수로 두 분 모두 목사였다. 특히 메이즈 박사에게 큰 영향을 받았는데, 두 분은 독실한 신앙심과 높은 학식을 가진 분들로 현대 사상의 조류에 통달해 있었다. 나는 두 분의 삶 속에서 이상적인 성직자 상을 발견했다.

구습에서 벗어나자
1946년 8월 6일자 『애틀랜타 컨스티튜션』 편집자에게 보내는 편지

흑인들을 정당하게 대우해야 한다는 주장이 강력하게 주창되고 있습니다. 어떤 사람들은 이런 주장을 비집고 흑인과 백인간의 결혼을 적극 권장해서 인종을 혼합하는 것이 인종차별을 극복할 수 있는 지름길이라고 주장하기도 합니다. 이런 주장은 허세에 불과할 뿐이며 인종문제의 해결과는 거리가 멉니다. 인종차별의 편견에서 벗어난 사람들은 인종을 혼합하자는 이 주장이 흑인들에게 마땅히 누려야 할 권리와 기회를 보장해야 한다는 본질적인 문제를 흐려놓는 것뿐임을 잘 알고 있습니다. 미국에서 진행되고 있는 대부분의 인종혼합은 흑인들이 주도하는 것이 아니라 인종의 순수성을 주창하는 백인들이 이룬 것입니다. 우리는 백인여성과의 결혼을 원하는 것이 아닙니다. 우리는 백인들이 흑인여성들을 그냥 놔두길 바랍니다. 우리가 원하는 것은 미국 국민으로서 마땅히 누려야 할 기본적인 권리와 기회를 보장받는 것입니다. 우리가 원하는 권리와 기회란 학력과 능력에 맞는 일을 하면서 생활을 유지할 권리와 교육과 의료, 여가, 기타 공공시설의 이용에서 평등한 혜택을 받을 권리, 그리고 우리들이 다른 사람들을 대할 때와 마찬가지로 친절하고 정중한 대우를 의미합니다.

대학 4학년 때 나는 성직자가 되었다. 고등학교 때부터 성직자가 되고 싶다는 생각은 있었지만 눈더미 같이 불어난 의혹 때문에 쉽게 결정하지 못하고 있었다. 하지만 이번에는 성직자가 되어야겠다는 열망이 걷잡을 길 없이 불타올랐고 성직은 도저히 벗어날 길 없는 나의 본분이라고 느끼게 되었다.

내가 성직자가 된 데는 아버지의 영향이 컸다. 아버지는 항상 내게 바람직한 성직자의 자세에 대해서 말씀해주셨다. 하지만 내가 결정적으로 성직자의 길을 걷기로 결심한 것은 아버지에 대한 존경심 때문이었다. 나는 아버지가 몸소 실천하며 보여주신 숭고한 성직자 상을 감히 거부할 수 없었다. 성장기에 아버지에게서 발견한 숭고한 성직자 상과 도덕적 이상형이 큰 영향을 미친 것 같다. 아버지가 보여주신 성직자 상은 진정으로 귀중한 가치가 있었다. 나는 신학이론과 관련된 의혹에 빠져 있

을 때에도 그 숭고한 성직자 상을 벗어 던질 수 없었다.

열아홉이 되던 해에 나는 대학을 졸업하고 신학교에 진학할 준비를 시작했다.

3

크로저 신학교
Crozer Seminary

나는 백인들이 생각하는 전형적인 흑인상이 어떤 것인지 잘 안다.
백인들은 흑인들이 게으르고 허세를 잘 부릴 뿐 아니라
항상 낄낄거리며 웃고 더럽고 추잡하다고 생각한다.
한동안은 나도 그런 모습을 보이지 않으려고 상당히 의식적으로 노력했다.
수업시간에 조금이라도 늦게 되면 안달하면서 다른 사람들이 나를
어떻게 생각할까 안절부절못했다. 밝게 웃는 사람으로 보이기 싫어서
언제나 일부러 차갑고 심각한 표정을 지으려고 애를 썼던 적도 있었다.
나는 옷차림에 지나치게 신경을 썼고 방도 먼지 한 톨 없이 깨끗이 했으며
항상 반짝거리는 구두에 잔주름 하나 없이 다림질된 옷을 입었다.

1948년 9월 14일(19세)
크로저 신학교에 입학하다.

1950년 봄
하워드 대학장인 모디카이 존슨의 간디에 관한 강의를 듣다.

1951년 5월 8일
크로저 신학교에서 신학 학사 학위를 받다.

1951년 결혼 25주년을 축하하는 아버지 마틴 루터 킹 1세와 어머니 앨버타 윌리엄스 킹.

1948년, 나는 펜실바니아 주 체스터에 있는 크로저 신학교에 입학했다. 그때부터 나는 사회악을 일소할 수 있는 방법을 찾기 위해 지적인 탐구를 시작했다. 플라톤과 아리스토텔레스, 루소, 홉스, 벤담, 밀, 로크에 이르기까지 대사상가들의 사회학 이론과 윤리학 이론을 진지하게 공부했다. 사상가 한 사람 한 사람의 이론 속에서 의문점을 찾아가면서 나는 엄청나게 많은 것을 배웠다.

나는 많은 시간을 할애하여 위대한 사회철학자의 저서를 섭렵했다. 초기에 읽었던 월터 라우션부시의 『기독교 신앙과 사회적 위기』는 내 사고에 엄청난 영향을 미쳤다. 그 책은 어린 시절의 경험으로 형성되어 있던 사회적 관심에 신학적 토대를 마련해주었다. 물론 라우션부시의 견해에는 내가 동의할 수 없는 부분도 있었다. 그는 19세기의 '필연적인 진보 예찬론'에 빠져들었다가 결국에는 인간의 본성에 대한 피상적인 낙관주의에 빠지고 말았다. 게다가 그는 하나님 나라와 특정한 사회경제제도를 동일시하는 태도를 보였는데, 그런 경향은 기독교 세계에서는 용납될 수 없는 위험한 것이었다.

이런 단점이 있기는 했지만, "복음은 전 인류의 영적인 구원뿐 아니라 물질적인 구원과도 관련된 것"이라는 그의 주장은 기독교 교파에 커다란 공헌을 했다.

어머니 앨버타 윌리엄스 킹에게 보내는 편지

어머니께.

오늘 아침에 어머니의 편지를 받았습니다. 친구들에게 제 어머니가 세상에서 가장 좋은 어머니라는 자랑을 많이 합니다. 제가 아버지와 어머니의 은혜에 얼마나 감사하는지 어머니는 잘 모르실 겁니다.

제 부탁으로 어머니가 보내주신 신문 스크랩에 대해서는 아주 만족하고 있습니다. 왜 어머니께서 더 많이 보내주시지 않을까 생각하기도 합니다. 특히 『애틀랜타 월드』 신문을 많이 보내주십시오.

어머니께서 지난번 제 편지에는 새로운 이야기가 없다고 말씀하셨지요. 새로운 소식은 별로 많지 않습니다. 여기저기 다니지 않고 책에 빠져 있으니까요. 때로는 교수님께서 수업에 들어오셔서 히브리어로 된 교재를 읽으라고 하는데, 정말 어렵더군요.

제가 예전에 스펠맨에서 교제한 적이 있는 소녀(글로리아 로이스터) 아시지요? 그 아이가 템플에서 학교에 다니는데, 그 아이를 두 번 만났습니다. 필라에서 만났던 여자는 너무나 어려서 저처럼 나이든 남자는 감당하기 어려울 정도였습니다. 바버가 자기가 다니는 교회 친구들에게 저희 집이 부자라고 말했기 때문에 저를 따라다니는 여자 아이들이 많습니다. 물론 저는 그런 아이들에 대해서는 아무런 관심이 없습니다. 공부를 하느라 너무 바쁘니까요.

크리스틴 누나가 매주 편지를 보냅니다. 저도 될 수 있으면 꼬박꼬박 답장을 하려고 노력하고 있습니다.

이제 공부를 해야겠습니다. 가족들에게 안부 전해주세요.

1948년 10월, 아들 마틴 올림

성직자의 자질

라우션부시의 저서를 읽은 후, 나는 "인간의 영혼을 갉아먹는 빈민가와 인간의 영혼을 억압하는 경제적인 조건, 인간의 영혼을 짓누르는 사회적인 조건"에는 무관심한 채 인간의 영적인 구원에만 관심을 가지는 종교는 사멸하게 된다고 확신하게 되었다. 개인의 문제에만 국한된 종교는 사멸한다고 생각했던 것이다.

나는 올바로 사용하기만 한다면 설교는 우리 사회에서 아주 중요한 역할을 할 수 있다고 생각한다. 설교는 유익한 것이 될 수도 있고 유독한 것이 될 수도 있다. 설교하는 성직자의 덕목은 성실성에만 있는 것은 아니다. 성직자는 성실할 뿐 아니라 총명해야 한다. …… 또한 성직자는 깊은 확신을 가지고 있어야만 한다. 기독교회에는 웅변술이 뛰어난 성직자들은 많이 있지만 영적인 힘을 갖춘 성직자는 부족하다. 성직자를 지망하는 사람은 마땅히 이런 영적인 힘을 갖추어야 한다.

설교는 사람들의 경험에서 우러난 것이어야 한다. 그러므로 성직자는 자신이 인도해야 할 사람들이 안고 있는 여러 문제들에 대해 잘 알고 있어야 한다. 학식이 높은 성직자들은 신학이론을 사람들의 경험에 비추어 제시하지 않고 신학상의 추상적인 개념만을 나열함으로써 사람들을 혼란에 빠뜨리는 경우가 많다. 성직자는 어느 정도는 심오한 신학적, 철학적 관점을 지녀야 하지만 그것에 구체적인 골격을 입혀야 한다. 다시 말하면 성직자는 복잡한 것들을 간단한 것으로 만들 수 있어야 한다.

나는 설교하는 성직자에게는 두 가지 의무가 있다고 본다. 하나는 개인이 몸담고 있는 사회를 변화시키기 위해서는 개인의 영혼을 변화시키려는 노력을 게을리 해서는 안 된다는 점이다. 또 하나는 개인의 영혼을 변화시키기 위해서는 사회를 변화시키려는 노력을 기울여야 한다는 점이다. 그러므로 성직자는 실업문제와 빈민가와 경제적 불안 등에 관심을 가져야 한다. 나는 사회적인 복음운동을 충심으로 주창하는 바이다.

마르크스주의에는 진리가 없다

1949년 크리스마스 휴가 동안에 카를 마르크스를 읽었다. 많은 사람들이 공산주의에 매혹되는 이유를 알고 싶었다. 『자본론』과 『공산당선언』부터 시작해서, 마르크스와 레닌의 사상에 관한 해설서도 읽었다. 그때 공산주의 저작들을 읽으면서 내린 결론은 지금까지도 확신으로 남아 있다.

첫째로 역사에 대한 유물론적인 해석방법을 받아들일 수 없었다. 현세적이고 유물론적인 공산주의에는 신이란 개념이 자리잡을 여지가 없다. 나는 기독교인으로서 우주에는 만유의 근거이자 본질인 창조적인 인격의 힘이 존재하며, 그 힘은 유물론적인 관점으로는 설명할 수 없다고 믿는다. 궁극적으로 볼 때 역사를 이끄는 것은 물질이 아니라 영혼이다.

둘째로 공산주의의 윤리적 상대주의에 동의할 수 없었다. 공산주의에는 신성정부도 절대적인 도덕질서도 있을 수 없으며, 고정불변의 원칙은 존재하지 않는다. '지상천국'이라는 목적을 달성하기 위해서 무력과 폭력, 살인, 거짓말 등의 거의 모든 수단들이 정당화되는 것이다. 나는 이런 상대주의에 대해 상당한 반감을 느꼈다. 목적이 건설적인 것이라고 해서 파괴적인 수단을 도덕적으로 정당화할 수는 없는 일이다. 목적은 언제나 수단 속에 선재(先在)하는 것이기 때문이다.

셋째, 공산주의가 가진 정치적인 전제주의에 거부감을 느꼈다. 공산주의에서는 개인은 국가의 부속물에 불과하다. 마르크스주의자의 주장에 따르면 국가는 계급 없는 사회가 출현하면 소멸될 '잠정적인' 실체이다. 하지만 국가가 존재하는 한 국가는 목적이 되고 인간은 그 목적을 위한 수단에 불과할 뿐이다. 국가 목적에 방해가 되는 인간의 권리나 자유는 간단히 일소되고 만다. 표현의 자유나 투표의 자유, 원하는 정보를 들을 자유나 읽고 싶은 책을 선택할 자유는 제한된다. 공산주의 사회에서 인간은 국가라는 톱니바퀴 속에서 인간으로서의 존엄을 잃은 일개 톱니에 불과한 존재로 취급된다.

개인의 자유가 이런 식으로 무시되어서는 안 된다. 나는 과거에도 그랬지만 지금도 인간은 신이 창조한 존재이므로 수단이 아니라 목적이라고 확신한다. 국가를 위해서 인간이 만들어진 것이 아니라 인간을 위해서 국가가 만들어진 것이다. 인간에게서 자유를 빼앗는 행위는 인간을 일개 사물의 지위로 떨어뜨리는 것이나 다름없다. 인간은 국가라는 목적에 종속되는 수단으로 취급되어서는 안 되며 어떤 상황에서도 목적이어야 한다.

나는 과거에도 지금도 공산주의에 대한 부정적인 시각을 가지고 있으며 공산주의가 근본적으로 사악한 것이라고 생각한다. 그 당시 나는 공산주의도 몇 가지 타당한 요소가 있다고 생각했다. 잘못된 가정과 그릇된 방법을 사용하기는 하지만, 공산주의는 특권을 가지지 못한 사람들이 겪고 있는 압제를 없애는 문제에 관심을 가지고 있었다. 공산주의는 이론상으로는 계급 없는 사회와 사회 정의에 관한 관심을 강조한다. 세계는 몇몇 쓰라린 경험을 통해서 공산주의가 이론과 달리 실제로는 새로운 계급과 여러 불평등을 만들어낸 것을 목격하였다. 하지만 기독교인이라면 누구나 가난한 사람들이 받는 부당한 대우를 없애기 위한 항거에 관심을 가져야 할 것이다.

나는 또한 마르크스의 현대 부르주아 문화 비판에 대한 체계적인 대답을 탐구했다. 마르크스는 자본주의를 본질적으로 생산원료의 소유자와 노동자(마르크스는 노동자를 진정한 생산자로 본다) 간의 투쟁이라고 주장했다. 마르크스는 경제력과 경제 관계의 발전을 변증법적인 과정으로 보았다. 사회는 변증법적으로 봉건주의에서 자본주의를 거쳐 사회주의로 변화하며, 이런 역사적인 변화를 이끄는 주요한 메커니즘은 바로 적대적인 이해관계를 가진 경제 계급간의 투쟁이라고 보았던 것이다. 하지만 실제로 서구 문명에 속하는 무수한 기관과 사상이 형성되는 과정에서 정치적, 경제적, 도덕적, 심리학적인 측면은 아주 중요한 역할을 해왔다. 마르크스의 이론은 정치적, 경제적, 도덕적, 심리적 측면에서 중요한 의미를 가지는 여러 사항들을 무시했던 것이다. 더구나 마르크스가 서술했던 자본주의와 현재의 자본주의 사이에는 아주 부분적인 유사점만 있을 뿐이다. 그러므로 마르크스의 이론은 이미 시대에 뒤떨어진 것으로 보아야 한다.

마르크스는 자본주의를 분석하는 과정에서 몇 가지 오류를 범하기는 했지만, 기본적인 몇 가지 문제를 제기한 공적은 인정되어야 한다. 나는

예레미야서가 종교 사상에 미친 공적

1948년 11월 크로저 신학교에 제출한 보고서

예레미야서는 종교는 기존 질서를 용인해서는 안 된다는 사실을 입증하는 훌륭한 사례이다. 현대 종교학자들은 이 사실을 깨달아야 한다. 개인이나 교회가 기존 질서를 후원하거나 지지하는 것이야말로 기독교 신앙에 가장 큰 폐해라고 할 수 있다. 종교가 타락하여 기존 질서에 영합했던 사례는 상당히 많다. 그러므로 우리는 어떤 종교에나 예레미야와 같은 존재가 필요하다는 사실을 인정해야만 한다. 종교는 예레미야와 같은 인물을 통해서 발전해나가고, 진보와 부활의 힘을 지니게 된다고 할 수 있다. 그러나 사회는 그런 인물에 대해 어떻게 반응하는가? 사회의 대응 방식은 한 가지뿐이다. 사회는 그런 인물을 파멸시킨다. 예레미야도 순교하고 말았다.

어릴 때부터 극심한 빈부격차에 대해서 깊은 관심을 가지고 있었는데, 마르크스의 저작을 읽으면서 빈부격차에 대한 인식이 더욱 깊어졌다. 현대 미국 자본주의는 사회개혁을 통해서 빈부격차를 상당히 감소시켰지만 부를 보다 효율적으로 분배할 필요성은 여전히 남아 있다. 또한 마르크스는 자본주의적인 경제활동의 동기가 이윤이라는 점을 밝혀냈다. 자본주의는 사람들이 보람 있는 생활보다는 괜찮은 돈벌이를 하는 생활에 더 많은 관심을 가지게 만든다. 사람들은 인생의 성공을 판단하는 기준을 인류에 대한 봉사와 인간 관계의 질에 두지 않고 수입의 규모나 자동차의 크기에 두는 경향이 있다. 자본주의가 전파하는 이런 실용적인 유물론은 공산주의가 제시한 유물론만큼이나 유해하다.

나는 위대한 사상가들의 저작을 읽을 때와 같은 방식으로 마르크스의 저작을 읽었다. 마르크스의 이론을 부분적으로는 수용하고 부분적으로는 배척하는 변증법적 방법을 사용했다. 나는 마르크스가 제시한 형이상학적 유물론, 윤리적인 상대주의, 억압적인 전제주의에 대해서는 찬성할 수 없었지만, 자본주의가 안고 있는 전형적인 약점들을 지적하고 대중의 자의식 성장에 기여했으며, 기독교 조직의 도의심(道義心)에 자극을 주었다는 점에서는 마르크스의 관점에 공감한다.

마르크스의 저작을 읽으면서 나는 마르크스주의에도 전통적인 자본주의에도 진리란 존재하지 않는다는 확신을 갖게 되었다. 양자에 진리가 있긴 하지만 부분적인 것에 불과하다. 역사적으로 볼 때 자본주의는 집단적인 기업에서 진리를 발견하지 못했고, 공산주의는 개인기업에서 진리를 발견하지 못했다. 19세기 자본주의는 인간의 삶이란 사회적인 것임을 보지 못했고, 마르크스주의는 인간의 삶이란 개인적이며 사적인 것임을 보지 못했다. 하나님 나라는 개인기업이라는 정(正)도 아니고, 집단기업이라는 반(反)도 아니며, 양자의 진리를 조화시키는 합(合)인 것이다.

간디 사상과의 첫 만남

크로저 신학교 재학중에 나는 A. J. 무스트 박사의 강의를 통해 평화주의적 주장을 처음으로 접하게 되었다. 무스트 박사의 강의에 깊은 감명을 받았지만 그의 주장이 실제로 유용하다고는 생각하지 않았다. 나를 포함한 크로저 신학교의 학생들 대부분은 '전쟁은 건설적인 선 또는 절대적인 선이 될 수는 없지만 사악한 세력의 확산과 성장을 막는다는 의미에서 소극적인 선의 역할을 담당할 수 있다'고 믿었다. 전쟁은 끔찍한 것이기는 하지만 나치즘이나 파시즘, 공산주의 등의 전제주의에 굴복하지 않기 위해서는 불가피한 것이라고 생각했던 것이다.

당시 나는 사랑의 힘만으로는 여러 사회문제들을 해결할 수 없으며, 인종문제를 해결할 수 있는 유일한 방법은 무장폭동이라고 생각했다. 사랑이라는 기독교적 윤리는 개인적인 인간관계에만 국한되는 것일 뿐 사회적인 갈등을 해소하는 역할을 담당할 수는 없다고 생각했다.

사랑의 힘에 대한 확신이 흔들리게 된 것은 니체의 『도덕의 계보학』과 『권력에의 의지』를 읽은 뒤부터였다. 니체는 권력을 미화했으며 모든 생명을 권력에의 의지를 표현하는 것으로 보았다. 니체의 이러한 관점은 평범한 인간들에 대한 경멸적인 태도에서 비롯된 것이었다. 그는 헤브루

(Hebrew)-기독교 문화의 도덕체계 전체를 허약함을 미화하는 것이며 결핍과 무기력 속에서 형성된 덕목이라고 공격했다. 그는 원숭이보다 나은 인간이 나타났듯이 인간보다 나은 초인이 나타날 것이라고 기대했다.

그러던 중 필라델피아에 가서 하워드 대학 학장인 모디카이 존슨 박사의 강연을 듣게 되었다. 막 인도를 여행하고 돌아온 존슨 박사는 필라델피아 친교회를 대상으로 마하트마 간디의 일생과 사상에 대해서 이야기했다. 간디의 사상은 너무나 심오하고 충격적인 것이어서 나는 강연이 끝나자마자 서점으로 달려가 간디의 일생과 업적에 관한 책을 대여섯 권이나 샀다.

나는 간디의 명성을 들은 적이 있었지만 그에 대해서 진지하게 연구해본 적은 없었다. 나는 비폭력저항주의에 대한 그의 주장에 깊이 매료되었다. 특히 깊은 감명을 받았던 것은 그의 '바다로 향하는 소금행진 운동'과 여러 차례의 단식, '사티아그라하(satyagraha)'라는 개념이었다. 사티아(satya)는 사랑이자 진리이며, 아그라하(agraha)는 힘을 뜻한다. 따라서 사티아그라하는 진리의 힘 또는 사랑의 힘을 의미한다. 간디의 사상을 깊이 탐구하는 과정에서 사랑의 힘에 대한 회의는 차츰 엷어지고 사회개혁의 분야에서 사랑이 어떤 힘을 발휘할 수 있는지를 깨닫게 된 것이다. 나는 간디에 관한 책을 읽기 전까지는 예수의 가르침이 개인적인 관계에서만 유용하다고 판단했다. 즉 "오른뺨을 때리면 왼뺨을 내밀어라" "네 원수를 사랑하라"는 사상은 개인간의 갈등에만 적용되는 것이며, 인종간 갈등이나 국가간 갈등에서는 보다 현실적인 접근법이 필요하다고 생각했다. 간디의 사상을 읽고 나서 이제까지의 생각이 그릇된 것이었음을 깨닫게 되었다.

간디는 사랑에 관한 예수의 가르침을 개인들간의 단순한 상호관계를 넘어 강력하고 효과적인 대규모의 사회적 역량으로 승화시킨 최초의 인물이었다. 간디에게 사회와 집단을 변모시킬 수 있는 강력한 도구는 바로 사랑이었다. 간디의 사랑과 비폭력에 대한 설득력 있는 이론 속에서 나는 지금껏 찾아 헤맸던 사회개혁 방법론을 발견할 수 있었다. 나는 간디의 비폭력저항운동에서 지적인 만족과 도덕적 만족을 얻을 수 있었다. 그러한 만족은 벤담과 밀의 공리주의나 마르크스와 레닌의 혁명적인 방법, 홉스의 사회계약론, 루소의 "자연으로 돌아가라", 니체의 초인 철학 등에서는 얻을 수 없었던 것이었다.

인간에 대한 자유주의 이론

그러나 비폭력에 대한 지적인 순례는 여기서 끝난 것이 아니었다. 나는 신학교 4학년 때 몇몇 흥미진진한 신학이론서들을 섭렵했다. 나는 엄격한 근본주의적 전통 속에서 자라났기에 새롭고 복잡한 학설을 접했을 때 큰 충격을 받는 경우도 가끔 있었다. 하지만 나는 지적 순례를 통해 보다 깊이 사고하게 되었다. 나는 독단주의의 늪을 헤쳐 나와서 객관적인 평가와 비판적인 분석의 중요성을 새롭게 인식한 것이다.

크로저 신학교에 갓 입학해서는 쉽게 자유주의적 신학이론에 빠져들었다. 나는 자유주의 속에서 근본주의에서는 접할 수 없었던 지적인 만족을 얻을 수 있었다. 또한 자유주의의 관점에 지나치게 빠져들어 자유주의라는 이름을 가진 것들을 모두 무비판적으로 받아들이는 함정에 발을 디밀고 있었다. 나는 자유주의의 영향으로 '인간은 날 때부터 선한 존재이며 인간의 이성은 처음부터 강력한 힘을 가지고 있다'고 확신하게 되었다.

인간에 대한 자유주의적 교의에 의문을 품기 시작하면서 이런 사고가 근본적으로 변하기 시작했다. 내 사고는 거친 과도기를 헤쳐 나가야 했다. 인간에 대한 신보수주의적인 견해로 기운 때도 있었고 자유주의적인 견해에 치우친 때도 있었다. 신보수주의적 견해로 치우치게 된 것은 남부지역에서 겪었던 인종차별의 경험 때문이었다. 그 경험들을 떠올리면 인간의 본성이 선하다는 주장은 도저히 인정할 수가 없었다. 수많은 역사적 비극들을 접하고 비열한 인간상을 목격하는 일이 많아지면서 인간의 죄악에 대한 인식도 넓어져 갔다. 인간의 본성에 대한 자유주의 이론은 피상적인 낙관주의에 빠져 죄악이 인간의 이성을 흐리게 한다는 사실을 간과하고 있었다. 나는 인간의 본성이란 무엇인가를 거듭 생각했다. 결국 인간은 악한 본성을 가지고 있기 때문에 자신의 행동을 합리화하는 도구로 이성을 이용한다는 결론을 내리게 되었다. 자유주의는 이성이 인간이 자신의 방어적인 사고방식을 정당화하기 위한 도구에 지나지 않는다는 점을 간과하고 있었다. 또한 나는 인간이 맺고 있는 사회관계의 복잡성과 집단에 의해 자행되는 죄악의 실체를 인식하게 되었다. 자유주의는 인간의 본성과 관련하여 지나치게 감정적인 태도를 취하고 있으며 그릇된 이상주의로 기울고 있다. 인간의 악한 본성을 정화시킬 수 있는 신앙의 힘이 결여되어 있으면 이성은 왜곡과 합리화로부터 벗어날 수 없는 것이다.

내가 신보수주의로 치우치게 된 원인이 인종문제 때문이었듯이 다시 자유주의로 치우치게 된 원인도 인종문제와 관련된 것이었다. 인종문제가 점차 개선되는 것을 목격하면서 나는 인간의 본성은 선할 수도 있다는 사실을 발견할 수 있었다. 나를 자유주의적인 견해로 치우치게 한 것은 수많은 자유주의 신학이론가들의 이론에서 받은 깊은 감명과 인간의 본성에 대해서 낙관적인 견해를 가지고 싶다는 열망이었던 것 같다. 자유주의에는 언제나 소중히 간직하고 싶은 특성이 한 가지 있다. 진리 추구에 전념하고 개방적이고 분석적인 태도를 고수하며 이성이라는 최상의 빛을 포기하지 않는다는 점이 바로 그것이다. 뿐만 아니라 자유주의가 성경에 대한 철학적, 역사적 비판에 기여한 공적은 이루 헤아릴 수 없을 정도다.

원수를 사랑하라

신학교 마지막 학년 때 나는 라인홀드 니버의 저서를 읽기 시작했다. 나는 니버의 열정적인 문체와 그의 사상 속에 깃들인 예언적인 요소들과 현실적인 요소들에 크게 매료되었으며, 인간 동기의 복잡성과 인간이 범하는 여러 수준의 죄악의 실체에 대해서 인식하게 되었다. 니버의 사회윤리론에 크게 매혹되어 하마터면 그의 글 전체를 무비판적으로 받아들일 뻔한 적도 있었다.

　나는 평화주의에 대한 니버의 비판서를 읽었다. 니버도 한때는 평화주의 진영에 속했고 몇 년 동안 '화해협회(Fellowship of Reconciliation)'의 전국의장을 지내기도 했다. 그는 30대 초에 평화주의와 결별하고 평화주의에 대한 최초의 전면적 비판문인『도덕적 인간과 비도덕적 사회』를 썼다. 이 저서에서 그는 도덕적인 면에서 보면 폭력적 저항과 비폭력적 저항은 본질적인 차이가 없다고 주장했다. 각각의 방법에 따라 사회적 파장은 다르게 나타나지만 그 차이는 본질적인 것은 아니며, 다만 정도의 문제일 뿐이라고 주장했다. 후에 니버는 전제주의적 폭정의 확산을 예방할 수 없는데도 비폭력적인 저항에 의존하는 것은 무책임하다는 주장을 하기 시작했다. 그는 비폭력저항이 성공할 수 있는 경우는 영국에 대항한 간디의 투쟁처럼, 저항의 대상이 어느 정도 도덕적 양심을 지녔을 때뿐이라고 주장했다. 니버가 근본적으로 평화주의를 반대한 것은 인간에 대한 학설에 근거한 것이었다. 그는 "평화주의는 개혁이론을 정당하게 평가하지 못하고 신앙심에 의거한 정당화의 방법에 의지하여 '신의 은총이 인간을 죄악으로 가득 찬 역사상의 모순들에서 벗어난 세계에 자리잡게 한다'는 믿음을 가진 분파적 완벽주의로 빠져들고 있다"고 주장했다.

나는 니버의 평화주의 비판을 처음 접하면서 혼란스러웠다. 하지만 그의 저서를 계속 읽으면서 여러 가지 결점이 눈에 띄었다. 그는 대체로 평화주의를 '천진난만하게 사랑의 힘을 신뢰하고 악에 대해 수동적인 무저항주의로 임하는 태도'로 해석했다. 하지만 이것은 엄청난 사실 왜곡이다. 간디를 연구하면서 나는 진정한 평화주의란 악에 대한 무저항이 아니라 악에 대한 비폭력적인 저항이라는 확신을 가지게 되었다. 이 두 생각 사이에는 엄청난 차이가 있다. 간디는 폭력적인 저항자에 못지않은 용기와 힘을 가지고 악에 대항하면서도 가슴에는 증오가 아닌 사랑을 품고 있었다. 진정한 평화주의란 니버가 주장한 것처럼 사악한 힘에 굴복하는 비현실적인 태도를 의미하는 것이 아니다. 진정한 평화주의란 폭력의 가해자가 되는 것보다는 폭력의 피해자가 되는 것이 더 낫다는 믿음을 가지고 사랑의 힘에 의거하여 악에 용감하게 맞서는 태도를 의미한다. 폭력의 가해자는 우주 속에 폭력과 고통을 증식시키지만 폭력의 피해자는 상대편에 수치심을 불러일으켜 심정 변화를 일으키기 때문이다.

니버의 사상은 여러 결함이 있지만 내 사상에 건설적인 영향을 주기도 했다. 니버가 남긴 신학상의 공적은 프로테스탄트 자유주의 주류가 견지하는 그릇된 낙관주의를 논박했다는 점이다. 뿐만 아니라 니버는 인간 본성, 특히 국가와 사회집단의 행동에 대한 비상한 통찰력을 갖고 있었다. 그는 인간 동기의 복잡성과, 도덕과 힘의 상호관계를 예리하게 인식했다. 그의 신학은 인간 존재가 자행하는 여러 수준의 죄악의 실체를 꾸준히 일깨우고 있다. 니버의 사상에 존재하는 이러한 요소들 덕분에 나는 인간의 본성에 대한 피상적인 낙관주의라는 허상과 그릇된 이상주의라는 함정을 인식할 수 있었다. 나는 인간에게는 선한 본성이 잠재해 있다는 확고한 믿음을 가지고 있었지만, 니버를 통해서 인간에게는 악(惡)의 본성도 잠재해 있다는 것을 깨닫게 되었으며 인간이 맺고 있는 사회적 관계의 복잡성과 집단적인 악이 구현되는 실체를 인식할 수 있었다.

평화주의자 중에는 이런 점을 간과하고 인간에 대한 근거 없는 낙관주의를 가지고 자신도 의식하지 못하는 사이에 독선으로 기우는 사람들이 많았다. 니버를 읽고 나서 나는 현실적인 평화주의에 도달하게 되었다. 다시 말하자면 평화주의란 어떤 상황에서도 정당화될 수 있는 것이 아니라, 특정 상황에서 판단할 때만 비평화주의에 비해 사악함이 덜한 입장이라는 인식을 가지게 된 것이다. 비평화주의적인 기독교 교파가 맞서고 있는 도덕적 딜레마를 외면하자고 주장하는 것은 아니다. 인류가 핵에 의해 전멸될 위기에 직면해 있는데도 교회가 침묵을 지킬 수는 없는 일이다. 비평화주의적인 기독교 교파가 직면한 도덕적 딜레마를 외면하지 않는다면 평화주의자의 주장은 더 큰 호소력을 가질 수 있을 것이다.

나는 1951년 5월에 크로저 신학교를 졸업할 예정이었다. 나에게는 대학이나 신학교에서 교편을 잡고 싶다는 오래 된 꿈이 있었다. 교직에 종사하면서 학문적인 연구를 계속하고 싶었으므로 졸업논문을 쓰면서 전공분야를 보다 확실히 공부하자고 결심했다. 전공분야에 대한 개괄적인 지식만으로는 앞으로 이 분야에서 부딪히게 될 학문적인 문제들에 대처할 수 없을 것 같았기 때문이었다. 나는 전공분야에 대한 철저한 지식을 갖추기 위해서 대학원에 진학해서 몇 년 간 공부에 전념하겠다는 결심을 굳혔다.

내가 보스턴 대학에 특별히 관심을 가지게 된 이유 중 하나는 에드가 S. 브라이트먼 박사를 비롯해서 철학 영역에서 내 사고에 지대한 영향을 미친 사람들이 교수진에 포함되어 있다는 점이었다. 두번째 이유는 신학교 재학중에 내 사상에 많은 영향을 주신 교수님이 바로 보스턴 대학 출신이었기 때문이었다. 그분은 나에게 보스턴 대학에 대한 귀중한 정보를 알려주었다. 이런 여러 이유에서 나는 보스턴 대학 진학이 나의 사상적 성장에 큰 도움이 될 것이라는 확신을 가지게 되었다.

4

보스턴 대학
Boston University

나는 청년시절에 이미 영원하고 절대적인 것에 인생을 바칠
결심을 굳혔다. 내가 인생을 바치려고 했던 대상은
오늘 나타났다가 내일 사라져버리는 하잘 것 없는 신들이 아니라
어제, 오늘 그리고 무한한 세월 동안 언제나 한결같은 하나님이었다.

1951년 9월 13일(22세)
보스턴 대학 신학과에 입학하다.

1953년 2월 25일
지도교수 에드가 S. 브라이트먼의 사망으로 해럴드 드 울프가 새 지도교수가 되다.

1955년 6월 5일
보스턴 대학에서 신학 박사 학위를 받다.

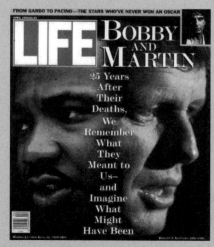 

시사 주간지 〈라이프〉 표지를 장식한 킹 목사.

비폭력주의를 향한 지적 순례의 다음 단계는 보스턴 대학 박사과정이었다. 그곳에서 나는 비폭력주의를 주창하는 많은 인사들과 이야기를 나눌 수 있었다.

당시 보스턴 대학 신학과는 딘 월터 멀더와 알렌 나이트 컬머 교수의 영향으로 평화주의적인 입장에 깊이 동조하고 있었다. 딘 멀더와 컬머 박사는 사회정의에 대한 열정을 가진 분들이었다. 두 분의 이런 열정은 인간 본성에 관한 피상적인 낙관주의에 근거한 것이 아니라 인간이 하나님의 협력자가 될 수 있다는 깊은 믿음에 근거한 것이었다. 이런 분들과의 교제 덕분에 사회정의에 대한 내 관심은 더욱 깊어졌다. 비폭력이론과 관련한 많은 공부도 내 사상에 깊은 영향을 주었다.

신학적으로 볼 때 나는 아직도 자유주의적인 입장을 견지하고 있었다. 나는 자유주의에는 근본주의와 신보수주의의 시끄러운 주장으로도 결코 파괴할 수 없는 강력한 미덕이 있다고 확신했다. 보스턴 대학 재학 중에 신보수주의적인 주장에 상당히 치우치게 되었지만 그렇다고 해서 신보수주의를 학설로 받아들였던 것은 아니다. 나는 지나치게 피상적이고 지나치게 쉽게 현대 문화에 굴복하는 자유주의를 교정하기 위한 방책을 신보수주의 속에서 찾았던 것이다. 신보수주의는 기독교 신앙을 심원한 논리로 회귀시키는 장점을 가진 신학이론이었다.

또한 나는 라인홀드 니버가 인간 본성의 타락을 지나치게 강조하고

어느 일요일 저녁, 간디의 사진 아래서 가족과 식사를 하는 모습.

있음을 인식하게 되었다. 니버의 비관주의적 인성론은 신성(神性)에 관한 낙관주의와 조화되지 않았다. 니버는 죄악이라는 인간의 질병을 진단하는 데 지나치게 몰두해서 신의 은총이라는 치유책을 간과했던 것이다.

나는 보스턴 대학에서 에드가 S. 브라이트먼 교수와 L. 해럴드 드 울프 교수의 지도 속에 철학과 신학을 공부했다. 두 분에게서 많은 영향을 받았는데, 특히 브라이트먼 박사가 돌아가시기 전까지는 그분과 함께 공부하는 특권을 누릴 수 있었다. 인격주의 철학을 공부했는데, 그것은 궁극적인 실체의 의미를 캘 수 있는 실마리는 인격에서 찾을 수 있다는 이론이었다. 나는 이 개인적인 이상주의를 오늘날까지 내 철학의 기본 입장으로 삼고 있다. 궁극적으로 우주에는 무한의 인격과 유한의 인격이 실재한다는 인격주의의 주장은 내 두 가지 확신을 강화하였다. 즉 인격주의는 인격적인 신이라는 개념에 대한 형이상학적, 철학적 근거를 제공했을 뿐 아니라, 모든 인간이 지닌 인격의 가치와 존엄에 대한 형이상학적인 기초를 제공하였다.

브라이트먼 박사가 돌아가시기 직전, 함께 헤겔 철학을 공부하기 시작했다. 헤겔 철학 강의는 고무적이고도 보람 있는 것이었다. 강의중에는 헤겔의 기념비적인 저작인 『정신현상학』을 주로 공부하였지만, 시간을 쪼개어 『역사철학』과 『법철학』도 읽었다. 헤겔 철학에는 내가 공감하기 힘든 부분들이 있었다. 많은 것을 한 가지로 덮어버리는 경향이 있다는 점에서 헤겔의 절대적인 이상주의는 불합리하다는 판단이 들었지만, 헤겔 사상에는 고무적인 점이 많았다. '진리는 완전한 것이다'라는 그의 주장을 통해 나는 논리적인 일관성을 추구하는 철학적 방법론을 배우게 되었다. 변증법적 과정에 대한 헤겔의 분석은 여러 결함이 있었지만 투쟁을 통해서 성장이 이루어진다는 인식을 제공했다.

보스턴 대학에서의 연구는 순조롭게 진전되었다. 드 울프 박사와 브라이트먼 박사도 내 연구의 진전을 보고 크게 놀랄 정도였다. 나는 수습과정을 마치고 논문을 집필하기 시작했다. 논문 제목은 「폴 틸리히와 헨리 넬슨 위먼의 사상에 나타난 신(神) 개념의 비교」였다. 신이라는 개념은 모든 종교에서 중심적인 위치를 차지하는 것으로 그 개념을 해석하고 명확히 하는 것이 중요하다고 생각했기 때문이다. 틸리히와 위먼을 선택한 것은 그 두 사람이 신학상의 서로 다른 유형을 대표하면서 신학과 철학사상에 큰 영향력을 미치고 있기 때문이었다.

1954년에 나는 적극적인 사회철학으로 수렴되는 여러 지적 세력들을 형식적으로나마 섭렵했다. 즉 사회정의를 추구하는 피억압 대중이 사용할 수 있는 가장 강력한 무기는 비폭력적인 저항이라고 확신하게 되었다. 그러나 그때 나는 머릿속으로는 이 주장에 동조하고 그 가치를 인정했지만, 그것을 사회적으로 유효한 세력으로 조직화해야겠다는 결단을 내리지는 못한 상태였다.

잃어버린 가치의 재발견

오늘 이 세상에 가장 필요한 것은 권리를 위해서 당당히 일어서서 어떤 상황에도 굴하지 않고 불의와 맞서 싸우는 사람들이다. 이들은 자신과 관련이 없더라도, 또한 자신이 그 일을 하는지 하지 않는지 지켜보는 사람이 없더라도 어떤 일이 옳고 그른지 판단하고 그 일에 뛰어드는 사람들이다.

우리들의 세계는 도덕적인 토대 위에 놓여 있다. 우리들의 세계를 만든 것은 신이다! 신은 우주를 도덕적인 법률에 근거하도록 만들었다…….

우주는 도덕적 토대 위에 놓여 있다. 이 우주에는 "영원히 살아남을 수 있는 거짓이란 존재할 수 없다"는 칼라일의 발언을 정당화하는 것이 존재한다. "진리는 땅에 짓이겨져도 다시 일어날 것이다"라는 윌리엄 컬렌 브라이언트의 발언과, "진리는 영원히 단두대 위에 있고 / 거짓은 영원히 왕좌 위에 앉아 있네. / 단두대가 흔들리면 미래가 흔들리네. / 신은 미지의 어스름 뒤에 서 계시니 / 그 그늘 속에서 자신의 그림자 너머를 지켜보시네"라는 제임스 러셀 로웰의 발언과, "뿌린 대로 거두리라"는 성서 말씀을 정당화하는 것이 우주 속에 존재한다.

나는 청년시절에 이미 영원하고 절대적인 것에 내 인생을 바치기로 결심했다. 내가 인생을 바치려 했던 대상은 오늘 나타났다가 내일 사라져버리는 하잘것없는 신들이 아니라 어제, 오늘, 그리고 오랜 세월 동안 언제나 한결같은 하나님이었다.

나는 원자핵 시대에 파괴될지도 모를 사소한 신들에게 궁극적인 신앙을 바치지 않을 것이다. 내가 신앙을 바치고자 하는 대상은 과거에 우리에게 도움을 주었고, 앞으로 우리에게 희망을 줄 것이며, 폭풍이 칠 때는 은신처가 되고 영원한 안식처가 되는 하나님이다. 내가 이야기하는 신은 우주를 지배하는 하나님이며, 수많은 세월이 흘러도 영원히 살아 계시는 분이다. 전진을 원하는 사람은 겸손히 물러서서 하나님을 찾아야 한다. 하나님은 우리에게 충정을 다 바칠 것을 요구하고 계시다.

전진을 원한다면 우리는 겸손히 물러서서 모든 실체는 도덕적 근거에 따라 달라진다는 사실과 모든 실체는 성령의 지배를 받는다는 귀중한 덕목을 재발견해야 한다

5

내 아내 코레타
Coretta

나는 아내 코레타에게 많은 빚을 지고 있다.
아내의 사랑과 헌신 그리고 충정이 없었다면
나는 인생에서도 일에서도 아무것도 이루지 못했을 것이다.
아내는 내게 위안이 필요할 때는 따스한 위안의 말을 해주었고
언제나 기독교적인 사랑이 넘치는 질서 잡힌 가정을 꾸려갔다.

1927년 4월 27일
코레타 스콧, 앨라배마 주 하이버거 시에서 태어나다.

1952년 1월
보스턴에서 코레타와 마틴이 상면하다.

1953년 6월 18일(24세)
앨라배마 주 마리온에서 코레타와 마틴이 결혼식을 올리다.

1953년 6월 18일 결혼 파티에서 가족과 함께.

나는 보스턴에서 코레타 스콧이라는 아름다운 성악가를 처음 만나 사랑을 느끼게 되었다. 보스턴에 와서 만난 여자들도 적지 않았지만 특별히 마음에 드는 여자는 없었다. 하지만 코레타는 예의바르고 침착하면서도 발랄한 성격의 여자였다.

이성 교제에 대한 관심이 거의 시들해지던 무렵에 나는 애틀랜타 출신으로 뉴잉글랜드 음악학교에 다니던 친구 메리 포웰에게 "아는 사람 중에 혹시 착하고 예쁜 여자 없을까?" 하고 물었다.

메리 포웰에게서 코레타의 전화번호를 손에 넣을 수 있었던 것은 큰 행운이었다. 나는 코레타에게 전화를 걸어 이렇게 말했다. "저는 M. L. 킹 주니어입니다. 당신도 알고 지내는 제 친구 하나가 당신 이야기를 하면서 전화번호를 알려주었어요. 당신이 아주 훌륭한 여성이라고 하더군요. 만나서 이야기를 나누고 싶습니다."

우리는 전화로 잠시 동안 이야기를 나누었다. "무적의 나폴레옹도 워털루에서 무릎을 꿇고 말았던 이야기 아시지요? 저는 지금 워털루에서 무릎을 꿇고 있는 나폴레옹과 같은 심정입니다. 좀더 이야기를 나누고 싶습니다. 내일 점심이나 함께 하면 좋겠군요."

코레타는 동의했다. "제가 차를 가지고 댁으로 가겠습니다. 제 차는 초록색 시보레입니다. 보스턴 대학에서 댁까지는 10분 정도 걸리니까, 내일 7시에 댁으로 가겠습니다."

코레타와 나는 음악 이야기 외에도 많은 이야기를 나누었다. 우리는 처음 만나서 인종문제와 경제적 불평등, 그리고 평화문제에 관해서 이야기를 나누었는데 그녀는 이런 문제들과 관련된 운동에 적극적으로 관여하고 있었다.

만난 지 한 시간 만에 나는 결심을 굳혔다. "노래하지 않고 다른 일만 하면서 살 수 있겠어요? 당신은 훌륭한 마음씨를 가졌고 제 기대에 꼭 들어맞는 분입니다. 우리는 언젠가 꼭 맺어질 겁니다."

나는 나에 못지않게 헌신적인 여성, 자유롭게 의견을 나눌 수 있는 여성을 아내로 맞고 싶었다. "내가 아내를 이 길로 이끌었다"고 말할 수 있으면 좋겠지만, 코레타는 처음 만났을 때에도 사회문제에 적극 관여하고 있었기 때문에 "우리는 함께 이 길을 걸었다"고 말하지 않을 수 없다.

1953년 6월 18일, 코레타와 나는 결혼했다. 마리온에 있는 처가의 넓은 잔디밭에서 아버지의 주례로 결혼식이 진행되었다. 우리는 결혼식을 마친 뒤 보스턴으로 돌아와 신혼 살림을 시작했다.

내 사랑 코레타

코레타 스콧은 남부 출신으로 앨라배마 주 마리온에서 태어났다. 어머니에게서 음악적 재능과 과묵한 결단력을 물려받은 코레타는 오하이오 주에 있는 안티오크 대학에 다니다가 장학금을 받고 보스턴에 있는 뉴잉글랜드 음악학교에 진학했다. 그녀는 메조소프라노로 성악가가 되려는 꿈이 있었다. 내가 끼여들지 않았다면 코레타는 틀림없이 이 분야에서 명성을 날렸을 것이다.

장인이자 코레타의 아버지인 오비 스콧 씨는 작고 단단한 체구에 용감하고 강인한 분이다. 온화한 성격으로 많은 사람들과 교제를 나누며 사람들을 아끼고 어려움에 처한 사람을 보면 항상 선뜻 나선다. 농장에서 자란 장인은 혼자 힘으로 사업을 일으키려고 갖은 고생을 다한 끝에 마침내 사업에 성공하여 트럭운수사업과 주유소 겸 식품점, 닭 농장을 경영하게 되었다. 장인은 백인 경쟁자들에게 앙갚음과 물리적 위협을 당하면서도 여러 사업에서 성공을 거두어 가족들이 풍족한 생활을 누릴 수 있었다. 그 마을에서 살아 남으려면 갖은 굴욕과 모욕을 겪어야 했지만 장인은 엉클 톰처럼 비굴하지 않았다. 장인이 모든 역경을 이길 수 있었던 힘은 증오심이 아니라 담대한 용기였다. 코레타는 나와 장인을 비교할 때가 많았다. 신혼 초기에도 코레타는 "당신은 우리 아버지와 많이 닮았어요"라고 말하기도 했다. 나는 이 말이야말로 남편을 우쭐하게 만드는 최고의 찬사라고 생각한다.

장모인 버니스 스콧 여사에게는 장인과 다른 면이 많다. 장인은 외향적인 성격이지만 장모는 수줍음을 잘 타는 편이었다. 그러나 장모를 만나본 사람은 곧 그녀가 용기 있고 단호하며 놀라울 정도의 내적인 힘을 가졌음을 알아챌 수 있었다. 장모는 뛰어난 미모에 살결이 밝고 몸매가 날씬했으며 머리카락은 길고 검었다. 장모는 가족들에게 매우 헌신적이어서 항상 자신의 몫을 희생해서 자식들에게 필요한 것을 충족시켰다. 장모는 아내 코레타에게 말로만이 아니라 실천을 통해서 윤리적인 덕목을 가르쳐주었다.

헌신적인 아내

헌신적인 내 아내는 온갖 역경 속에서도 나에게 끊임없는 위안을 주었다. 아내는 아무리 비극적인 상황에서도 조바심을 치거나 감정에 치우치는 일이 없었다. 나는 "아내는 남편을 도울 수도 있고 망칠 수도 있는 존재다"라는 진부한 표현의 의미를 실감한다. 아내는 역경에 처해서도 언제나 나보다 훨씬 강한 면을 보였다. 내 신변이 크게 걱정되어도 아내는 운동에 적극적으로 참여하는 나를 만류한 적이 한 번도 없었다. 코레타는 흔들리는 남편을 도와줄 능력을 가진 아내다. 가장 어려웠던 시기에도 아내는 결코 희망의 등불을 놓지 않았다. 이런 강인함과 용기, 침착함을 가진 아내가 없었다면 나는 활동과정에서 마주쳤던 고난과 긴장을

코레타에게 보내는 편지

1952년 7월 18일 애틀랜타에서

여보, 당신이 너무나 보고 싶소. 당신이 내 인생에서 이렇게 중요한 사람이라는 것을 이전에는 깨닫지 못했소. 당신이 없다면 내 인생은 차가운 겨울바람만 있고 따스함과 빛을 주는 봄이 없는 인생과 같을 거요. …… 여보 미안하오. 이렇게 시적 감상과 낭만주의에 빠져들 생각은 아니었소. 하지만 시가 아니라면 어떻게 마음속의 감정을 표현할 수 있겠소? 사랑이란 빈틈없고 냉철한 지성으로는 표현할 수 없는 것 아니겠소?

좀더 지성적인 이야기로 돌아가겠소. 나는 방금 벨라미가 쓴『뒤돌아보며』를 다 읽었다오. 아주 재미있고도 고무적인 내용이었소. 벨라미는 사회과학자로 현실 탐구정신과 사회사상가로서의 통찰력을 가진 인물이오. 내용이 내 사상의 기조와 일치하기 때문에 이 책이 썩 마음에 든다오. 나는 경제학 이론에서 자본주의보다 사회주의 이론을 선호하는 편인지는 당신도 잘 알고 있지 않소? 그렇지만 나는 자본주의의 상대적인 장점을 인정하지 않을 만큼 자본주의에 반감을 가지고 있지는 않소. 자본주의는 귀족층의 경제 독점을 막으려는 숭고한 동기에서 출발했지만 다른 경제체제와 마찬가지로 자신이 반대하던 특권계층의 손에 넘어가고 말았소. 오늘날 자본주의는 유용성을 잃고 말았소. 자본주의는 특권계층의 사치스런 생활을 보장하기 위해서 대중에게서 생활 필수품을 빼앗는 경제체제가 되어버렸소. 자본주의가 점차 쇠퇴할 것이라는 벨라미의 견해는 옳다고 생각하오.

벨라미는 그러한 변화는 혁명적으로 이루어지는 것이 아니라 점진적으로 이루어진다는 점을 강조하고 있소. 나는 이런 점진주의야말로 사회 변화를 합리적이고 윤리적인 방법으로 유도할 수 있다고 생각하오.

이겨내지 못했을 것이다.

아내는 운동의 중요성을 인식하고 운동을 지속하기 위해서 희생하겠다는 남다른 각오를 지니고 있었다. 내가 흑백차별 철폐투쟁에 무언가 일조했다면, 그것은 순전히 사려 깊고 헌신적이며 참을성 있는 아내의 내조 덕분이다. 나는 아내의 안전이 염려되어 집을 떠나 있을 것을 권유한 적이 몇 번 있었다. 하지만 아내는 며칠만 지나면 다시 집에 돌아와 있었다.

막내아들 덱스터와 함께.

코레타는 나와 떨어져 있으면 마음이 편하지 않다고 했지만, 어린 네 아이들 때문에 항상 나와 함께 다닐 수는 없었다. 아내는 나와 함께 했던 몇 차례의 여행 때마다 알뜰하게 내조해주었다. 아내는 역경에서 벗어나려고 한 적이 없었으며 언제나 침착하고 강인한 태도를 보였다. 나는 수많은 역경을 겪으면서도 이런 아내에게서 큰 힘을 얻을 수 있었다. 아내는 언제나 목사의 부인이자 네 아이의 어머니로서의 역할을 다했다.

나는 자신의 미래에 관해 생각할 때면 언제나 가족들을 생각하고 어떤 것이 가족에게 가장 좋은 일인지 생각해야 했다. 하지만 시민권운동과 정의와 평화를 위한 투쟁은 나에게 엄청나게 많은 중대 책무를 떠맡겼다. 오랫동안 그것도 상당히 자주 집을 비우고 가족들과 떨어져 있어야 했다. 이런 책무를 수행하면서 동시에 아버지와 남편의 의무를 완수한다는 것은 거의 불가능한 일이다. 그때마다 아내는 깊은 이해심으로 아이들에게 아버지가 자주 집을 떠나 있어야 하는 이유를 차근차근 설명해주었다. 아이들로서는 대단히 어려운 일일 텐데도 우리 아이들은 아버지를 상당히 이해하는 것 같다.

6 덱스터 애브뉴 침례교회

Dexter Avenue Baptist Church

덱스터 애브뉴 침례교회의 신도 여러분. 제가 이 유서 깊은 교회에서
목사로 일할 수 있도록 큰 영광을 베풀어주신 여러분께
진심으로 감사드립니다. 나는 목사로서 감당해야 할 막중한 책임을
절감하고 있습니다. 목사가 맡는 책임은 상상을 초월할 정도로 중대하며
한 개인을 온전히 바칠 것을 요구합니다.

1954년 1월 24일(25세)
앨라배마 주 몽고메리의 덱스터 애브뉴 침례교회에서 시범설교를 하다.

2월 28일
미시간 주 디트로이트의 세컨드 침례교회에 초청받아 설교를 하다.

4월 14일
덱스터 교회의 목사직을 수락하다.

5월 2일
덱스터 교회의 목사로서 첫번째 설교를 하다.

10월 31일
공식적으로 덱스터 교회의 목사가 되다.

1955년 8월 26일
NAACP 몽고메리 지부의 간사인 로사 파크스가 킹에게 집행위원 당선 사실을 알리다.

11월 17일
첫 아이 욜란다 데니스가 태어나다.

덱스터 애브뉴 침례교회에서 부인 코레타와 큰딸 욜란다와 함께.

한 해도 거르지 않고 꼬박 21년 동안 학교생활을 한 후에야 나는 신학박사 과정을 수료할 수 있었다. 남은 일이란 박사학위 논문을 쓰는 일뿐이었다. 논문을 쓰는 동안 나는 일자리를 물색하기 시작했다. 나는 어떤 분야부터 출발해야 하는지에 대해서는 결정을 못 내리고 있었다. 목사의 직분을 담당하면서 큰 만족감을 느꼈던 경험이 있었기 때문에 목사직에 봉직하는 것이 제일 좋을 것 같았다. 교편에 대한 미련은 있었지만 그래도 목사직이 훨씬 나을 것 같았다.

동부지역 매사추세츠의 교회와 뉴욕의 교회에서 나를 목사로 청하고 싶다는 관심을 표명했다. 교수직을 제시한 대학도 있었고, 학장직을 제시한 대학도 있었으며, 행정직을 제시한 대학도 있었다. 각각의 자리에 대해서 생각을 하던 중에 몽고메리에 소재한 덱스터 애브뉴 침례교회의 직원에게서 "저희 교회는 지금 목사직이 공석인데, 귀하가 이곳에 오실 기회가 있을 때 설교를 해주시면 감사하겠습니다"라는 요지의 편지를 받았다. 그 교회 사람들은 애틀랜타에 계신 아버지를 통해서 내 소식을 듣고 있었다. 나는 당장 "크리스마스 휴가 때 애틀랜타에 있는 고향에 돌아갈 예정이니 1월 중의 주일에 몽고메리로 가서 설교를 할 수 있으면 좋겠습니다" 하고 답장을 보냈다.

덱스터 애브뉴 침례교회는 유서 깊은 곳이었다. 버논 존스 박사를 비롯해서 다수의 저명한 목사들이 봉직한 적이 있는 교회로 발전 가능성이 높은 곳이었다.

주님, 저를 인도하소서

1954년 1월, 어느 추운 토요일 오후, 나는 조지아 주 애틀랜타를 출발해서 앨라배마 주 몽고메리로 향했다. 태양이 자신의 찬란한 아름다움을 뽐내며 하늘을 장식하고 있었다. 고속도로를 타면서 나는 아무 생각 없이 라디오를 켰다. 라디오에서는 때마침 내가 좋아하는 오페라, 도니체티의 '람메르무어의 루치아(Lucia di Lammermoor)'가 메트로폴리탄 오페라단의 연주로 흘러나오고 있었다. 교외의 매혹적인 아름다움과 누구도 흉내낼 수 없는 도니체티의 음악이 주는 영감, 비할 데 없이 찬란한 하늘의 광채, 그리고 혼자서 비교적 먼 거리를 운전할 때 늘 느끼게 되는 단조로움이 합쳐지면서 기분을 유쾌하게 만들었다.

약 네 시간의 운전 끝에 나는 몽고메리에 도착했다. 몽고메리를 지나친 적은 있었지만 직접 방문한 것은 처음이었다. 미국에서 오랜 역사를 가진 도시로 손꼽히는 이 작고 아름다운 도시에서 며칠 지낼 수 있다는 생각을 하니 뿌듯했다. 몽고메리는 앨라배마 강이 넓고 비옥한 농토 사이로 흐르면서 만들어낸 급한 굴곡을 따라 형성된 파상형 지역에 자리 잡고 있었다.

나는 한 친구의 안내로 덱스터 애브뉴 침례교회로 향했다. 다음날 아침에 그 교회에서 설교를 할 예정이었다. 교회는 남부 재통합기에 건설된 견고한 벽돌건물이었는데, 시내 중심가에서 멀지 않은 곳에 있는 웅장한 광장 한 모퉁이에 있었다. 차를 타고 가는데 광장을 사이에 두고 교회와 대각선을 이루는 지점에 서 있는 독특한 균형과 아름다움을 지닌 웅장한 흰색 건물이 눈에 들어왔다. 그것은 주의회 의사당으로 미국에서 아름답기로 손꼽히는 고전적인 조지아식 건축물이었다. 바로 이곳에서 1861년 1월 7일 앨라배마 주가 연방 탈퇴에 표를 던졌고, 2월 18일에는 이곳 주랑 계단에서 제퍼슨 데이비스가 남부동맹의 대통령으로서 취임선서를 했다. 남부동맹의 깃발이 최초로 제정되고 게양되었던 곳도 바로 이곳이다. 이렇게 몽고메리는 오랜 세월 동안 남부동맹의 요람 역할을 담당해온 곳이었다. 후일 나는 거의 날마다 덱스터 애브뉴 침례교회의 계단에 서서 남부동맹의 당당한 기념비적 건축물을 바라보게 된다.

토요일 오후, 설교준비를 하던 나는 불안감에 휩싸였다. 아버지 교회에서 부목사로 4년 간 봉직하면서 3년 동안 여름마다 설교를 전담했으니 설교 경험은 많았다. 그러나 목사후보자로서 지목받은 상황에서 설교를 하는 것은 처음이었다. 누구나 이런 상황에서라면 자신이 심사받고 있다는 사실을 의식하지 않을 수 없을 것이다. 마음속에서 수많은 생각이 솟구쳤다. 어떻게 해야 청중들의 심금을 울릴 수 있을까? 학식을 과시해서 청중들의 관심을 끌어야 할까? 아니면 보통 때 하던 것처럼 성령이 이끄시는 대로 설교를 해야 할까? 나는 두번째 길을 따르기로 결심하고 거듭해서 스스로를 타일렀다. "마틴 루터 킹은 내세우지 말고 하나님이 나서시게 하자. 그러면 모든 일이 잘 풀릴 거야. 나는 복음을 전달하는 도구에 불과하며 복음의 근원이 아니라는 점을 잊어서는 안 된다." 나는 이렇게 되뇌면서 무릎을 꿇고 앉아 저녁기도를 올렸다. "내일 아침, 주의 백성인 청중들 앞에 서게 될 때 저를 인도하시고, 저에게 임하소서" 하고 기도를 마치고 나서 나는 진심 어린 기도 뒤에 오는 확신을 품고 자리에 들었다.

주일 아침에는 일찍 잠에서 깨었다. 주일이면 일찍 일어나서 한 시간 가량 조용히 명상하는 습관이 몸에 배어 있었다. 화창한 아침이었다. 창밖을 내다보니 동쪽 지평선에서 태양이 솟아오르면서 높푸른 하늘을 총천연색으로 물들이는 모습이 눈에 들어왔다.

11시에 나는 덱스터 애브뉴 침례교회의 설교대에 섰다. 엄청난 신도들이 몰려들었다. 나는 '완벽한 인생을 만드는 세 가지 측면'이라는 제목으로 설교를 시작했는데 신도들은 좋은 반응을 보였다. 나는 '주께서 나

완벽한 인생을 만드는 세 측면

1954년 1월 24일, 덱스터 교회에서 한 설교

인생의 길이는 인생의 지속 기간이나 장수를 의미하는 것이 아니라, 개인적 목표와 야망을 향한 전진 정도를 의미합니다. 그것은 개인 자신의 행복에 대한 내적인 관심입니다. 인생의 넓이는 다른 사람의 행복을 돌보는 외적인 관심을 의미합니다. 인생의 높이는 신을 향해 위로 뻗는 노력입니다. 이것이 인생의 세 가지 측면입니다. 세 가지 측면이 모두 적절히 발전되지 않은 인생은 완벽한 인생이 아닙니다. 인생은 거대한 삼각형입니다. 한쪽 각에는 개인 자신이 서 있고 다른 한쪽 각에는 다른 사람이 서 있으며 맨 위쪽에 위치한 각에는 신이 서 있습니다. 이 세 가지가 적절히 연결되고 조화되지 못한 인생은 불완전한 인생입니다.

를 온전히 쓰셨다'고 느끼면서 설교대에서 물러났다. 나는 신도들의 태도를 보면서 덱스터 교회의 무한한 발전 가능성을 확신할 수 있었다.

그날 오후, 목회자위원회가 "저희 교회에서 목사 임명 결정을 내리면 목사직을 수락하겠습니까?" 하고 물었다. 나는 그런 요청이 있다면 깊이 기도하고 진지하게 생각해보겠노라고 대답했다. 위원회와 면담이 끝난 뒤 나는 몽고메리를 떠나 애틀랜타로 와서 곧바로 보스턴 행 비행기를 탔다.

한 달쯤 뒤에 몽고메리에서 항공편으로 등기 한 통이 도착했다. 등기의 내용은 내가 만장일치로 덱스터 애브뉴 침례교회의 목사로 임명되었다는 것이었다. 나는 너무나 기뻤지만, 곧바로 답변하지는 않았다. 다른 제안들을 어떻게 할 것인지 결정해야 했기 때문이다. 나는 다가오는 주일에 설교할 예정이었던 디트로이트로 가는 비행기 속에서 이 문제를 심각하게 검토했다. 구름이 낮게 드리우고 바람이 부는 날씨라 심하게 흔들리던 비행기는 구름 위로 올라가자 요동을 멈추었다. 아래로는 구름이 은빛으로 빛나고 위로는 어둡고 짙푸른 그늘이 드리워진 창 밖 풍경을 보면서 몇 가지 생각이 떠올랐다.

당시 나는 두 갈래 길을 앞에 놓고 망설이고 있었다. 목사직을 담당하고 싶기도 했지만, 교편을 잡고 싶기도 했다. 어느 길을 택할 것인가? 목사가 된다면 비극적인 흑백분리 문제가 상존하는 남부지역의 교회를 선택해야 하는가? 아니면 북부지역의 유망한 교회를 선택해야 하는가? 디트로이트를 향해 가면서 나는 악몽과 같은 흑백분리의 현실에서 도피하고 싶다는 생각도 했다. 과연 나는 어린 시절부터 혐오해오던 제도가 상존하는 사회로 돌아갈 수 있을까?

보스턴으로 돌아갈 때까지 나는 답을 구할 수 없었다. 아내 코레타와 이 문제에 대해서 이야기를 나누었는데, 아내도 역시 남부로 돌아가기를 주저하고 있었다. 흑백분리의 굴레 속에서 아이들을 길러야 하는 문제가 가장 심각하게 대두되었다. 우리는 남부에서 보냈던 우리 자신의 청소년기를 돌아보면서 흑백분리제도 때문에 누릴 수 없었던 수많은 혜택들을 상기했다. 아내의 음악적 재능을 살리는 문제도 제기되었다. 아내는 남부도시보다는 북부도시가 음악공부를 계속할 기회가 훨씬 많다고 확신하고 있었다. 며칠 동안 우리는 이 문제에 대해서 토론하고 생각하고 기도했다.

마침내 우리는 여러 어려움과 희생이 불가피하겠지만 남부에서 봉직하는 것이 최선이라는 데 합의했다. 다만 몇 년 간이라도 남부로 돌아가는 것이 도덕적 의무라는 결론에 도달한 것이다.

어쨌든 우리의 고향은 남부였다. 남부는 여러 가지 단점이 있는 곳이지만, 어린 시절에 뼈저리게 실감했던 여러 문제들과 관련된 활동을 하고 싶었다. 우리는 무관심한 방관자가 되고 싶지 않았다. 남부지역은 인종차별이 가장 극심한 곳이므로, 다른 지역에서 교육받은 흑인들이 그곳으로 돌아가 보다 넓은 인간관계를 맺고, 교육적 경험을 나누어주어야 한다는 생각이 들었다. 흑백차별정책 때문에 우리는 이제까지 즐겨오던 문화생활의 상당 부분을 희생하고 항상 피부색을 의식하고 살아야 할 것이다. 하지만 우리는 남부에서 놀라운 일들이 벌어질 것이라고 확신했고 직접 그것을 목격하고 싶었다.

이런 결정을 내리면서 교편을 잡고 싶다는 소망은 목사로 봉직하고 싶다는 소망 뒤로 물러났다. 마침내 나는 몇 년 동안 덱스터 교회에서 봉직하고 나서 교편을 잡는 방법으로 학문적인 욕구를 충족시키겠다는 결정을 내렸다.

나는 몽고메리로 돌아갔다. 교회는 1954년 9월 1일까지 적어도 4개월 동안은 박사학위 논문 집필에 열중하기 위해서 전임 목사직을 담당하지 않겠다는 내 제안을 승인했다. 그 기간중에는 원만한 업무처리를 위해서 최소한 한 달에 한 번씩 덱스터 교회에 출근하기로 했다. 이렇게 해서 나는 이후 4개월 동안 보스턴과 몽고메리 사이를 왕복했다.

1954년 5월 어느 주일에 나는 덱스터 애브뉴 침례교회의 목사 자격으로 첫번째 설교를 했다.

우리나라 역사상 가장 중요한 시기에 덱스터 교회의 목사가 된 것은 제게 중요한 의미를 가집니다. 언제 어느 때 전쟁의 불꽃이 솟구쳐 올라서 어둡고 음울한 하늘을 붉게 물들일지 모릅니다. 적절한 지침이 제시되지 않으면 전체 문명이 단숨에 파멸의 늪으로 빠져들어 갈 수 있습니다. 우리들은 생활의 전 영역에서 분열과 갈등, 자멸과 무의미한 절망, 그리고 불안을 겪고 있습니다. 어제 기독교를 조롱하던 사람들이 오늘은 교회에 대해서 평화와 행복이 넘치는 천국에 이르는 길을 제시하라고 조르고 있습니다. 우리는 우리 세대에게 해답을 주어야 합니다. 덱스터 교회를 포함한 모든 교회들은 우리 세대의 타락한 인간들을 평화와 구원의 봉우리로 인도해야 합니다. 절망의 늪 가장자리에 서 있는 사람들에게 새로운 인생의 초원을 선사해야 합니다. 저는 이 절박한 소명을 다 할 수 있도록 덱스터 교회를 인도할 수 있는 능력을 달라고 주님께 기도합니다.

저에게는 여러분께 드릴 특별한 능력은 없습니다. 저는 위대한 목사인 체, 학식 깊은 학자인 체, 어떤 실수도 하지 않는 사람인 체하지 않겠습니다. 어떤 오류도 없는 완벽성은 하늘에 계신 주의 몫이지, 땅에 선 인간의 몫이 아닙니다. 저는 전지(全知)의 햇살에 몸을 담근 적도 없고 전능(全能)의 물에 몸을 씻은 적도 없는 사람입니다. 저는 자신이 유한한 존재라는 것을 어느 한 순간도 잊지 않고 지내고 있습니다.

저는 주의 종이 되라는 부름을 받고 주께서 저의 능력에 은총을 베푸실 것이라는 믿음을 가지고 여러분께 왔습니다. 제가 이곳에 온 것은 설교로써 주의 백성들을 인도하라는 부르심을 받았기 때문입니다. 저는 "주님의 말씀이 내 마음속에서 뼈 속에 갇힌 모닥불처럼 타오르고 있다"고 말씀하신 예레미야가 된 심정입니다. 저는 주님의 예언의 음성을 듣는 아모스가 된 심정입니다. 성령이 내게 임하시니 이는 가난한 자에게 복음을 전파하고 마음의 상처를 치유하고 갇힌 자들에게 구원을 설교하고 상처 입은 사람들을 자유롭게 하도록 주께서 저에게 기름을 부으셨기 때문입니다.

전임목사로 활동하다

몽고메리는 처가에서 8마일 떨어진 거리에 있어 코레타에게는 낯설지 않은 곳이었다(나는 아내에게 만일 나와 결혼하지 않았다면 지금 앨라배마 주 마리온으로 돌아가 목화나 따고 있었을 테니 나에게 고마워해야 한다고 가끔 놀리기도 했다). 아내는 십대 이후로 흑백차별이 없는 대학에 다니면서 자유로운 분위기를 만끽하고 여러 백인가정에서 환대를 받으며 지냈던 경험이 있었다. 남부로 이주할 준비를 하면서 아내는 몽고메리의 흑인지역을 방문했다. 아내는 흑백분리제도 때문에 시루에 담긴 콩나물마냥 버스 뒷좌석에 쑤셔 박히는 흑인들의 모습을 보면서 자신도 그런 버스를 타야 한다는 사실을 실감했다. 아내는 교회에 들러 자신을 소개하고 친절한 청중들의 진심 어린 환영을 받기도 했다. 아내는 항상 낙관주의와 균

형감각을 발휘하였으며, 깊은 신앙심을 가지고 덱스터 교회와 몽고메리 사람들이 우리들에게 맡긴 성직자로서의 책무를 겸허하게 받아들였다. 이러한 아내의 태도는 나에게 큰 힘이 되었다.

교회 일은 우리에게 생기를 불어넣었다. 우리는 1954년 가을, 처음 몇 주 동안 전력을 다해 신도들을 위한 특별프로그램을 만들었다. 덱스터 교회는 특정 계층의 구미에만 맞는 부유한 교회, 혹은 '점잖은 사람들이 다니는 교회'로 인식되고 있었다. 나는 지역주민들의 이러한 인식을 바꾸기 위해 전력을 다하면서, 예배라는 훌륭한 사회적 경험을 통해 각계 각층의 사람들이 주님 안에서 일치와 조화를 이룰 수 있도록 만들어야 한다는 확신에 도달했다. 한 계층의 구미에만 맞게끔 운영되는 교회에서는 '들어오기를 원하는 사람은 누구나 환영한다'는 교의는 영적인 힘을 잃고, 교회는 신앙심으로 위장한 하나의 사회집단에 불과한 것이 될 위험성이 있었다.

몇 달 동안 나는 논문 집필과 교회 직분이라는 두 마리 토끼를 쫓아다녀야 했다. 나는 평소처럼 열심히 공부했다. 아침 5시 30분부터 세 시간 동안, 그리고 늦은 밤에도 세 시간씩 논문 집필에 매달렸다. 나머지 시간에는 주일예배, 결혼식, 장례식 및 심방 등의 교회 일에 몰두하였다. 매주 하루씩은 병환 등의 이유로 집에 묶여 있는 신도들의 집을 방문하여 기도를 올렸다.

1954년 9월 1일, 목사관으로 이주를 하고 나서 나는 전임목사로 일하기 시작했다. 첫 달에는 새로운 집과 새로운 직위, 그리고 새로운 도시에 적응하느라 바빴다. 옛 친구들을 찾아 만나고 새로운 친구들을 사귀는 등의 개인적인 생활을 하는 것만으로도 벅차서 지역사회에 눈을 돌릴 틈이 거의 없었다.

10월 31일, 덱스터 교회에서 목사취임식이 성대하게 진행되었다. 아버지가 취임식에 참석하셔서 설교를 하셨다. 100여 명의 에버니저 침례교회 신도들이 참석하여 성원해주었는데, 그것은 목사직을 시작하는 나에게는 큰 영광이었다. 에버니저 교회 신도들의 극진한 배려에 나는 큰 감명을 받았으며 에버니저 교회가 늘 곁에 있다는 느낌, 그리고 에버니저 교회의 신도들에게 큰 빚을 졌다는 느낌을 가지게 되었다. 내가 살아 있는 한 이 은혜를 결코 잊지 못할 것이다.

나는 사회문제에 적극적으로 관여했다. 교회신도 전원에게 선거권 등록과 NAACP 회원가입을 권유하는 한편, 교회 내에 '정치사회활동위원회'를 조직했다. 이 위원회의 목적은 신도들이 정치, 사회, 경제 상황을 정확히 파악하도록 하는 데 있었으며, 중심적인 활동은 신도들을 대상으로 NAACP의 중요성과 선거권 등록의 필요성을 인식시키는 일과 주요 사안에 관한 대중토론회를 후원하는 일이었다. 정치사회활동위원회에 소속된 조 앤 로빈슨과 루퍼스 루이스는 몽고메리 흑인사회의 역량을 결집했던 버스보이콧운동에서 선봉에 나선 사람들이다.

나는 NAACP 지부에 가입하였으며, 몽고메리에서 NAACP 프로그램을 진행하는 일에 적극적인 관심을 가지기 시작했다. 나는 NAACP의 월간회의에 거의 빠짐없이 참석하면서 지역사회를 괴롭히는 여러 인종문제들과 맞닥뜨리게 되었다.

NAACP에서 처음 일을 시작할 무렵에, 나는 '앨라배마 인간관계평의회'에도 관심을 갖게 되었다. 흑인과 백인이 공동으로 참여하는 이 단체는 앨라배마 지역 내의 인간관계에 관심을 가지고 앨라배마 전 주민이 동일한 기회를 누릴 수 있도록 하기 위한 교육활동과 연구활동에 주력했다. 이 단체는 회원은 많지 않았지만 몽고메리 유일의 인종혼합단체로 흑인과 백인 사이에 절실하게 필요한 대화통로의 역할을 담당하고 있었다. 이 단체에 참여하고 나서 몇 달 후에 나는 부의장에 선출되었다.

내가 NAACP와 앨라배마 인간관계평의회 양 단체에서 활동하는 것을 보고 모순된 태도라고 생각하는 사람들이 많았다. 이런 반응은 나에겐 놀라운 일이었다. 흑인들은 대체로 인종차별의 폐지란 법률제정이나 법정소송을 통해서만 이루어질 수 있다는 생각에 NAACP에만 주된 관심을 두었으며, 백인들은 대체로 인종차별의 폐지란 교육을 통해서만 가능한 것이라고 생각하고 인간관계평의회에 주된 관심을 두었다. 그렇기 때문에 나의 활동방식을 보고 어떻게 전혀 상이한 접근법과 활동방법을 가진 두 단체에서 동시에 활동할 수 있느냐는 의문을 제기하는 사람들이 많았다.

이런 의문들이 제기되는 까닭은 인종문제를 해결하는 방법은 오직 하나뿐이라는 가정 때문이었다. 하지만 나는 두 접근법이 모두 필요하다고 생각했다. 교육을 통해서 사람들의 태도와 내면적 정서(증오와 편견 등)를 변화시킬 수 있고, 법률제정과 법정소송을 통해서 사람들의 행동을 규제할 수 있다. 인종적인 평등에 도달하는 길은 오직 하나뿐이라는 생각을 하게 되면 그 길은 정체를 피할 수 없을 것이며, 목적지에 이르는 길은 끝도 없이 멀어질 것이다.

몽고메리에 정착한 지 일년 만에 귀여운 딸 욜란다 데니스가 태어났다. '요키(욜란다의 애칭)'는 신생아 때 체중이 4킬로그램이 넘을 정도로 몸집이 컸다. 요키 덕분에 나는 방 안을 종종걸음을 치며 다녀야 했다.

그리고 나서 버스보이콧운동이 시작되었다.

7

몽고메리 운동

Montgomery Movement Begins

이 글의 성격상 나는 주요한 부분의 이야기를 할 때마다
'나'라는 대명사를 자주 사용하고 있지만,
'나' 대신 '우리'라고 쓰는 것이 정확할 것이다.
이 글은 배우 한 사람만이 출연하는 드라마가 아니다.
좀더 정확하게 표현하자면 이 글은 비폭력의 원칙을 마음에 새기고
사랑이라는 무기를 든 채 자신들의 권리를 찾기 위한 싸움을 배워 나가고
그런 과정 속에서 자신들의 인간적 가치를 새롭게 평가하게 된
5만 여 흑인들의 이야기이다.

1955년 12월 1일
로사 파크스가 흑백분리법률을 위반한 죄로 체포되다.

12월 5일
킹 목사는 새로 형성된 저항단체인
몽고메리 진보연합(Montgomery Improvement Association: MIA)의 회장으로 선출되다.

1955년 버스 안의 흑백차별에 대항한 로사 파크스.

1955년 12월 1일의 일이었다. 로사 파크스 부인은 버스에 타자 백인전용좌석 바로 뒷좌석에 앉아 있었다. 그런데 백인남성이 차에 오르자 버스운전사가 부인에게 일어나서 뒤로 가라고 말했다. 빈 좌석이 없는 상황이었으므로 버스운전사의 명령을 따른다면 파크스 부인은 방금 버스에 탄 백인남성에게 자리를 양보하고 서서 가야 할 형편이었다. 조용하고 침착하고 위엄 있는 태도와 상냥한 성격을 가진 파크스 부인은 움직이지 않았고 결국 체포되고 말았다.

인내의 한계에 도달해서 인격이 "더는 참을 수 없어!"라고 외치는 순간을 경험하지 못한 사람은 결코 파크스 부인의 행동을 이해할 수 없을 것이다. 파크스 부인이 자리를 양보하지 않았던 것은 이제껏 참을 만큼 참았다는 사실을 세상에 알리려는 용기 있고 대담한 행동이었다. 파크스 부인은 NAACP의 지시를 받고 이런 행동을 했던 것은 아니었다. 그것은 바로 인간으로서의 존엄에 대한 자각과 자존심에서 우러난 행동이었다. 부인이 이런 행동을 하게 만든 것은 역사와 숙명이라는 거대한 힘이었다. 파크스 부인은 이런 역사적인 역할에 꼭 들어맞는 이상적인 인물이었다. 부인은 흠잡을 데 없는 훌륭한 성격과 헌신적인 태도를 가지고 있었다. 이런 인격을 갖추고 있었기에 부인은 흑인사회에서 존경받는 인물이 될 수 있었던 것이다.

1955년 12월 5일, 월요일에 파크스 부인의 공판이 열렸다.

12월 1일 저녁 파크스 부인이 체포되던 당시 이 사실을 알았던 사람은 부인의 보증인으로 나선 E. D. 닉슨을 포함해서 두세 명뿐이었다. 닉슨은 불의를 보면 결코 지나치지 않는 사람이었다. 이 노인은 피부가 검고 키가 커서 싸움꾼같이 생겼다는 말을 들을 만한 외모였다. 그는 풀먼 차량의 운반인으로 노동조직과 밀접한 관계를 가지고 있었으며, NAACP 주 대표이자 몽고메리 지부의 대표로 일하고 있었다. E. D. 닉슨은 이런 조직들을 통해서 흑인들의 권리를 쟁취하기 위한 활동과 흑인들을 무관심에서 일깨우기 위한 활동을 대담하게 전개해온 인물이었다.

12월 2일 아침, 나는 닉슨의 전화를 받았다. 그는 의례적인 인삿말을 건네는 것도 잊고 다급하게 전날 밤의 일을 설명하기 시작했다. 나는 굴욕적인 사건의 전모를 듣고 크게 놀랐다. 닉슨은 떨리는 목소리로 이렇게 말을 끝냈다. "우리는 너무나 오랫동안 이런 굴욕적인 대우를 받아왔습니다. 이제는 버스보이콧운동을 전개할 시점이 되었다고 생각합니다. 백인들에게 더 이상 이런 굴욕적인 대우를 받지 않겠다고 분명히 밝히는 방법은 보이콧운동밖에 없습니다."

나는 항의는 반드시 필요하며 그 방법으로 보이콧이 효과적이라는 닉슨의 의견에 동의했다.

닉슨은 나에게 전화를 하기 전에 랄프 애버니시 목사에게 전화를 걸어 버스보이콧운동이 가장 좋은 행동방침이라는 데 의견이 일치한 상태였다. 랄프 애버니시 목사는 몽고메리 퍼스트 침례교회의 목사로 항의운동의 중심인물이었다. 우리 세 사람은 3, 40분 동안 전화로 통화하면서 계획을 짜고 전략을 세웠다. 닉슨은 그날 저녁에 성직자들과 시민대표들의 회의를 소집해서 이 문제를 토론하자고 제안했고, 나는 회의장소로 우리 교회를 제공하기로 했다.

회의시간이 다 되어 나는 몇 명이나 참석할까 걱정하면서 교회로 갔다. 대회의실에는 각 분야를 대표하는 마흔 명 이상의 사람들이 모여 있었는데, 기독교 성직자들의 수가 가장 많았다. 나는 많은 사람들이 모인 것을 보고 뿌듯해졌다. 무언가 색다른 일이 벌어질 것 같다는 생각이 들었던 것이다.

몽고메리 종파연합의 의장이자 마운던 시온 A. M. E. 교회의 목사인 L. 로이 베네트 목사가 월요일에 항의표시로 버스보이콧을 하자고 제안하고 나서 "이제 움직일 때가 되었습니다. 지금은 탁상공론이나 하고 있을 때가 아니라 행동에 나설 때입니다" 하고 말을 맺었다. 베네트 목사는 성명서 준비위원으로 나를 포함한 서너 명을 지명했다. 우리는 다음과 같은 내용의 성명서를 작성했다.

12월 5일 월요일에는 직장이나 상점이나 학교에 갈 때 버스를 타지 맙시다. 버스좌석을 양보하지 않았다고 해서 또 한 명의 흑인여성이 체포 구금되어 있습니다. 월요일에는 직장이나 상점이나 학교에 갈 때 버스를 타지 말고 택시를 타거나 합승을 하거나 걸어갑시다. 월요일 오후 7시, 홀트 스트리트 침례교회에서 열리는 대중집회에 참석합시다. 그곳에서 이후의 지침을 정하도록 합시다.

그날 밤 나는 너무나 흥분해서 거의 한숨도 자지 못했다. 나는 다음날 아침 일찍 교회로 나가 인쇄물을 나누어주었다. 11시까지 많은 여성들과 젊은이들이 동원되어 7,000장의 인쇄물을 배포했다.

정의를 실현하는 운동

몽고메리 버스의 흑백차별은 아주 심각했다. 버스보이콧운동이 있기 전에는 버스운전사들이 흑인들을 '검둥이' '검은 원숭이' '검은 젖소'라고 부르는 일도 많았다. 흑인승객들은 앞문으로 타서 차비를 내고 나면 다시 내려서 뒷문으로 가서 버스에 타야 하는데, 차비를 내고 나서 뒷문으로 올라타기 전에 버스가 떠나버리는 경우도 있었다. 하지만 더욱 충격적인 일은 빈 좌석이 있는데도 흑인이기에 서서 가야 하는 경우였다.

백인이 한 명도 타지 않은 경우에도 흑인들은 백인전용으로 지정된 앞좌석 네 줄에는 절대 앉을 수 없도록 규정되어 있었다. 이보다 더 기가 막힌 일은 백인전용으로 지정된 좌석에 백인들이 모두 앉아 있는 상태에서 백인이 더 승차할 경우에는 버스운전사가 백인전용석이 아닌 좌석에 앉아 있는 흑인들에게 자리를 양보하라고 명령하는 일이 많고 이런 명령을 따르지 않는 흑인들은 체포된다는 사실이었다.

주일 하루를 힘들게 보낸 나는 오후 늦게 집으로 돌아와 조간신문을 읽었다. 신문에는 예정된 보이콧에 관한 장문의 기사가 실려 있었다. 기사는 흑인들이 자신들의 문제를 '백인시민평의회(White Citizens Councils)'가 사용했던 것과 동일한 방법으로 풀어가려 한다는 논조를 깔고 있었다.

그 기사를 읽고 나서 나는 비로소 보이콧 방법의 본질에 대해서 진지하게 생각하기 시작했다. 그때까지는 이 방법이 최상의 행동방침이라고 생각했는데 갑자기 어떤 의문이 일면서 머리를 어지럽혔다. 우리는 윤리적인 행동방침을 따르고 있는 것인가? 보이콧이란 본질적으로 기독교 정신에 위배되는 것은 아닌가? 부정적인 방법으로 문제를 해결하려는 접근법이 아닌가? 백인시민평의회의 활동을 따르게 될 것이 확실한가? 보이콧을 해서 영속적이며 실제적인 결과를 얻을 수 있다 해도 그것이 비도덕적인 수단이라면 도덕적인 목적을 정당화할 수 없는 것 아닌가? 나는 이런 질문들에 대한 정직한 답변을 찾아야 했다.

보이콧 방법은 비윤리적이며 기독교 정신에 위배되는 목적에 이용될 수 있는 것은 사실이었다. 이 방법은 백인시민평의회가 선의를 가진 백인들에게서 선의를 빼앗고 흑인들에게서 기본적인 생활상의 필요를 강탈하기 위해서 자주 써먹던 방법인 것도 사실이었다. 하지만 분명한 것은 내일로 닥친 우리의 행동을 이런 관점에서 해석해서는 안 된다는 점이었다. 우리의 목적은 전혀 상이한 것이었다. 우리는 정의와 자유를 달성하기 위해서, 그리고 사람들로 하여금 국법을 준수하도록 하기 위해서 이 방법을 사용할 것이다. 우리의 목적은 버스회사를 파산시키는 것이 아니라 정의를 실현하는 것에 둘 것이다.

생각이 깊어지면서, 나는 우리가 계획한 일이 단순히 버스회사에 경제적 타격을 주는 행동이 아니라 사악한 제도에 협력을 거부하는 행동임을 깨닫게 되었다. 보이콧은 물론 버스회사에 충격을 주겠지만, 그 본질적인 목적은 악에 협조하지 않겠다는 것이었다. 바로 그때 소로의 '시민 불복종론'이 생각났다. 우리가 계획하는 투쟁은 소로의 주장과 관련이 있다는 확신이 들었다. 우리는 백인사회에 대하여 '더 이상 사악한 제도에 협력할 수 없다'고 선언할 작정이었다. 그때부터 나는 우리의 운동을 대중적인 협력거부활동으로 인식하고 '보이콧'이라는 단어를 사용하지 않기로 했다.

몽고메리가 이룬 기적

나는 계획하는 항의운동이 비도덕적인 것은 아닌가 하는 의문을 풀고나서 지친 머리를 식히려고 일찍 자리에 들었다. 자리에 눕자마자 생후 2주 된 욜란다 데니스가 울음을 터뜨리고 전화벨이 울렸다. 일찍 잠을 자기는 틀렸다고 생각한 나는 아내와 항의운동이 성공할 가능성이 있느냐를 놓고 이야기를 나누었다. 우리는 60퍼센트 정도의 버스보이콧이 달성되면 항의운동은 대성공이라는 결론에 도달했다.

자정 무렵에 위원 한 사람이 전화를 걸어와서 몽고메리의 흑인택시회사들이 월요일 아침에 있을 항의운동을 지원하기로 했다는 소식을 전했다. 한밤중이 되면서 전화벨도 울리지 않고 아이도 울음을 그치자, 나는 희망과 불안감이 뒤섞인 야릇한 기분으로 잠이 들었다.

월요일 아침, 아내와 나는 평소보다 일찍 눈을 떴다. 5시 30분까지 옷을 갈아입고 앞으로 전개될 역사적 사건의 첫 장을 놓치지 않고 지켜볼 준비를 갖추었다.

집 바로 앞에 버스정류장이 있었기 때문에 우리는 창문 앞에 서서 항의 운동의 서막을 지켜볼 수 있었다. 서막을 열리길 기다리는 30분이 지루할 정도로 길게 느껴졌다. 부엌에서 커피를 마시고 있는데 아내가 "여보, 여보, 빨리 와보세요!" 하고 외치는 소리가 들렸다. 커피잔을 내려놓고 창문으로 다가서자 아내가 기쁜 표정으로 느릿느릿 움직이는 버스를 가리켰다. "여보, 버스가 비어 있어요!" 나는 눈을 의심했다. 우리 집을 지나가는 사우스 잭슨 노선은 몽고메리 내에서 흑인 승객이 가장 많은 노선이었고 그 중에서도 첫 차는 언제나 만원이었다. 다른 버스들도 모두 첫 차처럼 비어 있을까? 우리는 애를 태우며 다음 버스를 기다렸다. 15분 후에 다음 버스가 나타났는데, 첫 차처럼 텅 비어 있었다. 세번째 버스에는 백인 승객 두 명이 타고 있을 뿐 흑인은 한 명도 보이지 않았다.

나는 승용차에 올라타서 한 시간 가량 시내 주요도로를 돌아다니며 지나가는 버스를 모두 살펴보았다. 오전 교통량이 최대로 늘어나는 시간대에도 버스에 탄 흑인은 여덟 명밖에 눈에 들어오지 않았다. 우리는 흑인 승객의 60퍼센트만 협력해주기를 바라고 있었는데, 거의 100퍼센트가 협력하고 있는 것이었다. 기적이 일어난 것이다. 잠자는 듯 침묵하던 흑인사회가 완전히 잠에서 깨어난 것이다.

이런 상황은 하루종일 계속되었다. 오후 교통량이 최대일 때도 버스 안에는 아침이나 마찬가지로 흑인은 한 명도 타고 있지 않았다. 앨라배마 주립대학의 학생들이 명랑한 얼굴로 걸어가거나 자동차 함께 타기를 하고 있었다. 직장인들은 다른 교통수단을 이용하거나 도보로 출근했다. 그날 몽고메리 거리에는 노새를 타고 일하러 가는 사람들도 보였고 마차도 굴러다녔다.

혼잡한 출퇴근 시간 동안 인도는 직장으로 그리고 다시 집으로 느긋하게 걸어다니는 사람들로 가득 찼다. 개중에는 20킬로미터나 되는 길을 걸어다니는 사람들도 있었다. 그들은 자신들이 걸어가는 이유를 분명히 인식하고 있었다. 자유와 존엄을 되찾기 위해서 고통과 희생을 마다

하지 않는 개인들의 결연한 용기는 너무나 당당해보였다.

오전 9시 30분경에 시가지 시찰을 끝내고 즉결재판소로 향했는데, 그 곳에는 많은 사람들이 모여 있었다. 흑백분리에 관한 시 조례를 위반했다는 이유로 파크스 부인의 재판이 진행되고 있었다. 판사는 파크스 부인에게 유죄를 선고하고 벌금 10달러와 재판비용을 합쳐서 총 12달러를 지불하라는 판결을 내렸다. 파크스 부인은 일심에 불복하여 항소를 제기했다. 이것은 흑백분리법률을 위반한 죄로 흑인에게 유죄판결이 내려진 최초의 사건이었다. 과거에는 이런 사건들은 기각되거나 공안방해죄로 기소되었다. 파크스 부인의 체포와 유죄판결은 흑인들의 적극적인 행동을 유인하는 촉매제로, 그리고 흑백분리법률의 유효성을 시험하는 시금석으로 기능했다. 미래를 바라보는 선견지명이 있었다면 검찰당국은 파크스 부인을 기소하지 않았을 것이다.

파크스 부인의 재판이 끝난 후 랄프 애버너시와 E. D. 닉슨, E. V. 프렌치 목사(당시 힐리아드 채플 A. M. E. 시온 교회의 목사)와 나는 항의운동을 지도하기 위한 조직의 필요성에 대해 이야기를 나누었다. 토론에 참여한 사람들은 지금까지는 모든 일이 다소 자연발생적으로 진행되어온 감이 있지만 이제부터는 좀더 명확한 체계와 방침이 필요한 시기가 되었음을 인식하고 있었다.

오후 3시에 로이 베네트가 저녁 대중집회를 계획하기 위해서 몇 사람을 소집했다. 참석한 사람들은 모두 보이콧의 대성공에 흥분해 있는 한편 "이제 어떻게 해야 하는가?"라는 의혹을 품고 있었다. E. D. 닉슨이 애버너시 및 프렌치와 나누었던 토론내용을 보고하고 임시조직을 만들자고 제안하자, 참석자들은 열광적으로 호응했다. 새로운 조직의 이름으로 '흑인시민위원회'라는 명칭이 제시되었지만 '백인시민평의회'와 너무 비슷하다는 이유로 기각되었다. 이렇게 몇 가지 안이 제시되었다가 기각되고 난 뒤에 랄프 애버너시가 제시한 '몽고메리 진보연합(MIA)' 안이 만장일치로 채택되었다. 다음으로 임원선출 안건이 제기되었다.

베네트가 의장 후보를 추천하라고 이야기하자, 회의실 한쪽 구석에 앉아 있던 루퍼스 루이스가 "킹 목사를 의장으로 추천합니다"라고 말했다. 순식간에 이 제안에 대한 재청이 이루어져서 나는 만장일치로 의장으로 선출되었다.

의장으로 선출된 것은 뜻밖의 일이었다. 일사천리로 진행되었기 때문에 일이 어떻게 된 것인지 생각할 겨를도 없었다. 찬찬히 생각할 겨를이 있었다면 나는 의장직 지명을 거절했을 것이다. 사람들이 나를 의장으로 선택한 것은 내가 이 도시에 온 지 얼마 되지 않아서 특정 그룹이나 당파로 인식되지 않은 인물이기 때문이었던 것 같다. 바로 3주 전에 NAACP 지부 회원들이 지부장 출마를 권유한 적이 있었다. 당시 아내와 나는 박사학위 논문을 마친 지도 얼마 되지 않을 뿐 아니라 교회 일에 더 많은 힘을 기울일 필요가 있으므로 지역사회 내의 중책을 맡지 않는 것이 좋겠다는 결론을 내렸다. 당시 그런 결정을 내린 것은 아주 다행스러운 일이었다. 만일 내가 버스보이콧운동이 개시되었을 때 NAACP의 지부장직을 맡고 있었더라면 모든 것을 NAACP의 음모로 몰아가려는 백인들의 상투적인 주장 때문에 '몽고메리 진보연합'의 의장직을 받아들일 수 없었을 것이다.

우리는 일단 조직문제를 미뤄두고 대중집회 준비토론으로 넘어갔다. 일부 사람들은 앞으로의 행동방침을 기자들에게 노출시키지 않도록 저녁집회에서는 노래와 기도만 하고 대중에 대한 특별지침을 등사하여 집회중에 은밀히 배포하자고 주장했다. 어떤 사람들은 특정인의 이름을 밝히지 않는 것이 관련자 전원에게 더 안전하므로 지도부의 신상이 드러나지 않게 하기 위한 조치가 필요하다고 주장하기도 했다. 이 문제와 관련하여 상당히 오랫동안 토론이 진행되고 난 뒤에, E. D. 닉슨이 더는 참을 수 없다는 표정으로 일어나서 이렇게 말했다.

"우리는 지금 어린아이처럼 굴고 있습니다. 누군가의 이름은 밝혀야합니다. 안전문제가 걱정된다면 당장 이름을 공개하는 것이 차라리 낫다고 생각합니다. 우리는 공개적으로 행동방침을 토론할 수 있어야 합니다. 문건으로 은밀히 행동방침을 전달한다는 생각은 너무나 터무니없습니다. 결국은 그런 문건도 백인들의 손에 들어가게 될 것입니다. 용감한 사람이 될 것인지 겁에 질린 어린아이가 될 것인지 지금 당장 결정합시다."

닉슨의 솔직한 발언에 분위기는 바뀌어 신분을 감추자거나 정면대응을 피하자는 주장은 더 이상 나오지 않았다. 두려움 때문에 위축되어 있던 사람들은 닉슨의 용감한 발언에 새로운 용기를 얻었다.

요구사항이 받아들여질 때까지 항의운동을 계속한다는 것과 랄프 애버니시를 의장으로 하는 홍보위원회가 요구사항을 결의문 형식으로 작성하여 저녁의 대중집회에서 승인을 얻는다는 의견이 모아졌다. 그때 한 사람이 항의운동을 계속한다는 결정을 재고해야 한다고 나섰다. 그 발언자는 이렇게 말했다. "항의운동을 며칠 더 끌다가 흐지부지 끝내는 것보다는 성공을 거두고 있을 때 중지하는 것이 더 낫지 않겠습니까? 우리는 이미 백인사회에 대해서 통일된 힘이 있음을 증명했습니다. 지금 보이콧을 중지하게 되면 버스회사로부터 우리가 원하는 것을 얻어낼 수 있습니다. 버스회사는 우리가 다시 버스보이콧을 할 수도 있음을 알게 되었을 것입니다. 하지만 보이콧을 계속하다가 버스를 타는 사람이 점점 늘어난다면 우리는 백인들의 조롱을 받으며 빈손으로 물러서야 할 것입니다." 이 주장은 너무나 설득력이 있어서 회의 분위기는 항의운동을 끝내자는 쪽으로 바뀌었다. 결국 대중집회의 분위기를 보고 판단하자는 데 의견이 모아졌다. 집회 참석자들이 많고 사람들이 열광적인 태도를 보인다면 보이콧을 계속하고, 그렇지 않은 경우에는 당장 보이콧을 중지하자는 것이었다.

일생에서 가장 중요한 연설

나는 대중집회 직전에 집으로 갔다. 코레타는 하루종일 이어지는 전화통화와 흥분 때문에 지쳐 있었다. 우리는 서로 이야기를 나누면서 그날의 진전상황을 기록했다. 그리고 나서 나는 다소 주저하면서 새로운 연합조직의 의장으로 선출되었다는 이야기를 했다. 아내가 반대하지나 않을까 하는 생각에 망설였던 것인데, 그것은 괜한 걱정이었다. 놀랍게도 아내는 맡겨진 소임에 최선을 다하는 것 외에는 다른 도리가 없다고 말하는 것이었다. 새로운 직위 때문에 우리 가족이 함께 할 수 있는 시간은 더 줄어들 것이며, 가족 모두가 위험에 처할지도 모른다는 사실에 대해서도 아내는 전혀 걱정하는 빛이 없었다. 아내는 조용한 음성으로 이렇게 말했다. "아시겠지만, 당신이 무슨 일을 하더라도 나는 당신을 도울 거예요."

나는 아내의 태도에 마음이 놓여서 연설준비를 시작했다. 시간은 빠르게 지나가고 있었다. 내 인생에서 가장 중대한 연설을 해야 하는데 준비시간은 20분밖에 남아 있지 않았다. 정의의 실현을 갈망하는 사람들의 새로운 열정 앞에 방향을 제시해야 하는데 그런 연설을 준비할 시간이 부족했다. 나는 불안해졌다. 기자들과 텔레비전 촬영팀이 내 연설을 전국으로 보도할 것이라는 점에도 신경이 쓰였다.

과연 내게 그런 중책을 수행할 만한 능력이 있는가 하는 의문도 일었다. 이런 불안감에 시달리다가 나는 5분을 허비해버렸다. 남아 있는 방법은 인간의 나약함과 무능을 넘어서서 견줄 데 없는 힘을 발휘하는 주님께 의지하는 길뿐이었다. 나는 주님께 기도를 올리기 시작했다. 기도의 말은 간단했다. "주여, 안정을 되찾게 해주소서, 어느 때보다 주의 인도가 필요한 때이니 제 곁에 임하소서."

15분도 채 남지 않았을 때 나는 연설문의 개요를 잡기 시작했다. 마음의 평정을 되찾자 새로운 딜레마에 부딪히게 되었다. "사람들을 적극적인 행동으로 불러일으킬 정도로 투쟁적이되, 기독교 정신을 벗어나지 않게끔 사람들의 열정을 통제할 수 있을 만큼 온건한 내용의 연설을 할 수 있을까?" 가혹한 고통을 겪은 흑인들 중에는 쉽게 피의 보복에 나설 사람이 많을 것이다. "사람들에게 용기를 불어넣고 적극적인 행동을 할 준비를 시키되 증오와 원한을 품지 않게 하려면 무슨 말을 해야 할까? 과연 투쟁적이고도 온건한 연설을 한다는 것이 가능할까?"

나는 완전히 모순되는 두 가지 임무를 결합시키는 어려운 과제에 정면으로 부딪혀보기로 결심했다. "우리들의 자존심이 경각에 달려 있다는 점과 만일 아무런 항의도 하지 않고 이런 불평등을 용인한다면 그것은 우리들 자신의 자존심과 주님의 영원한 가르침을 배반하는 것"이라는 주장으로 적극적인 행동을 촉구하는 한편, 기독교적인 사랑의 교의를 강력하게 주장하여 균형을 유지하기로 결심했다. 머릿속으로 개요를 잡고 나자 더 이상 우물거릴 시간이 없었다. 아침부터 굶었지만 저녁 한 술 뜨지 못하고 홀트 스트리트 교회로 차를 몰고갔다. 교회에서 다섯 블록 떨어진 곳에서부터 차들이 양쪽 차선에 줄을 잇고 있는 것이 눈에 들어왔다.

교회에 도착하여 목사 전용서재로 가는 데만 15분이 걸렸다. 열광하며 물밀듯이 모여드는 수천 명의 사람들을 보자 모든 불안감이 사라져버렸다.

나머지 연사들이 교회 마당을 가득 메운 사람들을 헤치고 연단까지 도착하는 데도 상당한 시간이 걸렸다. 집회는 예정보다 30분 늦게 시작되었다. 집회를 시작하면서 '주님의 병사들이여, 전진하라'는 찬송가를 불렀다. 교회 밖에 모인 군중이 부르는 찬송 소리가 우레와 같이 울리자 교회 안의 찬송가 소리도 더욱 커졌다. 수천 명이 부르는 찬송은 마치 하늘에서 울리는 아름다운 메아리처럼 크게 울려퍼졌다.

나는 의장의 소개를 받고 연단 앞에 섰다. 사방에서 텔레비전 카메라가 움직이기 시작하고 청중들은 조용해졌다.

나는 메모 한 장 없이 파크스 부인 사건부터 시작해서 오래 전부터 흑인 시민들이 겪어왔던 학대와 모욕의 역사에 대해서 이야기를 했다.

우리는 중대 행동을 위해서 오늘 저녁 이 자리에 모였습니다. 이곳에 모인 우리는 한 가지 공통된 인식을 가지고 있습니다. 우리는 미국시민으로서의 권리를 완전히 되찾겠다는 결단으로 뭉쳐 있습니다. 우리는 민주주의를 사랑합니다. 얇은 종이에 불과했다가 확고한 행동으로 변형된 우리나라의 민주주의야말로 이 지구상에서 가장 위대한 정부 형태라는 깊은 믿음으로 우리는 이곳에 모였습니다.……

여러분, 이제 압제의 억센 강철 발을 더 이상 용인할 수 없는 때가 왔습니다. 어둡고 끈질긴 절망과 굴욕의 늪에서 벗어나야 할 때입니다.

우리가 하는 일은 절대로 나쁜 일이 아닙니다. 우리에게 잘못이 있다면, 연방최고법원도 잘못이 있습니다. 우리에게 잘못이 있다면, 미국 헌법도 잘못된 것입니다. 우리에게 잘못이 있다면, 전능하신 하나님에게도 잘못이 있습니다. 우리에게 잘못이 있다면, 나사렛 예수는 이 땅에 오실 수 없었을 것입니다. 정의가 강물처럼 흐르는 그날까지 싸울 것을 결의합시다.

어떤 행동을 하던 우리는 단결해야 합니다. 단결을 이루려면 시간이 많이 필요합니다. 하지만 일단 단결을 이루면 우리는 원하는 것을 모두 얻을 수 있습니다. 누가 무슨 말을 하더라도 겁먹지 마십시오. 우리가 하는 일은 법의 테두리 내에서 인정되는 일이니 절대로 걱정하지 마십시오. 우리나라의 민주주의에서는 항의를 하는 것은 나쁜 일이 아닙니다. 우리에게는 항의할 권리가 있습니다.

우리들은 이 땅에서 타고난 권리를 누리지 못하고 너무나 오랫동안 억눌려 왔으며 어둡고 기나긴 속박의 길을 걸어오느라 지쳐 있습니다. 우리는 자유와 정의와 평등이 동터 오르는 새벽을 향해 다가가고 있습니다. 여러분, 연설을 마치기 전에 이런 당부의 말씀을 드리고 싶습니다. 우리는 언제나 주님을 앞에 세워야 합니다. 어떤 행동을 하더라도 기독교인답게 처신하도록 합시다. 사랑과 정의는 기독교 신앙을 지탱하는 두 개의 주춧돌입니다.

사랑 옆에는 항상 정의가 서 있습니다. 우리는 정의의 도구만을 사용할 것입니다. 이제까지는 설득이라는 도구를 사용해왔지만 이제는 항의라는 도구를 사용해야 할 때가 되었습니다. 우리는 항의를 통해서 사람들의 인식을 변화시키고 법률을 바꾸어야 합니다.

앞으로의 일을 준비하는 이 자리에서 "끝까지 단결하자"는 엄격하고 대담한 결단을 내리도록 합시다. 단결된 행동을 합시다. 미래의 역사책에 이런 글이 쓰여지도록 합시다. "몽고메리에는 '양털 같은 머리털과 검은 색 피부를 가진' 흑인들이 살았다. 이들은 자신의 권리를 쟁취하기 위해서 일어설 줄 아는 도덕적인 용기를 가지고 있었다. 이들은 역사와 문명의 핏줄 속에 새로운 혈액을 주입시켰다."

연설을 마치고 자리에 앉자, 청중들은 모두 일어서서 박수를 쳤다. 나는 성공적인 연설을 할 수 있었던 점과 투쟁적인 요소와 온건한 요소를 적절히 배합할 수 있었던 점에 대해서 주님께 감사를 드렸다. 항의운동에 동참할 것을 촉구했을 때에도, 사랑을 촉구했을 때에도 사람들은 열광적인 태도를 보였다.

나는 계속되는 박수 갈채를 들으면서 이번 연설은 준비가 부족했지만 그 어느 때보다도 청중들에게 깊은 감명을 주었다는 사실을 깨달았다. "입을 열기만 하면 주님이 대신 말씀해주실 것이다"라는 선배 설교자들의 말뜻을 비로소 이해할 수 있었다. 그렇다고 해서 철저한 준비를 등한시하게 되었다는 의미는 아니다. 주님은 인간의 나약함을 영광스러운 기회로 바꾸실 수 있는 분임을 다시 한 번 깨닫게 된 소중한 기회였다.

다음 순서는 결의문을 채택하는 순서였다. 랄프 애버니시는 큰 목소리로 결의문을 천천히 읽어갔다. 결의문은 1)버스운전사들의 정중한 대우가 보장될 때까지 2)승객들은 버스에 승차한 순서대로 앉되, 흑인승객들은 버스 뒤쪽에서부터 앞쪽으로 차례대로 앉고, 백인승객들은 버스 앞쪽에서부터 뒤쪽으로 차례대로 앉는다는 원칙이 받아들여질 때까지 3)흑인승객들이 주로 이용하는 버스노선에 흑인운전사가 배치될 때까지 버스를 이용하지 말자는 내용이었다. "결의문의 내용에 찬성하시는 분은 일어나십시오"라는 말에 모든 사람들이 일어섰고 이미 서 있던 사람들은 손을 들었다. 교회 안팎에서 환호성과 갈채가 터져 나오기 시작했다.

집회가 끝난 뒤 나는 가슴이 뿌듯했다. 사람들은 자유를 열망하고 있었지만 놀랄 만한 자제심으로 그 열망을 통제하고 있었다. 집회에 참석한 사람들이 하나의 목적과 하나의 정신으로 단결해 있는 모습은 이루 말할 수 없을 정도로 감동적이었다. 어떤 역사가도 이 집회를 완벽하게 묘사할 수는 없을 것이고 어떤 사회학자도 이 집회를 제대로 해석할 수는 없을 것이다. 이 집회에 직접 참여한 사람이 아니고서는 통일된 열망으로 불타오르는 열기를 이해할 수 없을 것이다.

1955년 12월 5일은 그렇게 저물었다. 집으로 돌아가는 사람들은 앞으로 닥칠 일을 예상하지 못하고 있었다. 나는 혼자서 집으로 돌아가면서 생각을 계속했다. 결의문에 들어 있는 세 가지 조건을 따내기 위해 얼마나 많은 시간이 필요한지는 모르겠지만 승리는 이미 우리의 것이었다.

우리는 이미 버스제에 국한되지 않는 큰 승리를 거둔 것이다. 대중집회에 모인 수천 명의 흑인들이 인간적 존엄성과 새로운 사명을 인식하게 되었다는 점이 바로 진정한 승리를 의미하는 것이었다. 그날 밤 개시된 우리의 운동은 전국에 알려질 것이고, 다른 모든 나라 국민들의 귀에 메아리칠 것이다. 우리의 운동은 압제자들을 경악하게 할 것이며 피압제자들에게는 새로운 희망을 가져다 줄 것이다. 그날은 역사적으로 볼 때 몽고메리의 날이었다.

8

필사적인 저항

The Violence of Desperate Men

우리는 증오와 죄악의 사슬을 끊어 던질 수 있는 지각과 도덕성을
갖추어야만 합니다. 증오와 죄악의 사슬을 끊어버리는
가장 위대한 길은 사랑의 길입니다.
나는 사랑이야말로 전체 사회를 정의, 평등, 우호라는 새로운 지평선까지
이끌어갈 수 있는 변혁의 힘이라고 굳게 확신하고 있습니다.

1955년 12월 17일(26세)
킹 목사를 비롯한 MIA 지도부가 백인 대표와 만나서
버스분쟁의 해결방안을 모색하지만 실패로 끝나다.

1956년 1월 26일
시 당국이 강경책으로 선회하면서 킹 목사는 교통법규 위반으로 체포 구금되다.

1월 28일
속도위반으로 14달러의 벌금형을 받다.

1월 30일
킹 목사는 자택 폭파사건 직후 군중들에게 폭력을 쓰지 말 것을 간청하다.

백인전용 대합실에서 쫓겨나는 흑인. 흑백분리원칙은 1960년대까지 남부 전역에서 유지되었다.

들뜬 마음으로 첫 대중집회를 치르고 나서 다음날 아침에 눈을 떴을 때, 나는 이제는 흥분을 가라앉히고 냉철하게 현실을 돌아보아야 할 때 임을 깨달았다. 엄청나게 많은 조직적 문제가 내 앞에 쌓여 있었다. 신중하고 세심하게 계획하지 않으면 항의운동의 지속은 불가능했다.

나는 운동의 지침과 방향을 제시하기 위해 다양한 위원회가 필요하다는 생각을 하게 되었다. 무엇보다도 필요한 것은 보다 지속적인 운송대책을 마련하는 운송위원회였다. 시에서 가까운 곳에 거주하는 전직 버스 운전사를 구하는 것이 가장 시급한 문제였다. 항의운동을 지속하려면 자금이 필요하므로 모금을 담당할 재정위원회도 만들어야 했고, 정기적인 대중집회를 준비하기 위한 프로그램위원회도 있어야 했다. 또한 전략적인 결정을 구상하기 위해서는 연합 내의 최고 지성들로 구성된 전략위원회도 필수적이었다.

엄청난 호응

항의운동의 초기부터 랄프 애버니시는 나의 가장 가까운 동지이자 가장 믿음직한 친구였다. 우리는 함께 기도하고 함께 중요한 결정을 내렸다. 애버니시는 능숙한 유머 감각으로 여러 차례 고조되었던 긴장을 완화시키는 능력이 있었다. 나는 시외로 나갈 때는 애버니시에게 연합의 중요 사무를 담당케 했다. 로이 베네트가 몽고메리를 떠난 후에는 랄프가 MIA 부의장에 취임하여 관록과 능력을 발휘하였다.

항의운동 초기에는 운송문제가 연합의 최대 관심사로 대두되었다. 우리는 운송문제에 많은 노력을 투입하고 반짝이는 기지를 발휘했다. 처음 며칠 동안은 흑인택시회사들과 협의하여 버스요금과 동일한 10센트의 운임을 받고 사람들을 운송하도록 했다. 12월 8일 화요일에 시 위원회와 1차 협상을 가졌는데, 그 자리에서 셀러즈 경찰청장이 택시요금의 최소 한도를 규정하는 법률이 있다는 말을 언뜻 비췄다. 나는 택시회사의 원조를 차단하려는 셀러즈 청장의 속셈을 간파했다.

바로 그 순간 루이지애나 주 배턴 루쥐 시에서의 버스보이콧이 생각났다. 그 보이콧을 주도했던 것은 절친한 친구인 시어도어 제마이슨이었다. 당시 제마이슨을 비롯한 지도부는 카풀제도를 도입하여 대단한 성과를 올렸다. 나는 그에게 전화를 걸어서 몽고메리에서도 카풀제도를 운영하려고 하는데 조언을 해달라고 했다. 제마이슨의 배턴 루쥐 보이콧 이야기는 아주 큰 도움이 되었다. 나는 셀러즈 청장의 말과 제마이슨의 조언을 운송위원회에 전하고, 택시회사의 원조를 받지 못하게 될 경우를 대비해서 당장 카풀제도를 구성할 것을 제안했다.

다행히 그날 밤에 대중집회가 예정되어 있었다. 나는 대중집회에서 자동차를 제공할 의사가 있는 사람들은 집회장소를 떠나기 전에 주소, 성명, 전화번호와 운전 가능한 시간대를 알려달라고 부탁했다. 사람들은 엄청난 호응을 보내왔다. 자발적으로 자동차를 제공하겠다고 나선 사람이 150명을 넘었다. 직장에 다니지 않는 사람들 중에는 하루종일 카풀에서 일하겠다고 나서는 사람들도 있었고, 출근 전이나 퇴근 후에 몇 시간씩 자원하겠다는 사람들도 있었다. 성직자들 전원은 자신의 차가 필요할 때는 언제라도 운전을 하겠다고 나섰다.

예상했던 대로 금요일 오후에 경찰청장이 전체 택시회사에 대해 택시요금은 최소 45센트 이상으로 법률에 규정되어 있으니 이를 어길 때는 법률위반이라는 사실을 주지시키는 훈령을 내렸다. 이렇게 해서 택시의 염가봉사 영업은 막을 내렸다.

우리가 연락을 취하자 자원봉사자들이 즉시 호응해왔다. 자원봉사자들은 특별한 체계를 갖추지 않고도 몽고메리 시내를 돌아다니며 활동을 개시했다. 성직자들이 주일에는 신도들을 직접 차에 태워다줄 것이며 자원봉사자들을 추가로 모집하겠다고 나섰다. 다시 자원봉사자들이 엄청난 호응을 보였다. 새로 추가된 자원봉사자들을 합쳐서 자원봉사 차량은 300대에 육박했다.

45군데의 차량대기소와 42군데의 합승정거장 목록이 실린 인쇄물이 흑인사회에 배포되었다. 며칠 동안 카풀제도는 놀랄 만큼 훌륭하게 운영되었다. 백인 반대파들은 우리 조직의 기민한 대응에 깜짝 놀랐다. '백인시민평의회'조차도 카풀제도가 '군대처럼 일사불란하게' 운영되었다는 점을 시인했다. MIA는 버스회사가 수십 년 동안 씨름해왔던 운송문제를 며칠 밤 사이에 해결할 수 있었다.

카풀제가 성공적으로 운영되고 있었지만, 자동차를 탈 수 있는 상황에서도 걸어가는 사람들도 많았다. 걸어 다니는 것이 상징적인 중요성을 지닌다고 생각하는 사람들이 많아진 것이었다. 한번은 이런 일도 있었다. 어떤 카풀 운전사가 눈에 띄게 불편한 걸음걸이로 터덕터덕 걸어가는 할머니를 발견하고 차를 세웠다.

운전사가 "할머니, 차에 타세요. 걸어가실 필요 없습니다" 하고 말하자 할머니는 그냥 가라고 손짓을 하면서 이렇게 말했다. "지금 나 자신을 위해서 걸어가는 것이 아니라, 자식들과 손자들을 위해서 걸어가고 있는 거라오." 말을 마친 할머니는 집을 향해서 계속 걸어갔다.

카풀 운전사들은 성직자들이 많았지만, 가정 주부, 교사, 자영업자, 미숙련 노동자 등의 참여도 꾸준히 늘어갔다. 바쁘지 않은 시간에 카풀에 참여하는 백인들도 세 사람이나 되었다. A. W. 웨스트 부인의 열성은 대단했다. 그 부인은 최초로 대중집회를 조직할 때 시민대표들에게 연락하는 일을 도와주었던 인물로 처음부터 항의운동에 대해 대단한 열정을 가지고 있었다. 부인은 하루도 빠지지 않고 커다란 초록색 캐딜락을 끌고 담당정류장으로 나갔다. 아름다운 잿빛 머리카락에 우아한 기품을 갖춘 부인이 오전과 오후 서너 시간씩 사람들을 직장과 집으로 태워다주는 모습은 아주 감동적인 것이었다.

또 한 명의 열성적인 운전자가 있었는데, 그 사람의 이름은 조 앤 로빈슨이었다. 조 앤은 아름답고 밝은 살결을 가진 젊은 여성이었다. 조 앤은 천성이 선한 사람이었으므로 비폭력주의를 배우기 위해서 책을 들출 필요도 없는 사람이었다. 조 앤은 지치지도 않고 다양한 수준의 항의운동에 적극적으로 참가하였다. 또 집행부이자 전략위원회 위원으로도 활동했다. 항의운동이 시작된 뒤 몇 달 뒤에 MIA 회보가 창간되자 회보 편집장이 된 조 앤은 협상이 진행되고 있는 곳마다 빠짐없이 참석했다. 조 앤은 앨라배마 주에서 전임교사로서 일하고 있으면서도 아침저녁으로 시간을 쪼개어 운전봉사에 참여하였다.

생각지도 않은 사람들이 참가하면서 운전자들의 신분은 점점 더 다양해졌다. 흑백분리에 대한 생각과는 상관없이 가정부 없이는 견딜 수 없는 백인주부들의 참여도도 높았다. 이들은 일꾼들을 태워가고 데려다주기 위해서 아침저녁으로 흑인구역으로 차를 몰고 다녔다. 이기적인 동기에서 출발한 것이긴 하지만 충실한 일꾼을 아끼는 마음이 큰 역할을 한 것으로 볼 수 있다. 백인주인과 흑인일꾼 사이에 희극적인 장면이 연출되는 경우도 있었고 암묵적인 양해 속에서 서로의 의견 차이를 당연한 것으로 인정하는 경우도 있었다. 어떤 나이 많은 가정부가 있었는데, 몽고메리에 살고 있는 많은 젊은 친척들에게 강력한 영향력을 발휘하고 있었다. 하루는 주인이 그녀에게 "이번 버스보이콧운동은 너무 끔찍한 (terrible) 것 같지 않아요?" 하고 물었다. 그러자 그 가정부는 이렇게 대답했다. "그럼요. 정말 대단한(terrible) 것이지요. 나는 아이들에게 버스회사는 백인들의 사업이니까 모든 일이 바로 잡힐 때까지 절대로 버스를 타서는 안 된다고 말했어요."

마하트마 간디의 사상

몽고메리 보이콧운동은 초기부터 일정한 철학적 토대 위에서 지도되어 왔다. 현재 우리 운동의 지도적인 원칙은 비폭력저항주의, 비협조주의, 소극적인 저항주의 등으로 다양하게 표현되지만 초기부터 이런 표현이 사용되었던 것은 아니었다. 당시 가장 많이 쓰인 문구는 '기독교적 사랑'이었다. 몽고메리의 흑인들을 고귀한 사회적 행동에 떨쳐 일어서게 한 것은 소극적인 저항정신이 아니었다. 흑인들에게 사랑을 무기로 삼은 저항정신을 불러일으킨 것은 바로 나사렛 예수였다.

시간이 지남에 따라 간디 사상이 큰 영향을 미치게 되었다. 나는 벌써부터 간디의 비폭력주의 속에 살아 움직이고 있는 기독교적인 사랑의 교의야말로 자유쟁취투쟁에 나선 흑인들의 강력한 무기가 될 수 있다고 생각하고 있었다. 항의운동이 시작되고 나서 약 일주일 뒤에 줄리엣 모건이라는 백인여성이 〈몽고메리 신문〉의 편집장에게 편지를 보내왔다. 편지 내용은 흑인들의 노력을 이해하고 공감하고 있음을 밝히고 인도에서의 간디의 운동과 우리의 버스보이콧운동을 비교하는 것이었다. 하지만 그 여성은 너무나 예민하고 여린 성격을 가지고 있었던 까닭에 백인 사회로부터 쏟아지는 비난과 경멸을 견뎌내지 못하고 몽고메리에 마하트마 간디의 이름이 널리 알려지기 이전인 1957년 여름에 사망하였다.

인도의 키 작은 성인 간디에 대해서 전혀 모르던 사람들은 차츰 간디라는 이름에 익숙해지게 되었다. 비폭력저항주의가 우리 운동의 방법론으로 부각되었고, 사랑이 우리 운동의 이념적인 준거가 되었다. 우리 운동에 혼과 동기를 불어넣은 것은 예수였고, 방법을 알려준 것은 간디였다.

사람들은 비폭력주의와 사랑의 교의에 대해서 대단히 열정적인 반응을 보였다. 물론 뒤늦게 이런 주의를 받아들인 사람들도 있었다. 집행부의 성원들 중에도 사적인 자리에서 비폭력주의는 무력하고 타협적인 것이니 투쟁적인 방법을 사용해야 한다고 말하는 사람도 있었다. 약간이라도 폭력을 사용해야만 백인들에게 우리들의 진지함과 용기를 알릴 수 있다고 생각하는 사람들도 있었다. 어느 날 우리 교회 신도 한 사람이 나를 찾아와서 진지한 말투로 백인을 여덟이나 열 명쯤 없애는 것이 좋겠다는 말을 꺼냈다. "백인들은 이렇게 물리적인 방법을 써야 알아들을 것입니다. 그렇게 하지 않으면 백인들은 우리가 겁을 내고 있다고 생각할 것입니다. 우리는 그들에게 전혀 겁먹지 않고 있다는 사실을 보여주어야 합니다." 그 신도는 백인이 몇 명 죽게 되면 연방정부가 개입하지 않을 수 없으며 그렇게 되면 우리가 유리해질 것이라고 확신하고 있었다.

자신이 직접적인 공격을 받지 않을 경우에만 비폭력주의를 받아들이겠다고 말하는 사람들도 있었다. "나를 괴롭히지 않는다면 나 역시 다른 사람을 괴롭히지 않겠습니다. 내 뺨을 치는 사람이 없다면 나 역시 다른 사람의 뺨을 치지 않겠습니다. 하지만 뺨을 맞게 된다면 나도 보복할 것입니다." 이런 사람들은 도덕적으로 볼 때 적극적인 폭력과 보복적인 폭력은 엄연히 다른 것이라고 생각하고 있었다. 이런 의견을 가진 사람도 있기는 했지만 대다수의 사람들은 비폭력주의에 공감하고 있었다.

실제로 몽고메리의 흑인들은 인종문제에 관련된 위기상황에서 비폭력적인 방법을 견지하는 의지를 보여주었다. 사람들은 지도부를 신뢰했고 지도부가 비폭력주의를 기독교 정신의 행동화된 표현이라고 인식시켰기 때문에 비폭력적인 방법을 흔쾌히 받아들였다. 일반적으로 볼 때 진정한 의미의 비폭력주의란 일시적으로 사용되는 전략이 아니라, 도덕적인 완벽성을 추구하며 살아가는 인생관이라고 할 수 있다. 대다수의 흑인들이 비폭력주의를 인생관으로 삼고 있는 것은 아니었다. 하지만 대다수의 흑인들이 자발적으로 비폭력적인 방법을 견지하는 것은 후에 이들이 비폭력주의를 인생관으로 받아들일 가능성이 높다는 점에서 상당히 고무적인 일이었다.

집중 공격을 받다

버스보이콧운동의 대성공을 보면서 시 당국은 항의운동이 며칠만 지나면 용두사미격으로 막을 내릴 것이라고 판단하고 있었다. 비가 오면 흑인들이 버스를 다시 이용하게 될 것이라는 당국의 예상과는 달리 비가 오는 날도, 맑게 갠 날도 버스는 텅 빈 채로 운행되고 있었다.

그러던 중에 시 당국이 처음으로 협상을 제안했다. MIA 집행부는 특별회의를 열어서 나를 비롯해서 열두 명의 협상위원을 지명했다. 우리는 이전의 세 가지 결의 내용을 재차 승인했다. 물론 이것은 문제의 일시적인 해결책에 불과했다. 우선적으로 필요한 것은 법률개정이었으므로, 재판이 진행중이던 로사 파크스 사건이야말로 버스 내 흑백분리제도를 뿌리뽑을 수 있는 시금석이 될 것이었다.

우리는 시청에 도착해서 시장실 앞쪽에 자리를 잡고 앉았다. 시장은 흑인대표단을 향해서 "누가 대표입니까?"하고 물었다. 모든 사람들이 나를 주목하자 시장은 "좋습니다. 그러면 앞으로 나와서 발언해주십시오"라고 했다. 나는 번쩍이는 텔레비전 카메라의 조명을 받으면서 천천히 걸어나가서 사람들을 마주보고 앉았다.

나는 우리가 왜 버스보이콧이 필요하다고 생각하는지에 대해 간단히 진술하기 시작했다. 나는 파크스 부인의 체포는 항의운동을 야기한 근본원인이 아니라 항의운동을 촉발시킨 요소일 뿐이라는 점을 분명히 밝혔다. "우리들의 행동은 오랜 세월에 걸쳐 지속되어온 불공평하고 모욕적인 대우를 종식시키기 위한 것입니다."

내가 발언을 마치자 시장은 전체 토론에 넘어가겠다고 말했다. 시 위원과 버스회사측 변호사가 질문을 던지기 시작했다. 그들은 우리가 제안한 좌석배치 방법이 법적인 정당성을 가지는 것인지 따지고 들면서 그런 조치는 위법이라고 주장했다. 우리는 먼저 승차한 순서대로 앉도록 하는 좌석배치는 흑백분리법률 내에 충분히 수용될 수 있는 것이며, 남부의 몇몇 도시들에서는 이미 시행되고 있다고 주장했다.

버스회사측 변호사인 잭 크렌쇼가 가장 끈질기게 물고 늘어졌다. 우리들이 요구하는 좌석배치를 승인하는 것은 시의 조례를 위반하는 것이라는 그의 주장에 넘어가는 당국자들이 늘어갔다. 나는 회의를 해도 아무런 성과가 없을 것이라고 판단하고 회의를 마칠 것을 제안했다.

나는 지나치게 낙관적인 태도로 일을 시작했기 때문에 실망도 컸다. 나는 협상에 임하면서 우리가 요청하기만 하면 기득권자들은 특권을 포기할 것이라는 망상에 빠져 있었다. 나는 1차 협상을 계기로 한 가지 교훈을 얻었다. 강력한 저항이 없는 한 누구도 자신의 특권을 포기하지 않는다는 사실과 흑백분리제도의 숨겨진 목적은 단순히 흑인과 백인의 분리에 있는 것이 아니라 흑인들에 대한 억압과 착취에 있다는 사실을 깨닫게 된 것이다. 우리는 흑백분리제도 내에서 용인될 수 있는 평등조치를 요구했는데도 '기득권자'들은 양보하려 들지 않았다. 흑백분리제도의 근본목적은 차별과 불평등을 지속시키는 것이므로 흑백분리가 존속되는 한 정의와 평등의 쟁취는 불가능한 것이었다.

1차 협상이 있은 직후에 나는 MIA 집행부 회의를 소집해서 협상결과를 보고했다. 집행부 성원들은 결과 보고에 실망하면서도 세 가지 제안을 고수하기로 의견일치를 보았다. 그러던 중에 시장이 12월 17일 오전에 관련 공무원과 흑인대표가 참석하는 시민위원회를 개최하겠다는 사실을 알려왔다. 1차 협상 이후 일주일이 지났지만 항의운동은 위축되지 않았다.

12월 17일에 열린 시민위원회에서, 백인대표들이 나에게 맹렬한 공격을 가하기 시작했다. 그들은 내가 문제의 실제적인 해결을 방해하고 있다고 주장하였다. 랄프 애버니시가 나를 변호하는 발언을 하기 전까지 나는 속수무책으로 그들의 공격을 받아야 했다. 애버니시는 내가 흑인대표로서 발언의 대부분을 담당하는 것이 당연하며 그렇다고 해서 다른 위원들의 지지를 받지 않고 있다고 해석할 수는 없는 것이라는 사실을 지적하였다. 백인위원들은 나를 문제해결의 주요 장애물로 몰아세워서 흑인위원들을 분열시키려고 했던 것이다. 애버니시의 발언으로 백인위원들의 의도는 물거품이 되었다. 이렇게 해서 백인위원들은 협상으로는 아무런 실익도 얻을 수 없다는 사실을 깨닫게 되었다.

2차 협상을 끝내고 나서, 나는 무거운 마음으로 집으로 돌아왔다. 나는 협상중에 두세 번이나 화를 냈던 것에 대해서 심한 죄책감을 느꼈다. 화가 난다고 해서 경솔하게 말을 던지는 태도로는 문제를 해결할 수 없는 일이다. "화를 내서는 안 된다. 상대방이 던지는 분노의 화살은 기꺼이 맞되 상대방에게 그 화살을 되던져서는 안 된다. 증오감에 사로잡혀서는 안 된다. 상대방이 아무리 감정적으로 나와도 이성을 잃어서는 안 된다." 나는 스스로를 타일렀다.

상대방은 협상이 무산되자 보다 음흉한 분열책동을 사용하기 시작했다. 내가 새 캐딜락을 구입하고 아내에게도 빅 스테이션 왜건을 사주었다는 등의 운동지도부에 대한 터무니없는 소문이 유포되었다.

흑인지도부의 성실성에 대한 의문을 제기해서 대중들의 신임을 잃게 만들려는 시도도 있었으며, 지도부를 분열시키려는 시도도 있었다. 유명한 백인인사들이 나이 많은 흑인성직자들을 찾아가서 "항의운동의 지도부는 여러분이 되어야 합니다. 흑인사회에서 상당히 오랫동안 활동해온 여러분을 무시하고 어린 풋내기들이 지도부를 장악하도록 놔두는 것은 여러분 자신에게 있어 아주 수치스런 일"이라고 말하기도 했다. 지도부를 개별적으로 만나서 나만 없으면 문제가 해결될 수 있다고 설득하려고 애를 쓰는 백인도 있었다. "여러분 중 한 사람이 지도권을 장악하면 하룻밤 사이에 사정이 달라질 것"이라고 주장했다.

이런 주장이 끊임없이 계속되자 나는 흔들리기 시작했다. 그런 주장이 타당한 것일 수도 있다는 생각, 그런 주장에 흔들리는 사람들이 있을지도 모른다는 생각에 불안해졌다. 나는 이삼 일 동안 제대로 잠도 못 자면서 고민하다가 집행부 회의를 소집하여 의장직 사직 의사를 밝혔다. 나는 이렇게 말했다. "저는 흑인사회의 고질적인 문제를 해결하는 데 방해가 되고 싶지 않습니다. 저보다 현명한 사람이 중책을 맡게 되면 보다 신속하게 일이 매듭지어질 것입니다. 나는 의장직을 사퇴하더라도 과거와 같이 적극적으로 활동할 것을 맹세하겠습니다." 내가 이야기를 마치기도 전에 집행부 성원들이 사직 의사를 철회하라고 재촉하기 시작했다. 집행부 전원이 나를 신임하고 나의 업무방식에 대해 아주 만족하고 있으니 끝까지 내 지도를 따르겠다는 의사를 확실히 밝혔다.

집행부의 신임을 확인하고 나서 나는 평온한 마음으로 집으로 돌아갔다. 집에 다다르자 아내의 노래 소리가 창문 너머로 들려왔다. 침실에서는 생후 1개월이 조금 넘은 요키가 눈을 반짝이면서 자기 손가락을 만지며 놀고 있었다. 나는 아내의 노래에 맞추어 아기를 흔들어주었다.

이렇게 가족과 함께 지낼 수 있는 기회는 거의 드물었다. 일부러 그럴 시간을 낸다는 것 자체가 불가능한 일이었다. 집에서 나가면 언제 돌아올 수 있는지 알 수 없었다. 내가 갑자기 급한 일이 생겨서 집을 나서고 나면 아내는 맛있게 만든 음식이 말라붙는 모습을 안타깝게 바라보는 일이 많았다. 그러나 아내는 불평 한마디하지 않았고, 내가 아내의 도움을 원할 때는 언제나 내 곁에 있었다. 아내는 혼자 있을 때는 요키와 베토벤이 벗이 되어 준다고 말했다. 침착하고 온순한 성격의 아내는 묵묵히 집안 일을 처리했다. 아내는 내가 대화를 원할 때는 기꺼이 귀를 열어 주었고, 좋은 생각이 없느냐고 물으면 여러 제안을 내놓았다.

분열책동이 시작되다

1월 22일 일요일에 백인세력의 분열책동은 절정에 달했다. 시 위원들이 지방신문에 저명한 흑인성직자들과의 협상을 통해서 문제가 해결되었다는 기사를 발표했다. 이 기사를 읽고 흑인사회는 큰 충격을 받았다. 대부분의 사람들이 보이콧이 끝났다고 판단했다. 이 기사는 주일 아침을 기점으로 흑인들의 버스이용을 재개시키기 위해서 고안된 책략임이 밝혀졌다. 시 위원회는 흑인들이 일부라도 버스를 이용하기 시작하면 보이콧은 곧 끝나게 될 것이라고 판단했던 것이다.

나는 대의를 저버리고 상대 세력에게 넘어간 사람이 있는지, 실제로

시 위원들을 만난 흑인성직자들이 있는지 확인해야 했다. 한 시간 동안 여기저기 통화를 해본 후에야 '저명한 흑인성직자 세 명'의 신분을 알아낼 수 있었다. 그들은 저명한 사람들도 아니었고 MIA 회원도 아니었다.

그 사실을 확인한 시간은 토요일 밤 11시였다. 다음날 새벽까지 기사의 내용이 거짓된 것임을 알려야 했다. 나는 시내에 거주하는 흑인성직자 전원에게 전화를 걸어서 주일 아침에도 보이콧은 계속된다는 사실을 알려줄 것을 부탁하도록 사람들에게 지시했다. 한편 나는 여러 사람들과 함께 흑인전용 나이트클럽과 술집을 돌면서 허위 기사에 속지 말 것을 당부했다. 몽고메리 나이트클럽 내부를 샅샅이 살펴보게 된 것은 그때가 처음이었다. 우리의 기민한 대응 덕분에 허위 기사에 속지 말라는 소식은 흑인사회 구석구석까지 퍼져나가서 다음날의 버스보이콧은 차질 없이 진행되었다.

분열책동의 실패로 난처한 입장에 처하게 된 시 당국자들은 태도를 바꾸어 '강경책'을 사용하기 시작했다. 시장은 텔레비전에 출연해서 보이콧운동을 비난했다. 시장은 백인시민들은 버스보이콧에 동요하지 말고 흑인일꾼을 직장과 집까지 태워주는 일이 없도록 하라고 호소했다. 그 즈음에 시 위원 세 명이 '백인시민평의회' 가입 사실을 밝혔다.

'강경책'은 사소한 교통법규 위반을 이유로 한 대량 체포작전으로 나타났다. 상황이 어려워지자 자발적으로 운영되던 카풀제도가 흔들리기 시작했다. 면허가 취소되거나 보험이 해제될까봐 불안해서 소리 없이 카풀에서 빠져나가는 운전자들이 늘어갔다. 카풀 차량 이용이 점점 어려워지면서 불평의 소리도 높아졌다. 우리 집에서는 전화벨이 쉬지 않고 울렸고 초인종도 잠시도 쉴 틈이 없었다. 나는 과연 흑인사회에 투쟁을 계속할 능력이 있는가 하는 의문이 생기기 시작했다.

첫 번째 투옥

나는 '강경책'에 걸려들어 체포될 것이라고는 전혀 예상하지 못하고 있었다. 1월 중순의 일이었다. 어느 날 오후 교회 사무실을 나선 나는 차를 몰고 집으로 향했다. 차에는 친구인 로버트 윌리엄스와 교회 비서인 릴리 토머스 부인도 타고 있었다. 중심가를 벗어나기 전에 나는 같은 방향으로 가는 사람들을 몇 명 더 태우려고 주차장소로 차를 몰고갔다. 주차장소에 들어서자 네댓 명의 경관들이 운전자들을 검문하는 장면이 눈에 들어왔다.

내가 세 사람을 더 태워서 그곳을 빠져 나오려는데 경관 한 명이 정차 지시를 내렸다. 그 경관이 내게 "면허증을 보여달라, 당신이 이 차의 소유주냐" 하고 묻는데, 도로 건너편에 서 있던 경관이 "저놈이 바로 빌어먹을 킹 그 자식 아냐" 하고 말하는 소리가 들렸다.

검문이 끝나고 나서 주차장소에서 벗어나는데 모터사이클을 탄 경관 두 명이 따라붙었다. 그 중 한 명은 세 블록 떨어진 곳까지 따라왔다. 윌리엄스는 경찰이 따라오고 있다는 내 말에 "내가 장담하는데, 자네는 법규를 위반한 일이 전혀 없어" 하고 말했다. 나는 따라오는 모터사이클에 신경쓰지 않고 신중하게 차를 몰았다. 사람들을 내려주려고 차를 세우자, 경관이 다가와서 말했다. "킹 목사, 내리시오. 시속 25마일 지역에서 30마일로 과속 운전하였으므로 당신을 체포합니다." 나는 질문 한 번 던지지 못하고 차에서 내려야 했다. 나는 윌리엄스와 토머스 부인에게 내 차를 몰고가서 아내에게 알리라고 말했다. 곧 경찰차가 도착하더니 경찰 두 명이 내려서 내 몸을 샅샅이 수색하고 나서 차에 나를 태우고는 그곳을 떠났다.

시립교도소로 갈 것이라고 짐작했던 나는 갑자기 당황했다. 교도소는 몽고메리 중심가에 있었는데 경찰차는 그와는 다른 방향을 향해서 중심가에서 점점 멀어지고 있었다. 나를 태운 경찰차는 내가 한 번도 가본 적이 없는 어둡고 더러운 거리로 들어가서는 낡고 황폐한 다리 밑으로 향하는 것이었다. 그제야 '나를 던져버리려고 한적한 곳으로 왔구나' 하는 생각이 들었다. 나는 혼자서 중얼거렸다. "하지만 그럴 수는 없을 거야.

이 사람들은 법정공무원이니까." 그러자 이번에는 나중에 깡패들이 갑자기 달려들어 손을 쓸 수 없었다고 변명할 작정으로 나를 난폭한 깡패들에게 데려가고 있는 것은 아닐까 하는 생각이 들기 시작했다. 몸도 마음도 함께 부들부들 떨리기 시작했다. 나는 주님께 어떤 일을 당해도 견뎌낼 수 있는 힘을 달라고 기도했다.

차가 다리 밑을 지나갈 때 나는 이곳을 지나가면 끔찍한 일을 당하게 될 것이라고 생각했다. 그런데 고개를 들자 저 멀리에 '몽고메리 시립교도소'라는 글자가 눈에 들어왔다. 나는 안도의 한숨을 몰아쉬었다. 교도소를 보면서 저곳에 가면 안전할 것이라고 안도감을 느끼다니 기가 막힐 노릇이었다.

나는 경관 한 명에 이끌려 교도소 안으로 들어갔다. 교도관은 내게서 소지품을 받아놓고 신상명세를 받아 적더니 나를 더럽고 냄새나는 감옥으로 데려갔다. 교도관은 감방의 커다란 철문을 열더니 이렇게 말했다. "됐습니다. 이곳에서 다른 사람들과 함께 지내세요." 그 순간 광활한 평원 위에서 차가운 바람을 맞고 서 있는 것 같은 낯선 느낌이 들었다. 나는 난생 처음으로 감방 창살 뒤에 갇히는 신세가 된 것이다.

감방에는 사람들이 많이 있었는데, 그 중에는 낯익은 얼굴도 있었다. 항의운동과 관련해서 체포된 사람도 한 명 있었다. 감방 안에도 민주주의가 있어서, 부랑자와 취객 그리고 중대한 범법자들이 모두 함께 모여 있었다. 하지만 그 민주주의도 흑백분리제도를 넘어선 수준은 아니었는지, 백인들과 흑인들은 분리된 구역에 수용되어 있었다.

나는 감방 안의 열악한 형편을 둘러보면서 큰 충격을 받았다. 너무 놀라서 내가 처한 곤경마저 잊을 지경이었다. 수감자들은 얇은 나무판이나 매트리스가 다 헤진 간이침대에서 쉬고 있었다. 감방 한 구석에는 화장실이 있었는데, 용변 장면을 가릴 만한 시설은 전혀 없었다. 아무리 나쁜 짓을 한 사람이라도 이런 취급을 하는 것은 지나치다는 생각이 들었다.

사람들은 내게 수감 사유를 물었다. 그리고는 시 당국이 나를 체포하려고 그런 억지까지 썼다는 사실을 알고 놀랍다는 표정을 지었다. 사람들은 차례로 감옥에 들어오게 된 이유를 밝히면서 나에게 도움을 청했다. 내가 "여러분, 저도 이곳에서 나가야 여러분이 이곳에서 나갈 수 있도록 도와줄 수 있지요" 하고 대답하자 사람들은 크게 웃어댔다.

얼마 있다가 교도관이 나를 불러냈다. 어디로 데려가는지 몰라 궁금해하면서 감방을 나서는데, 수감자 한 명이 내 등에 대고 이렇게 외쳤다. "킹 목사님, 이곳에서 나가시게 되면 절대로 저희들을 잊지 마세요." 나는 알겠다고 대답해주었다. 교도관은 긴 복도를 지나 교도소 전면에 위치한 작은 방으로 나를 데리고 들어갔다. 그곳은 지문채취실이었는데, 교도관은 나를 앉히고 내 손가락에 잉크를 묻혔다. 중죄인처럼 지문을 찍어야 할 판국이었다.

바로 이때 내가 체포되었다는 소식을 듣고 많은 사람들이 교도소로 몰려들었다. 제일 먼저 달려온 사람은 랄프 애버니시였다. 그는 당장 나의 보증인이 되겠다고 자청했지만, 교도소 직원들은 보증인이 되려면 법원에서 발급하는 재산증명서를 제출해야 한다고 말했다. 랄프가 오후 6시 30분이니 이미 법원은 문을 닫았을 것이라고 하자 직원은 "그러면 내일 아침까지 기다리셔야겠군요" 하고 무심하게 말을 던졌다.

랄프가 면회가 가능한지 물어보자 교도관은 "안 됩니다. 내일 아침 열 시까지 기다리세요" 하고 대답했다.

랄프가 다시 "그러면 보석금을 지불하면 안 될까요?"라고 묻자, 교도관은 마지못해서 그것은 가능하다고 대답했다. 랄프는 급히 보석금을 준비할 수 있는 사람에게 연락을 취했다.

그러는 동안 많은 사람들이 교도소 앞으로 모여들었다. 사람들이 점점 늘어나자 교도관은 당황하기 시작했다. 그는 지문채취실로 달려와서 "킹 목사, 지금 가도 괜찮습니다" 하더니 미처 겉옷도 입지 못한 나를 떠밀듯이 교도소 밖으로 내몰았다.

교도소 밖으로 나가자 친구들을 비롯한 많은 사람들의 모습이 눈에 들어왔다. 잠시 움츠러들었던 용기가 되살아나면서 나는 혼자가 아니라는 사실을 실감할 수 있었다. 군중들에게 짧은 연설을 하고 나서 집으로 가자, 아내는 나를 얼싸안으며 기뻐했다. 우리 집에 모여 초조한 마음으로 결과를 기다리던 많은 교회 신도들이 격려의 말을 던졌다. 신도들의 격려를 들으면서 혼자가 아니라는 확신은 더욱 굳어졌다.

그날 밤 이후 나는 자유를 위한 투쟁에 더욱 헌신적으로 임했다. 잠자리에 들기 전 아내와 나눈 대화를 통해서 나는 다시 한 번 투쟁에 대한 확신을 다질 수 있었다. 불평등의 밤은 어둡고 '강경책'이 판을 치고 있었다. 하지만 어둠 속에서도 단결이라는 찬란한 별은 찬란하게 빛나고 있었다.

주님의 음성을 듣다

항의운동의 시작과 함께 우리 집에는 협박전화와 협박편지가 쇄도했다. 날이 갈수록 그 양이 점점 늘어가더니 1월 중순에는 하루 30~40건에 이르렀다.

부모님과 장인 장모님은 항의운동의 초기부터 우리 활동의 정당성을 확신하고 계시면서도 우리에게 나쁜 일이 일어날까 봐 항상 불안해 하셨다. 아버지는 항의운동이 진행되는 동안 애틀랜타와 몽고메리 사이를 바쁘게 오가셨다. 나는 아버지를 만날 때마다 깊은 근심에 사로잡혔다. 내 활동 하나 하나가 아버지의 걱정을 더해드린다는 사실을 알고 있었기 때문이다. 아버지는 아내와 아기, 그리고 내가 당한 곤경에 대해서 말할 때마다 눈물을 흘리셨다.

여러 주가 지나가면서 나는 그런 협박의 대부분이 허튼 장난이 아니라 진지한 것임을 깨닫게 되었다. 그런 생각이 들자 용기가 꺾이면서 불안감이 커져갔다. 어떤 백인 친구에게서 나를 제거하려는 계획이 진행중이라는 이야기가 있다는 말을 듣고 나자, 나는 그것이 현실이 될 수도 있다는 데 생각이 미쳤다.

어느 날 저녁에 열린 대중집회에서 나는 자신도 모르는 사이에 이런 연설을 했다. "여러분, 어느 날 제가 죽어 넘어진 모습을 보게 되더라도 절대로 폭력적인 방법으로 보복하지는 마십시오. 지금까지 보여주신 것과 똑같이 위엄과 기강을 가지고 항의운동을 계속해주실 것을 당부합니다." 청중들 사이에는 이상한 침묵이 맴돌았다.

1월 하순 어느 날 밤의 일이었다. 힘든 하루 일과를 마치고 밤늦게 잠자리에 들었다. 아내는 깊이 잠들어 있었다. 깜박 잠이 들었을 때 전화벨이 울렸다. 수화기를 들자 성난 목소리가 들렸다. "검둥아, 잘 들어. 네놈 때문에 우리는 원하는 것을 몽땅 빼앗겼어. 다음주가 되기 전에 네놈은 몽고메리에 온 것을 후회하게 될 거다." 전화를 끊어버린 후에도 나는 잠을 이룰 수 없었다. 당장에 두려움이 온몸으로 퍼져나가서 옴짝달싹할 수 없었다.

나는 침대에서 일어나서 방 안을 걸어다녔다. 이런 협박을 받은 것이 한두 번이 아니었는데 이상하게도 그날 밤에는 엄청난 공포에 사로잡혔던 것이다. 조바심을 치던 나는 잠을 이루려고 기를 썼지만 헛수고였다. 절망감과 불안감에 시달리던 나는 다시 자리에서 일어나서 부엌으로 가서 커피를 끓였다. '이제 그만 이 일에서 손을 떼야겠다'는 생각이 굳어지고 있었다. 나는 끓여놓은 커피에는 손도 대지 않고 앉아서 비겁하다는 소리를 듣지 않고 이 일에서 빠져나갈 수 있는 방법이 없을까 궁리하기 시작했다. 갓 태어난 귀여운 딸과 깊이 잠들어 있는 헌신적이고 성실한 아내의 얼굴이 떠올랐다. 그녀를 남겨두고 나만 죽을 수도 있고 나를 남겨두고 그녀만 죽을 수도 있는 일 아닌가? '어쩔 수 없다! 이제는 더이상 일을 계속할 수 없다.' 그 순간의 나란 존재는 나약한 인간일 뿐이었다. 그때 머릿속에서 어떤 목소리가 들려왔다. "지금은 아버지도 어머니도 도움을 주실 수 없는 때다. 지금이야말로 아버지가 말씀하셨듯이 길이 없는 곳에서 길을 만드시는 주님의 힘에 의지해야 할 때다." 나는 머리를 움켜쥐고 부엌 식탁에 엎드린 채 소리 높여 기도를 올렸다. 그날

MIA 대중집회에서의 발언 내용
1956년 1월 30일

M. L. 킹이란 인물이 없었다고 하더라도 이 운동은 시작되었을 것입니다. 나는 그저
때마침 이곳에 왔을 뿐입니다. 변화는 이미 준비되어 있었고 그것이 실현되는 순간이
다가온 것뿐입니다. 나는 이 운동에서 특별한 역할을 담당하고 있지 않습니다. 몽고메
리에 변화의 순간이 다가온 것뿐입니다.

밤 주님께 바쳤던 기도는 지금도 기억 속에 생생히 남아 있다. "주여, 저
는 옳은 일을 하기 위해서 애를 쓰고 있습니다. 제가 옳은 일을 하고 있
다고 믿으며 저의 믿음이 옳다고 생각하고 있습니다. 하지만 주여, 지금
저는 나약해져 있습니다. 용기를 잃고 비틀거리고 있습니다. 두려움에
떨고 있습니다. 이렇게 나약한 모습을 사람들에게 보이고 싶지 않습니
다. 저의 나약하고 용기를 잃은 모습을 보게 되면 그들 또한 약해질 것입
니다. 사람들은 저의 지도를 바라고 있습니다. 그런데 제가 힘도 용기도
없는 모습으로 그들 앞에 선다면 그들도 역시 용기를 잃을 것입니다. 제
몸에서 모든 기운이 빠져나가서 저에게는 아무 능력도 남아 있지 않습
니다. 지금 저는 저 혼자서는 도저히 버틸 수 없는 지점에 도달한 것 같
습니다."

그때였다. 머릿속에서 조용히 확신에 찬 목소리가 들려오는 것 같았다.
"마틴 루터, 정의를 위해 일어서라. 평등을 위해 일어서라. 진리를 위해
일어서라. 보라, 세상이 끝나는 그날까지 내가 너와 함께 있을 것이다."

나는 난생 처음으로 주님이 내 곁에 임하신 것을 경험했다. 사악한 세
력들 때문에 영적인 고뇌를 겪었던 경험은 있었지만 이런 경험은 처음
이었다. "결코 너를 혼자 내버려두지 않을 테니 싸움을 계속하라"는 주
님의 목소리를 들은 순간 불안과 의심은 눈 녹듯이 사라져버렸다. 어떤
일이 닥쳐온다 하더라도 의연히 나설 용기가 생긴 것이다.

폭파사건

그로부터 사흘 뒤인 1월 30일 저녁의 일이었다. 나는 7시가 되기 직전에 퍼스트 침례교회에서 열리는 월요대중집회에 참석하기 위해서 집을 나섰다. 내가 집을 비운 동안 아내의 말벗이 되어주기 위해서 신도 한 분이 집에 와 계셨다. 9시 30분쯤 되어서 아내와 그 신도는 집 앞쪽 벽돌이 떨어지는 듯한 소리를 들었다고 한다. 순식간에 폭발이 일어나면서 집이 크게 흔들렸다. 현관에서 폭탄이 터진 것이었다.

폭파사건 소식이 대중집회장에 전해졌지만 사람들은 선뜻 내게 그 소식을 전할 용기가 나지 않았던 것 같다. 내게로 다가오려다가 곧 마음을 바꾼 듯 걸음을 멈추거나, 여느 때와는 다른 이상한 태도로 교회를 드나드는 동료들의 모습을 보니 무슨 일이 생긴 것 같았다. 무슨 일인지 너무나 궁금했다. 나는 친한 동료 세 사람을 불러 아무리 나쁜 소식이라도 감당할 만한 마음의 준비가 되어 있으니 무슨 일인지 말해달라고 재촉했다. 랄프 애버니시가 우물쭈물 하면서 "자네 집이 폭파되었네" 하고 말했다.

아내와 아기가 무사하냐고 묻자 동료들은 "지금 조사하는 중"이라고 대답했다.

정말로 이상한 일이지만, 나는 폭파라는 말을 듣고도 동요하지 않았다. 며칠 전날 밤에 겪었던 종교적인 체험이 그런 끔찍한 말도 담담하게 받아들일 수 있는 힘을 주었던 것이다. 나는 청중들에게 당황하지 말고 이성을 잃지 말 것이며 비폭력주의를 엄격히 고수할 것을 거듭 당부하고, 집회가 끝나면 곧바로 집으로 돌아가라고 말했다. "우리가 하는 일이 옳다는 신념을 가지고 계속 움직입시다. 주님이 항상 투쟁의 길에서 우리와 함께 계신다는 더 큰 신념을 가지고 계속 움직입시다."

나는 당장 차를 몰고 집으로 향했다. 집이 가까워지자 수백 명의 사람들이 화난 표정으로 집 앞에 몰려 있는 모습이 보였다. 군중들은 여느 때와 같이 거친 태도로 교통정리를 하는 경찰들에게 냉담한 태도를 보이고 있었다. 흑인 한 사람이 길옆으로 비켜서라고 말하는 경찰에게 "나는 이곳에서 움직이지 않을 거요. 바로 이것이 문제란 말이오. 당신들 백인들은 항상 우리를 거칠게 다루지요. 당신도 권총을 가졌고 나도 권총을 가지고 있으니 어디 한판 붙어보겠소?" 하고 대꾸했다. 현관으로 다가가면서 보니 무기 든 사람들이 많이 있었다. 비폭력운동이 폭력운동으로 바뀔 위기에 처해 있었다.

나는 아내와 아기가 안전한지 궁금해서 집 안으로 달려들어갔다. 아내와 아기가 상처 하나 없이 무사한 것을 보고서야 나는 오래 참았던 큰 숨을 몰아쉬었다. 아내는 침통한 모습도 당황한 모습도 아니었다. 믿기 힘들 만큼 평온한 아내의 태도를 보고 내 마음도 가라앉았다.

시장과 경찰청장, 백인기자들이 나보다 한 발 앞서 집에 와 있었다. 나는 가족의 안전을 다시 한 번 확인한 후에 그들에게 다가갔다. 시장이 "우리 시에서 이런 불행한 사건이 발생한 것은 유감스러운 일입니다"라고 하자, 교회 신도 한 분이 이렇게 말했다. "당신으로서는 유감스러울 수도 있겠지요. 하지만 이 폭파사건을 유도하는 분위기를 만든 것은 바로 당신의 강경한 발언입니다. 당신이 사용했던 '강경책'이 바로 이런 결과를 초래한 것입니다."

이때 집 밖에 모여든 군중들은 통제할 수 없는 상태에 이르렀다. 경찰들이 군중을 해산시키려 했지만 점점 더 많은 사람들이 모여들었다. 백인기자들도 성난 군중 앞에 나서기를 두려워하고 있었다. 자신들은 인정하고 싶지 않았겠지만 시장과 경찰서장의 얼굴빛도 창백했다.

이런 험악한 분위기를 가라앉혀야겠다는 생각에 나는 현관으로 걸어나가서 군중에게 조용히 해줄 것을 부탁했다. 얼마 지나지 않아 모든 사람들이 입을 다물었다. 나는 조용한 말투로 나도 무사하고 아내와 아기도 무사하다는 사실을 밝혔다.

우리는 법과 질서를 신봉합니다. 흥분하지 마십시오. 무기도 가져오지 마십시오. 검으로 흥한 자는 검으로 망하기 마련입니다. 무기에 의존해서 사는 사람은 무기로 인해서 죽게 됩니다. 이것은 주님의 말씀입니다. 우리는 폭력을 지지하지 않습니다. 우리는 적에게 사랑을 베풀기를 원합니다. 나는 여러분들이 적을 사랑하게 되기를 바랍니다. 적에 대해서 선을 베푸십시오. 적을 사랑하십시오. 그리고 여러분이 그들을 사랑하고 있다는 사실을 그들이 깨닫도록 만드십시오.

이 보이콧을 시작한 것은 내가 아닙니다. 나는 여러분에게 대표직을 위임받았을 뿐입니다. 내가 무너지더라도 이 운동은 중단되지 않을 것임을 나는 전국 방방곡곡에 알리고 싶습니다. 내가 무너지더라도 이 일은 멈추지 않을 것입니다. 우리가 하는 일은 옳은 일이기 때문입니다. 우리가 하는 일은 정당합니다. 그러므로 주님께서는 우리와 함께 하십니다.

내가 말을 끝내자 군중들에게서 "아멘" "신의 은총을" "목사님, 우리는 언제나 목사님 곁에 있습니다" 하는 목소리가 들려왔다. 나는 구름같이 모인 사람들의 얼굴을 훑어보았는데, 울고 있는 사람들이 많이 눈에 띄었다.

저녁 늦어서야 군중들이 흩어졌기 때문에 나는 아내와 요키를 데리고 교회 신도의 집으로 가서 밤을 지냈다. 나는 한 숨도 잘 수가 없었다. 먼 곳에 서 있는 가로등 불빛이 창문에 걸린 커튼 너머로 평온한 빛을 던지고 있었다. 나는 조용한 침실에 누운 채 폭탄을 던진 악한 사람들에 대해서 생각하기 시작했다. 아내와 아기가 죽을 수도 있었다는 생각이 들자 화가 치밀었다. 나는 시 위원들이 나와 전체 흑인들에게 구사했던 온갖 악의 섞인 표현들을 떠올렸다. 나는 다시 한 번 증오심에 사로잡혔다. 하지만 또다시 스스로에게 "증오심을 가져서는 안 된다"라고 중얼거렸다. 자정이 지난 지도 오래 되어 아내와 아기는 깊이 잠들어 있었다. 잠자리에 누워 뒤척이다가 설핏 선잠이 들었는데, 현관문을 두드리는 소리에 잠에서 깨었다. 창문으로 내다보니 현관 밖에 누군가가 서 있었다. 침대에서 일어나서 커튼 너머로 보니 바로 장인이었다.

보이콧의 의미
『뉴욕타임스』, 1956년 2월 24일

우리 운동을 증오의 운동으로 만들려고 하는 사람들이 있습니다. 우리 운동은 백인과 흑인 간의 싸움이 아니라 정의와 불의 간의 싸움입니다. 우리 운동은 백인들에 대항한 흑인들의 반항 이상의 의미를 가지고 있습니다. 우리가 추구하는 것은 몽고메리 흑인의 지위 향상이 아니라 몽고메리 전 주민의 지위 향상입니다.

날마다 억압당하고 날마다 착취당하고 날마다 유린당한다고 해도, 증오심을 불러일으키려는 책략에 넘어가지 맙시다. 우리는 사랑이라는 무기만을 사용해야 합니다. 우리를 증오하는 사람들을 이해하고 동정해야 합니다. 너무나 많은 사람들이 우리를 증오하도록 교육을 받고 자랐습니다. 그러므로 그들이 우리를 증오하는 것은 전적으로 그들의 탓만은 아니라는 사실을 깨달아야 합니다. 하지만 우리는 칠흑 같은 밤중에도 생명 속에 서 있으며, 새로운 새벽의 문턱을 넘어서고 있습니다.

장인은 라디오에서 폭파사건 소식을 듣고 곧바로 몽고메리로 차를 몰고 오셨다. 집 안으로 들어서는 장인은 침통한 표정이었다. 아내와 나와 잠시 이야기를 나누고 나서 장인은 "코레타야, 긴장감이 가실 때까지 아기를 데리고 친정에 가 있으면 좋을 것 같아서 너희를 데리러 왔다"고 했다. 아내는 침착하고 쾌활한 태도로 "아버지, 생각은 고맙지만 지금은 남편 혼자 놔두고 싶지 않아요. 이 싸움이 끝날 때까지 저는 남편 곁에 있겠어요" 하고 대답했다. 결국 장인은 혼자서 차를 몰고 마리온으로 돌아갔다.

이틀 후, E. D. 닉슨의 집 정원에서 다이너마이트가 터졌다. 다행히 부상자는 없었다. 다시 한 번 엄청난 수의 흑인들이 모여들었지만 자제심을 잃는 사람은 없었다. 이렇게 해서 비폭력저항정신은 1, 2차 관문을 통과할 수 있었다.

폭파사건 후에 교회직원들과 친구들이 내게 경호원과 무장경비원을 고용하라고 당부했다. 아버지도 같은 의견을 내놓으신 적이 있었다. 나는 "이제는 아무런 두려움도 없으며 방어를 위한 무기는 전혀 필요하지 않다"고 대답했다. 그러나 사람들은 자신은 보호하지 않더라도 집과 가족은 보호해야 한다고 주장했다. 가까운 동료들과 친구들의 바람을 외면할 수 없어서 나는 무장경비원을 고용하는 문제를 고려해보겠다고 말하고, 자동차 내에서 권총을 소지할 수 있도록 허가해줄 것을 경찰서에 요청했다. 하지만 내 요청은 받아들여지지 않았다.

그러는 동안 나는 생각을 바꾸었다. 비폭력운동의 지도자로 일하는 사람이 어떻게 자신의 신상을 보호하기 위해서 폭력적인 무기를 사용할 수 있단 말인가? 아내와 나는 며칠 동안의 고민 끝에 무기가 해결책이 될 수 없다는 결론을 내렸다. 이미 소지했던 권총도 없애버리기로 했다. 집 주위에 조명등을 설치하고 정기적으로 집 주위를 순찰하는 비무장경비원을 고용하며 혼자서는 시내를 돌아다니지 않겠다는 약속으로 친구들의 염려를 덜어주기로 했다.

집 안에 권총이 있을 때는 몽고메리에 있다는 것이 무서웠다. 하지만 무기를 포기하기로 결정하자, 죽음이라는 문제와 정면으로 맞붙어 싸울 수 있었다. 그 이후로 나는 권총도 필요 없게 되었고 두려움도 사라졌다. 내가 안전문제 때문에 잘못된 방법을 선택했다면 우리 운동은 도덕적인 정당성을 잃고 압제자와 똑같은 수준으로 타락하고 말았을 것이다.

9

몽고메리의 승리
Desegregation at Last

우리는 마침내 굴욕적인 태도로 버스를 타느니
존엄을 지키며 걸어다니는 것이 훨씬 훌륭한 일이라는 것을 알게 되었습니다.
영혼을 혹사하느니 다리를 혹사하는 것이 옳다는 생각에 우리는
몽고메리 시내를 걸어다니기로 결정을 내렸습니다. 쇠약해진 불의의 벽은
밀려드는 정의의 망치에 두들겨 맞아 허물어져 가고 있습니다.

1956년 2월 21일(27세)
몽고메리 대배심이 킹 목사를 비롯한 MIA 지도자들을
보이콧 금지법률을 위반한 죄로 기소하다.

3월 22일
킹 목사는 불법적인 보이콧을 주도한 죄로 500달러의 벌금형
혹은 386일 간의 구류형을 선고받고 항소하다.

11월 13일
연방최고법원이 버스 내 흑백분리법률은 위헌이라고 선언하다.

12월 21일
MIA가 보이콧 종료를 의결하다.
킹 목사는 흑백통합버스에 최초로 승차하다.

1956년 3월 보이콧 금지법 위반 재판 판결 이후 코레타의 축하를 받으며.

폭력으로도 항의운동을 막을 수 없다는 것을 깨닫게 된 반대세력은 대량 체포작전을 개시했다. 1월 9일, 몽고메리의 검사 한 명이 언론을 통해 해묵은 보이콧 금지 주 법률에 대해 언급했다. 2월 13일에는 버스보이콧에 참여하는 흑인들이 이 법률을 위반하고 있는 것인지 판단하기 위해서 몽고메리 대배심이 소집되었다. 17명의 백인과 1명의 흑인으로 구성된 대배심은 약 일주일간의 심의 끝에 보이콧이 불법이라고 판단하고 100명이 넘는 흑인들을 기소했는데, 피고 명단에는 당연히 내 이름도 들어 있었다.

　기소 당시에 나는 강의를 하기 위해서 내슈빌의 피스크 대학에 가 있었다. 나는 사태의 진전을 파악하기 위해서 하루에 세 번 이상 몽고메리와 전화로 연락하고 있었다. 2월 21일 화요일 늦은 밤, 나는 랄프 애버니시와의 통화를 통해 기소 결정 소식을 처음 들었다. 애버니시는 "다음날 아침부터 체포가 시작될 예정"이라고 말했다. 나는 애버니시가 제일 먼저 체포될 것이라고 생각하고 그를 비롯한 다른 사람들을 위해서 기도를 하겠다고 말했다. 애버니시의 태도는 여느 때처럼 평온했다.

　나는 밤새 몽고메리 사람들을 생각했다. 이번 대량 체포작전 때문에 겁을 집어먹고 항의운동을 중지하자고 하지는 않을까? 사람들은 이제까지 너무나 큰 고통을 감수해왔다. 13주가 넘는 기간 동안 걸어다니며 희생을 감수하거나 자동차가 닳도록 봉사했으며 갖은 핍박과 협박을 당해왔다. 이제는 가장 고통스러운 체포의 위기에 처해 있다. 사람들은 싸움에 지치게 될 것인가? 절망에 빠져 포기하게 될 것인가? 이것으로 우리 운동이 끝나게 되는 것은 아닌가?

신의를 저버릴 수 없다

다음날 아침, 나는 일찍 일어나서 비행기편으로 애틀랜타로 갔다. 내가 내슈빌에 있는 동안 아내와 딸은 애틀랜타의 집에 가 있었다. 공항에는 아내와 아버지, 어머니가 나와 계셨다. 아내와 부모님은 나와 통화하면서 이미 기소 결정 소식을 알고 있었을 뿐 아니라 라디오 방송을 통해서 그 밖의 소식도 듣고 있었다. 아내의 표정은 평소처럼 침착했지만 부모님의 표정에는 깊은 근심이 깃들어 있었다.

아버지는 자신의 신변에 대해서는 전혀 두려움을 모르셨지만 나와 내 가족들에 대해서는 한시도 걱정을 놓지 않으셨다. 아버지는 수도 없이 내 상담역이 되어주셨고 우리 행동의 정당성에 대해서 한치의 의혹도 가지지 않으셨다. 하지만 단호하고 용감한 아버지도 항의운동에 대해서 말씀하실 때마다 눈물을 보이셨다. 어머니도 역시 많이 고통스러워하셨다. 부모들이야 모두 그렇겠지만 어머니는 나와 가족을 굉장히 염려하고 계셨다. 폭파사건 이후 어머니는 의사의 지시에 따라서 자리에 누워 계셨지만 최근에는 더 자주 앓아누우셨다. 어머니께서는 전화로라도 내 목소리를 들으면 잠시나마 마음을 놓으셨기 때문에 나는 자주 어머니께 전화를 드렸다. 그래서 당시 우리 집에는 애틀랜타와 몽고메리 간의 장거리 전화요금 청구서가 산더미 같이 쌓여 있었다. 공항에서 나를 맞으러 다가오시는 부모님의 표정에는 긴장감이 깃들어 있었다.

자동차를 타고 부모님의 집으로 가는 중에 아버지께서 "지금 몽고메리로 돌아가는 것은 현명하지 못한 일이라고 생각한다. 다른 사람들도 많이 기소되었지만, 검찰의 주된 관심은 너를 체포하는 데 있는 게다. 그들은 보증인 없이 너를 구금할지 모를 일이지" 하고 말씀하셨다. 아버지는 몽고메리의 법률집행국이 나를 앨라배마에서 추방할 근거를 찾느라고 애틀랜타에 와서 내 경력을 조사하고 있다는 말을 덧붙였다. 그들은 애틀랜타 경찰서에 가보고서는 내게 사소한 전과조차 없다는 사실을 알고 실망했다고 했다. 아버지는 "이 모든 것으로 미루어보면 그들이 너를 잡아넣으려고 혈안이 되어 있는 것이 분명하다"는 결론을 내리셨다.

나는 아버지의 말씀을 신중하게 새겨들었다. 하지만 아버지 말씀대로 애틀랜타에 머무를 수는 없는 일이었다. 나 때문에 노심초사하고 있는 부모님이 너무나 걱정스러웠다. 나는 정서적, 심리적인 안정을 유지하는 문제에도 신경을 써야 할 처지인데도, 어머니께 심려를 끼쳐드리는 것에 대해서 죄책감까지 느끼고 있었다. 그렇다고 해서 여기서 손을 놓는다는 것은 양심이 허락하지 않는 일일 뿐 아니라 도덕적 용기가 부족한 일이었다. 사랑하는 사람들에게 고통을 안겨주는 위험한 일에 뛰어들어 보지 않은 사람은 결코 이런 나의 갈등을 이해하지 못할 것이다.

부모님의 집에 도착하자마자 나는 이층으로 올라가서 생후 3개월 된 요키를 안았다. 딸의 천진한 미소를 보자 잠시나마 긴장감이 풀리는 것 같았다.

아버지는 오후에 절친한 친구 몇 분을 집으로 오시게 해서 이야기를 나누어보자고 말씀하셨다. 그렇게 해서라도 아버지의 걱정을 덜어드릴 수 있다면 좋겠다는 생각에 나는 출발을 늦추고 아버지의 뜻을 따랐다. 유명한 변호사인 A. T. 월던 씨, 유명한 사업가인 C. R. 예이츠 씨, 『애틀랜타 데일리 월드』지의 편집장인 C. A. 스콧 씨, A. M. E. 교회의 셔면 L. 그린 주교, 모어하우스 대학의 벤자민 E. 메이즈 씨, 애틀랜타 대학 총장인 루퍼스 E. 클레멘트 씨가 찾아오셨다. 아내 코레타와 어머니도 자리를 함께 했다.

아버지는 사람들에게 몽고메리에서 나를 쫓아내기 위해 어떤 시도가 있었는지 간략하게 설명하시고 나서 나에게 무슨 일이 일어날까 봐 밤마다 불안감에 시달리고 있다고 솔직히 토로하셨다. 그리고 몇 시간 전에 자유주의적인 백인변호사와 이야기를 나누었는데, 그 사람은 내가 지금 몽고메리로 돌아가서는 안 된다고 하더라는 말씀도 하셨다.

방 안에 모인 사람들은 아버지의 이야기를 듣고 낮은 목소리로 의견을 나누었다. 참석자 중 두 분이 아버지의 의견에 동조하는 이야기를 하셨다. 모두 연장자들이며 지도적인 위치에 있는 분들이므로 그분들의 의견을 존중해야 할 필요가 있다고 생각하고, 나는 될 수 있으면 호의적이고 객관적인 태도로 귀를 기울였다. 얼마 지나지 않아 더 이상 그분들의 이야기를 듣고 앉아 있을 겨를이 없다는 생각이 들어서 나는 이의를 제기했다. "저는 몽고메리로 돌아가야 합니다. 친구들과 동료들이 체포되고 있습니다. 도피하는 것은 너무나 비겁한 일입니다. 동지들을 배반하느니 10년 동안 감옥살이를 하는 편이 낫습니다. 한번 시작한 투쟁이니 등을 돌릴 수는 없는 일입니다. 저는 지금 돌이킬 수 없는 곳까지 와 있습니다." 내 말을 듣고 사람들은 한동안 침묵을 지켰다. 갑자기 아버지가 울음을 터뜨리셨다. 나는 내 인생에 큰 영향을 주신 메이즈 박사를 바라보았다. 그분은 말없는 내 간청을 이해하시고 내 생각을 강력하게 변호하기 시작했다. 그러자 나머지 사람들도 내 생각이 옳으며 일이 그렇게 악화되지는 않을 것이라고 말했다. 월던 씨는 NAACP의 중앙상담국장인 서우드 마샬 씨와 NAACP 앨라배마 지부 상담국장인 아서 쇼어즈 씨에게 각각 전화를 걸어 의견을 물었다. 두 사람 모두 나에 대해서 최고의 법률적 보호책을 강구하겠다고 단언했다. 아버지는 여러 사람들의 확신에 찬 설득을 받아들여서 나의 몽고메리 행에 동의하셨다.

아버지는 나의 몽고메리 행을 반대하지는 않겠지만, 어떤 위험이나 어려움이 따르더라도 함께 동행하겠다고 했다. 하루 전날 체포되었다가 보석으로 풀려난 랄프 애버니시가 애틀랜타의 집에 도착했다. 나는 아버지, 애버니시, 그리고 교회 신도 몇 사람과 함께 교도소로 향했다.

나는 내 죄가 자랑스럽다

교도소는 축제 분위기였다. 사람들이 체포를 당하겠다고 몰려들고 있었다. 체포되는 것을 두려워하는 사람도 없었고 체포를 모면하려고 기를 쓰는 사람도 없었다. 자기 발로 경찰서로 나와서 기소자 명단을 확인해 보고는 자신의 이름이 없는 것을 알고 실망하는 사람들도 많았다. 한때는 겁에 질렸던 사람들이 이제는 완전히 태도를 바꾸어 자유를 위해서 체포되는 것을 자랑스럽게 여기고 있었다. 나는 이런 연대감에 용기를 얻어서 단호한 걸음걸이로 교도소로 향했다. 교도소에서 사진촬영과 지문채취를 하고 나서 나는 신도 한 사람의 보증으로 집으로 돌아올 수 있었다.

3월 19일에 재판이 시작되었다. 재판이 진행되는 동안 전국 각지에서 친구들이 찾아와서 우리 곁에 머물렀다. 유진 카터 판사가 개정 선언을 하고 나서 첫번째 피고로 나를 지명했다. 나흘 동안 법정에서는 양측의 주장이 오고갔다. 3월 22일 화요일 오후, 카터 판사가 "보이콧을 금지하는 주 법률을 위반했으므로 피고에게 유죄를 선언하고 500달러의 벌금형 혹은 386일 간의 몽고메리 주 내에서의 강제 노역형에 처합니다"라고 선언했다. 판사는 내가 폭력 예방을 위해 노력한 바 있으므로 가장 가벼운 형벌을 내린 것이라는 말을 덧붙였다. 판사는 다른 흑인들에 대해서도 유죄를 선언하고 나서 내 사건에 대해서는 최후 항소가 끝날 때까지 집행을 연기한다고 했다.

몇 분 만에 친구들이 나의 보증인으로 서명을 마쳤고 변호사는 판사에게 항소를 제기하겠다는 사실을 통보했다. 법정을 빠져 나오자 법원 앞에는 보도진과 수백 명에 달하는 흑인들과 백인들이 진을 치고 있었다. 내가 손을 흔들자 군중들은 '앞으로는 버스를 타지 않으리라'는 노래를 부르기 시작했다.

유죄판결을 받고 법정을 떠나는 사람은 침통한 표정을 짓게 마련인데, 나는 웃으면서 법정을 나섰다. 나는 유죄판결을 받았지만 내 죄를 자랑스럽게 여기고 있었다. 나의 죄는 사람들을 불의에 항거하는 비폭력적인 운동에 참여시킨 죄이며, 사람들에게 자기 존중과 존엄성에 대한 인식을 주입시킨 죄이며, 사람들이 누구에게도 빼앗길 수 없는 생명권, 자유권 그리고 행복추구권을 누리게 되길 갈망한 죄였다. 다른 무엇보다도 나의 죄는 사람들로 하여금 선에 협력하는 것이 도덕적 의무이듯이 악에 협력하지 않는 것도 도덕적 의무라는 확신을 주려고 했던 것이었다.

이렇게 해서 항의운동을 종식시키려는 또 하나의 시도도 실패로 끝났다. 나는 항소를 해서 사건이 상급법원으로 넘어가면 판결이 뒤집힐 것이라는 확신을 가지고 있었다. 반대세력의 이번 전술은 항의운동을 종식시키지 못하고 오히려 우리 운동에 보다 큰 추진력을 제공하고 우리의 단결을 강화했을 뿐이었다. 카터 판사가 유죄판결을 내린 대상은 사건번호 7399번, 마틴 루터 킹 2세가 아니라 몽고메리에 거주하는 흑인 전체였다. 항의운동은 유죄판결로 인해 종식되지 않았음은 물론이다. 너무나 대규모적인 운동이었으므로 종식시킨다는 것은 불가능했다. 운동은 강력하고 효과적인 연계를 가지고 단단하게 뭉쳐 있었다. 단결 속에는 놀라운 힘이 있다. 진정한 단합이 있는 한 어떤 분열책동도 단결을 강화시킬 뿐이다. 반대세력은 공통된 고통의 경험이 우리를 한 운명으로 묶어놓았다는 것을 깨닫지 못하고 있었다. 우리는 어느 한 사람의 일이라도 우리 모두의 일로 받아들였던 것이다.

반대세력들은 자기들이 상대하는 흑인들을 제대로 알지 못했다. 그들은 상대를 을러대거나 달래면 무슨 일을 시키든 마다하지 못하는 집단이라고 생각하면서 우리들이 전혀 두려움을 모르는 세력이라는 점을 깨닫지 못하고 있었다. 그들이 취한 행동들이 모두 실패로 끝난 것은 그들이 '새로운 흑인'들을 상대하면서 '과거의 흑인'이란 척도에 맞게 짜여진 방법을 사용했기 때문이었다.

저는 어떤 일을 하는 사람이든 사회적으로 중요한 문제에 직면하게 되면 일어서야 한다고 생각합니다. 두려움에 사로잡힌 사람은 그렇게 할 수 없습니다. 저는 항상 주님께 두려움 때문에 몸을 사리지 않도록 해달라고 간절히 기도합니다. 자신의 인생에 어떤 일이 생길까 두려워 하면서 살아가는 사람은 전 인류의 삶을 고양시키고 전 인류가 직면한 수많은 사회적 문제를 해결하는 데 아무런 일도 할 수 없기 때문입니다.

이런 위기에 처해서 우리 교회신도들은 항상 우리 곁에서 대담하고 적극적으로 활동했다. 내가 하루종일 때로는 며칠씩 집을 비워야 하는 경우가 점차 늘어가자 여성신도들은 우리 집으로 와서 아내의 말벗이 되어 주었고, 남자신도들은 교대로 우리 집 주위를 순찰했다. 신도들과 의 일상적인 만남도 불가능할 정도로 바빠져서 나는 주일에만 겨우 설 교단에 설 수 있었다. 하지만 우리 교회는 내가 항의운동에 많은 시간을 할애하는 것을 흔쾌히 받아들였을 뿐 아니라, 항의운동에 상당한 시간과 자금을 보탰다.

백인친구들도 역시 지원을 아끼지 않았다. 친구들은 자주 전화를 걸어 와 격려의 말을 전했으며, 우리 집에서 폭탄이 터졌을 때는 직접 찾아와 서 안타까움을 전하는 친구들도 있었다.

이런 힘들고 어려운 나날을 보내면서도 아내는 여전히 놀라울 정도로 침착하고 평온한 태도를 보였다. 끔찍한 일을 당해도 아내는 결코 사색 이 되거나 안절부절못하는 일이 없었다. 아내는 언제나 강인하고 용감했 다. 아내는 내 신변에 무슨 일이 생길까 봐 항상 노심초사했지만 그것을 표면에 드러내서 내가 운동에 적극적으로 참여하는 것을 방해한 적은 한번도 없었다. 아내는 자기 문제에 관해서는 전혀 두려워하지 않는 듯 이 보였다. 아내는 언제나 나에게 큰 위안을 주었으며 나의 행동 하나하 나를 챙겨주었다. 뜨거운 투쟁의 열기에서 벗어나 잠시 숨돌릴 틈을 가 지라고 애틀랜타에 있는 본가나 마리온의 처가에 보내는 일도 있었는데, 그럴 때면 아내는 마음이 놓이지 않는지 집으로 돌아와서 끝까지 투쟁에 합류하겠다고 고집을 부리곤 했다. 강인하고 침착한 아내가 아니었다면 나는 몽고메리 투쟁과 관련된 시련과 긴장을 견뎌낼 수 없었을 것이다. 아내는 가장 절망적인 순간에도 나를 지켜주는 희망의 등불이었다.

분리는 곧 불평등이다

자신을 기만하지 맙시다. 남부도 북부도 아직은 우리가 동경하는 땅이 아닙니다. 흑백분리제도는 남부에서는 뚜렷한 형태로, 북부에서는 교묘한 형태로 남아 있습니다. 흑백분리제도는 아직도 현실 속에 살아 있습니다. 흑백분리제도가 임종을 앞두고 있는 것은 사실입니다. 그러나 역사를 살펴보면 사회제도란 마지막 숨을 거두기 전에 훨씬 끈질기게 발악한다는 점을 알 수 있습니다. 현상유지를 원하는 사람들은 낡은 질서의 호흡을 유지하기 위해서 산소 텐트를 준비하고 있습니다. 하지만 민주주의를 살리려면 흑백분리제도는 죽어야 합니다. 민주주의의 기본 철학은 흑백분리제도의 기본 철학과 완전히 대립되는 것입니다. 어떤 논법을 동원한다고 해도 양 제도의 철학을 융합시킬 수는 없습니다. 흑백분리제도는 악입니다. 흑백분리제도는 국가의 암이며, 이것을 제거해야만 민주주의는 건강을 지킬 수 있습니다.

우리는 한때 흑백분리제도를 용인하고 살아보려고 했던 적이 있었습니다. '분리하되 평등하게(separate but equal)'라는 원칙을 따르면 살 수 있다고 생각한 적도 있었습니다. 1896년에 연방최고법원은 플레시 대 퍼거슨 재판에서 '분리하되 평등하게'라는 법률적 원칙을 선포했습니다. 하지만 그 원칙은 어떤 결과를 빚어냈습니까? 평등을 준수할 의도는 눈곱만치도 없으면서 분리만을 엄격하게 강제하지 않았습니까? '분리하되 평등하게'라는 원칙 때문에 우리는 착취의 늪에 빠진 채 가혹하고 끈질긴 불평등을 경험해왔습니다.

외면적인 구조와 양적인 분배의 면에서 평등한 시설이 제공되기는 하지만 흑인들에 대한 불평등은 여전합니다. 흑인아이들은 백인아이들과 비율면에서 똑같은 수의 학교와 똑같은 형태의 건물을 제공받고 있지만 모든 아이들과 교제할 기회를 가질 수 없다는 의미에서 흑인아이들은 여전히 불평등한 대우를 받고 있습니다. 아시다시피 평등은 수학적 혹은 기하적 개념이 아니라 심리학과 관련된 개념이며, 양적인 개념이 아니라 질적인 개념입니다. 양적으로는 평등하지만 질적으로는 불평등한 경우도 있을 수 있습니다. 그러므로 '분리하되 평등하게'라는 원칙은 명백한 모순을 안고 있는 것입니다.

며칠 전에 제가 겪었던 일을 말씀드리겠습니다. 9월 27일 화요일의 일이었습니다. 저는 이스턴 에어라인을 타고 앨라배마 주 몽고메리를 떠나 버지니아로 갈 예정이었습니다. 저는 애틀랜타에 도착하자 이스턴 에어라인에서 캐피탈 에어라인으로 갈아탔습니다. 비행기가 막 이륙하려 할 때 발전기 이상이 발견되어 승객들은 비행기에서 내려 대기실에서 기다려야 했습니다. 기내에서 점심 식사가 제공될 예정이었기에 비행기 회사측은 승객들에게 공항 내에 있는 돕스 하우스 이용권을 제공했습니다. 승객 중에서 유일한 흑인이었던 저는 다른 사람들을 따라서 돕스 하우스로 들어갔습니다. 그런데 식당에 들어가자 웨이터 한 사람이 다가와서 제 등을 떠밀었습니다. 아주 좋은 자리를 권해주려는가 보다 생각했는데, 막상 가보니 구석진 칸막이 방이었습니다. 칸막이가 사방을 가로막아 마치 우리에 갇힌 것처럼 아무것도 볼 수 없는 곳이었지요. 저는 곧바로 여기서는 식사하고 싶지 않다고 말하고 되돌아와서 다른 사람들과 함께 메인 홀에 자리를 잡고 앉았습니다. 다른 사람들은 모두 식사를 주문하는데, 아무리 기다려도 저에게는 주문을 받으러 오는 사람이 없었습니다. 결국 나는 식당주인을 불렀습니다. 내 설명을 들은 주인은 아주 동정적인 말투로 이렇게 말했습니다.

"선생님, 법에 그렇게 규정되어 있습니다. 주 법률과 시 조례에 그렇게 규정되어 있으니 우리는 그대로 따를 수밖에 없습니다. 이곳에서는 선생님께 식사를 드릴 수 없습니다. 하지만 그곳으로 돌아가시면 음식과 접시, 그밖에 모든 것을 똑같이 제공해드리겠습니다. 이곳의 다른 손님들과 똑같이 대우해드릴 것입니다."

저는 식당주인이 정말로 그런 대우가 공평하다고 생각하는지 궁금해서 그 사람의 얼굴을 바라보다가 이렇게 말했습니다. "어떻게 똑같은 대우를 하겠다는 것인지 알 수 없군요. 첫째, 똑같은 실내 분위기를 즐길 수 없으니 불평등합니다. 이곳에 걸려 있는 아름다운 그림들을 볼 수 없지 않습니까? 이런 그림들을 저 칸막이 방 안에 걸어둘 수는 없겠죠. 또 저는 그 방에 앉아 있고 싶지 않습니다. 그곳에 앉아 있으면 화가 치밀어요. 화를 내서는 안 된다고 생각하면서도 그곳에 들어가면 마음이 산란해집니다. 그 방에 들어가면 화가 나게 되니까 그런 대우는 불평등한 것입니다. 또 저는 기내에서 백인청년과 함께 앉게 되었습니다. 그 청년은 앨라배마 주 모빌에서 온 친구인데, 함께 재미있게 이야기를 나누고 있었거든요. 그런데 식당에 와서 당신 말대로 하다보면 우리는 떨어져 앉게 되니 이야기를 나눌 수 없게 됩니다. 나는 누구하고도 이야기를 나눌 수 없게 되는 겁니다. 결국 제가 그 방을 이용한다면 세 가지 면에서 불평등한 대우를 받는 것입니다. 미적인 면에서 불평등한 것이고 화를 낼 가능성이 많아진다는 의미에서 불평등한 것이고, 마지막으로 옆자리에 앉았던 사람과 이야기를 나눌 수 없다는 점에서 불평등한 것입니다."

이렇게 해서 저는 '분리된 시설이란 본래 불평등한 것'이라는 최고법원의 발표가 무슨 뜻인지 깨닫게 되었습니다. 분리하되 평등한 것 따위는 존재하지 않습니다.

새벽이 오기 직전이 가장 어둡다

아직 승리를 거둔 것은 아니었다. 시 당국이 항소를 했기 때문에 우리는 몇 달 동안 더 걸어다니는 고생을 해야 했다. 하지만 우리는 걸어다니면서도 새로운 희망을 가질 수 있었다. 승리는 시간문제였다. 앨라배마에서는 해가 짧아지고 서늘해지면서 여름이 서서히 물러가고 가을이 다가오고 있었다. 최고법원이 우리의 항소에 대한 판결을 내릴 시간이 가까워지고 있었다. 한편 시 당국의 카풀 방해 시도는 계속되었다. 보험회사들이 갑자기 사고의 위험이 너무 높다는 이유로 우리가 사용하고 있는 스테이션 왜건 차량들에 대한 보험계약을 철회하겠다고 나섰다. 우리 차량에 대한 책임보험을 담당하던 회사도 역시 9월 15일자로 모든 보험계약을 철회하겠다고 통지해왔다. 이 사실을 알게 된 친구들이 런던의 로이드 보험에 연락해보라는 편지를 보내왔다. 내가 애틀랜타의 보험대행업자인 T. M. 알렉산더에게 연락을 취해서 로이드 보험과 교섭해보면 어떻겠느냐고 묻자, 그는 로이드 보험에 연락을 취해보겠다고 대답했다. 며칠 뒤 알렉산더 씨는 런던 로이드 보험이 우리 차량에 대한 보험계약 체결의사를 밝혔다고 알려왔다.

하지만 우리 앞에는 더 큰 곤경이 기다리고 있었다. 시 당국이 카풀제도 자체에 대해서 법적인 조치를 취하겠다는 결정을 내린 것이다. 우리는 시 당국의 방해를 봉쇄하기 위해서 연방법원에 시 당국에 대한 카풀제 방해 금지처분을 신청했지만, 우리의 요청은 프랭크 M. 존슨 판사에 의해 거부되었다. 곧 시 당국은 소송을 제기했고 우리측 몇 사람에게 소환장이 날아들었다. 11월 13일부터 재판이 시작될 예정이었다.

재판을 하루 앞둔 밤이었다. 대중집회에서 카풀이 법적으로 금지된다는 사실을 알려야 했다. 사람들이 1년 가까이 솔선수범해서 고통을 감수해왔는데, 이제 카풀제가 무산되면 어떻게 해야 하는가? 사람들에게 이제부터는 걸어서 출퇴근하자고 할 것인가? 아니면 이제 항의운동은 실패로 끝났다고 시인할 것인가? 나는 투쟁을 시작한 이후 처음으로 사람들 앞에 나설 일이 두려워졌다.

저녁 대중집회에서 나는 용기를 내어 사람들에게 사실을 말하는 한편 희망을 불어넣으려고 애를 썼다. "새벽이 오기 직전이 가장 어둡다는 것은 여러분도 잘 알고 계실 것입니다. 우리는 주님께서 우리와 함께 하신다는 확고한 믿음을 가지고 몇 달 동안 움직여왔습니다. 이제껏 겪어왔던 수많은 경험들은 이러한 우리의 믿음이 헛된 것이 아님을 입증해주었습니다. 우리는 이전과 똑같은 믿음, 똑같은 확신을 가지고 나서야 합니다. 길이 없는 곳에도 길을 만드시는 주님의 능력을 확신해야 합니다."

하지만 무너져내린 청중들의 사기는 회복되지 않았다. 정말 어두운 밤이었다. 어떤 밤보다 어두운 밤이었다. 희망의 등불도 사위어가고 믿음의 등불도 스러져가는 밤이었다. 우리는 미래에 대한 불확실한 전망을 안고 집으로 돌아갔다.

다음날 아침 우리는 카터 판사가 재판관으로 배석한 법정에 섰다. 시 당국은 MIA와 서너 곳의 교회, 그리고 몇 사람에 대해서 카풀제로 인한 손해배상소송을 제기했다. 나는 대표피고인의 자격으로 검사 및 변호사와 같은 테이블에 앉았다.

잠시 휴정중이던 12시 무렵 법정에서 이상한 동요가 일었다. 셀러즈 경찰청장과 게일 시장이 두 명의 변호사와 함께 법정 뒤의 방으로 들어갔고 기자들이 상기된 표정으로 그 방을 드나들었다.

나는 우리측 변호사들에게 "뭔가 잘못되었나 보오" 하고 말했다.

내가 이 말을 다 마치기도 전에 연합통신 기자 한 사람이 종이 한 장을 들고 나에게 다가왔다.

"당신이 고대했던 결정이 내려졌습니다. 이 기사를 읽어보십시오."

나는 불안과 희망이 뒤섞인 상태에서 재빨리 글을 읽었다. "오늘 미연방최고법원은 디스트릭트 법원 특별 3인 재판부가 버스 내 흑백분리를 규정한 앨라배마 주 법률에 대해 내린 위헌 결정을 지지했다"고 쓰여 있었다.

순간 내 가슴은 무어라 표현할 수 없는 기쁨으로 울렁거리기 시작했다. 나는 당장 그 소식을 변호사들과 법정 뒤편에 앉아 있던 아내, 랄프 애버니시, E. D. 닉슨에게 전했다. 소식은 순식간에 법정 구석구석으로 퍼졌다. 흑인들의 표정에는 기쁨의 빛이 완연했다. "워싱턴 D. C.에서 주님의 복음이 왔구나" 하고 말하는 사람도 있었다.

몇 분 후 재판이 재개되어 우리는 마음을 가라앉히고 당면한 재판에 임했다. 5시쯤, 양측의 증거 제출이 끝나자 판사는 우리의 예상대로 시 당국이 요청한 카풀금지 임시명령을 승인한다는 결정을 내렸다. 하지만 그 결정을 거들떠보는 사람은 아무도 없었다. 1956년 11월 13일은 몽고메리 버스보이콧운동의 역사에서 가장 중요하고도 가장 아이러니컬한 날이었다. 바로 이 날 역사적인 의미를 가진 두 가지 결정이 내려진 것이다. 하나는 카풀금지 결정이었고 다른 하나는 카풀을 만들어낸 근본 원인을 제거하는 결정이었다. 가장 어두웠던 밤이 지나고 승리의 새벽이 다가온 것이었다. 실망과 슬픔과 좌절이 짓누르던 밤이 지나고 드디어 새벽이 밝아온 것이다.

나는 집으로 달려가서 언론을 통해 11월 14일 수요일 저녁에 항의운동을 마칠 것인지 결정하기 위한 집회를 소집한다는 사실을 알렸다. 되도록 많은 인원을 동원하기 위해서 동시에 두 개의 집회를 개최하여 연사들이 이동하면서 연설을 할 계획이었다. 한편 집행부는 공식적인 항의행동은 당장 중지하되, 워싱턴 D. C.의 최고법원에서 강제명령이 내려올 때까지 버스 이용 재개를 연기한다는 결정을 내렸다. 강제명령이 몽고메리에 시달되려면 며칠이 걸릴 것이라고 예상했기 때문이다.

두 곳의 집회에는 8,000명에 달하는 흑인들이 몰려들어 열광했다. 첫 번째 집회에 모여든 인원을 보니 위헌확인결정이 내려졌다는 사실이 급속히 알려진 것이 분명했다. 두 곳의 집회에서는 항의운동은 중지하되 강제명령이 앨라배마에 도착할 때까지는 버스 이용을 자제하자는 집행부의 의견이 통과되었다. 기나긴 세월 동안 지속되었던 흑백분리의 어두움을 걷어내는 찬란한 새벽이었다.

그날 밤 KKK단이 활동을 개시했다. 라디오에서는 KKK단이 흑인사회에 대한 행동을 취할 것이라는 사실이 보도되었고 폭력행위와 새로운 폭파사건이 잇달았다. 여름이 끝나고 가을에 접어들 무렵 한동안은 공격이 뜸했는데, 최고법원의 결정이 내려지자 KKK단이 활동을 재개한 것이다. 최고법원의 결정이 내려진 그날 저녁, 우리 집에는 5분 간격으로 전화가 걸려왔다. "흑인들이 다시 버스에 타서 앞자리에 앉게 되면, 밤마다 50채 이상의 흑인주택에 불을 지를 것이다. 물론 당신 집도 무사하지는 않을 것이다"라고 말하는 사람도 있었다. 내가 침착한 말투로 그런다고 문제가 해결되지는 않는다는 말을 마치기도 전에, 그는 "이 검둥아. 입 닥치고 있지 않으면 당장 달려가서 박살을 내겠어!"라고 대꾸했다. 어떤 사람은 입이 닳도록 최고법원을 비난하더니, 최고법원 판사들이 모두 공산주의자라는 증거를 가지고 있다고 말했다. 그 사람은 "우리는 빌어먹을 휴고 블랙이 앨라배마로 돌아오길 기다렸다가 네 놈이랑 함께 목을 매달아줄 작정이다"라며 독설을 퍼부었다.

보통 때 같으면 KKK단의 협박이 시작되면 흑인들은 집으로 들어가서 문을 닫고 덧문을 내리고 조명을 끄기 마련이었다. 죽을 것이 무서워서 죽은 듯이 행동했던 것이다. 하지만 흑인들의 태도는 놀랄 만큼 달라졌다. 신문보도에 따르면 "특유의 복장과 두건을 갖춘 40여 명의 KKK단원"이 도착했을 때 흑인주택의 현관에는 불이 켜져 있었고 문도 열려 있었다. KKK단이 지나갈 때도 흑인들은 서커스단의 행진을 구경하는 사람들처럼 애써 태연한 태도를 취하면서 거리를 걸어다니거나 집 앞계단에 서서 지켜보다가 지나가는 차에 대고 손을 흔들어대는 사람도 있었다. 흑인들의 당당한 태도에 당황한 KKK 단원들은 몇 블록을 지나가다가 외곽으로 빠지더니 사라져버렸다.

한편 우리는 흑백통합버스를 이용할 때의 지침을 홍보하는 작업에 착수했다. 연이은 대중집회를 통해서 우리는 비폭력을 강조했다. "이번 승리는 백인에 대한 승리가 아닙니다. 이번 승리는 정의와 민주주의의 승리입니다. 버스에 타면 권리를 주장하겠다고 불필요하게 난폭한 행동을 해서는 안 됩니다. 빈자리가 있으면 그냥 앉고 없으면 서서 가십시오"라며 부지런히 역설했다.

우리측은 이렇게 흑인들을 상대로 흑백통합버스 이용시의 지침을 홍보하는 작업에 많은 노력을 기울였다. 한편 백인들에게 버스를 이용할 때의 지침을 알리는 백인단체는 한 곳도 없었다. 우리는 백인성직자연합을 통해서 '호의적인 태도와 기독교적인 형제애에 입각해서 행동하자'는 발언을 해달라고 요청했다. 하지만 이에 대해 호의적인 반응을 보이는 사람은 많지 않았고 대부분 "논쟁거리가 될 수 있는 그런 문제에 관여하고 싶지 않다"고 말했다. 백인사회의 이런 분위기를 보고 우리는 크게 실망하지 않을 수 없었다.

우리의 믿음은 옳았다

1956년 12월 20일, 마침내 버스 내 인종분리를 금지하는 명령이 몽고메리에 내려졌다. 버스 이용 재개를 하루 앞둔 저녁에 우리는 대중집회를 열어 마지막 지침을 제시하기로 했다. 내가 미리 버스회사 사장에게 전화를 걸어서 주요노선의 버스운행이 재개되는 것이 확실한지를 문의하자, 그는 이제는 마음이 놓인다는 투로 그렇다고 대답했다.

군중들은 세인트 존 A. M. E. 교회가 터질 정도로 모여들었다. 나는 공들여 준비한 연설을 시작했다.

지난 열두 달 동안 우리는 마음 고생도 많이 하고 발도 많이 혹사했습니다. 우리는 대체 운송수단을 유지하기 위해서 엄청난 고생을 했습니다. 부당한 법원판결 때문에 깊은 절망에 빠졌던 적도 있었습니다. 하지만 그런 중에도 우리는 주님이 우리와 함께 싸우고 계시며 정의는 반드시 이긴다는 도덕적 확신을 잃지 않았습니다. 우리는 암흑 속에서 고통당하면서도 부활의 찬란한 빛이 지평선으로 떠오르리라는 믿음을 잃지 않았습니다. 우리는 진리가 십자가에 달리고 선이 땅에 묻히는 것을 보면서도 진리와 선이 땅을 뚫고 다시 솟아오르리라는 사실을 믿어 의심치 않았습니다.

드디어 우리의 믿음이 옳았음이 입증되었습니다. 오늘 아침에 그토록 애타게 기다려온 연방최고법원의 명령이 몽고메리에 도착했습니다. 우리는 지난 일년 간 통일된 비폭력항의운동 속에서 많은 경험을 했고 많이 성숙해졌습니다. 그러므로 우리는 백인형제들에 대해서 법적인 '승리'를 거두었다고 해서 낙관할 수 없습니다. 이제껏 우리를 억압해왔던 사람들의 처지를 생각해봅시다. 그들에게도 법원의 명령에 새롭게 적응할 시간이 필요하지 않겠습니까? 우리들에게도 여러 가지 결점이 있습니다. 우리는 상호이해와 상호존중의 자세를 기반으로 해서 흑인들과 백인들을 단합시키기 위해서 행동해야 합니다. 우리는 상호존중에 입각한 흑백통합을 이루어야 합니다.

이제 냉철한 위엄과 현명한 자제심을 동원해야 할 때가 되었습니다. 감정적으로 격해져서는 안 됩니다. 폭력을 써서도 안 됩니다. 폭력의 유혹에 넘어가게 되면, 이제껏 걸어온 길은 헛수고로 돌아갈 것이며 훌륭하고 위엄 있게 처신해온 지난 일년은 비극적인 대파멸의 전야로 탈바꿈할 것입니다. 버스를 타게 되면 백인들을 호의적인 태도로 대함으로써 그들의 적개심을 친근감으로 바꾸어놓도록 합시다. 이제는 항의운동에서 화해운동으로 넘어가야 할 시점입니다.

저는 주님이 몽고메리에 임하고 계시다고 굳게 믿고 있습니다. 피부색과 상관없이 선의를 가진 사람들은 모두 주님의 뜻에 따라 움직입시다. 이런 헌신적인 태도를 갖추어야만 우리는 인간의 잔혹성이 발악을 하던 음침하고 황폐한 어둠에서 벗어나 정의와 자유가 손짓하는 밝고 찬란한 새벽을 맞을 수 있습니다.

청중들은 일어서서 환호하기 시작했다. 일년 넘게 기다려온 순간이었다. 흑백통합버스를 타게 된다는 것은 새로운 시작을 의미하는 한편, 몽고메리 흑인들을 단합시켰던 노력이 끝난다는 의미에서 결말을 의미하기도 했다. 사람들의 영혼과 감정 속에 비폭력주의가 서서히 자리잡게 된 과정을 이해하게 된 것 또한 만족스러운 일이었다. 우리들은 수많은 투쟁 전술을 사용하면서 인간으로서의 존엄성과 숙명에 대한 새로운 인식을 가지게 되었다. 하지만 그 자리에 모인 모든 사람들이 마냥 기뻐하고 있는 것은 아니었다. 내일 버스를 다시 타게 되면 무슨 일이 일어날까 겁내는 사람들도 있었다. 대의를 위해 희생하면서 영적인 힘을 느꼈던 사람들도 있었지만 이제는 더 이상 희생할 필요가 없게 되었다. 어떤 일이 완결되면 슬픔의 여운이 남는 경우가 많은데, 우리 운동도 완결되면서 미미하나마 슬픔의 여운을 남기고 있었다.

정의를 위해서 일년여 동안 함께 투쟁한 사람들이 복잡한 감정에 휘말려드는 것을 수수방관할 것이 아니라 몸소 사람들을 이끌고 버스에 타야겠다는 생각이 들었다. 나는 랄프 애버니시와 E. D. 닉슨, 그리고 글렌 스마일리에게 인종차별이 없어진 제1호 버스에 함께 승차하자고 제안했다. 금요일 아침 5시 45분 경에 사람들이 우리 집에 집결하자, 보도진이 모여들었다. 5시 55분이 되어, 우리가 버스정류장으로 걸음을 옮기자 카메라 촬영이 시작되었고 기자들은 질문공세를 퍼부었다. 이윽고 버스가 다가와서 문이 열렸다. 내가 버스에 올라서자 버스운전사가 상냥한 미소를 띠며 인사를 했다. 내가 요금함에 요금을 넣자 운전사가 말했다.

"킹 목사시죠?"

"네, 그렇습니다."

"오늘 아침에 당신을 태우게 되다니 무척 기쁩니다."

나는 운전사에게 고맙다고 말하면서 웃음 띤 얼굴로 좌석에 앉았다. 애버니시와 닉슨, 스마일리가 뒤따라 버스에 오르고 보도진도 버스에 올랐다. 글렌 스마일리가 내 옆자리에 앉았다. 이렇게 해서 나는 백인성직자와 남부태생의 흑인과 함께 몽고메리의 흑백통합 제1호 버스에 승차했다.

우리는 중심가에서 백인 거주지역을 도는 버스로 갈아탔다. 백인들은 버스에 오르자 아무 일도 없었던 것처럼 자리에 앉기도 했고, 흑인들이 앞좌석에 앉아 있는 것을 보고 놀라거나 흑인 뒤에 앉지 않으면 서서 가야 한다는 것을 깨닫고는 성난 표정을 짓는 사람들도 있었다. 어떤 노인은 뒤쪽에 빈자리가 있는데도 차장 옆에 서 있다가 누군가가 뒤쪽에 앉으라고 권하자 "죽는 한이 있어도 검둥이 뒤에 앉을 수는 없소"라고 말했다. 어떤 백인여성은 무심결에 자리에 앉았다가 자기 옆에 흑인이 앉아 있는 것을 알아차리자, 벌떡 일어나더니 화가 난 목소리로 "이 검둥이들이 다음에는 무슨 짓을 할 작정이지?"라고 말했다.

첫날에는 그렇게 적의가 표현되는 경우는 있었지만 큰 사건은 발생하지 않았다. 백인들 대부분이 침착한 태도로 새로운 제도를 받아들였다. 일부러 상냥하게 웃으면서 흑인들 옆에 앉는 사람도 있었다. 하지만 버스에서 내리다가 백인여성에게 따귀를 맞는 흑인여성도 있었다. 하지만 그 여성은 대들 생각을 하지 않았다. 나중에 그 흑인여성은 이렇게 말했다. "내가 힘을 썼다면 그 조그만 여자쯤은 목을 부러뜨릴 수도 있었어요. 하지만 그 전날 밤에 있었던 대중집회에서 킹 목사가 당부한 대로 해야 한다는 생각이 들어서 꾹 참았어요." 『몽고메리 애드버타이저』지는 버스 내에서 인종차별이 없어진 첫날 이렇게 보도했다. "몽고메리 시민들은 생활양식의 중대 변화를 큰 동요 없이 침착하고 신중한 태도로 받아들였다."

새로운 흑인상

몽고메리는 흑백차별이 극심한 남부식 생활양식에 대항하여 조직적이고 지속적인 대중집회와 비폭력적 저항이 최초로 전개된 지역이었다. 몽고메리 운동은 만인에게 많은 것을 약속해놓고도 다수의 흑인들에 대한 냉대와 만행을 묵과하는 국가질서에 대항한 용감한 집단행동이었다.

몽고메리 운동은 미국 흑인들의 흑백차별 철폐투쟁에서 중대한 전환점이라고 할 수 있다. 몽고메리 흑인들은 고립되고 무익하며 폭력적인 노예반란이나, 개별적이고 산발적인 반항사건과는 전혀 다른 방식으로 자신들을 속박하는 억압세력에 항거했다. 몽고메리에서는 동시적이고 일률적인 방식으로 대오를 편성하여 버스 이용을 거부하는 항의운동이 전개되었다. 운동세력은 버스를 타지 않고 걸어다니거나 카풀 등의 대체 운송수단을 재치 있게 활용함으로써 승리를 달성했다.

또한 몽고메리는 흑인혁명운동에 비폭력저항이라는 새로운 무기를 제공하는 데 기여했다. 몽고메리 운동은 집단적인 비폭력저항방법을 미국적인 상황에 맞도록 적용한 최초의 사례였다. 몽고메리에 적용된 비폭력저항운동은 다른 지역에서도 충분히 활용될 수 있는 수준으로 연마되었다. 비폭력저항주의는 상대세력에게 도덕적 타격을 가하여 사기를 약화시키고 양심을 자극한다는 점에서 상대세력을 무력화시킬 수 있는 아주 효과적인 무기였다. 비폭력저항운동은 또한 흑인들에게 도덕적 수단을 통해서 도덕적인 목적을 달성할 수 있는 투쟁방법을 제공함으로써 폭력적 행동을 꺼려하는 사람들의 불만을 지양할 수 있었다.

몽고메리의 승리는 표면적으로는 미국 연방최고법원의 결정이 내려졌을 때 확정되었다. 그러나 실제로는 항의운동에 참여한 사람들은 이미 승리를 쟁취하고 있었다. 흑인들은 목표를 달성하는 그날까지 흑백분리 제도에 대항하여 일사불란한 집단행동을 계속할 수 있음을 자각했으며 그런 인식을 전 세계인에게 심어주었다. 결론적으로 말하자면, 몽고메리가 전 세계 앞에 제시한 새로운 흑인상은 무력감과 수동성, 그리고 고루한 자기 만족을 벗어던지고 인간적인 존엄과 사명에 대한 새로운 인식을 갖춘 인간상, 그리고 자신도 훌륭한 인간이라는 새로운 자존의식으로 무장하고 어떤 희생을 치르더라도 자유와 인간적 존엄을 쟁취하겠다는 새로운 결단을 내린 인간상이었다.

10

확산되는 투쟁

The Expanding Struggle

역사는 우리 세대에게 이루 말할 수 없이 중요한 사명을 부과하였다.
그것은 바로 민주화 과정을 완결해야 한다는 사명이었다.
우리나라의 민주화 과정은 너무나 긴 세월 동안 너무나 느리게
진전되어 왔으면서도 전 세계의 존경심과 경쟁심을 불러일으키는
가장 강력한 무기가 되고 있다. 우리가 이 중대한 상황에서
어떻게 대처하느냐에 따라 우리들 개인의 도덕적 건강성과 우리 사회의 종교적,
문화적 건강성 그리고 우리 국가의 정치적 건강성과 자유세계의
지도자로서의 위상이 결정될 것이다.

1957년 2월 14일(28세)
킹 목사가 남부지도자협의회(후일의 SCLC)의 의장이 되다.

5월 17일
워싱턴 D. C.에서 열린 자유를 위한 순례기도회에서 연설하다.

9월 25일
리틀 락의 센트럴 고등학교의 인종차별을 폐지하기 위해서
공권력을 사용하겠다는 아이젠하워 대통령의 결정을 지지하다.

10월 23일
마틴 루터 킹 3세가 태어나다.

1958년 6월 23일
킹 목사를 비롯한 시민권 지도자들이 아이젠하워 대통령과 회담하다.

리틀 락 센트럴 고등학교의 인종차별에 항의한 주역들. 가운데는 NAACP 변호사인 서굿 마셜.

1957년 1월 9일, 랄프 애버니시와 나는 다음날 있을 흑인지도자회의를 준비하기 위해서 애틀랜타에 도착했다. 한밤중에 애버니시 부인이 전화를 걸어왔다. 시간이 새벽 2시였으므로 나는 나쁜 일이 생겼음을 직감할 수 있었다. 랄프는 통화를 끝내고 나서 침착한 표정으로 이렇게 말했다. "우리 집이 폭파되었다네. 그리고 그밖에도 서너 건의 폭파사건이 있었다는데, 그곳이 어딘지는 아직 모르겠다고 하는군. 아내와 딸은 주님의 은혜로 무사하다네." 바로 그때 애버니시 부인이 다시 전화를 걸어와서 퍼스트 침례교회가 폭파되었다는 소식을 전했다. 랄프의 집과 교회가 같은 날에 폭파된 것이었다. 무슨 말로 랄프를 위로해야 할지 알 수 없었다. 새벽 이른 시간에 우리 두 사람은 머리를 모으고 주님께 이 시련을 견디고 계속 나아갈 수 있도록 힘을 달라는 기도를 드렸다.

　랄프와 나는 우리가 참가하지 않고도 흑인지도자회의가 개최될 수 있도록 조치를 하고 나서 몽고메리로 돌아갔다. 몽고메리 공항에 도착하자마자 곧장 랄프의 집으로 달려갔더니, 랄프의 집 근처에는 밧줄이 처져 있고 수백 명의 사람들이 몰려들어 폭파현장을 지켜보고 있었다. 현관은 완전히 파괴되어 있었으며 집 내부의 집기들이 이리저리 흩어져 있었다. 애버니시 부인은 충격을 받아 해쓱해지기는 했지만 상당히 침착한 모습이었다.

　그날 아침 우리는 침통한 심정으로 나머지 폭파현장을 돌았다. 벨 스트리트 교회와 마운틴 올리브 침례교회는 거의 완전히 파괴된 상태였다. 나머지 두 교회의 파손 정도는 비교적 심하지 않았지만 그 피해는 막심했다.

그날 오후 나는 애틀랜타로 돌아와서 흑인지도자회의에 참석했다. 남부 전역에서 모여든 100여 명의 사람들은 비폭력적인 수단으로 최고법원으로부터 버스 내 흑백차별 위헌결정을 이끌어낸 몽고메리 운동에 열광적인 지지를 보내주었다. 우리는 아이젠하워 대통령에게 전화를 걸어 남부의 주요 도시를 순방하면서 남부인들에게 최고법원의 결정을 국법으로 인정하고 준수할 것과 시민권 문제와 관련하여 국내외적으로 제기되는 여러 문제들이 도덕적인 문제임을 인식할 것을 당부하는 연설을 해달라고 부탁했다. 지도자회의는 폐회 전에 투표를 통하여 지역별 항의 단체들의 공동 행동을 촉진하기 위한 상설조직으로 '남부지도자협의회 (후일 남부기독교지도자협의회, SCLC)'를 결성하였다. 나는 그 자리에서 협의회 의장으로 추대되었으며, 지금까지 그 직위를 유지하고 있다.

테러의 물결

지도자회의를 끝내고 몽고메리로 돌아와보니 흑인사회는 위축되어 있었다. 여러 건의 폭파사건이 있은 뒤, 시 위원회는 버스의 운행을 중지시켰다. 시 원로들은 이번 폭력사태를 구실로 버스회사의 허가를 취소할 작정인 것 같았다. 결국 많은 사람들은 공든 탑이 무너진 듯한 허탈감에 빠져들고 있었다. 나 또한 버스 운행재개를 위해서 다시 기나긴 투쟁을 시작해야 한다는 사실과 악성 유인물이 흑인 사회에 쏟아지는 사실에 불안해졌다. 폭파사건으로 무력감과 혐오감에 빠진 나는 이 모든 일이 나 때문에 발생했다는 죄책감을 느끼기 시작했다.

월요일 밤의 대중집회에 참석하면서도 내 감정은 극도로 혼란했다. 나는 난생 처음으로 대중 앞에서 울음을 터뜨렸다. 나는 청중들에게 함께 기도하자고 말하고 나서 주님께 우리의 모든 행동을 인도하시고 길을 가리켜 달라고 애원했다. 나는 걷잡을 길 없는 감정에 휘말려서 이렇게 기도했다. "주님, 몽고메리 투쟁으로 인해서 목숨을 잃는 사람이 없게 하소서. 저는 죽음을 원하지 않지만 누군가가 죽어야 한다면 저를 택하십시오." 청중 속에서 동요가 일면서 이곳저곳에서 "안 됩니다. 절대로 안 됩니다"라는 울음 섞인 외침이 들려왔다. 청중들의 반응이 너무나 격렬했기 때문에 나는 기도를 계속할 수 없었다. 동료 성직자 두 명이 연단으로 와서 내게 자리에 앉으라고 권했다. 나는 몸이 굳어지는 바람에 몇 분 동안 동료들의 팔에 안긴 채 서 있다가 그들의 도움을 받아 가까스로 자리에 앉을 수 있었다. 이 때문에 언론에는 내가 쓰러졌다는 잘못된 보도가 나갔다.

뜻밖에도 나는 이 일로 인해서 평온을 되찾게 되었다. 집회가 끝나자 많은 사람들이 직접 찾아오거나 전화를 걸어와서 끝까지 함께 하겠다며 나의 용기를 북돋워주었다. 그 후 며칠 동안 몽고메리 시는 아주 평온했다. 이윽고 주간운행으로 한정된 것이긴 했지만 버스운행도 재개되었다.

그러다가 다시 테러의 물결이 몰려들었다. 1월 28일 이른 아침에 버스정류장과 택시정류장이 폭파되었고 60세 된 병원 직원의 집에서 폭탄이 터졌다. 같은 날 아침 우리 집 현관에서 12자루의 다이너마이트로 만들어진 조잡한 폭탄이 불발탄으로 발견되었다.

당시 나는 친구와 함께 다른 곳에서 지내고 있었고 아내와 요키는 애틀랜타에 가 있었다. 전화를 통해서 우리 집에서 불발탄이 발견되었다는 소식을 들은 나는 집으로 향했다. 도중에 근처의 폭파 현장에 들렀는데, 다행히도 부상자는 없었다.

나는 집에 도착하자 불발탄이 제거된 현관에서 군중들에게 연설을 했다. "어떤 상황에서도 폭력을 써서는 안 됩니다. 10건이나 되는 폭파사건이 있었으니 이런 의견을 받아들이기는 상당히 어려울 것입니다. 하지만 이것은 주님이 걸어가신 길, 십자가의 길입니다. 아무런 잘못도 없이 당하는 고통은 구원의 고통임을 확신해야 합니다." 주일 아침이니 집으로 돌아가서 교회에 갈 준비를 하라는 내 당부에 사람들은 하나둘 흩어지기 시작했다.

일련의 폭파사건이 발생하면서 몽고메리는 급속히 무질서상태로 빠져들었다. 이윽고 시 당국이 적극적으로 수사에 착수했으며, 폭파범의 체포와 유죄판결에 도움이 되는 정보를 제공하면 4,000달러의 현상금을 지급하겠다고 공표했다. 1월 31일, 폭파사건과 관련해서 백인 7명이 체포되었다는 소식에 흑인사회는 크게 술렁였다.

피고측 변호사들은 이틀 간의 변론을 통해서 '폭파사건은 자금이 부족해진 MIA가 기부금을 끌어 모으기 위해서 꾸민 음모'라고 주장하면서 피고들의 결백을 주장했다. 두번째 재판이 있던 날 나는 피고측의 요청으로 증인석에 서야 했고, 한 시간이 넘도록 폭파사건과 무관한 질문을 받아야 했다. 피고측 변호사들은 내 진술을 전후 사정에서 분리시켜서 내가 증오와 폭력을 부추기고 있다는 인상을 심으려고 했다. 그들은 백인들과 관련된 경멸적인 표현들을 조작해서 그것들이 내가 만들어낸 표현이라고 떠넘기려고 들었다. 피고들은 이미 범죄를 자백한 상태였으며 제출된 증거들도 충분했는데 판사는 이들에게 무죄판결을 내렸다.

다시 한 번 정의가 손을 들고 만 것이다. 하지만 완강한 저항자들의 마지막 발악도 막을 내렸다. 질서 교란행위는 중단되고 버스 내 흑백차별 폐지는 순조롭게 진행되었다. 몇 주 만에 운송체계는 정상을 회복했다. 흑인과 백인들은 어디를 가거나 같은 버스를 탔다. 흑백통합버스가 몽고메리 시내를 달리게 되었다고 해서 하늘이 무너지지는 않았다.

운동의 상징이 되다

1957년 2월, 『타임』지가 몽고메리 운동을 커버 스토리로 다루었다. 그 후로 나와 항의운동에 대한 일반인의 감정과 갈등이 완화되는 것이 뚜렷하게 느껴졌다.

이즈음에 나는 어느 곳에 가더라도 다양한 인종, 다양한 신조를 가진 사람들로부터 아낌없는 환대를 받았다. 내가 연설하러 가는 곳마다 엄청난 사람들이 몰려들어서 설 자리가 없어 되돌아가는 사람이 수백 수천 명에 달했다. 연설을 끝내고 나면 나는 사인을 받으려고 몰려드는 사람들을 피하기 위해 서둘러야 할 지경이었다. 거리를 걸어갈 때에도 사람들이 몰려들어서 "저 사람 앨라배마의 킹 목사 아니야?" 하는 말들을 주고받았다. 이런 환대를 받으면서 살다보면 자신이 특별한 존재라고 느끼는 것도 무리는 아니라는 생각까지 들기도 했다.

자신이 상징적인 인물로 주목받고 있음을 의식하는 사람은 끊임없이 자신의 영혼을 탐색하게 마련이다. 자신이 주위 사람들이 기대하는 고귀하고 숭고한 원칙을 준수하면서 살고 있는지 자신의 생활을 부지런히 점검하면서, 공적인 자신과 사적인 자신 사이의 격차를 최소화하기 위해서 항상 노력하게 마련이다.

그 즈음에 나는 날마다 이런 기도를 드렸다. "주님, 제 자신의 참된 모습을 볼 수 있도록 도와주소서. 주님, 제 자신이 운동의 상징적 인물에 지나지 않음을 잊지 않도록 도와주소서. 제 자신은 역사 속에서 이미 준비되어 왔던 시대정신을 상징적으로 대표하는 자에 불과함을 잊지 않도록 도와주소서. 제가 몽고메리 시에 오지 않았더라도 몽고메리에서는 보이콧이 발생했으리라는 사실을, 저를 이곳에 이르게 한 것은 역사의 힘과 이름 없는 5만여 앨라배마 흑인들이라는 사실을 잊지 않도록 도와주소서. 주님, 제가 지금 이곳에 설 수 있는 것은 역사의 힘과 다른 사람들의 도움 덕분임을 잊지 않도록 도와주소서."

남부의 새로운 흑인상

몽고메리의 인종문제는 1955년 12월 이전에 비해 크게 개선된 것은 사실이지만 완전히 해결된 것은 아니었다. 몽고메리의 문제는 국가적인 차원에서 인종문제가 전개될 것임을 암시하는 것이었다. 오랜 세월 동안 성숙해온 흑인들의 힘 때문에 인종적인 위기상황이 야기되었던 것이다. 양차 세계 대전과 대공황, 그리고 자동차의 보급이라는 사회적 대변동이 농장에 분산되어 있던 흑인들을 과거의 고립에서 벗어나게 만들었다. 농업의 쇠퇴와 그에 비례한 공업의 발전은 수많은 흑인들을 도시 중심가로 끌어내고 흑인들의 경제조건을 점차적으로 향상시켰다. 새로운 사회관계 덕분에 흑인들의 시야는 확대되었으며 보다 나은 교육의 기회를 누리게 되었다.

이런 요소들이 결합되면서 흑인들은 자신에 대해 새롭게 인식하기 시작했다. 생활 경험이 확장된 덕분에 흑인들은 자신이 보다 넓은 사회관계 내에서 동등한 역할을 담당하고 있으며 따라서 자신은 새로운 의무에 합당한 권리와 특권을 누릴 자격이 있다는 의식을 가지게 되었다. 노예제도와 흑백분리제도의 폐해로 지나친 열등감에 빠져 있던 흑인들은 이제 자신들을 재평가하게 되었다. 자신들이 가치 있는 존재임을 자각하게 된 것이다.

자기 존중의식이 자라나면서 흑인들은 훌륭한 시민으로 대우받는 그날까지 투쟁하고 희생하겠다는 새로운 결단을 내리게 되었다. 몽고메리 운동은 이런 의미를 지닌 것이다. 남부에는 새로운 존엄과 사명을 인식한 새로운 흑인들이 존재한다는 사실을 이해하지 못하고서는 절대로 몽고메리의 버스보이콧운동을 이해할 수 없다.

흑인들의 자기 인식이 달라지면서 흑백분리제도와 관련된 수백만 백인들의 도덕적 양심도 깨어났다. 독립선언서가 낭독된 이후로 미국은 인종문제와 관련된 이중적인 면모를 보였다. 미국은 표면적으로는 민주주의를 자랑스럽게 공언하면서도 실천적인 면에서는 비민주적인 이중적인 태도를 지니게 된 것이다. 노예제도와 마찬가지로 흑백분리제도 역시 민주주의의 이상과 기독교 신앙과의 갈등을 빚어냈다. 사실 만인은 평등하다는 원칙을 기반으로 설립된 국가에 흑백분리와 흑백차별제도가 존재한다는 것은 기이한 역설이 아닐 수 없다.

이런 역사적 과정을 절정으로 이끈 것은 공립학교에서의 흑백분리를 금지한 1954년 5월 17일 최고법원의 결정이었다. 호의적인 태도를 가진 사람들에게 이 결정은 강제적인 흑백분리제도의 오랜 어둠을 종식시킨 쾌거였다. 법원은 '분리하지만 평등한' 시설이란 본질적으로 불평등한 것이며 인종에 따라서 어린이를 분리하는 것은 그 어린이에게 평등한 법적 보호를 제공하지 않는 것이라고 단언했다. 이 결정은 이제까지는 꿈속에서만 자유를 그리던 수백만의 흑인들에게 희망을 안겨주었으며 흑인의 자존의식을 향상시키고 정의를 달성하려는 보다 원대한 결단을 품게 하였다.

일체의 억압에서 벗어나 자유를 쟁취하려는 미국흑인들의 이러한 결단은 전 세계 피억압 민중을 분기시킨 것과 똑같은 갈망에서 비롯된 것이었다. 아시아와 아프리카에서는 식민주의와 제국주의의 희생양이었던 사람들이 오랜 세월 동안 꿈꿔왔던 인간으로서의 존엄과 자유를 요구하는 외침이 터져나왔다. 이렇게 볼 때 미국의 인종갈등은 세계적인 차원에서 존재하는 갈등의 일부에 지나지 않는 것이었다.

투표권을 달라

1957년 5월 17일, 시민권 지도자들은 최고법원의 흑백분리 금지결정 3주년을 기념하여 워싱턴 D. C.를 최종 목적지로 하는 순례기도회를 지휘하였다. 그날 전국 각지에서 모여든 수천 명의 흑인과 호의적인 태도를 지닌 백인들이 링컨 기념관에서 약 두 시간에 걸쳐 예배를 드렸다. 순례기도회에 대한 노동조직들의 지지는 대단하였다. 월터 로이터는 휘하 노동조직의 각 지부에게 대표단과 경비를 보내라는 편지를 보냈다. 이 순례기도회의 궁극적인 목표는 인종적 정의를 위하여 전국의 양심을 자극하는 데 있었다. 또 그 당시 남부에서 흑인들을 괴롭히던 폭력과 테러를 고발하고 자유를 위한 투쟁에 참가한 흑인들의 단결력을 과시하며, 남부의원들에 의해서 법안심의가 봉쇄되던 시민권리헌장의 국회 통과를 촉구하려는 특별한 목적도 있었다.

우리는 워싱턴 정부의 코앞에 서서 시민권 문제는 반짝 나타나서 현상유지를 옹호하는 반동적인 세력들의 손에 놀아나다가 점차 사라져가는 국내 문제와는 본질적으로 다른 것이며, 공산주의와의 이데올로기적 투쟁에서 우리나라의 운명을 결정지을 수도 있는 영구한 도덕적 문제임을 선언하였다.

　　우리가 미연방 대통령과 의회 의원들에게 가장 긴급하게 요청하는 것은 투표권을 달라는 것입니다. 우리에게 투표권을 주십시오. 그러면 우리는 더 이상 기본권과 관련하여 연방정부에게 조르지 않겠습니다. 우리에게 투표권을 준다면, 연방정부에게 린치금지법을 통과시키라고 조르지 않고 직접 투표권을 행사하여 남부법전에 린치금지법을 포함시킬 것이며 두건을 쓰고 폭력을 자행하는 자들의 비열한 행동을 종식시킬 것입니다. 우리에게 투표권을 준다면 피에 굶주린 군중들의 무분별한 행위를 정숙한 시민들의 계획적인 선행으로 변모시킬 것입니다. 우리에게 투표권을 준다면 우리는 의사당을 호의적인 사람들로 채우고 남부의 인종차별적 성명서에 서명하지 않고 인종평등에 적극적인 열의를 가진 사람들을 신성한 국회의사당으로 보낼 것입니다.

　　우리는 투표권을 가지게 되면 공정을 행하고 자비를 사랑하는 사람을 남부의 판사석에 앉힐 것이며, 세속적인 인간의 냄새가 아니라 주님의 빛을 이제까지 느껴온 사람, 혹은 앞으로 느낄 사람들을 남부 주지사의 자리에 앉힐 것입니다. 우리는 투표권을 가지게 되면 원한이나 증오심 없이 조용하고 비폭력적인 방법으로 최고법원의 1954년 5월 17일 결정을 수행할 것입니다.……

　　행정부와 입법부가 연방법원과 같이 우리의 시민권 보호에 관심을 가진다면 흑백차별이 있는 사회에서 흑백차별이 없는 사회로 넘어가는 과도기는 대단히 평탄할 것입니다. 워싱턴이 이 문제에 관심을 가지기를 고대했지만 번번이 헛수고로 돌아갔습니다. 법과 질서가 무참하게 짓밟히고 있는 상황에서 행정부는 너무나 냉담하게 침묵을 지키고 있으며, 시민권 법제화에 대한 필사적인 요구가 계속되는데도 입법부는 너무나 안일하고 위선적인 태도를 보이고 있습니다.

　　연방정부의 적극적인 통솔력 부족은 어느 한 정당에 국한된 것이 아닙니다. 민주당과 공화당 양당이 모두 정의를 배반하고 있습니다. 민주당은 남부 딕시크래트(Dixiecrat, 민주당의 시민권 강령에 반대하는 남부 민주당 이반파)의 편견과 비민주적인 관행에 굴복함으로써 정의를 배반하고 있으며, 공화당은 우익과 보수적인 북부인들의 뻔뻔스런 위선에 굴복함으로써 정의를 배반하고 있습니다. 이들은 말은 불같이 해대면서 몸은 전혀 움직이지 않는 경우가 많습니다.

시민권 쟁취를 위한 십자군운동

1957년 여름, SCLC(Southern Christian Leadership Conference, 남부기독교지도자협의회)는 시민권 쟁취를 위한 십자군운동을 계획했다. 최근에 제정된 시민권 법은 흑인들이 투표권을 행사할 수 없는 상황에서는 무용지물일 뿐이었다. 시민권 쟁취를 위한 십자군운동은 남부 전역의 흑인들을 투표권 행사에 나서게 하는 것을 주요 목표로 삼고 새롭게 전개되는 교육 및 실천운동이었다.

남부 전역의 흑인들이 투표권을 획득하게 되면 직면한 대다수의 문제들이 해결될 것이며 새로운 시대가 열릴 것이다. 투표권을 얻고 공직에 적절한 사람을 세우기 전까지는 현재의 상황을 극복하는 것은 불가능한 일이었다. 그러므로 흑인이 취할 수 있는 가장 중요한 발걸음은 투표함으로 이어지는 짧은 걸음이라고 할 수 있었다.

1957년 9월, 아칸소 주 리틀 락의 고등학생들은 연방군의 보호를 받으면서 학교에 가야 했다. 너무나 유감스럽고 불행한 일이었다. 하지만 더욱 불행한 일은 오벌 포버스 아칸소 주지사는 무책임하게도 미 연방 대통령에게 아무런 대안도 남겨주지 않았다는 점이었다. 나는 비폭력주의자일 뿐 무정부주의자는 아니었다. 나는 경찰력을 현명하게 사용할 수 있다고 믿고 있었으며 리틀 락의 경찰력에 대해서도 그것을 기대하고 있었다. 경찰력은 특정 국가나 국내의 특정 인종에 대항해서 싸우는 세력이 아니라 국법 집행을 위해 노력하는 세력일 뿐이다. 아이젠하워 대통령은 세계적인 유명 인사이자 도덕적 영향력을 가진 인물로서 마땅히 남부 전역에서 일어나는 일에 대해서 자신의 생각을 밝혀야 했다. 나는 대통령의 행동을 재촉하기 위해서 리틀 락 학교문제에 관해서 적극적이고 직설적인 입장을 취할 것을 권하는 내용의 전문을 보냈다. 그리고 아이젠하워 대통령은 미국과 세계를 향해 미국이란 나라는 폭도들의 법칙이 다스리는 나라가 아니라 법과 질서를 지키기 위해 전심전력을 다하는 나라임을 보여주었다.

그런데도 연방정부가 버밍햄 문제보다 부다페스트 문제에 더 많은 관심을 기울이는 것은 이해할 수 없는 일이었다. 아이젠하워 대통령은 인종차별 철폐가 바람직하다고 생각하면서도 강압을 하면 할수록 긴장이 고조될 것이므로 몇 년 더 기다리다보면 문제가 저절로 해결될 것이라고 믿고 있는 것 같았다. 아이젠하워 대통령은 인종차별 철폐를 위한 십자군이 되려는 생각은 없는 것 같았다. 대통령은 성실하고 양심적인 사람이었다. 하지만 안타깝게도 대통령은 인종문제와 관련된 사회변화의 여러 측면들과 인종문제의 해결방안에 대한 인식도 없었다.

11 새로운 국가의 탄생

Birth of a New Nation

가나의 탄생은 우리에게 많은 것을 이야기해주고 있습니다.
억누르는 자들은 결코 자발적으로
억눌리는 자들에게 자유를 선사하지는 않는다는 것이 그 중 첫 번째입니다.
우리들은 자유를 위해서 부지런히 노력해야 합니다.
어느 누구도 우리에게 자유를 선사하지 않습니다.
특권 계층들은 강력한 저항 없이는 결코 특권을 포기하지 않습니다.

1957년 3월 6일(28세)
킹 목사 일행이 가나 독립기념식에 참석하기 위해서
골드 코스트에 도착하다.

3월 6일
자정에 열린 가나 독립기념식에 참석하다.

3월 26일
파리와 런던을 경유하여 뉴욕으로 돌아가다.

가나 은크루마 수상.

가나에 가게 되었다는 소식을 듣는 순간 내 마음은 굉장히 설레었다. 새로운 국가의 탄생은 새로운 질서가 시작되고 낡은 질서가 사라진다는 사실을 상징하고 있었다. 나는 가나에 대해서 상당히 깊은 관심을 가졌으며 직접 새로운 국가의 탄생을 목격하고 싶었다. 아프리카 여러 나라를 방문하고 유럽의 서너 지역을 방문하는 여행을 한다는 것은 엄청난 문화적 의의를 가지는 것일 뿐 아니라 이후의 지속적인 교류를 가능하게 하는 것이었다.

가나의 투쟁은 오랜 세월 동안 진행되었다. 대영제국은 더 이상 골드 코스트를 지배할 수 없다고 판단하고 1957년 3월 6일자로 가나에 대한 지배권을 포기했다. 이 모든 것은 은크루마 수상을 비롯한 여러 지도자들의 계속적인 선동과 대중들의 끈질긴 저항이 얻어낸 성과였다.

새로운 시대가 열리다

드디어 가나의 탄생일이 되었다. 1957년 3월 6일, 칠흑같이 어두운 자정에 새로운 국가가 탄생했다. 위대한 순간이었다. 50만에 달하는 사람들이 폴로 운동장을 가득 채우고 있었다. 오랜 세월 동안 기다려왔던 순간이었다.

세계 각지 70여 국에서 온 독립축하사절단이 새로운 국가에게 축하의 말을 던졌다. "우리는 귀국을 도덕적으로 지지합니다. 독립의 길을 걷는

귀국에 신의 인도가 있기를 바랍니다." 그곳에서 미국시민권운동의 지도
자들을 직접 만날 수 있었다는 것도 유쾌한 경험이었다. 내 왼쪽 편에는
찰스 딕스가 앉았고, 오른편에는 아담 파웰과 랄프 번치가 앉았다. 그밖
에 미국에서는 모디카이 존슨, 호리스 맨 본드, A. 필립 랜돌프, 그리고
미국 부통령이 참석했다.

은크루마 수상이 연단으로 걸어나왔고 그 뒤로 열 명쯤 되는 사람들
이 뒤따라 나왔다. 은크루마 수상은 연설을 시작했다. "이제 우리는 영국
의 식민지가 아닙니다. 우리는 자유로운 주권국가의 국민입니다." 국기
게양대에 달려 있던 영국 국기가 내려가고 새로운 국기가 게양되는 순
간, 나는 이런 생각을 했다. "내려지고 있는 저 낡은 국기는 단순한 역사
적 사실을 상징하는 것이 아니라, 낡은 질서가 쇠퇴하고 있음을 상징하
는 것이다. 그리고 게양되고 있는 새로운 국기는 새로운 시대가 다가오
고 있음을 상징하는 것이다." 엄청난 군중들의 입에서 "자유! 자유! 자
유!"라는 외침이 터져나왔다.

나도 모르는 사이에 눈물이 흘러내렸다. 그것은 기쁨의 눈물이기도 했
지만, 바로 이 순간을 위해서 가나의 국민들이 얼마나 많은 투쟁과 고뇌
와 고통을 감수해야 했을까 생각하면서 흘리는 공감의 눈물이었다.

은크루마 수상의 마지막 연설을 듣고 나서 우리는 집회장을 빠져나왔
다. 여섯 살쯤 먹은 어린아이부터 아흔 살 노인에 이르기까지 모든 사람
들이 아크라 거리를 걸어가면서 "자유! 자유!"라고 외쳐댔다. 그들은 난
생 처음으로 느껴보는 생생한 감격에 휩싸인 채 자유를 부르짖고 있었
다. 오래 된 흑인영가도 울려퍼졌다. "이젠 자유롭네, 이젠 자유롭네. 위
대하신 주님, 드디어 자유를 얻었습니다." 사람들은 마음속 깊은 곳에서
진정한 자유를 절감하고 있었다. 가는 곳마다 지붕에 올라앉아 "자유!"
를 외치는 사람들이 보였다. 후미진 거리 구석구석에서도 자유의 외침이
울려퍼졌다. 성경에 언급된 출애굽기와 같은 상황이었다.

가장 인상적이었던 장면은 은크루마와 그와 함께 투옥되었던 사람들

이 등장하는 순간이었다. 그들은 머리에 왕관 대신 죄수모자를 쓰고, 몸에는 화려한 의복 대신 죄수복을 입고 있었다. 은크루마 수상도 몇 달 동안 감옥에서 착용했던 모자와 죄수복을 입은 채로 연설했다. 자유의 길은 감옥으로 이르는 경우가 많은 것이다.

은크루마의 출발은 보잘것없었다. 부모님은 문맹이었고 아무 잘난 것도 없는 소박한 사람들이었다. 은크루마는 아프리카에서 학교를 다니다가 미국으로 가기로 결심을 굳혔다. 그는 펜실바니아에 있는 링컨 대학에 진학해서 신학박사 학위를 따고 한동안 필라델피아에서 목회활동을 하다가 다시 펜실바니아 대학에 진학하여 심리학과 사회학 석사 학위를 땄다.

은크루마는 식민주의란 사람들을 지배하고 착취하기 위한 도구임을 깨달았다. 식민주의란 어느 한 그룹의 사람들의 이익을 위하여 다른 한 그룹을 억압하고 착취하는 도구였다. 은크루마는 식민주의에 대한 연구를 계속하다가 어느 날 아프리카로 돌아가겠다는 결심을 굳혔다.

은크루마는 아프리카로 돌아가자 골드 코스트의 연합당 집행국 서기로 선출되어 열심히 일했다. 연합당의 사람들 대부분이 오랫동안 농업에 종사해온 연로한 사람들이었기 때문에 은크루마가 너무 성급하게 행동한다고 생각하거나 은크루마의 영향력이 확대되는 것을 시기했다. 은크루마는 결국 골드 코스트의 연합당에서 탈퇴하여 1949년 컨벤션 인민당을 조직했으며 이 당을 기반으로 골드 코스트의 독립을 위한 활동을 시작했다.

은크루마는 몇 년 전부터 투옥되어 있었다. 타고난 선동가였던 그는 선동죄로 감옥에 갇혔지만, 계속해서 감옥 밖의 사람들을 투쟁에 나서도록 격려했다. 은크루마가 투옥된 지 몇 달 만에 사람들은 단합을 이루고 은크루마를 수상으로 선출했다. 결국 대영제국은 은크루마를 석방하고 독립을 승인하는 편이 낫겠다는 판단을 내리게 되었다. 은크루마는 15년 형을 받았지만 9개월 동안만 복역한 후에 골드 코스트의 수상이 되어 감옥에서 나왔다.

희망의 상징

나는 가나의 탄생이 전 세계 피억압 대중들을 자극할 것이라고 생각했다. 가나의 독립은 아시아와 아프리카뿐만 아니라 미국을 포함한 전 세계에 영향을 미칠 것이다. 미국이 독립했던 1776년 당시에도 뉴욕 항구는 수많은 유럽 피억압 대중들에게 희망의 등대였다. 가나도 역시 자유를 위해 투쟁하는 전 세계의 수많은 피억압 대중에게 희망의 상징이 될 것이다.

가나의 탄생은 정의는 기필코 승리한다는 내 확신을 강화시켰다. 가나의 탄생은 우주 어느 곳에서나 정의는 기필코 승리하며 우주는 자유와 정의의 편이라는 사실을 입증하는 증거였다. 가나의 탄생은 자유를 위한 투쟁에 임한 나에게 새로운 희망을 주었다.

화요일 아침, 가나의 의회가 개회되었다. 우리도 그곳에 참석했는데, 골드 코스트의 수상이 된 은크루마가 개회연설을 했다. 영국 여왕을 대신해서 켄트 공작부인이 참석했지만 우리 일행과 같은 단순한 방문객으로 대우받았을 뿐 특별 대우는 없었다. 의회가 개회한 후 은크루마가 퇴장하자 길가에 섰던 사람들이 "은크루마 만세!"를 외쳐댔다. 그의 이름을 연호하는 사람들은 은크루마가 자신들을 위해서 고통을 겪었고 자신들을 위해서 희생했으며 자신들을 위해서 투옥당했음을 잘 알고 있었다.

이 나라는 이제 이집트의 지배에서 탈출하여 홍해를 건넌 셈이었다. 이제 이들 앞에는 황무지가 나타날 것이다. 은크루마는 나와 이야기를 나누는 자리에서 코코아에만 의존하는 경제체계를 안정시키기 위해서는 공업화가 급선무라고 말했다.

자유세계에 당당히 나서기 위해서는 문맹이 90퍼센트에 이르는 국민들의 문화수준을 향상시킬 필요가 있었다. 미국의 흑인들이 가나로 이민

을 가서 새로운 국가의 발전을 위한 기술적 원조를 해줄 수 있다면 좋을
것 같았다. 이미 아프리카로 돌아와 활동을 개시한 사람들도 있었다. 뉴
욕 브루클린 출신의 어떤 의사는 치과의사인 부인과 함께 가나에 입국
해서 사람들의 환영을 받았다. 은크루마는 가나에 이민오길 원하는 사람
들은 모두 환영하겠다고 말했다.

가나의 앞길에는 당연히 어려움이 있을 것이다. 어떤 제도에서 다른
제도로 옮겨가는 과도기에는 어려움이 존재하기 마련이다. 하지만 가나
는 발전과정에서 겪게 될 많은 어려움을 극복할 수 있는 용기와 신념, 그
리고 결단력과 인재를 갖추고 있다는 생각이 들었다.

"사람들이 준비가 되어 있지 않아서 곤란하다"라는 말은 "수영하는 법
을 배우기 전까지는 물에 들어가선 안 된다"는 말과 마찬가지다. 물에 들
어가지 않으면 수영하는 법을 배울 수 없는 법이다. 사람들은 스스로를
다스리고 스스로를 발전시킬 기회를 필요로 한다.

나는 은크루마의 발언을 자주 생각했다. "편안한 예속보다는 위험한
자치를 원합니다." 가나인들은 위험과 역경에 직면해 있지만 오래 전에
탄생한 다른 여러 나라들의 시행착오에서 많은 것을 배울 수 있을 것이
다.

우리 일행은 은크루마를 만난 뒤에 나이지리아에 이틀 간 체류했다. 그러고 나서 유럽을 거쳐서 미국으로 돌아와서 다시 우리의 문제와 마주 앉았다.

12

죽음의 위협

Brush with Death

올해는 저에게 상당히 힘든 해였습니다. 경찰의 만행과 불법체포를
겪었으며, 정신분열증을 가진 여성의 공격으로 치명적인 부상을 입었습니다.
저는 엎친 데 덮친 격으로 갖은 곤경을 겪어야 했습니다.

1958년 9월 3일(29세)
킹 목사, 몽고메리에서 체포되다.

9월 4일
공무집행 방해로 유죄판결이 내려진 킹 목사의 벌금을 몽고메리 경찰청장이 지급하다.

9월 20일
할렘에서 칼에 찔리다.

10월 3일
할렘 병원에서 퇴원한 후 샌디 F. 레이 목사의 집에서 요양생활을 시작하다.

10월 24일
몽고메리로 돌아가 요양을 계속하다.

1958년 9월 3일 몽고메리에서 랄프 애버니시의 재판정에 들어가려다 체포되는 킹.

1958년 어느 토요일 오후의 일이었다. 나는 할렘의 어느 백화점에 앉아서 수백 명의 사람들에게 둘러싸인 채 몽고메리 보이콧운동에 대한 자전적 기록인 『자유를 향한 첫 걸음(Stride Toward Freedom)』의 표지에 사인을 해주고 있었다. 그때 어떤 흑인 여성이 다가와서는 "당신이 마틴 루터 킹입니까?" 하고 물었다.

　나는 사인을 하느라 그 여성을 쳐다보지도 못한 채 "그렇습니다" 하고 대답했다. 대답을 마치기가 무섭게 날카로운 것이 가슴을 강하게 파고들었다. 아이졸라 웨어 커리라는 여성이 편지 개봉용 칼로 내 가슴을 찌른 것이다. 그 여성은 후일 정신이 온전치 않은 것으로 판명되었다.

　나는 구급차에 실려 할렘 병원으로 후송되었다. 몸에 박힌 날카로운 칼을 제거해야 했지만 수술은 상당히 오랫동안 지연되었다. 말을 할 수 있을 정도로 건강이 회복된 며칠 후에야 나는 수술이 지연된 까닭을 알 수 있었다. 정밀을 요하는 위험한 수술을 집도했던 의사는 닥터 오브레이 메이나드였다. 닥터 메이나드는 흉기의 날카로운 끝이 대동맥에 닿아 있어서 그것을 제거하려면 흉부를 완전히 절개해야 했다고 말해주었다.

　닥터 메이나드는 이렇게 말했다. "만일 당신이 수술 받기 전에 재채기라도 했다면 대동맥이 뚫려서 큰 출혈이 있었을 것입니다." 다음날 『뉴욕타임스』지에는 만일 내가 재채기를 했더라면 죽었을 것이라는 보도가 실렸다.

흉부를 완전히 절개해서 흉기의 날카로운 끝을 제거하는 수술을 받고 나서 나흘쯤 지나서야 나는 휠체어를 타고 병원 구내를 돌아다닐 수 있었다. 세계 각지에서 편지들이 몰려들었다. 직접 읽은 편지는 서너 통뿐이었지만 그 중에서도 잊혀지지 않는 편지가 한 통 있었다. 화이트 플레인즈 고등학교에 다니는 여학생이 보낸 그 편지에는 이런 내용이 실려 있었다. "킹 목사님, 저는 화이트 플레인즈 고등학교 1학년 학생입니다. 굳이 말씀드릴 필요는 없겠지만 저는 백인입니다. 신문을 통해서 목사님이 큰 부상을 입었다는 사실을 알게 되었습니다. 또 재채기를 했더라면 죽을 뻔했다는 보도도 읽었습니다. 박사님이 재채기를 하지 않으셔서 천만다행이라는 말씀을 드리고 싶습니다."

불확실하지만 밝은 미래

나는 목숨이 경각에 달려 있는 동안 이상할 정도로 평온한 심정이었습니다. 하지만 그것은 내가 특별한 힘을 가졌기 때문이 아니라, 주님이 내 곁에 임하시고 있기 때문입니다. 인종적 정의를 쟁취하기 위한 투쟁 과정에서 나는 줄곧 주님께 고뇌를 물리쳐주시고 닥쳐올 모든 재앙과 맞설 수 있는 용기와 힘을 달라고 기원했습니다. 끊임없는 기도생활과 주님에 의존하는 태도 덕분에 나는 투쟁과정 내내 주님이 동행하고 계심을 느낄 수 있었습니다. 외적인 긴장감이 고조되고 있을 때에도 주님은 내적인 평온을 주십니다. 나는 이 사실을 다른 방법으로 설명할 길이 없습니다.

나와 가족에 대한 공격이 계속되고 있습니다. 하지만 주님이 그런 폭력적인 행동을 이겨나갈 수 있는 힘을 주실 것이라고 확신합니다. 어떤 공격을 당해도 저는 위축되지 않았습니다. 투쟁을 시작하는 초기부터 저는 희생을 각오했습니다. 비폭력을 신조로 삼는다고 해서 폭력의 희생양이 되지 않는 것은 아닙니다. 비폭력을 신조로 삼는 사람은 폭력의 희생양이 되더라도 다른 사람에게는 절대로 폭력을 가하지 않습니다.

이런 사람은 자신이 고통과 시련을 겪음으로써 사회적 조건이 개선될 수 있다는 확신을 가지고 살아갑니다.

뉴욕에서 당한 사고 덕분에 나는 생각할 시간을 많이 가질 수 있었다. 우리 운동이 고수하는 비폭력주의는 미국뿐 아니라 전 세계에 자극을 주어 피억압 민중을 구출할 수 있을 것이라는 확신이 생겼다. 우리 운동이 영혼을 구속해온 공포의 쇠사슬과 절망의 족쇄를 벗어던지고, 새로운 시대의 여명이 동트고 있다는 확신 속에서 불확실하지만 밝은 미래를 향해 전진하게 되길 간절히 염원했다.

뉴욕 사건으로 인한 피해는 개인적인 차원에 국한되지 않았다. 증오와 원한의 분위기가 전국 각 지역에 스며들어 극단적인 폭력 행위로 터져 나오기 직전이었다. 폭력적 행동은 사회적으로 엄청난 영향력을 발휘하게 된다. 폭력을 자제하지 못하는 사회, 높은 지위에 있는 사람들이 법률에 도전하는 사회는 절망적인 행동을 유도하는 사회 분위기를 만들게 되는 것이다.

나는 어떤 희생을 치르더라도 일을 계속하고 싶었다. 나는 자유와 정의가 강물처럼 흐르는 이상사회 실현을 위하여 꾸준한 노력을 기울이는 다양한 신분의 사람들과 손을 잡기로 했다. 이제 그만 등을 돌리고 싶다는 생각은 전혀 들지 않았다.

13

비폭력운동의 산실, 인도 순례
Pilgrimage to Nonviolence

나는 인도의 위대한 지도자들과 그 거대한 대륙에 사는 수많은 사람들을
만나서 이야기를 나누고 연설을 했다. 그것은 아주 멋진 경험이었다.
이런 경험들은 내 기억력이 망가지지 않는 한 언제까지나
내 마음속에 소중하게 간직될 것이다.

1959년 2월 3일(30세)
킹 목사 부부, L. D. 레딕 박사와 함께 인도로 향하다.

2월 10일
킹 목사 일행이 파리를 경유하여 인도에 도착, 네루 수상과 저녁을 함께 하다.

3월 10일
인도를 떠나 예루살렘 및 카이로를 향하다.

3월 18일
미국으로 돌아오다.

1946년 7월 봄베이에서 간디와 네루의 만남.

인도 여행은 오래 된 나의 꿈이었다. 어릴 적부터 나는 동양에 대해서 묘한 매력을 느꼈고, 인도라는 말을 들을 적마다 코끼리, 호랑이, 사원, 뱀 조련사, 많은 이야기의 주인공들을 생각했다.

몽고메리 보이콧 운동 중에 인도의 간디 성인은 비폭력적인 사회변혁의 방법을 찾아가는 우리에게 빛을 던져주는 등대였다. 버스 내 흑백차별 철폐운동에서 승리를 얻은 직후의 일이었다. 몇몇 친구들이 "인도에 가서 네가 그토록 존경하는 마하트마 간디의 업적을 살펴보는 것이 어떠냐?"고 권했다.

1956년에 네루 인도수상이 미국에 잠시 들른 적이 있었는데, 영광스럽게도 그때 네루 수상은 나를 만나보고 싶다며 자신의 외교비서를 통하여 내게 가까운 시일 내에 인도를 방문할 수 있는지 문의한 적이 있었다. 전임 인도주재 미국대사인 체스터 보울즈에게서 같은 내용의 서한을 받은 적도 있었다.

하지만 막상 출발하려고 할 때마다 문제가 생겼다. 한번은 가나 행이 예정되어 있었고 다음에는 출판사의 독촉으로 『자유를 향한 첫 걸음』의 집필을 서두는 중에 아이졸라 웨어 커리의 공격을 받았다. 그 때문에 나는 여행계획을 포함해서 모든 업무를 중지해야 했다.

사경을 헤매다가 회복된 후, 나는 끝도 없이 계속될 흑백분리 철폐투쟁으로 다시 복귀하기 전에 인도여행을 하는 것이 좋겠다는 생각을 하게 되었다.

혼자서 장거리여행을 하는 것은 좋지 않을 것 같아서 나는 아내와 친구인 로렌스 레딕에게 동행을 부탁했다. 코레타는 인도여성들에 대해서 특별한 관심이 있었고, 레딕 박사는 인도의 역사와 통치형태에 관심이 많았다. 레딕 박사는 내 전기인 『비폭력 십자군전사』를 쓴 친구였다. 레딕 박사는 간디를 아는 사람들이 나와 몽고메리 운동을 대수롭지 않은 것으로 판단했을 때가 가장 섭섭했다고 이야기했다. 우리 세 사람은 머리 세 개와 여섯 개의 눈, 그리고 여섯 개의 귀로 인도를 샅샅이 훑고 돌아오기로 의견을 모았다.

1959년 2월 3일 자정이 되기 직전에 우리는 뉴욕 공항을 떠났다. 레딕의 오랜 친구인 리처드 라이트와 함께 파리에 들렀는데, 그곳에서 라이트는 흑인문제에 관한 유럽인들의 최근 태도를 소상하게 알려주고 최고의 프랑스 요리를 맛보여주었다.

스위스의 안개 때문에 비행기가 결항되면서 우회로를 이용해야 했기 때문에 우리는 예정보다 이틀 늦게 인도에 도착했다. 2월 10일, 봄베이 상공의 구름을 뚫고 내리던 날부터 뉴델리 공항을 떠나던 3월 10일까지 우리 일행이 겪었던 경험은 눈이 번쩍 뜨일 만큼 엄청난 것이었다.

인도인들의 환대를 받다

우리는 인도에서 융숭한 대접을 받았다. 사람들의 환대는 엄청났다. 우리 일행에게는 네루 수상에서부터 마을 원로들과 농지개혁운동의 성자 비노바 브하베에 이르기까지 정부 안팎의 지도자들과 만나 대화를 나누고 인도의 중요한 사회적 실험을 목격할 수 있도록 모든 문호가 개방되었다. 우리 일행의 사진이 신문에 여러 번 보도되었기 때문에 공공장소나 대중교통을 이용할 때마다 우리 일행을 알아보는 사람들이 많았다. 대도시에서 아침 산책을 나가면 전혀 예상하지 못한 곳에서 "마틴 루터 킹 씨이지요?" 하고 묻는 사람들을 만났다.

우리는 계획된 일정 내에 소화할 수 없을 정도로 엄청나게 많은 초대를 받았다. 우리는 유색인이라는 공통점이 있었기에 형제로 대우받았다. 미국과 아프리카, 아시아의 소수 인종과 식민지인들은 인종주의와 제국주의를 뿌리뽑기 위해서 투쟁한다는 점에서 강력한 형제적 유대감을 느끼고 있었다.

우리는 많은 사람들을 만나고 많은 토론회에 참석하면서 수천 명의 인도 국민들을 접할 수 있었다. 나는 인도 전역의 대학 그룹들을 상대로, 그리고 대중집회를 통해서 연설을 했다. 인도 국민들은 인종문제에 대한 관심이 적극적이었기 때문에, 우리들이 참여하는 집회에는 발 디딜 틈이 없을 지경이었다. 이따금 통역자를 쓰기도 했지만 내 연설을 듣는 청중들은 대부분 영어를 알아듣는 사람들이었다.

인도 사람들이 흑인영가를 너무나 듣고 싶어했기 때문에 코레타는 내가 연설한 회수에 비길 만큼 자주 노래를 불러야 했다. 인도인들도 사인받기를 좋아하는지, 우리가 대중집회에 참석하거나 마을들을 방문할 때면 사인을 해달라는 사람들이 장사진을 쳤다. 심지어는 비행기에 탔을 때에도 비행기 조종사들이 객실로 나와서 내게 사인을 해달라고 했던 적도 여러 번 있었다.

우리는 인도에 머무르는 동안 사람들에 둘러싸인 채 기쁨의 환호성을 올렸다. 인도 신문을 통해서 몽고메리 버스보이콧운동은 인도 전역에 널리 알려져 있었다. 인도 신문들이 다루었던 381일 간의 버스보이콧운동에 대한 내용은 미국 신문기사에 비해서 훨씬 자세했다.

우리는 델리, 캘커타, 마드라스, 봄베이 등의 대도시에 갈 때마다 언론인들과 회합을 가졌으며 가는 곳마다 신문기자들을 만나 이야기를 나누었다. 기자들은 예리한 질문을 던지거나 적대적인 태도를 보였는데 직업적인 본성상 뒤쫓고 있는 이야기를 꺼낼 때는 언제나 그런 방식을 택하는 것 같았다. 기자들은 우리에게 대단히 정중하게 대했다. 신문 사설을 보면 인도인들은 미국과 세계 각지에서 진행되고 있는 일들을 놀랄 만

인도 여행에 대한 회상
1961년 6월 6일 링컨 대학교에서 한 연설

인도 국민 4억 중에서 3억 6,500만 이상이 연간소득이 60달러 이하이며 국민들 대부분이 전혀 의료혜택을 받아본 적이 없다고 합니다. 얼마나 기가 막힌 사실입니까?
인도의 열악한 형편을 직접 목격하면서 나는 우리 미국인들이 이러한 현실을 무심한 태도로 방관해서는 안 된다는 생각을 하게 되었습니다. 미국의 운명은 인도의 운명, 나아가서는 세계 모든 국가의 운명과 불가분의 관계에 있으므로 우리는 인도의 궁핍을 그대로 방관해서는 안 됩니다. 우리나라에서는 잉여식량을 저장하는 데 하루에 100만 달러 이상을 지출하고 있다고 합니다. 그 식량을 비용 한푼 들이지 않고 저장할 수 있는 장소가 있습니다. 그곳은 바로 밤마다 주린 배를 끌어안고 잠을 자야 하는 수백만 인도인의 허기진 뱃속입니다. 우리는 세계 전역에 군사기지를 세우는 데 지나치게 많은 국가예산을 들이면서, 굶주리는 이웃에 대해서 참된 관심과 배려를 베푸는 데 한푼도 투자하지 않습니다.

큼 정확하게 이해하고 있음을 알 수 있었다.

엄청난 인구

인도는 엄청난 인구와 엄청난 문제들을 가진 국가였다. 우리는 동에서 서로, 북에서 남으로 장거리를 움직일 때는 비행기를 탔고 단거리를 움직일 때는 기차를 탔으며, 교통이 원활하지 않은 곳에 갈 때는 자동차나 지프를 이용했다.

인도는 어디에나 엄청난 인파가 있었다. 도시의 거리나 광장, 그리고 심지어는 시골마을에도 엄청난 인구가 살고 있었다. 이들 대부분은 가난했으며 볼품없었다. 봄베이에서는 50만 이상의 사람들이 가정도 직장도 없이 밤마다 노숙을 하며 살고 있었다.

가난으로 인한 불행은 엄청난 규모였지만 범죄율은 상당히 적은 편이었다. 이것이야말로 인도 국민이 훌륭한 도덕성을 가지고 있음을 확증하는 구체적인 증거였다. 그들은 가난하고 서로 부대끼면서 거의 굶주리고 있었지만 서로에게서 무엇을 빼앗는 일은 없었다.

인도에는 가난에 찌든 사람들이 있는 반면에 사치스런 집과 땅, 화려한 의상과 지나친 음식 섭취 등의 풍요를 누리는 사람들도 있었다.

정부 지도자들과 재야 지도자들은 모두 여러 심각한 문제들과 대담한 싸움을 벌이고 있었다. 문제해결에 대한 지도층의 인식은 극단적으로 분열되어 있었다. 생활수준을 향상시키려면 되도록 빠른 시간 내에 서구화, 현대화를 이루어야 한다고 주장하는 사람들도 있는 반면에 서구화는 사악한 물질만능주의와 살인적인 경쟁, 흉악한 개인주의를 동반하게 된다고 말하는 사람도 있었다. 지도층의 다수는 서구화를 바람직하지 않은 것으로 보는 것 같았다. 그들은 양키식의 달러를 추구하기 시작하면 인도는 영혼을 잃을 것이고, 대량 생산기계들이 도입된다고 해도 직장을 가진 소수 노동자들의 생활수준이 향상될 뿐 대다수의 국민들은 굶주리게 될 것이라고 주장했다.

지식인 출신으로 정부를 이끌어갈 실제적인 책무를 맡고 있는 네루 수상은 이렇게 양극을 달리는 주장 사이에서 중도를 지키고 있었다. 네루 수상은 우리와 대담하는 자리에서 "어느 정도의 산업화는 필수적이며 중공업을 통해서만 얻을 수 있는 혜택도 상당한 것이므로 신중한 국가 감독하에서 산업을 발전시킴으로써 산업화로 인한 폐해를 방지할 계획"이라고 말했다. 네루 수상은 산업화와 동시에 가정과 마을 단위로 방적 및 직조 등의 수공기술을 촉진, 확대하려는 자급자족운동을 적극 지지하고 있었다.

우리는 네루 수상과 만찬을 가졌는데, 만찬 석상에는 인도 독립 당시의 인도 총독인 마운트배튼 경의 부인이 배석하고 있었다. 간디가 사랑과 비폭력의 길을 걸었기 때문에 네루 수상과 전임 인도 총독 사이의 우정은 지속될 수 있었던 것이다. 비폭력운동 덕분에 인도에는 사랑의 공동체가 만들어졌으며 투쟁이 끝나자 피억압자와 억압자 사이에는 새로운 관계가 형성되었다.

부단주의자

인도에서는 미국 사람들이 거의 들어본 적이 없는 대규모 운동이 진행되고 있었는데, 그 중에서 핵심적인 것은 부단(Bhoodan)이라는 토지개혁운동이었다. 부단 운동은 인도의 엄청난 경제적, 사회적 문제를 무력이 아니라 동의에 의거하여 해결하고자 했다. 부단 운동을 이끄는 지도자는 성자 비노바 브하베와 자야프라카쉬 나라얀이었다. 나라얀은 미국 대학에서 교육을 받은 지식인이었다. 부단주의자들은 마을 경제의 자급자족을 이상적인 목표로 삼고 있었다. 그들은 대규모 농지소유자들을 설득해서 무토지 농민들에게 농지점유권을 양도하도록 만들고 소규모 농지소유자들을 설득해서 마을 단위의 공동협동조합에 농지소유권을 넘기도록 만들며, 농민들을 격려해서 여가시간에 제사와 방적 일을 해 의류를 자급하게 하는 것을 행동방침으로 삼고 있었다. 이런 방법으로 마을마다 고용문제와 의복 및 식량문제를 자체 해결하게 되면 직접 생산이나 물물교환, 또는 다른 마을과의 교역을 통해서 일체의 생활필수품을 손에 넣을 수 있게 될 것이다. 모든 마을이 자급자족의 경제단위가 되면, 사람들을 도시 슬럼가로 끌어 모아서는 악습과 범죄에 물들게 하는 도시 중핵의 지배에서 벗어날 수 있다는 것이 부단주의자들과 간디주의자들의 논리였다.

서구인의 시각으로 보면 이런 사상은 진부하고도 이해하기 힘든 것이었다. 하지만 인도인들은 이 운동을 통해 예상했던 것보다 훨씬 큰 성과를 올리고 있었다. 대지주들은 수백만 에이커의 농지를 양도하고 소지주들은 수백만 에이커의 농지를 협동조합의 관리로 넘겼다. 그런데 이상하게도 부단주의자들은 운동이 조직화되고 추진력을 가지게 되는 것을 경계하고 있었다. 서구인의 시각으로 보면 엄청난 문제들을 감당하기 위해서는 운동이 조직화되고 추진력을 가지는 것이 바람직한데도 말이다.

4억의 인구를 가진 거대한 국가가 우익이나 좌익의 독재에 굴복하지 않고 모든 사람들에게 넉넉한 생활을 보장할 수 있는 방법을 찾아낸다면, 그것은 민주주의에 큰 도움이 될 것이다. 인도는 국내외적으로 평화주의와 비폭력주의의 면에서 막강한 영향력을 발휘하고 있는 국가이며, 아직도 이상주의자들과 지식인들이 존중되는 곳이다. 우리는 인도가 정신적 역량을 잃지 않고 우리들의 영혼까지 구원할 수 있도록 도와주어야 한다.

어둠을 뚫고 빛나는 빛

2월 22일, 아내와 나는 트라이반드럼이라는 도시로 가서 케이프 코모린이라는 곳으로 향했다. 인도대륙이 끝나고 바다가 시작되는 이곳은 세계적으로도 손꼽힐 만한 절경이었다. 벵골 만과 아라비아 해, 인도양 이 세 덩어리의 바다가 합쳐지면서 비할 데 없이 웅장하고 화려한 장관을 연출하고 있었다.

큰 바위들이 바다 속에서 솟아오른 모습은 신기루를 보는 것이 아닐까 하는 의심이 들 정도로 아름다웠다. 우리는 바닷가의 커다란 바위에 걸터앉아서 끝도 없이 펼쳐진 광대한 바다를 쳐다보며 넋을 잃었다. 엄청난 파도가 규칙적으로 움직이며 끊임없이 펼쳐지고 있었다. 우리가 앉아 있는 바위 밑동을 때리는 파도 소리는 바다가 연주하는 아름다운 음악처럼 들렸다. 서쪽을 바라보니 해가 커다란 불덩어리처럼 웅장한 모습으로 바다 너머로 가라앉고 있었다. 해가 수평선 너머로 모습을 감추려는 순간, 코레타는 내 손을 잡으면서 "여보, 저길 봐요! 너무나 아름답지요?" 하고 말했다. 해가 완전히 모습을 감추자 어둠이 세상을 덮어버렸다. 그 순간, 달이 동쪽 바다에서 고개를 들고 떠오르면서 아름다운 빛을 던지기 시작했다. 마침 때는 보름이어서 그 아름다운 곳에서 찬란한 보름달의 모습을 감상할 수 있었다. 동시에 해가 지고 달이 뜨는 모습을 볼 수 있는 곳은 세계적으로도 드물 것이다.

그 장관을 보면서 내 마음속에서는 무언가가 끓어올랐다. 나는 그 느낌을 코레타와 레딕 박사, 그리고 주위 다른 사람들에게 전하고 싶었다. 그 순간 내가 느꼈던 감동은 이런 것이었다. "주님은 어둠을 뚫고 비치는 빛을 주시는 분이다. 태양이 절망적이고 칠흑 같은 어둠 속에 우리를 남겨두고 사라지는 순간이 있다. 우리가 희망을 잃고 절망에 빠져 휘청거리거나 비참한 불의와 끔찍한 착취에 시달리는 때가 바로 그런 어둠의 순간이다. 바로 그 순간 우리의 영혼은 어디에도 빛이 없다는 느낌에 침통함과 절망감에 허덕이게 된다. 하지만 동쪽에서 또 다른 빛이 어둠을 뚫고 솟아오르면서 우리의 영혼에서 '좌절의 작살'을 거두고 '찬란한 빛줄기'를 던져주는 것이다."

간디주의자들의 환대

3월 1일, 우리는 암니아베드 아슈럼에서 하루를 보내는 특권을 누릴 수 있었다. 간디는 암니아베드 아슈럼이 세워진 장소에서 밤비라는 지역까지 218마일(약 350킬로미터)에 이르는 거리를 걸어가는 직접 행동에 나섰다. 출발 당시 간디를 따르던 사람은 8명에 불과했지만 참여자가 점점 늘어나 그 수는 수백만에 이르게 되었다. 간디는 강에 도착하자 오랜 세월 동안 국민들에게 고통을 준 '소금법'에 대한 항의표시로 소금을 꺼내 손에 쥐었다. 그런 다음 간디는 자신을 둘러싼 사람들에게 이렇게 말했다. "누가 여러분의 뺨을 치더라도 되받아 쳐서는 안 됩니다. 누가 여러분에게 화살을 쏘더라도 되받아 화살을 쏘아서는 안 됩니다. 누가 여러분에게 욕을 한다고 해도 되받아 욕을 해서는 안 됩니다. 그저 계속 걸어가십시오. 우리 중에는 그곳에 도착하기 전에 죽는 사람도 있을 수 있고, 감옥으로 끌려가는 사람도 있을 수 있습니다. 하지만 그렇다고 해도 우이 세상은 간디와 같은 사람을 좋아하지 않습니다. 이해할 수 없는 일이지만 이 세상 사람들은 예수와 같은 사람도 좋아하지 않고 링컨 같은 사람도 좋아하지 않습니다. 이 세상은 인도를 위해서 모든 것을 바치고 자기 목숨까지 바친 사람, 4억의 인도 국민들을 독립운동에 나서게 만든 사람을 죽였습니다. ……어떤 힌두교도 친구는 간디가 회교도에 대해서 그다지 호의적이진 않았지만 회교도들을 위해서 많은 것을 양보했다고 생각하고 있었습니다. ……인간에 대한 사랑을 가슴에 품은 간디는 증오심을 가슴에 품은 사람의 손에 죽고 말았습니다. 역사는 이렇게 비극적으로 진행되고 있습니다. 역사에는 예수님과 간디 두 분이 모두 금요일에 돌아가셨다고 기록되어 있습니다. 두 분이 같은 요일에 돌아가신 것도 어떤 의미가 있지 않을까요? 두 분이 성금요일(Good Friday)에 돌아가셨다는 것은 신의 섭리라고 할 수 있습니다. 하지만 신의 섭리는 여기에서 끝나지 않습니다. 간디의 가슴에 총알이 박히는 순간 인류의 가슴속에는 간디의 사상이 깊이 박혔습니다. 에이브러햄 링컨과 마하트마 간디는 분열된 국가의 상처를 치유하기 위해서 노력하다가 목숨을 잃었습니다. 링컨이 저격당한 직후에 옆에 있던 스탠턴 장관은 이렇게 말했다고 합니다. "이제 링컨은 역사적인 인물로 남게 되었습니다." 마하트마 간디도 저격당하는 순간, 역사적인 인물이 된 것입니다.

리는 계속해서 걸어가야 합니다." 대열에 동참한 수백만의 사람들은 한마음이 되어 쉬지 않고 걷고 또 걸었다.

간디는 세계 역사상 가장 많은 사람들을 동원하고 그들에게 투혼을 불어넣은 인물이었다. 간디는 인간에 대한 사랑과 자상하고 호의적인 태도, 그리고 악법에 대한 협력을 거부하는 행동방식으로 대영제국의 급소를 찔렀다. 4억이 넘는 인도 사람들이 자유를 얻게 되었다는 점도 의미 있는 일이지만 그 자유가 비폭력적인 방법에 의해서 쟁취된 것이라는 점이 더 큰 의미가 있다고 생각했다.

나는 간디주의자들의 환대를 받았다. 그들은 몽고메리의 비폭력저항에 대해서 칭찬을 아끼지 않았으며, 우리 운동이 비폭력저항 방법을 서구에 적용할 수도 있음을 보여준 훌륭한 사례라고 여겼다. 몽고메리 운동을, 계획적이고 적극적으로 비폭력저항 방법을 사용하면 전제정권하에서도 승리를 거둘 수 있음을 입증하는 산 증거로 본다는 점에서 그들과 내 인식은 일치했다.

우리는 인도에 유학중인 아프리카 학생들과 장시간 토론을 벌였다. 그들은 비폭력저항은 대항세력의 양심을 움직일 가능성이 있는 상황에서만 효과가 있을 것이라고 생각했다. 그들은 소극적인 저항과 무저항을 혼동하고 있었다. 그것은 완전히 잘못된 생각이다. 진정한 비폭력저항은 악의 세력에 굴복하는 것을 의미하는 것이 아니라, 사랑의 힘으로 악에 용감하게 맞서는 태도를 의미한다. 폭력의 가해자는 우주에 폭력과 원한을 증식시킬 뿐이지만, 폭력의 피해자는 적대세력에게 부끄러움을 느끼게 만들어서 그들의 태도를 변화시킬 수 있다. 이런 까닭에 폭력의 가해자가 되느니 폭력의 피해자가 되는 것이 낫다는 것이 진정한 비폭력저항운동의 의미이다.

불가촉천민

작은 마을을 몇 군데 들렀는데, 그곳에서는 대부분의 사람들이 이불도 없이 맨땅에서 잠을 자고 강물이 없어 씻지도 못한 채 살고 있었다. 작은 오두막에 살고 있는 사람들도 있었는데, 그들은 소나 닭 등의 가축과 한 방에서 지내고 있었다. 이들은 생활에 필수적인 시설들을 전혀 이용하지 못하고 있었다.

이들이 바로 불가촉천민이었다. 오래 전부터 존재해온 카스트 제도로 불가촉천민은 같은 민족에게 천대받고 가장 힘든 노동을 하면서 살고 있었다.

간디는 불가촉제도를 도저히 용납할 수 없다고 판단하고 그를 따르는 사람들에게 이렇게 말했다. "여러분은 저에게 영국이 자행해온 정치적인 지배와 경제적 착취에서 벗어날 수 있게 해줄 것을 요구했습니다. 그런

데 지금 여러분은 7,000만에 달하는 형제들을 짓밟고 착취하지 않습니까?" 간디는 카스트 제도를 묵과하지 않고 남은 인생을 바쳐 카스트 제도와 싸우겠다는 결심을 굳혔다.

간디는 불가촉천민 출신의 소녀를 양녀로 삼았다. 상위 카스트에 속하는 아내는 간디가 제정신이 아니라고 생각했다. 간디의 아내가 "불가촉천민 아이를 입양하다니 도대체 어떻게 된 거예요? 이런 사람들과 접촉하는 것은 금지되어 있잖아요"라고 하자, 간디는 "나는 이 아이를 딸로 삼을 작정이오" 하고 대답했다. 간디는 그 아이를 자신의 아슈럼으로 데리고 가서 그곳에 살게 했다. 간디는 불가촉제도는 없어져야 한다는 주장을 실천적 행동으로 표현했던 것이다.

어느 날 마하트마 간디는 자신을 따르는 사람들에게 이렇게 말했다. "여러분은 지금 불가촉천민들을 착취하고 있습니다. 우리들은 대영제국의 노예신분에서 벗어나기 위해서 몸과 마음을 바쳐 싸우고 있는 처지입니다. 그런데도 우리들 자신은 불가촉천민들의 자아와 자존심을 짓밟고 그들을 착취하고 있습니다. 저는 카스트 제도의 지도자들이 불가촉천민의 지도자와 함께 나를 찾아와서 불가촉제도를 철폐할 것이라고 말하는 그날까지, 그리고 인도의 힌두교 사원들이 불가촉천민들에게 문을 여는 그날까지 단식할 작정입니다." 단식이 장기화되면서, 마침내 간디는 신체기능이 마비되어 임종직전에 이르렀다. 그때 불가촉천민들과 브라만들이 간디를 찾아와서 더 이상 카스트 제도를 고수하지 않겠다는 문건에 서명했으며, 사원 승려 한 명도 간디를 찾아와서 이렇게 말했다. "지금부터 사원들은 불가촉천민들의 출입을 허용하기로 했습니다." 그날 오후 불가촉천민들이 전국에서 사원으로 모여들어 브라만을 비롯한 다른 카스트 출신 사람들을 얼싸안았다. 2,000년 동안 접촉이 없었던 사람들이 함께 서서 찬미가를 불렀으니, 이것은 바로 마하트마 간디의 위대한 공적이었다.

엄청난 불평등에 대한 속죄

　인도의 불가촉천민들에 대한 차별철폐 과정은 미국의 흑인들에 대한 차별철폐 과정에 비해서 훨씬 빠르게 진행되었다. 두 나라 모두 차별을 금지하는 연방법률이 있었다. 하지만 인도에서는 정부 지도자들과 종교계, 교육계, 그리고 다른 분야의 지도자들은 차별금지 법률을 공개적으로 지지했다. 네루 수상은 나에게 인도인들에게는 불가촉천민에 대한 편견이 여전히 남아 있지만 이 편견을 드러내는 사람은 거의 없다고 말했다. 마하트마 간디의 도덕적 지도와 불가촉천민 차별행위를 징역형에 처하도록 규정하는 인도 헌법이 인도 사회의 분위기를 변화시켰다고 할 수 있다.

　인도 정부는 불가촉천민들이 밀집한 마을에 주택을 신설하고 고용기회를 늘리는 데 연간 수백만 루피를 사용하고 있었다. 네루 수상은 만일 대학입학을 원하는 사람이 두 명인데 그 중 한 명이 불가촉천민 출신이고 다른 한 명이 다른 고위 카스트일 경우, 대학 당국은 불가촉천민을 입학시키도록 규정되어 있다고 말했다.

　네루 수상과의 대담 석상에 함께 참석했던 로렌스 레딕 교수가 "그것은 차별 아닙니까?" 하고 묻자, 수상의 대답은 이러했다. "그렇다고 할 수도 있겠지요. 하지만 우리는 그런 방식으로 수세기 동안 천민들에게 가한 엄청난 불평등을 속죄하고 있습니다."

　인도에서는 수상에서 마을 원로에 이르기까지 모든 사람들이 불가촉제도는 옳지 않은 것임을 공공연히 시인하고 있었다. 이에 반해 미국에서는 고위 공직자 중에서도 흑백분리제도에 대한 도덕적 판단을 거부하는 사람들이 적지 않으며, 남부출신 공직자들 중에는 흑백분리제도를 유지하겠다는 결심을 공공연히 자랑하는 사람들도 있는데, 이런 태도는 인도에서는 용납될 수 없는 일이었다.

　인도에서는 불가촉천민에 대한 차별이 완전히 근절된 것은 아니지만

저는 불가촉천민입니다
1965년 7월 4일 에버니저 침례교회에서 한 설교

아내와 제가 인도에 갔을 때의 일입니다. 어느 날 오후 저희는 인도 남단에 있는 케랄라 주 트리반드럼 시를 방문해서 우리나라의 고등학교에 해당하는 어떤 학교에서 연설할 예정이었습니다. 그 학교 학생들은 대부분 불가촉천민 출신의 아이들이었습니다. ……

그 학교 교장이 저를 소개하기 시작했습니다. "학생들, 미국의 불가촉천민을 소개하겠습니다." 교장의 소개를 듣는 순간, 저는 한동안 멍해졌다가 불가촉천민으로 취급받았다는 사실에 크게 화가 치밀었습니다. ……

그러다가 갑자기 내가 처한 현실을 돌아보게 되었습니다. 미국이라는 풍요로운 사회에는 가난에서 헤어나지 못하고 쥐가 우글거리는 슬럼가에 모여 살면서 체육시설조차 변변치 않은 학교에 다니는 흑인들이 2,000만에 달하고 있습니다. 이런 현실을 돌아보고 나서 나는 마음속으로 이런 생각을 했습니다. "그래 맞아. 나는 불가촉천민이다. 미국의 흑인들은 모두 불가촉천민이다."

불가촉천민 차별은 범죄행위로 간주되고 있다. 하지만 인도 정부는 이런 강제적인 조치 외에도 그 문제를 도덕적 윤리적 의무와 연관시키는 데 성공했다. 인도의 정치가들 중에는 차별적인 행동을 옹호하는 사람은 한 사람도 없었다. 이런 인도의 현실을 보면서 미국 국민들의 도덕성 수준도 이 정도라면 얼마나 좋을까 하는 생각이 들기도 했다. 미국도 나름의 방식으로 흑인들에 대한 불평등 대우를 속죄할 길을 찾아야 한다.

간디의 정신은 인도에 생생히 살아 있었다. 간디의 제자들 중에는 인도 독립투쟁 과정에서 마하트마 간디에 견줄 만한 업적을 남긴 사람은 한 명도 없다고 주장하는 사람들도 있다. 객관적인 시각으로 보아도 간디는 인도 역사상 가장 위대한 인물일 뿐만 아니라 국민생활과 공공정책의 여러 측면에 엄청난 영향을 미친 인물이라고 할 수 있다.

인도 여행을 통해서 나는 많은 감화를 받았다. 나는 간디의 조국을 여행하면서 그의 아들과 손자, 조카를 비롯한 여러 친척들과 이야기를 나누고, 간디와 가까이 지냈던 동료들의 입을 통해서 간디에 대한 회상을 듣고, 수없이 많은 간디 기념물들을 살펴보고 그의 유해가 매장되어 있는 랴자트의 무덤에 화환을 놓았다. 우리는 많은 것을 배웠지만 인도에 대해서 완전히 아는 사람처럼 경솔하게 처신할 수는 없었다. 인도라는 땅덩어리는 인구도 엄청나게 많고 문제도 엄청나게 많고 업적도 엄청나게 많은 나라였기 때문이다.

인도를 떠나면서, 비폭력저항운동이야말로 피억압 민중들의 자유를 향한 투쟁에서 가장 강력한 무기라는 나의 확신은 더욱 굳어졌다. 비폭력운동이 달성한 놀라운 성과를 직접 목격할 수 있었던 것은 참으로 유익한 경험이었다. 인도는 독립을 달성했다. 하지만 인도인들은 전혀 폭력을 사용하지 않고 독립을 달성했다. 인도 어디에서도 폭력적 운동으로 인한 증오와 원한의 여파는 느껴지지 않았다. 묵묵히 순종하는 방법은 도덕적 그리고 정신적 자살행위로 이어지기 마련이다. 폭력적인 방법은 살아남는 자들에게 원한을 심어주고 파괴자들에게는 잔인성을 심어준다. 그러나 비폭력적인 방법은 속죄를 이끌어내고 사랑의 공동체를 만들어낸다.

미국으로 돌아오는 내 가슴속에는 비폭력적인 수단으로 흑인들에게 자유를 안겨주겠다는 원대한 결단이 자리잡았다. 인도 방문 덕분에 비폭력주의에 대한 나의 인식과 열정은 보다 깊어진 것이다.

14

연좌운동

The Sit-In Movement

젊은 세대는 국가권력과 맞서기 위해서 수십 년 간 드리웠던
어둠을 걷고 나서고 있습니다. 그들은 두려움을 잊은 채 자유를 향한
숭고하고 장엄한 직접 투쟁에 나서고 있습니다.
이 젊은이들은 노예폭동과 미완의 혁명인 남북전쟁,
그리고 아프리카와 아시아의 식민지 유색인종이 보내는 형제애 등을
경험하면서 흑인 고유의 역사에 관여해온 사람들입니다.
세계를 재편하고 해묵은 질서를 현대적인 민주주의로 대체하는 역사에서
이 젊은이들은 중요한 역할을 담당하고 있습니다.

1960년 2월 1일(31세)
킹 목사는 가족과 함께 애틀랜타로 이주하여,
노스캐롤라이나 주 그린즈버러에서 런치 카운터 연좌운동을 시작하다.

2월 17일
1956년과 1958년의 앨라배마 주 소득세 신고서를 허위로 기재한 혐의로 체포, 기소되다.

4월 15일
학생 비폭력 통합위원회(Student Nonviolent Coordinating Committee, SNCC)의
발기 대회에서 연설하다.

5월 28일
몽고메리에서 전원 백인으로 구성된 배심원이
킹 목사의 조세포탈 혐의에 대해 무죄를 선고하다.

1960년 노스캐롤라이나 주 그린즈버러 한 가게의 런치 카운터에서 연좌시위를 하는 흑인대학생들.

몽고메리에 거주한 지 5년, 몽고메리 지위향상협회 의장으로 일한 지 4년 만에, 나는 애틀랜타로 이주하기로 결심을 굳혔다. 애틀랜타의 에버니저 침례교회의 목사가 되고 싶었고, SNCC가 추진하는 남부 흑인운동을 지도하기 위해서 시간상 공간상으로 보다 좋은 조건을 확보해야 할 필요가 있다는 판단에서 내린 결정이었다.

일년 전부터 SCLC는 나에게 남부 전역으로 투쟁을 확대할 시점이 되었으니 협의회 일에 최대한의 시간을 할애해달라고 했다. 나는 SCLC의 요청을 진지하게 검토한 뒤에 남부 전체를 위해서 더 많은 시간과 열정을 할애하는 것이 나의 도덕적 의무라는 결론을 내리게 되었다. 그러기 위해서는 교통이 원활하고 장거리 여행에 소요되는 시간을 절약해서 투쟁의 기획과 지도, 감독에 이용할 수 있는 본부 가까이로 이주해야만 했다.

나는 괴로운 마음으로 몽고메리를 떠나야 했다. 몽고메리는 흑인들이 용기와 재치, 그리고 결단으로 낡은 질서의 기반을 허물고 도전 한 번 받지 않은 채 수세기 동안 통치권을 행사해온 통치자들의 자신감을 약화시킨 곳이었으며, 흑인들이 불의에 대항하여 비폭력적 투쟁방법을 실천한 곳이었다. 이런 도시를 떠나기로 결심하는 것은 쉽지 않은 일이었다. 몽고메리를 떠나고 싶지는 않았지만 남부 전체가 내게 부여한 사명을 거부할 수는 없었다.

비로소 흑백차별제도에 대한 전면공격을 개시하여 대담하고 힘찬 전진을 해야 할 때가 된 것이다.

나는 한발 물러서서 집중된 사고를 하지 못하는 자신에 대해 심한 좌절감을 느꼈다. 『자유를 향한 첫 걸음』을 집필할 때도 나는 한 번 손을 떼면 1, 2주일이 지나서야 다시 펜을 잡을 수 있었다. 인도에서 돌아온 후로 나는 일주일에 하루씩은 명상을 하면서 지내기로 마음을 굳혔다. 전에도 몇 번 이런 시도를 했지만, 그때마다 산더미처럼 쌓인 일 때문에 명상시간을 포기하는 경우가 많았다. 과중한 업무와 팽팽한 긴장이 계속되는 일정을 계속 감당한다는 것은 불가능한 일이었다. 내 생활은 축적된 지식과 사고를 발산하는 데 집중되었을 뿐 새로운 지식과 사고를 흡수하는 데 집중된 적은 거의 없었다. 충분한 사색을 하지 못하게 되면 나 개인은 물론이고 전체 운동에 해를 끼치게 될 것이라는 생각이 들어서 나는 사색을 할 수 있는 충분한 시간을 가지는 것을 도덕적 의무로 생각하게 되었다. 이것이 바로 내가 애틀랜타로 이주할 결심을 굳히게 된 주된 요인이었다. 앞으로 벌일 투쟁 과정에서는 보다 많은 시간을 명상에 할애해야겠다고 결심했지만, 안타깝게도 여러 일들이 벌어져 애틀랜타에서의 내 일정은 몽고메리에서보다 훨씬 빡빡해졌다.

학생시위

1960년의 흑인학생운동은 평온했던 남부 전역의 대학과 사회에 큰 파문을 일으켰다. 남부학생들의 연좌시위운동은 흑백차별제도에 대한 조직적인 비폭력 행동의 훌륭한 사례를 미국 사회에 제시했다고 할 수 있다. 학생들은 폭력배와 경찰, 최루가스, 체포, 징역 선고와 맞닥뜨리면서도 런치 카운터(lunch counter)에서의 평등한 대우를 요구하는 연좌시위를 완강하게 계속했다. 학생들의 런치 카운터 연좌운동은 다른 도시에까지 확산되어 시민권운동에 급속한 변화를 일으키면서 수많은 지역에서 흑백차별을 폐지시켰다. 몽고메리 등의 지역에서는 총학생회들이 힘을 모아서 학생들의 등교를 저지하고 동맹휴학시위를 벌이기도 했다. 주 정부는 전시에나 어울릴 만한 군사력을 동원하여 학생들을 위협했지만 학생들의 자기 희생정신과 현실참여정신은 흔들림이 없었다. 이렇게 해서 주 정부는 자신들이 상대하는 학생들이 투옥이나 신체적인 상해를 전혀 두려워하지 않는다는 것을 깨닫게 되었다.

흑인 대학에서는 실천적 행동과 철학적 토론이 활기차게 전개되었다. 1930년대에도 대학 사회에는 사회사상에 대한 적극적 관심이 들끓었지만 직접 실천적인 행동에 나서는 사람은 소수에 불과했다. 반면에 1960년의 연좌운동 시기중에는 정학이나 퇴학 처분을 받은 학생도 있었으며, 총학생회 차원에서 동맹휴학운동을 벌이기도 했다. 미국 역사상 학생운동이 총학생회를 끌어들인 예는 거의 찾아볼 수 없다는 점에서 이러한 학생운동의 변화는 큰 의미가 있다.

흑인 학생들 중에는 자신의 처지가 아프리카와 아시아, 남부 아메리카의 학생들과 같다고 생각하는 이들이 많았다. 아프리카에서의 해방투쟁에서 큰 자극을 받아 아프리카의 형제들이 식민주의의 사슬을 끊을 수 있다면 미국 흑인들도 흑백차별제도의 사슬을 끊을 수 있을 것이라고 말하는 학생들도 적지 않았다.

학교나 공원, 교회, 간이식당, 공공도서관 등 모든 분야에서의 흑백차별제도를 완전히 뿌리뽑으려면 흑인들은 고통과 희생, 심지어는 죽음까지도 각오해야 하며 인종평등을 실현하는 그날까지 한시도 마음을 놓을 수 없는 처지였다. 나는 남부의 상황과 관련해서 많은 기도를 올린 끝에 지금은 고통을 감수해야 할 시기라는 결론을 내리게 되었다.

나는 학생들에게 당당한 자세로 투쟁을 계속할 것을 당부했다. 학생들은 비폭력투쟁 방법을 선택했다. 우리의 궁극적인 목표는 백인을 이기거나 그들에게 굴욕감을 안겨주는 것이 아니라 상호이해를 기반으로 한 백인과의 우호적인 관계를 달성하는 데 있는 것이었다. 다시 말하면 우리들의 투쟁목표는 백인들에게 흑백차별은 옳지 않은 것임을 일깨워서 백인 형제들과 화해하는 것이었다.

1960년 마틴 3세, 욜란다, 코레타와 함께.

1960년 애틀렌타 학생운동가들과의 만남.

운동의 중심은 법정소송에서 버스보이콧, 경제적인 타격을 주는 불매운동, 수도를 목적지로 한 대중행진과 수도에서의 시위 등 직접 행동으로 옮겨가기 시작했다. 학생운동의 가장 중요한 성과는 장년층을 냉담과 만족의 수면상태에서 흔들어 깨웠다는 점이었다. 우리는 남부의 흑백차별제도는 무질서와 사회적 분열이 없이는 유지될 수 없는 것임을 깨닫게 되었다.

왜 하필 런치 카운터 문제를 가지고 운동을 개시했냐고 의아해 하는 사람도 있을 것이다. 런치 카운터 문제와 관련하여 운동이 시작된 이유는 런치 카운터에서의 흑인들에 대한 모욕적이고 불공정한 대우는 어떤 구실로도 정당화할 수 없는 것이기 때문이었다. 런치 카운터에서의 차별대우 때문에 불편을 겪지 않은 흑인은 거의 드물었다. 흑인들은 왜 상점

계산대에서나 환영받고 음식이나 주류를 파는 식당의 카운터에서는 음식을 먹을 수 없는가? 연좌시위는 식당에 대해서 식사 제공뿐만 아니라 정당한 대우를 요구하는 것이었다.

1960년 남부 전역으로 확산된 학생운동이야말로 시민권 쟁취투쟁의 괄목한 만한 발전을 보여주는 것이었다. 1960년의 학생운동은 많은 학생들이 인간적 존엄과 자유라는 목표를 달성하기 위한 투쟁을 광범위한 지역으로 확산시켰다는 점에서 미국 역사상 처음 있는 일이었다. 학생운동은 흑인들이 흑백차별제도에 만족한다는 주장이 허구임을 입증했다. 평등을 위한 투쟁에 뛰어든 학생들과 흑인의 자유를 위해 투쟁하는 사람들은 장기간에 걸친 점진적인 변화를 추구하는 전술들을 과감히 떨쳐버림으로써 미국과 세계에 대해서 자신들의 결단과 용기를 드러내보였다. 비로소 전 세계 모든 대륙에서 인간적 존엄과 자유를 박탈당한 채 살아왔던 피억압 민중들이 공세적인 행진을 시작했던 것이다.

인생의 전환점

남부에서 흑인투쟁에 참여하던 나에게도 인생의 전환점이라고 할 계기가 있었다. 런치 카운터 연좌운동이 전 미국인들의 관심을 끌었던 1960년, 앨라배마 주 몽고메리에서의 일이었다. 남부의 백인 권력구조는 흑인운동세력을 분산시키기 위해서 나를 위증죄로 기소하고 내가 최소 10년형을 받게 될 것이라는 소문을 공공연히 퍼뜨렸다.

내 재판에 참석한 판사와 검사는 물론이고 배심원단과 검찰측 증인들은 모두 백인이었다. 법정은 완전히 백인 일색이었다. 재판에 참석한 백인들은 물론 언론매체들도 편파적이었다. 우리측의 패배는 확실한 것 같았다. 우리들은 패배가 불가피하다는 사실을 인정하고 마음을 다잡았다. 이런 상황에서도 시카고 출신의 윌리엄 밍 변호사와 뉴욕 출신 허버트 델라니 변호사는 여러 사실과 법률을 정리해서 무죄를 입증할 수 있다는 끈기 있는 확신을 가지고 있었다.

이 변호사들은 지혜롭고 대담하며 세련된 변호기술을 구사했다. 그러나 무엇보다도 그들에게는 승소하고야 말겠다는 변호사로서의 불굴의 의지가 있었다. 이들은 사흘 간의 재판과정에서 완전무결한 법적 기술을 구사했다. 결국 이들은 적대감과 편파적인 분위기 속에서 곪아가던 남부의 금기사항을 깨부수는 데 성공했다. 전원 백인으로 구성된 배심원단은 몇 시간 동안 심사숙고한 끝에 백인들의 주장을 물리치고 흑인의 주장을 받아들여 우리에 대해 무죄평결을 내렸다.

이 일로 나는 완고하고 편파적인 배심원단을 정의의 편으로 끌어오려면 능숙한 변호사의 도움이 필요하다는 사실을 깨닫게 되었다. 날마다 법정의 편파적인 태도 때문에 곤경을 겪는 수많은 시민권 운동가들과 평범한 흑인들도 윌리엄 밍과 허버트 델라니 변호사와 같은 노련하고 열정적인 변호사의 도움을 받을 수 있게 되기를 진심으로 기원하는 바이다.

15 애틀랜타에서의 체포와 대통령 선거

Atlanta Arrest and Presidential Politics

안타깝게도 우리 정부는 미래에 대한 전망과 역사의식,
그리고 도덕성을 결여하고 있습니다.

1960년 6월 23일(31세)
킹 목사, 대통령 후보인 존 F. 케네디 상원의원과 시민권 문제에 대해 토론하다.

10월 19일
애틀랜타 연좌운동중에 체포되다.

10월 25일
연좌로 인한 기소는 기각되었지만, 교통법규위반으로 집행유예 기간에
위법행위를 했다는 이유로 다시 체포되어 레이즈빌 주립교도소로 이감되다.

10월 26일
대통령 후보인 존 F. 케네디가 킹 목사 부인에게 전화를 걸어
킹 목사의 구금을 유감스럽게 생각하며 도움을 주겠다는 뜻을 전하다.
로버트 케네디는 조지아 주지사인 S. 어니스트 벤디버와 판사 오스카 미첼에게
전화를 걸어 킹이 보석으로 나올 수 있는 방법이 있는지 문의하다.

10월 27일
킹 목사의 변호사인 도널드 L. 홀로웰이 교도소로부터 석방결정을 얻어내다.

11월 1일
킹 목사, 케네디 상원의원에게 감사의 뜻을 전하다.

11월 8일
케네디 후보는 접전을 벌이던 선거에서 흑인들의 강력한 지지를 받아 대통령에 당선되다.

1960년 시카고에서 시민권 시위대를 이끌며.

내가 처음으로 존 케네디를 만난 것은 그가 상원의원으로 대통령 후보로 나선 때였다. 몇 달 전부터 만날 약속을 해놓아도 막상 내가 가보면 그는 늘 자리를 비우고 없었다. 결국 1960년 6월 전당대회를 한 달쯤 앞둔 때 우리는 뉴욕 시내의 그의 아파트에서 대면할 수 있었다.

우리는 아침식사를 하면서 한 시간 가량 이야기를 나누었다. 나는 "행정부의 강력한 지도력이 필요한 시점이다. 아이젠하워 행정부에는 이런 지도력이 부족했다. 새 행정부가 이런 지도력을 갖추지 않으면 우리 흑인들은 더욱 거센 반격을 받을 것이다"라는 요지로 솔직한 심정을 밝혔다. 시민권 문제에 대한 케네디 후보의 정직한 태도에 나는 깊은 감명을 받았다. 케네디 의원은 시민권 문제에 대해서 많은 관심을 가지고 있었으며 좀더 많은 것을 알고자 하는 열의가 있었다.

그 자리에서 나는 특별히 연방차원의 주거지원정책과 관련하여 흑백차별을 금지하는 행정명령이 필요하며 강력한 시민권 법제화가 필요하다는 사실을 지적했다. 앨라배마와 미시시피 주 등에서 선거권자 등록운동과 관련하여 엄청난 어려움을 겪었던 까닭에 나는 투표권 문제에 대해서도 강력하게 이야기했다.

케네디 의원은 그때 이 모든 사항에 긍정적인 태도를 보여주었던 것으로 기억된다. 그는 강력한 행정부 지도력이 필요한데도 이제껏 그렇지 못했음을 인정하고 자신이 대통령에 당선되면 이런 지도력을 발휘하겠다고 말했다. 또한 그는 투표권 문제가 핵심적이며 근본적인 문제해결의 열쇠라고 생각한다며 이 문제를 즉각 검토대상으로 삼겠다고 했다. 그는 또 자신은 지금까지 일관되게 시민권 문제와 관련해서는 찬성표를 던졌다고 했다. 나는 그가 1957년 시민권 법안 중에서 우리가 중시했던 항목에 반대표를 던진 적이 있었음을 지적했다. 그러자 그는 연좌운동의 발전 덕택에 남부 흑인들에 대한 모욕적이고 불공정한 대우를 분명히 인식하게 되었으므로 이제 다시 그 문제에 부딪힌다면 생각을 바꾸겠다고 대답했다.

그 당시 케네디 의원은 문제의 심각성을 제대로 파악하지 못하고 있었다. 그는 흑백차별이 도덕적으로 잘못된 것임을 인식하고는 있었지만 가슴속에 그에 대한 확신을 가지고 있지는 않았다. 케네디 의원은 개인적으로 흑인과 접촉할 기회가 그다지 많지 않았으므로 흑인들의 심각한 절망과 자유에 대한 열망을 이해하지 못했다. 그는 흑인들이 처한 현실을 제대로 인식하지 못했을 뿐 아니라 시민권 투쟁과 관련된 경험을 할 기회가 전혀 없었다. 그는 흑백차별 폐지와 관련하여 막연한 책임감을 느끼고 있었던 것 같다.

몇 달 뒤 그가 대통령 후보지명을 받고 난 후에 나는 조지타운의 그의 집을 방문했다. 그는 몇 달 사이에 시민권 문제에 대해서 많은 것을 배우고 상당히 많은 조언을 받은 것 같았다. 그가 대통령 후보로 지명되었다는 사실을 알고서도 나는 시큰둥한 반응을 보였다. 하지만 나는 그가 당선되면 시민권 문제에 관련해서 옳은 길을 걸을 것이라고 확신했다.

케네디 후보는 선거에서 질 수도 있다는 현실 때문에 크게 고심하고 있었다. 그의 친구들 중에는 그에게 시민권 문제에 적극적인 관심을 가지고 있음을 전 국민에게 인식시키기 위해서 적극적으로 활동하라고 권유하는 사람들이 있었다. 또 남부에 가서 시민권 문제에 관해 설득력 있는 연설을 하면 득표에 유리할 것이니 나의 후원하에 SCLC가 주최하는 만찬이나 집행부 회의에 참석해서 연설하라고 권하는 사람도 있었다. 나는 우리가 특정 정당을 지지하는 조직이 아니므로 닉슨 후보도 함께 참석할 경우에만 그런 자리를 마련할 수 있다고 말했다. 내가 "닉슨 후보는 오지 않을 수도 있지만 그에게도 초청장을 보내고 싶습니다" 하고 말하자 그들은 초청한다고 해도 소용이 없을 것이라고 말했다. 나는 두 후보를 초청하겠다는 생각은 잘못된 것이라는 판단이 들어서 그에게 그렇게 하지 않는 것이 좋겠다고 말했다.

선거운동이 진행되던 몇 달 동안, 친한 친구들이 내게 케네디에 대한 지지를 표명하라고 신신당부를 했다. 나는 분별 있고 공정한 결정을 내리기 위해서 여러 시간 동안 고심했다. 케네디의 자질과 경력, 그리고 공약은 인상적인 것이었다. 나는 케네디의 매력과 섬세한 심성에 매료되었고 그것을 중요시하고 있었다. 하지만 나는 그에게 특정 후보에 대한 공개적인 지지는 하지 않겠으며 이후에 이런 생각을 바꾸지도 않을 것임을 분명히 밝혔다.

전혀 알 수 없는 곳으로 끌려가다

1960년 10월, 나는 조지아 주 애틀랜타에서 체포되었다. 런치 카운터에서의 흑백차별 폐지를 위한 비폭력운동에 참여했다는 것이 체포사유였다. 나는 리치 백화점에서 있었던 런치 카운터 연좌운동에 참여했다. 그 연좌시위는 내가 조직한 것이 아니었으며, 나는 단지 학생들과 연좌 문제에 관한 토론을 하기 위해서 그곳에 찾아갔을 뿐이었다. 학생들은 나에게 연좌운동에 참여할 것을 요청했으며 나도 그들과 같이 행동해야 한다는 의무감을 느끼고 있었다.

연좌시위 도중에 나는 280명의 학생들과 함께 체포되었다. 풀튼 교도소에 들어갔을 때 나는 도의상 보석신청을 할 수 없었다. 나는 1년이든 5년이든 10년이든 징역형을 감수할 각오를 하고 있었으며 학생들도 나처럼 각오하고 있었다.

존경하는 재판장님, 우리가 설사 법을 위반했다 하더라도 그것은 애틀랜타의 양심적인 시민들에게 인종차별 문제를 제기하기 위해서 한 일입니다. 솔직히 말해서 저는 흑백차별은 나쁜 것이라고 굳게 믿고 있습니다. 이 암 덩어리를 제거하지 않으면 우리 남부는 잠재력을 충분히 발휘할 수 없으며 도덕적으로 성숙한 지역이 될 수 없습니다. 우리 자신만을 위해서가 아니라 백인 형제들을 위해서도 흑백차별제도를 폐지해야합니다. 흑백차별의 종기가 곪아 터져서 흑인들뿐 아니라 백인들의 힘을 빼앗고 있습니다. 우리 사회의 양심 앞에 이 문제를 제기할 수만 있다면 우리의 행동은 결코 헛되지 않은 것입니다.

재판장님이 지금 법적인 책무를 지고 있다는 것은 잘 알고 있습니다. 이 법적 책무 때문에 재판장님은 기소를 기각하지 않고 다른 법정으로 우리를 넘길지도 모릅니다. 하지만 재판장님, 저에게는 도덕적인 책무가 있기 때문에 보석결정이 내려진다고 하더라도 보석금을 지불하지 않을 것입니다. 보석으로 풀려나느니 구금기간이 1년이든 10년이든 투옥생활을 견디는 쪽을 선택하겠습니다. 많은 흑인들의 이런 희생적인 태도는 백인 형제들의 잘못된 도덕적 판단을 바로잡고 잠들어 있는 우리 사회의 양심을 일깨우게 될 것입니다.

5, 6일쯤 지나서 교도소를 시찰나온 법원측은 우리가 나올 생각을 하지 않고 있으며 사회의 여론이 점차 높아지고 있음을 알게 되었다. 고소를 제기했던 상인들의 고소취하로 우리들은 보석금을 물지 않고 전원 석방되었다. 그러나 나는 석방된 직후에 교도소측으로부터 서류 한 장을 받았다. 그 서류에는 집행유예기간에 법을 위반했으므로 나를 드캘브 교도소로 이송시켜 그곳 법원에서 재판을 받도록 한다는 사실이 적혀 있었다.

사건의 발단이 된 것은 1960년 5월 4일 밤의 일이었다. 나는 드캘브에서 운전하다가 경찰의 정지지시를 받았다. 당시 나는 운전면허증을 변경하지 않아 앨라배마 운전면허증만 가지고 있었다. 경찰은 이것을 이유로 내게 교통법규 위반딱지를 떼었다. 법원에서 담당변호사는 내 과실을 시인했고, 법원은 25달러 혹은 50달러의 벌금형 혹은 6개월의 집행유예를 선고했다. 나는 그 사건을 너무 사소한 일로 생각했을 뿐 아니라 변호사가 내 과실을 시인했다는 사실을 알지 못하고 있었다. "모두 제대로 처리되었습니다"라는 변호사의 말만 듣고 벌금만 내면 된다고 생각하고 말았던 것이다. 실제로 그들은 후일 법정에서 그런 일에 벌금형을 부과하거나 체포구금한 적은 한번도 없었으며 애틀랜타로 이주한 지 얼마만에 운전면허를 변경해야 하는지를 규정해놓은 법령은 없다는 사실을 시인했다. 사건의 본질은 나에 대한 박해작전이었다.

이렇게 해서 나는 드캘브 법정에 앉아야 했다. 이것은 내게 중대한 의미를 가지는 재판이었다. 변호사의 변론은 훌륭했지만 판사는 내게 6개월의 강제노역형을 선고하고 이 결정에는 항소할 수 없다고 선언했다.

판결 직후 법원직원들은 나를 드캘브 교도소에 수감시켰다. 새벽 3시쯤 교도관들은 나를 레이즈빌 교도소로 이송했다. 레이즈빌 교도소는 주립교도소로 애틀랜타에서 약 220마일(약 350킬로미터)쯤 떨어진 곳이었다. 그곳까지 가는 도중에 교도관들은 나를 상습범처럼 취급했다. 다리에 쇠사슬을 둘둘 감고는 차 바닥에 다리를 묶어버렸기 때문에 나는 옴짝달싹할 수 없었다.

교도관들은 나를 묶어둔 채 자기들끼리 이야기를 나누었고 차는 쉬지 않고 먼 길을 달렸다. 아무도 목적지를 알려주지 않았지만 나는 주립교도소로 갈 거라고 짐작하고 있었다. 정신적 고통이 너무 커서 죽는 것이 더 나을 것 같았다. 나는 쇠사슬로 꽁꽁 묶인 채 물 한 방울 밥 한 술 먹지 못하고, 쉬지 않고 달리는 차에 흔들리면서 그저 시간이 흐르기만을 기다려야 했다. 가장 고통스러운 것은 다음에 어떤 일이 벌어질지 짐작도 할 수 없다는 사실이었다. 교통법규를 위반한 대가치고는 너무 심한 것이었다.

도덕적 용기를 보여준 케네디

내가 꼭두새벽에 끌려나가 다른 교도소로 이송된 것을 알게 된 사람들은 격분했다. 사람들은 내가 풀튼 교도소에 있을 당시에도 닉슨과 케네디에게 내 문제와 관련한 발언을 해달라고 요청한 적이 있었다. 나는 레이즈빌 교도소의 격리용 독방에 수용되었다. 그곳은 교도관을 공격한 죄수나 정신병자 등을 수감하는 곳이었다. 해리스 워포드를 비롯한 사람

1960년 조지아 주 레이즈빌 주립교도소에서 교통법규 위반으로 복역 후 풀려나 가족과 친구들의 축하를 받으며.

리처드 닉슨에 대하여

1958년 9월 2일 마조 경에게 보낸 편지 중에서

첫째, 나는 닉슨 부통령을 개인적으로 만나기 전에는 상당히 반감을 가지고 있었습니다. 나는 그를 만나러 갈 때부터 선입견이 있었습니다. 그가 했던 헬렌 가헤겐 더글러스에 대한 반대 발언과 공화당 우파와 동일한 투표 경력은 도저히 용서할 수 없는 범죄라고 생각했습니다. 하지만 닉슨 부통령을 만나고 나서 이런 인상은 다소 달라졌습니다. 부통령이라는 지위와 세계적인 교류 덕분에 닉슨 씨의 인격과 판단이 성숙해진 것 같다는 느낌이 들었습니다. 그의 태도가 완전히 달라질 수 있는지는 단정할 수 없지만, 그는 상당히 많은 부분에서 과거와는 다른 견해를 보이는 것 같습니다.

저는 시민권 문제에 상당히 깊은 관심이 있기 때문에, 이 문제에 대한 닉슨 부통령의 견해에 대해서 한마디 짚고 넘어가고 싶습니다. 닉슨 씨는 시민권 문제에 대한 견해를 철저히 고수한다고 생각합니다. 닉슨 씨는 해외순방을 통해서 인종문제가 국제관계에서 미국에 악영향을 미친다는 점을 알게 된 것 같습니다. 아니 애초부터 인종적인 편견이 없는 사람인지도 모르겠습니다. 닉슨 씨는 과거에 퀘이커 교도였는데, 퀘이커 교도들은 대부분 인종적인 편견이 없는 사람들이니까요. 닉슨 씨는 인종문제와 관련된 현재의 위기에 대해서 아이젠하워 대통령보다 훨씬 많은 일을 할 수 있는 사람이라고 생각합니다. ……

마지막으로 닉슨 씨는 자신의 정직성을 남들에게 인식시키는 데 비상한 재주가 있는 것 같습니다. 그와 가깝게 지내는 사람들은 그의 정직성에 대해 조금도 의심하지 않습니다. 현재의 닉슨 씨는 몇 년 전 캘리포니아에서 유세를 벌이던 때와는 상당히 달라진 것 같습니다. 1952년 유세 때 그는 자신이 범한 명백한 과오를 용서받기 위해서 눈물을 흘리며 TV 연설을 했습니다. 닉슨이 정직한 사람이 아니라면 미국은 큰 위험을 감수해야 할 것입니다.

들이 케네디 의원에게 내 문제와 관련해서 어떤 조치를 취해달라고 강력하게 요청했고 결국 케네디는 이 요청을 받아들였다.

케네디 의원은 제일 먼저 내 아내에게 전화를 걸었다. 아내는 임신중이었으며 내가 수감되어 상당히 괴로워하고 있었다. 케네디는 아내에게 자신도 크게 걱정하고 있으며 할 수 있는 모든 방법을 동원하겠다고 말했다. 그리고는 자신의 동생인 로버트 케네디와 의논해서 내 석방을 위해 힘쓰겠다고 말했다.

한편 로버트 케네디는 판사에게 전화를 걸어 보석 절차에 대해 물어보았다. 법원측의 설명으로 모든 사정을 파악한 로버트 케네디는 격분해서 판사에게 전화를 걸었다. 정확한 대화내용은 알 수 없지만 "킹 목사를 보석으로 풀어줄 수 없는 이유가 무엇이냐?"는 것이 그 요지였을 것이다. 나는 다음날 석방되었다. 때는 선거를 이주일 앞둔 시점이었다.

케네디 상원의원은 나를 레이즈빌 교도소에서 꺼내기 위해서 수고를 아끼지 않았다. 내가 수감되어 있는 동안 적극적으로 나서준 데 대해서 케네디 의원과 그의 동생 로버트 케네디에게 크게 감사한다. 두 사람은 진심으로 나를 걱정했기 때문에 아내에게 전화를 걸었을 것이라고 생각한다. 케네디 의원은 나에 대해서 인간적인 정을 느꼈던 것 같다. 그는 유세 중에도 시민권 문제와 흑인들의 고통문제와 관련하여 훌륭한 발언을 했다. 해리스를 비롯한 다른 사람들과 상당히 많은 이야기를 나눈 것 같았다. 케네디에게 정치적인 동기가 있었다고 해도 나는 그것을 용인할 수 있을 것 같다. 대통령 후보로 출마하였으니 당선이 되어야 하고, 그러려면 흑인들의 표가 필요했을 것이다. 나를 위한 그의 행동은 도덕적 관심의 표현이면서 동시에 정치적으로도 옳은 일이었다고 생각한다. 그 일은 그다지 용기가 필요한 일이 아니었다. 하지만 그는 그 일이 정치적으로 옳은 일이라는 생각은 하지 못했던 것 같다.

닉슨 후보는 우리 운동에 대해서 지지를 표명할 기회를 놓치고 있었다. 내 문제에 대한 관심은 개인적인 문제가 아니라 시민권운동에 대한 관심이었다. 이런 점을 보면 닉슨이 대통령이 되면 어떤 정책방향을 택할지 짐작할 수 있는 일이었다.

나는 케네디 후보를 만나기 전부터 닉슨 후보를 알고 지냈다. 그는 나에게 친근하게 대했으며 자주 내게 전화를 걸어서 여러 문제에 대한 조언을 부탁했다. 그런데 그는 이번에는 내 소식을 전혀 모른다는 듯이 행

207

동했다. 바로 이 점 때문에 나는 닉슨 후보를 위험을 무릅쓰고 과감한 행동을 하길 꺼려하는 도덕적인 겁쟁이로 생각하게 되었다. 그가 낙선한 것도 이 점 때문이라고 나는 확신한다. 내 사건이 있었던 당시 많은 흑인들이 형세를 관망하면서 표의 향방을 결정하지 못하고 있었지만 어느 정도는 닉슨 후보쪽으로 기울어져 있었다.

케네디 의원이 아내에게 전화를 걸어오기 전까지는 아버지도 닉슨을 지지했다. 아버지는 나와 닉슨의 관계를 알고 있었으며 닉슨이 시민권 문제를 훌륭하게 처리할 것이라고 믿고 있었던 것 같다. 당시 아버지는 종교적인 입장에서 천주교 신도가 대통령이 되어서는 안 된다는 판단을 내리고 있었던 것 같다. 아버지는 닉슨을 공개적으로 지지했다. 그러나 아버지는 케네디 후보가 아내에게 전화를 걸어온 이후로 생각을 바꾸어 강력하게 케네디를 지지했다.

나에 대해 진심 어린 관심을 보여준 케네디 의원이 나는 너무나 고마웠다. 나는 언론을 통해 케네디 의원에게 감사드린다고 하면서도 그를 지지한다는 말은 하지 않았다. 솔직히 말해서 당시 나는 닉슨이나 케네디나 별 차이가 없다고 생각했다. 두 사람의 경력 중에는 내 마음에 들지 않는 구석이 있었다. 닉슨이 캘리포니아에서 헬렌 가헤겐 더글러스에게 했던 일 때문에 나는 그가 기회주의적이고 확고한 신념이 없으며 투표 경력도 마땅치 않는 사람이라고 보았다. 부통령으로 재임할 때는 많이 나아지긴 했지만 하원의원 시절과 상원의원 시절의 투표 경력 중에는 마음에 드는 것이 하나도 없었다.

케네디 후보의 투표 경력을 샅샅이 살펴보고 나서, 나는 그가 대통령이 되기 위해서라면 기본적인 원칙까지도 양보할 사람이라고 판단했다. 하지만 후보 한 사람만을 보아서 될 일이 아니라 주위 사람들을 보아야 했다. 케네디를 보좌하는 사람들의 능력이 뛰어나다고 판단하게 되자, 나는 케네디가 훌륭한 대통령이 될 것이라고 생각하게 되었다.

그러나 나는 공개적으로 케네디를 지지하지는 않았다. 아버지는 공개적인 지지를 천명했지만 나는 중립적인 태도를 견지하려고 했다. 나는 케네디 의원에게 양쪽 당을 객관적으로 바라보기 위해서 중립적인 태도를 취할 수밖에 없음을 분명히 밝혔다. 내가 체포되었을 때 그가 전화를 걸어준 일이 있은 후에도 내 태도에는 변함이 없었다. 나는 전화해주어서 고맙다고 감사의 뜻을 전하면서도 특정 후보를 지지하지 않으니 감사하다는 말을 지지의 뜻으로 해석하지 말라고 말했다. 나는 케네디 의원에 대해서 이제껏 알려져 있던 사실들은 그를 지지하는 근거로는 부적당한 것이라는 결론을 내렸다. 다른 사람도 그렇지만 케네디도 많이 달라졌다. 케네디는 대통령이 된 후에 두 가지 면모를 보여주었다. 대통령 임기를 시작하고 나서 처음 두 해 동안의 케네디의 면모와 1963년의 면모 사이에는 엄청난 차이가 있었다. 그는 매사에 대해 정치적으로 고려하던 사람이었지만 1963년 이후로는 도덕적 문제를 직시하는 사람이 되었다. 케네디 대통령이 암살되지 않았다면 나는 1964년에 그를 공개적으로 지지했을 것이다. 하지만 나는 1960년 당시에는 두 후보가 모두 부족하다는 결론을 내리고 있었다.

16

올버니 운동
The Albany Movement

도덕과 정의의 세력이 힘을 합쳐서
올버니라는 흑백차별의 요새에 대한 공격을 개시했습니다.

1961년 1월 30일(32세)
킹 목사의 셋째 아이 덱스터 스콧이 태어나다.

5월 21일
버스터미널에서의 흑백차별 폐지를 목표로 한 '자유승차(Freedom Ride)' 발기그룹이
앨라배마에서 습격을 받은 후에 킹 목사가 몽고메리 교회에 운집한 대중들 앞에서 연설하다.

12월 15일
킹 목사, 〈올버니 운동〉의 지도자인 W. G. 앤더슨 박사의 전보를 받고 올버니에 도착하다.

1962년 7월 10일
랄프 애버니시와 함께 12월 항의운동을 주도한 혐의로 기소되어
45일 간의 수감 생활을 시작하다.

7월 12일
신원 미상의 어떤 사람이 킹 목사의 벌금을 지불함으로써 킹 목사는 교도소에서 출소하다.

7월 25일
올버니에서 인종문제로 인한 폭력사태가 발생한 후,
킹 목사는 폭력이 사용된 것을 속죄하기 위해서 '참회의 날'을 정하다.

7월 27일
올버니 시청에서의 철야기도회가 경찰의 체포작전으로 종결되다.

8월 10일
교도소를 나와서 시위를 중단하기로 의견을 모으다.

앨라배마 애니스톤의 백인폭도들에 의해 불 탄 버스에 타고 있던 자유승차운동가들.

1961년, 케네디 행정부는 완고한 저항세력에 대항하여 신중하고 소극적인 투쟁을 시작하였다. 그러나 시간이 흐를수록 행정부의 주도권은 점점 약화되었고 여론의 열기도 식으면서 행정력 전반이 위축되기 시작했다.

흑인들은 대통령 선거 당시 케네디 대통령에게 압도적인 표를 몰아줌으로써 자신들의 신념을 표명한 상태였다. 흑인들은 과거의 행정부에 비해서 케네디 행정부에게 보다 많은 것을 기대하고 있었다. 그러나 케네디 행정부는 정치적으로 가능한 한도 내에서 시민권 문제에 대응했으며 시민권 문제와 관련된 적극적인 행동으로 충분히 신임을 얻었다고 믿는 것 같았다. 정치적으로 볼 때 이러한 케네디 정부의 태도는 새삼스러운 것이 아니었다. 케네디 정부가 들어서고 처음 2년 동안 흑인들의 "당장 시민권을 달라"는 요구가 흑백차별주의자들의 "시민권은 절대로 안 된다"는 주장만큼 투쟁적이 되어 간다는 사실을 인식했던 사람은 얼마 되지 않았다.

흑인들은 불리한 처지였는데도 과거의 간헐적이고 제한된 행동과는 종류와 정도 면에서 전혀 색다른 광범위한 활동을 개시하기 시작했다. 백인들이 다가오면 멈칫거리며 물러서던 흑인들이 거리시위에 선뜻 참여한다는 것 자체가 이들의 정신적 변화를 상징하는 것이었다.

침묵이 흐르던 미시시피 주와 조지아 주도 선거인 등록운동과 자유승차(Freedom Ride)운동으로 격류에 휩쓸리게 되었다. 흑인들의 정신적인 변화를 보여주는 보다 극적인 사례는 대량 투옥을 두려워하지 않고 투쟁에 임했던 조지아 주 올버니 흑인들의 모습이었다.

조지아 주 올버니는 당시 남부사회를 뒤흔든 인종문제의 긴장과 갈등이 극적으로 표면화된 지역이었다. 올버니에는 완강한 태도만이 유일한 해결책이라고 생각하는 흑백차별주의자들과 비폭력에 의지하여 전진하는 흑인들이 대립하고 있었다. 올버니에는 학교의 흑백차별, 투표권의 부인, 공원 및 도서관, 식당, 버스 내의 흑백차별에 이르기까지 온갖 차별이 있었다.

이제까지 올버니 흑인들은 침묵 속에서 고통받고 있었다. 이들은 겉으로 드러내지는 않았지만 흑백차별제도로 가슴 저리는 고통을 겪고 있었다. 일상생활에서 겪는 차별대우 때문에 흑인들의 가슴에는 깊은 상처가 남았다. 이들은 차별을 받으며 살고, 차별을 받으며 먹고, 차별을 받으며 기도하고, 차별을 받으며 차를 타고, 차별을 받으며 일하고, 차별을 받으며 죽어갔다. 하지만 이들은 불평 한마디 하지 못하고 침묵 속에서 살아야 했다. 흑인들은 갖은 불만을 가슴속에서 삭혀야 했다. 자존심을 잃은 아픔에 흑인들의 도덕성은 녹이 슬어갔다. 그러나 흑인들의 이런 고통은 항의운동의 시작과 함께 종말을 맞게 되었다.

나는 그곳에 머물러야만 했다

로사 파크스가 몽고메리 버스보이콧운동에 불을 당겼듯이, 1961년 12월 11명의 '자유승차운동' 활동가들이 올버니에 도착하면서 역사적인 올버니의 비폭력투쟁은 타오르기 시작했다. 자유승차운동은 주 사이를 운행하는 버스를 타고 남부 전역 여행을 시도하는 간단한 활동을 통해서 흑인들이 겪는 모욕과 불의를 고발하는 것을 목적으로 삼고 있었다.

올버니에는 이미 W. G. 앤더슨 박사가 주도하는 '올버니 운동(Albany Movement)'의 활동과 흑인들의 불평불만을 해소하기 위한 흑인사회의 오랜 노력이 계속되고 있었다. 다양한 분야의 활동가와 직원들이 올버니 운동 조직에 참여하는 것을 보면 올버니가 표적도시가 되고 있음을 알 수 있었다. 실제로 올버니는 흑백차별제도의 마지막 요새였다. 100년 동안 쌓여온 흑인들의 절망이 끓어오르면서 가시화하기 시작했다. 올버니는 사회학적으로 볼 때 표적도시로서의 모든 요소를 갖추고 있었다. 그런 조건은 남부지역의 수많은 도시나 다를 바가 없었다. 100년 간 계속된 정치적 경제적 교육적 억압은 올버니에 사는 2만 7,000명의 흑인들에게 흑백차별제도 아래 무력한 노예신세로 지낼 것을 강요했다. 흉포하고 정교화된 인종차별제도는 흑인들이 처한 곤경을 지속시키기 위해서 필사적인 노력을 계속하고 있었다.

비폭력항의운동에 뛰어든 흑인들은 대단히 독창적인 방법을 구사하면서 공공장소에서의 차별과 투표권 부인, 학교 차별, 의사 표현과 집회의 자유 박탈에 항의하였다. 올버니 운동은 이렇게 광범한 전선에서 대중시위를 통한 직접 행동, 투옥 투쟁, 연좌시위, 백인전용 풀장이나 교회를 이용하는 방법, 정치적 행동, 보이콧, 그리고 법률적 행동 등 온갖 방법들을 다 활용했다. 남부지역의 도시에서 이러한 비폭력투쟁 방법이 동시에 총동원된 것은 처음 있는 일이었다.

시 당국은 시의 성장과 발전이라는 과제와 후진적, 반봉건적인 사회에나 적합한 관습을 유지하는 과제라는 두 마리 토끼를 쫓느라 분투하고 있었다. 비폭력항의운동에 부딪힌 시 당국은 완고한 노예주의 태도를 견지하려고 기를 썼지만 실제로는 실수에 실수를 거듭하고 있었다. 그들은 무너져가는 불의라는 건물을 지탱하겠다고 부스러지기 쉬운 모래로 버팀대를 세우면서 상식과 자부심을 잃어가고 있었다.

SCLC는 정의와 평등한 권리를 실현하고 이류 시민의 지위에서 벗어나려는 올버니 흑인들의 숭고한 노력과 올버니 운동에 대해서 최대한의 도덕적 재정적 지원을 제공했다.

1단계의 승리를 이루려면 흑인들은 최소한의 지위 향상도 허용하지 않았던 수십 년 간의 억압과 침묵과 무기력의 벽을 깨야 했다. 이런 승리를 이루기 위해서는 비폭력항의운동이 남녀노소 할 것 없이 모든 사회 성원들을 흔들어 깨워야 했다. 거리에서는 신분과 계층의 구별이 사라졌다. 감옥에서는 가사노동자와 전문직업을 가진 사람, 노동자, 사업가, 교사, 그리고 세탁업자가 모두 수감동료로서 단결하였으며, 이들 모두가 정의를 추구한다는 죄명으로 기소되었다.

1961년 12월 16일, 흑인사회는 자유를 향한 힘찬 발걸음을 내디뎠다. 모든 계층의 흑인들이 흑백차별제도에 대항하는 도덕적 과업에 참여하였으며, 효과적인 항의운동을 위하여 투옥을 불사하였다.

나도 역시 허가받지 않은 행진에 참여함으로써 공안을 방해하고 인도를 차단했다는 이유로 수감되었다. 나는 벌금 지불을 거부했기 때문에 크리스마스를 감옥에서 보내야 할 것이라고 예상하고 있었다. 나는 수천 명의 사람들이 투옥도 불사하기를 바라고 있었다. 나는 감옥에 들어올 작정을 하고 올버니에 온 것은 아니었다. 이삼 일 동안 머무르면서 항의운동에 대한 조언을 하고 나서 집으로 돌아갈 작정이었다. 하지만 협상이 무산되는 모습을 지켜보면서 나는 올버니에 머무르기로 마음을 굳혔다. 올버니에 체류하기로 한 것은 올버니 운동은 내게 아주 중요한 의미를 가지는 것이므로 직접 참여하고 싶다는 개인적인 바람 때문이었다. 수천 명이 넘는 각성한 흑인들이 자발적으로 투옥을 감수했지만, 시 당국은 모든 양심적 호소에 대해서 너무나 강경한 입장을 보였기 때문에 운동 지지자들의 자신감은 일시적으로 흔들렸다. 시 당국은 불안한 마음에 투옥된 사람들의 수를 세면서 이제 운동의 기세가 한풀 꺾였다고 성급한 결론을 내리기도 했다.

교도소는 일흔 살 할머니부터 중년의 성인, 그리고 십대의 청소년에 이르기까지, 의사, 약사, 변호사, 교사 등 다양한 직종의 사람들로 붐볐다. 이러한 운동의 발전은 흑인들이 흑백차별제도가 무너지는 그날까지 쉬지 않고 나아갈 것임을 알리는 것이었다. 남부지역은 국법에 순응할 것인가 아니면 혼란과 사회 정체 속으로 빠져들 것인가 하는 기로에 서게 되었다.

700명의 흑인들이 감옥에서 석방되던 날 밤, 대중집회에 모여든 사람들이 보여주었던 열광적이고 당당한 태도는 말로 표현하기 힘들 지경이었다. 의사, 성직자, 가정주부 등 감옥에서 나온 온갖 신분의 사람들이 학생들이 이끄는 비폭력항의 시위대열에 합세하였다.

이윽고 상인들이 시 당국에 대해서 협상을 촉구했으며, 시 당국은 마지못해서 협상안에 도장을 찍었다. 그러나 시 당국이 700명 남짓 되는 수감자들에 대한 기소를 취하하지 않고 공공장소에서의 차별을 철폐한다는 협상안을 거부했기 때문에 우리는 비폭력 직접행동을 재개했다.

1962년 6월에 올버니 운동은 항의활동을 재개하면서 SCLC에 지원을 요청했다. SCLC의 의장이었던 나는 비폭력활동과 선거인 등록활동 및 법률활동의 경험이 풍부한 성원들을 모아 지원부대를 꾸렸다.

랄프와 나는 1962년 2월 올버니 시민 두 명과 함께 재판에 회부된 바 있었다. 당시 A. N. 더던 판사는 7월 10일까지 판결을 연기했다.

7월 10일과 11일의 수감일지
7월 10일 화요일
우리들은 조지아 주 올버니에서 열리는 재판에 참석하기 위해서 남부항공을 이용해서 애틀랜타를 떠났다. 일행은 랄프 애버니시 부부, 와이어트 워커, 테드 브라운, 빈센트 하딩, 그리고 아내 코레타와 나, 이렇게 일곱 명이었다. 우리는 아침 7시 45분에 애틀랜타를 떠나서 8시 50분에 올버니 공항에 도착했다. 우리보다 하루 일찍 올버니에 도착한 앤디 영과 윌리엄 앤더슨 박사, 그리고 시에서 지정한 형사 두 명이 공항에 나와 있었다. 우리는 곧바로 앤더슨 박사의 거처로 향했다. 그곳에서 식사를 하고 나서 기소된 사건에 대해서 어떤 행동을 취할 수 있는지에 대해

토론했다. 앤더슨 박사는 그곳 흑인사회의 분위기에 대해서 소상히 알려주었다. 박사는 대부분의 사람들이 끝까지 우리와 행동을 같이 하겠다는 열정적이고 단호한 태도를 보이고 있으며, 다시 감옥에 들어가서 끝까지 남아 있겠다는 태도를 분명히 밝힌 사람들도 적지 않다고 말했다. 투쟁의 열기를 식히지 않으려면 우리도 형을 선고받을 경우 수감생활을 감수해야 한다는 데 의견이 모아졌다. 나는 교회와 조직에 대한 책임이 있으므로 3개월이 넘도록 수감되어 있을 수는 없지만 3개월 이하의 형이 선고되면 수감생활을 감수하기로 했다. 이런 결정을 내리고 나서 우리는 법정으로 향했다.

오전 10시에 더딘 판사가 재판의 개회를 선언했다. 판사는 즉시 준비해둔 기록을 읽기 시작했다. 네 명의 피고 전원, 즉 랄프 애버니시, 에디 잭슨, 솔로몬 워커, 그리고 나에게 유죄를 선언한다는 내용이었다. 랄프와 나는 178달러의 벌금형 혹은 45일 간의 강제노역 형을 선고받았다. 잭슨과 워커는 지도자가 아니라는 이유로 우리 두 사람에 비해 적은 벌금과 형량이 선고되었다.

랄프와 나는 양심상 벌금을 지불할 수 없으므로 투옥을 감수하겠다는 의사를 밝혔다. 에디 잭슨은 우리의 결정에 따르겠다고 했으며, 닥터 워커는 항소하겠다는 뜻을 밝혔다.

법원 대기실에서 잠깐동안 기자회견을 하고 나서 올버니 시립교도소로 이송되었다. 교도소는 법원과 시청이 들어 있는 같은 건물 지하에 있었다. 내가 가본 중에 가장 형편없는 교도소였다. 문명사회의 흔적이라곤 찾아볼 수도 없을 정도로 구질구질하고 더러웠다. 감방은 때에 절어 바퀴벌레와 개미들이 우글거렸고 침상 위에 놓인 매트리스는 돌덩어리처럼 딱딱하고 더러웠다. 아예 매트리스가 없는 감방도 있었는데, 그곳의 수감자는 딱딱한 강철 침상 위에서 잠을 자야 했다.

랄프와 나는 같은 감방에 수감되었다. 우리가 수감된 감방도 다른 감방과 똑같이 더러웠다. 교도소장은 우리가 이런 사정을 전국적으로 알릴 수도 있는 정치범이라는 사실을 의식했는지, 수감동 전체를 청소하라는 지시를 내렸다. 젊은 아이들이 물과 비누, 그리고 소독제를 가지고 와서 청소를 시작했다.

앞으로 45일 간 묵어야 할 새로운 거처에 적응하면서 오후 시간을 보냈다. 감옥이란 말만 들어도 의기소침해지기 십상인데, 직접 감옥에 갇히는 신세가 되니 심정이 착잡했다. 교도소장은 '안전상의 이유로' 우리들을 거리의 강제노역 활동에서 제외할 작정인 것 같다. 반갑지 않은 소식이다. 틀에 박힌 수감생활 때문에 해이해지지 않으려면 거리에서 강제노역을 하는 편이 좋을 것 같다. 감옥은 세계로부터 차단되어 있는 곳이기에 사람들을 의기소침하게 만든다. 감옥은 수감자를 변화 없는 단조로움의 세계로 몰아넣는다. 살아 있지만 죽은 것이나 다름없는 것이다. 이런 무의미한 생활에 적응한다는 것은 쉬운 일이 아니다. 이 고통은 대의를 위하여 나 스스로 선택한 것이라는 사실을 끊임없이 상기하면서 수감생활에 적응하도록 하자. 그렇게 한다면 괴롭고 침울한 심정을 약간은 누그러뜨릴 수 있을 것이다. 하지만 고통은 사라지지 않는다. 아기를 낳는 산모가 겪는 고통에 비유할 수 있을 것이다. 산고의 고통이 무의미한 것이 아니라는 자각으로 일시적인 위안을 얻을 수는 있지만, 그래도 고통스런 경험은 그대로 남는다. 자신의 고통 뒤에는 귀여운 새 생명의 탄생이 있다는 것을 잘 알고 있지만 당장 고통에서 벗어날 수는 없는 것이다. 수감생활도 마찬가지이다. 감옥 속에서는 새의 지저귐도 들을 수 없고 해와 달과 별의 아름다움도 볼 수 없으며 신선한 공기도 마실 수 없다. 수감생활은 인생의 아름다움을 누리지 못하고 산송장처럼 목숨만 유지해야 하는 비참하고 소모적인 생활이다.

수감생활의 단조로움을 깨는 것은 친구나 친척과의 면회시간이다. 체포된 지 세 시간 뒤인 1시 30분 경에 코레타와 랄프의 아내가 면회를 왔다. 코레타는 여느 때처럼 침착하고 의젓한 태도로 나에게 용기를 북돋워주었다. 아내의 사랑과 이해와 용기가 없었다면 나는 벌써 오래 전에 주저앉고 말았을 것이다. 아이들은 어떠냐고 묻자 아내는 아빠가 감옥에 있다는 말을 듣고 욜란다가 울음을 터뜨렸다는 이야기를 해주었다. 아이들에게 쉽게 설명해줄 수 없는 일이 벌어지는 세상에서 아이를 기르는 것은 너무나 어려운 일이다. 아빠가 감옥에 가야 하는 이유를 어린 아이에게 어떻게 설명할 수 있단 말인가? 코레타는 아이들에게 아빠는 사람들을 돕기 위해서 감옥에 가신 거라고 말해주었다고 했다.

면회가 끝나고 나서 찜통 같은 더위에 시달리다가 감옥으로 찾아온 와이어트, 앤더슨 박사, 앤디 영, 테드 브라운, 빈센트 하딩, 킹 변호사와 이야기를 나누었다. 오후 11시경에 잠이 들었다. 이처럼 끔찍한 곳에서 잠을 자는 것은 처음이었다. 침대가 너무 딱딱해서 등이 쑤셨다. 너무나 불쾌한 감옥이었다.

7월 11일 수요일

아침 일찍 눈이 번쩍 뜨였다. 새벽 6시경이었다. 등이 쿡쿡 쑤셨다. 8시경에 아침식사가 들어왔다. 어제는 앞으로 닥칠 시련을 맞을 마음의 준비를 한다고 하루종일 단식을 했다. 오늘 아침부터 단식을 풀고 아침식사를 했다. 음식은 먹을 만했다. 교도소 내에서 조리된 음식이 아니라 인근 식당에서 조리된 것 같았다. 아침식사에는 소시지, 계란, 밀가루가 들어 있었다. 커피에 크림과 설탕이 들어간 것을 보고 놀라기도 했지만 기분은 좋았다. 이제껏 거쳐온 교도소 중에서 커피에 크림과 설탕이 함께 나오는 곳은 한 군데도 없었던 까닭이었다.

10시에 C. K. 스틸, 앤디 영, 그리고 부목사 헨리 엘킨즈가 면회를 왔다. 엘킨즈는 아내가 애틀랜타에서 보내준 신문기사를 가져왔다. 사람들은 우리에게 대중집회 이야기를 해주었다. 대중집회는 참석자도 많았고 활기찬 분위기였다고 했다. 그들은 귓속말로 정오쯤에 시청까지 행진을 계획하는 그룹이 있다는 이야기를 해주었다.

정오쯤에 행진대열이 도착했다. C. K. 스틸을 선두로 한 50여 명의 행진자들이 전원 체포되어 시립교도소에 구금되었다. 그들은 우리의 감방으로 다가오면서 노래를 불렀다. 그들의 노래 소리를 듣자 힘이 솟았다.

수감된 행진자들이 우리 감방을 지나가자 교도관 두 명이 오더니 랄프와 나에게 유치장으로 옮기라고 했다. 아홉 명이 수감되어 있는 유치장은 어둡고 적적했다. 소위 문명사회라는 곳에 그런 감방이 존재한다니 믿을 수 없는 일이었다.

7월 13일 아침 7시 30분경에 교도관들이 와서 프리체트 서장을 만나러 가야 한다면서 사복으로 갈아입으라고 했다. 옷을 갈아입고 나서 9시경에 교도소장을 만났다. 교도소장은 벌금이 납부되었으므로 석방한다는 사실을 통보했다. 나는 "우리는 형기를 채우고 싶습니다. 지금 이곳을 떠나는 것은 아직 재판이 진행중인 700여 명의 사람들과 제 자신에게 떳떳하지 못한 일입니다" 하고 말했다. 교도소장은 "목사, 내가 알 바 아니오. 당신이 이곳에 있는 꼴을 볼 수가 없소"라고 말했다. 당시 나는 출옥하면서도 출옥한다는 사실이 전혀 기쁘지 않았다. 교도소에서 겪은 여러 가지 불편하고 불쾌한 경험들이 그리워서가 아니라 우리를 감옥에서 빼내기 위해서 사용된 교묘하고 음흉한 술책이 달갑지 않았기 때문이었다. 연좌시위 중에 런치 카운터의 의자에서 내쫓기고 백인전용교회에서 내쫓기고 자유승차 시위중에 투옥당했던 경험은 수도 없이 많았지만, 교도소에서 내쫓기는 것은 처음 당하는 일이었다.

7월 24일에는 경찰들이 평화시위대에게 폭력을 사용했다. 그들은 임신한 여성을 잔혹하게 구타하고 우리측 변호사 한 명을 두들겨팼다. 시위를 구경하던 흑인 몇 명이 분을 참지 못하고 경찰에게 병과 돌을 던지는 사건이 일어났다. 나는 즉시 대중시위를 중단시켰다. 그리고 며칠 동안 흑인들의 집과 클럽, 당구장을 돌면서 일체의 보복행위를 삼가고 아무리 난폭한 사람을 만나도 이성을 잃지 말 것을 신신당부했다.

참회의 날

우리는 전날 밤 발생했던 폭력사태에는 평화시위대나 올버니의 활동적인 시민들이 결코 개입하지 않았다고 확신합니다. 그러나 우리는 폭력을 극도로 혐오하기 때문에 그 폭력이 흑인시민에 의해서 발생했다는 점에 대해서 일부나마 책임을 느낍니다.

비폭력주의와 평화적인 항의운동에 대한 우리의 결단을 널리 알리기 위해서 오늘 정오 12시 이후를 '참회의 날'로 정합니다. 참회의 날 동안에는 올버니 운동에 참여한 모든 이들과 지지자들이 모여서 비폭력원칙의 필요성을 체득하지 못한 흑인형제들을 위해 기도회를 가질 것입니다. 우리가 참회의 날을 보내는 동안, 시의원들과 양심적인 백인들은 올버니의 인종문제를 진지하게 검토해주기 바랍니다. 솔직하게 말하자면, 폭력과 증오의 분위기를 싹트게 한 것은 바로 운동지도자들의 면담요청을 거절한 시의원의 오만한 태도와 자유를 향한 흑인들의 열망을 억압

하고 어떤 희생을 치르더라도 흑백차별을 유지하려 하는 올버니 경찰의
부당한 시도 등입니다.

우리는 운동을 지지하는 사람들에게 비폭력주의를 설교하는 데 전심
전력할 것입니다. 하지만 시 당국이 성의 있는 협상태도를 보이지 않을
경우, 사람들은 우리들의 진심 어린 권고를 무시할지도 모릅니다.

올버니의 시 당국자들은 전 국민의 관심과 시선이 집중되면 우리 운
동의 도덕적 정당성이 드러난다는 것을 깨닫고 약삭빠르게 비폭력전술
을 채택했다. 프리체트 서장은 언론에게 뻔뻔스런 표정으로 자신은 비폭
력주의자라고 공표하였다. 이렇게 해서 이 골칫덩어리 도시는 노골적인
폭력이 사라진 평정상태를 맞이하게 되었다.

7월 27일부터 8월 10일까지의 수감일지

7월 27일 금요일

우리들은 시 정부에 협상을 촉구하기 위해서 시청 앞에서 철야기도
회를 열었다. 우리가 시청에 도착하자 수많은 언론사 기자들이 몰려들
었다. 경찰서장 로리 프리체트가 직접 우리에게 다가와서 경찰서장실로
가자고 말했다. 우리가 그 요청을 거절하자 서장은 즉시 체포명령을 내
렸다. 랠프 애버니시와 나는 오후 3시 15분 올버니에서 다시 체포되었다
(7월에만 두번째, 작년 12월 이후로는 세번째 체포였다). 우리는 W. G. 앤
더슨 박사, 슬레이터 킹, 벤 게이 목사 그리고 여성 일곱 명과 함께 체포
되었다.

오후 9시경, 경찰관 하나가 감방으로 와서 프리체트 서장이 경찰서장
실에서 기다리고 있다고 말했다. 2주일 전에 서장실에 불려갔다가 감옥
에서 쫓겨났던 일이 생각났다(당시 신원 미상의 인물이 한 사람 당 178달
러에 달하는 벌금을 대신 납부했다). 우리는 예전과 같은 일을 다시 겪을
수 없다고 판단하고 우리를 만나고 싶으면 직접 감방으로 오라고 서장

에게 전해달라고 했다. 경찰관은 짜증스런 얼굴로 돌아섰다. 서장이 당장 쫓아내려와 이렇게 말했다. "이보시오. 목사. 나는 지금 당신들이 나갈 수 있도록 갖은 애를 쓰고 있단 말이오. 스피박이라는 사람이 당신을 위해서 장거리 전화를 걸어왔소."

로렌스 스피박은 〈Meet the Press〉라는 TV프로그램 진행자였다. 그는 7월 29일 일요일에 방송될 프로그램에 나를 출연시킬 예정이었다가 우리의 수감 사실을 알고 크게 당황해서 보석으로 석방시켜달라고 애걸했다고 한다. 나는 즉시 C. B. 킹 변호사와 우리 교회 부목사인 와이어트 워커를 교도소로 오게 해서 의견을 물었다. 결국 나는 감옥을 떠나서는 안 되며 올버니 운동의 의장인 앤더슨 박사가 보석금을 지불하고 나가서 나 대신 방송에 출현하기로 의견이 모아졌다. 앤더슨 박사도 이 일에 동의하였으므로 나는 수감생활을 계속하게 되었다.

7월 28일 토요일

프리체트 서장에게 참모들과의 자유로운 면회를 허락한다는 약속을 받고 나서 우리는 교도소 내에서 참모회의를 가졌다. 아내도 애틀랜타로 돌아가기 전에 두 번이나 면회를 왔다.

와이어트가 면회를 왔을 때 나는 시청 앞 시위는 대규모 행진보다는 소규모 인원으로 자주 계획하는 것이 긴장감의 지속에 도움이 될 것이라고 강조했다.

와이어트가 떠나고 나서 얼마 지나지 않아 열다섯 명 가량의 시위자들이 시청 앞에 나타났다. 그들은 곧 체포되어 교도소로 들어왔다. 이들이 부르는 큰 노래 소리를 듣자 힘이 솟았다. 이들도 즉시 다른 교도소로 이감되었다.

그날 오후 프리체트 서장이 나를 찾아와서는 교도소를 떠나도 좋다고 말했다. 어떤 사람이 내 보석금을 현금으로 지불하였으므로 내가 자유라는 것이었다. 나는 서장에게 교도소에서 질질 끌려나가고 싶지는 않지만 남은 형기를 다 채우고 싶으니 내 발로 걸어나가지는 않겠다고 말했다.

프리체트 서장은 이렇게 말했다. "지금 사태가 얼마나 심각한지 모르고 있군? 무슨 일이 일어났는지 아시오? C. B. 킹이 얻어맞아 머리가 반쯤 깨졌단 말이오." 너무나 끔찍한 이야기였기에 우리들은 가슴이 철렁했다. 가해자가 누구냐고 묻자 서장은 "군 교도소를 관할하는 보안관이오." 나는 당장 와이어트를 불러서 대통령에게 전보를 치고 법무성의 로버트 케네디와 버크 마셜에게 연락하라고 말했다. 나는 그들에게 법을 집행하는 경찰관에 의해 자행된 가혹행위가 상당히 불안한 상태이니 어떤 조치를 마련할 것을 촉구했다.

7월 29일 일요일

여느 때보다 조용한 아침이었다. 우리는 모든 수감자들과 함께 예배를 드렸다. 나는 욥기를 읽었다. 우리는 아침저녁으로 예배를 드리고 수시로 찬송가를 불렀다. 랄프와 나는 같은 방을 썼지만 다른 수감자들의 모습은 볼 수 없었다. 하지만 목소리를 통해서 다른 수감자들과 접촉할 수 있었다. 슬레이터 감방은 우리 감방에서 두 감방 건너편 곳에 있었다. 마빈 리치, 에드 딕킨슨, 그리고 얼 고든을 비롯한 백인 시위자들은 홀 건너편에 있는 다른 감방 블록에 수감되어 있었다. 하지만 이들도 예배를 드릴 때는 우리와 같이 행동했다. 나는 기도를 드리고 나서 책을 읽었다.

교도관들이 8시 정각에 아침식사를 가져왔다. 양철 접시에 담긴 소시지 하나, 계란 하나, 거친 밀가루 음식, 빵 두 조각과 커피 한 잔이 전부였다. 10시 10분이 되자 교도관이 또다시 다진 고기와 콩, 쌀, 옥수수로 만든 빵 한 접시를 가져왔다. 교도관은 의아해 하는 우리들에게 일요일이라 요리사가 일찍 퇴근하기 때문에 이것이 마지막 식사라고 말했다. 얼마 안 있어 워커 목사가 애틀랜타에서 온 의사 로이 C. 벨과 『제트』지의 기자인 래리 스틸과 함께 왔다. 로이는 랄프의 치아를 진찰하고 프리체트 서장에게 '포장판매되는 식사'를 제공하라고 요청했다. 나도 교도소 음식을 계속 먹다가는 영양실조에 걸릴지도 모르니 영양가 있는 식사가 필요하다고 말했다. 올버니 교도소는 더럽고 불결하고 시설도 형편없었다. 올버니 교도소는 내가 수감되었던 많은 교도소 중에서 가장 열악한 곳이었다.

7월 30일 월요일

하루종일 이전에 흑인들을 상대로 설교했던 글들을 읽고 책을 쓰면서 지냈다. 견디기 힘들 정도로 더웠기 때문에 아무것도 할 수 없었다. 우리가 있는 감방은 뒤쪽에 위치한 구석진 곳이었기 때문에 교도소 내에서도 가장 더운 곳 같았다. 우리 감방에는 침상이 네 개 있었지만 교도소측은 무슨 이유에선지 우리 두 사람 외에 다른 사람은 수감하지 않았다. 랄프는 세수하러 갈 때마다 사람들을 만나게 된다고 한다. 랄프는 사람들의 활기를 북돋워주는 멋진 사람이다. 오늘 식사는 다른 때보다 더 나빠진 것 같았다. 나는 커피밖에 먹을 수 없었다.

와이어트를 만났는데 시위를 계획대로 진행할 계획이라고 말했다. 얼마 안 있어 열다섯 명쯤 되는 시위대가 체포되어 교도소로 끌려왔다. 그들은 쉬지 않고 구호를 외치고 노래를 불렀다. 그들은 시 정부가 연방법원에 시위금지명령을 요청한 데 대한 재판이 열릴 때 법원 앞에서 시위를 할 계획이라고 귀띔해주었다. 코니 모틀리 변호사가 NAACP 뉴욕지부에서 파견되어 나와 있다는 소식을 듣고 마음이 놓였다. 킹 변호사와 애틀랜타 출신의 도널드 L. 홀로웰 변호사가 재판에 대비하여 나를 만나러왔다. 우리는 올버니 싸움을 수행할 때 사용해야 할 네 개의 전선에 대해서 의견을 나누었다. 법정에서는 법적 투쟁을 하고, 시위와 공공장소 연좌시위 및 백인교회 예배투쟁을 진행하며, 흑인을 차별하는 상점에 대한 불매운동을 진행해야 하고, 마지막으로 선거인 등록운동을 강력하게 추진해야 한다. 올 여름에는 길고 긴 싸움이 이어질 것 같다.

7월 31일 화요일

법정에서 아내와 친구, 동료들을 만났다. 그들의 얼굴을 보니 마음이 푸근해졌다. 휴정중에 와이어트가 찾아와서 재판이 진행될 동안 시위를 계속할 것이며 SNCC 소속의 청년들이 잡화점과 드라이브 인 상점 그리고 여관 등을 찾아다니며 시위를 벌일 것이라고 말했다.

조금 후에 아버지가 SCLC 애틀랜타 지부장인 알렌 미들턴 목사와 함께 찾아오셨다. 어머니가 올버니 운동에서 내가 중요한 역할을 담당하기 때문에 형기를 마칠 때까지 수감생활을 계속해야 한다는 것을 이해하고 계시다는 이야기를 듣고 마음이 놓였다. 아버지에게 교회 일을 도울 사람을 구하라고 말씀드렸더니, 아버지는 "네가 교도소에서 버티고 있으니 나도 바깥에서 버텨야지"라고 말씀하셨다.

8월 1일 수요일

오늘 아침에도 아버지와 미들턴 목사님이 면회를 오셨다. 두 분은 지난 밤 마운틴 시온 침례교회에서 열린 대중집회에서 연설을 하셨는데, 사람들이 너무 많아서 거리 건너편 실로 침례교회까지 발 디딜 틈이 없었다고 말씀하셨다. 아버지는 오늘 있을 재판에 참석해서 백인들에 대한 폭력을 예방하기 위해서 흑인들을 체포했다는 프리체트 서장의 증언을 들을 예정이라고 말씀하셨다. 아버지는 사람들에게 내가 올버니 교도소에 수감된 것은 자유의사가 아니었으며 올버니 교도소를 방문해달라는 서장의 요청이 있었기 때문이었다고 말씀하셨다고 했다.

8월 2일 목요일

케네디 대통령이 올버니 시 당국자들은 흑인지도자들과 협상해야 한다는 발언을 했다는 소식을 듣고, 나는 대통령에게 아주 적절한 조치였다는 감사의 편지를 써보냈다.

8월 3일 금요일

다음주 화요일까지 재판을 휴회한다는 결정이 내려졌다. 지연작전이라는 느낌이 들었다. 그때까지 무슨 일이 있어도 시위를 계속해야 할 것이다.

8월 4일 토요일

오늘 하루도 많은 시위자들이 체포되었다. 오후에 프리체트 서장이 교도소로 들어와서는 시위대에게 자신을 위해서 노래를 불러달라고 청했다. "프리체트 서장이 내 주위를 돌아다니지 못하게 할 거야"라는 노래를 불러달라는 것이었다. 서장은 진지한 표정으로 노래를 들었고 다른 교도관들은 멍하니 서서 듣고 있었다.

8월 5일 일요일

오늘은 신나는 날이었다. 욜란다, 마틴 루터 3세, 그리고 덱스터가 아빠를 만나러 왔다. 5주 동안이나 아이들의 얼굴을 보지 못한 셈이다. 우리는 25분쯤 함께 있었다. 아이들을 보니 저절로 기운이 났다.

8월 6일 월요일

아이들을 데리고 애틀랜타로 돌아가기 전에 코레타가 면회를 다녀갔다. 하루종일 신문을 읽고 전국에서 날아온 편지를 읽었다. 겉봉에 주소

대신 '미국 최고의 골칫덩어리, 올버니'라고 적은 편지도 있었다. 이처럼 고약한 편지도 몇 장 있었지만 대부분의 편지들에는 흑인들과 백인들의 격려와 호의가 담겨 있었다. 저녁식사와 기도를 마치고 나서 계속 원고를 썼다. 이번 여름에 집필을 완료할 계획이다. 열여덟 편의 설교문을 실을 예정인데, 열한 편을 썼을 뿐이다. 설교문은 모두 주님의 복음이 인간의 사회적, 경제적 삶과 어떤 연관을 가지고 있는가를 다루고 있다. 기독교가 인종문제와 전쟁과 평화의 문제, 그리고 경제적인 불평등의 문제에 대해 어떤 태도를 취해야 하는지를 밝힌 글이다. 이미 설교했던 설교문을 기초로 글을 쓰는데, 교도소 안에서는 '온유한 마음, 강인한 정신' '사랑이 담긴 행동' '원수를 사랑하라'라는 제목으로 세 편의 글을 썼다. 이 설교집의 제목은 『원수를 사랑하라』로 하는 것이 좋을 것 같다.

8월 7일 화요일

오늘 법정에 소환되었다. 주에서 내세운 증인이 폭력을 예방하고 사람들을 보호하기 위해서 상당히 애를 썼다고 증언했다. 나는 랄프에게 공무원들이 법정에서 연극을 하는 것을 보니 기분이 착잡하다고 말했다.

8월 8일 수요일

오늘은 재판 마지막 날이자 나와 랄프의 증언이 있는 마지막 날이었다. 재판중에는 잠시나마 찜통 같은 교도소에서 벗어나 더위를 피할 수 있었지만 재판이 끝나게 되니 마음이 편안해졌다. 법정은 냉방이 잘 되어 있어서 다시 찜통 같은 교도소로 돌아갈 때마다 비참한 기분에 빠졌다. 피로가 쌓여 자리에 누워 있자 앤더슨 박사가 와서 치료해주었다. 교도소에서 받은 두번째 치료였다.

8월 9일 목요일

우리는 교도소에 남아 있기로 결심하고 "날마다 자유로운 ,정신으로 깨어났다." 모두들 활기찬 얼굴로 꼬박꼬박 예배에 참석했으며 자유의 노래를 함께 불렀다.

오후에 와이어트와 앤더슨 박사가 찾아왔다. 랄프와 나에 대한 형이 선고되는 내일, 두 건의 행진이 예정되어 있으며, 모든 수감자들의 어머니들이 교도소에 와서 가족들과 행동을 같이 할 것이라고 말했다. 내 아내와 앤더슨 박사의 부인, 와이어트의 부인, 영의 부인, 랄프의 부인, 변호사 윌리엄 컨스틀러의 부인도 동참할 예정이었다.

8월 10일 금요일

오늘 우리는 집행유예 판결을 받았다. 나는 그다지 놀라지 않았다. 부당한 선고에 대해서 항소를 할 작정이다. 하지만 변호사들은 아직 항소 결정을 내리지 않고 있다. 랄프와 나는 시 정부가 '체면'을 살리고 '올버니 운동'에 대한 신의를 표시할 수 있는 기회를 주기 위해서 시위행진을 취소하고 애틀랜타의 교회로 돌아가기로 했다.

올버니에서는 헌법에 보장된 기본적인 권리가 부인되고 있으므로, 연방정부는 더 많은 일을 할 필요가 있었다. 올버니 항의운동이 목표로 삼은 것은 바로 평화적, 비폭력적인 방법을 통해서 헌법적인 권리를 행사하는 것이었다. 올버니의 시민들은 미국헌법 수정조항 제1조에 보장된 권리를 행사하지 못하고 있었다. 그러므로 연방정부는 이 문제에 대한 명확한 입장을 밝혀야 했다.

올버니 시민들은 이제 허리를 펴고 살게 되었습니다

올버니 흑인 인구의 5퍼센트 이상이 자발적으로 수감되고 흑인 인구의 95퍼센트가 친절봉사 대신 굴욕적인 대우를 일삼는 버스와 상점을 상대로 한 보이콧에 참여하고 있었다. 보이콧의 위력은 대단했다. 버스들은 운행을 중단하고 차고에서 녹이 슬어갔으며 망하는 버스회사도 있었다. 상인들은 시간이 갈수록 판매고가 줄어가는 것을 속수무책으로 바라보며 발을 동동 굴렀다. 올버니의 불안정한 상황 때문에 기업들은 투자를 기피했으며 지점을 개설하려던 계획을 변경하는 경우도 많았다. 시 당국이 우리 운동을 방해하기 위해서 공원과 도서관을 폐쇄하였기 때문에 백인들도 공원과 도서관을 이용할 수 없게 되었다. 이렇게 해서 현대적인 도시는 문화시설과 휴양시설조차 변변치 않은 곳이 되어버렸다.

몇 달 간의 시위와 투옥투쟁으로 운동의 목표를 달성할 수는 없었다. 그러자 언론은 비폭력저항운동을 소홀히 다루기 시작했다.

올버니 운동에는 약점이 있었다. 그 부분적인 책임은 운동에 참여하는 우리들 각자에게 있었다. 단추 하나만 눌러서 승리를 얻을 수 있는 정밀한 투쟁전술이란 존재하지 않는다. 사회운동은 여러 약점과 장점을 지닌 인간들로 구성되어 있다. 인간들은 실수를 하고, 그 실수로부터 배우며, 더 많은 실수를 하고, 다시 그 실수로부터 배워야 한다. 인간들은 성공뿐 아니라 패배를 경험해야 하며, 성공을 하고 패배를 하면서 살아가는 방법을 배워야 한다. 나는 그 당시를 회상하면 집행유예를 선고받고 올버니를 떠났던 것이 후회스럽다. 나는 당시 상황을 제대로 이해하지 못했다. 우리는 그때 주도권을 잃고 다시 만회하지 못했다. 우리는 그 당시 경제권력구조가 아니라 정치권력구조를 공격했는데, 투표권이 없는 상황에서 정치권력구조에 대항해서 승리한다는 것은 불가능한 일이었다.

다시 그 상황으로 돌아갈 수 있다면 그때와는 다르게 흑인들을 지도할 수 있을 것 같다. 문제는 흑백차별제도 중에서 두드러진 한 가지 측면에 집중하지 않고 흑백차별제도 일반에 대한 항의운동을 진행한 것이 잘못이었다. 항의운동의 목표가 너무나 막연해서 아무런 성과도 얻을 수 없었기에 사람들은 사기가 꺾이고 절망에 빠져버렸다. 버스나 런치 카운터에서의 흑백차별 철폐운동에 집중했더라면 훨씬 좋은 결과를 얻을 수 있었을 것이다. 한 가지 구체적인 목표 아래 얻은 승리는 상징적인 의미를 가지게 되어 사람들의 사기를 북돋을 수 있었을 것이다. 그렇다고 해서 올버니에서의 활동이 전적인 실패라고 말할 수는 없다. 올버니에서 겪은 실패 덕분에 우리는 이후 다른 도시에서는 흑백차별제도 일반을 공격하느라 힘을 분산하지 않고 특정한 상징적 대상에 초점을 맞출 수 있었다.

'투옥투쟁' 이후에 시 당국은 시 조례 중에서 흑백차별 법령을 규정하던 모든 항목들을 폐지했다. 30일 간의 법정투쟁 결과 공공도서관은 흑백차별적인 규정을 폐지하고 전면 개방되었다. 이렇게 해서 올버니 시 당국은 현실적으로 흑백차별제도의 법적 사망에 직면하게 되었다. 이런 성과가 있었으므로 올버니 운동은 완전한 승리라고는 할 수 없지만 그렇다고 완전한 실패라고 단정지을 수도 없다.

몇 달 뒤 우리는 버밍햄 운동의 전략을 짤 때 올버니 운동을 평가하고 올버니에서의 실수들로부터 교훈을 찾아내는 일에 많은 시간을 투자했다. 올버니 운동에 대한 평가작업을 통해 보다 효과적인 전술들을 계획할 수 있었다는 점에서 올버니 운동은 완전한 실패는 아니었다. 올버니의 런치 카운터에는 아직도 흑백차별이 남아 있지만 수많은 흑인들이 선거인 등록을 할 수 있게 되었다. 우리의 투쟁이 끝난 직후에 있었던 올버니 시장 선거에서 온건파 후보들이 과격한 흑백차별주의자들과 접전을 벌였다. 결국 흑인들의 투표가 늘어난 까닭에 온건파가 선거에서 승리를 거두었고 그 덕분에 온건파는 조지아 주지사 선거에서도 승리할 수 있었다. 이렇게 해서 조지아 주에서는 법을 존중하고 공평하게 집행할 것을 서약한 후보가 주지사로 당선되었다.

올버니 운동은 장기적이고 힘든 싸움이긴 했지만 도덕적인 면에서 공세를 취함으로써 사람들에게 평등과 자유를 위한 싸움에 나설 수 있는 정신력을 제공했다. 올버니 시민들은 허리를 펴고 살게 된 것이다. 간디가 말했듯이 허리를 굽히지 않는 사람의 등을 타고 앉을 수는 없는 일이다.

올버니 시민들은 절망과 패배감을 벗어던지고 그 대신에 폭정에 도전하는 용기와 폭정을 깨부술 수 있다는 확신을 가지게 되었다. 수세기 동안 열등감에 짓눌려 비틀거리던 남부지역의 흑인들이 압제자들에게 정면으로 맞서되 폭력을 쓰지 않고, 투옥을 두려워하지 않으며, 차별대우를 하는 버스를 타지 않고, 백인전용교회를 이용하며, 차별대우를 하는 공원이나 도서관, 수영장들의 운영에 타격을 주고, 미국 전역과 세계에 흑인들이 겪는 잔혹한 대우를 고발하며, 자유와 평등을 기원하는 노래와 강연, 기도를 공개적으로 진행하는 것 등은 대단히 훌륭한 행동이었다. 이제 어느 누구도 다시 이 흑인들을 침묵시킬 수 없을 것이다. 이것은 명백한 승리였다. 올버니는 다시 이전과 같은 올버니로 돌아가지 않을 것이다. 우리는 올버니에서 부분적인 승리를 거두었지만, 그 부분적인 승리는 우리에게 끝이 아니라 시작을 의미했다.

17

버밍햄 운동

The Birmingham Campaign

버밍햄은 특이한 지역이다. 버밍햄은 남부 최대의 공업도시이자
1930년대 노동조합운동으로 빚어진 유혈사태로 상징적인 도시가 되었다.
이 도시는 오랜 세월 동안 인권이 짓밟혀왔기 때문에 공포와 억압의 분위기가
공장 굴뚝에서 내뿜는 스모그처럼 짙게 깔려 사람들의 목을 조여대는
곳이었다. 이 도시의 경제적 이해관계는 남부 전역을 장악하고
북부로 뻗어나가고 있는 권력구조와 밀접히 맞물려 있었다.
그러므로 이곳은 비폭력적인 직접 행동에 대한 강력한 도전이 진행되기에
안성맞춤인 곳이었다.

1963년 3월 28일(34세)
킹 목사의 네번째 아이 버니스 앨버틴이 태어나다.

4월 2일
버밍햄 시장 선거에서 앨버트 바우트웰이 결선투표를 통해
경찰서장인 유진 불 커너를 이기고 당선되다. 하지만 커너를 비롯한 시 당국자들은
임기가 남았다며 사무실 비우기를 거부하다.

4월 3일
SCLC와 '앨라배마 기독교인권운동'이 선거에 영향을 미치지 않기 위해서
얼마간 늦추었던 항의운동을 개시하다.

4월 12일
킹 목사, 주 순회 재판부의 항의운동 금지명령 위반 혐의로 체포되다.

4월 15일
케네디 대통령이 킹 목사 부인에게 전화를 걸어 투옥된 킹을 염려하는 말을 하다.

랄프 애버니시 목사.

노예해방 100주년 기념일이었던 4월 3일 이전까지 버밍햄은 시대에 뒤떨어진 채 수십 년 간 침체상태에 빠져 있는 도시였다. 시 당국자들은 에이브러햄 링컨, 토마스 제퍼슨, 권리장전, 헌법 전문과 수정조항 13조, 14조, 15조뿐만 아니라 공립학교에서의 흑백차별을 위헌으로 규정한 연방최고법원의 1954년 결정 따위는 거들떠보려고도 하지 않았다.

　　어떤 흑인 아기가 버밍햄에서 태어났다고 하자. 이 아기는 버밍햄에서 다음과 같은 인생을 살게 될 것이다. 아기는 빈민가에 사는 부모 밑에서 흑백차별이 있는 병원에서 태어난다. 어린이가 되어서는 흑인학교에 다녀야 하고 유색인종의 입장이 허용되는 공원이 드물기 때문에 언제나 거리에서 놀아야 한다. 연방법원이 공원의 흑백차별을 금지하자, 시 당국은 공원을 폐쇄했으며 야구팀까지 포기했다.

　　이 어린이가 부모와 함께 상점에 가서 물건을 살 때는 상점 규모에 관계없이 단 하나의 계산대만을 이용해야 하며, 아무리 배가 고프거나 목이 말라도 흑인구역으로 돌아가기 전까지는 참아야 한다. 이 도시는 흑인이 백인과 같은 카운터에서 식사를 하는 것을 위법으로 간주했다.

　　가족들과 함께 교회를 갈 때는 흑인교회에 가되, 시민권 문제에 관심이 없다고 알려진 목사가 있는 교회를 선택해야 한다. 백인들이 이용하는 교회에 들어가면 백인들의 눈총을 받게 된다. 백인시민들은 기독교인이면서도 주님의 성전에서도 극장에서 하듯이 흑백분리를 엄격하게 따지기 때문이다.

NAACP의 회원이 되거나 그 단체의 행사에 참여하려고 해도 버밍햄 지부에는 참여할 수 없다. 앨라배마 주 당국자들은 NAACP를 '다른 주의 단체'로 규정하고 시민권활동을 금하기 때문이다.

버밍햄은 전국에서 손꼽히는 강철산업의 중심지이지만 흑인들은 짐꾼이나 막노동꾼 등 비천한 직업에 만족해야 한다. 운이 좋아서 버젓한 직업을 가지게 되는 경우에도 능력이나 재능과는 무관하게 백인동료에게 승진을 양보해야 한다.

학교에서 미국은 국민이 선출한 공무원이 통치하는 나라라고 배우지만, 막상 선거인 등록이나 투표에 관한 권리를 행사하려고 할 때에는 그런 환상에서 깨어날 수밖에 없다. 버밍햄 인구의 5분의 2를 차지하는 흑인들 중에서 8분의 1만이 투표권을 행사할 수 있는 형편이었다.

버밍햄에서는 흑인에 대한 가혹행위가 전혀 문제되지 않았다. 시 업무를 집행하는 공무원 중에 유진 불 커너라는 사람은 자신이 흑인을 다루는 법을 잘 알고 있으며 흑인들이 분수를 지키도록 하는 방법을 잘 알고 있다고 떠벌리고 다니는 인종차별주의자였다. 불 커너는 공공의 안녕질서를 책임지는 공무원이면서도 몇 년째 버밍햄 권력의 핵심에 앉아 연방정부의 권위에 도전하고 흑인들의 권리를 무시해왔다.

버밍햄에는 폭력적이고 야만적인 분위기가 일반적이었다. 이곳에서는 인종차별주의자들이 흑인들을 협박이나 폭행, 심지어는 살인을 해도 처벌받지 않았다. 흑인남성을 강제로 끌고 가서 거세를 한 다음 인적이 드문 곳에 버려두고 달아나는 야만적인 행위도 가끔 발생했다. 이런 사실은 버밍햄의 공포스런 분위기를 생생하게 입증하는 것이었다. 흑인주택에 대한 폭파나 방화도 적지 않았다. 시 당국은 흑인들이 '만족하며' 살고 있다고 공언했지만, 실제로는 1957년부터 1963년까지 흑인교회나 시민권 지도자들의 집에 발생한 17건의 폭파사건이 해결되지 않은 채 남아 있었다.

커너가 주무르는 버밍햄은 한마디로 공포의 도시였다. 흑인들은 물론이고 백인들에게도 공포의 도시였다. 버밍햄에는 커너의 방법에 찬동하지 않는 온건한 백인들도 있었고, 사적인 자리에서 흑인에 대한 가혹행위를 비난하는 점잖은 백인들도 있었다. 하지만 그들은 사회적, 경제적, 정치적인 보복이 두려워서 공개석상에서는 침묵을 지켰다. 공포감이 배어 있는 침묵이었다. 버밍햄의 가장 큰 비극은 악한 사람들이 잔인하게 군다는 점이 아니라 선량한 사람들이 침묵을 지킨다는 점이었다.

버밍햄의 흑인들은 백인의 오랜 폭정에 위축되어 희망을 잃고 그릇된 열등감만 키워가고 있었다. 정치, 경제계의 대표들은 흑인대표들과 사회정의에 대한 토론을 나누는 것조차 거부했다.

버밍햄은 조지 월러스 주지사가 관할하는 주에서 가장 큰 도시였는데, 월러스 주지사는 취임선서에서 '오늘도 차별, 내일도 차별, 영원히 차별'을 맹세한 사람이었다. 버밍햄은 미국 최고의 흑백차별 도시라고 해도 과언이 아닌 곳이었다.

C 프로젝트

버밍햄에서 백인지상주의의 권좌에 대한 도전이 일어났다. 몽고메리 버스보이콧의 영향으로 남부 전역의 여러 도시로 항의운동이 확산되었다. 1956년 봄, 전국에서 손꼽힐 만큼 용감한 자유의 투사로 알려진 프래드 셔틀즈워드 목사가 버밍햄에서 '앨라배마 기독교인권운동(Alabama Christian Movement for Human Rights)'을 조직했다. 치밀하고 열정적이고 굽힐 줄 모르는 성격을 가진 셔틀즈워드 목사는 버밍햄에 변화의 바람을 불러일으키고 불 커너의 야만적이고 인종차별적인 통치를 종식시키기 위한 활동을 개시했다.

셔틀즈워드 목사는 앨라배마 기독교인권운동을 창립하고 나서 85지부를 가진 SCLC에 가입했다. 이 조직이 창립되었을 때 불 커너는 성가신 검둥이들이 또 패거리를 만들었다고 생각했을 것이다. 셔틀즈워드 목사의 열정적인 활동은 곧 커너의 눈엣가시가 되었다. 1956년 크리스마스 며칠 전에 셔틀즈워드 목사의 집이 폭파되었고 베델 침례교회도 폭탄세례를 받았다. 1957년에는 셔틀즈워드 목사 부부가 폭도들의 습격을 받아 칼에 찔리고 구타당했다. 자유승차운동 동안 셔틀즈워드 목사는 여덟 번, 목사 부인은 네 번이나 투옥되었다.

　1962년 5월, 채터누가에서 SCLC 집행부 회의가 열렸다. 버밍햄의 흑백차별제도에 항의하는 셔틀즈워드 목사와 앨라배마 기독교인권운동을 지원하기 위해서 대중적인 직접 행동을 조직하는 문제가 진지하게 논의되었다. 셔틀즈워드 목사를 포함한 집행부 전원이 버밍햄 싸움은 시민권운동 중에서 가장 힘든 싸움이 되겠지만, 만일 버밍햄에서 승리를 거둔다면 전국적으로 흑백차별제도에 큰 타격을 줄 것이라고 판단했다. 버밍햄의 승리를 원동력으로 삼는다면 자유와 정의를 지향하는 전체 운동의 판도를 바꾸어놓을 수도 있었다. 우리들은 버밍햄 사업의 중요성을 인식하고 가장 철저하고 깊은 신앙심으로 무장하고 준비를 진행한다는 결정을 내렸다. 우리는 'C 프로젝트'라는 이름으로 비밀리에 사업을 추진하기 시작했다. 'C'는 '버밍햄에서 정의롭고 도덕적인 인종관계에 도달하기 위한 투쟁에 나선다(confrontation)'는 것을 상징하는 것이었다.

　SCLC 집행부는 조지아 주 사바나 근교에 있는 연수원에서 사흘 동안 기획회의를 했다. 완벽한 일정표를 짜고 발생가능한 모든 사태를 논의하려고 했다. 우선 올버니 운동에 대한 분석에 들어갔다. 올버니에서 범한 가장 큰 실수는 지나치게 공격대상을 넓게 잡아서 힘을 분산시킨 점이었다. 흑백차별제도 일반을 공격하는 일에 힘을 허비했을 뿐 주요한 한 가지 측면에 집중하는 효과적인 항의운동을 전개하지 못했다. 버밍햄은 상황이 더 열악한 지역이므로 흑백차별제도의 어느 한 측면을 집중공격하는 것이 더 효과적이라는 데 의견을 모으고 상거래상의 흑백차별 문제에 집중하기로 했다. 이곳의 흑인들은 상당한 구매력을 가졌기 때문에 불매운동을 할 경우 많은 상인들에게 경제적 손실을 줄 것으로 예상되었다.

기획회의가 끝나고 나서 2주 후에 나는 와이어트 티 워커 부목사와 랄프 애버니시 목사와 함께 버밍햄으로 갔다. 우리들은 앨라배마 기독교인권운동 집행부와의 함께 버밍햄 투쟁계획을 짰다. 투쟁은 오랜 시간이 소요될 것으로 예상되는 만큼 힘들고도 위험한 운동에 나설 수 있도록 흑인사회를 단단히 준비시킬 필요가 있었다.

랄프와 내가 묵고 있던 게스턴 호텔의 30호 객실은 이후 여러 달 동안 전략회의가 열리는 운동본부로 쓰였다. 후일 시내 곳곳에서 여러 개의 폭탄이 터졌던 5월 11일 토요일 밤에 우리 객실에서도 폭탄이 터졌다.

우리는 제일 먼저 'C 프로젝트'에 착수하는 날짜를 정해야 했다. 상인들에게 타격을 주려면, 부활주일 대목을 앞두고 3월 첫주에 운동을 시작하여 4월 14일 부활절 전까지 6주 동안 흑인사회의 역량을 결집하는 것이 좋을 것 같았다. 하지만 버밍햄 시장 선거가 3월 5일 실시된다는 점을 고려해야 했다.

주요 시장 후보로는 앨버트 바우트웰, 유진 불 커너, 그리고 탐 킹이 꼽히고 있었다. 이들 모두가 현상유지를 위해서 선거에 출마한 인종차별주의자들이었다. 킹과 바우트웰은 커너에 비하면 온건한 편이므로 커너가 낙선하는 편이 유리하다는 판단이 섰다. 우리의 운동이 정치판의 노리개가 되어서는 안 된다고 판단했기에 선거가 끝나고 나서 2주 후에 시위를 시작하기로 결정했다.

1963년 3월 1일, C 프로젝트는 본궤도에 올랐다. 조직구조의 느슨한 부문들도 통합되었다. 최초의 시위에 참여해서 최소한 5일 간은 감옥에서 나오지 않겠다고 자발적으로 나선 사람들이 250명에 달했다. 그런데 3월 5일의 시장선거 결과, 예상하지 않았던 문제가 발생했다. 과반수 득표를 한 후보가 없었기 때문에, 4월 1일 바우트웰과 커너 두 후보를 놓고 결선투표를 실시한다는 것이었다.

우리는 다시 전략을 짜야 했다. 결선투표 전에 운동을 시작하면 커너는 우리의 운동을 빌미로 백인들의 감정을 자극해서 정치적 이득을 얻으려고 할 것이 틀림없었다. 커너는 백인들을 상대로 흑백차별제도를 방어할 수 있는 사람은 자신뿐이라는 취지로 정력적인 유세를 펼칠 것이었다. 우리는 커너의 승리를 도와줄 수는 없다고 판단하고 할 수 없이 결선투표가 끝나는 날까지 시위를 연기하기로 결정했다.

우리는 안타까운 심정으로 버밍햄을 떠났다. 시위계획을 두 번이나 연기한다면 흑인들을 상대로 시행해왔던 집약적인 기초작업이 기대했던 만큼의 성과를 올리지 못할 것이라는 생각이 들었기 때문이었다. 우리는 투옥을 불사하고 시위에 동참하겠다는 250명의 자원자들을 남겨두고 버밍햄을 떠나야 했다. 몇 주 동안 이들과 접촉할 수 없게 된 셈이었다. SCLC 활동가들 중에서 결선투표 이후에 버밍햄으로 돌아올 수 있는 사람도 정해두지 않는다는 합의도 이루어졌다.

SCLC의 오랜 지지자인 해리 벨라폰테가 뉴욕에 있는 자신의 아파트에서 회의를 열도록 허락해주었다. 75명 가량의 지도자들이 회의에 참석했다. 프레드 셔틀즈워드와 나는 버밍햄에 존재하는 문제와 앞으로 예상되는 문제들에 대해서 이야기를 하고 결선투표 이후까지 행동을 연기한 이유와 최종 당선자가 커너가 되든 바우트웰이 되든 관계없이 계획을 진행해야 한다고 생각하는 이유를 설명했다. 설명을 듣고 난 사람들은 너도나도 "우리가 어떤 도움을 줄 수 있느냐?"고 물었다.

우리는 많은 사람들이 투옥될 경우 그 보석금을 감당하기 위해서는 엄청난 액수의 자금이 필요하며, 보다 많은 지지를 얻기 위해서는 공개집회도 필요하다고 대답했다. 해리 벨라폰테가 즉시 후원위원회를 조직했고, 그날 밤부터 후원금이 모이기 시작했다. 이후 3주 동안 해리 벨라폰테는 자신의 일은 뒷전에 두고 후원자와 후원금을 모으는 일에 매달렸다. 어느새 버밍햄으로 돌아갈 시기가 되어, 4월 2일 결선투표일이 다가왔다. 우리는 4월 2일 밤에 버밍햄으로 돌아가서 250명의 자원자들에게 연락을 취했다. 약 65명의 자원자가 나타났다. 우리는 다음날 많지 않은 자원부대를 이끌고 직접 행동에 들어갔다.

사람들이 우리의 대오에 합류하러 왔다

1963년 4월 3일 수요일, 『버밍햄 뉴스』의 일면에는 시가지 위로 황금빛 태양이 솟아오르는 모습이 그려진 원색화보가 실렸다. 그 화보에는 '버밍햄에 새 날이 밝아온다'는 표제가 달려 있었고 앨버트 바우트웰의 시장 당선을 축하하는 글이 실려 있었다. 이 표제는 인종화합의 밝은 빛이 버밍햄을 비추게 될 것임을 암시하는 것이었다. 이후 운동의 진행과정에서 볼 수 있듯이 그날은 실제로 버밍햄에게 새로운 날이었다. 하지만 그것은 바우트웰이 시장으로 당선되었기 때문은 아니었다.

이렇듯이 언론을 비롯해서 많은 사람들이 바우트웰의 당선에 대해서 낙관적인 견해를 보였다. 하지만 우리는 셔틀즈워드의 표현대로 앨버트 바우트웰이 '점잖은 불 커너'에 불과하다고 확신했다. 바우트웰은 전직 주 상원의원이자 부지사로서 앨라배마 학생배치법안을 기초했으며 인종차별주의적인 견해를 일관되게 지지하는 사람이었다. 선거가 끝나고 나서 며칠 후에 바우트웰은 "우리 버밍햄 시민은 서로를 존중하고 이해합니다"라고 말했다. 그의 발언은 그가 버밍햄 시민의 5분의 2를 차지하는 흑인들과 관련된 문제에 대해서는 아무런 문제의식도 없다는 것을 보여주는 것이었다. 흑인들이 원하는 것은 점잖은 차별대우가 아니라, 바로 인격적인 존엄에 기초한 평등한 대우라는 사실을 바우트웰은 전혀 인식하지 못하고 있었다

바우트웰의 당선이 확정되었는데도 불 커너를 비롯한 시 정부는 자신들의 직위는 법적으로 1965년까지 지속된다는 태도를 고수했다. 그들은 법정소송도 불사하겠다는 태도로 시청 사무실에 눌러앉았다. 그들이 승소하면 앞으로 2년 동안 직위를 유지하게 되고, 패소하더라도 부활절 다음날인 4월 15일까지는 임기가 지속되는 셈이었다. 어떤 결과가 나오더라도 하나의 시가 두 개의 정부 아래서 운영되는 상황에 처하게 될 형편이었다.

우리는 처음 며칠 간은 연좌시위만을 조직하기로 결정했다. 오랜 투쟁

이 될 것이기에 체포되는 사람의 수를 적절히 제한하는 것이 좋겠다는 판단이 섰다. 역량을 적절히 배분해서 운동의 효과를 강화하려는 의도였다. 따라서 최초의 시위는 거창하지는 않았지만 치밀하게 조직된 것이었다. 첫날부터 대중집회를 열었는데 처음 65일 간의 야간집회는 흑인교회에서 개최되었다. 우리는 대중집회를 통해서 역량을 결집하고 그 역량에 의거해서 전체 흑인사회를 끌어모았다. 나는 대중집회에서 비폭력주의 정신과 방법론에 대해서 연설했다.

운동의 넋

대중집회에서 '자유의 노래'는 중요한 역할을 한다. 어떤 의미에서 보면 자유의 노래는 운동의 넋이라고 할 수 있다. 자유의 노래는 운동에 생기를 불어넣기 위해서 재치 있는 문구로 만들어진 노래라는 사전적인 의미 이상의 의미를 가지는 것이다. 자유의 노래의 기원은 흑인의 미국 정착과 함께 시작된 것이었다. 과거 흑인노예들이 불렀던 노래를 개작한 것들이 많은데, 그 중에는 슬픔의 노래, 기쁨의 노래, 전투가 그리고 운동의 대의를 표현하는 운동가요도 있었다. 자유의 노래의 독특한 리듬과 박자에 대해 이야기하는 사람들이 많지만 자유투쟁에 참여하는 사람들의 사기를 고취하는 것은 바로 노래가사이다. "아침에 깨어나니 내 마음은 자유를 그리네"라는 문장은 의미전달을 돕는 음악을 필요로 하지 않는다. 과거에 노예였던 조상들이 자유의 노래를 불렀던 것과 똑같은 이유에서 우리는 지금 자유의 노래를 부른다. 이 노래들은 "우린 승리하리라. 흑인과 백인이 함께, 언젠가는 승리하리라"라는 결단에 희망을 더해주고 우리들을 단결시키며 용기를 주어 함께 행진할 수 있게 한다. 이 노래는 게슈타포와 같은 무서운 존재가 기다리는 곳까지도 걸어갈 용기를 심어준다. "내게 오소서. 주여, 내게 오소서"라고 노래하는 동안 신이 우리와 함께 하고 있다는 확신이 생기게 된다.

이 노래들은 조상들이 물려주신 풍요로운 유산이다. 우리의 조상들은 단편적인 음악에서 아름다움을 찾을 만큼 끈기와 도덕적 강인함을 갖추고 있었다. 비록 배우지는 못했지만 조상들은 확신과 희망, 그리고 이상을 가지고 단순하면서도 심금을 울리는 표현을 만들어낼 수 있는 정신적 역량을 가지고 있었다. 우리는 자유의 노래를 빌어서 마음에 맺혀 있는 처절한 열망을 명료하게 표현할 수 있다. 자유의 노래는 갓난아이 때부터 피부색이 검다는 이유만으로 악에 짓밟히는 우리들 곁에 주님이 임하셔서 끝까지 도와주시리라는 희망을 표현한다. 흑인들은 이 음악을 통해서 앞길을 가로막는 절망적이고 위험스러운 상황을 극복하고 신비로운 빛을 발하는 아름다운 낙관주의에 도달하게 된다. 자유의 노래를 부르는 흑인은 칠흑같이 어두운 세계 속에서 희망의 불빛을 손에 쥔 듯한 안도감을 느끼게 된다.

대중집회가 끝날 무렵 애버니시, 셔틀즈워드와 나는 자원자들에게 비폭력운동의 원칙을 고수할 것을 호소했다. 우리는 자원자들에게 폭행을 당하더라도 보복행위를 하지 않고 참고 견딜 수 있다는 확신이 선 사람, 우리에게 그런 확신을 줄 수 있는 사람이 아니면 절대로 시위대열에 세울 수 없다는 원칙을 분명히 밝혔다. 또한 무기가 될 수 있는 것은 절대로 몸에 지니지 말라고 당부했다. 많은 사람들이 우리의 당부를 듣고 무기를 내놓았다. 경찰이나 강도의 폭력이 아니라 경찰견의 공격을 피하기 위해서 포켓나이프를 지니고 다니던 사람들도 서슴지 않고 그것을 내놓았다. 우리는 어떤 무기도, 하다못해 이쑤시개 하나도 필요하지 않다고 역설했다. 우리에게 가장 강력한 무기는 바로 우리는 정당하다는 확신, 신체의 보호보다 정당한 목적의 실현이 더 중요하다는 확신이라고 강조했다.

대중집회를 통한 자원자 모집방식은 교회목사들이 주일예배 때 신도 등록을 권유하는 전도방식과 동일했다. 사람들은 20명씩, 혹은 30명씩, 40명씩 우리의 대오에 합류하겠다고 자원하고 나섰다. 우리의 대오는 군대라고 불릴 만했다. 우리의 대오는 보급품도 군복도 무기고도 군자금도 없이, 오직 충정과 결단과 신념과 양심으로 무장한 특수부대였다. 우리는 폭력을 휘두르는 군대가 아니라 행동하는 군대였다. 우리는 살인하는 군대가 아니라 노래를 부르는 군대였다.

우리의 목표는 단합된 노력을 통해서 거대한 사회적 변화를 달성하는 데 있었다. 하지만 우리 내부에는 분열이 있었다. 이런 분위기에서는 원하는 목표를 달성할 수는 없었다. 우리는 여러 조직과 지도자들과 함께 흑인지역 주민들을 방문하는 과감한 선전전을 벌여서 믿을 만한 사람들과 그룹들을 운동에 동원하기로 했다.

나는 활동가 몇 명과 함께 버밍햄에서 핵심적인 위치에 있는 그룹들을 방문하는 일에 착수했다. 사업가들과 전문직업인들을 만나 이야기를 나누었고 200명의 목사들이 모인 자리에서 연설도 했다. 일주일 동안 여러 소그룹을 만나보았는데, 이들은 대부분 냉랭하고 긴장된 반응을 보였다. 나는 이러한 반응을 보고 할 일이 너무나 많다는 사실을 깨닫게 되었다.

나는 바로 요점으로 들어갔다. 사전에 날짜를 알리지 않고 일을 진행했던 이유를 밝히고 시기설정과 관련된 논쟁에 대해서도 이야기했다. 나는 목사들에게 사회적인 복음으로 개인적 구원의 복음을 보충해야 할 필요성을 강조했다. 천국의 영광만을 칭송하고 인간을 현세의 지옥 속에 던져 넣는 사회상황을 무시하라고 당부하는 종교는 무의미한 것이며, 흑인들 중에서도 가장 자유롭고 가장 독립적인 존재인 성직자들이 강력하고 확고한 지도력을 발휘해야 한다는 내용이었다.

내가 '외부인'이라는 점을 문제삼는 사람들이 있었다. 나는 SCLC의 의장으로 지부를 돕기 위해서 이곳에 왔다고 밝혔다. 나는 운동을 지원하기 위해서 어떤 지역에 달려갈 때마다 상투적으로 외부인이라는 호칭이 따라다녔던 경험들을 이야기해주었다. 그러나 자유와 정의라는 대의에 기여하기 위해서 어떤 지역에 달려가서 활동하는 사람은 결코 외부인이 아니다. 조지아 주와 미시시피 주, 앨라배마 주의 불쌍한 흑인아이들에게 호의와 친절을 베풀려는 사람은 어떤 사회적 지위와 재산, 명성을 가지고 있더라도 결코 외부인이 아니다.

주님은 나에게 사람들이 품은 의혹과 불안과 오해 따위를 확신과 열정으로 바꾸어놓을 수 있는 능력을 주셨다. 내가 진심 어린 연설을 하자 각 모임에서는 동참하고 지지하겠다는 굳은 약속이 쏟아지기 시작했다. 단결이라는 새로운 정신이 자라나면서 항의운동은 신선한 혈액을 공급받고 낡은 질서의 기반을 흔들기 시작했다. 새로운 질서가 탄생할 것이다. 불 커너를 비롯한 어떤 완고한 권력도 새로운 질서의 탄생을 저지할 수 없을 것이다.

인생이 나를 이곳까지 끌고 왔다

런치 카운터 연좌운동을 개시한 지 사흘 만에 35명이 체포되었다. 1963년 4월 6일 토요일, 두번째 단계로 시청행진이 개시되면서 시위는 점점 강력해졌다. 중심 상점가에 대한 불매운동은 놀라운 성과를 올렸다. 부활절이 코앞에 다가왔을 때도 중심 상점가를 드나드는 흑인은 채 20명이 되지 않았다. 자원자도 매일 꾸준히 늘어나서 다양한 대상을 목표로 하는 운동을 전개할 수 있었다. 백인전용 교회와 도서관을 이용하는 방법, 선거인 등록을 촉구하기 위해서 군 청사까지 행진하는 등의 다양한 방법이 동원되었다. 교도소는 날마다 조금씩 그러나 꾸준히 흑인들로 채워져 갔다.

커너는 운동 초기단계에는 거친 행동을 하지 않았다. 버밍햄 주민들로서는 의아한 일이었다. 부활절 직전 일요일에 경찰이 출동한 적도 있었지만, 그들도 잠깐 나타났다가 사라져버렸다. 사람들은 눈치채지 못했지만, 커너 서장은 올버니 경찰서장인 로리에 프리체트가 써먹었던 방법을 사용할 계획을 세우고 있었다. 경찰이 폭력을 사용하지 않으면 시위운동의 기세가 꺾일 것이라고 판단했던 것이다. 하지만 커너는 비폭력을 오랜 기간 지속할 생각이 없었는지, 경찰견을 준비해두고 소방차에도 물을 채워놓고 있었다.

불 커너가 처음부터 거친 반응을 보이지 않은 데는 또 다른 이유가 있었다. 그는 다른 돌파구를 찾고 있었다. 시 정부는 4월 10일자로 '시위의 권리가 인정될 때까지 시위행동을 중단할 것'을 지시하는 법원명령을 받아냈다. 이것이 바로 커너의 속셈이었다. 이에 대한 대응전략이 필요한 시점이었다. 이틀 후 우리는 다른 지역에서 시도해본 적이 없었던 대담한 행동에 나섰다. 법원명령에 따르지 않기로 한 것이었다.

흑인운동에 시민 불복종이 도입된 것은 처음이었다. 시위가 시작되고 나서 열흘 동안 사오백 명이 투옥되었다. 그 중 일부는 보석금을 내고 석방되었지만 여전히 300명 가량이 수감되어 있었다. 흑인사회를 통합하는 일은 어느 정도 성과를 거두었으니 이제는 내가 나설 차례라는 판단이 섰다. 랄프와 나는 상징적인 의미를 가지는 4월 12일, 성금요일에 직접 시위에 참여하기로 했다.

우리는 4월 12일에 체포를 무릅쓰고 시위를 주도하겠다는 사실을 대중집회를 통해 공표했다. 그런데 갑자기 우리 운동을 파멸로 몰아넣을 수 있는 불길한 소식이 전해졌다. 4월 11일 밤늦게, 시위자들의 보석금을 마련하는 일을 담당해왔던 사람이 이 일을 계속할 수 없다는 사실을 알려왔다. 시 당국이 재산이 불충분하므로 보증인 자격이 없다고 했다는 것이었다. 우리 운동을 질식시키려는 또 다른 책략이었다.

이 책략은 운동에 큰 타격을 줄 수 있는 일이었다. 보석금을 지불하느라 우리의 재정은 바닥이 나 있었다. 우리는 수감된 사람들에 대한 도덕적 책무를 감당해야 했다. 다음날 시위를 강행할 경우 랄프와 나를 포함해서 50명에 달하는 가장 많은 인원이 체포될 것이다. 보석금을 마련할 수 없다면 수감자들의 석방을 어떻게 보증할 수 있단 말인가?

4월 12일, 날이 밝았다. 나는 이른 아침에 24명의 핵심인물들을 게스턴 호텔 30호 객실로 불러서 대책을 논의했다. 이야기가 시작되자 방 안은 침울한 분위기가 되었다. 가장 헌신적이고 열정적인 지도자들이 이렇게 절망적인 모습을 보이는 것은 처음이었다. 모두들 무슨 말을 해야 할지, 무엇을 어떻게 해야 할지 모르겠다는 표정이었다. 드디어 어떤 사람이 입을 열었는데, 그 사람의 말은 그곳에 모인 다른 모든 사람의 심정을 단적으로 표현한 것이었다.

"마틴, 일이 이렇게 되었으니 당신은 투옥되어서는 안 됩니다. 우리에게는 돈이 필요합니다. 그것도 엄청난 돈을 당장 마련해야 합니다. 자금을 마련할 수 있는 인적 관계를 가진 사람은 당신뿐입니다. 당신이 투옥되면 우리는 지게 됩니다. 버밍햄 싸움은 끝나게 되는 것이지요."

나는 수감중인 사람들과 내가 설교했던 내용을 직접 실천으로 옮기는 것을 지켜보기 위해서 거리에 늘어서 있을 흑인들을 생각했다. 지금은 내가 체포를 감수할 형편이 아니라는 것을 어떻게 이들에게 설명할 수 있단 말인가? 수많은 사람들에게 솔선해서 희생할 것을 권유했던 당사자가 약속을 지키고 않고 빠져나간다면 이곳 주민들은 무슨 생각을 할 것인가?

이번에는 반대의 상황을 가정해보았다. 내가 투옥된다면 300여 명의 사람들은 어떻게 될 것인가? 그들의 석방에 필요한 자금은 어디에서 구할 것인가? 우리 운동은 어떻게 될 것인가? 언제 다시 버밍햄의 거리를 활보할 수 있을지, 아니 그런 날이 오기는 할 것인지 전혀 알 수 없는 상태에서 누가 우리를 따라 감옥에 들어오려고 할 것인가?

나는 24명의 사람들에 둘러싸인 채 한번도 겪은 적 없는 정적 속으로 빠져들었다. 때가 되었다. 사람은 절친한 친구들과 동료들이 있더라도 자기 자신 그리고 가혹한 현실과 마주서야 할 때가 있는 법이다. 나는 많은 사람들과 함께 있으면서도 외로운 결단을 내려야 했다. 나는 옆방으로 들어가서 방 한가운데에 섰다. 인생이 나를 이곳까지 이끌어왔구나 하는 생각이 들었다. 나는 옆방에서 기다리는 24명의 동료들을 생각하고, 감옥에서 기다리는 300명의 사람들, 그리고 승리를 기다리는 버밍햄의 모든 흑인들을 생각했다. 내 마음은 게스턴 모텔 위로 솟아올라 시립교도소를 지나고, 버밍햄 시를 지나고, 주 경계선을 지나고, 불평등의 홍해 바다를 건너 인종차별이 없는 자유로운 약속의 땅으로 가게 될 날을 꿈꾸고 있는 2,000만 흑인들에게로 날아갔다. 더 이상 망설일 여지가 없었다.

나는 혼잣말로 "나는 가야 한다"고 중얼거렸다.

두려움과 의혹, 그리고 망설임은 말끔히 사라져버렸다. 나는 외출복으로 갈아입고 옆방으로 돌아갔다.

"여러분, 결정을 내렸습니다. 나는 신의를 지키기로 결정했습니다. 어떤 일이 생기고 어떤 결과가 나올지는 모르겠습니다. 또 어디서 보석금을 마련할 수 있을지도 모르겠습니다."

나는 랄프 애버니시에게 이렇게 말했다. "자네가 부활절에 교구로 돌아가야 할 입장이라는 것은 잘 알고 있네. 하지만 나와 행동을 같이 해주었으면 싶네."

랄프는 서슴지 않고 내 의견에 동의했다. 게스턴 모텔 30호 객실에 모인 스물 네 사람은 마치 신의 계시인 양 의식하지 못하는 사이에 손에 손을 마주 잡고 자유의 노래를 부르기 시작했다. "우린 승리하리라."

독방에 갇힌 외로운 수감생활

우리는 차를 타고 행진 출발예정지인 시온 힐 교회로 갔다. 수많은 흑인들이 우리를 보려고 몰려들었다. 우리를 보고 미소짓는 사람들의 얼굴을 보면서 내 마음에는 큰 희망이 움터 올랐다. 버밍햄의 전 경찰력이 투입된 것 같았다. 우리 50명은 그룹을 이루어서 교회를 떠나 중심가로 이어지는 금단의 거리로 들어섰다. 장엄한 행진이었다. 우리는 전에 경찰이 허용했던 것보다 더 먼 곳까지 걸어갈 수 있었다. 우리들은 노래를 불렀는데, 그 노래 소리는 간혹 보도에 늘어선 사람들의 환호성에 묻히곤 했다.

우리가 중심가로 다가가자 경찰 한 명이 커너에게 "커너 서장님, 지금 여기서 그들을 잡아넣어야 합니다" 하고 말했다. 즉시 체포지시가 내려졌다. 건장한 경찰관 두 명이 랄프와 내 멱살을 잡아챘다. 50명 전원이 그 자리에서 체포되었다. 교도소에서 랄프와 나는 다른 사람들과 격리되었다가 나중에는 각각 다른 감방에 수감되었다.

24시간이 넘도록 나는 독방에 갇혀 있었다. 변호사는커녕 어느 누구와의 면회도 허용되지 않았다. 내 인생에서 가장 길고도 가장 절망적이며 당혹스런 시간이었다. 누구와도 접촉할 수 없었던 나는 불안감에 휩싸였다. 우리 운동은 어떻게 되어가고 있는 걸까? 프레드를 비롯한 다른 지도자들은 우리 시위자들을 석방시킬 돈을 어디에서 구할까? 흑인들의 사기는 어떨까?

가혹행위를 하는 교도관들은 없었다. 교도관 중에는 심술궂고 말투가 험악한 사람들도 있었지만, 그것은 남부지역 교도소에서는 예삿일이었다. 하지만 독방 감금은 너무나 가혹한 처사였다. 아침이면 좁은 독방 위쪽으로 난 작은 창문으로 햇살이 비쳐들었다. 이런 골방에 누워본 경험이 있는 사람만이 칠흑 같은 암흑이란 의미를 알 수 있을 것이다. 위를 올려다보면 햇빛이 흘러드는 모습이 보이는데 아래쪽은 암흑이었다. 내가 불안감 때문에 환각에 사로잡힌 것이라고 생각하는 사람이 있을지도 모르겠다. 불안했던 것은 사실이다. 하지만 독방 안의 어두움은 불안감 때문에 느끼는 심리적 어두움보다도 더 심한 것이었다. 원인이야 어쨌든 나는 빛을 볼 수 없었다.

애틀랜타의 집을 떠나기 직전에 아내는 네번째 아이를 출산했다. 아내는 딸의 출산에 행복해 하면서도 산후조리 때문에 나와 동행할 수 없다는 사실에 슬퍼했다. 아내는 테러가 끊이지 않던 몽고메리에서도 내게 힘과 용기를 불어넣어 주었다. 아내는 올버니에서도 적극적으로 활동했으며 운동이 종결되기 직전에는 그곳의 시민권 지도자들의 아내들과 함께 감옥으로 갈 준비를 했다.

아내는 지금 산후조리를 위해서 집을 떠날 수 없는 처지일 뿐 아니라 남편과 전화 한 통 할 수 없는 처지가 된 것이다. 내가 투옥된 직후의 어느 주일날, 아내는 어떤 조치를 취해야겠다고 생각했다. 아내는 1960년 대통령 선거 당시 내가 조지아 주에서 수감되어 있을 때 존 케네디가 전화를 걸어주었던 일을 기억해내고 케네디 대통령에게 연락을 취했다. 몇 분 뒤에 대통령의 동생인 로버트 케네디가 전화를 걸어왔다. 아내는 로버트 케네디에게 내가 독방에 감금되어 있다고 들었는데 안전이 걱정된다고 말했다. 그는 최선을 다해서 나의 수감상황을 개선해보겠다고 대답했다. 몇 시간 뒤에 케네디 대통령이 직접 전화를 걸어 즉시 이 문제를 조사하도록 하겠다고 말했다. 그때 대통령과 로버트 케네디는 버밍햄 당국에 전화를 했던 것 같다. 아내가 그 전화를 받고 난 직후에 교도관이 나를 찾아와서 아내에게 전화를 하고 싶으냐고 물었다. 대통령의 개입이 있은 이후에 상황은 상당히 호전되었다.

케네디 대통령에게 보내는 전보

1963년 4월 16일

버밍햄 상황을 걱정하고 있던 제 아내에게 부활절 중에도 시간을 내서 전화를 걸어주신 데 대해 진심으로 감사드립니다. 귀하의 격려의 말씀과 자상한 관심 덕분에 아내는 용기를 회복하여 어려운 현재 상황에 당당히 맞서고 있습니다. 대통령이 보여주신 도덕적 지지는 아메리칸 드림을 현실로 만들려는 우리들의 소박한 노력에 큰 힘이 되고 있습니다.

부활절 오후에 담당변호사 오젤 빌링슬리와 아더 쇼즈와의 면회가 허가되었다. 그들은 내 친구인 변호사 클라렌스 B. 존스가 다음날 뉴욕에서 이곳으로 올 것이라고 말했다. 그들은 내가 불안스럽게 던진 질문에 대해서는 일체의 답변을 하지 않고 교도소를 떠났다. 다음날 클라렌스 존스가 도착했다. 내 인사를 받기도 전에 클라렌스가 해준 말을 듣고 나는 마음의 짐을 벗을 수 있었다.

"해리 벨라폰테가 보석금으로 5만 달러를 모을 수 있다고 말했어. 그것도 당장 가능하다는군, 그리고 자네가 말하기만 하면 얼마든지 모을 수 있다고 했다네."

나는 너무 기뻤다. 내가 기뻐했던 것은 돈 걱정을 덜게 되었다거나, 먼 곳에서 절친한 친구가 찾아와 주었다거나, 우리 운동이 질식당하지 않게 되었다는 확신이 들었기 때문만은 아니었다. 운동의 앞날에 대한 불안감 뒤에는 나 자신도 의식할 수 없었던 감정이 숨겨져 있었다. 그것은 바로 내가 완전히 고립되어 있는 것은 아닐까 하는 두려움이었다. 하지만 나는 결코 완전한 고립상태에 놓여졌던 적이 없었다. 주님은 감옥 문을 넘어와서 내 곁에 임하고 계셨던 것이다. 성금요일에 게스턴 모텔 30호 객실에서 확신대로 행동하겠다는 결정을 내렸던 그 자리에도 주님은 나와 함께 계셨다. 뉴욕의 아파트에서 밤낮을 가리지 않고 자신이 아는 모든 사람들에게 전화를 걸어서 버밍햄에서 수감된 사람들을 위해 보석금으로 사용할 자금을 보내달라고 부탁하는 벨라폰테의 곁에도 주님은 임하고 계셨다. 동트기 직전의 밤은 가장 어둡기 마련이다. 어둠 속에 갇힌 나는 과연 해가 떠오를 것인지 확신하지 못하고 있었다. 하지만 드디어 다시 햇빛을 볼 수 있게 되었다는 확신을 되찾게 되었다.

18

버밍햄 교도소에서 온 편지

Letter from Birmingham Jail

나는 기독교 조직의 지지가 없는 데 대한 유감의 뜻을
여러 차례에 걸쳐서 밝힌 바 있습니다.
우리 운동에서 기독교 조직은 전조등이 아니라 후미등이었습니다.
기독교 조직은 우렁찬 목소리를 내지 못하는
가냘픈 메아리에 불과했던 적이 많았습니다.

1963년 4월 12일(34세)
버밍햄의 백인목사들이 킹 목사에게 시위 중단을 요구하는 편지를 보내다.

4월 16일
킹 목사, 백인목사들의 편지에 답장을 보내다

막내딸 버니스와의 즐거운 한때.

어느 날 아침의 일이었다. 아마 독방에 감금되고 난 다음날 아침이었을 것이다. 신문 한 장이 감옥문 사이로 밀려들어왔다. 나는 그 신문을 뒤적이다가 우리나라의 주요 교파에 속하는 성직자 8명이 낸 광고를 보게 되었다. 이들은 우리들의 시위운동을 비판하면서 우리를 극단주의자, 범법자, 무정부주의자라고 규정하고 있었다. 나는 너무나 불안하고 당혹스럽고 화가 났다. 그래서 나는 그 글에 대한 반박문을 쓰기로 마음먹었다.

막상 글을 쓰려니 수중에 변변한 종이 한 장 없었다. 할 수 없이 성직자들의 발언이 실린 신문 여백에 글을 쓰기 시작했다. 친절한 흑인 모범수가 마련해준 종이조각을 이용하기도 했는데, 나중에는 변호사들이 교도소측의 허락을 받아 종이를 제공해주었다. 나는 이 글을 변호사를 통해서 교도소 밖으로 내보낼 수 있었다.

성직자 여러분께 보내는 편지(1963년 4월 16일)

이곳 버밍햄 시립교도소에 갇혀 있는 동안, 나의 현재 활동을 '어리석고 시의적절하지 않은' 것으로 보는 여러분의 비판문을 읽게 되었습니다. 나는 내 일이나 사상에 대한 남들의 비판에 대해서 한번도 답변을 해본 적이 없습니다. 내게 쏟아지는 모든 비판에 일일이 답하려면 내 비서는 하루종일 답장만 쓰고 앉아 있어야 할 것이고, 나 역시 생산적인 일을 할 겨를이 없을 것입니다. 하지만 여러분이 순수한 호의를 가지고 진심 어린 비판을 하고 있다는 생각이 들어서 저는 끈기 있고 합리적인 태도로 여러분의 발언에 답하기로 했습니다.

여러분은 '외부인의 개입'에 반대하는 견해에 동조하는 것 같습니다. 그러므로 우선 내가 버밍햄에 온 이유부터 밝히겠습니다. 나는 '남부기독교지도자협의회'의 의장으로 일하고 있습니다. 이 조직은 남부의 모든 주에서 활동하는 조직으로 본부는 조지아 주 애틀랜타에 있습니다. 남부지역에 85개의 지부가 있는데, '앨라배마 기독교인권운동'도 그 중 하나입니다. 우리 조직은 지부에 활동가 및 교육적 역량, 재정적 역량을 지원하고 있습니다. 몇 달 전에 버밍햄 지부가 비폭력적인 직접행동 프로그램을 진행하려고 하는데, 개입이 필요하다고 판단이 되면 개입해달라는 요청을 해왔습니다. 우리는 그 요청에 흔쾌히 동의했고, 개입이 필요한 시점이라는 판단이 들어서 지부의 요청대로 하기로 했습니다. 그래서 저는 활동가 몇 명과 함께 이곳에 왔습니다. 다시 말하면 저는 초청을 받아서 이곳에 온 것입니다. 내가 이곳에 온 것은 조직적 유대관계가 존재하기 때문입니다.

하지만 내가 이곳에 온 보다 본질적인 이유는 이곳에 불의가 있기 때문입니다. 기원전 8세기 당시, 예언자들이 자신의 고향을 떠나 먼 타지로 '주님의 말씀'을 전하러 다녔던 것처럼, 사도 바울이 고향인 타르수스를 떠나 로마의 깊은 곳으로 가서 예수 그리스도의 복음을 전했던 것처럼, 나에게는 자유의 복음을 타지에 전해야 할 사명이 있습니다. 나는 사도 바울처럼, 도움을 청하는 마케도니아 인이 있으면 언제라도 달려가야 합니다.

또한 나는 모든 주, 모든 지역이 밀접히 연관되어 있다고 믿습니다. 애틀랜타에 멍청히 앉아서 버밍햄에서 일어나는 일을 무관심하게 바라보기만 할 수는 없는 일입니다. 어느 한 곳에 존재하는 불의는 곧 전 지역의 불의를 의미합니다. 우리는 피할 수 없는 상호관계의 그물에 얽혀 있는 운명공동체입니다. 한 지역에 영향을 미치는 일은 전 지역에 영향을 미치게 됩니다. 우리는 '외부 선동가'라는 협소하고 편협한 개념을 용인할 수 없습니다. 미국 내에 살고 있는 사람이라면 미국 국경 내 어느 지역에서도 외부인으로 간주될 수 없습니다.

여러분은 버밍햄에서 일어나는 시위를 비난하고 있습니다. 하지만 여러분은 애석하게도 시위를 야기한 조건에 대해서는 아무런 언급도 하지 않고 있습니다. 여러분 중에서 결과만을 따지면서 그 결과를 야기한 원인은 거들떠보지 않는 피상적인 사회분석에 만족하는 사람은 없을 것이라고 믿습니다. 버밍햄에서 시위가 발생한 것은 애석한 일이지만, 더욱 애석한 일은 버밍햄 시의 백인 권력구조가 흑인사회로 하여금 다른 대안을 선택할 수 없게 만들고 있다는 사실입니다.

비폭력운동에는 네 가지 기본 단계가 있습니다. 그것은 불의의 존재 여부를 판단하는 데 필요한 사실들을 수집하는 단계, 협상의 단계, 자체 정화의 단계, 그리고 직접 행동의 단계입니다. 버밍햄에서는 이 모든 단계가 진행되었습니다. 버밍햄에 인종차별이 존재한다는 것은 반론의 여지가 없는 사실입니다. 버밍햄은 미국에서 가장 인종차별이 심한 도시입니다. 버밍햄에서 행해지는 추악한 인종차별의 실상은 널리 알려져 있습니다. 버밍햄의 흑인들은 법정에서 부당한 대우를 받고 있습니다. 미해결로 남아 있는 흑인주택 및 교회 폭파사건 수는 다른 도시보다 월등하게 많습니다. 이것이 냉엄한 현실입니다. 이런 상황 아래서 흑인지도자들은 시 당국과 협상할 방도를 찾아왔습니다. 하지만 시 당국은 계속해서 성의 있는 협상을 거부하고 있습니다.

지난 9월에 버밍햄의 경제계 지도자들과 협상의 자리가 마련되었습니다. 협상과정에서 상인들은 인종차별적인 표지판을 철거하겠다는 등의 몇 가지 약속을 했습니다. 프레드 셔틀즈워드 목사를 비롯한 '앨라배마 기독교인권운동' 지도자들은 이 약속이 지켜진다면 일체의 시위를 중단하겠다고 했습니다. 그러나 몇 달이 지나도 이 약속은 지켜지지 않았습니다. 인종차별적인 표지판은 일부는 철거되었다가 다시 내걸렸고 나머지는 여전히 남아 있습니다.

우리는 희망을 잃고 깊은 절망에 빠져버렸습니다. 직접 행동을 준비하는 것 외에는 다른 방법이 없었습니다. 우리는 지역과 국가의 양심 앞에 우리의 문제를 드러내기 위해서 자신의 몸을 던져야 했습니다. 여러 어려움이 뒤따를 것이 예상되었기에 우리는 자체 정화의 과정을 밟았습니다. 비폭력운동 강좌를 계속 개최하면서 우리는 활동가들에게 "얻어 맞는 일이 있어도 참을 수 있는가?" "수감 생활을 견딜 수 있는가?"라고 끊임없이 물었습니다. 부활절 기간이 크리스마스 다음 가는 대목이라는 점을 염두에 두고 우리는 부활절 기간에 직접 행동을 시작할 작정이었습니다. 우리는 직접 행동으로 경제계에 심한 타격을 주어 상인들의 태도를 변화시킬 수 있는 가장 좋은 시기가 부활절 기간이라고 생각했던 것입니다.

그런데 3월에 버밍햄 시장 선거가 예정되어 있었기 때문에 우리는 선거 이후로 행동을 연기하기로 결정했습니다. 공안당국자인 유진 불 커너가 많은 표를 얻어서 결선투표에 오르게 되었을 때 우리는 우리의 시위가 초점을 흐리게 하는 데 이용될 수 있다는 판단을 내리고 다시 결선투표 다음날로 행동을 연기했습니다. 우리는 커너 씨의 낙선을 바랐기 때문에 행동을 거듭 연기했던 것입니다. 지역사회의 요구를 충족시키기 위해 양보를 거듭한 이상 이제는 더 이상 직접 행동을 미룰 수 없다는 판단이 섰습니다.

여러분은 "왜 직접 행동을 하느냐? 왜 연좌운동, 행진운동을 하느냐? 협상이 더 나은 방법 아니냐?"고 물을 것입니다. 협상이 좋은 방법인 것은 사실입니다. 우리가 직접 행동을 통해서 달성하려는 목적이 바로 협상입니다. 우리는 비폭력적인 직접 행동을 통해서 긴장과 위기감을 불러일으킴으로써, 협상을 거부해온 사람들이 더 이상 문제를 회피할 수 없게 하려고 했던 것입니다. 비폭력운동으로 긴장을 야기하겠다는 주장은 다소 충격적으로 들릴 수도 있습니다. 하지만 나는 '긴장'이라는 말을 자제해야 한다고 생각하지 않습니다. 폭력적인 긴장상태는 결코 바람직한 것이 아닙니다. 하지만 비폭력적인 긴장상태는 성장을 위해서 필수적이고 생산적인 개념입니다. 소크라테스에 따르면, 개인들이 미신과 불완전한 진실의 구속에서 벗어나서 창조적인 분석과 객관적인 평가의 자유로운 영역에 도달하기 위해서는 심적인 긴장상태를 유지하는 것이 필수적인 일이라고 합니다. 마찬가지로 비폭력적 활동가들은 사람들을 인종차별의 깊디깊은 편견에서 벗어나 상호 이해와 형제애에 도달할 수 있도록 하기 위해서 이 사회에 긴장을 유발하지 않을 수 없습니다.

우리의 직접 행동 프로그램의 목적은 긴장과 위기감을 고조시켜서 시 당국이 협상에 나서지 않을 수 없도록 만드는 데 있습니다. 그러므로 나는 여러분이 주장하는 협상론에 찬성하는 입장입니다. 우리가 사랑하는 남부지역에서는 너무나 오랫동안 대화가 이루어지지 않고 비극적인 독백만 이루어져 왔습니다.

여러분은 나와 동료들이 버밍햄에서 취한 행동이 시의적절하지 않은 것이라고 지적합니다. 어떤 사람은 "새로 구성된 시 정부에게 움직일 시간을 주는 것이 어떠냐?" 하고 묻습니다. 새로운 시 정부를 움직이려면 이제 임기가 만료되는 시 정부에 못지않은 자극을 주어야 합니다. 앨버트 바우트웰 씨가 시장으로 당선되었으니 버밍햄에 천년왕국이 도래할 것이라고 생각한다면 그것은 오산입니다. 바우트웰 씨는 커너 씨에 비해서 훨씬 점잖기는 하지만 그 역시 현상유지를 목표로 삼은 인종차별주의자입니다. 바우트웰 씨가 인종차별 폐지운동이 저지할 수 없는 대세임을 알 수 있을 만큼 합리적인 사람이라면 얼마나 좋겠습니까? 하지만 바우트웰 씨는 시민권 활동가들의 압력이 없으면 이 사실을 깨닫지 못할 사람입니다. 이제까지 시민권 문제와 관련해서 법적, 비폭력적 압력을 가하지 않고서 얻어진 성과는 하나도 없었습니다. 애석한 일이지만, 특권을 가진 그룹들은 자발적으로 자신의 특권을 내놓지 않는다는 것은 역사적인 사실입니다. 개인적으로는 도덕적인 관점을 지니고 있기에 자발적으로 불공정한 태도를 포기하는 사람도 있을 수 있습니다. 하지만 라인홀드 니버의 주장대로 집단은 개인에 비해서 비도덕적인 경향이 있습니다.

우리는 뼈저린 경험을 통해서 자유란 압제자가 자발적으로 베풀어줄 수 있는 것이 아니라는 것을 배웠습니다. 피압제자들은 투쟁을 통해서만 자유를 손에 넣을 수 있습니다. 우리의 직접 행동은 인종차별주의의 질병을 심하게 앓지 않은 사람들이 보면 '시의적절한' 것이었습니다. 오랜 세월 동안 나는 "기다려라!"는 말을 들어왔습니다. 그 말은 흑인들이라면 누구나 귀가 닳도록 들어온 말입니다. "기다려라!"라는 말은 대부분 "안 돼!"라는 의미입니다. 우리는 저명한 법학자의 말처럼 "정의의 실현을 지나치게 지연하는 것은 정의의 실현을 거부하는 것이나 다름없다"는 사실을 잘 알고 있습니다.

우리는 천부적인 권리가 성문화되기까지 340년이 넘는 세월을 기다려야 했습니다. 아시아와 아프리카 제국들은 정치적 독립을 목표로 엄청난 속도로 달려가는데, 우리는 런치 카운터에서 커피 한 잔 사 마시는 일을 따내는 데도 이처럼 굼벵이처럼 기어가고 있습니다. 인종차별의 고통을 겪어보지 않은 사람들의 처지에서는 "기다려라!"고 말하는 것은 아주 쉬운 일입니다. 하지만 심술궂은 폭도들이 여러분의 부모를 마음대로 폭행하고 여러분의 형제자매를 제멋대로 물에 밀어넣는다고 생각해보십시오. 경관들이 증오에 찬 얼굴로 여러분의 형제자매에게 욕을 퍼붓고 발길질을 하고 심지어는 죽이기까지 한다고 상상해보십시오. 2,000만 흑인 형제자매들 대다수가 이 풍요로운 사회에서 가난이라는 우리에 갇힌 채 질식당하고 있는 모습을 상상해보십시오. 여섯 살짜리 딸아이가 TV 광고에 나오는 놀이공원에 가자고 할 때 혀가 굳어서 말을 더듬는 흑인부모의 처지를 상상해보십시오. 흑인어린이는 놀이공원에 갈 수 없다는 말을 듣고 굵은 눈물을 떨구는 어린 딸의 모습, 그 조그만 마음에 열등감이라는 불길한 먹구름이 몰려드는 모습, 백인들에 대한 무의식적인 증오심이 커가면서 성격이 비뚤어지는 모습을 지켜보는 부모의 처지가 되어보십시오. 다섯 살짜리 아들에게서 "아빠, 백인들은 왜 흑인들에게 심술궂게 굴어요?"라는 질문을 받고서 대답을 궁리하느라 고심하는 흑인 부모의 처지가 되어보십시오. 모처럼 여행을 갔는데 흑인에게 방을 내주는 숙박시설이 없어서 밤마다 자동차에서 쭈그린 채 잠을 자야 하고, 낮이나 밤이나 '백인전용' '흑인 전용'이라는 지긋지긋한 표지판을 보면서 굴욕감을 느껴야 하는 처지가 되어보십시오. 멀쩡한 이름이 있는데도 '검둥이'라는 호칭을 감수해야 하고, 여러분의 아내와 어머니가 '부인'이라는 존칭으로 호명될 수 없고, 낮이나 밤이나 언제 어떤 일이 일어날지 몰라서 항상 조바심을 치면서 두려움과 적개심을 품고 살아야 하며, '별 볼일 없는 사람'이라는 비하의식과 끊임없이 싸워야 하는 흑인의 처지라고 상상해보십시오. 이런 상상을 해본다면 여러분은 왜 우리가 기다릴 수 없는지 이해할 수 있을 것입니다. 더 이상 참을 수 없는 순간, 더 이상 절망의 늪에서 허우적거릴 수 없는 순간이 온 것입니다. 부디 여러분이 우리가 더 이상 참을 수 없는 이유를 이해하게 되기를 바랍니다.

여러분은 우리가 위법도 불사하고 있다고 크게 걱정하고 있습니다. 이것은 타당한 지적입니다. 우리는 사람들에게 공립학교에서 차별을 금지하는 1954년의 최고법원 결정을 준수할 것을 계속해서 촉구해왔으므로, 표면적으로 보면 의식적으로 법을 위반하는 우리의 행동은 앞뒤가 맞지 않는 행동이라고 볼 수도 있을 것입니다. "어떻게 어떤 법은 준수하고 어떤 법은 위반할 수 있느냐?"고 묻는 사람이 있을지도 모릅니다. 이런 질문에 대해 굳이 답하자면, 법에는 정당한 법과 부당한 법의 두 종류가 있다고 말하지 않을 수 없습니다. 저는 정당한 법은 준수해야 한다고 생각합니다. 정당한 법을 준수하는 것은 법적 의무일 뿐 아니라 도덕적 의무입니다. 하지만 부당한 법에 복종하지 않는 것도 역시 도덕적

의무입니다. 저는 "부당한 법은 법이 아니다"라는 성 아우구스티누스의
주장에 동의합니다.

  그렇다면 두 가지 법은 어떤 차이가 있을까요? 어떤 법이 정당한지
부당한지 어떻게 판단할 수 있을까요? 정당한 법은 도덕법이나 신(神)
의 법과 일치하는 것입니다. 부당한 법은 도덕법에 어긋나는 법입니다.
성 토마스 아퀴나스의 말을 빌어 말하자면, 부당한 법은 불멸의 자연법
에 근거하지 않은 인간의 법입니다. 인격을 고양하는 법은 정당하고, 인
격을 타락시키는 법은 부당한 것입니다. 흑백차별 법령들은 인간의 영
혼과 인격을 해치고 왜곡한다는 점에서 부당한 것입니다. 흑백차별 법
령들은 차별을 자행하는 자에게 잘못된 우월감을 심어주고 차별받는 자
에게는 잘못된 열등감을 심어줍니다. 유태교 철학자인 마틴 부버의 말
을 빌자면 흑백차별 법령은 '인간 대 인간'의 관계를 '인간 대 사물'의 관
계로 바꾸어놓음으로써 인간을 사물의 지위로 격하시키게 됩니다. 그러
므로 흑백차별 법령은 정치적, 경제적, 사회적인 측면에서 볼 때 온당하
지 못한 것이며, 도덕적으로 볼 때 부당한 죄악입니다. 폴 틸리히는 죄를
이탈이라고 했습니다. 흑백차별은 인간의 비극적 이탈과 극심한 소외,
그리고 끔찍한 죄악을 존재론적으로 표현한 것입니다. 이것이 바로 제
가 사람들에게 1954년의 최고법원 결정은 도덕적으로 옳은 것이니 준수
하고, 흑백차별 법령은 도덕적으로 옳지 않은 것이니 준수하지 말라고
당부하는 이유입니다.

  정당한 법과 부당한 법의 구체적인 사례를 살펴봅시다. 부당한 법은
수와 힘의 측면에서 다수에 속하는 그룹이 소수그룹에 대해서 준수를
강요하면서도 자신들은 전혀 구속받지 않는 법입니다. 마찬가지로 정당
한 법은 다수그룹 자신이 자발적으로 준수하면서 소수그룹에 대해서 준
수를 강요하는 법입니다.

  다른 식으로 설명해보겠습니다. 투표권이 없기 때문에 법의 제정이나
개정에 참여할 수 없는 소수그룹에게 고통을 안겨주는 법은 부당한 법

입니다. 흑백차별 법률을 제정한 앨라배마 주 의회는 민주적 선거에 의해서 구성된 의회가 아니었습니다. 앨라배마 전역에서는 흑인들의 선거인 등록을 막기 위해서 여러 사악한 방법이 동원되고 있습니다. 흑인이 인구의 다수를 구성하고 있는데도 투표권을 가진 흑인은 단 한 명도 없는 지역도 있습니다. 이런 상황에서 제정된 법을 민주적 절차를 밟은 법이라고 할 수 있을까요?

표면상으로는 정당하지만 실제 적용에서는 부당한 법도 있습니다. 저는 허가받지 않은 시위행진에 참석한 혐의로 체포된 적이 있습니다. 시위행진을 허가사항으로 규정한 법령 그 자체는 부당하지 않습니다. 하지만 만일 이 법령이 흑백차별을 유지하고 수정조항 제1조의 평화적인 집회와 항의를 할 권리를 제한하기 위해서 이용된다면, 그것은 부당한 것이 됩니다.

부디 여러분이 제가 지적하는 정당한 법률과 부당한 법률의 차이를 이해할 수 있으면 좋겠습니다. 저는 극단적인 인종차별주의자들처럼 법률을 빠져나가거나 무시하라고 주장하는 것이 아닙니다. 그렇게 되면 우리 사회는 무정부 상태가 될 것입니다. 부당한 법률을 위반하는 사람은 솔직하고 겸허한 태도를 가져야 하며 어떤 형벌도 달갑게 받아들여야 합니다. 양심적으로 볼 때 부당하다고 판단되는 법률을 위반하되 지역사회의 양심에 그 법률의 부당성을 호소하기 위해서 징역형도 불사하는 사람이야말로 법률을 지극히 존중하는 사람입니다.

물론 이런 시민 불복종 운동은 새로운 것은 아닙니다. 보다 높은 도덕법에 어긋난다는 판단하에 느부갓네살의 법률에 복종하기를 거부한 사드락, 메삭과 아벳느고의 태도나, 로마 제국의 부당한 법률에 굴복하느니 굶주린 사자와 고문대에 오르는 고통을 감수했던 초기 기독교도들의 태도도 시민 불복종 운동과 맥을 같이 하는 것입니다. 소크라테스가 실천했던 시민 불복종 운동 덕분에 오늘날 어느 정도 학문적인 자유가 보장되는 현실입니다. 1773년의 보스턴 차 사건은 시민 불복종을 당당히 실천한 사례라고 할 수 있습니다.

아돌프 히틀러가 독일에서 자행했던 일들은 모두 '합법적'인 것이었고 헝가리의 자유투사들이 헝가리에서 했던 일들은 모두 '불법적'인 것이었음을 잊어서는 안 됩니다. 히틀러 치하의 독일에서는 유태인들에게 도움을 주거나 편의를 제공하는 행위는 모두 '불법적'인 행위로 간주되었습니다. 만일 제가 히틀러 치하의 독일에 살았다면 저는 분명히 유태인 형제들에게 도움을 주고 편의를 제공했을 것입니다. 만일 제가 기독교 신앙의 핵심적인 원칙들에 대한 박해가 자행되고 있는 공산주의 국가에 살았다면 종교를 박해하는 법률에 복종해서는 안 된다는 생각을 분명히 밝혔을 것입니다.

저는 기독교도들과 유태교도들에게 고백할 것이 두 가지 있습니다. 첫째, 저는 지난 몇 년 간 온건한 백인들에게 상당히 실망했습니다. 유감스럽게도 저는 흑인의 지위향상을 가로막는 중대한 장애물은 '백인시민평의회'나 'KKK단'이 아니라, 정의보다는 '질서' 유지에 더 많은 관심을 가진 온건한 백인들이라는 결론에 도달하게 되었습니다. 이들은 정의가 존재하는 적극적인 평화보다는 긴장이 없는 소극적 평화를 선호하고, "당신이 추구하는 목표는 옳다고 생각하지만 당신이 실천하는 직접 행동에는 동의할 수 없다"고 말하면서, 온정주의적인 태도로 자신이 다른 사람의 자유쟁취운동의 일정을 좌지우지할 수 있다고 생각하며, 애매한 시간 개념에 입각해서 흑인들에게 '보다 좋은 시기'가 올 때까지 기다리라는 말만 되풀이하고 있습니다. 우리를 괴롭히는 것은 사악한 사람들의 완벽한 몰이해가 아니라 선량한 사람들의 천박한 인식입니다. 우리를 당황하게 만드는 것은 노골적으로 우리의 요구를 거부하는 사람들이 아니라 우리의 처지를 이해하면서도 미온적인 태도를 보이는 사람들입니다.

부디 온건한 백인들이 법과 질서는 정의라는 목표를 위해 존재하는 것임을 깨닫기를 바랍니다. 이들이 정의라는 목표를 세우지 못한다면 이들은 결국 사회의 발전 흐름을 가로막는 위태로운 장애물이 될 것입니다. 저는 온건한 백인들이 남부지역에 존재하는 긴장감을 혐오스러운 소극적 평화에서 실제적이고 적극적인 평화로 이행하는 과도기에 필연적으로 나타나는 현상으로 인식하기를 바랍니다. 소극적 평화란 흑인들이 부당한 처지를 수동적으로 받아들이는 상태를 의미하며, 적극적인 평화란 모든 인간이 인간의 존엄과 가치를 존중하는 상태를 의미합니다. 긴장을 야기한 주체는 비폭력적인 직접 행동을 실천하는 우리들이 아닙니다. 우리는 이미 존재하고 있었지만 숨겨져 있던 긴장을 표면화시키고 사람들이 보고 치료할 수 있게끔 공개적으로 드러낸 것뿐입니다. 화상은 덮어놓으면 쉽게 낫지 않으므로 흉해보이더라도 자연의 빛과 공기에 노출시켜 치료해야 합니다. 불의를 드러내면 긴장이 야기되지만, 인간 양심의 빛을 쪼이고 국민적인 여론의 공기를 접할 수 있도록 노출시켜야만 이런 불의는 치유될 수 있습니다.

여러분은 우리의 행동이 평화적이긴 하지만 폭력을 야기하기 때문에 바람직하지 않다고 말합니다. 하지만 그것은 조리에 맞지 않는 이야기입니다. 그것은 강도를 당한 사람을 보고 돈을 가지고 있어서 강도행위를 야기했다고 비난하는 것이나 다름없는 태도입니다. 그것은 진리에 대한 확고한 열정과 철학적 탐구정신을 가졌기 때문에 대중의 그릇된 판단과 행동을 야기했다고 소크라테스를 비난하는 태도와 무엇이 다릅니까? 그것은 끊임없이 주의 뜻을 따르는 독특한 신앙적 태도를 가졌기 때문에 십자가형이라는 사악한 행위를 유발했다고 예수를 비난하는 것이나 무엇이 다릅니까? 연방법원이 일관되게 단언해왔듯이, 폭력을 유발할 가능성이 있다는 이유로 헌법에 보장된 기본권을 되찾으려는 노력을 중단하라고 사람들에게 압력을 가하는 것은 옳지 않은 일입니다. 사회는 강도를 당한 사람을 보호하고 강도행위를 한 사람을 처벌해야 합니다.

온건한 백인들은 자유쟁취투쟁을 하기에 적절한 시점이 있다는 미신을 버려야 합니다. 저는 얼마 전에 텍사스 출신의 백인형제가 보낸 편지를 받았습니다. 그 편지에는 이렇게 쓰여 있었습니다. "기독교인들은 유색인들이 결국에는 평등권을 누리게 될 것이라는 사실을 알고 있습니다. 하지만 종교적으로 볼 때 당신들은 지나치게 서두르고 있습니다. 기독교가 현재의 위치에 도달하기까지는 2,000여 년이 걸렸습니다. 예수의 가르침을 현실화하기 위해서는 시간이 필요합니다." 이런 태도는 그릇된 시간개념과, 시간이 흐르면 모든 질병은 반드시 낫게 마련이라는 비합리적인 견해에서 기인한 것입니다. 시간 자체는 중립적인 것입니다. 시간은 파괴적으로도 사용될 수 있고 생산적으로 사용될 수도 있습니다. 사악한 의도를 가진 사람들은 선량한 의도를 가진 사람들에 비해서 시간을 훨씬 효율적으로 사용하고 있습니다. 우리 세대는 사악한 사람들의 증오에 찬 언행뿐만 아니라, 선량한 사람들의 겁에 질린 침묵에 대해서도 회개해야 합니다. 인류의 진보는 필연의 수레바퀴가 굴러 가다보면 저절로 이루어지는 것이 아닙니다. 인류의 진보는 기꺼이 신의 협조자가 되고자 하는 사람들의 지칠 줄 모르는 노력을 통해서 이루어지는 것입니다. 이런 노력이 없다면 시간은 사회를 정체시키는 세력의 동맹자가 되고 맙니다. 우리는 옳은 일은 하는 데는 적절한 시기가 따로 없다는 확신을 가지고 시간을 창조적으로 사용해야 합니다. 지금이야말로 민주주의의 약속을 실현해야 할 때입니다. 지금이야말로 국가정책을 인종불평등의 모래밭에서 인간의 존엄성이라는 단단한 바위 위로 끌어올려야 할 때입니다.

여러분은 버밍햄에서의 우리들의 행동이 극단적인 것이라고 말합니다. 처음에 저는 같은 성직자들이 나의 비폭력적인 노력을 극단주의로 여기고 있다는 사실에 상당히 실망했습니다. 그러다가 저는 제 자신이 흑인사회에 존재하는 두 반대 세력 사이에 서 있다는 사실을 인식하게 되었습니다. 그 중 하나는 자기만족 세력인데, 이 세력은 오랜 세월 동안 억압을 받아왔기 때문에 자존심과 '인간적 존엄'의식을 상실한 채로 흑백차별제도에 순응하는 흑인들과, 흑백차별제도 덕분에 어느 정도 학문적, 경제적 안정을 이루었기 때문에 흑인대중의 문제에 무감각해진 중산층 흑인들로 구성되어 있습니다. 다른 하나는 증오와 원한을 품고서 위태롭게도 폭력 옹호로 기울어지는 세력입니다. 이 세력은 다양한 국가 독립주의 그룹의 형태로 전국에 확산되어 있습니다. 가장 유명하고 가장 규모가 큰 고립주의 그룹은 엘리야 무하마드의 블랙 모슬렘 운동(Black Muslim, 1930년대에 미국에서 시작된 흑인 회교도 운동의 일원. 흑인과 백인의 융화는 불가능하다고 보고 양자의 완전분리와 흑인에 의한 새 나라의 건설을 주장)입니다. 애국심을 부인하고 기독교를 완전히 부인하며 백인을 도저히 손댈 수 없는 '악마'라고 생각하는 회교도 운동은 인종차별제도의 존속으로 인한 흑인들의 좌절을 먹고 자라나고 있습니다.

저는 어느 한쪽 세력으로 치우치지 않으려고 갖은 노력을 다하고 있습니다. 저는 자기 만족에 빠진 사람들의 '무관심'을 흉내내서도 안 되며 골수 고립주의자들의 증오와 절망을 모방해서도 안 된다고 역설해왔습니다. 사랑과 비폭력항의운동이라는 훨씬 훌륭한 길이 있습니다. 나는 우리 투쟁을 비폭력주의로 통합시키기 위해서 흑인교회의 영향력에 의지할 수 있도록 허락해주신 주님께 감사드립니다.

비폭력주의가 출현하지 않았다면 남부의 전역은 피로 물들게 되었을 것입니다. 백인형제들이 비폭력 직접 행동에 나선 우리들을 '군중 선동가' 혹은 '외부 선동가'로 규정하고 비폭력운동을 지원하지 않았다면, 절망에 빠진 수백만 흑인들은 골수 고립주의자의 이데올로기에서 위안과 안정을 찾을 수밖에 없었을 것입니다. 만일 그랬다면 우리는 끔찍한 인종적 유혈사태를 피할 길이 없었을 것입니다.

억눌려 있는 사람들이라고 언제까지나 억눌려 있지는 않는 법입니다. 미국 흑인들 속에서 자유에 대한 열망이 터져 나왔습니다. 미국 흑인들은 자신들에게는 자유를 누릴 천부적인 권리가 있으며 그 권리를 쟁취하는 것도 가능하다는 것을 깨닫게 되었습니다. 이들은 자신들도 모르는 사이에 시대정신을 구현하고 있는 것입니다. 미국의 흑인들은 아프리카와 아시아, 남아메리카의 유색인종 형제들과 함께 인종적 정의라는 약속의 땅을 향해서 서둘러 전진하고 있습니다. 흑인사회에 존재하는 이런 절박한 인식을 이해할 수 있는 사람이라면, 시위운동이 대중적으로 전개되는 이유를 쉽게 이해할 수 있을 것입니다. 흑인들은 이제까지 품어 왔던 수많은 울분과 좌절에서 벗어나서 시청행진이나 순례기도회 혹은 자유승차운동에 참여해야 합니다. 이런 비폭력 방법으로 억압된 감정을 발산하지 못한다면 흑인들은 폭력적 행위로 치달을 수밖에 없습니다. 제 말은 협박이 아니라 역사적인 사실입니다. 저는 사람들에게 "불만을 품지 말라"고 하지 않습니다. 나는 이들에게 불만은 당연하고 건강한 것이지만, 그것을 발산할 때에는 비폭력적 직접 행동이라는 창조적인 배출구를 이용해야 한다고 말합니다. 그런데 여러분은 이런 비폭력적 방법을 극단주의로 평가하고 있습니다.

저는 처음에는 극단적이라는 평가를 듣고 대단히 실망했습니다. 하지만, 그 문제에 대해서 깊이 생각하면서 점차 극단적이라는 평가에 대해 만족하게 되었습니다. "너희는 원수를 사랑하여라. 너희를 미워하는 사람들에게 잘해주고 너희를 저주하는 사람들을 축복해주어라. 그리고 너희를 학대하는 사람들을 위하여 기도해주어라"고 말씀하신 예수님은 극단적으로 사랑을 추구하는 분이었습니다. "정의를 강물처럼 흐르게 하여라. 공평이 개울같이 넘쳐흐르게 하여라" 하고 말씀하신 아모스는 극단적으로 정의를 추구하는 분이었습니다. "내 몸에는 주 예수의 흔적이 있다"고 말씀하신 사도 바울은 극단적으로 주님의 복음을 추구하는 분이었습니다. "저는 이곳에 서 있으니, 달리 도리가 없습니다. 주여 저를 도와주소서"라고 말한 마틴 루터도 극단적인 사람이었습니다. "내 양심을 난도질하느니, 죽는 날까지 감옥에 있겠다"고 말한 존 버니언과, "국민의 반은 노예이고, 반은 자유인이어서는 우리나라는 살아남을 수 없다"라고 말한 에이브러햄 링컨, 그리고 "모든 사람은 평등하게 창조되었다는 진리는 자명한 것이다"라고 말한 토마스 제퍼슨도 역시 극단적인 사람이었습니다. 문제는 극단적이냐 아니냐가 아니라, 어떤 점에서 극단적이냐 하는 것입니다. 극단적으로 증오를 추구하는 사람이 될 것입니까, 아니면 극단적으로 사랑을 추구하는 사람이 될 것입니까? 불의를 유지하는 극단주의자가 될 것입니까, 아니면 정의를 베푸는 극단주의자가 될 것입니까? 예수님을 비롯하여 세 사람이 십자가에 달렸는데, 그 세 사람의 죄명은 모두 극단주의였습니다. 그 중 두 사람은 주위 환경에 비해서 비도덕적이라는 점에서 극단주의자였고, 예수님은 사랑과 진리와 선행을 추구한다는 점에서 극단주의자였습니다. 남부와 미국, 세계에는 창조적인 극단주의자가 절실히 필요합니다.

온건한 백인들은 창조적인 극단주의자가 필요하다는 사실을 깨닫게 될 것입니다. 제가 너무 낙관적이고, 지나치게 많은 것을 기대하는지도 모릅니다. 억압하는 자들 중에서 억압받는 자들의 깊은 절망과 열망을 이해할 수 있는 사람은 극소수이며, 강력하고 지속적이며 단호한 행동으로 불평등을 근절해야만 한다는 사실을 인식할 만한 통찰력을 가진 사람은 훨씬 적습니다. 하지만 다행히도 남부의 백인형제들 중에는 우리의 사회개혁운동의 의미를 이해하고 그것을 위해서 헌신하는 사람들이 있습니다. 이들은 수적으로는 소수이지만 질적으로는 위력을 발휘하고 있습니다. 랄프 맥길, 릴리안 스미스, 해리 골든, 제임스 맥브라이드 댑스, 앤 브레이든, 사라 패튼 보일 등은 우리의 투쟁에 대해서 예언적이고 감동적인 글을 썼습니다. 이들 외에도 남부의 거리에서 우리들과 함께 행진을 해온 백인들이 적지 않습니다. 그들은 바퀴벌레가 들끓는 더러운 감옥에 갇힌 채 그들을 '검둥이편을 드는 더러운 놈'으로 취급하는 경찰관들로부터 멸시와 학대를 받아왔습니다. 이들은 대다수의 온건한 백인들과는 달리 사태의 긴급성과 흑백차별의 병마와 싸워 이기기 위한 강력한 '행동'의 필요성을 절감하는 사람들입니다.

1963년 버밍햄 시위 때문에 법정모독죄로 수감 생활을 하며.

제가 대단히 실망했던 일에 대해서 말씀드리겠습니다. 저는 백인교회와 그 지도자들에 대해서 크게 실망했습니다. 물론 예외적인 경우가 있기는 합니다. 여러분은 모두 이 문제에 관해서 상당한 영향력을 가진 사람입니다. 지난 주일에 흑인을 차별대우하지 않고 예배에 참석할 수 있도록 했던 스텔링 목사와, 몇 년 전부터 스프링 힐 대학의 흑백분리를 폐지한 천주교 지도자들의 행동은 대단히 훌륭한 것이었습니다.

이렇게 예외적인 경우가 있긴 하지만, 저는 기독교회의 태도에 대해서 실망하지 않을 수 없습니다. 교회에 대해서 사사건건 꼬투리를 잡는 부정적인 비판자의 위치에서 하는 말이 아닙니다. 교회를 사랑하고 복음을 전하는 성직자로서 말하는 것입니다. 저는 교회의 품안에서 자라났고 영적인 은총을 받아왔으며 목숨이 다하는 날까지 교회에 의지할 사람입니다.

몇 년 전에 저는 앨라배마 주 몽고메리 시에서 버스보이콧운동의 지도자로 활동하면서 백인교회의 지지를 기대했습니다. 남부의 백인성직자들이 강력한 동맹군이 되어줄 것이라고 생각한 것입니다. 하지만 이들 중 일부는 자유운동을 이해하려 하지 않고 지도자로서의 임무를 외면하는 노골적인 반대자가 되었습니다. 그리고 대부분의 백인성직자들은 용감하게 나서기보다는 몸을 사리고 무감각하고 안일한 교회조직 뒤에 숨어서 침묵을 지켰습니다.

몽고메리 백인성직자들에 대한 기대는 무너졌지만, 저는 버밍햄에서 활동을 시작하면서 이곳의 백인성직자들은 우리 운동의 정당성을 이해할 것이며, 깊은 도덕적 확신을 가지고 우리의 정당한 요구를 권력구조에 전달해주는 통로가 될 것이라고 생각했습니다. 저는 여러분들이 우리 운동을 이해해주기를 원했습니다. 하지만 내 희망은 다시 좌절되고 말았습니다.

상당히 많은 남부 종교지도자들이 신도들에게 흑백차별 금지결정은 국법이기 때문에 준수해야 한다고 설교하고 있습니다. 하지만 저는 "인종적 평등은 도덕적으로 정당한 것이고 흑인들은 우리의 형제이니 이 결정에 따르십시오"라고 말하는 백인성직자들의 음성을 듣고 싶습니다. 흑인들이 가혹한 차별대우를 받고 있는데도 백인성직자들은 수수방관하면서 종교를 빙자하여 엉뚱한 발언을 하거나 사소한 것에만 관심을 가지는 모습을 보여왔습니다. 인종적 경제적 차별을 폐지하려는 강력한 투쟁이 전개되고 있는데도 "그것은 복음과는 관계없는 사회적인 문제이다"라고 말하는 성직자들이 많습니다. 성서에는 아무런 근거도 없는데도 영적인 문제와 물질적인 문제, 종교적인 문제와 세속적인 문제를 구별하는 내세적인 신앙에 매달리는 교회들이 많습니다.

저는 앨라배마와 미시시피를 비롯한 남부 여러 주의 구석구석을 여행했습니다. 찌는 듯한 여름철과 서늘한 가을철에 저는 하늘을 찌를 듯이 높은 첨탑을 자랑하는 남부의 아름다운 교회 건물을 보았습니다. 저는 교회의 웅장한 건물을 보면서 이런 의문을 품을 때가 많았습니다. "이곳에서는 어떤 사람들이 예배를 드릴까? 이들의 신은 누구일까? 바네트 주지사의 입술에서 간섭과 법령적용 거부의 말이 떨어졌을 때 이들은 왜 아무런 대응도 하지 않았을까? 웰러스 주지사가 법령을 무시하고 흑인을 증오하자고 부르짖었을 때 이들은 무얼 하고 있었을까? 상처입고 지친 흑인들이 굴종의 깊은 동굴에서 벗어나서 창조적인 항의의 밝은 언덕에 올라섰을 때 이들은 지지의 말을 했었는가?"

그렇습니다. 저는 아직도 이런 의문을 품고 있습니다. 저는 교회의 모호한 태도에 좌절하여 눈물을 흘렸습니다. 하지만 내 눈물은 사랑의 눈물입니다. 깊은 사랑이 없는 곳에는 깊은 절망도 존재하지 않습니다. 그렇습니다. 저는 교회를 사랑합니다. 제가 어떻게 교회를 미워할 수 있겠습니까? 저의 아버지와 할아버지, 그리고 증조할아버지도 목사이셨습니다. 교회는 주님의 몸이라고 생각합니다. 우리는 사회문제에 무관심하고 반항세력이 되는 것을 두려워하는 태도를 보임으로써 주님의 몸을 더럽히고 상처를 입히고 있습니다.

과거에는 교회가 강력한 힘을 발휘했습니다. 초기 기독교도들은 신앙을 위해서 받는 고통을 가치 있는 것으로 여기고 기꺼이 받아들였습니다. 당시 교회의 기능은 여론의 원칙과 사상을 가늠하는 단순한 온도계가 아니라, 사회적 관습을 변화시키는 자동 온도조절장치에 비유할 만한 것이었습니다. 초기 기독교도들이 마을에 들어갈 때마다 그 마을의 권력층은 불안을 느끼고 '평화를 교란한다'는 이유로 기독교도들을 박해했습니다. 하지만 기독교도들은 주님에게 순종하는 '하나님의 백성'이라는 확신을 가지고 더욱 헌신적으로 일했습니다. 이들은 수적으로는 적지만, 대단한 헌신성을 가지고 있었습니다. 이들은 주님에 대한 지극한 경외심을 가지고 있었기 때문에 두려움을 전혀 몰랐습니다. 이들은 끊임없는 노력과 실천을 통해 영아살해와 검투사대회와 같은 고대의 폐해를 종식시킬 수 있었습니다.

지금의 사정은 당시와는 많이 다릅니다. 현대교회의 목소리는 나약하고 무력하며 불분명합니다. 현대교회는 기존 질서의 주요한 방어세력으로 역할하는 경우가 많습니다. 대다수 지역사회의 권력층은 교회의 존재에 불안을 느끼기는커녕 교회의 묵인이나 노골적인 인정에서 큰 힘을 얻고 있습니다.

하지만 주님은 교회에 대해 판결을 내리실 것입니다. 초기 기독교의 희생정신을 되찾지 못한다면 현대 교회는 순수성을 잃고 수백만 신도들의 충정을 잃을 것이며, 결국 20세기를 따라잡지 못하는 무의미한 사회집단으로 전락해버릴 것입니다. 저는 교회에 대한 실망이 너무 커서 노골적으로 교회에 대한 혐오감을 드러내는 청년들을 자주 만납니다.

저는 교회에 대해서 지나치게 낙관적인 견해를 가지고 있었던 것 같습니다. 현재의 교회조직이 국가와 세계를 구할 수 없을 정도로 기존 질서에 얽매여 있는 걸까요? 저는 세계의 희망이 될 진정한 교회를 영적인 교회, 교회 속의 교회에서 찾아야 했습니다. 하지만 주님의 은총으로 교회조직의 대오에서 벗어난 고귀한 영혼들이 순응의 사슬을 끊고 자유투쟁에 적극 참여하고 있습니다. 이들은 안전한 예배당을 버려두고 올 버니의 거리로 나와 우리와 함께 행진했습니다. 이들은 자유승차운동에 참여하기 위해서 남부 곳곳의 고속도로를 달렸습니다. 이들은 우리와 함께 감옥에도 갔습니다. 이들 중에는 교회로부터 직분을 박탈당한 이들도 있고 고위 성직자들이나 동료 성직자들로부터 지원을 받지 못하게 된 이들도 있습니다. 하지만 이들은 지금도 실패한 선(善)의 힘이 승리한 악(惡)의 힘보다 강하다는 믿음을 가지고 활동하고 있습니다. 이들의 활동은 이 불안한 시대에 복음의 참된 의미를 보존하는 영적인 소금이 되고 있습니다. 이들은 어두운 절망의 산에 희망의 터널을 뚫고 있습니다.

저는 교회가 지금 이 중대한 시대가 제기하는 요구를 수용하게 되길 바랍니다. 교회가 정의를 세우는 데 도움을 주지 못한다고 해도 저는 미래에 대해 절망하지 않습니다. 지금은 비록 우리 운동의 동기를 의심하는 사람들이 많지만, 저는 버밍햄 운동이 가져올 결과에 대해서 전혀 걱정하지 않습니다. 우리는 버밍햄을 비롯한 전국 방방곡곡에서 자유를 쟁취하고 말 것입니다. 미국의 존립목적이 바로 자유이기 때문입니다. 지금은 비록 멸시와 조롱을 받고 있지만 흑인의 운명은 미국의 운명과 불가분의 관계에 있습니다. 메이플라워호가 플리머스 항구에 도착하기 전부터 우리들은 이곳에 살았습니다. 제퍼슨이 독립선언서의 장엄한 문구를 역사의 장에 새겨넣기 전부터 우리는 이곳에 있었습니다. 200년이 넘는 세월 동안 우리의 조상들은 대가 한푼 받지 않고 이 나라를 위해 일했습니다. 조상들은 최상품 면화를 만들었고 가혹한 불의와 굴욕을 감수하면서 주인들의 집을 지었습니다. 또한 우리의 선조는 헤아릴 수 없는 생명력을 가지고 이 나라의 번영과 발전을 위한 노력을 늦추지 않았습니다. 우리를 방해하는 가혹한 노예제도가 사라졌으니, 우리의 적은 틀림없이 패배하고 우리는 자유를 쟁취하게 될 것입니다. 우리의 요구 속에는 미국의 신성한 전통과 영원한 주님의 뜻이 깃들어 있기 때문입니다.

　글을 마치기 전에 여러분의 발언 중에서 저를 심하게 괴롭혔던 한 가지 문제를 짚고 넘어가겠습니다. 여러분은 '질서'를 지키고 '폭력을 예방'하는 버밍햄 경찰력에 대해서 칭찬을 했습니다. 무기도 들지 않고 폭력도 쓰지 않는 흑인들을 물어뜯는 경찰견을 보게 되면 여러분은 경찰력을 칭찬할 수 없을 것입니다. 교도소에서 흑인들에게 가해지는 가혹하고도 비인간적인 대우를 목격하게 되면 여러분은 경찰들을 칭찬하지 못할 것입니다. 나이든 흑인여성이나 어린 흑인소녀들을 떠밀고 욕을 하는 경찰들의 모습을 본다면, 나이든 흑인남성과 어린 흑인소년들을 때리고 발로 차는 경찰들의 모습을 본다면, 함께 노래를 부르려고 했다고 음식을 주지 않는 경찰들의 모습을 본다면 여러분은 경찰을 그렇게 칭찬하지 못할 것입니다. 나는 버밍햄 경찰들을 칭찬하는 여러분의 견해에 동의할 수 없습니다.

　경찰은 시위자들을 다루는 훈련을 받은 사람들이기 때문에 공중 앞에서는 '비폭력적으로' 처신합니다. 하지만 경찰은 사악한 흑백차별제도를 유지하기 위해서 시위를 진압하고 있습니다. 지난 몇 년 간 저는 비폭력주의는 목적이 순수한 만큼 순수한 수단을 사용해야 한다는 점을 끊임없이 강조해왔습니다. 도덕적 목적을 이루기 위해서 비도덕적 수단을 사용하는 것은 옳지 않은 일입니다. 비도덕적 목적을 유지하기 위해서 도덕적 수단을 사용하는 것은 더욱 옳지 않은 일입니다. 커너 서장을 비롯한 경찰은 공중 앞에서 나서면 비폭력을 가장하고 있습니다. 올버니의 프리체트 서장도 그랬습니다. 하지만 이들은 인종차별이라는 비도덕적 목적을 유지하기 위해서 비폭력이라는 도덕적 수단을 사용하고 있습니다. T. S. 엘리엇은 "나쁜 동기에서 옳게 처신하려는 유혹에 넘어가서는 안 된다"고 말했습니다.

　여러분은 연좌에 참여하는 버밍햄의 흑인들과 시위자들의 숭고한 용기와, 고통을 겪으면서도 자제심을 잃지 않는 숭고한 태도를 칭찬해야 합니다. 언젠가 남부는 참된 영웅을 발견하게 될 것입니다. 제임스 메레디스처럼 악의를 품은 폭도들의 만행이나 야유를 견뎌낼 만큼 숭고한 목적의식을 가진 사람, 선구자로서 고통스런 외로움을 견뎌내는 사람이 참된 영웅이 될 것입니다. 인간적 존엄을 깨닫고 주위 사람들과 함께 흑백차별버스를 타지 않겠다는 결심을 행동에 옮기면서, 피곤하지 않느냐고 묻는 사람에게 "발은 아프지만, 내 영혼은 편안하다오"라고 심오한 대답을 하던 몽고메리의 일흔두 살의 할머니야말로 참된 영웅이 될 것입니다. 용감하고 비폭력적인 방법으로 런치 카운터에 앉아 있거나 감옥행을 기꺼이 감수하는 고등학생, 대학생, 성직자들이야말로 참된 영웅입니다. 버림받은 주님의 자식들이 런치 카운터에 앉아서 대변하려 했던 것은 훌륭한 아메리칸 드림과 유태 기독교 문화의 신성한 가치였습니다. 이들은 우리나라를 미국헌법 제정자들이 헌법과 독립선언서를 제정하는 과정에서 깊이 탐구했던 위대한 민주주의로 되돌리기 위해서 노력하고 있는 사람들입니다.

이렇게 긴 편지는 처음 써봅니다. 귀중한 시간을 뺏은 데 대해서 사과의 말씀을 드립니다. 좀더 편안한 책상에 앉아서 썼더라면 훨씬 짧은 글을 쓸 수 있었을 것입니다. 하지만 좁은 감방에 혼자 앉아 있으니 편지를 쓰고 생각을 하고 기도를 하는 것 외에 다른 어떤 일을 할 수 있겠습니까?

진실을 과장해서 말한 것이 있거나 분별 없는 성급함을 드러내는 내용이 있더라도 부디 용서해주시기 바랍니다. 진실을 깎아서 말하거나 성직자로서 어울리지 않은 태도를 드러낸 것이 있더라도 부디 용서해주실 것을 주님께 기원합니다.

여러분이 이 편지를 읽고서 강한 믿음을 가지게 되었으면 하는 것이 저의 바람입니다. 흑백차별폐지 활동가나 시민권 지도자로서가 아니라 동료 성직자이자 기독교도 형제로서 여러분 한 사람 한 사람을 만날 수 있게 되는 날이 하루빨리 오기를 기원합니다. 공포로 가득 찬 우리 사회에서 인종적 편견의 먹구름이 물러가고 오해의 짙은 안개가 걷혀서 멀지 않은 미래에 사랑과 형제애의 찬란한 별빛이 우리나라를 비추게 되길 우리 모두 기원합시다.

평화와 형제애를 위하여

마틴 루터 킹 2세

19 드디어 자유다!

Freedom now

나는 젊은 나이에 많은 경험을 했다.
하지만 버밍햄의 경험은 전혀 색다른 것이었다.
버밍햄 운동은 미국 역사상 가장 고무적인 운동이었다.

1963년 4월 19일(34세)
킹 목사와 랄프 애버니시 목사가 보석으로 석방되다.

5월 2일~7일
버밍햄 경찰은 '소년십자군(Children's Crusade)'에 대해서 소방호스와 경찰견을 사용하여
1,000명의 어린이들을 체포하다.

5월 8일
항의운동 지도자들이 대중시위를 중지하다.

5월 11일
임시협정이 체결되고 난 뒤, 인종차별주의자들이 킹 목사가 묵고 있는 게스턴 모텔과 킹의 형
인 A. D. 킹 목사의 집을 폭파하다.

5월 13일
연방경찰대가 버밍햄에 도착하다.

1963년 버밍햄의 인종차별반대 시위대가 고압 소방호스의 물세례를 받으며 보도에 나뒹굴고 있다.

랄프 애버니시와 나는 8일 동안 수감되어 있다가 보석으로 석방되었다. 우리가 교도소에서 나온 데는 두 가지 목적이 있었다. 나는 곧 법정에 오르게 될 무고사건에 대한 전략을 짜기 위해서 SCLC 집행부 및 변호사들과 연락을 취해야 했다. 또한 나는 승리를 앞당길 수 있는 새로운 단계의 운동을 시작할 생각이었다.

나는 집행부를 소집하여 버밍햄 투쟁 초기부터 견지했던 확신을 다시 강조했다. 운동을 성공으로 이끌기 위해서는 학생들에게 집중해야 한다. 10대와 고등학생들을 끌어들인다면 엄청난 비판의 화살이 날아들겠지만, 우리에게는 새로운 극적인 단계가 필요했다. 날마다 시위가 끊이지 않고 수도 없이 많은 사람들이 감옥에 가고 있지만, 시 당국은 현재 상태를 유지하겠다는 완강한 결의를 가지고 있었다. 그야말로 달걀로 바위 치는 격이었다. 운동의 승리는 남녀노소 가리지 않고 모든 사람들에게 혜택을 가져다주겠지만, 우리는 그보다도 젊은이들에게 자유와 정의란 자신들에게 이로운 것이라는 사실을 인식시키는 것이 시급하다고 생각했다. 우리는 젊은이들이 우리의 부름에 용감하게 나설 것이라고 믿고 있었다.

어린이들도 문제를 알고 있다

SCLC 활동가인 제임스 베벨과 앤디 영, 버나드 리, 그리고 도로시 코튼은 버밍햄 시내의 고등학교와 대학을 순회하기 시작했다. 이들은 학생들에게 방과후에 교회모임에 참석할 것을 권했다. 소식은 빠르게 퍼져나갔고 버밍햄 청년들은 우리의 예상을 뛰어넘을 정도로 높은 호응을 보내왔다. 대중집회와 연수모임에는 적게는 50명부터 많게는 수백 명에 이르는 청년들이 참석했다. 청년들은 아주 먼 미래가 아니라 지금 당장 버밍햄에 자유를 가져오자는 우리들의 이야기에 열심히 귀를 기울였다. 우리는 청년들에게 비폭력주의를 가르쳐주었으며 열정과 창조성을 발휘하여 운동에 헌신할 것을 촉구했다. 청년들은 숭고한 사회적 투쟁에 참여하기를 열망하고 있었다. 이제 와서 생각해보면 버밍햄의 청소년들을 투쟁에 참여하게 한 것은 아주 현명한 판단이었다. 청소년의 참여는 우리 운동을 승리로 이끌 수 있는 새로운 추진력을 제공했다.

예상했던 대로 청소년의 투쟁참여에 대한 항의의 목소리가 높아졌다. 하지만 4월말이 되자 전국 신문들의 논조는 상당히 바뀌었으며 주요 신문들은 우리에게 동정적인 기사를 내보냈다. 하지만 상당히 많은 신문들이 우리가 청소년을 '이용'하고 있다고 비난했다. 그렇다면 지난 수세기 동안 흑인 청소년들이 흑백차별제도 때문에 학대받고 있을 때 이들은 무얼 하고 있었는가? 흑인아기가 빈민가에서 태어나서 처음으로 숨을 쉬는 순간부터 신선한 자유의 향기가 아니라 흑백차별의 악취를 맡아야 했던 수세기 동안 이들은 흑인아기들을 위해 어떤 말을 했던가?

언론의 그릇된 동정심에 대하여 정확하게 답변한 것은 어린이들 자신이었다. 어머니와 함께 시위행진에 참여했던 여덟 살 어린이가 했던 말이야말로 가장 감동적인 것이었다. 어떤 경찰관이 이 어린이를 내려다보며 조롱 섞인 퉁명스러운 목소리로 "네가 원하는 것은 뭐니?"라고 묻자, 이 아이는 경찰관의 눈을 똑바로 쳐다보며 이렇게 말했다. "자유요."

이 여자아이가 말한 자유라는 단어는 천사 가브리엘의 말보다 훨씬 진실한 것이었다.

행진에 참여할 수도 없을 만큼 어린 나이의 아이들도 운동에서 상당한 역할을 담당했다. 투옥을 불사할 자원자를 모집하는 데 어린이 여섯 명이 달려왔다. 앤디 영은 이 아이들에게 "너희는 감옥에 갈 만한 나이가 아니니 도서관에 가는 것이 좋겠다. 그곳에 가면 체포되지는 않겠지만 많은 것을 배울 수 있을 거야"라고 말했다. 이 말을 들은 아이들은 두 주전에 갔다가 문전박대를 받은 백인구역에 있는 도서관에 당당히 들어가서 어린이열람실에 자리를 잡고 앉아 열심히 책을 읽었다. 이 아이들은 자기 나름의 방식으로 자유의 편에 섰던 것이다.

이 어린이들은 자신이 무엇을 위해 싸우고 있는지 잘 알고 있었다. 10대의 아들을 가진 아버지가 있었다. 이 아버지는 자기 아이가 시위에 참여하려고 한다는 사실을 알고 운동에 대한 열의가 순식간에 식어버려서 아이에게 시위에 참여하지 말라고 말했다.

아이는 이렇게 말했다. "아빠, 아빠의 말씀을 어기고 싶지는 않지만 저는 이미 시위에 참여하겠다고 맹세를 했어요. 아빠가 밖에 나가지 못하게 하시면 나는 몰래 달아날 거예요. 벌을 주시면 벌을 받을 게요. 아빠도 아시겠지만 제가 이러는 것은 저만의 자유를 위해서가 아니라 아빠와 엄마의 자유를 위한 거예요. 저는 아빠가 돌아가시기 전에 자유로운 세상이 되기를 바라는 마음에서 이런 일을 하는 거예요."

아버지는 곰곰이 생각하더니 아들의 시위참여를 허락했다.

이런 어린이들의 행동은 우리 운동에 큰 힘을 주었다. 수많은 버밍햄 어린이들의 행진참여는 '감옥을 가득 채우자'라는 간디주의의 원칙을 최초로 실현시켰다는 점에서 역사적인 의미를 가지는 것이었다.

짐 베벨은 역사상 가장 많은 수의 학생들이 감옥에 가게 될 시위를 조직하기로 결심했다. 계획했던 날짜인 5월 2일이 되자 청소년들은 식스틴스 스트리트 침례교회로 물결처럼 밀려들었다. 1,000명이 넘는 청소년들이 감옥으로 끌려갔다. 학생들의 시위참여를 막기 위해서 교문을 닫아거는 학교도 있었는데, 청소년들은 문을 타고 넘어서 시위에 참여했다. 교장이 퇴학을 시키겠다고 협박했지만 청소년들은 의연한 태도로 시위에

> ### 식스틴스 스트리트 침례교회에서의 연설
> #### 1963년 5월 3일
>
> 저는 눈에는 눈, 이에는 이 식의 철학은 모든 사람들의 눈을 어둡게 한다고 생각하기 때문에 이 철학을 추종하지 않습니다. 누군가는 분별력을 가져야 하고 누군가는 신앙을 지켜야 합니다. 몇 년 전에 내 동생과 나는 차를 타고 애틀랜타에서 테네시 주의 채터누가로 갔던 적이 있습니다. 무슨 이유에선지 그날 밤에 고속도로를 달리던 운전자들은 대단히 불친절했고 심지어는 조명을 낮추는 것을 잊은 사람도 있었습니다. …… 동생은 나를 보고 이렇게 말했습니다. "너무 피곤해. 다음 차도 조명을 낮추지 않으면 나도 조명을 낮추지 않겠어." 나는 이렇게 말했습니다. "잠깐만, 그러면 안 되지. 이 고속도로에서 운전하는 사람들 중 누군가는 분별력을 가져야 해. 모두들 조명을 낮추어야 한다는 상식을 잊는다면 우리 모두는 이 고속도로에서 만신창이가 될 거야." 버밍햄에 있는 우리도 마찬가지라고 생각합니다. 우리는 지금 자유의 도시로 향하는 고속도로를 질주하고 있습니다. 구부러진 길도 있을 것이고 어려운 순간도 있을 것입니다. 상대편이 사용하는 것과 동일한 폭력으로 앙갚음하고 싶다는 유혹을 받을 때도 있을 것입니다. 하지만 저는 여러분에게 이렇게 말하고 싶습니다. "버밍햄 시민 여러분, 잠깐만 참으십시오. 버밍햄의 누군가는 분별력을 가져야 합니다."

참여했다. 운동이 절정에 달했던 당시, 교도소에 수용되어 있던 2,500명 가량의 시위자들은 대부분 청소년들이었다.

청소년들은 진지하게 운동에 임하는 한편, 놀라운 유머감각으로 위기 상황을 극복하기도 했다. 청소년들은 지도부의 지시에 따라 경찰들을 혼란시키는 활동에 참여했다. 대여섯 명이 교회의 한쪽 출구에 모여서 노래를 부르고 구호를 외치면 경찰차와 모터사이클이 줄지어 달려오게 마련이었다. 경찰들이 이들의 행동에 신경을 곤두세우고 있는 사이에, 교회에서 대기하던 스무 명 가량의 청소년들은 삼삼오오 짝을 지어 다른 출구로 빠져나와서 중심가에 있는 목적지로 향했다.

상당히 많은 시위자들이 이런 방식으로 경찰들의 눈을 피해 목적지에 모여들고 나서야 경찰들은 상황을 파악하고 체포하기 시작했다. 시위자들은 범인호송차에 실려서도 행진을 할 때와 마찬가지로 쉬지 않고 노래를 불렀다. 경찰은 범인호송차가 부족하자 보안관 차량이나 학교 버스까지 동원했다.

버밍햄 청소년들의 활약을 바라보면서 나는 몽고메리 버스보이콧운동 당시의 일을 떠올렸다. 왜 투쟁에 참여하느냐는 질문에 "내 아이들과 손자들을 위해서라오" 하고 대답했던 할머니가 있었다.

그로부터 7년의 세월이 흐른 지금, 그 할머니의 아이들과 손자 세대가 자기 자신들을 위해서 투쟁에 참여하고 있는 것이다.

비폭력주의의 힘

교도소가 시위자들로 가득 차고 전국에서 따가운 비난의 화살이 쏟아지자, 불 커너는 비폭력방침을 포기했다. 이렇게 해서 버밍햄 경찰의 추악한 모습이 미국인을 비롯한 전 세계인들에게 널리 알려지게 되었다. 5월 4일의 신문에는 경찰들이 땅에 엎어져 있는 여성들 위로 몸을 굽히고 곤봉을 휘두르고 있는 장면, 경찰견이 날카로운 이빨로 어린아이들을 공격하는 장면, 그리고 고압호스의 엄청난 위력이 시위자들의 몸을 날려버리는 장면 등이 찍힌 사진들이 실렸다.

당시는 우리에게 가장 큰 시련기였지만, 학생들과 성인들은 용기와 확신을 가지고 시위에 참여했다. 시위대 중에는 경찰의 폭력에 폭력으로 맞서거나 등을 보이고 달아나는 사람들도 없었으며 패배감에 젖어드는 사람들도 없었다. 비폭력 원칙으로 단련되지 않은 구경꾼들 중에는 경찰의 야만적인 폭력을 보고 돌이나 병을 던지는 사람들이 있었지만 시위자들은 비폭력 원칙을 견지했다. 시위자들의 이런 결단과 용기는 도덕적 양심을 가진 사람들에게 깊은 감명을 주어 인종과 주의를 뛰어넘어 선량한 미국인 전체를 우리편으로 끌어들일 수 있었다.

미국 전역으로 퍼져나가는 도덕적 분노와 아이들에 대한 동정심, 흑인 참여의 증가 등의 요소가 결합되면서 우리 운동 내부에는 낙관적인 분위기가 형성되었다. 상황이 진전되고 있다는 자신감과 승리에 대한 확신, 우리를 가로막고 있던 준엄한 장벽은 이제 운이 다해서 무너지기 시작하고 있다는 낙관적인 태도가 바로 그것이었다. 백인 경제구조는 불리한 여론과 보이콧 운동의 압력, 그에 따른 백인들의 구매위축으로 허약해지고 있었다. 우리는 이 사실을 확인하고 대단한 자신감을 가지게 되었다.

또 한 가지 새로운 변화는 버밍햄의 백인시민들이 우리 운동에 대한 적의를 버리게 되었다는 점이었다. 일년 전, 운동 초기단계에 불 커너는 적의를 가진 백인시민들을 등에 업고 우리 운동을 탄압했다. 하지만 이제는 대다수의 시민들이 간섭하지 않겠다는 생각을 하고 있었다. 백인시민들이 우리 운동에 동정적이었다거나 우리의 불매운동에 동참했다고는 이야기할 수 없다. 하지만 버밍햄 시민 대다수가 우리 운동에 대해 중립적인 태도를 취하게 되었다는 것이야말로 남부인의 태도변화를 강력하게 시사하는 것이었다. 우리의 승리에 대한 확신에 힘을 준 것은 바로 백인시민들의 이런 중립적인 태도였다.

불 커너 휘하의 경찰관들조차 흔들리는 모습을 보일 때가 있었다. 어느 주일 오후의 일이었다. 수많은 버밍햄 흑인들이 시립교도소 부근에서 기도회를 가지기 위해서 뉴 필그림 침례교회에 집결하여 질서정연한 행진을 시작했다. 불 커너는 경찰견과 소방호스를 준비하라고 지시했다. 행진대열이 백인구역과 흑인구역의 경계선에 이르자 불 커너는 행진대열에게 돌아갈 것을 지시했다. 대열을 이끌고 있던 찰스 빌럽스 목사는 정중한 태도로 불 커너의 지시를 따를 수 없음을 밝혔다. 이에 화가 난 불 커너는 경찰관들을 돌아보면서 "빌어먹을, 소방호스를 작동시켜" 하고 외쳤다.

이 명령이 떨어지고 나서 30초 동안, 버밍햄 운동사에서 아주 극적인 장면이 연출되었다. 경찰관들은 행진대열을 마주보고 섰다. 행진대열은 대부분 무릎을 꿇은 채 자신들의 육체와 정신만으로 경찰견과 곤봉, 그리고 소방호스에 대항하겠다는 의지를 불사르며 아무런 두려움도 동요도 없이 경찰관들을 노려보았다. 그러고 나서 흑인들은 천천히 일어서더니 행진을 시작했다. 그 순간 경찰관들은 마치 최면에 걸린 사람들처럼 소방호스를 쥔 손에 맥을 놓고 돌아섰다. 흑인들은 아무런 제지도 받지 않고 경찰관들을 지나 행진을 계속했으며 계획했던 대로 기도회를 가질 수 있었다. 이때 나는 비폭력주의의 위력에 대해서 엄청난 자부심을 느꼈다.

드디어 협상이 시작되다

기득권 세력 중에는 경제계의 극심한 타격을 지켜보면서도, 운동지도자들과 협상을 하느니 사업이 망하는 것이 낫겠다고 생각하는 사람들이 있었다. 한편 백악관에 대한 여론의 압력이 점차 높아지다가 5월 3일에 절정을 이루었다. 정부는 어떤 조치를 취하지 않을 수 없었다. 5월 4일 법무장관은 시민권 부국장인 버크 마샬과 법무성 부국장 조셉 F. 돌란을 파견하여 인종문제의 위기를 극복할 방안을 찾았다. 마샬은 해결책을 강구할 능력은 없었지만 대통령을 대신하여 협상에 임할 권한을 가지고 있었다. 연방정부가 인종문제와 관련해서 적극적으로 관여했던 것은 그

때가 처음이었다.

　나는 연방정부가 드디어 적극적으로 개입하였다는 사실에 안도하면서도 마샬의 의도에 대해서 불안한 마음을 가지고 있었다. 마샬이 우리에게 협상을 조건으로 일방적인 휴전을 선언하고 '냉각기간'을 가지라고 한다면 상황은 우리에게 불리해질 수 있었다.

　하지만 마샬은 이런 태도를 취하지 않았다. 그는 운동지도자들과 경제계의 대표자들 사이에 대화통로를 여는 귀중한 역할을 맡았다. 인종차별주의를 완강히 고수하던 사람이 마샬과 대화를 나누고 나서 이렇게 말하기도 했다. "그 사람은 남의 말을 귀 기울여 들을 줄 아는 사람이다. 그러니 나도 그 사람의 말에 귀를 기울여야 했다. 덕분에 내 태도도 약간 달라진 것 같다."

　버크 마샬의 중개로 우리는 '중견시민위원회'와 비공개회의를 가지게 되었다. 회의 시작 당시에는 그다지 희망이 보이지 않았지만, 우리는 그 회의에서 주요한 요구사항들을 따내기 위한 기초 작업을 진행했다.

　한편 버밍햄 거리에는 경찰의 폭력이 계속되고 있었다. 커너는 경찰견과 소방호스 외에 무장자동차까지 동원하였다. 비폭력주의를 훈련받지 않은 흑인들 중에서 병과 벽돌을 던지는 사람도 다시 나타났다. 그러던 어느 날이었다. 경찰의 소방호스가 맹렬하게 작동하고 있었다. 프레드 셔틀즈워드 목사는 나무껍질이 벗겨질 정도로 높은 압력의 물줄기를 맞고 건물 벽에 부딪혀 쓰러지고 말았다. 셔틀즈워드 목사는 가슴에 부상을 입고 구급차에 실려 후송되었다. 이 사실을 보고 받은 커너는 특유의 어투로 "그 사람이 구급차가 아니라 영구차에 실려갔더라면 좋았을 텐데" 하고 말했다고 한다. 다행히도 셔틀즈워드는 기운을 회복하여 다음 날에는 통증이 있는데도 회의에 참석했다.

　시 경찰은 자신들의 행동이 뜻밖의 파괴적인 결과를 야기하자, 주 경찰대의 파견을 요청했다. 백인지도자들 중 일부는 어떤 조치가 필요하다는 것을 인식하게 되었지만 나머지는 여전히 완강하게 버티고 있었다.

그러던 중에 이들이 고집을 꺾고 협상에 성의를 보이게 만든 사건이 발생했다. 5월 7일이었다. 우리들의 요구를 검토하기 위해서 중심가 건물에서 '중견시민위원회'가 소집되었다. 회의 전반부에는 이들의 태도가 너무나 완강했기 때문에 버크 마샬은 협상이라는 말도 꺼내지 못했다. 위원들이 너무나 흥분해 있었으므로 위원회는 긴장된 분위기 속에서 진행되었다.

이런 분위기 속에서 경제계 대표 125명이 점심식사를 위해서 회의장을 빠져나왔다. 거리를 걸어가던 이들은 색다른 장면을 보게 되었다. 마침 수천 명의 흑인들이 시내를 행진하고 있었다. 교도소가 만원이어서 경찰은 시위자들을 대량으로 체포할 수 없는 처지였다. 흑인들은 보도와 차도를 가득 메우고 상점가 통로에 앉거나 서 있었다. 완전히 흑인 일색이었다. 하지만 폭력을 행사하는 사람은 한 명도 없고 모두들 노래를 부르고 있었다. 버밍햄 중심가에는 자유의 노래가 울려퍼지고 있었다.

이 도시의 핵심 인물들인 경제계 대표들은 이 광경을 보면서 불현듯이 운동을 중단시킬 도리가 없다는 사실을 깨닫게 되었다. 그들은 뜨는 둥 마는 둥 점심식사를 마치고 회의장으로 돌아왔다. 가장 완강하게 반대입장을 고수하던 한 사람이 목을 가다듬더니 "이 문제를 줄곧 생각해보았는데, 어떤 해결책을 찾아야 한다고 생각합니다" 하고 말했다.

이들이 어떤 해결책이 필요하다고 느꼈다는 것은 이제 운동이 종결부에 접어들었다는 것을 의미하는 것이었다. 그날 오후 늦게 버크 마샬은 경제계의 대표들이 해결책을 찾기 위해서 운동지도자들을 만나고 싶어한다는 사실을 우리에게 통보해왔다. 우리는 세 시간 가량의 대화를 통해서 이들이 협상에 임할 자세가 되어 있다는 확신을 가지게 되었다. 우리는 이런 확신을 토대로 다음날 아침부터 24시간 동안 시위를 중단하고 냉각기간을 가진다고 발표했다.

그날 케네디 대통령은 기자회견 연설의 서두에 버밍햄 문제를 언급했다. 대통령은 문제를 직시하고 숙고해야 할 필요가 있음을 강조하고 나서 현재 양측이 대화를 진행하고 있다는 사실은 상당히 고무적인 일이라고 말했다. 대통령의 기자회견이 진행되는 도중에, 냉각기간을 위협하는 사건이 발생했다. 랄프와 내가 해묵은 고소건 때문에 교도소에 갇히는 신세가 된 것이다. 이것을 상대편의 냉각기간 위반행위라고 판단하고 다시 행진을 시작할 태세를 갖추는 동료들도 있었다. 하지만 우리는 성급한 행동을 자제했다. 우리는 곧 보석으로 석방되고 협상은 재개되었다.

5월 8일 밤부터 다음날 밤까지 협상을 계속한 결과 양측의 의견은 하나로 모아졌다. 5월 10일에는 다음과 같은 내용의 협약이 공표되었다.

1. 협약조인 후 90일 이내에 적절한 단계를 밟아서 런치 카운터, 화장실, 탈의실 그리고 주점에서의 흑백차별을 철폐한다.
2. 협약조인 후 60일 이내에 버밍햄의 전체 산업체는 고용과 승진에서 흑인에 대한 차별을 없애고 흑인을 판매원이나 사무원으로 고용한다. 또한 흑인의 고용과 승진이 실시되지 않던 분야에서 흑인의 고용과 승진을 촉진하기 위한 프로그램을 진행하기 위해서, 유통업체와 산업

체, 그리고 전문직 대표들로 구성된 위원회를 즉시 구성한다.

3. 시 당국은 운동세력의 공식대표와 협조하여 수감된 사람 전원을 보석이나 서약서 제출의 방법으로 석방한다.

4. 시위와 항의운동이 재발하지 않도록 하기 위해서 협약조인 후 2주 내에 중견시민위원회나 상공회의소를 통하여 흑인과 백인간의 대화통로를 공개적으로 개설한다.

여러분께 이런 말씀을 드릴 수 있게 되어 저는 너무나 기쁩니다. 버밍햄에 존재해온 흑백차별의 벽은 이제 빠른 시일 안에 무너질 것입니다. 이제는 백인들의 멸시와 조롱을 참지 않아도 됩니다. 버밍햄의 흑백차별의 벽은 저절로 약해져서 무너지는 것이 아닙니다. 다른 어느 곳보다, 그리고 다른 어느 때보다 많은 사람들이 흔쾌히 자유쟁취운동에 나서고 자유를 위한 투옥을 꺼리지 않았기 때문에 버밍햄의 흑백차별제도는 무너지고 있는 것입니다.

난폭한 행위에 부딪힌 협약

역경은 아직 끝난 것이 아니었다. 버밍햄의 평화 협약 체결 소식은 수많은 외국 통신원에 의해서 전 세계로 퍼져나갔으며 전국판 신문과 네트워크 텔레비전을 통해서 보도되었다. 버밍햄의 인종차별주의자들은 분개하여 자신들을 배신하고 흑인에 대한 평등 대우라는 대의에 굴복하고 만 백인 유통업자들에게 보복을 하겠다고 선언했다.

5월 11일 토요일 밤에 인종차별주의자들은 협약에 대한 난폭한 항의를 개시했다. 나는 거의 잠을 자지 못하고 며칠 밤을 버텨왔기 때문에 그날 밤은 숙면을 취해야겠다는 생각에 자리에 누워 있었다. 그런데 그때 전화벨이 울렸다. 교외에서 있었던 KKK단의 집회 직후에 내 동생인 A. D. 킹 목사의 집이 폭파되었다는 소식이었다. 같은 날 밤 게스턴 모텔에서도 폭탄이 터졌다. 내가 묵고 있던 30호 객실에 사람이 있었다면 죽거나 큰 부상을 입을 만큼 엄청난 양의 폭탄이었다. 다행히 나는 그날 밤 애틀랜타에 있었고, 암살자들은 그 사실을 미처 몰랐던 것이 분명했다.

다행히 폭탄이 한밤중에 터지는 바람에 인명 피해가 적었다. 흑인구역의 주점은 자정에 문을 닫는데, 주말을 즐기며 술을 마시던 사람들이 모두 주점에서 빠져나온 늦은 밤에 폭탄이 터진 것이다. 폭발음을 듣고 수천 명의 흑인들이 거리로 쏟아져나왔다. 와이어트 워커와 내 동생을 비롯한 몇몇 사람들이 집으로 돌아가라고 신신당부했지만, 사람들은 비폭력주의의 원칙을 잊어버리고 평화를 유지해야 한다는 주장에 귀를 기울이지 않았다. 싸움이 시작되었다. 경찰관들을 향하여 돌멩이가 날아들었고 순찰차가 부서지고 불타오르기 시작했다. 폭탄을 설치한 사람들은 흑인들이 폭동을 일으켜서 협약이 무산되기를 바라고 있었던 것이다.

조지 월러스 주지사가 통솔하는 주 경찰과 '책임자'들은 흑인구역을 봉쇄하고 경찰력을 동원하고 권총을 꺼내들었다. 그들은 죄 없는 흑인들에게 곤봉을 휘둘렀다. 경찰은 반파된 게스턴 모텔에 있는 남편의 거처로 들어가려던 와이어트 워커의 부인에게 곤봉을 휘둘렀으며, 아내를 병원으로 옮기고 나서 집으로 돌아가던 와이어트 워커에게 다시 곤봉을 휘두르는 난폭성을 드러냈다.

폭력이 난무하던 토요일 밤에 동생과 나누었던 통화내용은 지금도 잊혀지지 않는다. 동생은 자신의 집이 폭파되고 모텔에 있던 몇 사람이 부상을 입었다는 소식을 전하고 나서, 거리에서 벌어지고 있는 소요와 참사를 상세히 설명해주었다. 그런데 동생의 음성 뒤로 수화기를 통해서 아름다운 노래 소리가 들려왔다. 그들은 폭파 현장의 잔해 속에서 극악무도한 폭력과 증오의 공격을 받고 있는 처지에서도 '우린 승리하리라'라는 노래를 부르고 있었다. 순간 나는 그런 비극의 현장에서도 희망과 신념을 잃지 않는 흑인들의 자제심에 깊은 감명을 받았다.

다음날 저녁, 문제의 심각성을 파악한 대통령이 연방정부는 정당한 협약을 파괴하려는 과격집단의 행동을 묵과하지 않겠다고 발표했다. 5월

20일, 신문 일면에는 교육청이 시위에 참여했던 학생들 1,000여 명에 대해서 정학이나 퇴학처분을 내렸다는 사실이 보도되었다. 흑인사회를 충동적이고 무분별한 행동으로 몰아넣으려는 또 하나의 시도였다. 교육청의 조치에 대해서 보복을 하기 위해서 버밍햄의 학생 전원이 등교를 거부하고 시위를 재개해야 한다고 생각하는 사람들도 나타났다.

당시 시외에 있었던 나는 서둘러 버밍햄으로 돌아가서 적들이 놓은 덫에 걸려들어서는 안 된다고 지도자들을 설득했다. 우리는 이 문제를 법정으로 가져가기로 결정하고 NAACP 내의 변론부서와 교육부서의 도움을 얻어서 소송을 제기했다. 5월 22일, 지방법원 판사는 교육청의 입장을 지지했다. 하지만 같은 날 항소심 순회법원의 앨버트 P. 터틀 판사는 지방법원 판사의 결정을 번복하고 교육청의 조치를 강하게 비난했다. 당시 연방정부는 학생에 대한 징계문제를 해결하려고 노력하고 있었다. 터틀 판사의 판정은 헌법적 권리를 쟁취하기 위한 적법한 행동에 대한 보복으로 학생들을 징계한다는 것은 무책임한 일임을 선언하는 것이었다. 이 판정이 내려진 날 밤, 우리는 대규모 집회를 열었다. 강력한 투쟁으로 또 한 번의 승리를 거둔 환희의 순간이었다.

다음날, 앨라배마 최고법원은 유진 불 커너를 비롯한 시 위원들을 해임한다는 판정을 내렸다.

버밍햄 운동에 대한 이야기를 마치면서 시위가 진행되었던 6주간과 그 이후에 전 세계에서 쇄도하던 도덕적 지지와 재정적 지원에 대해서 언급하지 않을 수 없다. 우리는 그날 그날의 위기 상황에 몰두하느라 공식적인 후원요청을 할 겨를도 없었다. 하지만 돼지저금통에서 나온 동전부터 엄청난 금액의 수표까지 많은 후원금과 격려편지가 쉬지 않고 게스턴 모텔과 애틀랜타 본부로 쏟아져 들어왔다.

가장 가슴 벅찬 사실은 우리 운동을 지지하는 전국의 흑인들이 유례없는 단합의 모습을 보여주었다는 점이었다. 전국 각지에서 흑인성직자와 시민권 활동가, 연예인, 운동선수 그리고 평범한 시민들이 버밍햄까지 달려와서 대중집회에서 지지연설을 하거나 교도소까지 함께 드나들었다. NAACP 변론부서와 교육부서는 여러 차례에 걸쳐 우리들에게 재정적 원조와 법적인 원조를 해주었다. 그밖에도 많은 조직들과 개인들이 시간과 돈과 도덕적 지지 등으로 값진 도움을 주었다.

버밍햄의 협약은 정의와 자유, 그리고 인간적 존엄을 위한 기나긴 투쟁이 절정에 달한 순간에 쟁취된 것이었다. 완전한 평등세상이 이루어진 것은 아니지만, 버밍햄은 평등으로 나아가는 기운차고 대담한 발걸음을 내딛기 시작한 것이었다.

버밍햄에서 기적처럼 완전히 흑백차별이 사라진 것은 아닙니다. 아직도 이곳에는 저항과 폭력이 존재합니다. 인종차별주의적인 주지사의 마지막 저항이 역사적인 승리에 먹칠을 하고 있습니다. 아직도 버밍햄의 흑인아동들은 백인아동들과 함께 학교를 다닐 수 없습니다. 대통령은 이를 위해서 전력을 다할 필요가 있습니다. 하지만 이런 실정은 인종차별주의자들도 인정하지 않을 수 없는 사실, 즉 그들이 만든 체계는 이제 임종직전에 있다는 사실을 강조하는 것입니다. 그들이 어떤 대가를 치른 후에야 인종차별제도를 완전히 땅에 묻을 것인가라는 것은 그다지 중요하지 않습니다.

저는 버밍햄이 언젠가는 남부의 인종문제 해결의 모델이 될 것이라고 믿습니다. 과거의 버밍햄은 부정적인 면에서 극단적인 도시였지만 미래의 버밍햄은 긍정적이고 이상적인 면에서 극단적인 도시가 될 것입니다. 어두웠던 지난날에 범했던 죄악을 밝은 미래의 위업으로 속죄할 수 있을 것입니다. 버밍햄 시가 양심을 되찾을 것이라는 제 꿈이 이루어졌으니, 제가 이런 희망을 가질 만도 하지 않습니까?

20

워싱턴 행진

March on Washington

편견이 심한 사람들의 눈에도
8월 28일의 워싱턴 행진은 미국에서 진행된 자유와 정의를 향한 시위 중에서
가장 중요하고 감동적인 것으로 비쳤을 것이다.

1963년 6월 11일(34세)
케네디 대통령, 새로운 시민권에 대한 제안을 발표하다.

6월 12일
NAACP의 지도자인 메드거 에버스가 암살되다.

6월 22일
킹 목사, 케네디 대통령과 만나다.

8월 28일
흑인의 고용과 자유 쟁취를 위한 워싱턴 행진을 시작하다.

위 1963년 고용과 자유를 위한 워싱턴 행진에 모인 거대한 군중에게 연설하는 모습.
아래 1963년 워싱턴 D.C. 행진에서 시민권 지지자들과 함께.

1963년 여름, 자유의 함성이 전국에 울려퍼졌다. 그 함성은 너무나 긴 세월을 너무나 힘들게 참아왔던 사람들의 가슴에서 터져나온 것이었다. 북부와 남부에서 터져나온 그 함성은 대통령을 감동시켜 전에 없는 정치적 수완을 발휘하도록 만들었다. 또한 그 함성은 의사당에까지 울려퍼져서 입법부 전체를 논쟁으로 몰아넣었다. 그 함성은 수백만에 달하는 백인들의 양심을 흔들어 깨워 자신들의 태도를 돌아보게 만들고 2,000만 흑인형제들의 곤경을 생각하게 만들었다. 그 함성은 주일마다 설교단에 서서 사랑만 설교하던 성직자들을 거리로 불러내서 투쟁적인 활동에 뛰어들게 만들었다. 2,000만 명의 적극적이고 진취적인 흑인들은 백인들의 맹렬한 공격 속에서도 의지력과 목적의식성에 의지하는 자유의 군대에 자발적으로 참여하여 활동했다.

　그 함성은 버밍햄에서 제일 처음 터져나왔다. 자유롭게 살고 싶다는 의지와, 증오 대신 사랑을, 두려움 대신 확신을 가지고 함께 행진하면 승리를 얻을 수 있다는 인식이 바이러스처럼 퍼져나가 버밍햄 흑인들의 의식을 변화시켰으며 전국 각지로 퍼져나갔다. 여름철에 끓어오르던 불평불만은 가을에는 인종적 정의라는 찬란한 수확을 목표로 익어가고 있었다. 흑인혁명이 성취될 날이 눈앞에 다가오고 있었다.

　버밍햄 운동은 보도나 차도, 시청과 시립교도소에서의 투쟁, 그리고 필요하다면 메드거 에버스와 같은 영웅적인 순교를 무릅쓴 투쟁을 전개하면 틀림없이 승리할 수 있다는 사실을 확증하는 사례였다. 남부 흑인 혁명은 이미 실현되어 원숙함을 더해가면서 다른 지역에 용기를 주는 한 편의 서사시였으며, 미국 권리장전과 독립선언서, 헌법 그리고 노예 해방선언이 뒤늦게나마 현실적으로 실현된 사례였다.

북부의 흑인들은 북부의 인종차별이 교묘히 위장되어 있기는 하지만 남부의 노골적인 인종차별만큼이나 인간적 존엄을 해치는 사악한 것임을 깨닫게 되었다. 남부에서는 학교나 공원, 숙박시설 등 공적인 공간에서의 권리보장을 요구하는 함성이 울려퍼진 데 반해서, 북부에서는 개인적인 지위의 향상을 요구하는 함성이 울려퍼졌다. 북부의 함성은 인종통합의 외양을 갖추고서도 실제로는 인종차별을 강요하는 학교문제와 주거 및 고용문제에서 인종차별적인 요소를 폐지할 것을 요구했다. 특히 시카고에서는 주거문제와 관련된 긴장과 갈등이 전면에 대두되었다.

미국 역사를 통틀어볼 때, 1963년은 흑인들이 엄청나게 넓은 전선을 형성하고 공세를 취했다는 점에서 역사적인 해였다. 남북전쟁 전 남부에서는 모험적이고 고립분산적인 노예반란이 간헐적으로 일어났다. 하지만 그로부터 100년 후 남부 흑인들은 동시다발적이고 대규모적으로 인종차별에 대항한 공세를 취한 것이다. 1963년 여름의 투쟁열기 속에서, 남부 흑인들은 시위를 통하여 남부 백인들에게 특유한 성격이라고 오래전부터 인식되어 왔던 대담성과 충실성 그리고 자신감을 유감 없이 발휘하였다.

1963년 여름의 사건을 평가할 때 시위 자체를 목적으로 인식하는 사람들이 있다. 그들은 장엄한 행진 자체를 목적으로 간주한다. 하지만 이런 태도는 흑인투쟁의 위업을 깎아내리는 태도라고 할 수 있다. 장엄한 행진이라는 요소는 중요한 것이기는 하지만, 흑백차별제도를 폐지한다는 구체적인 목적을 무시해서는 안 된다. 그것은 비의 외관적인 아름다움만을 평가하고 비가 토양을 비옥하게 한다는 점을 무시하는 것과 같은 비현실적인 태도다. 단순히 사람들을 감동시키는 사회운동은 폭동에 지나지 않는다. 사람들을 변화시키고 제도를 바꾸는 사회운동이야말로 진정한 의미의 혁명이라고 할 수 있다.

1963년 여름의 사건은 미국의 면모를 바꾸어놓았다는 점에서 혁명이라고 할 수 있다. 자유에 대한 열망은 전염병처럼 1,000여 개의 도시로 퍼져나갔다. 자유운동은 절정을 향해 치달으면서 수천 개의 런치 카운터와 호텔, 공원, 그 밖의 공공시설에서의 흑백차별을 일소했다.

버밍햄에서 시작된 투쟁의 함성은 워싱턴까지 울려퍼져서, 케네디 행정부는 1963년 시민권 법제화 안건을 의회에 상정하고 시민권 안건을 의회 의사일정의 최우선에 놓았다.

1963년의 자유

1963년 여름의 엄청난 사건이 있기까지는 그에 어울리는 극적인 행동이 필요했다. A. 필립 랜돌프는 흑인지도자 중 고참으로, 지칠 줄 모르는 투쟁성과 뛰어난 상상력으로 수십 년 간 시민권 투쟁을 연출해온 사람이었다. 그는 다시 한 번 뛰어난 상상력을 발휘하여 워싱턴 행진을 제안했다. 그는 전 운동세력을 광범위한 전선에 결집시킬 수 있는 강력한 행동으로 워싱턴 행진을 제안했던 것이다.

흑인들이 워싱턴 행진이라는 제안을 소화하려면 대담성이 필요했다. 흑인사회는 불평등한 대우의 개선을 요구해야 한다는 점에 대해서는 의견이 일치했지만 전술적인 측면에서는 여러 의견으로 갈려 있었다. 흑인들은 한 지역사회 내의 운동을 조직하는 데는 뛰어난 능력을 과시했지만, 전국적인 범위의 대규모 집회를 개최해본 경험은 없었다. 많은 사람들이 전국적인 규모의 집회를 개최했다가 사소한 폭력사태라도 발생하는 날에는 의회가 돌아서고, 시민권 법제화의 꿈은 물거품이 될 것이라고 걱정했다. 폭력사태가 발생하지 않는다고 하더라도 흑인들의 참여가 적으면 흑인들의 취약한 결집력을 노출시키게 되니 대규모 집회는 자제하는 편이 낫다고 생각하는 사람도 있었다.

1963년 8월 고용과 자유를 위한 워싱턴 행진에서.

워싱턴 행진에 대한 논쟁은 두 가지 태도로 양극화되었다. 한편에는 흑인의 능력과 자제심, 규율성을 믿고 집회를 추진해보자는 태도였고, 다른 한편에는 흑인의 능력으로는 그렇게 엄청난 집회를 조직할 수 없다고 생각하는 소심한 태도였다. 그러나 혁명의 열기는 강력한 추진력을 발휘하여 반대 주장을 꺾고 워싱턴 행진 강행으로 결론이 모아졌다.

흑인들의 자유의 함성은 미국 전역에 울려퍼지다가 8월 28일 워싱턴에 총집결하였다. 이날 서로 다른 신조와 다양한 생활조건 속에서 살고 있는 흑인과 백인들이 에이브러햄 링컨 동상 앞에 모였는데, 그 수는 20만에 달했다. 인종적 정의의 실현을 저지하려는 세력들은 대중폭동이 일어날 것이며 남부지역에는 보복적 폭력행위의 조짐이 있다는 불길한 예상을 퍼뜨리면서 워싱턴 집회를 막으려고 기를 썼다.

운동에 우호적인 사람들조차도 워싱턴 행진을 우려했다. 대통령은 워싱턴 행진계획이 현명한 것인지 모르겠다는 생각을 밝혔고, 자유주의적인 하원의원들도 워싱턴 행진은 법안 심의절차에 아무런 영향을 미칠 수 없을 것이라고 은근히 암시하기도 했다.

워싱턴 행진을 준비하는 과정에서 운동세력의 목적의식은 자유주의적인 백인들과 대규모 종교조직의 지도자들에게까지 확산되었다. 결국 이들도 워싱턴 행진은 중단할 수 없는 것임을 깨닫게 되었다. 찬송가를 부르기 위해서 하나둘씩 모여드는 성가대처럼, 많은 조직들이 워싱턴 행진에 찬성하고 참여의사를 밝히기 시작했다.

케네디 대통령은 버밍햄 운동 당시 시민권 법제화에 관한 자신의 생각을 번복했던 것처럼, 끝없이 이어지는 행진대열에 깃들어 있는 흑인 정신에 감동하여 시민권 법령의 제정을 적극 주도하겠다고 천명하게 되었다. 대통령은 워싱턴 행진과정을 주시하는 소극적인 태도에서 벗어나서 이 행진이 의회에 강한 영향을 미치게 되길 바라고 있었다.

워싱턴은 볼거리가 많은 도시였다. 150년 동안 4년에 한 번씩 개최되어 온 대통령 취임식에는 각국의 왕과 수상, 영웅 그리고 각 분야의 명사들이 모여들었다. 하지만 1963년 8월 28일 워싱턴에 모인 사람들의 규모와 위세는 미국 역사상 가장 엄청난 것이었다. 그날 워싱턴에 도착한 25만 명에 달하는 사람들 중에는 고위 성직자와 명사들도 많았다. 하지만 가슴 뭉클한 감동을 불러일으킨 것은 자기 세대에 민주주의를 달성하겠다는 굳은 의지를 표명하기 위해서 당당한 태도로 참여한 평범한 서민들의 모습이었다.

사람들은 전국 각지에서 갖가지 운송수단을 이용해서 워싱턴으로 모여들었다. 사람들은 워싱턴 행진에 참여하기 위해서 하루 혹은 사흘 간의 임금과 교통비용을 포기해야 했는데, 그것은 대부분의 사람들에게는 상당한 경제적 부담이 될 만한 금액이었다. 사람들은 하늘을 날 듯이 흥분된 상태였지만 규율 있고 사려 깊게 처신했다. 사람들은 지도자들에게 아낌없는 박수갈채를 보냈으며, 지도자들은 마음속으로 군중들에게 박수갈채를 보냈다. 그날 연단에 선 많은 흑인연사들은 군중의 헌신적인 태도를 보면서 군중에 대한 존경심이 깊어졌다. 엄청나게 많은 군중들은 숭고한 운동의 살아 펄떡이는 심장이었다. 집결한 군중은 무기는 없었지만 강제징집된 자는 한 명도 없는 강력한 군대였다. 백인과 흑인, 노인과 어린이가 뒤섞여 있었다. 군중은 종교도 신분도 직업도 정당도 달랐지만 한 가지 목표로 단합되어 있었다. 이들은 가장 강력한 무기는 사랑이라는 사실을 명심하고 있는 전투부대였다.

워싱턴 행진의 한 가지 중요한 특징은 백인교회의 참가였다. 이들은 전에 없이 열광적인 태도로 직접 행동에 뛰어들었다. 어떤 작가는 이 행진이 "미국의 평화시기에 이처럼 3대 종교가 근접한 것은 처음이었다"고 적었다. 내 생각에는 급박하게 진행되는 혁명과 전국의 양심을 자극하려는 혁명의 목적에 추진력을 제공한 것은 1963년 여름에 일어난 특정한 사건이 아니라, 자신들의 종교적 전통에 부합하지 않더라도 흑인인권운동에 참여하겠다는 종교지도자들의 결정이었던 것 같다.

종교계는 적극적으로 행진 지지의사를 밝혔지만, 미국노동총연맹과 산업별회의 전국협의회는 행진에 대한 지지를 표명하는 대신 중립적인 입장을 택했다. 하지만 수많은 국제 노동조합들은 개별적으로 지지를 표명했고 상당한 인원을 행진에 참가시켰으며, 수백 개의 지역 노동조합들이 적극적으로 행진에 참여했다.

우리의 대오는 수적으로도 많았지만, 여러 분야를 대표한다는 점에서 강력한 대오였다. 목적의 정당성에 대한 확신이 있었기에 우리는 당당했다. 우리에게 분노는 없었고 자유를 향한 열정만이 있었다. 우리는 그곳에서 링컨 동상과 우리 자신, 우리의 운명과 미래 그리고 주님을 보았다.

나는 8월 27일 밤 10시경에 워싱턴에 도착해서 호텔에 투숙했다. 뉴욕에서 시작한 연설준비를 마쳐야 했다. 한 시간 넘게 연설내용을 생각하고 나서 연설개요를 잡고 나니 자정이 되었다. 8월 28일 새벽 4시가 되어서야 나는 연설문 준비를 마칠 수 있었다.

'워싱턴 행진위원회' 본부는 나를 포함한 모든 연사들에게 8월 27일 저녁까지 연설문 내용을 발췌해서 언론사에 보내라고 요청했다. 하지만 나는 8월 27일 밤에도 연설문을 완성할 수 없었다. 나는 연단에 서서도 그날 새벽까지 준비했던 연설문 내용대로 연설할 수 없었다.

나에게는 꿈이 있습니다

나는 연단에 서서 연설문을 낭독하기 시작했다. 놀랄 만큼 정숙한 태도로 연설에 귀를 기울이는 청중들의 반응을 보자 준비해둔 연설문과는 다른 내용의 연설을 해야겠다는 생각이 들었다. 지난 6월 나는 디트로이트 시내에서 평화행진을 하고 나서 코보 홀에 모인 수천 명의 군중에게 '나에게는 꿈이 있습니다'라는 연설을 했던 적이 있었다. 그 후 나는 군중 앞에서 이 연설을 여러 번 했다. 그런데 워싱턴의 연단에 서자 갑자기 그 연설을 하고 싶다는 생각이 들었다. 나도 왜 그런 생각이 들었는지 알 수 없다. 나는 애써 준비한 원고 대신 '나에게는 꿈이 있습니다'라는 연설을 시작했다.

미국 역사상 가장 위대한 자유시위로 기록될 오늘 이 시간, 여러분과 함께 있으니 가슴이 벅차 오릅니다.

100년 전, 지금 우리 위에 그림자를 드리우고 있는 저 동상의 주인공 에이브러햄 링컨이 노예해방선언에 서명했습니다. 노예해방선언은 사그라지는 불의의 불꽃 속에서 고통받아온 수백만 흑인노예들에겐 희망의 봉홧불이었으며, 기나긴 속박의 밤을 걷어내는 찬란한 기쁨의 새벽이었습니다.

그로부터 100년의 세월이 흘렀지만, 흑인들은 자유를 누리지 못하고 있습니다. 100년의 세월이 흘렀지만, 흑인들은 차별의 족쇄를 찬 채 절름거리고 있습니다. 100년의 세월이 흘렀지만, 흑인들은 물질적 풍요의 바다에서 가난의 섬 안에 고립되어 살고 있습니다. 100년의 세월이 흘렀지만, 흑인들은 미국사회의 구석진 곳에서 고통당하며 망명객처럼 부자유스런 생활을 하고 있습니다.

오늘 우리는 치욕스런 상황을 극적으로 전환하기 위해서 이곳에 모였습니다. 우리는 명목뿐인 수표를 현금으로 바꾸기 위해서 수도 워싱턴에 모였습니다. 미국의 건국에 참여한 사람들이 서명한 헌법과 독립선언서의 화려한 문구들은 약속어음에 비유할 수 있습니다. 이들은 흑인백인을 가리지 않고 모든 사람들에게는 양도할 수 없는 '생명권, 자유권, 행복추구권'이 있다는 내용의 약속어음에 서명을 했습니다.

미국은 흑인시민에 대해서 이 약속을 제대로 이행하지 않고 있습니다. 미국은 흑인들에게 이 신성한 약속어음에 명시된 현금을 지급하지 않고 '예금잔고 부족'이라는 표시가 찍힌 부도수표를 되돌려주고 있습니다. 하지만 정의라는 이름의 은행은 결코 파산하지 않을 것입니다. 미국이 가지고 있는 기회라는 이름의 거대한 금고 속에 충분한 잔고가 남아 있을 것입니다. 우리는 이 약속어음이 명시하는 자유와 정의를 되돌려받기 위해서 이곳에 모였습니다.

우리는 미국에게 현재 사태가 긴급함을 인식시키기 위해서 이 신성한 장소에 모였습니다. 지금은 호사스럽게 냉각기간을 가지거나 점진주의의 진통제를 먹고 앉아 있을 때가 아닙니다. 우리는 지금 당장 민주주의의 약속을 실현해야 합니다. 우리는 지금 당장 흑백차별의 어둡고 황폐한 계곡에서 벗어나서 인종적 정의의 양지 바른 길로 걸어나가야 합니다. 우리는 지금 당장 미국을 위태로운 인종차별의 모래밭에서 건져내서 동포애라는 단단한 반석 위에 올려놓아야 합니다. 우리는 지금 당장 주님의 어린양들을 위해 정의를 실현해야 합니다.

미국이 현재 사태의 긴급성을 인식하지 못한다면, 그것은 아주 치명적인 일이 될 것입니다. 자유와 정의의 상쾌한 가을이 찾아올 때까지 흑인들의 정당한 불만이 지글지글 끓어오르는 여름은 결코 물러가지 않을 것입니다. 1963년은 끝이 아니라 시작입니다. 미국이 사태의 긴급성을 인식하지 못하고 평상시처럼 행동한다면, 흑인들이 분노를 극복하고 행복하게 살기 바라는 사람들은 대단히 불쾌할 것입니다.

흑인들의 시민권을 보장하지 않는 한 미국은 평화로울 수 없습니다. 정의의 새벽이 밝아오는 그날까지 폭동의 소용돌이가 계속되어 미국의 토대를 뒤흔들 것입니다.

정의의 궁전에 이르는 문턱에 서 있는 여러분께 이 점을 말씀드리고 싶습니다. 정당한 자리를 되찾으려는 우리의 행동은 결코 나쁜 것이 아님을 명심하도록 하십시오. 자유에 대한 갈증을 증오와 원한으로 채우려고 하지 맙시다. 위엄 있고 규율 잡힌 태도로 투쟁해야 합니다. 우리는 창조적인 항의운동을 물리적 폭력으로 타락시켜서는 안 됩니다. 거듭해서 당부하지만, 우리는 물리적 힘에 대하여 영혼의 힘으로 대처하는 당당한 태도를 가져야 합니다.

흑인사회를 지배하는 새로운 투쟁성에 이끌려 백인들을 불신해서는 안 됩니다. 오늘 이 자리에 참가한 많은 백인들을 보면 알 수 있듯이, 백인형제들 중에는 백인과 흑인이 운명공동체라는 사실을 인식하는 사람들이 많습니다. 이 백인들은 자신들의 자유는 우리들의 자유와 단단히 얽혀 있음을 인식한 사람들입니다. 우리 혼자서는 걸어갈 수 없습니다. 우리는 언제나 앞장서서 행진해야 합니다. 결코 뒷걸음질쳐서는 안 됩니다.

헌신적인 시민권 활동가들에게 "당신들은 도대체 언제 만족할 거요?"라고 묻는 사람들이 있습니다. 흑인에 대한 경찰의 야만인 폭력이 없어지지 않는 한 우리는 결코 만족할 수 없습니다. 여행으로 지친 우리의 몸을 여러 도시의 호텔과 모텔에 누일 수 없는 한 우리는 결코 만족할 수 없습니다. 흑인들이 작은 빈민가에서 큰 빈민가로 이주할 자유밖에 누릴 수 없는 한 우리는 결코 만족할 수 없습니다. '백인 전용'이라는 표지판 앞에서 우리 아이들의 자존심과 인간적 존엄성이 짓뭉개지는 한 우리는 결코 만족할 수 없습니다. 미시시피 주의 흑인들이 투표를 할 수 없고 뉴욕의 흑인들이 찬성투표를 던질 만한 대상이 없다고 생각하는 한 우리는 결코 만족할 수 없습니다. 정의가 강물처럼 흐르고 공평이 개울처럼 흐르는 그날까지 우리는 결코 만족할 수 없습니다.

여러분 중에는 큰 시련을 겪고 있는 사람들이 있을 것입니다. 여러분 중에는 좁디좁은 감방에서 방금 나온 사람도 있을 것입니다. 여러분 중에는 자유를 달라고 외치면 갖은 박해를 당하고 경찰의 가혹한 폭력에 시달려야 하는 지역에서 오신 분들도 있을 것입니다. 여러분은 갖은 고난에 시달려왔을 것입니다. 아무 잘못도 하지 않고 받는 고통은 반드시 보상을 받을 것이라는 신념을 가지고 계속 활동합시다.

미시시피로 돌아갈 때, 앨라배마, 사우스캐롤라이나, 조지아, 루이지애나로 돌아갈 때, 그리고 북부 여러 도시의 빈민가로 돌아갈 때, 언젠가는 이런 상황은 변화될 것이라는 확신을 가지고 돌아갑시다.

절망의 구렁텅이에 빠져서는 안 됩니다. 친애하는 여러분께 이 말씀을 드리고 싶습니다. 우리는 지금 비록 역경에 시달리고 있지만, 나에게는 꿈이 있습니다. 나의 꿈은 아메리칸 드림에 깊이 뿌리내리고 있는 꿈입니다.

나에게는 꿈이 있습니다. 조지아 주의 붉은 언덕에서 노예의 후손들과 노예 주인의 후손들이 형제처럼 손을 맞잡고 나란히 앉게 되는 꿈입니다.

나에게는 꿈이 있습니다. 이글거리는 불의와 억압이 존재하는 미시시피 주가 자유와 정의의 오아시스가 되는 꿈입니다.

나에게는 꿈이 있습니다. 내 아이들이 피부색을 기준으로 사람을 평가하지 않고 인격을 기준으로 사람을 평가하는 나라에서 살게 되는 꿈입니다.

지금 나에게는 꿈이 있습니다!

나에게는 꿈이 있습니다. 지금은 지독한 인종차별주의자들과 주지사가 간섭이니 무효니 하는 말을 떠벌리고 있는 앨라배마 주에서, 흑인어린이들이 백인어린이들과 형제자매처럼 손을 마주잡을 수 있는 날이 올 것이라는 꿈입니다.

지금 나에게는 꿈이 있습니다!

골짜기마다 돋우어지고 산마다, 작은 산마다 낮아지며 고르지 않은 곳이 평탄케 되며 험한 곳이 평지가 될 것이요, 주님의 영광이 나타나고 모든 육체가 그것을 함께 보게 될 날이 있을 것이라는 꿈입니다.

이것은 우리 모두의 희망입니다. 저는 이런 희망을 가지고 남부로 돌아갈 것입니다. 이런 희망이 있다면 우리는 절망의 산을 토막내어 희망의 이정표를 만들 수 있습니다.

이런 희망이 있다면 우리는 나라 안에서 들리는 시끄러운 불협화음을 아름다운 형제애의 교향곡으로 바꿀 수 있습니다. 이런 희망이 있다면, 언젠가는 자유를 얻을 수 있다는 확신이 있다면, 우리는 함께 행동하고 함께 기도하고 함께 투쟁하고 함께 감옥에 가고 함께 자유를 위해서 싸울 수 있습니다.

내 꿈이 실현되는 날이 반드시 올 것입니다. "나의 조국은 아름다운 자유의 땅, 나는 조국을 노래부르네. 나의 선조들이 묻힌 땅, 메이플라워 호를 타고온 선조들의 자부심이 깃들이어 있는 땅. 모든 산허리에서 자유의 노래가 울리게 하라!" 주님의 모든 자녀들이 이 구절을 새로운 의미로 암송할 수 있게 될 날이 올 것입니다. 미국이 위대한 국가가 되려면 우리의 꿈은 반드시 실현되어야 합니다.

뉴햄프셔의 높은 산꼭대기에서 자유의 노래가 울리게 합시다.

펜실바니아의 웅장한 앨러게이니 산맥에서 자유의 노래가 울리게 합시다.

콜로라도의 눈 덮인 로키산맥에서 자유의 노래가 울리게 합시다.

캘리포니아의 구불구불한 산비탈에서 자유의 노래가 울리게 합시다.

조지아의 스톤 산에서 자유의 노래가 울리게 합시다.

테네시의 룩아웃 산에서 자유의 노래가 울리게 합시다.

미시시피의 수많은 언덕들과 둔덕들에서 자유의 노래가 울리게 합시다.

전국의 모든 산허리에서 자유의 노래가 울리게 합시다.

이렇게 된다면, 모든 주, 모든 시, 모든 마을에서 자유의 노래가 울린다면, 흑인과 백인, 유태교도와 기독교도, 신교도와 구교도를 가리지 않고 모든 주님의 자녀들이 손에 손을 잡고 오래 된 흑인영가를 함께 부르게 될 그날을 앞당길 수 있을 것입니다. "마침내 자유를 얻었네, 마침내 자유를 얻었네. 전능하신 주님의 은혜로, 마침내 우리는 자유를 얻었네."

워싱턴 행진이 미국백인들의 양심을 얼마나 자극했는지는 언론매체들이 워싱턴 행진을 다뤘던 태도를 보면 분명히 알 수 있다. 대개 흑인들의 행동은 엄청난 폭동이 예상된다거나 이상한 특징을 가지는 경우에만 언론매체의 주목을 받는다. 워싱턴 행진은 조직적인 흑인들의 활동 중에서 그 중요성에 어울릴 만한 언론의 주목을 받은 최초의 사건이었다. 특히 워싱턴 행진이 텔레비전을 통해서 방영되었다는 점은 이 사건의 역사적 중요성을 드러내는 것이었다.

수백만 미국인들이 진지한 활동에 임하는 흑인들의 모습을 이처럼 확실하게 그리고 오랫동안 지켜본 경험은 이번이 처음이었다. 수백만 미국인들은 처음으로 각계 각층 흑인지도자들의 유식하고 사려 깊은 연설을 듣게 되었다. 이제까지 흑인들에 대한 편견을 가졌던 사람들은 큰 충격을 받았다. 어떤 보도문에는 행진참여자들이 보여준 당당하고 조직적인 모습, 그리고 심지어는 단정한 복장과 친절한 태도에 대한 놀라움이 표현되어 있었다. 흑인악극단의 쇼나 난투극, 괴상한 복장과 무례한 태도 따위를 예상했던 사람들은 크게 실망했다. 백인과 흑인 사이의 대화통로에 대해 상당히 많은 의견이 제시되었다. 이런 대화통로가 마련될 수 있도록 하기 위해서는 모든 언론매체들이 워싱턴 행진 때처럼 문호를 활짝 열어주어야 한다.

워싱턴 집회장면은 텔레비전을 통하여 다른 대륙에서도 방영되었다. 인간의 진취적인 능력을 확신하는 사람들은 이 장엄한 장면을 지켜보면서 인류의 미래에 대한 강한 확신과 용기를 얻을 수 있었다. 애국적인 미국인이라면 수도 워싱턴에서 전개되는 민주주의의 역동적인 경험을 전 세계에 과시했다는 점에 대해서 자부심을 느낄 수 있었을 것이다.

21

환상의 죽음
Death of Illusion

인간에 대한 인간의 비인간적인 처사는
사악한 사람들의 잔인한 행동에 의해 지속되고 있습니다.
인간에 대한 인간의 비인간적인 처사는
또한 선한 사람들의 무관심과 방관에 의해서도 지속되고 있습니다.

1963년 9월 15일(34세)
버밍햄의 식스틴스 스트리트 침례교회에서 다이너마이트가 터지면서
주일학교 수업을 받던 흑인소녀 4명이 죽다.

9월 19일
킹 목사를 비롯한 시민권 활동가들이 존 F. 케네디 대통령을 만나다.

9월 22일
킹 목사, 폭파사고로 목숨을 잃은 네 아이를 기리는 연설을 하다.

11월 22일
케네디 대통령이 암살되고 린든 B. 존슨이 대통령이 되다.

시민권집회에서 연설하는 킹.

폭풍이 끝난 후 버밍햄 문제가 우호적인 많은 사람들의 희망을 충족시키는 건설적인 방향으로 해결되었다면 얼마나 좋았겠는가. 하지만 일은 그렇게 진행되지 않았다. 백인권력층이 마지못해서 협약내용의 일부를 시인한 후에도 KKK단은 또 다른 유혈극을 연출했다. 9월 어느 날 아침 KKK단은 버밍햄의 식스틴스 스트리트 침례교회를 폭파함으로써 죄 없는 소녀 네 명(에디 메이 콜린스, 데니스 맥네어, 캐롤 로버트슨, 신시아 웨슬리)의 목숨을 앗아갔다. 또 한 명의 어린이가 대로에서 경찰에게 목숨을 잃었으며 자전거를 타던 흑인소년 한 명이 앙심을 품은 젊은이들에게 살해되었다.

그 끔찍한 사건이 일어났던 9월 15일, 나는 너무나 슬프고 침통한 심정이었다. 어떤 여성이 폭파된 교회에 흩어져 있던 유리 조각을 밟으면서 "세상에! 우리는 교회 안에서도 안전하지 않구나!" 하고 부르짖었다. 다이너마이트의 폭발로 스테인드글래스에 새겨진 예수 그리스도 상이 가루가 되어 흩어져 있었다. 당시 나는 이런 희생을 치르면서 어떻게 희망을 가질 수 있느냐고 생각했던 것 같다.

승리한 도시라고 생각했던 버밍햄에 큰 시련이 닥쳐온 것이다. 전 세계를 흔들어놓는 잔인한 폭력의 희생양이 된 것은 아이들이었다. 폭탄이 아이들을 덮치고 있을 때 주님은 어디에 계셨단 말인가?

모든 자유쟁취투쟁의 현장에는 자유의 약속을 수호하기 위해 자신의 목숨을 바쳐 희생하는 순교자들이 있기 마련이다. 흑인들의 자유를 쟁취하려는 신성한 십자군운동 과정에서 네 명의 소녀들이 목숨을 잃었다. 그 아이들은 메드거 에버스와 같은 시민권 지도자도 아니었고, 불의의 요새에 민주주의의 메시지를 전하다가 총격을 받아 쓰러진 우체부 윌리엄 무어와 같은 정의의 십자군도 아니었다. 그들은 아기 티도 채 가시지 않은 어린아이들이었다.

아이들은 빛나는 미래의 약속이며 무한한 가능성을 지닌 어린 싹이다. 하지만 이 네 아이들은 짧지만 훌륭한 인생을 마쳤다. 그들은 목숨을 바쳐서 우리의 자유를 지킴으로써 우리 십자군운동의 상징이 되었다. 물론 그 아이들은 의식적으로 자신의 목숨을 바친 것이 아니라, 세속적인 판단으로는 이해할 수 없는 주님의 뜻으로 인해서 목숨을 바친 것이다. 지금 그 아이들은 주님 곁에 있을 것이다.

아이들의 죽음은 헛되지 않았다

폭력에 희생당한 아이들의 장례식에서 버밍햄의 대다수 백인들이 도의심이 부족하다는 사실이 여실히 입증되었다. 장례식에는 공직에 있는 백인들은 한 사람도 참석하지 않았다. 용기 있는 성직자 몇 명이 얼굴을 비쳤을 뿐, 백인의 얼굴은 눈에 뜨이지 않았다. 그날 땅에 묻힌 것은 아이들의 시신만이 아니었다. 도의심과 예의범절도 함께 땅에 묻혔다.

그날 아이들의 시신이 누워 있는 관을 바라보면서 우리의 전통과 신념과 믿음은 큰 시련을 겪어야 했다. 주님이 아무에게도 죄 없는 이 아이들을 죽게 놓아두신 까닭을 도저히 이해할 수 없는 사람들도 있었다.

우리는 주님의 귀한 자녀들에게 마지막 경의를 표하기 위해서 이곳에 모였습니다. 이 아이들은 역사의 무대에 오른 지 얼마 되지 않았지만, 피할 수 없는 죽음이 기다리는 무대에 올랐던 그 짧은 기간 동안 이들은 자신의 배역을 훌륭하게 소화했습니다. 이제 무대의 막이 내려지고 아이들은 무대에서 떠나가고 있습니다. 현세에서의 아이들의 인생은 막을 내린 것입니다. 이제 이들은 애초에 떠나왔던 내세로 돌아갈 것입니다.

때묻지 않고 아무 죄도 없는 어여쁜 이 아이들이 반인간적이며 사악하고 흉악한 범죄의 희생양이 되었습니다.

하지만 아이들의 죽음은 숭고한 것입니다. 이 아이들은 자유와 인간적 존엄을 위한 신성한 십자군운동에서 영웅적 순교자가 되었습니다. 이 아이들은 죽음을 통해서 우리들에게 중요한 이야기를 하고 있습니다. 아이들은 스테인드글래스로 장식된 안전한 은신처 뒤에 몸을 숨기고 침묵을 지키는 성직자들에게, 선거구민들에게 증오라는 이름의 상한 빵과 인종주의라는 이름의 썩은 고기를 먹이는 정치가들에게, 남부 딕시크랫들의 비민주적인 행태와 북부의 우익 공화당원들의 위선적 태도에 야합하는 연방정부에게, 그리고 사악한 흑백차별제도를 묵인하고 정의를 위한 투쟁을 방관하는 흑인들에게 중요한 이야기를 하고 있습니다. 아이들은 흑인이나 백인 모두에게 몸을 사리지 말고 용기 있게 행동하라고 말하고 있습니다. 아이들은 자신들을 살해한 사람에 대해서만 관심을 가질 것이 아니라, 그 살인자를 길러낸 사회제도와 생활양식 그리고 철학에 대해서도 관심을 가지라고 말하고 있습니다. 이들은 죽음은 우리에게 아메리칸 드림을 현실로 만들기 위해서 망설임 없이 적극적으로 활동해야 한다고 말하고 있습니다.

아이들의 죽음은 헛되지 않을 것입니다. 주님은 악으로부터 선을 이끌어내는 방법을 알고 계십니다. 역사는 아무 잘못도 없이 겪는 고통은 보상받게 마련이라는 사실을 거듭해서 입증해왔습니다. 어린 소녀들의 순결한 피는 이 어두운 도시에 새로운 빛을 던져줄 속죄양의 역할을 할 것입니다. 성경에는 "어린아이가 그들을 이끌 것이니라"라고 쓰여 있습니다. 이 아이들의 죽음은 비인간성의 천한 길을 걸어가고 있는 남부를 평화와 형제애라는 숭고한 길로 이끌 것입니다. 이들의 비극적인 죽음은 우리나라의 정치를 인종 대신 인격에 근거하도록 만들 것입니다. 이

죄 없는 소녀들이 흘린 피는 버밍햄 전 시민들을 부정적이고 어두운 과거로부터 긍정적이고 밝은 미래로 옮겨가게 할 것입니다. 이 비극적인 사건은 남부백인들의 양심을 되찾아 줄 것입니다.

지금 이 시간은 어둡지만, 절대로 절망하지 맙시다. 원한을 품어서도 안 되고 폭력으로 앙갚음하겠다고 생각해서도 안 됩니다. 우리는 백인 형제들에 대한 믿음을 잃어서는 안 됩니다. 지금은 엄청난 판단착오를 하고 있는 백인도 언젠가는 인간의 존엄성과 가치를 존중해야 한다는 사실을 깨닫게 될 것을 확신해야 합니다.

유족 여러분께 한 가지 말씀드릴 것이 있습니다. 무슨 말로 여러분을 위로하고 어떻게 여러분의 마음속에 드리워진 절망의 먹구름을 걷어낼 수 있겠습니까? 하지만 여러분이 겪는 고통은 만인에게 공통되는 것입니다. 죽음은 누구에게나 찾아오게 되어 있습니다. 이것이 놀라운 죽음의 민주주의입니다. 죽음은 특정한 사람에게 특권을 인정하는 법이 없으며 만인을 평등하게 대우합니다. 왕과 거지, 부자와 가난한 자, 노인과 젊은이, 누구나 죽게 마련입니다. 죽음은 죄 없는 사람에게도 찾아오고 죄가 있는 사람에게도 찾아옵니다. 죽음은 만인에게 약분할 수 없는 공통분모입니다.

여러분, 죽음은 끝이 아니라는 기독교적 확신으로 위안을 얻으시길 바랍니다. 죽음은 인생이라는 거대한 문장을 끝내는 마침표가 아니라, 보다 숭고한 의미를 부여하기 위해서 찍는 쉼표입니다. 죽음은 인류를 무(無)의 상태로 이끄는 막다른 골목이 아니라, 인간을 영생으로 이끄는 활짝 열린 문입니다. 이런 담대한 믿음과 불굴의 정신으로 이 어려운 시기를 버텨 나가시기 바랍니다.

살인공모자

나는 백악관이 이 사태를 진정시켜주길 기대했다. 그것은 대부분의 미국시민들도 마찬가지였을 것이다. 백악관이 죄 없는 네 아이들을 다시 살려놓을 수는 없는 일이었다. 나는 이 비극적인 사건을 끝으로 모든 것이 평정되기를 염원하고 있었다. 대통령이 나를 비롯한 버밍햄 운동지도자들과의 대담을 요청했을 때, 이런 나의 꿈은 더욱 간절해졌다.

　제가 대통령 각하를 뵈러온 것은 버밍햄의 위기상황이 버밍햄과 앨라배마의 안정과 인명뿐 아니라 국가의 인명과 안정까지 위협하고 있다고 생각하기 때문입니다. 우리나라의 운명은 버밍햄 문제와 긴밀하게 얽혀 있습니다. 우리는 버밍햄이 무질서상태에 있다고 판단하는데, 이런 판단이 옳다는 것을 입증하는 여러 가지 사실을 말씀드리겠습니다.
　우리가 직면하는 현실적인 문제는 이렇습니다. 흑인사회는 마비상태에 도달했으며 엄청난 좌절과 혼란에 휩쓸리고 있습니다. 우리 흑인들은 고립된 채 전혀 보호받지 못하고 있다고 느낍니다. 거리를 걸을 때도, 집에 있을 때도, 교회에 있을 때도 안심할 수 없습니다. 흑인들은 어떤 곳에 가도 불안하고 가만히 숨을 죽이고 있어도 물리적인 위협을 느낍니다.
　이런 상황은 지도적 위치에 서서 비폭력사상과 방법론을 역설해온 우리들에게 현실적인 문제를 제기하고 있습니다. 우리는 일관되게 비폭력주의를 호소해왔습니다. 하지만 "비폭력주의를 고수하는 이유가 무엇이냐?"고 묻는 사람들이 늘어나면서 비폭력주의를 고수하는 것은 점점 더 어려워지고 있습니다. 흑인들이 새로운 희망과 보호의 손길을 느낄 수 있도록 어떤 조치가 취해지지 않는다면, 미국 역사상 가장 격렬한 인종폭동이 일어날 것이라고 저는 확신하고 있습니다.

나는 대통령이 공포와 전율이 판을 치는 우리 사회를 구제하기 위해서 적극적이고 단호하며 현실적인 조치를 취할 것이라는 확신을 가지고 백악관을 나섰다. 나는 대단한 자제심을 가지고 대통령이 특정한 조치를 취하기를 기다렸다. 내 이런 태도는 위험한 자유쟁취투쟁에서 함께 행진했던 사람들의 바람에 부합하지 않는 것이었다. 마음속에 자리잡고 있는 의구심을 표현하지 못할 만큼 운동의 대의에 헌신적인 많은 사람들은 나의 침묵과 자제를 잘못 해석하고 있었다. 나는 선의를 표현하는 증거가 분명히 나타날 것이라는 생각 때문에 행동을 자제했던 것이다.

하지만 그것은 잘못된 생각이었다. 텔레비전에 출연해서 눈물을 흘리던 시장은 살해된 아이들의 장례식장에 직접 참석하거나 대리인을 보내는 등의 상식적인 예의도 갖추지 않았다. 나는 이제까지의 일을 돌아보는 과정에서 정부가 백인지도자들과의 회의와 흑인지도자들과의 회의를 따로 배치한 것이야말로 흑백차별적인 태도를 드러내는 것이라는 사실을 깨닫게 되었다. 대통령 비서관들은 한 시간 동안 백인들을 만나고 다른 한 시간 동안 흑인을 만나면 상호이해를 유도할 수 있다고 믿는 것 같았다. 하지만 우리는 그것이 불가능하다는 사실을 잘 알고 있었다. 그러나 대통령은 그것이 불가능하다는 사실을 깨닫지 못하고 있었다.

버밍햄으로 돌아가면서 우리는 지금이야말로 흑인혁명이 성공할 수 있는지 없는지를 판가름할 수 있는 결정적인 계기라고 생각했다. 반대세력이 득세하여 우리가 버밍햄에서 얻어낸 소득을 모조리 무효로 만들게 된다면 우리들의 자유쟁취투쟁은 패배로 끝나는 것이었다. 우리는 극단적인 위기상황에 처해 있었으므로 극단적인 해결방법을 찾아야 했다.

　백악관과 거짓 눈물을 흘리는 버밍햄 시 정부는 흑인들의 의도와 열정을 제대로 이해하지 못하고 있습니다. 나는 이 나라와 백악관, 버밍햄 시 정부 그리고 미국인들의 양심에 대고 분명히 선언합니다. 8월 28일 우리는 수도 워싱턴으로 행진을 했습니다. 워싱턴 행진은 조용하고 평화로운 행진이었습니다. 나는 백악관측이 평화롭고 조용한 워싱턴 행진을 제대로 이해하지 못할까 걱정이 됩니다. 그들은 워싱턴 행진을 혁명의 불씨가 꺼지고 맹렬한 투쟁성도 가라앉았다는 증거로 받아들일지도 모릅니다. 하지만 그것은 말도 안 되는 착각입니다. 우리들의 자유를 향한 열정과 위엄 있고 당당한 태도로 전진하겠다는 결단은 조금도 줄어들지 않았습니다. 우리는 다른 어느 때보다도 절실하게 비폭력주의를 고수하기로 마음을 굳히고 있습니다. 폭탄을 쥐고 날뛰는 자들, 흑백차별제도와 협조함으로써 우리 운동을 방해하려는 자들이 있다고 겁을 먹을 필요는 없습니다. 다만 자유를 향한 굳센 의지를 가지고 나아가도록 합시다.

도덕적 무관심이 부른 암살

　흑인사회는 정치적인 암살을 여러 차례 목격해왔으며, 흑인 시민권 지도자들은 총탄 소리나 폭탄의 굉음을 여러 번 들어왔다. 사악한 세력은 린치를 정치적인 무기로 휘두르고 있었다. 10년 전에는 NAACP 활동가인 해리 T. 무어 부부가 플로리다에서 갑작스런 죽음을 당했으며, 미시시피 주 벨조니에서는 조지 리 목사가 법원 계단에서 총탄을 맞고 사망했다. 폭파사건도 급증했다. 1963년은 암살의 해였다. 미시시피 주 잭슨 시에서 메드거 에버스가 암살되었고, 앨라배마에서는 윌리엄 무어가 암살되었으며, 버밍햄에서는 흑인어린이 여섯 명이 살해당했다. 이런 것들은 분명히 정치적 암살이었다.

우리 사회는 암살자 체포를 게을리 함으로써 용서할 수 없는 의무 불이행의 죄를 범하고 있다. 우리 사회가 암살자 체포에 그다지 관심을 보이지 않는 이유는 희생자들이 거의 대부분 흑인들이기 때문이다 이런 판단은 가혹한 것이기는 하지만 부정할 수 없는 진실이다. 암살의 흑사병은 국민들에게 가장 큰 사랑과 존경을 받는 대통령에게까지 손을 뻗쳤다. "너희가 내 형제 중의 가장 작은 자에게 베푸는 것은 바로 나에게 베푸는 것과 같다"라는 예수님의 말씀은 비유적인 표현이 아니라 정확한 예언이었다.

제35대 미국 대통령이 거목처럼 쓰러졌다. 케네디 대통령의 암살소식을 듣고 사람들은 크게 당황했다. 대통령의 죽음으로 인한 개인적인 손실은 물론이고 세계에 미친 손실도 엄청난 것이었다. 정력적이고 활력이 넘치며 박력 있는 케네디 대통령이 우리 곁을 떠났다는 사실은 아직도 믿기 힘든 일이다.

케네디 대통령은 임기중에 아주 대조적인 태도를 보였다. 존 케네디는 취임 직후 2년 동안은 근소한 표 차이로 당선되었다는 점 때문에 확실한 태도를 보이지 못했다. 행정부에 대한 지지를 끌어 모으고 유지하기 위해서 어떤 방향으로 지도력을 발휘할 것인지를 판단할 때에도 케네디는 크게 동요했다. 하지만 1963년에 케네디는 전혀 다른 면모를 보였다. 그는 여론이 고정된 것이 아니라는 사실을 깨닫게 되었다. 미국의 지배적인 정치사상은 보수주의, 인종주의, 중도주의 중 어느 하나로 고정되어 있지 않았으며 유동적이었다. 미국의 정치사상은 유동적인 여러 경향들을 포함하고 있었으므로, 적극적인 지도력이 존재한다면 정치사상은 건설적인 방향으로 인도될 수 있었다.

케네디 대통령은 감정적인 표현을 좋아하지는 않았다. 하지만 그는 사회변화의 역동성과 필요성에 대해 깊이 인식하고 있었다. 그는 국제적인 친선교류사업을 세계적인 규모로 전개하였다. 인종문제에 관한 그의 마지막 연설은 미국 역대 대통령들의 발언 중에서 인종 간 이해와 정의를 가장 열정적이고 가장 인간적이며 가장 강력하게 호소한 내용이었다. 그는 암살될 무렵에는 타고난 지도력을 발휘하여 사회진보프로그램을 진행함으로써, 불확실한 목표를 가지고 주저하는 지도자에서 강한 호소력과 목표를 내건 강인한 인물로 탈바꿈하고 있었다. 존 케네디는 변화를 두려워하지 않는 지도자였다. 그는 대규모의 복잡한 문제들이 제기되던 인류역사상 가장 극심한 격동기에 대통령에 취임했다. 당시는 국제적으로는 핵전쟁으로 인한 인류의 공멸이라는 끔찍한 위험이 존재하는 시기였으며, 국내적으로는 국가가 흑인에게 행한 극심한 불평등 대우가 빚은 결과를 수확해야 할 시기였다. 존 케네디는 깊은 관심과 지혜, 그리고 날카로운 역사의식에 의거하여 이 문제들을 처리하였다. 그는 용감한 태도로 시민권 문제에 적극 관여하고 평화를 철저히 옹호했다. 수많은 사람들이 그의 죽음에 대해 깊은 슬픔을 표현했다. 그 슬픔은 단순히 감상적인 것이 아니라, 정의와 경제적 복지 그리고 평화를 갈망하는 사람들에게 희망을 주던 상징적인 인물이 쓰러진 데 대한 절망감이었다.

케네디 대통령의 암살을 계기로 우리나라는 상당한 자기 성찰을 해야 할 필요가 있습니다. 대통령 암살사건을 어떤 미치광이가 혼자 저지른 개인적인 행동으로 치부해버려서는 안 됩니다. 이 비열한 행위를 정신이 온전치 않은 사람의 행동으로만 치부한다면, 그것은 사건의 본질을 가리는 태도입니다. "케네디를 죽인 사람이 누구인가?"라는 것도 중요하지만 "케네디를 죽게 만든 원인은 무엇인가?"라는 것이야말로 훨씬 중요한 문제입니다.

케네디 대통령의 암살을 부른 것은 미국사회의 도덕적 무관심이었습니다. 당시 우리 사회에는 그릇된 비난의 격류와 증오의 거센 바람, 그리고 폭력의 거친 폭풍이 휘몰아치고 있었습니다.

이런 분위기 속에서 사람들은 견해 차이가 있는 사람을 만나면 불쾌해 했으며, 폭력이나 살인으로 자신의 의견을 표현하려고 했습니다. 바로 이런 분위기 속에서 미시시피 주에서는 메드거 에버스가 암살되었으며, 앨라배마 주 버밍햄에서는 여섯 명의 어린이가 살해되었습니다.

어떤 의미에서 보면 우리는 모두 우리나라의 얼굴에 먹칠을 하는 비열한 행동에 참여했다고 할 수 있습니다. 우리는 도덕적 원칙을 외면하고 침묵을 지켰으며 인종차별이라는 암에 점진주의라는 바셀린을 발라댔습니다. 우리는 마음내키는 대로 무기를 사고 팔고 쏘아댔으며, 영상매체를 통해서 어린아이들에게 사격과 살인기술이 뛰어난 사람이 영웅이라는 인식을 심어주었습니다. 이렇게 해서 우리는 심심풀이 땅콩처럼 폭력과 증오를 먹고사는 사회 분위기를 만들어낸 것입니다.

케네디 대통령의 죽음은 우리에게 중요한 사실을 이야기하고 있습니다. 스테인드글래스로 장식된 안전한 은신처 뒤에 몸을 숨긴 채 침묵을 지키는 모든 성직자들에게, 선거구민들에게 증오라는 이름의 상한 빵과 인종주의라는 썩은 고기를 먹이는 정치가들에게, 최고법원과 국제연합에 대해서 독설을 퍼붓고 자신의 견해와 다른 사람들은 모두 공산주의자로 모는 극단적인 우익 인사들에게, 목적이 수단을 정당화하며 계급 없는 사회라는 목적을 달성하기 위해서는 폭력적인 수단과 기본적인 자유를 부인하는 수단도 정당화된다고 주장하는 그릇된 공산주의자들에게 중요한 이야기를 하고 있습니다.

케네디는 우리나라의 핏줄 속에 퍼져 있는 증오의 바이러스를 제때에 제거하지 않으면 우리의 도덕과 영혼은 괴멸되고 말 것이라는 사실을 우리 모두에게 말하고 있습니다.

따라서 존 케네디의 죽음은 우리에게 애도를 넘어서서 인종차별주의의 자취를 없애기 위한 보다 확고한 결단을 세울 것을 고무하는 심오한 진리를 밝히고 있습니다

케네디 대통령을 암살한 자들은 한 인간을 죽임과 동시에 우리들이

품고 있던 환상도 죽였다. 케네디의 암살은 증오와 폭력은 극소수의 사람에게만 사용되는 것이며 밀폐된 방 안에 가둘 수 있는 것이라는 신화를 깨뜨렸다. 증오는 전염성이 있다는 사실이 만천하에 입증된 것이다. 증오는 전염병처럼 자라서 다른 지역으로 널리 퍼지게 마련이다. 증오에 대한 면역성을 자동적으로 유지할 수 있을 만큼 건강한 사회는 존재하지 않는다. 남부에서는 증오라는 전염병이 맹위를 떨치고 있었으므로 케네디 대통령은 그 지역을 피했어야 했다. 하지만 남부지역에 출몰하는 전염병의 위험성을 인식했던 사람은 아무도 없었다.

우리는 존 케네디의 죽음에 대해서 책임을 느껴야 한다. 우리는 증오를 참고 견뎠으며 각계 각층이 폭력을 모방하는 것을 용인했다. 우리는 의견이 일치하는 사람의 목숨만이 소중하다고 판단하고 법의 차별적인 적용을 용인했다. 11월말에 전국을 뒤덮었던 엄청난 슬픔은 바로 우리나라의 자랑이었던 한 인간의 죽음에 대한 슬픔이었을 뿐 아니라, 중병을 앓고 있는 우리 사회의 형편에 대한 슬픔이었다.

22

세인트 오거스틴

St. Augustine

현재 의회에 상정된 법안은 전쟁 시를 제외하고 미국이 겪었던
가장 격렬한 사회적 혼란이 낳은 산물입니다.

1964년 2월 9일(35세)
플로리다 주 세인트 오거스틴에서 인종차별주의자의 폭력적 행위가 발생하자,
시민권 활동가인 로버트 헤일링이 SCLC의 지원을 요청하다.

5월 28일
세인트 오거스틴에서 수백 명의 시위자들이 투옥된 직후에
킹 목사는 외부의 원조를 호소하다.

6월 11일
세인트 오거스틴에서 킹 목사가 체포되고 난 뒤, 흑인과 백인으로 구성된 위원회가 구성되다.
6월
킹 목사의 저서 『우리가 기다릴 수 없는 까닭(Why We Can't Wait)』이 출간되다

7월 2일
〈1964년 시민권 법령〉 조인식에 참석하다.

1964년 1월 18일 린든 존슨과 빈민운동에 대해 논의하는 킹과 로이 윌킨스(NAACP사무총장), 제임스 파
커(CORE), 휘트니 킹(도심연대).

1963년이 저물 무렵, 백만 명 이상이 참여한 시위를 통해서 흑인들의 상황에 어떤 현실적인 개선이 있었느냐는 회의적인 의견들이 많이 제기되었다. 하지만 1964년 말까지 흑인의 시민권운동은 여러 차례에 걸쳐서 큰 승리를 거두었으며, 이로 인해서 비관적인 주장은 수그러들었다. 1963년과 1964년 두 해는 시민권운동에 있어서 역사적인 전환점이었다. 지난 세기를 돌아보아도 두 해 동안 이루어진 흑인들의 상황변화에 비교할 만한 사건은 존재하지 않았다. 아무리 비관적인 견해를 가진 사람도 콩코드와 버밍햄에서 일어난 사건이 전 세계에 여파를 미쳤음을 인정하지 않을 수 없었다.

  흑인사회에는 낙관적인 분위기가 충만했으며 '타협'과 '후퇴'라는 단어는 불경스럽고 유독한 것으로 여겼다. 우리의 혁명은 더 이상 참고 견딜 수 없는 열악한 조건 속에서 탄생했다는 점에서 참된 혁명이었다. 흑인들이 지닌 해방의 결단과 정의에 대한 열망은 거스를 수 없는 힘으로 구체화되었으며 타협이나 후퇴와는 거리가 먼 것이었다.

  SCLC는 활동 프로그램의 근간을 여전히 비폭력적인 직접 행동에 두고 있었다. 우리는 흑인들의 곤경과 불평등한 사회제도를 세계 여론의 법정에 세워 어떤 조치를 요구하기 위한 최상의 방법은 바로 비폭력적인 직접 행동이라고 생각하고 있었다.

400년 간 계속된 증오와 고집

플로리다 주 세인트 오거스틴은 오랜 역사를 가진 아름다운 도시지만, 인종차별주의자들이 미시시피 주에 못지않을 만큼 사악한 동맹관계를 이루어 폭력을 자행하는 곳이었다. 이곳은 KKK단과 '존 버치회'의 거점이었다. KKK단은 플로리다 주 북부지역과 조지아 주, 앨라배마 주에서 세인트 오거스틴의 '노예시장'으로 모여들었다. KKK단은 이곳을 비폭력운동의 확산을 막기 위한 마지막 근거지로 삼고 있었다. KKK단이 흑인 네 명을 납치하여 곤봉과 도끼자루 그리고 개머리판으로 야만적으로 구타한 사건이 발생하였다.

플로리다 주 당국은 이 사건이 일어나자 관광정책에 대한 관심에 의거한 반응을 보였다. 하지만 브라이언트 주지사는 관광객들에게 좋은 인상을 주기 위해서라면 정의를 희생할 수도 있다고 생각하고 남북전쟁 전과 같은 방식으로, 헌법에 보장된 권리의 보장을 요구하는 사람들을 탄압하였다. '제도'의 구속을 받지 않고 세인트 오거스틴 흑인들의 헌법적 권리를 보호하기 위해서 자유롭게 나설 수 있는 사람은 공화당 출신의 연방 지방법원 판사 브라이언 심슨뿐이었다.

SCLC는 세인트 오거스틴 지부의 요청을 받고 이 도시를 방문했다. 지부는 첫째, 흑인과 백인이 동시에 참여하는 위원회의 구성. 둘째, 숙박시설의 차별 폐지. 셋째, 경찰, 소방관, 시 공무원직에 흑인 임용. 넷째, 평화적으로 헌법적 권리를 요구했던 사람들에 대한 기소각하 등을 운동목표로 삼고 있었다.

세인트 오거스틴은 조건이 대단히 열악한 곳이었다. 과연 이런 도시에 변화를 일으키는 것이 가능할까? 과연 남부의 주들은 변화의 요구에 직면하여 법과 질서를 유지할 것인가? 과연 이곳의 시민들은 민주주의의 전국적인 실현을 위해서 힘을 합칠 수 있을까? 비폭력운동은 주님의 뜻에 의지하여 이런 질문들에 대한 긍정적인 대답을 찾고 있었다.

SCLC는 플로리다 주 세인트 오거스틴에서 정치 경제 사회에 독소를 퍼뜨리는 증오와 폭력 그리고 무지를 고발하고 백악관에 문제를 제기하는 활동에 착수했다. 세인트 오거스틴의 3,700여 흑인시민들은 경찰이 묵인하거나 직접 자행하는 야만적인 폭력과 만행 속에서도 영웅적으로 투쟁하였다. 버밍햄과는 비교도 할 수 없는 잔인한 무법행위와 폭력이 자행되었다. 흑인들은 밤이면 수백 명씩 대오를 이룬 채 끊임없이 날아드는 벽돌과 병 그리고 온갖 욕설을 뚫고 행진했으며, 낮에는 식당가와 해변, 그리고 노예시장으로 몰려가서 연설과 노래를 통해 자유를 향한 의지를 선언했다.

미국에서 가장 오래 된 역사를 가진 이 도시에서는 몇 달 동안 폭력이 난무했다. SCLC의 지휘를 받던 300명 이상의 시위자들이 체포되었으며, KKK단이 휘두르는 타이어 체인 등의 흉기에 수십 명이 부상당했다. 이렇게 몇 달 동안의 시련을 겪고 나서야 우리는 철옹성과 같던 흑백차별의 요새에서 어느 정도 승리를 거둘 수 있었다.

우리는 지방변호사회의와 함께 시민권 법안의 순조로운 통과를 추진하기 위한 활동에 돌입했다. 남북전쟁 전의 전통을 고수하는 완고한 지역사회에 대항하여 법적인 전략과 행동전략을 동시에 추진했던 것이 승리의 밑거름이 되었다.

우리는 주 당국 및 시 당국과 세인트 오거스틴 지역의 흑인상황에 대해서 대화를 나누었다. 지칠 줄 모르는 노력 끝에 우리는 주지사를 설득할 수 있었다. 주지사는 유력인사 네 명을 설득하여 흑인과 백인이 공동으로 참여하는 위원회를 구성하고 인종문제를 해결할 방법을 모색하도록 하였다. 우리는 세인트 오거스틴의 질서를 파괴할 의사가 없음을 보여주기 위해서 위원회가 해결책을 찾는 동안 시위를 전면중단하는 데 동의하였다. '천릿길도 한 걸음부터'라는 속담이 있다. 이런 진전은 세인트 오거스틴의 자유와 정의를 실현하는 머나먼 여정의 첫걸음에 불과한 것이었지만, 완전히 막혀 있던 대화의 통로를 열었다는 점에서 중요한 의미를 가지는 것이었다.

우리가 세인트 오거스틴을 떠날 무렵, 시민권 법령이 국법으로 제정되었다. 7월 4일을 이틀 앞두고, 린든 존슨 대통령은 〈시민권 법령〉에 서명했으며, 세인트 오거스틴의 경제계 인사들은 시민권 법령을 준수할 것을 다짐했다. 그것은 대단한 진전이었기에 우리는 대단히 기뻤다. 세인트 오거스틴은 드디어 양심을 회복하기 시작한 것이다.

평등권의 입법화

상원의회와 하원의회는 "모든 인간은 평등하다"는 제퍼슨의 고귀한 진리를 확증하는 기념비적인 법령에 비준하였다. 케네디 대통령이 최초로 제안하여 의회에 제시한 이 법안이 통과될 수 있었던 것은 흑인과 백인을 포함한 수백만 미국인의 압도적인 지지와 인내 덕분이었다. 이 법령은 오랫동안 지속되어온 격렬한 시민권 투쟁이 쟁취한 중대한 성과였다. 이것은 기회균등에 대한 포괄적인 법적 기초를 제공하는 법률로, 두 번째 노예해방선언이라고 할 만한 것이었다. 이 법률이 통과되어 우리의 상황은 유리해졌다. 이제 우리는 흥분하거나 긴장을 늦추지 않고 하나님께 감사드리며 다시 시민권 투쟁에 헌신해야 할 중요한 시기를 맞이하게 된 것이었다. 이 법률은 양대 정당의 수많은 하원의원들과 재야 활동가들, 그리고 엄청난 민중들이 흘린 '피와 땀과 눈물' 속에서 태어났다. 항의와 정치적 설득의 씨를 뿌리고 법률분야에서 중대한 수확을 거두는 명예로운 활동을 한 것은 바로 흑인과 백인지지자들이었다. 이 법률의 발아를 촉진한 것은 소방호스와 경찰견을 동원한 잔혹한 탄압에도 흔들리지 않았던 1963년 버밍햄의 흑인항거와 대규모의 장엄한 워싱턴 행진, 흑인 시민권을 옹호하다 암살된 케네디 대통령, 케네디의 정책을 승계하고 강화한 린든 존슨 대통령, 그리고 미국을 범죄적인 흑백차별의 관습에서 벗어나게 하기 위해서 피를 흘렸던 수많은 희생자들이었다.

나는 린든 존슨을 부통령 시절에 만난 적이 있었다. 그는 대통령직에 연연하는 사람이 아니었다. 그는 대통령직을 마치고 나면 다시 주지사로 활동할 계획을 가지고 있던 케네디를 보좌하는 것을 자신의 역할로 생각하고 있었다. 그러므로 존슨 대통령은 중요한 사안이 제기되었을 때 정치적인 고려 때문에 주저하는 일 없이 적극적으로 접근을 할 수 있었다.

존슨은 시민권 문제에 관한 접근방식에서 나와 견해가 달랐다. 나로서도 그가 나와 동일한 견해를 가졌으리라곤 기대하지 않았다. 하지만 그의 신중한 실용주의는 어떤 사안에 대한 무관심을 감추기 위한 위장전술이 아닌 것만은 분명했다. 인종문제에 대한 존슨의 태도는 가식이 없는 순수한 것이었다. 그는 인종문제가 미국의 중대한 약점이라고 생각하고 끊임없이 이 문제를 해결할 방안을 탐구했다. 나는 남부 백인들과 동일한 접근방식으로 인종문제를 다루는 것은 중대한 실수라는 강한 확신을 가지고 있었다. 나는 『네이션』지에 남부 백인들은 분열되고 있으며 완고한 인종차별주의자와 새로운 태도를 가진 사람들 사이의 견해 차이로 흑인들의 처지가 점차 개선되고 있다고 밝힌 적이 있다. 새로운 태도를 가진 백인들은 오랜 관습과 습관에 대한 집착을 압도하는 강렬한 애국심을 가지고 있었다. 바로 린든 존슨이 그런 사람이었다.

존슨 대통령은 지역적인 문제에서부터 국가적인 문제에 이르기까지 훌륭한 지도력을 발휘하였다. 그의 공식, 비공식적인 발언을 살펴보면 미국이 당면한 여러 문제들에 대한 훌륭한 통찰력을 읽을 수 있다. 그는 빈곤과 실업문제가 점점 심각해지고 있다는 사실과 이런 경제위기로 가장 가혹한 희생을 당하는 것은 바로 흑인들이라는 사실을 잘 알고 있었다. 그러므로 그는 빈곤과 흑백차별을 동시에 공격하는 것을 활동목표로 삼고 있었다.

인종문제 해결에 필요한 전술 및 활동 속도와 관련해서 린든 존슨과 나는 다른 생각을 가지고 있었다. 하지만 존슨 대통령이 성실하고 현실적이며, 현명한 태도로 인종문제를 해결하려고 한다는 점은 의심할 수 없는 사실이었다. 나는 존슨 대통령이 옳은 길을 걷기를 기원했다. 그러므로 필요하다면 언제라도 그의 정책에 대한 솔직한 동의나 단호한 반대를 표명하겠다고 생각했다.

나는 존슨 대통령의 시민권 법령 조인식에 참석했다. 존슨 대통령은 나에게 법령서명에 사용했던 펜을 선물했는데, 나는 이 펜을 보물처럼 소중하게 간직할 것이다. 주 차원에서 강요되던 흑백차별제도에 대해 사법부가 내렸던 여러 차례의 무효결정과 링컨의 노예해방선언, 고용차별을 금지하는 루즈벨트의 전시법령, 미국 군대 내에서의 흑백차별을 금지하는 트루먼의 명령 그리고 연방원조 주거정책에서의 흑백차별을 금지하는 케네디의 명령에 뒤이어 이 법률이 통과됨으로써, 존슨 대통령은 훌륭한 행정부 활동을 진행했던 미국 역대 대통령의 전통을 이을 수 있었다.

거리에서 제정된 최초의 법

법제화와 법 집행과정이 서서히 진행되었다면, 그만큼 더 많은 성과를 올리고 고통을 줄일 수 있었을까? 시위는 법제화와 법 집행과정을 재촉하였다. 연방정부는 갈등상황이 발생하여 직접 개입이 불가피하다는 판단이 설 때에만 신속하게 대응해왔다. 시위는 법제화 과정에 좋지 않은 영향을 미치는 사회적, 심리적 분위기에 큰 영향을 주었다. 시위는 일상적인 협박과 굴욕을 당하면서 사는 사람들에게 인간적 존엄성을 강화시켜주고 용기를 불어넣었다. 흑인들은 시위를 통해서 단결과 투쟁성은 총탄보다 강하며, 곤봉과 주먹에 맞아 생긴 상처는 굴복의 상처보다 아픔이 덜하다는 사실을 깨닫게 되었다. 인종차별주의자들은 두려움에 갇혀 있었던 흑인들도 시위를 통해서 두려움을 모르는 태도를 학습할 수 있다는 사실을 깨닫게 되었다. 또한 구경꾼에 불과했던 수백만의 미국인들 역시 자랑스런 민주주의 조국의 광범한 지역에서 사악한 잔인성이 공무원의 복장으로 법의 주먹을 휘두르고 있다는 사실을 깨닫게 되었다.

1963년과 1964년에 우리가 달성한 성과는 무엇인가? 1964년의 시민권 법령은 그 속에 포함된 여러 법 조항 외에도 많은 의미를 가지고 있다. 이 법령은 흑인과 백인대중의 통일된 힘이 빚어낸 성과라는 점에서 역사적인 의미가 있다. 하원의회는 100년 동안의 잠에서 깨어나서 보기 드문 법제화의 성과를 올렸다. 이렇게 많은 지원이 있었기에 남부의 핵심부에서도 시민권 법령이 쉽게 받아들여질 수 있었던 것이다.

시민권 법령은 학교의 흑백분리문제와 관련된 최고법원의 여러 결정과 동일한 운명을 맞을 것이라고 예상하는 사람들이 많았다. 특히 숙박시설 문제는 엄청난 반발을 살 것이라는 것이 일반적인 인식이었다. 하지만 이런 비관적 태도는 보다 중요한 요소를 간과하고 있었다. 이 법령은 백인이 멍청히 서 있는 흑인에게 베푼 자선의 산물도 아니며, 현명한 지도력을 가진 법관들의 능력이 가져온 결과도 아니었다. 이 법령은 거리에서 진행된 흑인들의 끈기 있는 시위로 제정된 최초의 법령이었다. 1963년, 수많은 도시에서 수백만 흑인들이 장엄한 시위행진에 참여함으로써 백인들의 강력한 지지를 확보할 수 있었다. 흑인들과 백인들은 단결하여 '양심적인 연합'을 구성하고 잠자고 있던 의회를 깨어나게 했다. 이 법령은 대리석으로 장식된 의사당에서 마무리되었지만, 대중집회와 행진운동에서 싹이 튼 것이었다. 격렬한 산고의 고통을 견디고 법령을 탄생시킨 시민들의 역량은 투표의 힘을 능가하여 법령의 실제 적용과 준수를 가능하게 했다.

새로운 법령은 경제적인 욕구를 자극시키는 한편 그에 대한 관심을 집중시켰다. 시민권운동은 경제적 운동과 결합하여 빈곤의 문제와 싸워야 했다. 시민권운동은 이제까지 쌓아온 성과를 보호하기 위해서 남북전쟁 전의 관습을 고수하던 남부 전 지역으로 운동을 확산시킴과 동시에, 남부와 북부흑인들의 대규모 투표권 행사를 통해 자유쟁취투쟁을 한층 발전된 새로운 단계로 이끌어 올려야 했다.

23

미시시피의 도전

The Mississippi Challenge

미국의 미래는 민주주의가 최대의 도전을 받고 있는 이곳
미시시피에서 결정될 것입니다.
미시시피에 모든 주민을 대표하는 정부를 세울 수 있을 것인가?
이 질문에 긍정적인 답이 내려질 때에만, 미국은 앞으로도
자유세계에 대한 도덕적 지도력을 발휘할 수 있을 것입니다.

1964년 6월 21일(35세)
미시시피 주 '자유의 여름' 운동을 개시하기 하루 전, 시민권 활동가 세 명이 미시시피 주 필
라델피아에서 체포된 직후 실종된 사실이 보도되다.

7월 16일
킹 목사, 공화당이 배리 골드워터 상원의원을 대통령 후보로 지명한 것은 인종차별주의자들
을 돕는 행위라고 발언하다.

7월 20일
시민권 활동을 돕기 위해서 미시시피 주에 도착하다.

8월 4일
실종되었던 시민권 활동가들의 시신이 발견되다.

8월 22일
민주당 전당대회에서 미시시피 자유민주당을 위하여 연설하다.

1964년 가족 산책.

1964년이 되면서 모든 사람들이 흑인혁명과 시민권 법령의 의미를 분명히 인식하게 되었다. 그러나 이 법령이 통과되자마자, 전국을 뒤흔든 몇몇 사건이 발생했다. 이러한 사건들은 우리에게 암흑 같은 노예제도가 완전한 자유상태로 바뀌는 그날까지 흔들림 없이 혁명을 계속해야 한다는 엄연한 사실을 다시금 인식하게 만들었다.

나는 1964년의 중대사건으로 샌프란시스코의 공화당 전당대회, 미시시피에서 일어난 세 건의 끔찍한 린치 사건, 북부의 몇 도시에서 발생한 소요 등을 언급하고자 한다.

공화당의 공약은 인종차별주의, 반동주의, 극단주의의 특징이 있다. 선량한 사람들은 KKK단의 '카우 팰리스(Cow Palace)'와 과격한 우익의 광란의 결혼식을 충격과 관심 속에서 지켜보았다. 이 결혼식의 들러리로 나선 사람은 지난 10년 간의 비폭력운동의 성과를 모두 무너뜨릴 수 있을 정도의 투표 경력과 철학, 공약을 지닌 배리 골드워터 상원의원이었다.

공화당이 배리 골드워터를 대통령 후보로 지명한 것은 불행한 일이었다. 골드워터는 외교정책에서 협소한 국수주의와 위태로운 고립주의, 그리고 전 세계를 공멸의 늪으로 몰아넣을 수 있을 만큼 극심하게 호전적인 태도를 옹호하는 사람이었다. 그는 사회·경제문제와 관련해서 20세기의 현실과 동떨어진 비현실적 보수주의를 대변했다. 빈곤문제는 전 국민의 관심 대상이었다. 그러나 골드워터에게는 빈곤문제의 해결에 필요한 관심과 통찰력이 결여되어 있었다. 골드워터 상원의원은 당면한 시민권 문제에 대해서도 도덕적으로 정당화될 수 없으며 사회적으로 유해한 철학을 대변했으며, 인종차별주의자는 아니었지만 인종차별주의자들에게 유리한 철학을 견지하고 있었다. 그의 대통령 입후보와 철학은 여러 극단주의자들을 옹호하는 우산이나 다름없었다. 나는 미국을 사랑하는 사람으로서, 모든 흑인들과 선량한 백인들에게 골드워터에 대해서 반대표를 던질 것과 골드워터와 그의 철학에 공개적으로 반대하지 않는 공화당에 대해서는 어떤 후보도 지지하지 말 것을 호소했다.

나는 이제까지 특정 정치후보를 지지하지 않는다는 원칙을 고수해왔다. 하지만 골드워터 상원의원이 대통령이 되면 우리나라의 안녕과 도덕성이 위험하다는 판단에서 나는 골드워터를 반대하는 태도를 취하지 않을 수 없었다.

시민권 법령이 통과되었다는 기쁨은 일시에 굳어지고 말았다. 공화당이 흑인해방에 역행하여 스트롬 서몬드의 인종차별주의와 공개적으로 손을 맞잡은 사람을 대통령 후보로 지명하였기 때문이었다. 2,000만 흑인들의 가슴에 찬바람이 불면서 시민권 법령 제정으로 누렸던 기쁨은 순식간에 깊은 근심으로 바뀌었다. 미국의 흑인들은 이제야 어두운 애굽 땅을 벗어나기 시작한 처지였으며, 애굽 땅에는 아직도 속박당한 채 기본적인 인권조차 유린당하고 있는 흑인들이 많이 남아 있었다. 엄청난 힘과 권위와 결정력을 지닌 세력이 자유의 길을 막아선 채 우리를 다시 애굽으로 돌려보내려 하고 있었다.

미시시피의 새로운 흑인들

미시시피 주 클락스데일에 사는 에어런 헨리라는 흑인청년이 경찰서장을 찾아가서 이렇게 말했다. "서장님, 우리를 위협할 필요는 없습니다. 백인들을 무서워하는 사람들은 모두 북부로 떠나갔으니 남아 있는 우리들에게는 정당한 대우를 해주십시오."

그의 행동은 미시시피의 새로운 흑인들의 전형적인 모습이었다. 이들은 죽음의 위협과 경제적 보복, 그리고 끊임없는 협박에도 불구하고 자유라는 숭고한 사명을 향해 힘차게 전진하고 있었다.

미시시피 흑인들은 자신들의 문제에 대처하는 효과적인 방법을 찾아내고 주 전역에 걸친 조직화 과업을 전개하였다. 이것은 놀랄 만한 일이었다. 1962년, SCLC의 나를 포함한 몇 명의 활동가들이 '사람들 만나기' 작전의 일환으로 비옥하지만 억압적인 분위기의 미시시피 델타 지역을 여행한 적이 있었다. 나는 이 여행을 통해서 수많은 사람들과 이야기를 나눌 기회를 얻었다. 나는 농장이나 상점, 도로변 그리고 교회에서 사람들을 만나 그들의 어려운 처지에 대한 이야기를 들으면서 그들의 공포를 이해하고 그들의 열망을 감지했다.

지금도 잊혀지지 않는 인상 깊은 장면이 몇 가지 있다. 여행 초기에 우리는 초등학교 과정부터 고등학교 과정까지를 포괄하고 있는 카톨릭 학교에 들렀다. 각 학급의 담당교사는 아이들에게 "오늘밤 여러분은 어디로 갈 겁니까?" 하고 묻자 아이들은 입을 모아 "침례교회요!"라고 외쳤다. 이들이 외친 침례교회란 내가 연설하기로 예정되어 있던 대중집회 장소를 가리키는 것이었다. 담당교사는 아이들에게 대중집회에 참석할 것을 권유하고 있었다. 카톨릭과 개신교가 손을 맞잡고 자유와 인간적 존엄을 위한 투쟁에 나서는 장면은 너무나 감동적이었다. 내가 미시시피 델타 지역에서 목격한 희망의 빛은 바로 이것이었다. 물론 애달픈 일도 있었다. 미시시피에는 일년 중에 6개월 동안만 일하고 연간 500 600달러의 소득으로 생계를 유지해야 하는 사람들이 많다는 것을 알고 나서 마음이 착잡해지기도 했다.

미시시피에서는 흑인들에 대한 경제적인 착취뿐 아니라 물리적 폭력도 지속되고 있었다. 델타 지역의 더러운 거리를 걸으면서 믿을 수 없을 정도로 잔혹한 경찰의 만행과 백인폭도들의 잔혹한 흑인 살해사건 이야기를 들었다.

하지만 그곳에는 희망의 빛이 있었다. 나는 자유쟁취투쟁에 나선 흑인들의 새로운 결단 속에서 희망의 빛을 발견했다.

밥 모우지즈가 지도하는 조직에는 1,000명이 넘는 북부의 백인학생들과 그 지역 흑인시민들이 참여하여 선거인 등록을 비롯한 정치활동 프로그램을 진행하고 있었다. 이 조직은 미시시피 주 전역은 물론 전국에 걸쳐서 억압받는 흑인들의 생활을 근본적으로 변화시키기 위해서 독창적인 정치활동 프로그램을 진행하였다. 미시시피 흑인들은 정치구조의 개혁과 불법적이며 가혹한 경찰구조의 개혁이 필요하다는 것을 깨닫고 1964년 자유민주당의 창립을 통해서 개혁의 발걸음을 떼어놓았다.

이 개혁에는 당연히 엄청난 과제가 수반되었다. SCLC, NAACP, CORE(Congress of Racial Equality, 인종평등회의), SNCC 등을 비롯한 여러 조직의 활동가들이 델타 지역에 배치되었다. 대단히 힘든 과업이었지만 우리는 대담하게 활동을 개시했다. 우리는 미시시피 주민이 수백, 수천 명씩 뭉쳐서 자유쟁취투쟁에 나서도록 격려하기 시작했다.

1964년 6월, 나는 미시시피 자유민주당을 방문하여 소중한 교훈을 얻었다. 미시시피 자유민주당에는 정치범 수용소나 다름없는 미시시피에서 숭고한 정신력으로 버티는 사람들이 모여 있었다. 이들에게는 돈도 없고 무기도 없고 선거권도 없었지만, 전국 최고의 정신력으로 무장하고 있었다. 수천 명의 사람들이 이 조직에 참여하여 전국에서 가장 극심한 인종차별주의를 제거하기 위해서 활동하고 있었다.

미시시피를 방문할 무렵, 게릴라 집단이 그 기간중에 나를 습격할 음모를 꾸미고 있다는 소문이 돌았다. 사람들은 방문계획을 철회하라고 했지만, 해야 할 일이 있었으므로 나는 그럴 수 없었다. 죽음을 걱정하면서 살았다면 나는 아무런 일도 할 수 없었을 것이다. 항상 죽음의 위협에 시달리면서 살아야 하는 사람은 죽을 수도 있다는 사실을 냉정하게 받아들일 수 있는 경지에 도달하게 마련이다.

우리는 그린우드에 도착했다. 그곳은 메드거 에버스의 암살범을 기소했던 바이어런 드 라 베퀴드의 고향이었다. 공항출구 한편에는 침통한 표정의 백인군중들이 서 있었고, 다른 한편에는 흑인과 백인군중들이 환호하며 모여 있었다. 2년 전만 해도 이런 일은 상상도 할 수 없는 일이었으며, 백인 시민권 활동가들이 흑인식당에서 식사를 했다는 이유로 투옥되는 형편이었다.

우리는 닷새 동안 잭슨, 빅스버그와 머리디언을 방문했다. 우리가 시가지를 걸어다니고 대중집회에서 연설할 때마다 수천 명의 신도들이 자유에 대한 열망으로 모여들었다. 우리는 필라델피아에 들러서 화염에 그을린 교회를 방문하였다. 바로 그곳은 지난 6월 방화사건을 조사하던 앤드류 굿맨, 제임스 사니, 마이클 슈웨너가 잔혹하게 살해당했던 곳이었다.

나는 자유민주당을 통해서 민주주의를 실현하기 위해 활동하는 '연합조직협의회'의 활동가들과 '하계활동' 소속 학생들을 만났다. 이 청년들은 '평화봉사대'를 조직하고 있었다. 우리나라는 전 세계의 후진국에 평화봉사대를 파견하고 있었지만, 전 세계 어디에도 미시시피처럼 선거인 등록활동을 하는 활동가들에게 야만적이고 잔혹한 탄압을 가하는 지역은 없었다.

미시시피 주에서 교회 방화와 탄압, 살인 등의 행위가 자행되었던 것은 흑인시민들이 시민권 보호에 나설 수 있는 공직자들을 선출하는 데 참여할 수 없었기 때문에 발생한 결과였다. 수천 명의 흑인들이 폭력과 경제적 보복 등의 위협을 무릅쓰고 선거인 등록을 위해서 노력했지만, 1963년 현재 선거인으로 등록된 흑인의 수는 미시시피 주를 통틀어 겨우 1,636명뿐이었다.

연방정부는 시민운동과 자유민주당 등의 정당조직 활동을 통해서 미시시피의 정치개혁을 점진적으로 도모하되, 헌법에 역행하는 사안이 발생할 경우 연방군을 투입할 계획을 가지고 있었다. 자유민주당은 미시시피 주 내의 선량한 시민들을 전국 민주당 정강과 프로그램 아래 단합시키는 것을 목표로 삼고 있었다. 자유민주당은 민주당 전당대회에 대표를 보내어 대의원 의석을 할당해줄 것을 촉구할 작정이었다. 인종차별을 반대하는 정당이 단 하나라도 있어야 했다. 전국 민주당이 미시시피 자유민주당을 공식적인 미시시피 대표로 인정한다면 이런 목표를 향한 소중한 진전이 이루어지게 될 터였다.

희망의 봉화

사람들은 민주당 전당대회가 형식적이며 지루한 집회가 될 것이라고 생각하고 있었다. 린든 존슨의 부통령 후보지명 외에는 전당대회에 활기를 불어넣을 논쟁적인 사안은 제기되지 않았다. 자유민주당 소속의 미시시피 출신 흑인 68명이 전당 대회장을 찾아가서 강력한 역량을 과시하였다. 이들은 우리나라를 바로 세우기 위하여 도덕적 역량을 발휘하였다. 이들은 전당대회의 규칙들을 무시하고 미국 국민들의 영혼과 가슴에 와닿는 호소를 하였다. 민주당 전당대회에서 우리의 활동은 정치무대에서의 비폭력적 역량을 과시한 모범적인 사례였다. 미시시피 자유민주당이 미국과 전국 민주당의 자격심사위원회 앞에 나섰을 때에야 비로소 미국인들은 정치개혁의 필요성을 인식할 수 있었다.

미시시피 주민들은 누구나 정치가 자녀교육시설과 주택, 그리고 직장 문제를 결정하며 사회 분위기를 좌지우지한다는 것을 잘 알고 있었다. 모든 미국인들, 특히 피부색 때문에 차별받는 사람들은 정치개혁의 필요성을 인식해야 했다.

자격심사위원 여러분, 미래에 민주정부가 들어서길 원한다면 만장일치로 미시시피 자유민주당을 인정해주십시오.

저는 결코 여러분을 협박하는 것이 아닙니다. 저는 여러분에게 가장 절박한 도덕적 호소를 하고 있습니다. 합법적이냐 아니냐를 따지고 들거나 편리하다고 해서 정치적 타협의 방안을 강구한다면 문제는 해결되지 않습니다. 당장 편리하다고 해서 도덕적 정의에 기초하지 않고 그릇된 판단을 내린다면 미래에는 재앙이 초래될 수도 있습니다.

도덕적 교훈에는 항상 중요한 의미가 있습니다. 인간과 국가의 역사를 살펴보면, 사람들에게 투표권과 자치권, 자신의 대표를 선출할 권리를 인정하지 않고 불평등의 유포를 방치하는 사회에서는 사회적, 경제적, 정치적 혼란이 야기되기 마련입니다.

이것은 중요한 문제입니다. 자유민주당에 대의원 자격이 부여되는 것은 전 세계 피억압 민중에게 상징적인 가치를 지니게 될 것이며, 전 국민에게 자유와 민주주의에 대한 강력한 의지를 가지고 있음을 선언하는 것이 될 것입니다. 이것은 오랜 세월 동안 자신의 운명과 관련하여 아무런 의사표현도 할 수 없었던 사회적 약자들에게 정치적 독립선언이 될 것이며, 선거권을 가지지 못한 민중에게 희망의 봉홧불이 될 것입니다. 이 봉홧불은 미시시피와 앨라배마 주민들에게, 철의 장막 뒤에 사는 사람들이나 남아프리카공화국의 인종차별정책에 짓밟히는 사람들에게, 그리고 자유를 갈구하는 쿠바의 국민들에게 희망의 빛을 던져줄 것입니다. 자유민주당을 인정하는 것은 정의를 중시하는 국가, 민주주의 제도에 의지해서 살아가는 국가, 피압제자들의 권리를 보호하는 국가가 존재한다는 사실을 전 세계 민중에게 알리는 일이 될 것입니다.

자유민주당은 머지않아 실제적인 정치세계와 연관을 맺게 되었다. 자격심사위원 앞에서 한 강력한 도덕적 호소를 뒷받침하기 위해서는 정치적 지원이 필요했다. 우리는 전당대회 본회 전까지 며칠 동안 자격심사위원회에 소수의견을 제출할 충분한 인원을 확보하고, 각 주의 공개적인 지지를 확인하기 위해서 호명투표를 요청할 수 있는 충분한 수의 주들을 확보하는 작업에 몰두했다. 전당대회는 대체로 자유민주당을 지지하는 분위기였다. 하지만 린든 존슨은 골드워터와 대통령 당선을 놓고 겨루고 있었으므로, 미시시피 주 문제로 남부 전체가 탈당하지 않도록 해야 한다는 사실 때문에 신중한 태도를 보였다.

결국 충성선서를 조건으로 자유민주당에 두 석의 대의원을 인정하자는 타협안이 나왔다. 이것은 중요한 전진이었다. 대단한 승리라고는 할 수 없지만 상징적인 의미가 있었다. 이 안이 받아들여진다면 민주당의 고위 간부들은 이후 4년 동안 미시시피 주 선거인들의 정치적 지지를 확보하기 위해서 자유민주당과 협력하지 않을 수 없을 것이다. 하지만 목숨을 걸고 이곳까지 달려온 이들에게 타협이란 있을 수 없었다. 내가 대의원이었다면 이런 제안을 성의 있게 받아들이고 자신의 지위를 강화할 수 있는 활동을 시작하라고 충고했을 것이다. 하지만 이들은 미시시피에서 살면서 이미 너무나 많은 타협을 해왔고, 이 문제를 진지하게 다루겠다는 워싱턴의 약속을 수도 없이 들어온 처지였다. 그러므로 이들이 회의적인 태도를 보이는 것은 충분히 이해할 수 있었다.

우리는 에어런 헬린과 화니 루 해머를 결코 잊지 못할 것이다. 이들의 진술은 미국을 흔들어 깨우고 정치세력들을 뉘우치도록 만들었다. 전당대회는 인종차별적인 태도를 보이는 사람을 대의원에 임명하지 않는다는 안에 찬성표를 던졌다. 하지만 이들의 진술의 참된 효력은 북부의 흑인들이 이 진술을 듣고 나서 선거인으로 등록하고 투표를 할 것이냐 아니냐에 달려 있었다.

선거의 밝은 전망

샌프란시스코에서 공화당은 링컨의 전통에서 크게 벗어나는 길을 걷게 되었다. 선거결과는 이 선거가 미국의 양대 정당제도에 얼마나 큰 영향을 미쳤는가를 생생하게 입증해주었다. 역사의 조류를 되돌리려는 사람들은 선거과정에서 미국 정치사에서 전례가 없을 정도로 자신과 정당의 품위를 깎아내리는 행동을 했으며 쓰디쓴 패배를 당했다. 호의와 진보의식을 가진 세력들은 극우세력에게 큰 타격을 가했고, 미국인들은 진보와 번영 그리고 세계 평화를 위해서 이제까지 지녔던 편견을 버리게 되었다.

선거결과의 긍정적인 측면은 노동계, 학계, 시민권 운동계, 종교계 지도자들의 대연합이 1964년 한 해 동안 시민권 법령제정에 이어 두번째 승리를 거두었다는 점이다. 우리 사회가 직면한 문제들을 해결하려면 이 연합의 활동을 강화하고 활동범위를 넓히는 작업을 계속해야 했다.

존슨 대통령은 루즈벨트 대통령이 시작했으나 전쟁 때문에 중단했던 과업을 완결할 기회를 맞았다. 미국이 살아 남으려면 몇 가지 근본적인 개혁의 성공이 필요했다. 그 성공의 열쇠는 존슨 대통령이 골드워터에게 패배한 주들에 숨겨져 있었다. 남부권력동맹이 깨어지고 의원들이 민주당 내의 인종차별주의자들과 반동주의자들의 지배에서 벗어날 때에야 비로소 미 연방정부는 이 시대의 역사가 요구하는 독창적인 위업을 성취할 수 있을 것이다.

24

노벨평화상

The Nobel Peace Prize

인생을 살다보면, 말이라는 기호를 가지고는 도저히 표현할 수 없는 기쁨의 순간을 맞을 때가 있습니다. 이런 기쁨은 들리지 않는 마음의 언어로만 명료하게 표현될 수 있습니다.

1964년 12월 10일(35세)
킹 목사, 오슬로에서 노벨평화상을 받다.

12월 11일
오슬로 대학에서 노벨평화상 수상연설을 하다.

1965년 1월 27일
킹 목사, 애틀랜타에서 열린 인종통합 만찬에서 환대를 받다.

1964년 12월 시상식 후 노벨상 메달을 보이며.

몇 달 동안 시민권 관련활동으로 심신이 피곤해진 나는 주위의 권유에 못 이겨 병원에서 휴식을 취하고 정밀신체검사를 받았다. 검사를 마친 다음날 아침, 나는 아내의 전화로 잠에서 깨어났다. 뉴욕 텔레비전 방송국에서 아내에게 전화 연락이 왔는데, 노르웨이 의회가 나를 1964년의 노벨평화상 수상자로 결정했다는 것이었다.

잠에서 덜 깬 상태여서 꿈인지 생시인지 분간할 수 없었으며 너무나 뜻밖이어서 처음에는 어리벙벙하기까지 했다. 노벨평화상의 수상후보로 지명되었다는 사실은 이미 알고 있었지만, 여러 가지 긴박한 책무에 쫓기다보니 수상문제에 대해서 깊이 생각할 겨를이 없었고, 수상소식을 담담하게 받아들일 마음의 준비는 전혀 되어 있지 않았다.

그러다가 불현듯 내게 주어진 노벨평화상에는 역사의 무대에 선 한 개인의 공적을 인정하는 것 이상의 의미가 들어 있다는 생각이 들었다. 이 상은 시민권운동이 전개한 장엄한 드라마와 그 드라마 속에서 맡은 역할을 훌륭하게 연기한 수천 명의 연기자들에게 주는 상이었다. 노벨평화상은 바로 이들에게 주어진 것이었다.

지상 근무원들에게 보내는 찬사

각지에 흩어져 있는 많은 친구들과 교회 신도들, SCLC의 활동가들은 하나같이 내게 "세계 최고의 상인 노벨평화상을 받은 소감이 어떻습니까? 그 상은 당신에게 어떤 의미가 있습니까?" 하고 질문했다.

나는 이런 영예를 누리게 된 것에 너무나 감사하고 있으므로 '그 상이 내게 어떤 의미가 있는지'를 명료하게 표현한다는 것은 대단히 어려웠다. 나는 교회 서재에 혼자 앉아서 좀처럼 가지기 어려운 명상의 시간을 보내면서 겨우 그 해답을 찾을 수 있었다.

나는 몇 년 전에 시카고의 오해어 필드 공항에서 대형 제트여객기에 탑승한 적이 있었다. 여객기가 로스앤젤레스를 향하여 이륙하기 직전에 출발이 지연된다는 안내방송이 있었다. 기계적인 장애가 발견되었으나 짧은 시간 내에 수리될 것이라는 안내였다. 창문 밖을 내다보니 기름투성이의 더러운 작업복을 입은 대여섯 명의 사람들이 비행기로 다가오는 모습이 보였다. 그 사람들은 비행기 주위로 모여들어서 작업을 시작했다. 누군가가 내게 그 사람들이 지상근무원이라고 말해주었다.

대부분의 승객들은 유능한 조종사나 부조종사에 대해서 고마움을 느끼고 예절바르고 상냥한 여승무원에게 호감을 느낀다. 나 역시 지상근무원들의 노고를 인식했던 것은 그때가 처음이었다.

오늘날 인류의 진보과정에는 때로는 거칠고 때로는 평탄한 항로를 헤쳐가는 훌륭한 조종사들이 많다. 로이 윌킨즈와 휘트니 영, 그리고 A. 필립 랜돌프가 그런 훌륭한 조종사라고 할 수 있다. 그러나 지상근무원들이 없었다면 인간존엄과 사회정의를 위한 투쟁은 본궤도에 오르지 못했을 것이다.

이렇게 해서 나는 노벨평화상을 자신의 공로가 아니라 우리 운동의 지속을 위해서 묵묵히 투쟁해온 사람들의 노고를 치하하는 상이라고 생각하게 되었다. 굴욕적으로 버스를 타고 다니느니 존엄을 지키며 걸어다니는 쪽을 택했던 5만의 몽고메리 흑인들과, 진정한 아메리칸 드림의 실현을 위해서 식당과 상점가에서 연좌운동을 펼쳤던 전국의 학생들, 시민들의 내적인 평화를 이루지 못하면 미국은 외적인 평화를 달성할 수 없다는 사실을 자각한 '자유승차' 활동가들, 암살된 메드거 에버스와 세 명의 앨라배마 소녀들, 그리고 워싱턴 행진에 참여한 수많은 미국인들이 있었기 때문에 우리 운동은 순항할 수 있었던 것이다.

다시 말하면, 노벨상을 수상한 것은 전국에 사랑과 정의가 넘치게 하기 위해서 규율과 자제심, 그리고 대담한 용기를 가지고 비폭력적 행동에 기꺼이 참여했던 사람들이었다. 이 상의 수상자는 바로 허버트 리, 화니 루 해머, 메드거 에버스, 캐니, 굿맨, 슈웨너, 그리고 신체적 위해와 투옥을 견디면서 폭력의 힘보다 영혼의 힘이 더 강하다는 사실을 깨달은 버밍햄과 올버니, 세인트 오거스틴, 그리고 사바나의 수천 명의 청소년들이다. 이름도 알려지지 않은 수많은 사람들이 있었기에 우리 운동은 국제사회에서 칭송받았으며 노르웨이 의회의 수상결정을 얻어낼 수 있었던 것이다.

이 지상근무원들은 노벨평화상을 만져보지도 못할 것이며 그들의 이름은 역사의 무대에 새겨지지도 않을 것이다. 이들은 제2의 미국혁명에 참전한 무명용사들이었다. 하지만 세월이 지나서 지금 우리가 살고 있는 위대한 시대에 진리의 찬란한 빛이 비추게 되는 날, 사람들은 우리가 보다 아름다운 땅, 보다 선량한 국민, 보다 장엄한 문명을 가질 수 있었던 것은 제트여객기가 형제애라는 이름의 창공을 향해 날아갈 수 있도록 온갖 노고를 마다하지 않은 이 지상근무원들의 덕이라는 사실을 깨닫게 될 것이다. 나는 12월 10일 오슬로에서 나 자신을 위해서가 아니라 이 지상근무원들을 위해서 이 중대한 상을 받을 것이다.

나는 노벨상 수상에 대해서 겸허한 태도를 가지겠다고 다짐했지만, 막상 노벨상 수상을 위해서 오슬로로 향할 때의 감격은 대단한 것이었다. 오슬로는 물론이고 런던과 스톡홀름, 그리고 파리에서 우리 운동에 대해 보이는 반응은 내 예상보다 훨씬 더 엄청난 것이었다. 이 세계적인 도시들은 우리나라에 인종차별주의가 존재한다는 사실에 대해 적잖이 우려하면서도 미국이 이 문제를 해결하고 세계 각국에 그 해결방안을 제시할 수 있을 것이라는 희망을 나타냈다. 나는 세계 각국에 시민권운동과 이 운동을 적극 성원하는 종교계와 노동계, 그리고 학계가 지닌 의도가 바로 그것이라는 사실을 분명히 밝혔다.

노벨평화상 수상은 시민권 투쟁의 새로운 돌파구를 열었다. 우리는 노벨상 수상을 계기로 전 세계 여론이 우리편이라는 사실을 실감할 수 있었다. 미국에 존재하는 유색인종은 소수에 불과하지만, 수억에 달하는 세계의 유색인종이 피부색은 장해물도 부담도 아니라고 당당히 선언하는 미국의 흑인들과 미국을 지켜보고 있었다.

북유럽 국가들은 당당하게 우리 투쟁과 제휴하고 나섬으로써 전 세계에 유포되어 있는 인종문제의 신화를 깨뜨리는 데 도움을 주었다. 이것은 전 세계적인 평화와 인류애에 대한 강력한 국제적 연대를 과시하는 약속이었다. 북유럽, 아프리카, 라틴 아메리카는 전 세계의 인종문제와 맞서 싸우겠다는 의사를 밝혔다. 이것은 세계평화의 출발점이었다. 미국 흑인들도 시야를 국외까지 넓혀야 했다. 빈곤과 기아는 할렘과 미시시피 주 델타 지역에만 국한된 문제가 아니었으며, 인도, 멕시코, 콩고를 비롯한 많은 국가들이 직면한 동일한 문제였다.

노르웨이 의회가 1964년 노벨평화상 수상자로 나를 선정한다는 사실을 공표한 이후로 국내외적인 사건에서 내 개입을 요청하는 사례가 부쩍 늘어났다. 나는 오슬로로 가는 도중에 영국 수상 및 영국 의회의원들과 인종문제에 관해 의견을 나누었으며 런던 지역의 유색인종단합운동을 조직하는 일에도 관여했다. 영국에서는 서인도제도 민족들과 파키스탄 민족, 인도 민족, 그리고 아프리카 민족이 인종차별에 대항해 싸우고 있었다.

미국에서 자유와 정의를 지향하는 투쟁을 오랫동안 힘들게 진행해온 우리들은 남아프리카공화국에서 지난한 자유투쟁을 수행하는 사람들과 강력한 연대감을 느낍니다. 아프리카 인들을 비롯해서 그들과 우호관계에 있는 여러 인종들이 반세기가 넘는 동안 비폭력적 자유쟁취투쟁을 함께 하고 있습니다. 이곳에서는 훌륭한 지도자 루툴리 추장의 비폭력운동에 대한 정부측의 폭력적 탄압이 강화되고 있으며 샤프빌 저격을 비롯한 여러 사건들이 발생했습니다.

지금 넬슨 만델라와 로버트 서부케 등의 위대한 지도자들을 비롯한 수백 명의 양심수들이 로븐 섬 교도소에 갇혀 있습니다. 잔인한 정부는 엄청난 군비를 갖추고 인간을 파괴하는 잔학한 심문과 고문을 자행하고 있어 이를 이기지 못해 자살하는 사람이 속출하고 있습니다. 하지만 남아프리카 내부의 군 반대파는 이런 정부에 대항하여 침묵을 지키고 있을 뿐입니다.

지금 남아프리카공화국의 국민들은 인격과 인간적 존엄, 기회를 비롯한 모든 인간적 권리를 박탈당하고 있습니다. 많은 선량하고 용감한 사람들이 오랫동안 감옥에 갇혀 있으며, 심지어 이미 처형된 사람들도 있습니다. 미국인들과 영국인들은 남아프리카공화국의 이런 상황에 대해 특별한 책임감을 느껴야 합니다. 우리는 투자나 정부의 우유부단한 행동을 통해서 포악한 남아프리카공화국 정부를 지지하는 죄를 범하고 있습니다.

우리에겐 이런 책임이 있는 반면에 특별한 기회도 있습니다. 우리는 남아프리카공화국에 자유와 정의를 되살리는 비폭력행동에 동참할 수 있습니다. 아프리카 지도자들은 우리들이 경제적인 제재를 가하기 위한 대중운동을 개시할 것을 애타게 바라고 있습니다.

나는 변함 없는 충정으로 이 상을 받아들입니다

스칸디나비아 반도는 우리에겐 초행길이었다. 우리는 이곳에서 많은 친구들을 사귀고 싶었다. 우리는 스칸디나비아의 사회민주적 전통과 보다 부강한 나라들도 극복하지 못한 여러 사회경제적 문제들을 극복할 수 있었던 이들의 경험에서 많은 것을 배우고 싶었다. 노르웨이와 스웨

덴의 경제는 부의 규모와 기술 수준의 면에서는 미국 경제에 비할 바가 아니었지만 실업이나 빈민문제는 없었다. 모든 국민이 무상의료와 질 높은 교육이라는 혜택을 받고 있었다. 미국과 같은 부강한 나라들의 불완전한 의료 및 교육현실과 이 국가들의 현실을 비교하면서 나는 상당히 마음이 아팠다.

나는 인종간 화해와 세계평화를 위한 투쟁에 헌신해온 수많은 우호적인 미국인들에게 축하인사를 받았다. 나는 이들을 대신해서 노벨평화상을 받았다. 비폭력운동을 대신하여 노벨상을 받는다는 것은 나에겐 굉장히 영광스러운 일이었다. 나는 5만 4,000달러에 달하는 상금을 비폭력운동의 발전에 쓰겠다고 다짐했다.

저는 미국에 대한 변함 없는 사랑과 인류의 장래에 대한 강한 믿음을 가지고 이 상을 받아들입니다. 인간은 본성적인 '즉자'로 인해서 자신을 영원히 구속하는 영원한 '당위'에 도달할 수 없다는 생각에 찬동하지 않습니다. 저는 인간이란 인생이라는 바다에 떠다니는 잡동사니에 불과하다는 생각에도 찬동하지 않습니다. 저는 인류는 인종주의와 전쟁이라는 암흑 속에 갇혀 있기 때문에 평화와 인류애의 새벽을 맞이할 수 없다는 생각에도 찬동할 수 없습니다. 지금 지구상에는 박격포가 터지고 총탄이 날아다니지만 밝은 미래에 대한 희망이 있습니다. 우리나라의 거리에서 부상당한 채 뒹굴고 있는 정의는 언젠가는 더러운 치욕의 먼지를 털고 일어나 최고의 자리에 오를 것입니다. 언젠가는 전 세계 민족들이 신체를 위하여 세 끼 식사를 하고 정신을 위하여 교육과 문화를 향유하며 영혼을 위하여 인간적 존엄과 평등, 자유를 누릴 수 있는 날이 올 것입니다. 언젠가는 타인 중심적인 사람들이 자기 중심적인 사람들에 의해 찢겨진 대의를 바로 잡을 것입니다. 언젠가는 인류가 신의 제단 앞에 엎드려서 전쟁과 유혈을 뛰어넘어 승리를 거둘 것이며 비폭력적인 호의가 이 세계를 지배하는 법칙이 될 것입니다. 우리는 언젠가는 승리할 것입니다. 이런 믿음이 있기 때문에 우리는 미래의 불확실성에 당당히 맞설 용기를 가질 수 있습니다. 이런 믿음은 자유의 도시를 향하여 줄달음치다 지친 우리의 발에 새로운 힘을 줄 것입니다.

　오늘 저는 그러한 여러분을 대신하여 이 자리에 왔습니다. 지금 저는 인류에 대한 새로운 열정을 느낍니다. 저는 평화와 인류를 사랑하는 모든 사람들을 대신하여 이 상을 받겠습니다.

나는 애써서 눈물을 참았다. 흥분을 억누를 길이 없었다. 현재의 내가 있기까지는 가족들과 나와 함께 투쟁해온 모든 사람들의 희생이 컸다. 내가 가장 큰 빚을 진 사람은 바로 아내였다. 아내는 내 인생에 의미를 부여한 사람이었다. 나는 아내와 대중 앞에서 "여러분이 나에게 가진 믿음을 저버리지 않기 위해서 할 수 있는 모든 일을 하겠다"고 맹세했다. 나는 아내와 대중이 내 인생을 자랑스럽게 생각할 수 있도록 하기 위해서 더욱 노력할 것이다. 공적인 생활에서만이 아니라 사생활에서도 그렇게 할 것이다.

이제 무엇을 할 것인가?

　노벨평화상 수상은 자랑스러운 일이었지만, 시민권운동이 '만족스러운' 단계에 접어든 것은 아니었다. 우리는 노벨상 수상에 들떠서 투쟁을 게을리 하려는 생각은 전혀 하지 않았다. 오히려 우리는 현실에 더욱 굳건하게 발을 붙이고 보다 밝고 보다 원대한 미래의 꿈과 강한 확신, 그리고 결단을 품게 되었다.

　1964년 노벨평화상을 수상하면서 나는 아직도 지난한 투쟁을 계속하고 있는 우리 운동에 이 상이 수여된 이유를 자문해보았다.

　우리의 운동은 갖은 위험과 역경 속에서 계속되고 있다는 점에서 알프레드 노벨이 남긴 위대한 유산의 본질적 요소인 평화와 인류애라는 목표를 달성하지 못하고 있었다.

노르웨이 의회가 나에게 노벨평화상을 수여한 것은 우리 운동이 이룬 업적 외에도 우리의 비폭력운동 방식이 우리 시대의 중대한 정치적 도덕적 문제들의 해결방안이 될 수 있다는 점을 인정했기 때문인 것 같다. 그렇다. 우리 시대에는 폭력과 억압에 의존하지 않고도 폭력과 억압을 극복할 수 있어야 한다.

오슬로에서 돌아온 직후, 나는 여러 차례 있었던 기자회견에서 "앞으로의 계획은 무엇인가? 시민권운동의 진행계획은 무엇인가?" 하고 질문받았다. 물론 나는 전체 시민권운동에 관한 계획에 대해서 무어라 말할 처지가 아니었다. 시민권운동에는 여러 지도자들이 있었으며, 나는 그중 한 사람에 불과했다. 내가 의장인 SCLC 조직은 특수한 남부문제를 해결하기 위한 남부인의 조직이었다.

북부 여러 도시에서도 SCLC의 지부를 개설해달라는 요청이 끊이지 않았다. 우리는 지난 봄에 북부의 도시 열 군데에서 '직장과 자유를 위한 시찰'을 끝내고 난 뒤 다음과 같은 결론에 도달했다. 그 내용은 바로 SCLC는 주요 활동기반을 인종문제의 근원을 가장 효과적으로 공격할 수 있는 남부에 두되, 도시화된 북부지역의 문제와 관련된 활동을 점차 늘려간다는 것이었다.

나는 인류가 직면한 3대 문제, 즉 인종차별과 빈곤, 그리고 전쟁 문제에 상당히 많은 관심을 가지고 있었다. 각각의 문제들은 아무런 관련이 없는 별개의 문제처럼 보이지만, 이 세 문제는 서로 얽히고 설키면서 인간의 운명을 만들어가는 것이다.

나는 노벨평화상의 세계적인 명성 덕분에 강력한 영향력을 행사하는 인물이 되었으니, 전 세계 사람들의 마음에 인종차별문제에 맞서 투쟁할 수 있는 비폭력주의를 심어주는 데 그 힘을 사용하고 싶었다. 나는 비폭력주의는 상처를 내지 않고 병든 세포를 도려낼 수 있는 효과적인 무기이며 이 무기를 휘두르는 사람들의 인격을 고매하게 만든다는 신념을 사람들에게 심어주고 싶었다.

나는 인류가 겪고 있는 두번째 악인 빈곤의 문제에도 많은 관심을 가지게 되었다. 빈곤의 문제는 인도뿐 아니라 인디애나에도 존재하고 있었고, 뉴델리뿐 아니라 뉴올리언스에도 존재하는 문제였다.

빈곤에 대한 전면전을 개시할 때가 되었다고 생각하지 않으십니까? 빈곤이라는 악은 존슨 대통령이 주창한 '위대한 사회'뿐 아니라 전 세계의 곳곳에 퍼져 있습니다. 미국의 경우 3,500만의 국민들이 시달리는 빈곤문제는 인간의 의지부족 때문에 발생한 비극입니다. 우리들은 가난한 자들에 대해 마음의 문을 닫고, 그들을 우리 사회의 구석진 곳으로 몰아냈습니다. 우리는 가난한 자들이 눈에 뜨이지 않기를 바라고 그들의 존재가 느껴질 때마다 크게 화를 냈습니다. 비폭력투쟁이 인종차별의 추한 모습을 만천하에 고발한 것처럼, 이제 우리는 빈곤이라는 상처를 만천하에 드러내어 치료할 방법을 찾아야 합니다. 우리는 빈곤의 증상을 나는 이런 크나큰 정상의 영예를 누리게 된 것이 너무나 기쁩니다. 솔직히 말하자면 저는 애틀랜타에 머무르면서 좀더 조용하고 평온한 삶을 살고 싶다는 유혹을 느끼고 있습니다. 하지만 제 마음속 무언가가 고통과 위험과 좌절의 순간이 있긴 하겠지만 깊은 골짜기로 가야 한다고 속삭이고 있습니다. 제 마음속 무언가가 인간에 대한 최종평가는 안락하고 평온한 순간에 이루어지는 것이 아니라 역경과 갈등의 순간에 이루어진다고 말하고 있습니다. 그래서 저는 골짜기로 돌아가려고 합니다. 그 골짜기에는 피에 굶주린 폭도들도 있지만, 작은 마음의 하늘에 불길한 열등감의 구름을 키우면서 자라는 흑인 소년소녀들과, 경제적 궁핍과 사회적 소외로 희망을 잃고 인생을 비상구가 없는 길고 황폐한 복도라고 여기는 사람들도 있습니다. 저는 골짜기로 돌아가려고 합니다. 그 골짜기에는 선거인으로 등록하고 투표를 하려 한다는 이유로 갖은 박해와 협박을 당하고 살해당하기까지 하는 앨라배마와 미시시피의 수많은 흑인들이 살고 있습니다. 나는 남부 전역과 북부 대도시에 흩어져 있는 골짜기로 돌아가려고 합니다. 그 골짜기에는 수많은 백인 흑인 형제들이 풍요로운 사회 한가운데에 떠 있는 폐쇄된 빈곤의 우리에 갇혀 숨을 헐떡이고 있습니다.

완화하는 데 만족하지 말고 그 근본적인 원인을 제거해야 합니다.

나는 인류가 직면한 세번째 악인 전쟁에 대해서도 깊은 관심을 가지고 있었다. 나는 오슬로에서 국가간 관계를 포함한 모든 인간 갈등의 해결책으로 비폭력주의 철학과 전략을 연구하고 진지한 실험을 진행할 것을 제안했다. 나는 이런 제안이 비현실적인 것은 아니라고 생각했다.

비폭력적인 수단으로 세계평화를 이루자는 저의 주장은 결코 터무니없는 것이 아닙니다. 다른 방법은 모두 실패로 돌아가지 않았습니까? 따라서 우리는 새로운 방법으로 시작해야 합니다. 비폭력주의는 세계평화를 지향하는 훌륭한 출발점이 될 것입니다. 비폭력주의를 신조로 삼고 있는 우리들은 폭력과 증오, 감정을 자극하는 주장들 속에서도 합리성과 냉철함, 그리고 상호이해를 고무하는 주장을 펼 수 있습니다. 평화적인 제도는 평화적인 분위기 속에서만 싹틀 수 있습니다.

세계적인 인종차별과 빈곤, 전쟁, 이 세 가지 숙제를 해결하면 인간은 과학적 진보에 뒤지지 않는 도덕적 진보를 달성할 수 있을 것이며 평화롭게 살아가는 실제적인 기술을 터득할 수 있을 것입니다.

노벨평화상 수상으로 비폭력주의야말로 급속하게 파멸의 길로 치닫는 이 시대의 난국에 대처하는 새로운 방향이라는 내 신념은 더욱 확고해졌다.

세계 여러 곳을 여행하면서, 나는 미국의 대외정책의 순수성에 대한 세계적인 평가는 인종적 정의의 문제를 기준으로 이루어진다는 사실을 깨닫게 되었다. 노벨평화상 수상식이 있던 날, 오슬로 시의 신문에는 미시시피 주 머리디언 시에서 벌어진 불법적인 사건이 머릿기사로 보도되었다. 시민권운동이 노벨평화상을 받은 바로 그날, 전 해 여름 선거인 등록을 권유하던 시민권 활동가 세 명을 잔인하게 살해한 혐의로 체포된 용의자 19명에 대한 기소가 각하되었던 것이다. 우리는 미국 전역의 양심적인 사람들이 단합하여 폭력과 테러, 그리고 사법부의 태만이 난무하고 있는 미시시피 주의 끔찍한 상황에 대처해야 한다고 생각했다. 우리는 전국적으로 미시시피 생산품 불매운동을 벌일 것을 결정했다.

하지만 불매운동 계획이 아니었더라도, 미시시피 주에서 자행되는 인종차별의 근본적 원인, 즉 흑인에 대한 투표권 부인을 당장 교정할 수 있는 기회는 의회에도 존재하고 있었다. 1965년 1월 4일 월요일에 하원의회는 미시시피 주 대의원 전원의 의회참석을 문제시하는 안건을 제기했다. 1870년 2월 3일 제정된 법령의 조항에 의하면, 미시시피 주 대의원이 의회 참석허가를 받으려면 기결수와 정신병자를 제외하고 미시시피 주

361

에 6개월 이상 거주한 21세 이상의 시민들의 자유투표가 필요했다. 그러나 미시시피 주는 50년 동안이나 국가와 맺은 중대한 약속을 고의로 무시하면서 참석할 자격도 없는 의회에서 의석을 차지했던 것이다. 폭력과 불법이라는 미시시피의 두 비극을 목도한 양심적인 미국인들은 부도덕한 대의원들에 대한 도덕적인 문제제기를 지지하고 나섰다.

25

말콤 엑스
Malcolm X

말콤 엑스는 자신의 견해를 유창하게 밝히는 사람이었다.
말콤 엑스는 인종문제에 대해 큰 관심을 가지고 있었다.
인종문제를 해결할 방안에 대한 생각은 상당히 달랐지만, 나는 언제나
말콤 엑스에게 깊은 애정을 가지고 있었으며
인종문제의 현실과 근원에 대한 그의 통찰력을 높이 평가했다.

1964년 3월 26일(35세)
미국 상원의회에서 개최된 기자회견 직후에 킹 목사와 말콤 엑스가 잠시 만나다.

1965년 2월 5일
킹 목사의 부인인 코레타 스콧 킹 여사가 앨라배마 주 셀마에서 말콤 엑스를 만나다.

2월 21일
말콤 엑스, 할렘에서 암살당하다.

1964년 3월 말콤 엑스를 만나다.

나는 워싱턴에서 말콤 엑스를 만난 적이 있었다. 하지만 그때는 우리가 많은 이야기를 나눌 수 있는 상황이 아니었다.

말콤 엑스는 논리정연한 사람이었다. 하지만 나는 그가 지닌 정치적, 철학적 견해의 상당 부분에 동의할 수 없었다. 물론 나는 그가 지금 견지하는 태도를 이해할 수는 있다. 그가 독선적인 사람이라고 말하고 싶지는 않다. 나는 유일한 진리와 유일한 방법만을 인정하는 사람이 아니기 때문에 그의 견해가 문제를 해결할 수 있는 해답이 될 수도 있다고 생각한다.

하지만 나는 폭력으로는 우리의 문제를 해결할 수 없다고 생각하기 때문에 그가 폭력을 사용하자는 주장을 덜 했으면 하고 생각한다. 말콤은 흑인들이 처한 절망적인 상황에 대해서 장황한 이야기만을 늘어놓을 뿐 긍정적이고 창조적인 대안을 제시하지 않는다는 점에서 자신뿐 아니라 흑인들에게 나쁜 영향을 미치고 있다. 흑인들이 거주하는 빈민가에서 격정적이고 선동적인 말투로 무장과 폭력을 사주하는 그의 태도는 재앙 외에는 아무런 성과도 거두지 못할 것이다.

폭력적 행동을 취한다면 우리는 절대적인 열세에 처하게 될 것이다. 또한 폭력적 행동이 끝나도 흑인들은 변함 없이 가난하고 굴욕적인 삶을 살아야 할 것이다. 흑인들이 느끼는 증오와 원한은 더욱 심해질 것이며 현실로 돌아오면 더 심한 비참함을 느끼게 될 것이다. 따라서 도덕적인 면에서도, 실제적인 면에서도, 미국 흑인들이 의지할 수 있는 합리적인 방법은 비폭력밖에 없다.

나는 뉴욕에서 계란 세례를 받고 나서 그것이 블랙 내셔널리스트(Black Nationalist, 백인에게서 분리하여 흑인의 자치에 의한 사회를 미국 내에 건설할 것을 주장)들의 행동이라고 생각했다. 그들은 내가 온건한 태도로 사랑을 설교한다는 사실 때문에 백인에 대한 증오심을 나에게 돌리려고 했다. 그들은 내가 자신들이 원한을 품은 대상을 사랑하라고 설교하고 있다고 생각하고 있었다. 실제로 말콤 엑스는 어떤 모임에서 나에 대해서 상당히 많은 이야기를 하면서 거기 모인 사람들에게 다음날 밤에 내가 올 것이니 "킹 목사에게 가서 여러분이 킹 목사에 대해서 어떻게 생각하고 있는지 말해주십시오" 하고 말했으며, 흑인들을 소방호스와 경찰견 앞으로 내몰았다면서 나의 비폭력주의를 비판했다고 한다. 그는 나를 세련된 엉클 톰이라고 생각하는 것 같았다.

그들은 비폭력주의를 제대로 이해하지 못하고 있었다. 그들은 무저항주의와 비폭력적인 저항은 전혀 다르다는 사실을 이해하지 못했다. 나는 사람들에게 멍하니 주저앉아서 차별적 대우를 묵인하라고 한 적이 없으며, 있는 힘을 다해 사악한 제도와 맞서 싸우는 사람만이 비겁자가 아니라고 말했다. 저항을 계속하는 사람은 도덕적인 면에서도 또한 전술적인 면에서도 비폭력을 고수하는 편이 더 낫다는 것을 깨닫게 될 것이다. 도덕적인 면을 따지지 않더라도 폭력투쟁은 실용적이지 않다.

우리 사회는 상당수의 흑인들에게 '쓸모 없는 인간'이라는 열등감을 강요했다. 우리는 그 과정에서 형성된 뿌리깊은 절망감이 말콤 엑스라는 피해자를 만들어냈다는 점을 이해해야 한다. 우리는 비관주의를 비난할 때처럼 열정적인 태도로 우리 사회에 존재하는 인종차별과 억압, 비인간적 대우 등의 조건을 비난해야만 한다.

1964년 아들 마틴 3세와 야구하는 킹.

증오와 폭력의 산물

폭력이 다시 폭력을 부르는 끔찍한 악몽은 미국 흑인의 역사에서 가장 큰 비극이다. 하지만 폭력주의는 절망을 강요하는 생존환경에서 나타나게 마련인 공격성이 잘못 표출된 전형적인 경우라고 할 수 있다.

이런 비참한 궁지에 빠지게 된 진정한 이유와 과정은 무시하고, 이류시민이라는 굴욕적인 대우를 받으면서 느끼는 절망감 속에서 서로에 대해 맹목적인 난폭함을 보이는 경우가 얼마나 많은가? 흑인들이 백인사회를 악의 근원이라고 보면서도 모든 힘을 동원해서 자기 파괴적인 행동에 뛰어든다는 것은 너무나 슬프고도 기가 막힐 일이 아닌가?

말콤 엑스는 '증오는 증오를 부른다'는 제목의 TV 다큐멘터리 덕분에 널리 알려지게 되었는데, 그 제목이야말로 말콤의 인생과 죽음을 특징적으로 묘사한 것이라고 할 수 있다. 그는 미국 흑인들의 비참한 생활에 스며든 증오와 폭력이 만들어낸 인물이자, 다수의 흑인들을 괴롭히는 억압과 빈곤, 차별 등의 조건이 불가피하게 빚어낸 절망감의 희생양이었다.

어린 시절의 말콤에게는 아무런 희망도 없었다. 그에게는 교육을 받을 기회도 종교적인 복음이나 비폭력운동을 접할 기회도 없었다. 가비운동(Garvey movement, 자메이카 출신의 흑인운동 지도자 가비가 1919년부터 1926년까지 뉴욕 할렘에 기반을 두고 전개한 흑인민족운동. 백인자본주의의 틀 안에서의 흑인의 경제적 지위를 향상시키는 활동에 중점을 둠)을 접하기에는 나이가 너무 어렸고, 공산주의자가 되기에는 너무 가난했다. 당시 공산주의자들은 흑인지식인들과 흑인노동자들을 대상으로 한 활동에 전념하고 있었다. 그들은 이 계층이 일반 흑인들과는 아무런 관련이 없다는 사실을 깨닫지 못하고 있었다.

말콤은 타고난 지성과 욕구를 가진 인물로 그것을 표현할 출구와 방법을 갈구했다. 처음에 그는 암흑가에 뛰어들었지만, 그것은 청년의 마음을 끌어당길 만한 의미 있는 일이 아니었다. 그가 암흑가의 보스가 될 수 있는 길을 마다하고 인생의 의미와 사명을 찾아서 종교에 의지하게 되었다는 사실은 말콤의 개인적인 인격과 품성을 입증한다. 말콤은 암살 당하기 직전에도 계속해서 변화하며 성장하고 있었다.

말콤이 앨라배마 주 셀마에 왔을 때 나는 교도소에 갇혀 있어서 그가 오는 것을 막을 수도 없는 처지였다. 나는 말콤 엑스와 상충되는 철학을 가지고 있었으며 비폭력시위가 진행중일 때라 그를 초청할 생각이 전혀 없었다. 그렇다고 해서 내가 말콤 엑스를 존경하지 않는다는 의미로 받아들인다면 그것은 큰 오산이다.

그는 셀마 방문중에 내 아내를 만나서 자신의 개인적 투쟁경험을 장황하게 늘어놓고 비폭력운동에 대한 관심을 표현했다. 하지만 그는 폭력주의를 버릴 수도 없었고 자신의 인생 경험 속에 새겨진 깊은 원한을 극복할 수도 없었다. 그는 흑인문제를 해결하는 한 가지 방법으로 정치에 대한 관심을 표명했다. 이런 모든 요소들은 그가 자신의 재능을 발휘할 수 있는 방법을 찾아다니는 열정을 가진 인물임을 보여주는 것들이라고 할 수 있다.

하지만 역사는 그의 열정적인 활동을 허락하지 않았다. 그는 현재의 사회조건이 자신의 할머니의 강간과 아버지의 살해를 용인했다고 생각했기 때문에 사회질서를 받아들이거나 그 속에 동화될 수 없었다. 그는 사회질서에서 벗어난 삶을 살다가 전도유망한 인생을 자신을 잉태한 폭력에 바치고 요절하고 말았다.

말콤 엑스의 암살은 비극적인 사건이었다. 이 비극적인 악몽은 우리에게 폭력과 증오는 폭력과 증오를 낳을 뿐이며, "칼을 치우라"는 예수님의 가르침이 여전히 유효하다는 깨달음을 준다. 우리는 다른 의견을 가진 사람에게 폭력을 행사해서는 안 된다. 마음속에서는 원한을 품으라고 유혹하는 목소리가 끊임없이 들리겠지만, 우리는 원한과 증오는 숙명의 날을 향하여 전진하는 사람들이 감당하기에는 너무나 무거운 짐이라는 사실을 깨달아야만 한다.

미국 흑인들에게는 유능한 지도자들이 많이 필요하다. 우리에게는 재능 있는 지도자가 부족하므로, 시기나 탐욕, 경쟁심 때문에 채 성숙하지 않은 사람들을 파멸로 몰아넣어서는 안 된다. 콩고의 패트리스 라뭄바의 죽음과 말콤 엑스의 죽음으로 세계는 유능한 지도자들을 잃고 말았다. 나는 이 두 사람과는 견해가 달랐지만 그들이 막 성숙기에 들어선 존경할 만한 지도력, 판단력과 정치력을 가지고 있었다는 점은 충분히 인정한다.

말콤 엑스는 자신의 철학적 전제조건을 재평가하고 비폭력운동과 일반적인 백인들에 대한 경직된 태도를 개선해가던 중에 비극적인 죽음을 맞게 되었다. 나는 이 점을 더욱 안타깝게 생각한다.

우리는 이 비극에서 한 가지 교훈을 얻어야 한다. 폭력은 비실용적인 것이다. 우리 사회에 사랑과 정의가 넘치게 하기 위해서 우리는 그 어느때보다도 열정적으로 비폭력노선을 추구해야 한다. 생존을 원한다면 우리는 증오와 폭력을 영원한 망각의 강에 던져버려야 한다.

블랙 내셔널리즘의 성장은 인종차별적 현실 때문에 많은 흑인들이 겪는 좌절과 불만, 불안감이 깊어져 가는 것을 드러내는 조짐이라고 할 수 있다. 블랙 내셔널리즘은 이런 절망적인 상황에서 벗어나려는 시도의 하나였다. 그러나 블랙 내셔널리즘은 내가 비난해왔던 비현실적이며 분파주의적인 견해를 근간으로 하고 백인의 패권적 지배를 흑인의 패권적 지배로 대체했을 뿐이었다. 우리는 약자의 처지에서 강자의 처지로 상승하려고 해서는 안 된다. 우리는 모든 사람에게 민주주의와 인류애가 현실이 되는 사회, 도덕적 균형을 잃지 않는 사회를 만들기 위해서 노력해야 한다.

26

셀마 투쟁
Selma

1965년의 쟁점은 투표권이었으며
그 쟁점은 앨라배마 주 셀마 시에서 터져나왔다.
셀마의 현실은 흑인이 다수를 차지하는 남부의 흑인 지대에서 이루어지는
시민권 박탈의 전형적인 사례를 대표하는 것이었다

1965년 2월 1일(36세)
킹 목사, 앨라배마 주 셀마 시에서 투표권 쟁취를 위한 행진시위 직후
200명의 시위자들과 함께 투옥되다

2월 26일
앨라배마 주 마리온 시에서 시위를 하던 지미 리 잭슨이 경찰의 총탄에 사망하다.

3월 7일
에드먼드 페터스 브릿지에서 투표권 쟁취를 외치던 행진 시위대열이 폭행당하다.

3월 11일
제임스 립 목사, 백인 인종주의자들에게 폭행당하여 사망하다

3월 25일
킹 목사, 셀마에서 몽고메리까지의 행진시위를 결산하는 연설을 하다.
그로부터 몇 시간 뒤에 KKK단이 행진시위대를 셀마로 돌려보내던
바이올라 그레그 리우조를 살해하다.

1965년 셀마에서 살해당한 제임스 립 목사의 장례식에 참석한 킹.　1965년 몽고메리 주의회의사당 앞에서 '우린 승리하리라'를 부르며 행진하는 사람들.

1964년 2월 스칸디나비아에서 돌아오는 길에 나는 존슨 대통령을 만났다. 나는 여러 이야기를 나누다가 투표권 문제로 화제를 돌렸다.

존슨 대통령은 이렇게 말했다. "킹 목사, 흑인들이 투표권을 손에 넣어야 한다는 당신의 주장은 옳습니다. 언젠가는 나도 흑인들의 투표권을 인정할 계획입니다. 하지만 이번 의회 회기중에는 투표권 관련 법안을 통과시킬 수 없습니다. 제가 구상하는 위대한 사회건설 프로그램 중에 이번 회기에 통과시켜야 할 법안이 몇 가지 있는데, 그 법안들은 투표권 법안에 못지않게 흑인들의 조건을 향상시키는 데 도움이 될 것이라고 생각합니다. 이 법안들을 우선 통과시키고 나서 다른 법안을 통과시키도록 합시다."

나는 "그런 모든 문제들을 해결하려면 무엇보다도 정치개혁이 필요합니다" 하고 말했다.

존슨 대통령은 이렇게 말했다. "나는 투표권 법안을 통과시킬 수 없습니다. 다른 법안을 통과시키려면 남부지역 의원들의 찬성표가 필요하기 때문입니다. 내가 투표권 법안을 제출한다면 남부지역 의원들은 모든 법안의 통과를 저지할 것입니다. 그렇게 하는 것은 현명하지 않을 뿐 아니라 정치적으로도 적절하지 않습니다."

나는 "그렇다면 우리는 사용할 수 있는 최선의 방법을 강구해야겠군요" 하고 응답했다.

나는 오슬로라는 산 정상과 백악관이라는 산 정상을 떠나서 두 주일 후에는 랄프 애버니시를 포함한 일행과 함께 앨라배마 주 셀마의 골짜기로 내려왔다. 우리는 셀마에서 중대 활동을 진행했다. 그로부터 3개월 후, 자기 임기 내에는 투표권 법안을 통과시킬 수 없겠다고 말했던 존슨 대통령이 텔레비전을 통해서 "우리는 승리할 것입니다" 하고 공언하면서 의회에 투표권 법안을 승인할 것을 요청했다. 그로부터 2개월 후에 투표권 법안은 통과되었다.

존슨 대통령은 투표권 문제에 전혀 손을 쓸 수 없다고 말했다. 하지만 우리는 운동을 시작했던 것이다.

투표권 부인의 행태

1965년의 앨라배마 주 셀마는 1963년의 버밍햄과 같은 상황이었다. 셀마에서 쟁점이 된 것은 공공시설 문제가 아니라 투표권 문제였다. 투표권 문제는 시민의 권리와 자기 운명에 대한 결정권을 갈구하는 사람들이 엄청난 관심을 보이는 사안이었다.

수천 명의 셀마 흑인들이 투표함에 이르는 길을 가로막는 악의 세력에 대항하여 용감하게 나섰다. 그들은 전 국민 앞에, 그리고 전 세계 앞에 인종차별주의자의 본질을 폭로했다. 앨라배마와 루이지애나, 미시시피 등을 포함한 남부지역사회에는 사소한 차이는 있었지만 흑인의 투표권을 부인하는 수천 개의 사악한 세력들이 활약하고 있었다.

흑인의 투표권을 부인하는 세력은 흑인들의 투쟁을 저지하기 위해서 네 가지 방어막을 사용하고 있었다.

첫째, 군을 비롯한 지역정부가 셀마의 짐 클락 보안관처럼 게슈타포식의 통제기법을 사용했다. 이들이 휘두르는 권력과 잔혹성 뒤에는 신중하게 고안된 비결이 있었다. 이들은 총과 곤봉을 휘둘러서 공포심을 만들어냈으며, 이 공포심을 흑인들의 투표권 행사를 가로막는 주요한 장해물로 사용했다. 이 공포심은 345년 간 지속된 노예제도와 법적 흑백차별제도로 형성된 열등감과 기득권 세력의 야만적 행동이 빚어낸 것이었다.

둘째, 흑인들의 단합된 행동을 저해하기 위해서 고안된 시 조례가 존재했다. 행진 관련 조례와 지방법률은 대중집회에 대한 공무원들의 엄중한 감독과 간섭을 규정했기 때문에 흑인들은 차별대우에 대항한 집단적인 행동계획을 세울 수 없었다. 이 법률들은 의도적으로 미국헌법 수정조항 제1조를 무시하고 있었다.

오랜 세월 동안 공권력의 협박에 위축되었던 흑인사회는 유일한 탈출구가 단결된 행동뿐이라는 사실을 깨닫게 되었다. 한 사람의 흑인이 저항을 하면 그는 그 지역에서 추방되고 말지만, 수천 명의 흑인들이 단결하여 저항하면 상황은 확실하게 달라졌다.

흑인을 속박하는 세번째 문제는 선거인 등록사무를 담당하는 공무원들이 업무처리에 능장을 부리고 있으며 등록사무가 시행되는 날짜와 시간이 제한되어 있었다는 점이다. 셀마와 인근 달라스 군 지역에서 투표권을 행사할 자격이 있는 흑인 수는 1만 5,000명에 달했지만 실제로 선거인 등록을 한 흑인은 350명에 불과했다. 그러므로 선거인으로 등록할 기회를 극히 제한하는 당국의 조치에 대한 계속적인 항의가 필요했다.

흑인들이 투표권을 행사할 수 없게 만드는 네번째 문제는 읽기 쓰기 능력 테스트였다. 이 테스트는 지나치게 어려운 내용으로 만들어져 있었다. 법무성조차 여러 군에서 이 테스트가 공정하게 시행되지 않고 있다는 사실을 확인했을 정도였다.

투표권 문제의 핵심은 투표사무를 담당하는 기구를 주가 임명한 공무원들이 장악하고 있으며, 또한 이들은 남부에서 계속 권력을 휘두르려면 흑인들의 투표권을 인정해서는 안 된다고 생각하는 사람들의 의지대로 좌지우지되고 있었다는 점이다. 투표사무를 게을리 할 수 없도록 하는 대책들이 마련되고, 몇몇 불법적인 행위들이 폭로되었지만, 투표사무의 행태 문제는 극복되지 않았다. 가장 간단한 방법은 연방정부가 주 당국이 가진 투표사무 감독권을 박탈하여 효과적으로 투표사무를 감독할 수 있는 기구를 설립하는 것이었다.

1957년과 1960년, 그리고 1964년의 법률로 단편적인 개혁이 이루어지기는 했지만 투표권 부인은 계속되었고 흑인들에게 깊은 상처를 주었다. 단편적이고 더디게 진행되는 선거인 등록 집행절차를 더 이상은 기다릴 수 없는 상황이었으므로, 1965년의 의회에서는 반드시 투표권과 관련된 새로운 법률을 통과시켜야 했다.

제임스 베벨 목사가 지휘하던 '직접 행동부서'는 투표권 쟁취투쟁을 통해서 앨라배마 주와 남부지역 정치구조의 심장부를 공격한다는 결정을 내렸다. 셀마의 선거인 등록투쟁은 1964년 12월 17일경에 시작될 예정이었으나, 실제로는 1965년 1월 2일 시작되었다. SCLC 지부조직인 '달라스 유권자연맹'은 흑인들의 선거인 등록확대를 위해서 SCLC에 지원을 요청했다. 우리는 해당 지역의 사람들을 투쟁에 참여시키기 위해서 군 당국과 주 당국이 정한 선거인 등록기간을 '자유기간'으로 정했다. 우리는 그 기간에 브라운 채플 A. M. E. 교회에 집결하여 법원까지 행진하기로 했다. 셀마와 마리온에서만 3,000명이 넘는 사람들이 체포되었으며, 나도 법원으로 행진하던 도중에 체포되었다.

셀마 교도소

노르웨이 국왕은 내게 노벨평화상을 수여할 때만 해도 60일도 채 지나지 않아 내가 투옥될 것이라고는 상상도 하지 못했을 것이다. 사람들은 남부지역의 투쟁이 아직 끝나지 않았다는 사실을 모르고 있었다. 앨라배마 주 셀마 시에서 수백 명의 흑인들이 투옥되는 사건이 발생하자, 미국 전역과 세계는 그제야 남부에는 여전히 추악한 흑백차별문제가 지속되고 있음을 직시하게 되었다.

1964년에 '시민권 법령'이 통과되었을 때 양심적인 미국인들 중에는 힘든 투쟁은 끝났다고 판단하고 안심하는 사람이 많았다. 하지만 투표권

셀마 교도소에서 운동동지들에게 보내는 지시문

1965년 2월

셀마에 전 국민의 관심을 집중시키기 위해서 이렇게 합시다.

1. 조 로웨리 : 플로리다 주지사인 레로이 콜린스에게 전화를 걸 것. 그에게 셀마를 방문해서 시 당국자 및 군 당국자들과 면담을 하여 신속한 선거인 등록과 등록기간 연장을 촉구하라고 요구할 것.

2. 월터 파운트로이 : 의원들이 개인적으로 셀마 문제를 조사하기 위해서 오게 만들 것. 의원들이 셀마에 오면 반드시 대중집회에 참석시켜야 함.

3. 로웨리와 리 화이트 : 존슨 대통령에게 전화를 걸어서 어떤 형태로든(셀마에 은밀히 특사를 보낸다든지, 법무성을 관여시킨다든지, 기자회견을 통해 달라스와 셀마의 공무원들에게 탄원을 한다든지) 중재해달라고 당부할 것.

4. 척 존스 : 토마스 판사가 연이은 체포에 대하여 즉각적인 금지명령을 내리고 선거인 등록의 신속한 처리를 촉구하지 않을 경우, 변호사에게 제5 순회법원으로 가라고 할 것.

5. 버나드 라파에트 : 이번 주에는 하루라도 시위활동을 중단하지 말 것.

6. 내 체포에 항의하여 시립교도소까지 야간행진을 하는 문제를 고려해볼 것. 클락 보안관이 본성을 드러내도록 법정까지 다시 한 번 행진하도록 할 것.

7. 교사들을 행진에 참여시키기 위해서 각 방면으로 노력할 것.

8. 클라렌스 존스 : 조직 동원에 없어서는 안 될 집행부가 체포된 경우 즉시 보석을 신청할 것.

9. 애틀랜타 지회 : C. T. 비비안에게 연락해서 다른 집행부원이 활동하지 못할 경우에 대비해서 캘리포니아에서 돌아오라고 할 것.

12. '셀마 지회' 편집자는 대통령에게 전보를 보내어 셀마 문제해결을 위한 의회 특별위원회 구성을 요청할 것. 우리도 함께 위원회의 구성을 요청한다. 어떤 일이 있어도 시 당국을 불쾌하게 만들어서는 안 된다. 시 당국은 규율을 지키고 있으며 셀마는 공공시설의 흑백차별을 폐지했으므로 건전한 사회라는 인상을 주려고 애쓰고 있다. 우리는 투표권 문제가 쟁점이며 셀마는 투표권과 관련하여 비열한 태도를 보이고 있다는 점을 주장해야 한다. 지나치게 온순한 태도를 취해서는 안 된다. 우리는 적극적인 공세를 취해야 한다. 베이커 씨가 우리 운동을 통제할 수 있게 허용해서는 안 된다. 위기시에는 극적인 상황을 연출할 필요가 있다.

13. 랄프는 새미 데이비스에게 연락해서 앨라배마 활동에 필요한 자금을 위해 애틀랜타에서 주일모금을 시행할 것을 부탁할 것. 내가 교도소에 있거나 어려움에 처해 있으면 이 사람들은 보다 우호적인 반응을 보이는 것 같다.

문제가 아니더라도 셀마 흑인들이 인간적인 대우를 받는다는 것은 쉬운 일이 아니었다. 기자들이 클락 보안관에게 어떤 여성 피고인이 기혼자인지를 묻자 그는 "검둥이년한테 미스니 미시즈니 하는 호칭을 붙일 필요가 있겠소?" 하고 대답했다.

1965년의 미국인데도 말이다. 우리는 비인간적인 대우를 받는 흑인형제들과 조국을 위해서 더 이상 이런 상황을 용인하지 않으려 했다는 이유만으로 투옥 당한 것이다. 투표할 권리를 가로막는 모든 장벽을 없애기 위해서는 연방법률의 개정과 법률 집행수단의 확대가 시급하게 필요했다.

나는 기자들 앞에서 우리의 목표를 간략한 문장으로 설명했다.

지난 한 달 동안 셀마 시와 달라스의 흑인시민들은 수백 명씩 모여서 선거인 등록을 하려고 했습니다. 지금까지 등록사무소에 들어간 사람은 57명뿐이고, 교도소에 갇히게 된 사람은 280명이나 됩니다. 등록사무소에 들어가서 선거인 등록을 하려 했던 57명 중에서 선거인 등록이 인정되었다는 통지를 받은 사람은 아무도 없으며, 앞으로 그들이 선거인으로 등록될 것이라는 희망은 전혀 보이지 않습니다. 선거인 등록 테스트는 너무나 어렵고 터무니없는 내용이라서 대법원장조차 대답할 수 없는 문제도 있습니다.

작년 한 해 동안 흑인들은 클락 보안관 휘하의 경찰들에게 폭행과 해고, 더딘 선거인 등록절차와 어려운 읽기 쓰기 능력 테스트로 괴로움을 당했습니다. 흑인들은 선거인으로 등록하여 투표를 하려고 했다는 이유만으로 이런 고통을 당해야 했습니다.

이제 우리는 이런 불의를 끝장내야 합니다. 양심적인 국민이라면 인종차별주의자의 이익 때문에 민주적인 절차가 짓밟히고 악용되는 것을 방관해서는 안 됩니다. 우리나라는 세계 전역의 전제국가에 대항하여 전쟁을 선포해왔습니다. 이제는 우리나라 내부에 존재하는 억압과 전제주의에 대항하여 전쟁을 선포할 것을 존슨 대통령과 월러스 주지사, 대법원과 의회에 촉구합니다.

흑인들이 투표권을 가지게 되면 짐 클락과 같은 사람들은 공석에 남아 있을 수 없을 것이며, 흑인들을 괴롭히는 가혹한 빈곤도 사라질 것입니다. 또한 우리 아이들은 흑백분리학교에 다니면서 마음의 상처를 입지 않아도 될 것이며, 전 지역사회가 조화롭게 살아갈 수 있을 것입니다.

우리는 선동적 방법에 의존하는 사악한 세력들에 대항하여 전쟁을 선포한 것입니다. 전 지역사회가 우리의 항의운동에 합세할 것입니다. 우리는 투표절차와 민주주의 제도에 변화가 일어나는 날까지 투쟁의 발걸음을 늦추지 않을 것입니다.

나는 2월 5일 금요일에 셀마 교도소에서 출옥하면서 곧 워싱턴을 방문하겠다고 밝혔다. 2월 9일 화요일 오후, 나는 허버트 H. 험프리 부통령과 니콜라스 카젠바흐 법무장관을 만났다. 부통령은 '기회균등협회'의 의장 자격으로 그 자리에 참석한 것이었다. 나와 동료들은 두 사람에게 모든 시민들이 협박, 경제적 위협, 혹은 경찰의 만행을 당하지 않고 지체 없이 투표의 권리와 의무를 행사할 수 있어야 한다는 생각을 분명히 밝혔다.

몇 년 동안 남부의 주 중에서 선거인 등록절차가 상당한 진전을 보인 곳은 몇 군데에 지나지 않고, 대부분의 주들이 1957년에 제정된 절름발이 법에 의거하여 흑인들의 선거인 등록을 저지하고 있었다. 존슨 대통령은 최근의 기자회견에서 또 다른 문제점은 "흑인의 선거인 등록사무가 더디게 진행되고 있는 점"이라고 말했다. 이것은 셀마에서 발생한 여러 가지 추악한 사건들로 여실히 드러나고 있었다. 등록사무가 이런 속도로 진행되다가는 선거인으로 등록할 자격이 있는 모든 흑인들이 선거인 등록을 마치려면 100년은 걸릴 것이다.

셀마에는 선거인으로 등록된 흑인들보다 훨씬 많은 수의 흑인들이 교도소에 수감되어 있었다. 선거인 등록사무가 더디게 진행되는 것은 우연한 일이 아니었다. 남부의 수많은 지역에서는 백인 정치권력을 유지하기 위해서 여러 전술과 장치들이 사용되었는데, 선거인 등록사무 지연작전 역시 그들의 계산된 행동이었다. 단편적인 법률의 조합으로는 투표권 문제를 치유할 도리가 없었다. 그러므로 남부에서 흑인들이 지연이나 애로사항 없이 안심하고 선거인 등록을 할 수 있도록 보호하는 입법적 수단이 필요했다. 1957년, 1960년, 1964년의 시민권 법령상의 투표권 조항은 남부지역 흑인들의 투표권을 보장하기에는 부적절한 것이었다.

존슨 대통령은 연두교서에서 "투표의 권리나 기회와 관련하여 남아 있는 모든 장해물을 일소합시다"라고 주장했다. 나는 험프리 부통령과 카젠바흐 법무장관에게 법무성이 대통령의 이런 의지를 집행하기 위해서 투표와 관련된 법률의 제정을 구상하는 것은 대단히 고무적인 일이라고 말했다.

나는 법무장관에게 3,000명 이상의 셀마 흑인들에 대한 기소를 중지하도록 훈령을 내려달라고 요청했다. 이런 조처가 내려지지 않으면, 이들은 투표권의 정당성이 입증되기까지 성가신 소송과정과 많은 소송비용에 시달리게 될 것이었다. 나는 기존 법률은 투표권 문제를 해결하기에는 불충분하다고 판단하고, 부통령과 법무장관에게 행정부의 법제화 계획 내에 법무장관과 시민들에게 근거 없는 기소 등의 주 법원의 지연작전 및 탄압을 피해갈 수 있는 힘을 부여하는 새로운 절차를 포함시켜 달라고 요청했다.

나는 존슨 대통령, 험프리 부통령, 카젠바흐 법무장관, 그리고 새로 구성된 '지역사회관계 봉사회' 의장인 레로이 콜린스 플로리다 주지사를 만나, 행정부에 대해 지연이나 애로사항 없이 투표권을 보장하는 투표권 관련 법안을 제시하라고 촉구했다.

대립을 일으킨 사건들

앨라배마 주 셀마에서 투표권 쟁취투쟁을 전개하던 중, 언론은 나와 앨라배마 주 공무원들, 그리고 연방정부 사이에 3월 9일 화요일에 예정된 몽고메리 행진을 취소한다는 '어려운 양해'가 오고 갔다고 보도했다.

주 공무원들에 대한 금지명령 요청을 지지한다는 내 발언이 보도되자, 그것을 내가 백인성직자들과 흑인의 분노를 잠재우기 위해서 연방정부와 협력하고 있다는 의미로 해석하는 사람들도 있었다. 나는 이런 오해를 피하기 위해서 행진대열이 셀마의 피터스 브리지에서 앨라배마 주경찰대와 직면하고 나서 폭력적인 충돌을 일으키지 않고 돌아오게 된 사건의 배경을 공식적으로 알려야겠다고 생각했다.

셀마 시위의 목표는 비폭력적 방법으로 불의와 차별이 존재한다는 사실을 널리 알리고 정의를 앞당기는 데 있었다. 오랜 경험을 통해서 우리들은 흑인들이 이 목표를 달성하려면 네 가지 조건이 충족되어야 한다는 사실을 알고 있었다.

1. 거리에서 헌법적인 권리를 행사하기 위한 비폭력시위를 전개한다.
2. 인종차별주의자들이 비폭력시위대에 불법적인 폭력을 휘두르면서 저항한다.
3. 양심적인 미국 국민들이 연방정부의 개입과 연방차원의 법제화를 요구한다.
4. 행정부가 여론을 의식하여 이 문제에 즉각적으로 개입하여 이 문제의 개선에 필요한 법률제정을 지지한다.

이런 과정은 간단하고 평온하게 이루어질 수 없었다. 지역 당국자들이 비폭력항의운동에 대해서 갖은 협박과 고초, 만행으로 대응하자, 연방정부는 처음에는 범죄행위를 자행하는 자들에게 압력을 가하는 대신 흑인들에게 시위를 중지하고 거리에서 철수할 것을 요청했다. 우리는 이러한 연방의 요구를 완강히 거절하고 수백만의 국민들이 연방정부에 대하여 우리들을 위한 보호방침을 마련하도록 압력을 가하기를 기대했다. 수백만 미국 흑인들의 완전한 자유와 평등이라는 문제에 대해서 긍정적인 태도를 취하는 쪽과 부정적인 태도를 취하는 쪽이 있지만, 연방정부는 이 문제에 관하여 중립적일 수 없다는 것이 우리들의 생각이었다.

우리는 셀마에서의 비폭력적인 직접 행동이 폭력사태를 야기할 것이라는 충고를 자주 들었다. 이것은 대단히 어려운 문제였다. 우리 시위에 대해 반감을 가진 사람들이 불법적인 행동을 하게 될 가능성도 있으므로, 우리의 직접 행동이 폭력을 야기했다고 간주되지 않도록 신중히 행동해야 했다. 따라서 우리는 상황 하나하나에 대하여 세밀히 연구해야 했다. 상대세력의 힘과 특징을 세밀히 평가해야 했고, 이런 요소에 변화가 생기면 우리의 전략도 바꾸어야 했다. 하지만 우리의 행진은 언제, 어디서 끝내야 할지 알 수 없었다.

셀마에서 몽고메리까지의 행진계획에서는 이러한 점이 얼마나 고려되었는가?

동료들은 내 안전문제를 항상 염려했다. 이들은 최근에 몇 사람이 죽었다는 사실을 의식하고 나를 암살하려는 시도가 있을지 모르니 주일행진에는 참가하지 말라고 당부했다. 하지만 나는 이런 문제와 관련해서 도의상 동료들의 희망에 따라 움직이지 못하는 경우가 많았다. 이번에도 나는 신변의 위험을 감수하고 주일행진 대열을 이끌기로 결심했다.

나는 활동일정을 짤 때마다 항상 교회 일을 고려해야 했다. 나는 긴급한 상황으로 교구를 비우는 일이 많았기 때문에 교회신도들에게 항상 미안했다. 이미 두 주일째 교구를 비웠기 때문에 이번 주일에도 교구를 비우게 되면 신도들에게 다시 큰 빚을 지게 되는 셈이었다. 나는 주일 아침예배 후에 전세비행기를 타고 셀마에 도착해서 행진대열을 지휘하고 서너 시간 동안 한 그룹과 이야기를 나눈 다음, 다시 전세비행기를 타고 돌아와서 오후 7시 30분의 주일성찬식을 주재하기로 계획을 짰다.

그런데 월러스 주지사가 행진금지령을 내렸다. 우리는 주 경찰대가 행진참여자를 체포할 것이라고 예상하긴 했지만 잔인한 탄압방법을 동원할 것이라고는 전혀 예상하지 못했다. 나는 만일 체포되면 에버니저로 돌아가서 저녁예배의 성찬식과 세례식을 주재할 수 없는 처지였다. 집행부는 나에게 주일에는 애틀랜타에 남아 있다가 월요일 행진을 지휘하라고 당부했다. 이 제안을 받아들인 나는 주일에는 교회직분에 전념하면서 월요일에 체포될 각오를 다지고 있었다. 주 경찰대가 잔인하게 행동하리라는 것을 예상했다면 나는 교회직분을 포기하는 일이 있더라도 행진대열을 이끌었을 것이다. 주 경찰대의 만행은 어느 누구도 예상하지 못한 일이었다. 주 경찰대는 두 주일 전의 잔인한 행동 때문에 보수적인 앨라배마 신문들에게 혹평을 받고 있었기 때문에, 우리는 주 경찰대가 다시는 폭력을 사용하지 않을 것이라고 생각했던 것이다.

3월 7일 주일에 주 경찰대가 비폭력적인 시위자들에게 잔인한 탄압을 자행했다는 소식을 듣자, 나는 현장에 있지 않았던 것에 대해서 심한 양심의 가책을 느꼈다. 나는 화요일 행진을 지휘하기로 결심하고 월요일 하루 동안 행진준비를 서둘렀다.

3월 9일 화요일 행진을 준비하면서 우리는 진퇴양난의 처지에 빠졌다. 물론 행진을 중단할 생각은 전혀 없었다. 하지만 몽고메리까지 행진할 것인지 아니면 셀마 시내의 특정 장소까지 행진할 것인지는 미리 결정할 수 없는 문제였다. 전 국민의 눈앞에 우리가 불의와 대결하는 모습을 보여주기 위해서 반드시 행진을 재개해야 한다는 것만은 분명한 사실이었다.

다음 문제는 진압세력과 대결하면서 폭력이 야기될 수도 있다는 점이었다. 시민권 활동가들에게는 모든 요소와 결과를 신중히 평가할 책무가 있었다. 무모한 전진은 인명손상 등의 불행한 결과를 초래할 수 있으며, 지도자들이 무책임하다는 판단 때문에 시위참여자들이 투쟁의욕을 상실할 수도 있었다. 그렇다고 해서 폭력사태의 발생을 피한다는 구실로 허울뿐인 행진을 하거나 행진을 아예 포기한다는 것은 지나치게 소극적인 태도였다.

3월 9일 화요일에 몽고메리 연방 디스트릭트 법원의 프랑크 M. 존슨 판사가 나를 비롯해서 투표권 쟁취를 위한 비폭력운동을 진행하는 셀마 지부 지도자들에게 몽고메리로의 평화행진을 금한다는 명령을 내렸다. 존슨 판사의 명령을 접한 우리는 크게 실망하여 침통한 기분이 되었다. 이 명령은 상황을 더욱 어렵게 만들었다. 그 명령은 강도당한 것은 강도당한 사람 탓이라고 비난하는 것이나 다름없는 부당한 조치였다. 나는 아주 힘든 결정을 내려야 했다. 한편으로는 폭발적인 상황이 발생할 가능성을 막기 위한 실제적인 방법을 사용하면서 동시에 법원의 명령을 무시하지 않는 결정을 내려야 했다. 우리는 앨라배마 주의 연방법원이 남부지역 흑인들의 선거권을 확대하려는 우리 계획에 대한 불법적인 방해를 막아줄 것을 기대하고 있었다.

나는 변호사와 셀마 및 기타 지역의 신임할 만한 사람들을 만나서 어떤 행동방침을 취할 것인가를 의논했다. 앨라배마 주 경찰과 제임스 클라크 보안관 휘하의 부대가 셀마의 피터스 브리지 근처의 80번 고속도로에 엄청난 규모의 경찰력을 배치할 것이라는 정보가 들어왔다. 흑인의 권리를 보호주어야 할 연방법원이 그 책무를 소홀히 하고 있다는 판단이 들었다. 정의로운 몽고메리로의 행진에 참여하기 위해서 셀마로 모여든 많은 선량한 사람들을 생각해서, 우리는 행진계획을 강행하기로 결정했다. 나는 불의의 세력과 부딪힐 각오를 하고 지역주민들과 전 세계에 대하여 투표권과 자유를 향한 우리의 결단을 알리기 위한 행진을 지휘하기로 했다.

나와 동료들이 행진준비를 하고 있을 때, '지역사회관계 봉사회'의 콜린스 주지사와 법무차관이자 '시민권 부서'를 담당하는 존 도어가 찾아와서 계획을 철회하라고 설득했다.

콜린스 주지사는 존슨 대통령이 인종, 피부색, 신앙, 주의에 관계없이 모든 사람들에게 평등을 보장하고 선거할 자격이 있는 모든 사람들에게 투표권을 보장하려는 강력한 의지를 가지고 있다고 이야기했다. 그는 상황이 격화되고 있으며 지난 주일과 같은 사태가 재발되면 미국의 이미지가 손상될 것이라며 행진 포기를 거듭 당부했다. 나는 이들의 이야기를 신중하게 듣고 나서 이렇게 말했다. "제 생각에는 여러분이 우리에게 행진을 하지 말라고 할 것이 아니라 주 경찰대에게 우리가 행진을 할 때 가혹한 행동을 하지 말라고 당부해야 할 것 같습니다." 나는 그 두 사람에게 불의의 세력에 맞서 80번 고속도로에서 행진해야 하는 이유를 말했다. 나에게는 우리 운동과 정의, 미국, 미국의 건강한 민주주의, 그리고 무엇보다도 비폭력 철학을 위해서 평화적인 행진을 이끌 도덕적 책무가 있었다. 평화행진을 이끌지 못할 경우, 사람들의 격앙된 감정은 보복적 폭력으로 분출될 것이다. 콜린스 주지사는 우리의 단호한 의지를 확인하고 나서 주 경찰대의 폭력행사를 막기 위해 최선을 다하겠다고 말하고는 그 자리를 떠났다.

오늘 저는 양심에 어긋나는 일을 하느니 앨라배마 주 고속도로에서 죽겠다는 각오를 가지고 이 자리에 섰습니다. 여러분, 행진을 할 때 절대로 흥분하지 말고 비폭력주의를 철저히 고수해야 합니다. 비폭력을 고수할 수 없는 사람은 아예 대열에 참가하지 마십시오. 매질을 당해도 참을 수 있는 사람이 아니라면 대열에 참가하지 마십시오. 비폭력주의에 대한 신념으로 매질을 참고 견뎌야만 우리는 미국을 구원하는 중대한 일을 할 수 있습니다. 매질을 참고 견뎌야만 우리는 주 경찰대로 하여금 자신의 야만적 행위를 부끄럽게 여기도록 만들 수 있습니다. 우리는 매질을 참고 견뎌야만 앨라배마 주의 상황을 개선하는 중대한 일을 할 수 있습니다.

우리가 행진을 시작하자마자 콜린스 주지사가 나에게로 달려와서 일이 잘 될 것 같다고 말했다. 주지사는 행진경로를 표시한 작은 종이조각을 내밀었는데, 그것은 셀마의 공안국장인 베이커 씨가 원하는 행진경로인 것 같았다. 그것은 지난 주일의 행진경로와 동일했다. 언론은 콜린스 주지사와 내가 머리를 맞대고 어떤 타협안을 찾았다는 인상을 주는 기사를 보도했다. 하지만 콜린스 주지사와 나 사이에는 앞에서 설명한 대화 이상의 대화나 타협은 결코 없었다. 행진에 참여한 많은 사람들이 법원의 금지명령을 위반하고 있다는 사실 때문에 걱정하고 있었지만 나는 행진을 강행했다. 설사 폭력과 체포, 인명손상이 재발한다 하더라도 경찰대가 지난번에 만행을 저질렀던 장소까지는 행진을 해야겠다는 생각이 들었다. 몽고메리까지 행진할 의도가 없었던 것은 결코 아니었다. 하지만 나는 비폭력운동의 지도자로서 경찰들이 만든 인의 장벽을 뚫고 행진하자고 주장할 수는 없었다. 우리는 몽고메리까지 행진하기를 간절히 바랐지만, 피터스 브리지에 경찰들이 세워놓은 인의 장벽을 넘어서 행진할 수는 없음을 잘 알고 있었다. 비폭력 행동원칙을 생각하면 이런 상황을 무릅쓰고 행진하는 것은 불가능한 일이었다.

우리는 절충방법을 모색했다. 우리는 80번 고속도로에 세워진 경찰들의 견고한 인의 장벽까지 행진했다. 그곳에 다다르자 주 경찰이 더 이상 행진을 강행하면 무력을 사용하겠다고 단언했기 때문에 우리는 철수했다. 우리가 철수한 것은 그만하면 우리의 뜻을 분명히 알림과 동시에 경찰의 폭력이 여전히 존재하고 있다는 사실을 알렸다고 판단했기 때문이었다.

3월 11일, 셀마에서 제임스 립 목사가 비열한 세력의 만행에 의해 사망했다는 충격적인 소식이 전해졌다. 끊임없이 운동세력을 괴롭히고, 야음을 틈타 비열하게 행동하던 세력들이 워커스 식당에서 성직자 세 명에게 잔인한 폭행을 가했다. 폭행을 당한 사람은 보스턴에서 온 밀러 목사와 립 목사, 그리고 캘리포니아 주 버클리에서 온 클라크 올슨 목사였다.

다른 수많은 사람들의 죽음과 마찬가지로 립 목사의 죽음 역시 우리 지역을 뒤흔드는 테러의 만연이 빚어낸 결과입니다. 립 목사의 죽음은 자제와 상호이해의 평온한 분위기 속에서 어쩌다가 돌출한 사건의 하나로 치부할 수 없습니다. 이 만행은 우리 사회가 조직된 증오와 폭력을 용인함으로써 앓게 된 악성질환의 후유증입니다. 립 목사를 죽인 것은 우리 사회의 비도덕적이고 냉담한 분위기, 폭력이 난무하고 증오가 범람하는 분위기였습니다. 립 목사를 죽인 것은 마리온의 지미 리 잭슨 살해사건과 지난 주일에 셀마의 야만적 구타사건을 용인한 앨라배마 주의 비인간적인 분위기였습니다. 지난 주일에 경찰이 투표권을 열망하는 비무장의 비폭력적인 사람들을 야만적으로 구타하지 않았다면 화요일의 이런 살인행위는 발생하지 않았을 것입니다. 립 목사의 죽음은 흑백차별제도가 피부색을 가리지 못한다는 것을 입증하는 사례입니다. 흑백차별제도는 흑인들뿐 아니라 백인들의 운동과 행동을 구속하려고 합니다. 흑백차별제도의 지배를 용인하면 흑백차별제도에 순종하지 않는 사람들은 모두 죽음을 당하게 될 것입니다.

셀마에서 몽고메리까지

3월 11일, 우리는 몽고메리 행진에 대한 법적인 승인을 받게 되었다. 운동의 다음 단계는 주지사에게 투표권 제한사항과 주민세, 그리고 경찰의 만행을 폐지하는 중대한 조치를 요구하는 사명을 완수하는 일이었다. 대통령과 연방법원은 이미 우리의 투쟁목표에 대해 긍정적으로 발언한 적이 있었으므로 이제는 모든 시민들의 직접적인 참여가 필요한 단계였다. 우리는 월러스 주지사의 불공정한 처사를 더 이상 용인할 수 없었으며, 오랜 세월 동안 위세를 떨쳐왔던 사악한 세력에 더 이상 순응할 수 없었다.

우리는 몽고메리까지의 행진은 몽고메리 흑인들에게 연방법원이 제공한 새로운 기회를 활용할 것을 촉구하는 선의의 행진임을 분명히 밝혔다. 셀마에서 몽고메리까지 행진할 권리는 법률과 헌법으로 보장되고 있었다. 우리는 몽고메리까지의 행진계획을 짜기 시작했다. 많은 노력과 시간을 들여서 행진경로와 휴식지점, 차양 설치지점 등을 구상했다. 교통혼잡이 일어나지 않도록 고속도로 한 쪽 편으로만 걷는 시민참여 형태는 법으로 완전히 보장되었다. 행진경로 중에 다리가 세 개 있었는데, 두세 사람이 나란히 걷지는 못하지만 한 줄로 걷는다면 건널 수 있는 넓이라는 것도 확인해두었다.

일은 일사천리로 진행되었다. 우리는 전국 각지의 사람들에게 참여를 촉구했다. 전국 각 주에서 대표단이 참여할 것이며, 특히 앨라배마 주에서 많이 참여할 것으로 예상되었다. 이번 행진은 남부도시의 역사상 가장 위대한 자유의 행진으로, 전체 운동에 대단한 추진력을 부여할 것이다. 미국 역사에서 이 행진이 갖는 의미는 인도 역사에서 간디의 '바다로의 행진'이 갖는 의미와 비슷할 것이다.

3월 21일, 행진대열의 일부가 앨라배마 주 셀마를 출발했다. 인적이 드문 계곡과 지루한 언덕을 걷기도 하고 구불구불한 고속도로를 걷기도 하고 바위가 많은 샛길에 누워 휴식을 취하기도 했다. 진흙탕 속에서 잠이 든 사람도 있었다. 비가 쏟아지는 바람에 온몸이 흠뻑 젖기도 했다. 타는 듯한 햇빛에 얼굴은 그을었고, 몸은 피곤했고 발이 아팠다. 수천 명의 순례자들이 100년 전에 셔먼이 걸었던 길을 따라 걸었다. 하지만 우리들은 파괴의 흔적도 유혈의 흔적도 남기지 않았다. 우리는 붉은 앨라배마의 흙을 기쁨의 눈물로 적셨으며, 길옆에 서서 야유를 던지는 사람에게도 충만한 사랑의 감정으로 대했다. 총 소리도 들리지 않았고 돌멩이도 날아다니지 않았다. 창문이 깨지는 소리도 들리지 않았고 사람들의 욕설이나 고함소리도 들리지 않았다. 우리의 행진은 '남부동맹의 요람'인 몽고메리를 정복하러 들어가는 개선행진이었으며, 인종차별주의자들의 독재를 영원히 종식시키게 될 장엄한 위업이었다.

그날은 멀지 않다

오늘 저는 앨라배마 주의 흑백차별제도가 임종을 맞이했다는 확신을 가지고 여러분 앞에 섰습니다. 아직 확실하지 않은 것은 인종차별주의 자들과 월러스 주지사가 흑백차별제도의 장례식에 어느 정도의 비용을 들일 것인가 하는 점입니다.

앨라배마 투쟁은 투표권에 집중되어왔습니다. 우리는 남부지역에 존재하는 흑백차별제도의 근원인 추악한 투표권 부인문제에 전 국민과 전 세계의 관심을 불러일으켰습니다.

흑인들이 백인들과 똑같이 자유로운 투표권을 행사하게 된다는 사실에 위협을 느낀 기득권 세력은 격리된 사회를 만들었습니다. 이들은 가난한 백인들에게서 남부의 돈을 빼앗아가고, 기독교 교파에서 남부의 교회를 떼어놓았으며, 남부인들의 마음을 정직한 사고에서 떼어놓고 흑인들에게서 모든 것을 빼앗아갔습니다.

미국인들의 의식 속에서 정의가 우스꽝스러운 모습으로 변형된지도 오랜 세월이 흘렀습니다. 오늘 저는 셀마 시와 앨라배마 주, 그리고 미국 국민과 세계 모든 나라에게 이렇게 말하고 싶습니다. 우리는 절대로 물러서지 않을 것입니다. 우리는 지금 전진하고 있습니다. 그렇습니다. 우리는 전진하고 있으며, 어떤 인종차별주의 세력도 우리의 전진을 막을 수 없습니다.

우리는 지금 전진하고 있습니다. 우리들의 교회가 불타오른다고 해도 우리는 멈추지 않을 것입니다. 우리는 지금 전진하고 있습니다. 우리들의 집에서 폭탄이 터진다고 해도 우리는 중단하지 않을 것입니다. 우리는 지금 전진하고 있습니다. 우리들의 성직자와 청년들이 매맞고 죽는다고 해도 우리는 돌아서지 않을 것입니다. 우리는 지금 전진하고 있습니다. 살인자들이 체포되었다가 다시 석방된다고 해도 우리는 용기를 잃지 않을 것입니다. 우리는 지금 전진하고 있습니다.

어떤 사상이 적절한 시기를 만나면 막강한 힘을 발휘하듯이, 막강한 군대가 행진해온다고 해도 우리의 전진을 막을 수 없습니다. 우리는 자유의 땅을 향해서 전진하고 있습니다.

아메리칸 드림이 실현되는 그날까지 승리의 행진을 계속합시다. 사회적 경제적 억압이 압축되어 있는 모든 흑인빈민가가 없어지고 흑인과 백인이 깔끔하고 안전하고 위생적인 주택에서 나란히 모여 살게 되는 날까지 행진을 계속합시다.

흑백차별의 질 낮은 교육이 남긴 모든 흔적들이 과거 속으로 묻혀버리고 흑인과 백인이 교실이라는 사회적 치유환경 속에서 나란히 공부하게 되는 날까지 행진을 계속합시다.

자식을 먹이기 위해서 자신은 먹지 못하는 부모들이 없어지는 날까지 빈곤에 대한 투쟁을 계속합시다. 우리 도시에서 굶주린 채 일자리를 찾아다니는 사람이 없어지는 날까지 행진을 계속합시다.

투표소까지 행진합시다. 정치계에서 인종을 미끼로 표를 낚는 정치꾼들이 사라지는 날까지 투표함으로 달려갑시다. 우리나라에서 월러스와 같은 자들이 벌벌 떨면서 달아나는 날까지 투표함으로 달려갑시다.

시의원, 주의원, 국회의원 자리에 정의와 자비를 두려워하지 않고 주님의 뜻에 따라 겸허하게 행동하는 사람이 앉게 되는 날까지 우리 모두 투표함을 향해 행진합시다. 앨라배마의 모든 주민들이 품위와 도덕을 지키며 살아갈 수 있는 날이 올 때까지 투표함을 향한 행진을 계속합시다.

오늘 우리 앞에는 전투가 임박해 있습니다. 우리 앞에 펼쳐진 길이 모두 평지는 아닙니다. 우리들을 신속한 해결책까지 쉽고 확실하게 데려다줄 넓은 고속도로는 존재하지 않습니다. 우리는 쉬지 않고 걸어가야 합니다.

여러분, 명심하십시오. 우리 앞에는 전투가 임박해 있습니다. 미시시피와 앨라배마 주 그리고 미국 전역에서 전투가 임박해 있습니다.

오늘 오후 우리가 했던 것처럼, 어느 때보다 열정적으로 투쟁과 비폭력에 헌신합시다. 우리 앞에는 많은 역경들이 기다리고 있을 것입니다. 흑인주민들이 많이 살고 있는 앨라배마 주, 미시시피 주, 루이지애나 주의 여러 지역에서는 아직도 고통스런 상황이 계속되고 있습니다.

아직도 우리 앞에는 감옥과 어둡고 고통스러운 순간이 기다리고 있습니다. 우리는 비폭력주의의 힘이 어두운 과거를 밝은 미래로 바꾸어놓을 것이라는 확신으로 전진할 것입니다. 우리는 이런 조건들을 모두 바꾸어놓을 수 있습니다.

우리는 백인들을 이기고 그들을 모욕하는 것을 목적으로 삼아서는 안 됩니다. 우리는 백인들의 우정과 이해를 얻는 것을 목적으로 삼아야 합니다. 우리가 추구하는 목적은 평화로운 사회, 양심이 살아 있는 사회를 건설하는 것임을 깨달아야 합니다. 그것은 백인의 승리도 아니고, 흑인의 승리도 아닌, 인간의 승리가 될 것입니다.

"승리를 거두려면 얼마나 걸릴까요?" 하고 묻는 사람들이 있습니다. 저는 여러분께 이렇게 말씀드리고 싶습니다. 지금 이 순간 우리는 너무나 큰 어려움과 고통을 당하고 있지만 머지않아 승리의 순간이 올 것입니다. 땅을 향해 내리누르면 다음 순간 다시 튀어오르는 것이 바로 진리가 아닙니까?

얼마나 걸릴까요? 얼마 남지 않았습니다. 거짓말이란 영원히 살 수 없는 것 아닙니까?

얼마나 걸릴까요? 얼마 남지 않았습니다. 누구나 뿌린 대로 거두는 법 아닙니까?

얼마나 걸릴까요? 얼마 남지 않았습니다. 도덕의 팔은 길지만, 정의를 향해 구부러지게 마련입니다.

얼마나 걸릴까요? 얼마 남지 않았습니다. 저는 주님이 분노의 포도가 저장되어 있는 포도밭을 밟으면서 오시는 영광의 순간을 목격했습니다. 주님은 날쌘 칼로 운명의 번갯불을 내렸습니다. 주님의 진실이 행진하는 것입니다.

주님은 퇴각나팔을 분 적이 없습니다. 주님은 자신의 심판대 앞에 인간 양심을 앉히셨습니다. 나의 영혼이여, 어서 주님의 부름에 응답하라. 나의 발이여, 기쁨에 춤을 추어라. 우리의 주님이 행진하고 계시니.

기차와 버스가 사람들을 태우고 전국 각지의 목적지를 향해 출발했다. 몽고메리에 운집한 군중들이 장엄한 혁명을 완결하기 위한 마지막 단계의 정치적 행동을 조직하기 위해서 각자의 고향으로 돌아가는 것이었다. 바로 그때 죽음의 악취가 향기로운 승리의 내음을 흩어버렸다. 행진시위대를 셀마로 돌려보내던 백인여성 바이올라 리우조가 KKK단에게 살해된 것이다. 이 때문에 우리는 이 행진이 '워싱턴 행진'처럼 문명화한 국가의 수도로 행진하는 것이 아니라는 사실을 재확인하게 되었다. 우리는 빈곤과 무지, 인종간 혐오 그리고 잔학성의 늪을 뚫고 행진했던 것이다.

이번 행진이 가능했던 것은 수천 명에 이르는 연방경찰대와 연방보안관, 연방법원이 있었기 때문이었다. 경찰대는 곧 돌아갈 것이고 우리는 바이올라 리우조 부인이 살해된 그 도시에서 조직화 활동을 다시 시작해야 할 것이다. 흑인들의 투표권을 위해 싸웠다는 이유로 백인여성까지 살해하는 사람들이니 선거인으로 등록하고 투표를 하려는 흑인들은 어떻게 대하겠는가?

사람들이 죽고 투옥당하고 잔혹한 폭행을 당하는 일은 더 이상 있어서는 안 될 일이다. 이제까지 앨라배마의 투표권 쟁취투쟁은 비폭력원칙을 철저히 고수해왔는데, 무장이 필요하다고 말하는 사람들이 서서히 늘어가기 시작했다. 비폭력 연수과정에 참여하지 않고 우리 운동의 주변에서 움직이던 사람들의 원성과 불안이 점점 커졌다. 하지만 우리는 폭력적인 생각의 침투를 방관할 수 없다.

셀마에서 몽고메리까지의 행진은 전 기독교계의 적극적인 참여를 유도했다. 신교, 구교, 유태교가 모두 합세하여 남부흑인들이 투표권 문제와 관련하여 겪는 불의와 냉대가 당장 근절되어야 한다고 주장했다. 몇 년 전이었다면 참석하지 않았을 많은 성직자들이 행진의 최선두에 서기도 했다. 우리의 행진은 주님의 복음에 현대적 의미를 부여하였으며 미국 교회에게 두번째 대각성의 계기를 제공하였다. 시민권 투쟁을 방관하면서 무언의 동조를 보내던 교회가 이제야 단결하여 고통을 겪는 흑인들 곁에 선 것이다.

비폭력활동가들의 충실한 노력 덕분에 셀마와 몽고메리 간 고속도로 위에서 전국의 양심적인 세력들이 단합하게 된 것이다. 교회의 각성은 노동운동과 전국의 지식인들에게 새로운 활력을 불어넣었다. 잘 알려지지는 않았지만 전국에서 손꼽히는 역사학자 40명도 몽고메리 행진에 참여했다.

"기필코 승리하리라"라는 감동적인 외침은 전국으로, 전 세계로 퍼져 나갔다. 사람들의 발걸음에는 힘이 있었으며 눈은 희망과 결단으로 빛났다. 전 세계의 성직자들이 우리의 투쟁을 성원하고 노동운동 조직과 시민권 조직, 학계가 합세하여 "여러분의 뜻이 도덕적으로 정당하니 우리는 *끝까지 여러분 곁에 있을 것입니다*"라고 외쳤다.

몽고메리 행진이 끝난 직후, 공항에서 비행기 이륙 지연사태가 발생했다. 수천 명의 시위자들이 공항건물 내의 좌석은 물론이고 건물 바닥과 복도에서 등을 맞대고 4시간 이상을 기다려야 했다. 나는 공항에서 백인과 흑인, 사제와 수녀, 하녀와 점원이 활기 넘치는 모습으로 보기 드문 우애를 나누는 모습을 지켜보았다. 참된 인류애가 구현되는 그 장면은 장래 인류사회의 축소판이었다.

셀마 투쟁으로 투표권을 쟁취하다

1965년 3월 15일, 존슨 대통령은 의회에서 인권문제에 관해 아주 감

왼쪽 1965년 킹 목사와 3,200명의 시민권 항의자들이 걸어간 몽고메리에서 셀마까지의 행진로.
오른쪽 1965년 셀마에서 몽고메리까지의 행진.

1965년 린든 존슨 대통령이 투표권 법령에 서명한 후 그 펜을 킹에게 전해주며.

동적이고 명쾌하며 열정적인 연설을 했다. 존슨 대통령은 인종문제와 관련한 심오한 인식을 드러내며 진지한 논조로 연설한 것이다. 대통령은 전국의 양심을 흔들어 깨운 흑인들의 용기에 진심 어린 찬사를 보내면서 연방정부가 법률로써 흑인들의 시민권을 온전히 보장해야 한다고 주장했다. 그는 법안에 서명하면서 "오늘 울리는 자유의 승전나팔은 이제껏 있었던 어떤 승리보다 값진 것입니다. 오늘 우리는 오래 전부터 인류를 가혹하게 속박해온 마지막 족쇄를 부수는 것입니다"라고 선언했다.

셀마 투쟁이 전국의 관심을 투표권 문제로 돌리는 데 성공했다는 사실에 우리는 대단히 기뻤다. 대통령이 흑인들이 겪는 문제들을 당장 해결하기 위한 우리 투쟁의 대의를 지지해주었다는 사실은 대단히 고무적인 일이었다.

1965년 1월, SCLC가 셀마에서 설정한 투쟁목표는 셀마에 존재하는 불의를 바로잡는다는 협소한 것이었다. 그러나 우리의 투쟁에 대한 적대세력의 가혹한 만행은 이 문제를 전국적인 규모로 확대시켰다. 협소한 셀마 투쟁이 1965년 투표권 법령이라는 예상 밖의 화려한 성과를 낳은 것이다. SCLC는 우리가 법제화라는 목표를 세울 수 있도록 도와준 월러스 주지사와 클라크 보안관에 대해서 후하게 평가해주었다.

셀마 투쟁으로 우리는 투표권 법령을 쟁취할 수 있었으며, 전국의 양심세력을 단결시켰을 뿐 아니라, 정치, 경제생활에서 이전에는 꿈도 꿀 수 없었던 변화를 이룬 것이다. SCLC는 존슨 대통령과 마찬가지로 1965년의 투표권 법령을 '미국 자유의 역사상 기념비적인 법률'이라고 보았다. 연방법률이 제정되었으니 우리는 앞으로 그 법률을 사용할 수 있는 자격을 얻게 된 것이다. 이 법률에 부족함이 있다면 우리는 투쟁의 전통과 비폭력 직접투쟁으로 그 부족함을 채울 수 있을 것이다.

위대한 셀마 투쟁의 특징을 유혈과 만행으로만 기록하는 것은 옳지 않다. 우리는 이 투쟁에 목숨을 바친 사람들과 투옥의 고통을 겪은 사람들을 잊어서는 안 된다. 특히 운동의 대의를 위해서 순교한 지미 리 잭슨과 제임스 립 목사, 바이올라 리우조 부인의 희생을 잊어서는 안 된다. 현상 유지의 보루였던 도시들은 뜻밖에도 중대한 연방법률의 출생지가 되었다. 몽고메리 투쟁은 1957년과 1960년의 시민권 법령을 탄생시켰고, 버밍햄 투쟁은 1964년의 시민권 법령을 탄생시켰으며, 셀마 투쟁은 1965년의 투표권 법령을 탄생시켰다.

존슨 대통령은 앨라배마 주 셀마가 렉싱턴과 콩코드, 어퍼마톡스와 같은 역사적인 도시가 되었다고 말했습니다. 대통령은 전투에 임했던 흑인들뿐 아니라 전 국민에게 영광을 돌린 것입니다. 지금 의회는 셀마가 쟁취한 승리를 법률로 쓰고 있습니다. 머지않아 흑인들은 선거권을 가지게 될 것이며 자신감 있는 새로운 인간이 될 것입니다. 셀마는 인간의 양심에서 중대한 계기입니다. 사악한 세력이 다시 셀마의 어두운 거리로 스며들더라도, 국민들의 민주적 본능이 분연히 깨어 일어나서 이것을 극복할 것입니다.

27

와츠

Watts

남부에서 승리의 희망을 보이기 시작하자,
북부에서는 충격적이고 공포스런 폭동이 발생했다.
북부의 폭동으로 우리는 흑인의 문제가 단순한 인종차별 이상의
의미를 가지는 것임을 깨닫게 되었다.
로스앤젤레스에서 발생한 재앙은 미국과 전 세계에서 부글부글 들끓던
긴장이 터져나온 결과였다.

1965년 8월 11일부터 15일 사이(36세)
로스앤젤레스에서 발생한 인종폭동으로 30명 이상이 사망하다.

8월 17일
킹 목사, 지역단체의 요청으로 로스앤젤레스에 도착하다.

1965년 와츠 폭동 이후 와츠 주민과의 만남.

우리가 로스앤젤레스의 와츠 지역에 도착했을 때, 외견상으로는 모든 것이 평온해보였다. 하지만 며칠 동안 화산처럼 터져나왔던 격렬한 적대감은 뚜렷하게 남아 있었다. 며칠 전날 밤에 화염과 연기를 피워올렸던 폭동은 완전히 진압되었고, 주 경찰대 병력이 시내 곳곳을 순찰하고 있었다. 사람들은 숯더미가 된 와츠 상업구역의 잔해 속을 걸어다니고 있었다.

애초에 사람들은 로스앤젤레스 주민들은 비폭력주의를 귀담아들을 분위기가 아니라고 주장하면서 내게 로스앤젤레스 방문계획을 철회하라고 권했다. 대부분의 흑인지도자들은 엄청난 협박을 받고 있었기 때문에 그 지역에 들어가기를 꺼리고 있었다. 하지만 나는 이미 여러 차례 와츠를 방문하여 그곳 주민들에게 따뜻한 환대를 받은 경험이 있었다. 1964년 '투표거부' 운동 당시에 와츠에서 개최된 대중집회는 대단히 열정적이고 감동적인 것이었다. 나는 로스앤젤레스 방문을 단념하라는 충고를 받고도 그곳 주민들에게서 폭동의 전말에 대한 이야기를 직접 들어야겠다고 결심하게 되었다.

저는 지난 며칠 동안 로스앤젤레스에서 발생한 사건에 대해서 대단히 애통하게 생각합니다. 저는 폭력을 행사한 주체가 앨라배마의 백인들이든 로스앤젤레스의 흑인들이든 폭력은 결코 사회적 갈등의 해결책이 될 수 없다고 생각하며, 기회가 닿을 때마다 이 점을 분명히 밝혔습니다. 지금은 만인을 위한 사회정의의 실현을 위해서 흑인과 백인이 단결하여 비폭력적인 희생을 감수해야 할 시점입니다. 그런데 이 시점에 폭력이 사용된다는 것은 애통하기 짝이 없는 일입니다.

어제 존슨 대통령이 지적했듯이 "폭력과 무질서가 솟아나는 곳에서 과실을 바로 잡는 것"은 모든 미국인들의 도리입니다. 로스앤젤레스의 비극적인 폭력사태를 야기한 것은 인종문제가 아니라 상황의 문제였습니다. 비극적인 폭력사태의 씨는 북부와 서부의 빈민가에서 살고 있는 수천 명의 흑인들이 겪는 경제적 빈곤과, 인종차별, 부적절한 주거환경, 막연한 절망감 속에서 이미 자라나고 있었습니다. 이 위대한 국가의 국민인 우리들은 불의를 극복하기 위해서 요구되는 사명을 제대로 수행하지 못했습니다. 그러므로 우리 모두는 지난 며칠 동안의 비극에 대해서 연대책임을 느껴야 합니다.

불운한 사람들이 일어나다

나는 와츠를 방문해서 그곳 주민을 만나보고 나서, 경제적 곤경에서 벗어날 탈출구를 찾지 못한 사람들의 깊은 절망감이 폭동을 불러일으켰다는 판단을 내렸다.

백인사회가 이 폭동과 관련되어 있다는 의혹에도 타당성이 있는 것 같았다. 이곳에서는 중산층 흑인들과 흑인 지도자들에 대한 기대감이 무너지면서 분노의 감정이 자라나고 있었다. 이렇게 백인과 흑인 간, 흑인 상호간의 불화가 깊어졌기 때문에, 빈민가에 갇혀 있는 흑인들은 자신들의 투쟁을 지지해줄 세력이 없으니 어떤 방법을 써서라도 자신들의 처지를 알려야 한다는 생각을 하게 되었던 것이다.

남부에서 진행되는 비폭력운동은 이곳의 흑인들에게 아무런 의미가 없었다. 이곳의 흑인들은 남부흑인들이 투쟁을 통해 얻고자 하는 권리를 이론적으로는 이미 손에 넣은 상태였다. 그러므로 와츠 지역에서 일어난 일들은 지난 몇십 년 동안 진보에서 소외되었던 불우한 사람들이 각성하기 시작했다는 증거라는 점에서 국가적으로 중대한 사건이었다. 나는 로스앤젤레스 사태의 근원은 인종문제가 아니라 풍요로운 사회에 살고 있는 '가진 것 없는 자들'이 품고 있는 불만이라는 확신을 가지게 되었다.

이곳의 흑인들은 경찰의 폭력성 문제를 심각한 문제로 인식했다. 대부분의 와츠 주민들은 정중한 대우를 바라고 서부로 온 사람들이라 법정 공무원의 대단찮은 불손함조차 멸시로 받아들였다. 특히 빈민지역의 흑인들은 경찰들이 자신들을 시민이자 인간으로서 정중하게 대우하지 않고 멸시하고 있다고 생각했다. 이런 적대감 때문에 공무원들과 흑인들 사이에는 증오의 악순환이 되풀이되었다. 이런 증오의 악순환 과정에는 상대방에 대한 공포감도 합세했다. 이렇게 적대감이 만연하고 있는 빈민지역에서는 흑인이 경찰을 만날 때마다 감정적인 충돌이 일어났다.

이곳은 착오로 인한 소방차 출동, 검문중의 실랑이, 상점 주인과 손님 사이의 거친 말투, 이런 사소한 일들만으로도 폭동이 발생할 수 있는 분위기였다. 하지만 이런 사소한 사건들도 대단히 충격적인 방식으로 전개되었기 때문에 계획적이고 조직화된 폭동시도에서 비롯된 것처럼 보이는 경우도 많았다. 샘 요티 시장은 이런 사건들을 '조직적인 범죄자들이 계획한 폭동'이라고 말했다.

시장의 생각은 지나치게 피상적인 것이었다. 당시 로스앤젤레스 폭동에 참여했던 흑인들은 두 부류로 뚜렷하게 나누어졌다. 한 부류는 이성이나 규율을 유지하자는 주장이 전혀 먹혀들지 않는 상습적인 범죄자들로 수적으로는 극소수에 불과했다. 대부분의 폭동참여자들은 범죄자들이 아니었다. 로스앤젤레스에서 체포된 4,000명 이상의 사람들 대부분은 전과경력이 없었다. 이들은 조직화되지 않은 단순한 불평분자들이며 피압제자들이었다. 이들의 약탈행위는 사회에 대한 항의의 일종이었다. 사회로부터 잊혀졌던 이들은 풍요에 둘러싸여 있으면서도 풍요에 도달할 길이 봉쇄되어 있었으므로, 그로 인한 고통을 덜고 사회의 관심을 끌기 위해서 적대적인 행동을 하게 된 것이다.

나와 이야기를 나누었던 사람들은 모두 자신들이 폭동에 참여한 목적은 일자리와 인간 존엄을 되찾는 데 있었다고 말했다. 많은 사람들에게 폭동에 참여한 이유를 물었지만 어디를 가든 사람들의 대답은 똑같았다. 일자리가 없거나 일자리가 불안한 사람들에게 적절한 일자리가 제공되지 않을 경우, 이들이 경찰들과 만날 때마다 문제가 발생할 여지가 있었다. 흑인들의 욕구불만은 절정에 달해 있었고, 직장과 교육, 주거 등의 실제 생활조건은 점점 악화되고 있었다. 그 중에서도 가장 주요한 문제는 경제 안정이었다. 교육과 가정생활, 사회의 도덕적 분위기 등의 향상 여부는 흑인대중이 풍요로운 이 사회에서 안정적인 생계를 확보할 수 있느냐라는 문제에 크게 의존하는 것이었다.

남부에서 빈곤은 흑인과 백인에게 공통된 것이었다. 하지만 북부백인들은 호사스런 소비생활을 하고 있었다. 자신들은 형편없는 집에서 빈곤에 찌들려 살고 있는데 텔레비전에서는 풍요로운 가정과 갖가지 소비재들의 모습만 방영되니 이것도 사람들을 자극할 만한 요소였다. 이렇듯이 로스앤젤레스는 백인들의 호사스런 생활을 상징하는 도시라는 점에서 폭동 가능성이 잠재해 있는 곳이었다. 와츠는 전국에서 가장 로스앤젤레스에서 가깝기도 하고 멀기도 한 흑인지역이었다. 와츠에서 일어난 약탈 행위는 가난한 사람들이 오랜 세월 동안 일삼아 왔던 사회적 항의의 일종으로서, 욕구불만의 상징적 대상에 대한 파괴적인 행위였다.

와츠에서 폭동에 참여하면서 사람들은 부끄러움이 아니라 만족감을 느꼈다. 그들은 자신들이 사유재산을 파괴하고 있다는 것은 전혀 의식하지 못했다. 그들은 물리적, 감정적인 감옥을 부쉈을 뿐이었다. 그들은 은밀하게 자신들을 망각 속으로 밀어넣는 사회제도에 대항해서 권리를 주장하고 나섬으로써 '중요한 존재'로 탈바꿈한 것이었다. 한 청년은 이렇게 말했다. "폭동이 해결책이 아니라는 것은 우리도 잘 알고 있습니다. 하지만 우리가 이곳에서 오랫동안 고통을 겪어왔다는 사실에 관심이 있는 사람은 아무도 없었습니다. 이제 사람들은 우리들이 이곳에 존재한다는 사실을 깨닫게 되었습니다. 폭동은 올바른 방법은 아니었지만 아무튼 방법들 중 하나이긴 했습니다." 상당히 많은 빈민지역 거주자들의 마음이 이런 새로운 고립주의에 감염되어 있었다. 이들은 자유주의적인 백인들과의 연합은 사회변화의 수단이 될 수 없다고 생각했다. 이들은 흑인들의 이익에 관심을 가지는 사람은 아무도 없으므로 흑인들이 단독으로 행동에 나서야 한다고 확신하고 있었다.

이들을 흉악한 폭도로 취급하는 선동적인 주장들이 많았지만, 실제로 이들은 흉악한 폭도들이 아니었다. 이들이 사유재산을 파괴한 것은 사실이었다. 그러나 수천 명의 사람들이 제멋대로 폭력을 휘둘렀다는 보도가 많기는 했지만 사망자는 극소수였으며, 사망자들도 대부분 경찰에 희생된 사람들이었다. 이 폭도들이 살상할 의도가 있었다면 사망자는 훨씬 더 많았을 것이다.

적의를 가진 흑인들도 있었고 분위기가 한동안 폭력적, 파괴적이 되었지만 당시 상황은 돌이킬 수 없을 정도로 암담하지는 않았다. 와츠 주민들은 비폭력주의에 대해서 반감을 가지고 있었지만 막상 우리가 그곳에 가서 증오와 폭력은 위험한 것이라고 역설하자 열렬한 호응을 보였다. 처음에는 긴장감이 감돌던 분위기가 제임스 립 목사와 바이올라 리우조, 그리고 셀마 운동 당시의 희생자들에 대한 이야기가 나오면 몇 분 만에 돌변했다. 사람들은 백인들이 직장과 인간 존엄을 확보하려는 우리의 목표에 도움을 줄 수 있다는 사실을 흔쾌히 받아들였다.

이런 내 주장은 폭동을 합리화하려는 변명이 결코 아니다. 많은 흑인들의 일터였던 사유재산이 파괴되어 폐허가 된 모습은 아주 비참한 광경이었다. 나는 약탈의 흔적과 죽음을 보면서 걷잡을 수 없는 안타까움을 느꼈는데, 그 중에서도 37명이 무의미하게 죽어갔다는 사실이야말로 제일 큰 비극이었다. 37명의 인명손실은 지난 10년 간의 비폭력 직접 행동과 관련된 인명손실에 비해서 훨씬 많은 것이었다.

폭력은 반동적인 백인들의 저항을 강화시키고 자유주의적 백인들의 죄책감을 완화시키는 역할을 할 뿐이다. 폭력은 백인들을 행동으로 나서게 함으로써 조건을 변화시키기보다 오히려 격화시킨다. 폭력에 대한 반발은 폭력이 발생한 지역사회에서 멀리 떨어진 곳까지 확산된다. 셀마를 비롯한 앨라배마 전역의 백인들은 폭동이 남부 전역으로 확산될 것이라고 예상하고 무장하고 있었다. 이런 분위기 속에서 술에 취해서 난폭하게 구는 흑인이 단 한 명이라도 나타나게 되면 아무런 죄도 없는 수많은 흑인들이 죽음으로 내몰리는 결과가 빚어지는 것이다.

하지만 우리 사회가 많은 구성원들에게 가했던 일상적인 폭력을 이해하지 못한 채 폭력적 행위만을 단순히 비난하는 것은 무의미한 것이다. 빈곤과 굴욕이라는 폭력은 곤봉에 의한 폭력만큼이나 깊은 상처를 남긴다. 이런 상황에서는 정치적 수완을 가진 훌륭한 지도자가 필요하다. 하지만 로스앤젤레스에는 이런 지도자가 없었다. 로스앤젤레스에는 활동을 전개하는 거대한 사회세력을 무시하고 무조건 타협하지 않으려는 경향만이 있었다. 책임 있는 당국자들이 이렇게 완고한 태도를 계속 고수한다면 상황은 점점 악화될 것이다.

비폭력운동의 위기

로스앤젤레스 공무원들은 연방정부에 기대어 정치적인 속임수만을 꾀하고 있었다. 흑인들의 실업률은 1920년대 공황기의 실업률을 넘어서고 있었으며, 와츠의 인구밀도는 전국 최악의 상황으로 치닫고 있었다. 이런 상황이 계속된다면 로스앤젤레스에서 큰 재앙이 발생할 것은 뻔한 이치였다. 하지만 이렇게 열악한 외적 조건이 있다고 해서 언제나 재앙이 발생하는 것은 아니다. 1964년 캘리포니아에서는 주택문제와 관련한 인종차별을 금지하는 법률이 폐지되었다. 캘리포니아는 전국적인 차원에서 인권향상이 가시적이고 구체적인 형태로 이루어지던 시기에 다른 주들에 앞서서 흑인들이 획득했던 성과를 박탈했다. 이런 야만적인 조치를 통해 캘리포니아는 빈민가가 존립할 수 있는 근거를 제공한 셈이었다. 기득권 세력은 야만적 조치를 합법적인 절차로 감출 뿐이지만, 피해자들은 그런 조치로 인한 결과가 얼마나 파괴적인지를 직접 경험하게 된다. 사회학적인 견지에서 보면, 개인은 이 사회 속에서 주로 경제적인 존재로 활동하고 있다. 근본적으로 보면 우리는 시인이나 운동선수, 혹은 화가이기 이전에 의식주 등의 상품을 소비하는 존재이다. 성직자로서는 이런 주장을 인정하기 힘들다. 나는 앞으로도 이런 주장에 동의하지 않을 것이다. 하지만 대다수 미국인들은 상품과 용역을 '소비'하는 존재로서의 역할을 담당하고 있다. 어떤 이유에서든 소비자의 지위를 누릴 수 없는 사람들이 있는 사회에는 불평과 불안이 존재하기 마련이다.

와츠는 로스앤젤레스를 비롯한 북부도시를 위협하는 존재였을 뿐 아니라 비폭력운동을 위협하는 존재였다. 나는 우리나라가 사회적 격변기를 헤쳐나갈 수 있도록 비폭력적인 분위기를 지속시키려고 필사적으로 노력했다. 비폭력적인 분위기를 지속시키고 이성과 사랑에 입각한 활동을 역설하는 사람들이 운동을 주도해가려면 진보와 승리의 구체적인 성과가 필요했다. 하지만 우리는 비폭력주의에 대한 신념을 잃지 않았다. 와츠를 비롯한 빈민지역에는 적의가 들끓었지만 비폭력주의는 여전히 압도적인 지지를 얻고 있었다.

나는 대통령에게 와츠 문제와 관련하여 로스앤젤레스의 빈곤대책을 무력하게 만드는 장애물을 제거하기 위해서 가능한 모든 조치를 취해줄 것과 흑인들과 가난한 백인들의 완전고용을 위해서 최대한 노력해달라고 요청했다. 대통령은 이 문제에 대해서 적극적인 관심이 있었을 뿐 아니라 이 역경의 시기에 필요한 지도력과 통찰력을 지닌 인물이었다.

나는 와츠를 방문함으로써 개인적으로 많은 도움을 얻었다. 갈등의 확산을 막기 위해서는 공직자들과 언론계, 산업계, 그리고 와츠의 흑인지도자들과 주민들의 정치력이 절실히 필요했다. 이런 갈등이 시급히 해소되지 않으면 미국의 대외적인 이미지는 크게 손상될 것이다.

28

시카고 운동
Chicago Campaign

시카고는 미국에서 두번째로 큰 도시이다.
그래서 나는 시카고의 문제들을 해결할 수 있다면
다른 어느 지역의 문제도 해결할 수 있을 것이라고 생각했다.

1965년 7월 26일(36세)
킹 목사, 시카고 시청행진을 지휘하고 나서
'시카고 지역사회조직 통합위원회'가 후원하는 집회에서 연설하다.

1966년 1월 7일
시카고 운동을 개시한다고 발표하다.

7월 10일
군인광장에서 열린 '자유주일' 집회에서 시카고를
주거 '자유도시'로 만드는 운동을 개시할 것을 선언하다.

7월 12일에서 14일 사이
시카고 웨스트사이드의 인종폭동으로 두 명이 사망하고 파괴행위가 확산되다.

8월 5일
격분한 백인들이 시카고 남부지역에서 시민권 쟁취 행진대열을 습격하다.

8월 26일
데일리 시카고 시장을 비롯한 지도자들과 함께 '최종 협상안'에 서명하다.

킹 목사는 시카고운동을 성공하면 미국 어느 지역의 문제도 해결할 수 있다고 생각했다.

1965년 초여름의 일이었다. 시카고 흑인지도자들에게서 흑백차별이 없는 질 높은 교육을 쟁취하기 위한 자신들의 투쟁을 지원해달라는 요청이 있었다. 우리는 시카고의 교육개혁운동을 관심 있게 지켜보고 있었으며, 시카고 흑인지도자들과 계속 접촉하고 있었다. SCLC 집행부는 시카고 시민권 단체지도자들과 회의를 거쳐서 7월 24일부터 시카고 운동을 지원하기로 결정했다.

그해 말 SCLC 집행부는 신중한 논의 끝에 북부지역에서 비폭력운동의 광범한 기반을 형성하고 활기찬 활동을 진행하는 데 노력을 집중하기로 결정했다. 특히 시카고를 괴롭히는 여러 사회문제들, 특히 북부지역 흑인들에게서 터져나올 우려가 있는 빈민지역 문제에 대해서 집약적인 노력을 기울이기로 했다.

내가 북부지역 흑인들의 지위향상문제에 대해 가진 관심은 남부지역 흑인들의 지위향상에 대한 관심에 못지않은 것이었다. 나는 북부지역 흑인운동에 대해서 최대한의 개인적 조직적 역량을 기울여야 한다고 판단했다. 지역사회 전체에 대해서 도덕적으로나 경제적으로 좋지 않은 영향을 미치는 빈민가를 만들고 유지하려는 세력이 있었다. 우리는 이 세력에게 무조건적인 항복을 받아내는 것을 주요 목표로 삼았다. 시카고를 비롯한 많은 도시들이 빈민지역 문제를 가졌으므로, 우리는 빈민지역의 상황이 북부도시의 인종문제를 일으키는 주된 요인이라고 생각했다.

악명 높은 인종차별의 벽을 부수다

우리는 '지역사회조직 통합위원회'에 소속되어 활동하였다. 이 조직은 시카고 공립학교 교사였던 알 래비가 소집한 지역 시민권 단체들의 연합체였다. 우리는 주로 학교문제에 집중하기로 했다. 시카고에서는 인종차별이 없는 질 높은 교육을 쟁취하기 위한 투쟁이 5년 넘게 진행되어 왔다. 하지만 우리의 최종목표는 교육문제의 해결에 국한된 것이 아니었다. 학교문제는 수많은 흑인들을 경제적, 정신적 빈곤상태로 몰아넣는 사회제도가 앓는 질병의 한 가지 증상에 불과했다.

시카고의 악명 높은 인종차별의 벽을 부수려면 우리는 백인사회와 흑인사회 양자를 대규모 비폭력운동에 나서게 할 수 있는 능력을 가져야 했다. 우리는 흑인 빈민지역의 추한 얼굴을 사랑과 정의의 공동체로 바꾸는 날까지 비폭력운동을 지속하기로 했다. 우리의 운동은 미래의 세대들이 다 쓰러져가는 주택에서 벗어나게 하는 것, 피부색에 관계없이 모든 사람들에게 일할 기회를 보장하는 것, 그리고 모든 사회시설 자원을 이용하여 흑인들의 생활수준을 일반적인 미국인의 생활수준으로 끌어올리는 것을 최종 목표로 삼았다.

미국이 선진국으로서 진보적인 사회적 책무를 감당하려면 사회의 주요한 부문을 빈민가라는 감옥에 격리시켜놓고 그곳이 정신장애인 수용병동의 역할을 해줄 것을 기대해서는 안 된다. 남부에서 가장 흑백차별이 극심했던 앨라배마 주 버밍햄 시에서 공공시설 문제에 대한 비폭력운동을 전개한 결과 1964년의 시민권 법령이 태어났다. 앨라배마주 셀마 시는 1965년 투표권 법령을 탄생시켰다. 시카고는 전국에서 손꼽힐 정도로 흑백차별이 심한 도시였다. 나는 시카고의 비폭력운동이 나라의 양심을 흔들어 깨워 북부의 빈민문제를 현실적으로 해결하도록 만들 것이라는 확신이 있었다.

이런 엄청난 과업을 우리 혼자의 힘으로 감당할 수는 없는 일이었다. 우리는 제임스 베벨 목사가 이끄는 SCLC 선발대를 시카고에 보내어 투쟁의 기반을 닦았다. 우리는 종교계, 정치계, 학계, 시민단체 등의 많은 세력들이 힘을 합쳐야만 시카고 문제를 해결할 수 있다고 확신했다.

우리 사회에서 일소되어야 할 폐해들이 무엇인가를 인식하는 데는 그다지 많은 평가가 필요하지 않았다. 빈민지역에 갇혀 있는 흑인들의 고통을 연장하고 증폭시키는 시도들은 사회적 위기상황을 지속시키고 우리나라의 영혼에 상처를 입히고 우리의 체면을 손상시킬 수 있는 것이었다. 우리를 북부지역으로 이끈 것은 나도 아니고 SCLC도 아니었다. 우리를 북부지역의 비참한 상황과 운동에 뛰어들게 만든 것은 바로 우리들의 양심이었다.

궁핍의 섬, 론데일

1966년에 나는 시카고에 머물면서 활동했다. 이제까지 시민권운동은 중산층 중심으로 전개되었을 뿐 서민에게까지 파고들지 못했다. 시민권운동이 직면한 절박한 사명은 바로 빈민지역에 파고들어 이 지역의 거주자들과 청년들을 조직하는 것이었다. 나는 시카고 빈민지역으로 이주하기로 결정했다. 빈민지역으로 이주하려는 목적은 흑인 형제자매들이 겪고 있는 생활조건을 직접 경험할 뿐 아니라 과연 내게 그들과 함께 살 수 있는 능력이 있는지 확인하는 데 있었다.

시카고와 같은 대도시에서 짧은 기간에 운동의 성과가 나타나기를 기대할 수는 없었다. 모든 시민권 운동조직들이 서민층을 조직하기 위해서 보다 많은 활동을 해야 했다. 시카고에 존재하는 궁핍과 절망의 문제는 학문적인 문제를 뛰어넘는 것이었다. 날마다 극악한 비인간적인 행위들을 고발하는 전화가 쏟아져 들어왔다. 나는 이 도시가 주민들의 영혼에 주입시키는 우울함과 절망감에 대항하기 위해서 날마다 싸워야 했다. 궁핍과 절망의 문제는 생생하게 우리들의 가슴속으로 파고들었다. 시카고 빈민가에서는 어린 아기가 쥐들의 습격을 받는 일도 있었고 시서로우에서는 일자리를 찾던 한 흑인청년이 깡패들에게 살해당한 일도 있었다.

411

론데일 빈민가는 풍요의 바다에 떠 있는 궁핍의 섬이라고 표현할 만했다. 시카고는 세계 최고의 일인당 소득을 자랑하는 도시였지만, 론데일 빈민가에 자리잡은 내 아파트에서 내다본 풍경은 그것과는 전혀 거리가 멀었다. 낙관적인 관점에서 보면 이 거리에서 놀고 있는 수많은 아이들의 귀여운 검은 눈은 총명함으로 빛났다. 경제적인 궁핍 때문에 맞벌이를 해야 하는 부모들은 어쩔 수 없이 이들을 방치할 수밖에 없는 처지였다. 그래서인지 이 아이들은 누가 인사를 건네기만 해도 대단히 기뻐했다. 가장인 아버지들은 대개 주간직장 근무가 끝나면 야간직장으로 향했다. 이 지역의 부모들은 날마다 멀리 떨어진 직장까지 출퇴근하면서 불리한 세계에서 살아 남기 위한 투쟁을 계속해야 하는 처지여서 정서적으로 대단히 메말라 있었다. 그렇기 때문에 이 부모들에게는 아이에게 정서적인 충족감을 줄 만한 힘이나 여유가 남아 있지 않았다.

이런 정서적, 환경적 손상은 여러 모습으로 나타났다. 아이들의 모습은 시카고의 차가운 바람을 막기에는 너무나 남루했다. 아이들의 귀여운 눈가에는 눈곱이 덕지덕지 붙어 있었다. 비타민제 복용이나 예방접종은 이들에게는 사치스러운 일이었다. '늘 콧물을 달고 사는' 모습은 아동기 사망을 일으키는 질병의 대부분을 정복했다는 이 사회의 의료혜택에서 완전히 소외되어 있는 아이들의 현실을 생생하게 드러내고 있었다. 이런 현실을 방치한다면 그 사회는 큰 문제를 안고 있다고 할 수 있다.

론데일 빈민지역에 사는 주민들은 교외의 현대식 아파트에 거주하는 백인들보다 훨씬 높은 집세를 감당해야 했다. 소비재, 집값, 기타 여러 서비스 비용도 다른 지역에 비해서 턱없이 비쌌다. 이런 착취가 가능한 것은 빈민지역 주민들의 대부분이 운송수단을 가지고 있지 않았기 때문이었다. 그야말로 빈곤의 악순환이었다. 학력수준이 낮아서 일자리를 구하기 힘든 사람들은 아이들을 부양하기 위해서 공공부조에 의지해야 했다. 하지만 시카고에서 공공부조를 받으려면 재산도 자동차도 없어야 했기 때문에 이곳 주민들은 가까운 직장과 상점을 이용해야 했다. 한번 이렇게 고립된 빈민지역에 들어온 사람은 자유경제제도의 혜택을 누리지 못하고 그 지역 상인들의 약탈적인 독점가격을 감수해야 했다.

어쩌다가 이런 불이익의 미궁을 뚫고 나와 궁핍과 착취의 정글에서 벗어나려는 사람이 있으면, 거대한 정치 경제 세력이 달려들어 막 피어난 꽃봉오리를 무참히 짓밟아버렸다.

좌절이 공격성을 낳는다는 것은 심리학 원리의 하나다. 북부 빈민지역에서는 일상적인 주민착취가 이루어지고 있었다. 빈민지역과 극빈자들, 젊은이들이 몰려 있는 시카고 웨스트사이드 지역은 빈민지역 흑인들이 느끼는 압박감을 상징적으로 드러내고 있었다.

북부의 빈민지역들은 식민지적 특성을 가지고 있었다. 이 지역에 영향을 미치는 중요한 결정들은 대부분 모두 외부에서 이루어지기 때문에 이 지역은 아무 힘도 없는 식민지에 불과했다. 대부분의 빈민지역 주민들의 일상생활은 복지업무 담당자와 경찰들에 의해 좌지우지되었다. 집주인들과 상인들이 벌어들인 이윤은 이 지역에서 빠져나갈 뿐 이곳에 다시 투자되는 일이 거의 없었다. 대도시 빈민지역이 가진 유일한 장점은 경제호황의 시기에 값싼 잉여노동력을 공급할 수 있다는 점뿐이었다. 이 점을 제외하고는 이 지역주민들의 궁핍한 생활상은 모두 비난의 대상이 되고 있었다.

감정의 압력솥

론데일로 오고 나서 며칠 지나지 않아 우리 집 아이들의 행동에도 변화가 보였다. 아이들은 짜증을 냈고 어린아이처럼 유치한 행동을 하기도 했다. 여름을 지내면서 나는 닭장 같은 아파트가 우리 가족의 정서를 격앙시키고 있다는 것을 깨닫게 되었다. 아파트는 너무나 덥고 붐볐으며 생산적인 기분전환 거리는 전혀 없는 곳이었다. 자동차와 사람들로 붐비는 거리로 달려나가는 것 외에는 아이들의 넘치는 원기를 발산할 만한 공간도 없었다. 나는 이런 조건이 빈민지역을 감정의 압력솥으로 만든다는 사실을 새삼 깨닫게 되었다.

대중집회에서 연설하고 있을 때, 운동에 참여하던 청년들이 야유를 던졌다. 적의를 품은 백인들을 비롯해서 다양한 청중 앞에서 연설한 경험이 많았지만, 연설 도중에 야유를 받은 것은 처음이었다. 나는 그날 밤 비참한 심정으로 집에 돌아왔다. 나는 12년이 넘는 세월 동안 내가 겪었던 희생과 고통만을 생각했다. 왜 그들은 가까운 사람에게 야유를 던지는 것일까? 골똘히 생각한 끝에, 나는 그 청년들이 왜 그런 행동을 했는지 이해할 수 있었다.

12년 동안 나를 비롯한 활동가들은 밝은 앞날에 대한 확신을 가지고 있었다. 나는 그들에게 내 꿈을 이야기했다. 자유를 얻게 될 날이 얼마 남지 않았다고, 미국과 백인사회를 믿으라고 당부했다. 내 말을 들은 그들은 밝은 희망을 가지게 되었다. 청년들이 우리에게 야유를 퍼부은 것은 우리가 약속을 이루어줄 수 없으리라는 생각과 신임할 수 없는 행동을 하는 사람들을 믿으라는 우리의 당부 때문이었다. 그들은 흔쾌히 받아들였던 꿈이 고통스러운 악몽으로 변하는 것을 목격하면서 적의를 품게 된 것이었다.

우리가 처음 시카고에 갔을 때, 북부에서는 비폭력운동이 불가능하다고 주장하는 사람들이 있었다. 북부의 문제는 너무나 복잡하게 얽혀 있고, 남부의 문제들과는 전혀 다르다는 것이었다. 하지만 나는 북부에서도 비폭력운동이 전개될 수 있다고 주장했다.

지금 우리에게는 점진주의라는 진정제를 투여하거나 냉각기간을 가질 만한 여유가 없습니다. 지금 당장 우리는 민주주의의 약속을 현실로 만들어야 합니다. 지금 당장 우리는 주님의 자녀들에게 기회의 문을 열어주어야 합니다. 지금 당장 우리는 길고 끔찍한 빈민지역의 밤을 종식시켜야 합니다. 지금은 변화를 요구하면서 변화에 저항하는 세력에 정면으로 맞서야 할 때입니다. 지금은 정의가 강물처럼 흐르고 공평이 개울처럼 흐르도록 해야 할 때입니다.

우리는 더 이상 고통스런 빈곤을 방관하고 앉아 있을 수 없으며 다른 사람이 자유를 가져다주기를 기다리고 있을 수 없다는 확신으로 오늘 여기에 모였습니다. 연방정부와 백인들이 흑인들의 입맛에 맞추어 은쟁반에 맛있는 음식을 담아 내주듯이 자유를 내줄 것이라고 생각한다면 그것은 큰 착오입니다. 압제자들은 결코 자발적으로 우리에게 자유를 내주지 않습니다. 피압제자들의 강력한 요구가 있어야만 압제자들은 자유를 허용할 것입니다.

억압에 대항하기 위해서 폭력에 의존하다

1966년 7월에 발생한 사회적 동요에 대한 책임은 선거직 공무원들에게 있었다. 그들은 빈민지역을 만들고 유지하는 세력들을 근절하고, 빈민지역을 일소하기 위해 생활조건을 향상시키는 데는 관심이 없고 근시안적 세계관과 정치적 편의주의에 물들어 있었다. 참된 평화란 긴장이 없는 상태가 아니라, 정의가 존재하는 상태임을 잊어서는 안 된다. 당시 시카고 웨스트사이드 지역을 비롯한 빈민지역에는 정의란 존재하지 않았다.

폭동은 참을 수 없는 조건에서 일어난다. 혐오스런 조건들이 폭력적인 폭동을 야기한다. 그러므로 아무런 이해관계도 없으며 잃을 것이 없다고 생각하는 사람들이 많은 사회를 그대로 방치하는 것은 아주 위험한 일이다. 우리 사회는 빈민지역의 청년들이 선택할 수 있는 인생의 폭을 대단히 제한하고 있다. 그렇기 때문에 이들은 인간의 능력이란 물리적으로 자신을 방어하는 능력에 지나지 않는다고 생각하게 된다. 이들은 폭력에 의지하여 억압에 맞서는 길을 선택하는 것을 당연하게 받아들이고, 그 길이야말로 사회에서 인정받는 유일한 방법이라고 생각하는 것이다.

1966년 여름 시카고 폭동이 일어난 뒤, 나는 크게 상심했다. 하지만 우리는 비폭력주의의 규율을 준수하는 2,000여 명의 청년들을 구타를 당하고도 대들지 않도록 훈련시켰다. 우리는 헌법에 보장된 권리의 행사에 착수했다. 우리는 백인지역의 부동산중개업소 앞을 찾아다니면서 시위를 벌였다. 비폭력주의를 고수하는 단호하며 규율 잡힌 우리측의 활동으로 시카고 시에는 위기감이 형성되었으며 시 당국은 상황을 변화시킬 수 있는 특별한 조치를 취하지 않을 수 없었다. 우리는 화염병도 벽돌도 권총도 준비하지 않았다. 우리에게는 맨주먹의 신체와 정신밖에 남아 있지 않았다. 우리의 신체와 정신 속에는 힘이 있다는 사실이 다시 한 번 과시되었다.

그해 여름 폭동이 일어났을 때 폭동을 부추기기 위해서 앞장서는 폭력단의 지도자와 패거리들이 있었다. 나는 그들을 설득할 방도를 찾으려고 애썼지만, 그들을 만나볼 수가 없었다. 시 당국이 경찰대를 투입하던 날 밤에 나는 이렇게 말했다. "여러분은 오늘밤에 나갈 생각이 없습니까? 지금 여러분이 해야 할 일은 우리와 힘을 합쳐서 경찰대의 투입으로도 저지할 수 없는 운동을 지속하는 것입니다. 이것이 바로 우리가 해야할 일입니다. 나는 오랫동안 비폭력에 의지해왔으니 앞으로도 비폭력주의를 견지하겠습니다. 나는 비폭력주의가 이룩한 대단한 성과를 이미 목격했습니다. 이제 와서 비폭력주의에 등을 돌리지는 않을 것입니다."

폭동 직후, 여러 세력들이 연합하여 비폭력운동의 평판을 깎아내리려는 시도가 있었다. 특대 표제가 붙은 기사에서 준군사적인 폭동음모가 있었다고 발표했지만 미 법무장관은 이런 주장은 전혀 근거 없는 사실이라고 발표했다. 더 심각한 것은 인종차별이라는 근본문제를 교묘히 회피하고 폭동의 책임을 비폭력적인 '시카고 자유운동(Chicago Freedom Movement)'과 나에게 떠넘기려는 시도였다. 이런 책동들은 끓고 있는 주전자 뚜껑을 누르고만 있으려는 태도, 인종적 불의를 바로잡기 위해서 필수적으로 요구되는 근본적인 구조개혁을 회피하려는 태도를 보여주는 것이었다.

시카고 자유운동은 이런 얼토당토않은 트집에 위축되지 않았다. 우리는 무의미한 자기 반성 따위로 힘을 분산하지 않았다. 폭동에 대한 최선의 치유책은 비폭력활동을 더욱 열심히 전개하는 것이었다. 우리는 시카고를 자유롭고 공정한 도시로 만들기 위하여 더욱 정열적으로 비폭력 직접 행동 계획을 추진했다.

주거 자유를 위한 시위

1966년 여름, 흑인과 백인이 섞인 수천 명의 행진자들이 주거의 자유(Open Housing)를 위한 시위를 시작했다. 드디어 북부 인종주의의 종기는 곪아터져 시카고 전역으로 인종차별주의의 독소를 퍼뜨렸다. 우리는 흑인들의 주거를 허용하지 않고 부동산중개인들조차 흑인들에게는 매매나 임대 목록을 보여주지 않으려 하는 백인구역으로 행진했다. 주거의 자유를 내걸고 시위하는 행진대열은 백인구역을 지날 때마다 엄청난 폭력에 맞닥뜨려야 했다.

행진대열로 병과 벽돌이 날아들었고 폭행도 예사로 했다. 셀마 투쟁과 몽고메리 투쟁에 참여했던 사람들이 행진대열을 이끌고 시카고 교외로 향했다. 이들은 우박처럼 쏟아지는 돌멩이와 벽돌 세례를 받으면서 불타는 자동차들 사이를 행진해야 했다. 수천 명의 백인들이 모여들어 야유를 퍼부었는데, 그 중에는 나치깃발을 흔들어대는 사람들도 많았다. 시카고 공원에 잡초처럼 피어난 나치깃발은 기이하게 보였다. 우리들은 벽돌과 병, 폭죽의 세례를 뚫고 행진했다. 백인 인종차별주의자들은 인종차별적인 야유를 던지다가 상스러운 욕설을 퍼부었다. 그들이 가장 많이 비난했던 대상은 행진대열 중에 있는 카톨릭 사제와 수녀들이었다. 나는 남부시위에 많이 참여해보았지만 시카고에서처럼 적대적이고 증오심으로 똘똘 뭉친 군중은 본 적이 없었다.

417

우리가 주거의 자유를 위한 행진을 하겠다고 하자, 자유주의적인 백인 친구들이 겁에 질린 표정을 지었다. "여러분이 행진을 하면 백인구역에는 증오심과 적개심이 싹터 오를 겁니다." 그들은 증오심과 적개심은 이미 보이지 않는 형태로 혹은 잠재의식 속에 존재하고 있다는 사실을 간과하고 있었다. 우리의 행진은 감추어져 있던 증오심과 적개심을 표면화했을 뿐이었다.

강도를 비난하는 대신 돈을 가지고 있었기 때문에 강도질이라는 사악한 행위를 일으켰다고 강도당한 사람을 비난한다면 그 얼마나 몰상식한 일입니까? 사회는 강도를 비난하되 강도당한 사람을 비난해서는 안 됩니다. 소크라테스에게 독약을 먹인 행위를 비난하는 대신 지나치게 철학적 탐구에 몰두했기 때문에 그런 사악한 행위를 야기했다고 소크라테스를 비난한다면 그것은 얼마나 몰상식한 일입니까? 예수님을 십자가에 매단 행위를 비난하는 대신 하나님과 진리를 사랑했기 때문에 그런 사악한 행위를 초래했다고 예수님을 비난한다면 그것은 얼마나 엉뚱한 일입니까? 우리는 헌법에 보장된 권리를 쟁취하기 위해서 헌신하는 사람들에게가 아니라 폭력을 가한 사람들을 비난해야 합니다.

시카고 사회에는 엄청나게 큰 암덩어리가 있었다. 우리는 암을 만들어낸 근원이 아니라 암이 있다는 사실을 알려주는 의사 역할을 할 뿐이었다. 이 암은 말기에 이른 것은 아니고 초기단계였으므로 우리의 노력으로 치료가 가능한 것이었다. 우리는 물리적인 의미에서 우리 사회가 앓고 있는 질병을 치료하는 의사임과 동시에, 잠재의식 속에 존재하는 것들을 모두 끄집어내어 사회가 앓는 질병을 치료한다는 점에서 정신과 의사이기도 했다. 백인들은 너무나 오랜 세월 동안 흑인들에게 보이지 않는 적개심을 품고 있었다. 앨라배마와 미시시피에서 투쟁이 전개되는 동안 먼발치에서 남부를 바라보면서 남부의 백인들은 너무나 잔인하다고 말하던 백인들도 있었다. 하지만 시카고에서도 인종적 정의가 이루어지고 이웃도시로까지 확산될 것이라는 사실을 깨닫게 되자, 잠재해 있던 백인들의 적개심은 터져나오고야 말았다.

시카고 행진 동안 시위대열 중에서 폭력으로 폭력에 맞선 사람은 한 명도 없었다. 인도에 늘어서서 야유를 퍼붓는 백인폭력배들과 게릴라투쟁에 대해서 이야기하는 호전적인 흑인집단들의 도발도 많았다. 하지만 우리의 설득을 받아들여 행진에 참여하는 폭력단 지도자들과 단원들도 있었다. 한번은 블랙스톤 단원들과 함께 행진을 하는데 대열 밖에서 병이 날아들었다. 블랙스톤 단원들 중에 코가 깨지는 등 부상을 입고 피를 흘리는 사람들이 생겼다. 그러나 폭력으로 앙갚음을 하겠다고 행진대열에서 뛰쳐나가는 사람은 단 한 명도 없었다. 나는 난폭한 기질을 가진 사람도 효과적인 배출구를 통하여 정당한 분노를 배출하고 생산적인 활동에 참여하게 하면 비폭력원칙으로 무장시킬 수 있다고 확신한다.

나는 SCLC 정기대회에 참석하기 위해서 며칠 동안 미시시피 주에 머무르다가 8월에 시카고로 돌아왔다. 시카고의 부동산중개업연합회 회장단이 흑인에 대한 차별대우를 중단하겠다고 발표했다. 우리는 그들의 말이 진심인지 지켜보기로 했다. 8월 17일의 협상은 10시간 가량 계속되었다. 협상을 통해 많은 성과를 거두었지만, 시위를 중단할 만큼 충분한 성과는 아니라고 판단하고 시위를 계속했다.

나는 시 당국에 이렇게 경고하고 싶습니다. 협상을 진행하면서 동시에 금지명령을 받아내려 한다면 그것은 아주 어리석은 일입니다. 우리는 감옥을 제 집 드나들 듯하는 사람들입니다. 우리에게 감방은 부끄러운 곳이 아니라 자유와 인간적 존엄을 지키는 안식처입니다. 나는 앨라배마에서도 투옥된 적이 있고 플로리다 주, 조지아 주, 미시시피 주, 버지니아 주에서도 투옥된 경험이 있습니다. 지금 저는 시카고에서 투옥될 만반의 준비를 갖추고 있습니다. 내가 동료들에게 당부하는 내용은 아주 간단한 것입니다. 우리는 이렇게 노래부릅니다. "어느 누구도 나를 돌려세우지 못하리라."

우리는 24시간 쉬지 않고 협상을 계속하여 북부도시에서 주거의 자유와 관련한 중대하고 강력한 성과를 얻었다. 전체 권력구조가 비폭력운동의 위력에 굴복하여 협상 테이블에 앉아서 양보한 것은 처음 있는 일이었다. 그해 여름, 시카고의 비폭력행진 운동은 주거의 자유 면에서 어느 도시에서도 거둔 적이 없는 강력한 성과를 거두었다.

빈민지역을 없애자

우리는 처음 '지역사회조직 통합위원회'에 힘을 보탤 때부터 빈민지역을 없애는 것을 목표로 삼았다. 빈민지역 문제는 불충분하고 황폐한 주택문제 이상의 의미가 있었다. 우리는 빈민지역 문제가 국내 식민주의의 산물로 빈민지역 주택문제와 빈민지역 학교문제, 실업과 불완전고용 문제, 인종차별 교육과 불충분한 교육문제, 복지제도 의존성과 정치적 예속 등의 문제를 포괄하는 것이라고 판단했다. 단발성 조치로는 이런 엄청난 문제들을 해결할 수 없기 때문에 우리는 여러 측면을 겨냥하는 동시다발적인 사업계획을 짜고 두 가지 중대한 프로그램을 구상했다.

지난한 주거의 자유 쟁취투쟁을 통해서 우리는 시카고 당국에게서 훌륭한 주거의 자유 협약문서를 받아냈다. 하지만 우리는 1~2년 내에 주거의 자유가 현실적으로 보장될 것이라고는 생각하지 않았다. 시카고를 주거의 자유가 보장되는 도시로 만들려면 많은 시간이 소요될 것이므로 그때까지는 빈민지역 주민의 상황에 관심을 기울여야 했다.

우리는 빈민지역 흑인들이 그곳에 남아 있는 사람들을 좀더 따뜻하게 대우하도록 만들어야 했다. 노동조합을 본받은 임대인조합이 집주인과 임대인을 집단적으로 중개하는 역할을 담당했다. 이 프로그램은 대성공을 거두었다. 채 1년도 못 되어 시카고 최악의 빈민지역 세 곳에서 임대인 조합이 조직되었다. 집단적인 임대계약서에는 임대료의 동결과 안정, 일상적인 경비 및 청소 서비스, 건강과 안전을 위협하는 시설의 즉시 보수 등의 조항이 포함되었다. 시카고 전역에 12개의 소규모 임대인조합이 퍼져나갔다. 이 조합들은 비공식적인 연합체를 구성하고 정기적인 회합을 가졌다.

또 다른 주거대책활동은 재건축사업과 관련된 것이었다. 이웃 간에 조직된 주거협동조합이 재건축된 빌딩을 인수할 수 있다는 사실이 이 프로그램의 특징이었다. 이렇게 해서 주민들은 소유권을 가진 건물의 관리와 운영에 대해 많은 발언권을 가지게 되었다. 우리는 이것을 통해서 빈민 근성의 특징인 심리적 예속과 패배주의의 순환고리를 깨뜨리고 주거조건 향상뿐 아니라 인간심리 개혁을 이루려고 했다.

시카고에서 가장 큰 성공을 거둔 프로그램은 일명 '브레드바스켓 작전(Operation Breadbasket)'이었다. 브레드바스켓 작전은 "흑인의 돈을 원한다면 흑인을 정중하게 대우하라"는 말로 요약할 수 있는 단순하지만 효과적인 프로그램이었다. 브레드바스켓 작전의 철학적 근거는 대부분의 소매업체나 소비재 생산업체들이 흑인들에게 물건을 팔면서도 해당 지역 흑인들을 고용하여 이윤을 지역사회로 환원하지 않음으로써 빈민 지역의 경제를 고갈시키고 있다는 확신에서 비롯된 것이었다. 이런 관행을 바로잡기 위해 브레드바스켓 작전위원회는 공격대상 산업을 선정하고 그 산업에 속한 개별적인 회사들의 고용통계를 입수하였다. 흑인종업원의 비율이 만족스럽지 않거나 흑인고용이 단순작업에 한정된 회사에 대해서는 협상을 제안하여 보다 공평한 고용정책을 수립하라고 요구했다. 필요하다고 판단이 되는 회사에 대해서는 성직자들이 회합이나 운동 과정에서 조직한 선택적 구매운동 등으로 세력을 과시했다. 성직자들의 주장은 간단했다. "우리에게 쓸 만한 직업을 주지 않는 업체의 물건은 사지 맙시다."

1967년까지 SCLC는 열두 도시에서 브레드바스켓 작전을 전개해서 엄청난 성과를 올렸다. 시카고에서도 브레드바스켓 작전을 통해서 우유, 음료수, 식료품 등 세 가지 산업과의 협상을 성공적으로 마쳤다. 관련된 업체들 중 네 곳은 단기의 '불매' 운동을 겪은 후에야 만족할 만한 협상안을 내놓았고, 일곱 업체들은 불매운동을 거치지 않고 협상만으로 고용정책에 대한 우리의 요구를 받아들였다. 우리에게 자신들의 고용정보를 제공한 두 업체에 대해서는 공정한 고용정책을 권장하는 문서를 보냈다. 브레드바스켓 작전은 800건에 달하는 흑인 신규고용 및 승진을 달성함으로써 흑인가정의 연간수입 증가액이 700만 달러를 상회하는 성과를 올렸다. 우리는 브레드바스켓 작전의 다음 단계로 넘어갔다. 우리는 빈민지역에 점포를 둔 업체들에게 신규채용 기회를 요구함과 동시에 그 점포에서 얻은 수입을 흑인이 소유하는 은행에 예치할 것과 흑인 소유업체에서 생산한 물품을 점포에 진열해달라고 요청했다.

유태인들과의 특별한 관계

우리는 시카고 웨스트사이드 지역에서 임대료 지불거부운동을 수도 없이 전개했다. 그런데 애석하게도 임대료 지불거부운동의 대상자였던 집주인들은 대부분 유태인이었다. 당시 시카고 웨스트사이드 지역에는 유태인 빈민지역이 있었다. 유태인들은 다른 지역으로 이주하면서도 빈민지역 건물들을 그대로 소유하고 있었고, 이 때문에 건물임대를 둘러싼 여러 문제가 발생하게 되었다.

우리가 살고 있던 허름한 아파트는 유태인 하나와 몇 사람의 공동소유였다. 임대조건이 너무나 부당하여 우리는 임대료 지불거부운동을 전개하지 않을 수 없었다. 우리가 살고 있는 아파트에는 허름하고 누추한 방이 네 개였는데 임대료는 월 94달러나 되었다. 우리는 게이지 공원을 비롯한 지역에서 주거의 자유행진에 참가하면서 백인들은 깨끗하고 깔끔하게 단장된 방이 다섯 개 딸린 아파트의 임대료로 월 78달러를 지불하고 있다는 사실을 알게 되었다. 우리는 20퍼센트에 달하는 고율의 세금을 지불하는 셈이었다.

흑인들은 유색인종에 부가되는 부당한 임대료 지불을 거부하기 시작했다. 이렇게 해서 집을 임대하거나 상점을 운영하는 유태인들과 흑인들 간의 대립이 발생하게 되었고, 이런 대립 속에서 흑인과 유태인 사이에는 이성을 잃은 말다툼이 끊이지 않게 되었다.

흑인들의 반유태감정은 북부 빈민지역에 한정된 현상이다. 남부에는 이런 현상이 존재하지 않는다. 도시에 거주하는 흑인들은 유태인들과 특별한 관계가 있다. 흑인들은 전혀 다른 두 측면에서 유태인들과 접촉하고 있다. 유태인들은 시민권 투쟁에 임해서는 매우 적극적이며 전혀 편견을 드러내지 않는다. 그러나 유태인들은 빈민지역의 집주인이나 상점주인의 위치에서는 흑인들에 대한 직접적인 착취자로 행세한다. 유태인들은 종교적 문화적 토대에서 비롯된 정의에 대한 열정이 있기에 자유쟁취운동과 관련해서는 흑인들과 같은 태도를 취한다. 빈민지역에서 건물임대나 소매상을 하는 유태인들은 구사회가 남긴 흔적에 불과하다. 과거에는 대부분 흑인 빈민지역과 유태인지역이 근접해 있었다. 인구구성 변화가 일어나도 그 지역을 뜨지 않는 상점주인들과 집주인들이 있었다. 그들은 유태인의 윤리가 아니라 영세사업가의 윤리에 입각하여 업무를 처리한다. 하지만 이들에게서 푸대접을 받는 흑인들은 이런 차이를 인식하지 못한다. 좌절감과 비이성적인 격분에 사로잡힌 흑인들은 백인들이 자신들을 향해 퍼붓던 인종차별적인 욕설을 따라 외웠다. 이렇게 해서 이들은 어리석게도 자신과 같은 유색인종에게 나쁜 영향을 미치는 사회적 독소를 증가시키는 데 도움을 주는 것이다.

그렇다고 저속하고 진실성이 없는 유태인 혐오 주장에 굴복한 흑인들을 흑인 일반과 동일시한다면 그것은 비윤리적이며 비극적인 실수다. 마찬가지로 경제적인 지배권을 가지고 흑인들을 착취하는 소수의 유태인들을 모든 유태인들과 동일시한다면 그것 역시 엄청난 실수라고 하겠다.

선량한 유태인들이 탐욕스런 소수의 유태인들을 통제할 수 있다고 생각한다면 그것은 무분별한 것이다. 선량한 유태인들에게는 탐욕스런 유태인들을 징계하고 통제할 방안이 없다. 우리들은 선량한 유태인들이 탐욕스런 유태인들에 대해서 우리와 동일한 혐오감과 경멸감을 느끼기를 기대할 수 있을 뿐이다. 마찬가지로 흑인들이 반유태감정을 가진 소수의 흑인들을 통제하기를 기대할 수도 없는 일이다. 반유태감정을 가진 흑인들은 우리가 시행하는 어떤 통제방법에도 굴복하려 들지 않을 것이기 때문이다. 그러나 우리는 그들에게 대항할 수 있으며, 또한 구체적인 대항방법이 있다. 이제까지는 흑인들이 반유태감정을 드러낼 때 흑인지도자들이 신속하게 그들의 태도를 비난한 적이 한 번도 없었다. 나는 흑인사회 내에 존재하는 반유태감정이 옳지 않은 것이라고 직접 비판해왔다. 반유태주의는 비윤리적이고 자기 파괴적인 것이므로 나는 앞으로도 반유태적인 태도에는 반대 주장을 할 것이다.

시작이면서 과도기인 1966년

나는 1966년 12월부터 1967년 2월까지 시민권활동에서 벗어나 지난 몇 년 간의 운동의 발전과 문제점들에 대해서 책을 썼다. 책을 완결하고 『어디로 갈 것인가? 혼란인가 화합인가?(Where Do We Go from Here: Chaos or Community?)』라는 제목을 붙였다. 3월에 나는 시카고에서 정규활동을 재개한다는 사실을 발표하고 앨 래비를 비롯한 시카고의 열성적이고 저명한 시민권 지도자들을 만나서 진행중인 몇 가지 프로그램의 성과를 평가하고 빈민지역을 없애는 운동의 다음 단계 계획을 짰다.

시 당국은 주거의 자유협약에 성실하게 임하지 않았다. 나는 '시카고주택국' '도시재개발부' '인간관계위원회' 등 관련 당국의 소극적이고 지지부진한 활동에 대해 점점 실망이 커지고 있다고 밝혔다. 의도야 어쨌든 시 당국은 협약을 어기고 있었다. 시 당국의 이러한 태도는 주거협약이 기만이며 엉터리 약속이라고 주장하면서 사회의 무질서를 조장하는 사람들을 믿으라는 것이나 다름없었다. 적극적인 활동을 회피하는 시 당국의 태도는 시카고 자유운동을 배신하고 반동적인 백인세력의 비위를 맞추는 것일 뿐 아니라 흑인사회 내에서 그을음을 내며 타오르는 불만과 절망감의 불 위에 뜨거운 숯을 올리는 것이나 다름없는 것이었다. 우리가 행진하고 있을 때 시 당국은 타협과 협상으로도 주거의 자유라는 복잡한 문제들을 해결할 수 있다고 주장하면서 한 달이 넘도록 협상을 재촉했다. 우리는 협상 테이블에서 훌륭한 협상안을 따냈다. 정상에 다다랐다고 생각했는데, 약 7개월의 시간이 흐르고 나서 보니 우리의 발밑은 낭떠러지였다.

그러나 모든 것을 잃어버렸다고 말할 수는 없다. SCLC의 훌륭하고 충직한 활동가들은 결코 신념을 잃지 않았다. 나는 책임감 있고 열성적인 활동가들에게 현실을 직시하고 처음 운동을 시작할 때의 열정과 신념을 회복하자고 호소했다. 비록 어제는 실패했지만 아직 때가 늦은 것은 아니었다. 새로운 노력을 기울이고 지난 8월에 내걸었던 목표를 향하여 한 걸음 한 걸음 내딛는다면 승리의 날은 멀지 않을 것이다. 주거의 자유를 쓸모 없는 종이조각으로 만들 수는 없었다. 이 도시를 구원하기 위해서는 주거의 자유를 실현해야 했다. 우리는 굳은 신념으로 재무장하고 다시 전진하겠다는 결단을 내림과 동시에 우리 사회의 악을 폭로할 만반의 준비를 갖추었다. 결국 나는 문제를 해결하려면 대중시위가 필수적이라는 결론에 도달하게 되었다.

우리는 시작이면서 동시에 과도기인 1966년 한 해를 돌아보았다. 조지아나 미시시피, 앨라배마 등의 지역에서 시카고로 온 우리들은 한 해 동안 많은 교훈을 얻었다. 유능한 지역지도자들과 합동하여 활동을 전개하면서 우리 조직은 전진과 후퇴를 경험했다. 여러 면에서 시카고는 남부 농촌지역에 비해서 변화에 대한 저항이 심한 사회였다.

우리는 시카고에 대한 환상은 가지고 있지 않았지만 그곳에서의 활동은 우리가 상상했던 것보다 훨씬 힘들었다. 하지만 우리 조직은 시카고의 광범위한 양심적인 세력들과의 연대 덕분에 변화의 초석을 마련할 수 있었다.

시카고의 십대 소년들에 대해서 생각해봅시다. 빈민지역 출신의 흑인 청소년들은 텍스나 푸에블로, 고트, 테디 따위의 별명이 있습니다. 사회로부터 소외당한 이들은 '악의 대왕' '로마 성인' '특별유격대' 등의 폭력집단을 조직하고 조직을 위해서 목숨을 걸고 싸우는 것을 자랑스럽게 생각합니다. 나는 이 소년들과 만나서 내가 세들어 있던 시카고 웨스트 사이드 빈민지역의 아파트에서 춥고 긴 밤을 보내면서 토론했습니다.

나는 그들이 세계에 대해 엄청난 원한을 품고 있다는 사실을 깨닫고 크게 놀랐습니다. 이들은 효과적이고 강력한 사회개혁의 도구인 비폭력주의라는 개념을 포용할 수 없을 것 같았습니다. 이 소년들은 인생을 폭력과 타락의 난장판이라고 생각하고 있습니다. 이들 중에는 충실한 가정생활을 전혀 경험해보지 못한 소년들도 있습니다. 전과가 있는 소년들도 있고, 부실한 빈민지역 학교에서 퇴학당하고 온전한 직장에서 쫓겨나서 거리로 뛰쳐나온 소년들도 있습니다.

하지만 올 한 해 동안 이들은 우리에게 비폭력주의라는 선물을 주었습니다. 그들이 우리에게 준 비폭력주의는 실제로는 사랑을 의미합니다. 시카고 자유운동은 이 소년들에게 한 가지 메시지를 전하려고 노력해왔습니다. 우리는 먼저 이들에게 무장력이나 경찰력으로는 폭력을 잠재울 수 없으며, 물리적인 힘으로는 근본적인 사회문제를 해결할 수 없다고 설명하고 나서 비폭력주의로 사회문제를 해결할 수 있다는 점을 입증할 수 있다고 약속했습니다.

빈민지역 출신의 소년들에게는 우리들의 이러한 약속들을 의심할 만한 충분한 이유가 있었습니다. 하지만 이들은 작년 겨울에 비폭력주의를 시험해보는 데 동의했습니다. 긴장감이 감돌던 1966년의 뜨거운 여름에, 수많은 시카고 젊은이들이 첫 번째 시도로 '미시시피를 관통하는 자유행진'에 참여했습니다. 폭력단 성원들도 무리를 지어 행진에 참여했습니다.

우리들은 이 소년들이 폭력을 행사하지나 않을까 크게 우려했습니다. 행진중에 대열은 최루가스 공격을 받았습니다. 우리는 빈주먹의 이들에게 행진대열에 있던 여자들과 어린이들을 보호하라는 지시를 내렸습니다. 이들에게 이런 행동은 폭력에 대항하는 방법으로는 터무니없고 이상한 것이었습니다.

하지만 이들은 너무나 훌륭하게 처신했습니다! 이들은 폭력을 포기함으로써 악에 대항한다는 아름다운 교훈을 터득한 것입니다.

29

블랙 파워
Black Power

미국의 백인들이 우리 사회에서 불평등과 잔혹함을 제거하겠다는
성실한 결단으로 흑인들을 대한다면 흑인들은 비폭력주의와
인종간 친선의 길을 따라 행진할 것입니다.

1966년 6월 6일(37세)
1962년 미시시피 대학의 인종차별 벽을 부순 제임스 메레디스가
미시시피 주에서 흑인투표를 권장하기 위한 '공포에 대항한 행진'을 이끌던 도중
기습을 당하여 부상을 입다. 킹 목사를 비롯한 시민권 지도자들이
메레디스가 이끌던 행진을 계속하기로 의견을 모으다.

6월 16일
스토클리 카마이클이 '블랙 파워'라는 슬로건을 사용함으로써
논쟁의 불길을 당기다.

위 미시시피 대학 최초의 흑인학생인 제임스 메레디스가 연방요원들의
경호를 받으며 입학 수속을 하러 가다.
아래 스토클리 카마이클.

"제임스 메레디스가 총에 맞았다!"

　1966년 6월 6일 월요일 오후 세 시경이었다. 당시 나는 애틀랜타 본부에서 SCLC 집행부 회의를 진행하고 있었다. 메레디스가 '미시시피를 관통하는 자유행진'을 시작한 지 하루 만에 등 뒤에서 총을 맞았다는 소식이 전해졌다. 분노와 침통함이 순간적으로 회의실을 휩쓸었다. 처음에는 메레디스가 사망했다는 보도가 있었기 때문에 우리는 극도로 침통한 심정이었다. 이윽고 회의실 이곳저곳에서 침묵을 뚫고 사람들이 격분하여 말하기 시작했다. 이 사건은 아직도 흑인의 목숨이 파리 목숨으로 취급되고 있다는 사실을 입증하는 충격적인 것이었기에 사람들은 모두 그날 회의의 안건을 잊어버리고 말았다.

　격앙된 분위기가 가라앉자, 집행부는 행진을 계속해야 한다는 데 동의했다. 우리는 메레디스가 공포에 대항한 외로운 행진을 시작한 까닭을 충분히 이해했다. 행진을 중단한다면 권리를 빼앗기고 억압당하는 미시시피 흑인들의 공포감은 더욱 깊어질 것이고, 행진을 계속한다면 전체 시민권운동은 후퇴하지 않고 비폭력주의 원칙도 손상되지 않을 것이다.

　멤피스와 여러 차례의 전화통화를 통해서 메레디스가 사망했다는 초기 보도가 잘못된 것이며, 메레디스가 회복될 수 있다는 사실이 확인되었다. 이 소식을 듣자 마음이 놓였다. 하지만 시민권운동이 메레디스가 시작한 행진을 계속 이어야 한다는 우리의 생각은 변함이 없었다.

다음날 아침 나는 몇 명의 활동가와 함께 멤피스로 향했다. 뉴욕에서 온 CORE(인종평등회의) 전국의장인 플로이드 맥키식도 우리와 함께 애틀랜타 발 멤피스 행 비행기를 탔다. 멤피스에 도착하자마자 우리는 메레디스가 입원한 병원으로 갔다. 그의 상태가 호전되어 가는 것을 확인하자 마음이 놓였다. 우리는 메레디스의 용감한 행동에 대해 사의와 공감을 표현하고 나서, 흑인들이 과격한 백인세력의 폭력에 결코 위축되지 않는다는 것을 전국과 전 세계에 과시하기 위해서 행진을 계속해야 한다는 생각을 밝혔다. 메레디스는 혼자서만 행동하는 경우가 많았기 때문에 많은 사람들이 참여하는 행진을 원하지 않을지도 모르는 일이었다. 그렇다면 그에게 이 문제가 전체 시민권운동과 관련된 것이라는 확신을 심어주려면 상당히 설득해야 할 것이라는 생각이 들었다. 그러나 다행히도 메레디스는 자신이 참여하지 못하더라도 행진을 계속해야 한다는 데 흔쾌히 동의했다. 우리는 잠시동안 행진의 성격과 전략에 대해서 토론하고 나서, 행진과 관련된 사항을 결정할 때에는 반드시 메레디스의 자문을 구하기로 했다.

병실에서 나오려고 하는데 간호사가 들어왔다. "메레디스 씨, 카마이클 씨가 오셨는데 당신과 킹 목사를 만나고 싶답니다. 들어오시라고 할까요?" 메레디스는 그러라고 대답했다. 이윽고 스토클리 카마이클이 클리블랜드 셀러즈라는 동료와 함께 들어왔다. 그는 병실에 들어서자마자 메리데스의 손을 부여잡고 염려와 존경의 뜻을 전하고 SNCC(학생비폭력 조정위원회) 소속 동료들을 대신하여 위로의 말을 전했다. 잠시 대화가 오고간 다음, 방문자들은 메레디스가 휴식할 수 있도록 그곳에서 나왔다. 우리는 메레디스에게 그의 뜻에 따라서 행진을 전개할 것이며, 미시시피의 추악한 인종차별주의를 고발하고 인간의 잔혹성이라는 요새에 갇힌 모든 흑인들에게 인간 존엄성과 인격에 대한 새로운 자각을 일깨울 것을 다짐했다.

플로이드와 스토클리, 그리고 나 세 사람은 CORE, SNCC, SCLC 세

조직이 연합하여 행진을 후원하고 다른 시민권 조직들의 참여를 촉구하기로 합의했다.

우리는 행진추진 조직을 구성하고 나서 멤피스에 있는 제임스 로손 목사의 교회를 본부로 정했다. 한 시간쯤 후에 우리 일행은 네 대의 자동차에 나누어 타고 전날 메레디스가 총격을 당한 51번 고속도로를 찾아갔다. 이렇게 해서 메레디스의 '미시시피를 관통하는 자유의 행진'은 두 번째 단계로 접어들었다.

실망은 좌절을 낳고 좌절은 원한을 부른다

찌는 듯한 더위 속에서 구불구불한 고속도로를 걸어가는 일행 속에서는 이런저런 말이 오고갔으며 여러 가지 의문이 제기되었다.

어떤 젊은 활동가는 "나는 이제 비폭력주의에 찬성하지 않습니다" 하고 말했다.

"만일 어떤 미시시피 백인놈이 나를 건드린다면, 나는 그 녀석을 실컷 두들겨펠 작정입니다" 하고 외치는 젊은이도 있었다.

어떤 사람은 "이 행진에는 흑인들만 참여해야 합니다. 이제는 자유주의적인 백인들이 우리의 운동에 개입하지 못하도록 해야 합니다. 이것은 우리의 행진입니다" 하고 말하기도 했다.

오후에 우리는 행진을 멈추고 '우린 승리하리라'라는 노래를 불렀다. 일행의 목소리는 여느 때나 다름없는 열정과 부드러운 힘, 그리고 우렁찬 울림으로 퍼져나갔다. 그런데 "흑인과 백인이 함께"라는 구절에 이르자, 몇 사람이 입을 다물었다. 나중에 이들에게 왜 그 구절을 부르지 않았느냐고 물었더니, "이제 새로운 시대가 왔습니다. 앞으로는 그런 구절을 노래하지 않을 것입니다. 사실 우리는 이 노래 자체를 폐기해야 합니다" 하고 대답하는 사람이 있었다.

이들의 주장은 내 귀에는 낯선 외국 음악처럼 생소하게 들렸다. 원한에 가득 찬 이런 주장을 듣자 내 마음은 불안해졌다. 하기야 그렇게 놀라서는 안 될 일이었다. 거짓약속이 범람하고 꿈이 짓밟히고 흑인에게 폭력을 휘두른 사람이 아무런 처벌도 받지 않는 이런 분위기 속에서는 비폭력주의에 대한 심각한 문제제기가 있게 마련이었다. 실망이 좌절을 낳고, 좌절이 원한을 부르며, 원한은 맹목적이라는 사실을 나는 알았어야 했다. 원한은 부분과 전체를 구별하지 못한다. 우세집단, 특히 권력집단의 일부가 인종주의적 태도를 가지고 있을 경우 사람들의 마음속에는 우세집단 전체에 대한 원한이 자리잡게 마련이다.

첫 날 행진을 마치고 나서 우리 일행은 멤피스로 돌아가서 흑인모텔에서 묵었다. 행진중에 야간 휴식장소로 사용할 텐트를 아직 마련하지 못했기 때문이다. 모텔 객실에 앉아서 우리는 토론을 계속했다. 나는 사람들에게 비폭력원칙을 고수하자고 당부했다. 내 주장을 듣자마자 몇 사람이 자기방어는 필수적이니 비폭력원칙이 행진 참여의 전제조건이 되어서는 안 된다고 반박하고 나섰다. CORE 출신, SNCC 출신 활동가들 중에도 이런 견해를 가진 사람이 있었다.

나는 원칙적으로 폭력에 반대하며 미시시피의 폭력대결을 재촉하는 행위는 우리 모두에게 가장 비현실적이며 끔찍한 일이 될 것이라는 생각을 분명하게 이야기했다. 우리는 폭력대결에서 승리할 자원이나 방법이 없는 처지였다. 더구나 우리가 폭력에 의지하면 미시시피 백인들은 그것을 구실로 행진에 참여하려는 흑인들을 구속할 수 있으니 더 없이 기뻐할 것은 분명했다. 나는 개별적인 공격을 받았을 때 자기 방어를 해서는 안 된다고 주장하는 사람은 없으므로 자기 방어문제에 대한 토론은 불필요하다고 주장했다. 문제는 자신의 가족이 공격을 당했을 때 총을 사용해야 하느냐 마느냐가 아니라, 조직화된 시위에 참여하면서 총을 사용해야 하느냐 마느냐라는 문제였다. 비폭력주의의 기치를 내리게 되면, 우리는 미시시피의 인종차별문제를 고발할 수도 없으며, 도덕적 사안을 모호하게 할 수 있다는 것이 내 주장이었다.

다음으로는 백인들의 참여문제가 제기되었다. 스토클리 카마이클은 백인들의 행진참여 사실을 덜 강조하고 흑인들의 참여를 보다 강조해야 한다고 주장했다. 그 의견에 동의하는 사람들이 있었다. 나는 스토클리의 이야기를 들으면서 남부지역에서 함께 활동했던 시절을 생각했다. 그때 우리는 운동에 참여하는 백인들을 기뻐하며 환영하였다. 스토클리의 생각이 변한 이유는 무엇일까?

그의 심정이 변한 이유의 상당 부분은 1964년 여름 미시시피 주에서의 SNCC 활동에 근원이 있는 것 같았다. 그 당시 상당히 많은 북부지역 백인학생들이 지원활동을 하기 위해 미시시피로 왔다. SNCC 활동가들은 불쌍한 흑인들과 함께 활동하기 위해서 온 똑똑하고 재능 있고 자신만만한 젊은 백인들의 모습에 압도당하고 말았다. 그 해 여름에 스토클리를 비롯한 SNCC 활동가들은 무의식적으로 백인의 참여는 흑인들의 열등감을 증가시키므로 흑인들에게 유익한 것이 아니라고 결론내렸던 것 같다. 흑인들은 흑인들과 힘을 합쳐야 한다는 결론만으로는 이런 어려운 상황을 해결하고 흑인들에게 자신감을 안겨줄 수 없다. 이런 문제는 끈기 있는 노력과 지속적인 실험, 그리고 굳은 연대감 속에서만 해결할 수 있다.

인생도 그렇지만 인종간의 이해는 이미 만들어져 있는 것이 아니라 직접 만들어야 한다. 이승에 태어난 우리에게 주어지는 것은 존재이다. 우리는 이 존재를 원료로 인생을 만들어야 한다. 건설적이고 행복한 인생은 그저 주어지는 것이 아니라 직접 만드는 것이다. 흑인들과 백인들이 함께 활동하고 서로를 이해할 수 있는 능력도 역시 그저 주어지는 것이 아니라 흑인들과 백인들의 상호교류를 통해서 만들어가야 하는 것이다.

나는 이런 관점에서 방 안에 모인 모든 사람들에게 흑인과 백인이 함께 참여하는 행진을 진행하는 것이 도덕적으로 정당하다는 점을 잊지 말자고 호소했다. 양심적인 사람들을 인종차별주의 단체로 보낼 것이 아니라 우리 운동으로 끌어모아야 한다. 나는 그들에게 인종적 정의를 위해서 고통당하고 피를 흘리고 죽어갔던 헌신적인 백인들이 있음을 잊어서는 안 되며 지금 백인의 참여를 막는 것은 이들이 희생했던 대의를 부인하는 부끄러운 일이라고 말했다.

마지막으로 나는 지금 무서운 적을 물리치기 위해서는 어느 때보다 단합이 필요한 때이므로 이 단합을 유지하기 위해서 전력을 기울일 것이라고 말했다. 또한 행진운동이 비폭력주의와 흑인과 백인의 동시 참여에 기초하여 이루어진다는 공식적인 확인이 없는 한, 나는 행진운동에 대한 개인적인 참여는 물론 SCLC의 참여에 동의할 수 없다고 밝혔다. 몇 분 간의 토론 후에 플로이드와 스토클리는 이번 행진운동에 관한 한 이 원칙을 고수하는 데 동의했다. 다음날 아침, 우리는 연합 기자회견을 통해서 이번 행진운동은 비폭력주의 원칙을 고수할 것이며 백인들의 참여를 환영한다는 생각을 밝혔다.

나는 지금까지 우리 운동에 참여한 어느 누구도 혼자 힘으로 미시시피를 변화시킬 수는 없다고 말해왔으며 앞으로도 이런 생각에는 변함이 없을 것입니다. 우리 운동에 참여한 어떤 조직도 단독으로 미시시피 문제를 해결할 수는 없습니다. 우리 모두가 힘을 합쳐야만 미시시피의 정세를 변화시킬 수 있습니다. 지금은 조직적인 갈등에 몰두할 때가 아니며 누가 지도자가 될 것인가를 놓고 자존심 싸움을 벌일 때도 아닙니다. 미시시피 투쟁에서 우리는 모두 지도자입니다. 미시시피를 변화시키기 위해서 우리는 뭉쳐야 합니다. 우리의 상대는 작은 권력을 가진 세력이 아닙니다. 우리의 상대는 강력한 정치권력입니다. 우리는 불의의 골리앗에 대항하여 나서는 진리의 다윗이 되어야 합니다. 우리는 미시시피 주를 변화시킬 수 있습니다. 나는 굳건한 단합을 이루면 미시시피를 변화시킬 수 있다고 굳게 확신하고 있습니다.

블랙 파워!

행진이 진행되면서 논쟁과 토론이 계속되었다. 하지만 이런 논쟁과 토론은 우리를 맞이하기 위해서 미시시피 전역에서 몰려든 군중들의 열정 때문에 표면화하지 않았다. 우리는 열흘 정도 행진을 계속해서 그러네이다를 지나 그린우드로 향했다. 스토클리는 그린우드 도착에 큰 기대를 걸고 있었다. 그린우드는 1964년 격동의 여름 동안 SNCC가 대담한 활동을 펼쳤던 곳으로 SNCC의 세력권이라고 할 수 있는 곳이었다.

행진대열이 그린우드에 가까워지자 과거의 시위 참여자들과 새로운 참여자들로 구성된 수많은 군중이 우리를 맞으러 나왔다. 그날 밤 공원에서 열린 대규모 대중집회에서 스토클리가 연단에 올랐다. 그는 청중에게 미시시피의 인종차별제도에 대한 강력한 공격에 나서자고 역설하고 나서 "우리에게 필요한 것은 블랙 파워입니다" 하고 주창했다. SNCC의 정열적인 웅변가인 윌리 릭스가 연단에 뛰어올라 "여러분은 무엇을 원합니까?" 하고 외치자 군중은 "블랙 파워!"라고 외쳤다. 릭스가 "여러분은 무엇을 원합니까?"라는 외침을 되풀이하자 군중의 "블랙 파워"라는 외침은 점점 더 커져서 열광상태에 이르렀다.

그린우드는 시민권운동에서 블랙 파워라는 슬로건이 처음으로 등장한 지역이었다. 블랙 파워라는 문구는 리처드 라이트를 비롯한 여러 사람들이 사용했다. 하지만 그 문구가 시민권운동의 슬로건으로 사용된 것은 그날 밤이 처음이었다. 오랜 세월 동안 백인권력에 짓밟혀오면서 블랙이란 말은 치욕스런 단어라고 생각해왔던 사람들에게 이 슬로건은 엄청난 호소력을 가지고 있었다.

하지만 나는 블랙 파워라는 단어는 부적절한 슬로건이라고 생각했다. 나는 그 단어 때문에 행진자들 내부에 분열이 일어나는 것을 목격하였다. 이삼 일 동안 '블랙 파워'라는 슬로건에 집착하는 사람들과 '이제 자유를 달라!'는 슬로건에 집착하는 사람들 사이에 엄청난 알력이 형성되었다. 양측의 연사들은 군중들이 자신들의 슬로건을 더 크게 외치도록 하기 위해서 필사적으로 매달렸다.

내가 신뢰하는 것은 구체적이고 현실적인 블랙 파워다. 나는 블랙 내셔널리즘을 지지하지 않는다. 나는 인종주의적인 뉘앙스를 가진 블랙 파워를 지지하지 않는다. 하지만 우리의 정당한 목적을 달성하기 위하여 정치 경제적 힘을 결집해야 한다는 의미의 블랙 파워는 전폭적으로 지지한다. 선량한 백인들도 이런 의미의 블랙 파워를 지지할 것이라고 생각한다.

우리 흑인은 이 나라 인구의 10퍼센트에 불과합니다. 그러므로 우리 혼자만의 힘으로 자유를 쟁취할 수 있다는 것은 터무니없는 이야기입니다. 모든 양심적인 세력들의 단합이 필요합니다. 백인들 속에 공감이 형성되지 않는 한, 그리고 백인들이 흑백차별은 흑인들뿐 아니라 백인들에게도 모욕적인 일임을 깨닫지 못하는 한, 우리는 미시시피를 비롯한 전국 어느 지역에서도 자유를 쟁취할 수 없을 것입니다. 폭력적인 운동으로 승리를 얻을 수 있다는 생각은 잘못된 것입니다. 폭력적인 운동에 대해서 생각하는 것조차 비현실적인 태도입니다. 우리는 불필요하게 많은 사람의 목숨을 희생시키는 일은 하지 않을 것입니다. 저는 제 목숨을 바칠 각오가 되어 있습니다. 많은 사람들이 목숨을 바칠 각오를 하고 있습니다. 어떤 확신을 가지고 있다면, 참된 확신을 가지고 있다면, 사람들은 기꺼이 그것을 위해 목숨을 내놓을 것입니다. 하지만 나는 불필요한 죽음을 부르는 폭력주의에 대해서는 결코 찬성할 수 없습니다.

운동대오의 분열이 깊어지는 것이 느껴졌기 때문에 나는 스토클리와 플로이드 맥키식에게 이 문제에 관해서 허심탄회하게 토론해보자고 제안했다. 우리는 다음날 아침, 각 조직의 집행부 몇 명과 함께 야주 시의 카톨릭 교구회관에서 모임을 가졌다. 모임은 다섯 시간 동안 계속되었다. 나는 계속해서 블랙 파워 슬로건을 포기하라고 호소했다. 지도자라면 슬로건이 함축한 의미에 대해서 문제의식을 가져야 한다. 모든 단어는 외연적인 의미와 내포적인 의미를 가지고 있다. 블랙 파워라는 개념은 외연적인 의미에서는 건전하지만 그릇된 의미를 함축하고 있었다. 언론이 이 슬로건에 폭력성이 내포되어 있다고 취급하고 있었으므로, 나는 만일 행진자들이 이 슬로건을 경솔하게 사용할 경우 이런 인상을 강하게 줄 수 있다고 주장했다.

스토클리는 이 슬로건은 폭력 비폭력의 문제와 전혀 무관하다고 반박했다. 이 슬로건은 정치적 경제적 자원을 강화하여 흑인들의 힘을 기르기 위해 필요하다는 주장이었다. 그는 "이 세상의 유일한 평가기준은 바로 힘입니다. 그러므로 우리는 어떤 희생을 치르더라도 힘을 축적해야 합니다"라고 말했다. 그리고 나서 그는 나를 바라보면서 "마틴, 미국의 모든 인종별 그룹들이 이런 태도를 취해왔다는 것은 당신도 잘 아는 사실 아닙니까? 유태인들도 아일랜드인들도 이탈리아인들도 그렇게 하는데 우리는 왜 그래서는 안 된다는 겁니까?"라고 말했다.

나는 대답했다. "바로 그것이 문제입니다. 유태인의 힘을 기르자는 슬로건을 공개적으로 내건 유태인을 본 적 있습니까? 그런 슬로건을 내걸지 않아도 그들에게는 힘이 있습니다. 이들은 단합과 결단, 그리고 독창적인 노력을 통해서 힘을 모으고 있습니다. 아일랜드인이나 이탈리아인들도 마찬가지입니다. 아일랜드인의 힘을 기르자거나 이탈리아인의 힘을 기르자는 슬로건을 내세우는 집단은 하나도 없지만, 이들은 열심히 노력해서 힘을 길렀습니다. 우리도 그렇게 해야 합니다. 우리는 건설적인 수단을 총동원해서 경제적 정치적 힘을 결집해야 합니다. 우리에게 필요한 것은 정당한 힘입니다. 우리는 인종적 자부심을 기르고 흑인들은 사악하고 위험한 존재라는 인식을 깨뜨려야 합니다. 하지만 슬로건이 아니라 프로그램을 통해서 힘을 결집해야 합니다."

스토클리와 플로이드는 슬로건은 아주 중요한 것이라고 주장했다. "어떻게 슬로건 없이 프로그램만으로 사람들을 단합시킬 수 있습니까? 노동운동도 슬로건을 가지고 있지 않습니까? 자유운동을 할 때에도 슬로건을 내걸지 않았습니까? 우리에게는 '블랙'이라는 단어가 들어가는 새로운 슬로건이 필요합니다."

나는 슬로건이 필요하다는 점에 대해서는 찬성의 뜻을 표했다. 하지만 운동세력 내부의 혼란을 야기하고 흑인사회를 고립시키며 편견을 가진 많은 백인들에게 자기 변호의 구실을 제공하는 슬로건을 사용해서는 안 될 것이다.

토론이 길어졌지만 스토클리와 플로이드는 생각을 바꾸지 않았다. 스토클리는 "마틴, 제가 이번 행진에서 이 슬로건을 제기한 것은 전국적인 관심을 모으고 블랙 파워에 대한 당신 생각을 알아보기 위한 것이었습니다" 하고 솔직하게 이야기했다.

나는 웃으면서 이렇게 말했다. "나는 이미 그런 경험을 한 적이 있습니다. 한 번 더 이용당한다고 해서 해가 되지는 않겠지요."

SCLC 집행부는 블랙 파워 슬로건은 미시시피의 인종차별 문제에 대한 사람들의 관심을 호도한다는 점에서 적절하지 않다는 내 의견을 지지하고, CORE와 SNCC 집행부의 대부분은 전국적으로 블랙 파워 슬로건을 확산시킬 필요가 있다는 스토클리와 플로이드의 생각을 지지하는 상황에서 회의는 종료되었다. 나는 단합을 유지하기 위한 마지막 시도로 서로 한 발 양보하여 '블랙 파워'나 '이제 자유를 달라!'는 두 슬로건을 모두 사용하지 말자고 제안했다. 이렇게 하면 국민들이나 언론이 외견상 상충되는 슬로건으로 혼동을 겪지 않을 것이며, 집행부 성원들 간의 갈등도 사라질 것이다. 회의참석자들은 이 절충안에 모두 동의하였다.

절망의 목소리

그러나 이런 슬로건들이 사라진 후에도 언론은 계속해서 논쟁을 지속시켰다. 뉴스보도는 여전히 미시시피의 인종차별이 아니라 시민권운동 내부의 이데올로기적인 분열을 집중보도했다. 모든 혁명운동은 통일된 행동을 이룰 때도 있고 논쟁과 내부 혼란을 겪을 때도 있기 마련이다. 이런 논쟁은 내부의 건강한 의견 차이에 지나지 않는데도 언론의 선정주의는 이 문제를 운동권 내부문제로 남겨두지 않았다. 언론은 모든 사건을 주인공과 적대자의 갈등구조로 다루는 경향이 있는데, 적대자가 없을 경우에는 언론이 직접 적대자를 찾아내고 만들어내는 역할을 담당하기도 한다.

이렇게 해서 블랙 파워는 미국 사회의 주요 용어사전에 포함되게 되었다. 블랙 파워라는 말에 큰 반감을 느끼는 사람도 있고 역동적인 힘을 느끼는 사람도 있다. 블랙 파워라는 말에 역겨움을 느끼는 사람도 있고 기운이 솟는 사람이 있다. 이 단어가 유해하다고 느끼는 사람이 있는 반면에 유용하다고 느끼는 사람도 있다. 사람마다 블랙 파워라는 말을 다른 의미로 받아들인다. 이 단어는 원래 감정에 호소하는 개념이기 때문에 동일한 사람이라도 상황에 따라 다른 의미로 받아들일 수 있다. 그러므로 이 단어를 특정한 개인이나 조직과 관련된 것으로 한정시켜서는 안 된다. 그러므로 이 개념을 인식할 때는 개인적인 말투나 미사여구, 대중언론의 병적인 태도에 매몰되지 말고 정직하게 이 단어의 가치와 장단점을 평가해야 할 것이다.

첫째, 블랙 파워는 절망의 표현이라는 사실을 잊지 말아야 한다. 블랙 파워라는 슬로건은 철학자의 머리에서 나온 것이 아니다. 이 말은 절망과 좌절의 상처에서 생겨난 것이다. 이 말은 일상적으로 겪어왔던 정신적 고통에서 터져나온 외침이다. 수세기 동안 흑인들은 백인권력의 촉수에서 벗어나지 못하고 있다. 완전한 통제력을 가진 백인권력에게 모든 권리를 빼앗긴 흑인들은 대부분 백인들을 신뢰하지 못하고 있다. 블랙 파워가 흑인들에게 호소력을 가지는 것은 백인권력의 실정에 대한 반작용이라고 할 수 있다.

지금 블랙 파워를 주창하는 대다수의 청년들은 과거에는 흑백협조와 비폭력 직접 행동을 깊이 확신하던 사람들입니다. 이들은 남부지역에서 고결한 희생과 헌신과 미래에 대한 밝은 희망으로 용감하게 활동했습니다. 드높은 이상을 품었던 이들은 매를 맞고도 보복하지 않았습니다. 이들은 위엄 있는 태도로 더럽고 악취 나는 감방으로 걸어들어 갔습니다. 이들은 위험을 두려워하지 않고 짐 클락과 불 커너과 같은 남부의 잔혹한 경찰들에 맞서서 의연하게 비폭력적 활동을 펼쳤으며 정치계가 인종차별주의라는 질병을 앓고 있다는 사실을 폭로했습니다. 오늘날 이들을 미국의 성난 어린아이들이라고 부르는 사람이 있습니다만, 이들의 분노는 선천적인 것이 아닙니다. 이들의 분노는 권력층이 반항적이고 비겁하며 일관성 없는 태도를 취해왔기 때문에 현실적인 해결을 기대하기는 어렵다는 절망감에서 나온 반응입니다. 지금 스토클리 카마이클은 비폭력주의는 부적절한 것이라고 주장합니다. 그는 수많은 투쟁에서 헌신적으로 활동하면서 흑인들과 백인 시민권 활동가들에 대한 백인들의 야만적인 폭력이 아무런 제재도 없이 지속되는 것을 직접 목격했기 때문에 이런 주장을 하게 된 것입니다.

청년들의 절망감을 악화시킨 것은 정의를 위한 싸움에서 목숨을 바치는 백인들의 죽음은 흑인들의 죽음에 비해 더 많은 주목을 끈다는 사실이었습니다. 스토클리를 비롯한 SNCC 회원들이 우리와 함께 앨라배마에서 활동할 때 용감한 흑인청년인 지미 리 잭슨이 살해당하고 헌신적인 백인성직자인 제임스 립 목사가 폭행으로 사망하는 사건이 발생했습니다. 당시 존슨 대통령은 립 목사 부인에게 조화를 보냈으며, '우리는 승리할 것입니다'라는 유명한 연설에서도 제임스 립 목사의 죽음을 언급했습니다. 대통령은 먼저 사망했던 지미를 언급하지 않았으며, 지미의 부모형제들에게 조화도 보내지 않았습니다. 학생들은 이것을 민감하게 받아들였습니다. 이들은 제임스 립 목사의 죽음이 지미 리 잭슨의 죽음에 비해서 가치가 없다고 생각한 것은 아니지만 대통령이 지미 잭슨의 죽음을 언급하지 않은 것은 백인세계에서 흑인은 하찮은 존재일 뿐이라는 사실을 입증하는 것이라고 생각했습니다.

무력감에서 벗어나 창조적이고 긍정적인 힘을 가집시다

두 번째, 긍정적인 의미의 블랙 파워는 흑인들에게 정의의 실현을 위해서 정치적 경제적 힘을 결집할 것을 호소하는 것이다. 흑인들의 정치 경제적 힘의 결집이 절박하게 요구된다는 점을 부정하는 사람은 아무도 없다. 사실상 흑인들이 직면하는 가장 큰 문제는 힘이 부족하다는 것이었다. 남부의 플랜테이션 농장에서, 북부의 빈민지역에서도, 흑인들은 자신의 의견을 표현할 자유를 빼앗긴 채 무력한 삶을 살아야 했다. 자신의 인생과 운명에 관련해서 결정을 내릴 권리를 박탈당한 채 권위주의적이고 변덕스럽기까지 한 백인 권력구조의 결정에 무조건 굴복해야 했다. 플랜테이션과 빈민지역은 힘을 가진 자들이 힘을 가지지 못한 사람들을 가두어놓고 이들의 무력감을 지속시키기 위해 만든 것이었다. 그러므로 빈민지역을 변모시키는 문제는 변화를 요구하는 세력과 현상을 유지하려는 세력간의 힘의 대결이었다.

올바른 의미의 힘이란 목적을 달성할 수 있는 힘, 사회적, 정치적, 경제적 변화를 가져오는 데 필요한 힘을 의미한다. 이런 의미의 힘은 사랑과 정의의 요구를 충족시키는 데 바람직한 요소일 뿐 아니라 필수요소라고 할 수 있다. 역사가 안고 있는 가장 큰 문제는 사랑과 힘이라는 두 개념이 상극으로 취급되어 왔다는 점이다. 사랑은 힘을 포기하는 것으로, 그리고 힘은 사랑을 부인하는 것으로 인식되어 왔다. 하지만 사랑이 없는 힘은 무모하고, 힘이 없는 사랑은 감상적이며 무기력한 것이라고 인식해야 한다. 힘은 정의실현을 이행한다는 점에서 곧 사랑이며, 정의는 사랑과 대립하는 모든 것들을 바로잡는다는 의미에서 곧 사랑이다.

힘이란 본래 나쁜 것이 아니다. 미국에서는 힘이 불평등하게 분배되어 있다는 점이 큰 문제이다. 이제까지 흑인들은 힘이 없는 상태에서 사랑과 도덕적 설득을 통해서 목적을 달성하려고 했으며 백인들은 사랑과 양심이 없는 상태에서 힘을 통해서 목적을 달성하려 했다. 이렇게 해서 소수의 극단주의자들은 흑인들을 상대로 자신들이 백인들에 대해서 혐

오해왔던 것과 동일한 파괴적이고 비양심적인 힘을 가질 것을 주장하게
되었다. 이렇게 도덕을 결여한 힘과 힘을 결여한 도덕의 대립이 우리 시
대의 중대위기를 야기했다고 할 수 있다.

흑인들은 인종차별 철폐투쟁에서 힘을 결여한 상황에서 벗어나 창조
적이고 적극적인 힘을 기르기 위해서 노력해야 한다. 블랙 파워 운동은
흑인사회의 정치적 인식과 힘의 발전, 그리고 중요 관직의 흑인 진출 및
자유와 인간 존엄에 대한 정당한 열망을 달성하고 정치적으로 개방적인
분위기를 형성하기 위하여 연합투표의 사용 등을 주장했는데, 이것은 긍
정적이고 정당한 요구였다.

블랙 파워 운동은 경제적 안정을 달성하기 위해서 흑인들이 경제자원
에 공동투자할 것을 주장한다. 흑인들이 처한 경제곤란을 근본적으로 해
결하기 위해서는 혜택받지 못한 사람들을 위한 마샬 플랜이라고 할 수
있는 A. 필립 랜돌프의 '자유예산' 정책도 필요하지만 흑인들 자신이 가
난의 족쇄를 벗어던지기 위한 노력도 필요하다.

마지막으로 블랙 파워는 인간 존엄에 대한 심리적인 갈망이었다. 오랜
세월 동안 흑인들은 백인들의 직간접적인 가르침을 통해서 자신들은 열

등한 존재라는 생각, 자신의 피부색은 생물학적인 열등성을 표시하는 것이라는 생각, 자신의 존재에는 지워지지 않는 열등성의 낙인이 찍혀 있다는 생각, 흑인의 역사는 쓸모 없는 쓰레기뿐이라는 생각을 가지게 되었다. 노예제도와 인종차별이 흑인들의 영혼에 상처를 입혔다는 사실을 인식하는 사람은 그다지 많지 않다. 비열한 노예제도는 흑인들이 존경의 대상이 아니라 착취의 대상이라는 것을 전제로 하는 것이었다. 블랙 파워 운동은 아직도 형제가 아니라 주인으로 행세하려는 백인들의 힘에 맞설 수 있는 새로운 힘을 형성하지 못하면 흑인들은 노예가 될 것이라고 주장했다.

블랙 파워는 완벽한 노예를 만들어내는 심리적인 세뇌작전에 대한 심리학적인 반발이었다. 이런 반발감 때문에 흑인들은 부정적이고 비현실적인 반응을 보이거나 난폭한 언행을 사용하는 경우가 많았다. 하지만 한편으로 이런 반발감은 흑인들에게 인격자로서의 새로운 인식과 깊은 인종적 자부심, 그리고 자신의 역사에 대한 대담한 평가 태도를 가지게 하는 데 긍정적인 가치를 가진다는 점을 간과해서는 안 될 것이다. 흑인들은 인간 존엄과 가치에 대한 새로운 인식을 가져야 했다. 흑인들은 자신을 억압하는 체계에 대항하여 자신의 가치에 대한 확고하고 당당한 인식을 가져야 한다. 흑인들은 더 이상 흑인이라는 것을 부끄러워해서는 안 된다.

수세기 동안 자신은 쓸모 없는 존재라는 사실을 주입받았던 사람들에게 인간 존엄 의식을 불러일으키는 일은 쉬운 일이 아니다. 일상용어조차도 검은 것은 추하고 천한 것이라는 인식을 심는 데 일조한다. 사전에는 '검다'라는 단어의 유사어 120개 중에서 60개 이상은 '더러움, 그을음, 때, 사악함' 등과 같은 공격적인 내용이다. '희다'의 유사어 134개 중에서 60개 이상은 "순결함, 깨끗함, 정숙함, 결백함" 등 우호적인 내용이다. 본질적으로는 똑같은 거짓말도 악의 없는 거짓말은 'white lie'라고 하고 악의 있는 거짓말은 'black lie'라고 한다. 가족 중에 가장 말썽을 부리는 사람은 'white sheep'이 아니라 'black sheep'이라고 한다.

역사책들도 흑인들이 미국 역사에 미친 공적을 완전히 무시하고 자신들은 쓸모 없는 존재라는 흑인들의 인식을 강화하며 백인지배라는 시대착오적인 교의를 확산하는 데 일조하고 있다. 영국의 억압에서 벗어나려는 미국의 독립혁명에서 최초로 피를 흘린 미국인은 크리스퍼스 어턱스라는 흑인선원이었다는 사실을 모르는 사람들이 너무나 많다. 미국에서 최초로 심장수술에 성공한 의사가 흑인인 다니엘 헤일 윌리엄즈라는 사실을 알고 있는 사람들도 거의 없다. 또 다른 흑인의사인 찰스 드루는 혈장을 분리해서 대량 저장하는 방법을 개발하는 데 큰 역할을 담당함으로써 2차 세계대전 당시 수많은 인명을 구해냈으며, 전쟁 후에는 많은 중요 의약품 개발을 가능하게 했다. 역사책들은 미국 생활을 풍요롭게 만든 수많은 흑인 과학자와 발명가들을 완전히 무시하고 있다. 킹 코튼 회사의 전성시대가 막을 내리기 시작했을 때 농산물과 관련된 연구로 남부경제를 소생시킨 조지 워싱턴 카버를 언급하는 역사책은 몇 권 있지만, 설탕정제과정을 개혁시킨 증발건조접시를 발명한 노버트 릴룩스의 공적을 기록한 역사책은 없다. 수백만 달러의 매출을 올리는 미국 신발기계회사는 지난 세기에 가이아나 출신의 흑인, 잰 매트젤리커가 발명했던 내구성 있는 신발제조기계에서 출발한 것이라는 사실을 아는 사람이 몇 사람이나 있는가? 금세기 초 철도산업의 성장과 진보의 속도를 높인 전기모터 전문가 그랜빌 T. 드뉴이 흑인이라는 사실을 아는 사람은 몇 사람이나 있는가?

흑인들이 미국 음악에 미친 공적이 무시되는 것을 보면 놀랄 지경이다. 1965년에 내 아이들이 애틀랜타의 흑백통합학교에 입학하였다. 몇 달 뒤 아내와 나는 '미국을 위대하게 만든 음악'이라는 행사에 초대되었다. 저녁이 되자 다양한 이민그룹들이 포크송과 가곡을 불렀다. 우리는 그 행사의 마지막 곡은 미국 음악의 원형인 흑인영가일 것이라고 확신했다. 하지만 그것은 착각이었다. 우리 아이들을 포함한 학생들이 '딕시

(Dixie, 남북전쟁 때 애창되었던 남부동맹군 노래)'를 부르는 것으로 행사는 막을 내렸다.

아내와 나는 자리에서 일어나면서 격분과 충격이 혼합된 감정으로 서로를 바라보았다. 흑인이건 백인이건 그날 밤 참석한 모든 학생들과 부모들, 그리고 모든 교직원들은 흑인들을 무시하고, 흑인들을 부각시키지 않고, 흑인의 공적을 하찮은 것으로 만들려는 사고방식의 희생양이 되고 말았다. 나는 그날 밤 눈물을 흘렸다. 내 아이들을 포함해서 조상들의 문화적 업적에 대해서 전혀 알지 못하고 자라는 흑인아이들을 생각하며 눈물을 흘렸고, 흑인은 미국 사회와 관계없는 존재라는 내용의 거짓교육을 받고 자라야 하는 백인아이들을 생각하면서 눈물을 흘렸다. 미국의 문화적 기술적 진보는 흑인과 백인들의 공동노력의 결과라는 사실을 무시해야만 하는 모든 백인부모들과 교사들을 생각하면서 눈물을 흘렸다.

프로그램으로 실행될 수 없는 슬로건

블랙 파워라는 슬로건은 시민권운동이 슬로건 없이 하려는 활동과 양립할 수 있다는 면에서 긍정적인 가치도 있는 반면에, 시민권운동의 기본 전략이 될 수 있는 내용과 프로그램을 제공할 수 없다는 점에서 부정적인 가치를 가진다.

블랙 파워라는 슬로건이 주는 만족감 속에는 흑인들은 이길 수 없다는 허무주의 철학이 있었다. 블랙 파워라는 슬로건의 근저에는 미국 사회는 너무나 타락하여 악의 구렁에 빠져 있기 때문에 내부로부터의 구원은 불가능하다는 견해가 있다. 이런 사고방식은 흑인들에게 참된 평등을 허용하지 않고 변화의 바람에 저항하여 모든 창문과 문을 닫아버리는 완고한 백인 권력구조에 대한 반발에서 비롯한 것이라고 할 수 있다. 하지만 이런 사고방식은 자기 파멸의 씨앗을 배태하고 있다.

19세기에 일어났던 모든 혁명은 희망과 증오에 기초하고 있었다. 자유와 정의에 대한 기대감의 상승이 희망으로 표현되었다. 인도 마하트마 간디의 운동은 희망과 사랑에 근거하여 혁명을 추진했다는 점에서 새로운 운동이었다. 1956년 몽고메리 버스보이콧에서 1965년 셀마 운동에 이르기까지 우리나라에서 펼쳐진 시민권운동도 동일한 특징을 가지고 있다. 우리는 전통적인 증오의 혁명을 긍정적인 비폭력운동으로 변형시키면서 한 번도 희망을 잃지 않았다. 희망이 있는 한 비폭력에 대한 의구심은 생겨나지 않았다. 하지만 사람들이 사회는 진보하는데도 자신들이 처한 조건은 여전히 참을 수 없을 지경이라는 것을 알게 될 때, 보다 많은 빈곤과 보다 많은 학교차별과 보다 많은 빈민가를 보게 될 때, 희망이 꺾이고 절망이 싹터올랐다.

혁명은 절망 속에서 태어날 수는 있지만, 절망만을 먹고 살아갈 수는 없다. 이 점이 바로 블랙 파워 운동이 안고 있는 궁극적인 모순이었다. 블랙 파워 운동은 미국 역사상 가장 혁명적인 사회 운동이라고 자처하고 있었다. 하지만 블랙 파워 운동은 혁명의 불길이 계속 타오를 수 있도록 하는 희망의 불꽃에 모래를 끼얹어버렸다. 희망이 시들면 혁명은 희미하고 무익한 행위들을 모아놓은 것, 무차별한 잡동사니로 타락하고 만다. 흑인들은 절망만을 먹고사는 철학, 프로그램으로 실행될 수 없는 슬로건에 자신의 운명을 맡겨서는 안 된다.

나는 애틀랜타의 집과 시카고의 아파트에서 늦은 밤부터 아침까지 폭력과 폭동의 유효성을 정열적으로 주장하는 블랙 파워의 주창자들과 많은 이야기를 나누었다. 그들은 간디나 톨스토이에 대해서는 전혀 이야기하지 않았다. 그들의 경전은 프란츠 파농의 『대지의 저주받은 사람들』이었다. 파농은 마르티니크 출신의 흑인 심리학자로 알제리로 가서 프랑스에 대항하여 민족해방전선 활동을 했던 사람이었다. 그는 저서를 통해 통찰력 있는 글을 많이 썼다. 그는 폭력은 피압제자에게 심리학적으로 건전하며 전술적으로 건강한 방법이라고 주장하였다. 블랙 파워의 주창자들은 이 운동에 관여하는 미국 흑인젊은이들이 '대지의 저주받은 사람들'의 성원이라고 인식하고 해방을 가져올 수 있는 유일한 방법은 폭력이라는 파농의 신념을 자주 인용하였다.

폭력으로 압제자들을 타도하려는 미국흑인들의 시도는 결코 성공할 수 없다. 흑인폭도들에게 십 대 일 정도의 수적 열세에 처해 있음을 잊지 말라고 한 존슨 대통령의 발언을 굳이 인용할 필요도 없다. 덴마크 베시와 내트 터너 등의 용감한 노력들은 우리에게 폭력은 처음부터 파멸의 운명을 안고 있다는 사실을 상기시킨다. 현대적인 무장과 엄청난 재력을 가진 다수의 인구는 흑인남성과 여성, 그리고 아동들을 학살하는 데 기쁨을 느끼는 열광적인 우익과 합세하여 소수의 흑인 인구와 대결할 것이다. 폭력적인 반란을 주도하는 사람들은 이 경우에 발생할 수 있는 재난의 가능성을 솔직히 인정해야만 한다.

1965년 폭동을 비롯한 여러 도시에서의 폭동이야말로 시민권활동이 올린 성과라고 주장하는 사람들이 많다. 하지만 이런 견해를 가진 사람들은 폭동의 구체적인 결과가 무엇이었느냐는 물음에는 우물쭈물 말을 더듬기 일쑤였다. 폭동은 기껏해야 정부 당국의 빈곤퇴치자금의 미미한 증강과 빈민지역 아동들을 진정시키기 위한 약간의 살수시설의 설치라는 사소한 성과만을 낳았을 뿐이다. 폭동을 통해서 조직적인 항의시위로 얻어진 구체적인 개선조치와 같은 성과를 얻은 경우는 한 번도 없었다.

폭력을 주창하는 사람들은 어떤 행동이 효과적이냐는 질문에 대해서 엉뚱한 대답을 하곤 한다. 인종차별을 허용하는 주 정부를 전복해야 한다고 대답하는 사람도 있다. 이들은 군대에 대한 효과적인 통제권과 충성을 잃어버리지 않은 정부를 전복하려는 국내 혁명이 성공을 거둔 적이 없다는 역사적 사실을 외면하고 있다. 제정신인 사람이라면 미국에서 이런 일은 일어나지 않을 것이라는 사실을 잘 알고 있을 것이다.

비폭력은 힘이다. 비폭력은 힘을 바르게 사용하는 방법이다. 비폭력은 흑인들뿐 아니라 백인들까지 구제한다는 점에서 생산적인 것이다. 백인들은 흑인에 대한 차별을 없앨 경우 경제적 특권을 빼앗기고 사회적 신분의 변화가 일어나며 인종간 결혼이 성행하고 새로운 상황에 적응해야 할 것이라는 불합리한 걱정 때문에 인종차별주의를 지지하는 경향이 있다. 하지만 수많은 백인들이 이런 걱정을 잠재우기 위해서 갖은 노력을 기울여왔다. 현실도피의 길을 택하여 인종문제를 무시하거나 관련된 사안을 일부러 생각하지 않으려는 사람도 있고, 법적인 방법이 유용하다고 믿고 대중적인 저항운동을 펼치자고 주장하는 사람도 있다. 또 자신들의 걱정을 덜기 위해서 흑인형제들에 대한 폭력과 야만적인 행위에 직접 동참하는 사람도 있다. 하지만 이런 방법들로는 아무런 성과도 얻을 수 없으며 불안감을 없애기는커녕 병적인 불안감을 더 악화시킬 뿐이다. 이런 불안감에서 벗어나기 위해서는 백인들은 자발적인 노력과 교육을 계속하고 호의와 양심을 회복하며 인종통합의 현실을 직시해야 하고 흑인들의 비폭력주의에 의존해야 한다. 비폭력주의, 보다 넓은 의미로는 사랑을 고수할 때에만 백인사회의 불안감은 완화될 것이다.

참된 지도자는 여론을 추종하지 않는다

"비폭력은 새로운 주장입니다. 당신이 비폭력주의에 대한 생각을 바꾸지 않는다면 빈민들의 지지를 잃고 시대에 뒤쳐지게 될 우려가 있지 않습니까?" 하고 말하는 사람이 있다.

내 대답은 언제나 한결같다. 나는 일반 흑인들은 폭력을 좋아하지 않는다고 확신한다. 설사 그렇지 않다 해도 나는 여론에 연연하지 않을 것이다. 나는 여론조사에서 두각을 나타내는 것이라고 해서 그것이 옳은 것이라고 생각하지 않는다. 히틀러의 유태인 정책에 반대했던 독일지도자들은 여론조사를 통해 반유태인 감정이 일반적인 추세라는 것을 알게 되자, '시대의 추세를 따라가기 위해서' 역사상 가장 사악한 것 중 하나로 손꼽는 반유태인정책에 무릎꿇고 말았다.

참된 지도자는 여론을 추종하지 않고 여론을 만들어간다. 미국의 모든 흑인들이 폭력주의로 돌아선다고 해도 나는 혼자서라도 폭력은 옳지 않다고 주장할 것이다. 내 이야기가 오만하다고 생각하는 사람도 있을 것이다. 하지만 그것은 나의 참된 의도가 아니다. 내가 주장하는 것은 여론에 순응하는 사람보다는 확신을 가진 사람이 되고 싶다는 것이다. 인생을 살다보면 너무나 가치 있고 중요하기 때문에 끝까지 고수해야 하는 신념이 있게 마련이다. 비폭력주의는 나에게 너무나 가치 있고 중요한 신념이므로 끝까지 고수할 것이다.

주님은 내가 증오심을 가지는 것을 원하지 않으실 것입니다. 나는 폭력을 싫어합니다. 나는 폭력을 이미 많이 보아왔습니다. 나는 남부의 보안관들의 표정에서 그런 증오심을 보았습니다. 나는 이러저러한 방법을 사용하라는 압제자들의 지시를 따를 수 없습니다. 우리의 압제자들은 폭력을 사용합니다. 우리의 압제자들은 증오심에 의지합니다. 우리의 압제자들은 총을 사용합니다. 나는 그들처럼 타락하지 않을 것입니다. 나는 그들에 비해서 고차원적으로 행동할 것입니다. 우리의 힘은 화염병 속에는 존재하지 않습니다.

블랙 파워 운동이 가진 중대한 역설은 백인사회의 가치를 모방하지 말자고 역설하면서도 폭력에 의지함으로써 미국 사회의 가장 사악하고 가장 야만적이며 가장 잔혹한 가치를 모방한다는 점이다. 미국의 흑인들은 대량학살을 해본 적이 없다. 우리들은 주일학교의 어린이들을 살해한 적도 없으며 백인을 나무에 달아놓은 적도 없다. 우리들은 두건을 쓰고 마음내키는 대로 사람을 때리고 물에 빠뜨린 적도 없다.

내 소망은 흑인들이 미국 시민으로서 인간으로서 완전한 지위를 확보하는 것이다. 또 한 가지 소망은 우리의 영혼이 건강을 되찾고 도덕적 고결함을 달성하는 것이다. 그러므로 나는 우리의 압제자들의 특징이라고 할 수 있는 원한과 증오와 폭력의 방법에 의지해서 자유를 얻으려는 시도에 결사 반대한다. 증오는 증오의 객체에게나 증오하는 주체에게나 똑같이 해로운 것이다. 발견되지 않고 자라나는 암덩어리처럼 증오는 인격을 갉아먹고 신체의 통일성을 파괴한다. 인간 내부에 존재하는 갈등은 대부분 증오에 뿌리를 둔 것이다. 이것이 바로 심리학자들이 "사랑하는 마음을 가지시오. 그렇지 않으면 죽음이 찾아 올 것입니다" 하고 말하는 이유이다. 증오심은 너무나 무거운 짐이라서 우리 영혼이 감당할 수 없는 것이다.

인류는 과거의 맹목적인 모방 이상의 가치를 기대하고 있다. 진심으로 진보를 원한다면, 역사의 새로운 장을 열고 새로운 인간상을 만들기를 원한다면, 우리는 인류를 황폐하고 기나긴 폭력의 밤에서 벗어나게 만들어야 한다. 세계가 필요로 하는 새로운 인간상은 바로 비폭력적인 인간이 아니겠는가? 롱펠로는 "사람은 이 세상의 모루 아니면 망치"라고 말했다. 우리는 낡은 것을 본뜨는 모루가 아니라 새로운 사회를 만드는 망치가 되어야 한다. 망치는 우리를 새로운 인간으로 만들 뿐 아니라 우리에게 새로운 힘을 선사할 것이다. 그것은 액튼 경의 말처럼 부패하기 마련인 힘도 아니며 절대적으로 부패하게 되는 절대 권력도 아니다. 그것은 사랑과 정의가 넘치는 힘, 어두운 과거를 밝은 미래로 바꾸어주는 힘, 우리를 고통스런 절망에서 건져내어 낙천적인 희망을 선사하는 힘이다. 어둡고 절망적이며 혼란스럽고 죄악에 물든 이 세계는 이런 새로운 인간상과 이런 새로운 힘의 탄생을 기다리고 있다.

30

베트남 전쟁
Beyond Vietnam

지금 미국 청년들이 아시아의 정글에서 전투를 하다 죽어가고 있습니다.
이 전쟁의 목적은 너무나 막연하기 때문에 전국의 여론이 들끓고 있습니다.
흔히들 이들의 희생은 민주주의를 위한 것이라고 말하지만,
사이공 정권과 그의 동맹세력도 명색으로는 민주주의를 내세우고 있으며,
미국 흑인병사들은 민주주의를 누려본 경험이 없는 사람들입니다.

1965년 8월 12일(36세)
킹 목사, 협상에 의한 해결을 촉구하며 북 베트남에 대한 폭격중지를 주장하다.

1966년 1월 10일
조지아 주 상원 당선자 줄리앤 본드의 전쟁반대 요구를 지지하다.

5월 29일
〈국민을 만나다〉라는 텔레비전 대담 프로그램에서 전쟁폭력의 중지를 주장하다.

1967년 4월 4일
뉴욕 리버사이드 교회에서 최초의 공식적인 반전연설을 하다.

베트남 전쟁 반대는 평화에 대한 열정에서 비롯되었다.

인류의 문제를 해결하기 위해서 폭력과 전쟁이라는 수단에 의존하는 것은 옳지 못한 일이다. 나는 비폭력주의가 가진 독창적인 힘으로 지속적이고 가치 있는 인류애와 평화를 획득할 수 있다고 확신한다. 나는 성직자로서, 노벨평화상 수상자로서, 시민권운동의 지도자로서, 흑인으로서, 아버지로서, 무엇보다도 미국인으로서 양심적으로 살기 위해서 노력해왔다.

존슨 대통령이 협상할 용의가 있다고 선언한 이후인 1965년 여름과 가을, 나는 우리가 아득히 먼 베트남 땅에서 전쟁을 해야 할 이유에 대한 공개토론을 회피하는 것이 가장 큰 문제라는 생각이 들었다. 미국인에게 가장 중대한 문제는 더 이상 피를 흘리지 않고 신속하게 베트남 문제를 전장에서 협상 테이블로 옮기는 방법이 무엇인가 하는 것이다. 국론을 통일시키려면 누구에게 과실이 있으며 무엇이 옳으냐는 문제가 중요하겠지만 이를 부수적인 것으로 취급해야 했다. 협상을 통한 휴전으로 살상과 파괴를 중단시키자는 대통령의 강력한 선언은 당장 실행에 옮겨져야 했다.

나의 공개적인 발언은 이런 생각을 전제로 한 것이었다. 나는 모든 군사행동을 반대하진 않았지만 당시의 공개적인 발언은 즉각적인 적대행위의 중단을 이루기 위한 방법에 주로 치중했다. 나는 행진운동도 벌이지 않았고 시위운동도 벌이지 않았다. 나는 대통령과의 직접 면담을 요청하여 유엔 대사인 아더 골드버그와 함께 대통령을 만나게 되었다. 1965년 9월에 나는 골드버그 대사와 만난 자리에서 민족해방전선과의 직접 협상에 동의하고 월맹의 유엔 참가를 허용하며 북베트남 폭격을 중지함으로써 평화협상을 위한 노력을 가속화해야 한다고 주장했다.

한동안 나는 아내의 평화에 대한 열정이 대단하다는 것을 알고 있었다. 그래서 아내에게 평화문제에 관한 생각을 이야기한 다음 회의를 주재하는 역할을 맡기고, 나 자신은 시민권운동에 집중하려고 생각했다. 하지만 사태가 점점 절망적으로 진전되었기 때문에 나는 확대되고 있는 유해한 전쟁행위에 대항하여 평화라는 약속만을 늘어놓는 정부정책을 놓고 고민하게 되었다. 나의 양심은 여러 가지 의문에 시달렸다. 베트남 파병은 군사적인 이익과 관련해서는 진보라고 할 수 있지만 평화추구와 관련해서는 퇴보라고 할 수 있었다.

친구를 비롯한 많은 사람들이 내가 베트남 전쟁에 대한 우려를 표현하는 것에 불만스러워했다. 흑인 신문이든 일반 신문이든 관계없이 신문 칼럼이나 사설들은 '마틴 킹 주니어는 깊은 수렁에 빠져 있다'는 기사를 싣고 있었다. 동료 시민권 활동가들과 하원의원, 그리고 '시민권 사업에 종사하지 않는' 성직자들조차 나를 꾸짖었다.

나는 이 문제로 깊은 고민에 빠졌다. 나는 두 달 동안 책을 쓰는 일 외의 모든 활동을 중단하고 많은 생각을 했다. 나는 특히 시민권 문제와 세계정세 그리고 미국에 대해서 많은 생각을 했다.

그러던 중에 내 안에서 "마틴, 무슨 일이 있더라도 반드시 이 문제를 거론해야 한다"는 목소리가 들렸다. 나는 성급하게 그 문제에 달려든 것이 아니었다. 한 순간의 판단으로 그런 결정을 내린 것도 아니었다. 나는 이 문제를 거론해야 하느냐 말아야 하느냐는 문제로 고심했다.

그러던 어느 날 밤 '베트남의 아이들'이라는 제목의 기사를 읽게 되었다. 나는 그 기사를 읽고 나서 "우리나라의 영혼을 파괴하고 베트남의 수많은 어린이를 죽음으로 내모는 이 문제에 대해서 다시는 침묵하지 않

1966년 시민권 집회 때 시몬 시뇨레, 해리 벨라폰테, 이브 몽탕, 자크 모노 교수, 코레타와 함께.

겠다"고 마음을 다졌다. 인생을 살아가다 보면 혼자서 목소리를 내야 하는 순간, 나 외에는 이야기할 수 있는 사람이 없는 그런 순간이 있게 마련이라는 결론을 내렸다.

나는 목소리만 키웠을 뿐 아무런 행동도 하지 못했다

1967년 2월, 소련측이 평화협상에 전원 참석한 대가로 베트남 전역에 대한 폭격은 아니더라도 북베트남에 대한 폭격을 즉시 중단하라고 제의했지만, 미국 정부는 군사적인 보상물을 요구하면서 폭격중단 요구를 거절했다. 나는 마음을 지탱하던 가냘픈 희망이 끊어지는 듯한 느낌을 받았다.

이제 와서 생각해보면, 정부에 대한 나의 신의가 깨어진 것은 갑작스런 일이 아니었다. 정부에 대한 신의는 썰물처럼 서서히 줄어들고 있었다. 나는 이 사건을 통해서 악이 힘을 강화하고 잔인한 행동들을 축적하고 있는데도 인간들은 수치스러움을 모르고 있다는 사실을 인식하게 되었다. 통탄할 일은 내 조국이 아직도 군사적인 승리에만 마음이 쏠려 말로만 평화를 떠들고 있다는 점이었다. 우리 정부는 평화를 떠벌리면서도 속으로는 전쟁의 욕심을 버리지 못하고 있었다. 나는 독일 정부가 다른 국가들을 당황하게 할 정도의 군사력을 행사하고 있을 때 독일 국민들이 가졌을 만한 죄책감과 부끄러움을 느꼈다. 옳든 그르든, 나는 정부의 호전적인 태도를 묵묵히 방관하고 있을 수 없었다. 정부가 속이 뻔히 들여다보이는 정책을 추진하는 동안 나는 목소리만 키웠을 뿐 아무런 행동도 하지 못했다.

나는 이제까지 침묵과 방관으로 인종차별이라는 불의를 용서하고 그에 협조하는 사람들을 혹평해왔다. 이제까지 나는 침묵의 방관자들은 불커너와 같은 인종차별적인 공무원들이나 버밍햄 교회에서 죄 없는 아이들을 학살한 사람들이 저지른 만행에 대해 책임을 져야 한다는 말을 얼마나 자주 해왔는가? 나는 사악한 행위를 멀찌감치 떨어져서 방관하는 것은 그것을 용서하는 것이나 다름없다고 말하지 않았던가? 린치를 가하거나 방아쇠를 당기거나 곤봉을 휘두르거나 소방호스를 뿜어대는 자들은 침묵을 지키는 사람들의 이름을 빌어 그런 행동을 했던 것이다. 그러므로 정부가 내 이름을 빌어 북베트남이나 남베트남에 폭탄이나 네이팜탄을 떨어뜨리는 일을 막으려면, 나는 목청 높여 반전을 외쳐야 했다. 평화의 이름으로 방화와 살상을 일삼는 행위를 반대해야 할 시점이었다.

그러기 위해서는 나는 연단에서 물러나야 했다. 거리로 돌아가서 사람들을 모으고, 혁명적 역사정신을 이어받아 이 비윤리적이고 잔인하며 비열한 살상을 즉각 중단하고 인류가 자멸하기 전에 해결책을 찾으라고 촉구해야 했다. 이 길만이 내 영혼을 구제하는 길이었다.

나는 전국 각지의 빈민지역에 거주하면서 활동해왔으며, 한 달이면 수만 마일씩 북부와 남부의 여러 흑인지역을 순회했다. 여러 계층의 흑인들과 직접 부대끼면서 흑인사회에는 베트남 전쟁에 대한 진정한 각성이 광범위하게 퍼져 있다는 확신을 가지게 되었다. 흑인들은 전쟁에 반대하고 있을 뿐 아니라 베트남 전쟁이 시민권운동에 대한 관심을 크게 감소시키고 있다고 생각했다. 다양한 계층의 흑인들이 나에게 자신들의 관심과 불만을 대변해달라고 당부했다. 그들은 시민권운동이 부분적인 성과도 거두지 못한 채 베트남 전쟁 때문에 무시되고 잊혀지고 있다고 생각했다. 이들의 생각은 내가 오랫동안 지녔던 생각과 같았다.

가장 큰 비극은 우리 정부가 빈곤에 대한 전쟁을 선언하고서도 빈곤에 대한 사소한 전투만을 진행한다는 점이었다. 정부의 이런 태도 때문에 흑인사회에는 절망감과 냉소주의, 그리고 불만이 쌓이고 있었다. 나는 시카고와 클리블랜드의 빈민지역에 거주한 경험이 있기 때문에 흑인들의 냉소주의와 불만에 대해서 잘 알고 있었다. 전국의 모든 도시가 언제 터질지 모르는 화약통 위에 앉아 있는 셈이었다.

내가 전쟁에 대한 침묵을 깨고 열정적으로 베트남에 대한 파괴행위를 완전히 중단할 것을 주장하고 나서자, 많은 사람들이 "킹 목사, 전쟁문제에 뛰어드는 이유가 무엇입니까? 소수 의견에 합세하는 이유가 무엇입니까? 평화와 시민권 문제는 어울릴 수 없습니다"하며 진심 어린 우려를 나타냈다. 그들이 우려하는 이유를 이해하면서도, 나는 이런 이야기를 들을 때마다 그들이 내 생각과 주장을 진심으로 이해하지 못하고 있다는 생각 때문에 너무나 괴로웠다. 그들은 내가 시민권 지도자이기 이전에 주님의 부르심에 응답해야 하는 소명을 가진 성직자라는 것을 잊고 있는 것 같았다. 나는 주님의 복음을 전파하라는 소명을 받은 사람이었다. 나는 성직자 생활을 시작한 초기에 "여러분은 이 세상을 본받지 말고 마음을 새롭게 하여 새 사람이 되십시오"라는 사도 바울의 말씀을 읽으면서, 주님이 원하시는 대로 진실을 말하며 살겠다고 결심했다. 나는 내 의견에 반대하는 사람이 아무리 많다고 해도 진실을 말하겠다고 맹세했던 사람이었다.

나는 덱스터 애브뉴 침례교회에서 출발한 나의 소명이 오늘 이 성전에도 이어지고 있다고 믿고 있습니다.

나를 비롯한 많은 사람들이 미국에서 수행해왔던 시민권 투쟁과 베트남 전쟁 사이에는 명백하고도 알기 쉬운 연관성이 있습니다. 몇 년 전 우리의 시민권 투쟁은 화려한 순간을 맞이하였습니다. 빈곤퇴치프로그램은 흑인과 백인을 불문하고 모든 가난한 사람들에게 밝은 희망의 빛을 던져주는 것 같았습니다. 실험적인 시도가 있었고 희망이 있었으며 새로운 시작이 있었습니다. 하지만 베트남 파병이 시작되면서 우리는 전쟁의 광기로 빠져든 우리 사회가 무익한 정치적 유희를 끝내듯이 빈곤퇴치프로그램의 막을 내리는 모습을 지켜보았습니다. 그때 나는 베트남 전쟁과 같은 사건이 사악한 흡혈귀처럼 사람들과 기술과 돈을 빨아들이는 한, 미국은 가난한 사람들에게 재활의 기회를 제공하는 데 필요한 자금이나 행동에 투자하지 않을 것이라는 점을 알고 있었습니다. 그러므로 나는 전쟁을 가난한 사람들의 적으로 보고 전쟁에 반대하지 않을 수 없었습니다.

전쟁이 우리나라의 가난한 사람들의 희망을 짓밟는 것 이상의 영향을 발휘하는 것을 보면서 나는 전쟁에 대해 한층 부정적으로 인식하게 되었습니다. 전쟁은 가난한 사람들의 아들과 형제와 남편들을 전장으로 보내고 있습니다. 가난한 사람들의 가족이 베트남에 파병되는 비율은 다른 계층에 비해서 대단히 높습니다. 우리는 우리 사회가 무력하게 만든 흑인청년들을 뽑아서 수천 마일 떨어진 동남아시아로 보내고는 그들에게 남서부 조지아 주나 동부 할렘 지역에서는 듣지도 보지도 못했던 자유를 수호하라고 촉구하고 있습니다. 우리는 텔레비전을 통해서 이전에는 같은 학교에서 함께 앉아 공부해본 적도 없는 흑인청년들과 백인청년들이 나라를 위해서 함께 목숨을 바치는 모습을 지켜보는 비참하고 역설적인 상황에 직면해 있습니다. 시카고에서는 같은 거리에서 함께 살아본 적도 없는 청년들이 야만적인 결속을 이루어 가난한 마을의 오두막들을 불태우고 있습니다. 나는 가난한 사람들이 야만적인 조종에 놀아나는 모습을 지켜보면서 도저히 침묵을 지킬 수 없었습니다.

나는 이제까지 차별대우에 절망하고 분개한 청년들 사이를 걸어다니면서 화염병이나 총으로는 문제를 해결할 수 없다고 이야기해왔습니다. 나는 비폭력적인 행동을 통해서만 사회를 바람직한 방향으로 변화시킬 수 있다는 깊은 확신을 그들에게 전달하려고 노력해왔습니다. 하지만 청년들은 "베트남 문제는 어떻게 생각해야 합니까?" 하고 솔직하게 물었습니다. 그들은 우리나라는 문제를 해결하고 자국에 유리한 변화를 유도하기 위해서 엄청난 폭력을 행사하고 있지 않느냐고 물었습니다. 그들의 질문은 정곡을 찌르는 것이었습니다. 결국 나는 세계 최대의 폭력행사국인 우리 정부에 대한 명백한 생각을 밝히지 않으면 빈민지역의 피압제자들이 행사하는 폭력을 비판할 수 없다는 것을 알게 되었습니다. 이 청년들을 위해서, 우리 정부를 위해서, 그리고 우리의 폭력 때문에 벌벌 떨고 있는 수많은 사람들을 위해서, 나는 결코 입을 다물고 있을 수 없습니다.

미국의 운명을 염려하는 사람이라면 누구나 베트남 전쟁을 무시할 수 없을 것입니다. 미국의 영혼이 완전히 타락하게 된다면 우리는 그 부분적인 원인을 '베트남 전쟁'에서 찾아야 합니다. 전 세계인의 희망을 파괴하고서는 미국의 영혼은 결코 구원받을 수 없습니다. 그러므로 '미국의 미래'를 염려하는 사람들은 저항과 반대를 통해서 조국의 건강을 확보하기 위해서 노력해야 합니다.

미국의 건강한 번영을 위한 나의 헌신이 충분하지 않았는지, 1964년에 나에게는 또 하나의 무거운 책임이 주어졌습니다. 노벨평화상은 바로 인류애를 위해서 이전보다 더 열심히 활동하라는 위임장이었습니다. 이 상은 나에게 조국에 대한 충성을 넘어서는 사명을 부여하였습니다.

나는 예수 그리스도의 충복으로서의 소명을 인식하고 살아야 하는 성직자입니다. 성직자가 평화를 수호하기 위해서 노력하는 것은 너무나 당연한 일이라고 생각합니다. 왜 전쟁에 반대하느냐고 묻는 사람들을 만나면 나는 크게 당황하게 됩니다. 그들은 복음이 만인을 위한 것이라는 것을 모르는 것일까요? 복음은 공산주의자와 자본주의자, 남의 자식과 나의 자식, 흑인과 백인, 그리고 혁명가와 보수주의자 등을 가리지 않고 모든 사람들을 위한 것입니다. 성직자의 사명은 원수를 너무나 사랑하여 원수를 위해서 목숨을 던지신 주님께 복종하는 것이라는 것을 잊고 있는 걸까요? 그렇다면 나는 주님의 충복으로서 베트콩이나 카스트로, 혹은 마오쩌둥에게 어떤 말을 할 수 있을까요? 그들을 죽음으로 위협해야 하겠습니까, 아니면 그들을 위해서 내 목숨을 바쳐야 하겠습니까?

몽고메리에서 출발해서 이곳에 이르기까지 나는 "다른 모든 사람들과 더불어 살아계신 주님의 아들로서 사명을 인식하고 충실하게 임해야 한다"는 간단한 확신에 의지하여 계속 활동해왔습니다. 주님의 자녀로서 도리를 다하며 인류를 사랑하라는 사명은 인종이나 국가, 신조에 구애되지 않는 것입니다. 주님은 고통받고 천대받으며 살고 있는 힘없는 주님의 자녀들에게 특별히 깊은 관심을 가지고 계시다는 믿음이 있기에 나는 이들을 위한 연설을 하러 이곳에 왔습니다. 주님에 대한 충정이 국수주의보다 훨씬 깊고 폭이 넓으며 국가적인 목적과 주장을 넘어서는 것이라고 생각하는 저로서는 이런 연설을 하는 것은 특권이자 의무라고 생각합니다. 약한 사람들, 의사표현의 기회가 허용되지 않는 사람들, 우리나라 때문에 피해를 입은 사람들, 우리나라가 '적'이라고 부르는 사람들, 인간이 기록한 문서상에는 형제로 언급된 일이 없는 사람들을 위하여 연설하기 위해서 나는 이곳에 왔습니다.

베트남 전쟁은 미국의 영혼의 질병이 깊어지고 있다는 증후입니다. 우리는 다음 세대를 위하여 '관심 있는 성직자와 평신도' 위원회를 조직해야 합니다. 우리는 과테말라와 페루, 태국과 캄보디아, 모잠비크와 남아프리카공화국을 걱정해야 합니다. 미국인들의 생활과 정책에 중대한 변화가 일어나지 않으면 우리는 이러한 여러 나라를 위한 끝없는 행진을 벌여야 할 것입니다. 이런 사상을 가질 때에만 우리는 살아계신 주님의 자녀로서 소명을 저버리지 않고 베트남 문제를 해결할 수 있을 것입니다.

1957년에 지각 있는 미국 외교관 한 사람이 미국은 세계 혁명에서 불의의 편에 서 있다고 생각한다고 말했던 적이 있습니다. 지난 10년 간 미국은 베네수엘라에 군사고문관을 상주하게 하고 혁명을 진압했습니다. 미국은 자본투자를 위해서 사회안정을 유지해야 한다는 필요에 기초하여 과테말라에서 반혁명적인 군사행동을 전개했습니다. 이와 동일한 이유에서 캄보디아의 게릴라 소탕 작전에 미국 헬리콥터가 동원되고, 페루의 폭동진압에 미국산 네이팜탄과 그린베레 군이 활동하고 있는 것입니다.

나는 고 존 F. 케네디 대통령의 발언을 자주 생각하게 됩니다. 케네디 대통령은 5년 전에 "평화혁명을 막으면 필연적으로 폭력혁명이 야기될 것"이라고 말한 적이 있습니다. 의도한 일이든 우연한 일이든 우리나라는 해외투자를 통해 막대한 이익을 얻을 수 있는 특권을 포기하지 않으려고 평화혁명을 막는 경우가 점점 늘어나고 있습니다. 세계혁명에서 정의의 편에 서려면, 미국은 가치관의 근본적인 변혁을 달성해야만 한다고 나는 확신합니다. 우리는 하루빨리 우리 사회를 사물 중심에서 인간 중심으로 변모시켜야 합니다. 기계와 컴퓨터, 이윤추구 동기와 사유재산권을 사람보다 더 중시하는 가치관을 극복하지 않는 이상, 우리는 인종차별주의와 극단적인 물질주의, 군국주의 이 세 쌍둥이를 정복할 수 없습니다.

참된 가치관의 변혁이 일어나면 이제까지의 수많은 국가정책들이 공정하고 정당한 것이었는가 하는 의문이 일 것입니다. 우리는 착한 사마리아인과 같은 역할을 담당해야 합니다. 하지만 그런 역할은 시작에 불과한 것입니다. 사람들이 끊임없는 폭행과 강도의 표적이 되는 상황을 만들지 않으려면 여리고 성 전체를 변모시켜야 한다는 사실을 직시해야 합니다. 참된 동정이란 거지에게 동전을 던져주는 것이 아니라 거지를 만들어내는 사회의 개혁이 필요하다는 점을 인식하는 것입니다.

참된 가치관의 변혁이 일어나면 극심한 빈부격차에 대한 문제의식이 싹트게 될 것입니다. 우리는 아시아와 아프리카, 남미에 엄청난 자본을 투자하여 이윤만 긁어갈 뿐 그 나라의 사회진보에 대해서는 무관심한 서구제국의 자본가들에 대해서 분노를 느끼고 "옳지 못한 일이다"라고 말하게 될 것입니다. 남미의 지주계층과 맺은 동맹관계에 대해서도 "옳지 못한 일이다"라고 말하게 될 것입니다. 다른 사람들에게 모든 것을 가르치려고만 할 뿐 그들에게선 아무것도 배울 것이 없다고 생각하는 서구인의 오만함은 정당하지 않습니다.

참된 가치관의 변혁이 일어나면 우리는 세계질서에 관여하여 미국이 전개하는 전쟁에 대해서 "이런 분쟁 해결방식은 옳지 않다"고 말하게 될 것입니다. 네이팜탄으로 인명을 살상하는 일, 수많은 가정에서 아버지와 남편을 빼앗는 일, 인도적인 국민들에게 증오심을 불어넣는 일, 사람들을 추악한 유혈의 전장에 보내어 신체적 정신적 불구로 만드는 일은 사랑과 정의, 그리고 지혜와는 거리가 먼 일입니다. 해마다 사회진보 프로그램에 지출하는 자금보다 훨씬 많은 금액을 군사비에 지출하는 것은 영적인 죽음을 향해 한 걸음 한 걸음 다가가는 것이나 다름없습니다.

미국은 세계에서 가장 부유하고 가장 강력한 나라이므로 이런 가치관의 변혁과정을 주도할 수 있습니다. 비극적인 죽음을 원하지 않는다면 우리는 가치관을 바꾸어야 합니다. 기득권을 유지하려는 고집을 버리고 인류에 대한 사랑을 품게 될 때에야 우리는 비로소 불구의 손으로 현상유지를 완강하게 고집하는 일을 그만두게 될 것입니다. ……

지금은 혁명의 시대입니다. 모든 지구인들이 억압과 착취의 낡은 체계에 대항해 나서고 있으며 불구의 허약한 세계 속에서 정의와 평등의 새로운 체계가 태어나고 있습니다. 지구상의 헐벗은 자들이 전에 없는 저항에 나서고 있습니다. 이제까지 어둠 속에 앉아 있던 사람들이 햇빛을 향해 전진하고 있습니다. 서구인들은 이런 혁명들에게 지원의 손길을 내밀어야 합니다.

현대 세계의 혁명적 사상을 창시했던 서구제국들이 일신의 안락과 평안, 공산주의에 대한 병적인 공포와 불의를 묵인하려는 성향 때문에 으뜸가는 반혁명세력이 되고 있으니, 이는 대단히 안타까운 일입니다. 마르크스주의만이 유일한 혁명사상이라고 생각하는 사람들이 많습니다. 공산주의는 민주주의를 실현하지 못하고 혁명을 지속시키지 못한 우리들에 대한 심판이라고 할 수 있습니다. 혁명정신을 되찾고 적대적인 세계에 뛰어들어 빈곤과 인종주의, 그리고 군국주의와의 싸움을 계속할 때에만 우리에게는 희망이 있습니다. 우리는 이런 강력한 의지로 현상유지 세력과 부당한 사회관습에 대담하게 저항해야 합니다. 그럼으로써 우리는 "골짜기마다 돋우어지고 산마다, 모든 산마다 낮아지며 고르지 않은 곳이 평탄케 되며 험한 곳이 평지가 되는" 그런 날을 앞당겨야 합니다.

마지막으로 참된 가치관의 변혁을 위해서는 애국심을 넘어서 인류애를 가져야 할 것입니다. 각국은 자국의 소중한 것들의 보존을 원한다면 무엇보다도 먼저 인류애를 길러야 합니다. ……

우리는 이제까지의 우유부단한 태도에서 벗어나서 실천적인 행동을 전개해야 합니다. 우리는 베트남의 평화와 개발도상국들의 정의를 대변하는 새로운 방법을 찾아야 합니다. 지금 행동에 나서지 않으면, 우리는 권세는 있으나 동정심이 없고, 무력은 있으나 도덕성이 없으며, 세력은 있으나 통찰력은 없는 자들이 겪어야 할 운명인 길고 어둡고 수치스러운 시간들을 경험해야 할 것입니다.

자, 이제 행동을 시작합시다. 새로운 세계를 향한 숭고한 투쟁에 나섭시다. 비록 고통스럽고 오랜 시간이 소요되겠지만 이 투쟁에 나서는 것은 주님의 자녀로서의 소명입니다. 우리의 행동을 애타게 기다리는 형제들에게 위험부담이 너무 크다고, 너무나 힘든 투쟁이라고 말할 것입니까? 미국의 무력 때문에 완전한 존재실현을 방해받는 형제들에게 깊은 유감을 뜻을 전한다고 말할 것입니까? 아니면 어떤 희생을 무릅쓰고라도 그들의 정의에 대한 열정과 열망에 대하여 깊은 동경과 연대감을 표시할 것입니까? 어느 방법을 선택하느냐는 우리에게 달려 있습니다. 결국은 다른 선택을 하게 될지도 모르지만 우리는 인류역사상 결정적인 시점인 바로 지금 선택을 해야 합니다.

내가 처음으로 베트남 전쟁에 대한 반대 생각을 밝히자, 전국의 거의 모든 신문들이 나를 혹평하였다. 내 인생에서 가장 힘든 시기였다. 신문을 펴들기가 겁이 날 지경이었다. 백인들뿐 아니라 흑인들까지 나를 비난했다. 어느 날 취재기자가 나를 찾아 와서 "킹 목사님, 많은 사람들이 비난하고 있으니 이제 주장을 바꾸실 생각 없습니까? 예전에 목사님을 존경했던 사람들이 목사님에게 실망하고 있습니다. 제 생각에는 남부기독교지도자협의회의 재정에도 큰 타격을 주게 될 것 같습니다. 목사님은 정부의 정책에 호응해야 한다고 생각하지 않으십니까?" 하고 물었다. 그의 질문은 지금 이 상황에서 공식적인 전쟁 반대 주장이 나에게 어떤 영향을 미치고 진리와 정의에 어떤 영향을 미칠 것인지 묻고 있다는 점에서 아주 좋은 질문이었다.

특정 상황에 처하게 되면 비겁한 사람은 "안전한가?"를 따지고 편의주의자는 "편리한 방법인가?"를 따지며, 남의 눈을 의식하는 사람은 "사람들의 호응이 좋을까?"를 따진다. 하지만 양심적인 사람은 "옳은가?"를 따진다. 살다보면 안전하지도 않고 편리하지도 않으며 사람들의 호응도 좋지 않은 생각을 양심 때문에 어쩔 수 없이 선택하는 경우가 있다.

인간을 근본적으로 평가하려면 형편이 좋을 때 그가 취하는 태도가 아니라 도전과 위기와 논쟁의 시기에 그가 취하는 태도를 살펴보아야 합니다. 저는 이것이 바로 제가 감당해야 할 몫이라고 생각하기 때문에 이런 역할을 기꺼이 감수하겠습니다. 저는 SCLC도 이런 역할을 기꺼이 감수해야 한다고 생각합니다. 저와는 견해가 다른 사람들이 많이 있겠지만 저는 십자가를 짊어지면서 그럴 만한 가치가 있다고 생각했습니다. 십자가는 신거나 입을 수 있는 것이 아닙니다. 십자가는 짊어지고 가다가 나중에는 그 위에서 죽음을 맞아야 하는 것입니다. 이 십자가 때문에 저는 사람들의 신망을 잃을 수도 있고 백악관과 소원한 관계가 될 수도 있습니다. 재정적 후원이 끊길 수도 있고 예산이 깎일 수도 있지만 저는 십자가를 짊어지고 가야 합니다. 저는 이 길을 선택했습니다. 무슨 일이 일어난다고 해도 저는 개의치 않습니다.

사람들은 베트남 전쟁에 반대하는 나의 생각을 듣고서 내가 시민권운동과 평화운동의 제휴를 주장하고 있다고 판단하고 그것은 "심각한 전술상의 오류"라고 비판했다. 하지만 나는 결코 그런 태도를 취한 적이 없었다. 공식적인 결의를 통해서도 SCLC와 나는 시민권활동을 전환하거나 감축할 의도가 전혀 없으며 시카고에서 추진했던 프로그램을 가까운 시일 안에 남부지역에서 전개하기 위해서 광범위한 프로그램을 구상하고 있음을 밝힌 바 있었다.

그런데 시민권 조직인 NAACP의 집행부조차 나의 반전주장에 대한 사회적인 통념을 그대로 받아들이고 있어 나는 크게 상심했다. 그들은 내가 공식적으로 언급한 적이 없는 주장에 대해서 논박했다. SCLC와 나는 전쟁에 대한 생각을 밝혔으며, 전쟁이 시민권 프로그램에 악영향을 미칠 것이라는 점을 강조했을 뿐이었다. 그것은 논쟁할 여지도 없이 인종평등투쟁에 유리한 발언이었다. 나는 NAACP를 비롯해서 내 생각을 비판하는 사람들에게 존재하지도 않는 문제를 가지고 왈가왈부할 것이 아니라 베트남 전쟁에 대한 생각을 솔직히 밝힐 것을 요구했다.

나는 시민권 활동가이자 성직자입니다. 나에게 우리나라 전쟁정책이 어디에 도덕적 뿌리를 두고 있느냐 하는 것은 중요하지 않습니다. 우리나라가 세계경찰을 자임하는 역할에서 벗어나지 않는다면 정의와 평등과 민주주의의 도덕적 지도자가 될 수 없습니다. 시민권활동을 통해서 내가 관심을 가진 것은 만인에 대한 정의입니다. 그렇기 때문에 저는 흑인사회의 빈곤뿐 아니라 백인사회의 빈곤도 근절해야 한다고 생각합니다. 정의란 국경을 초월하는 것이므로, 저는 전 세계를 위한 정의의 실현을 주장해왔습니다. 세계 어느 한 곳에라도 불의가 존재하면 그것은 전 세계의 평화를 위협하게 됩니다. 저는 부당한 전쟁이 진행되는 모습을 방관하지 않을 것입니다. 수백만의 흑인들과 백인들이 날마다 쉬지 않고 시민권활동에 참여하고 있듯이, 저 또한 시민권활동을 소홀히 하지 않을 것입니다.

베트남 전쟁은 전 세계의 운명을 난도질했다. 제네바 협정을 위반하고 자신의 목숨을 바칠 수 있을 만큼 귀중한 것을 아직 찾지 못한 사람은 대단히 고달픈 인생을 살아야 합니다. 저처럼 서른여덟 먹은 사람이 있다고 합시다. 언젠가는 이 사람은 어떤 위대한 원칙이나 위대한 사안, 위대한 대의를 위해 일어서야 할 시점을 맞이하게 됩니다. 이 사람은 겁이 나서 혹은 좀더 오래 살고 싶어서 그런 사명을 거부합니다. 직장을 잃을까 걱정하기도 하고 남들에게서 비난을 받고 신망을 잃게 될까 걱정하기도 합니다. 칼에 찔리지나 않을까, 총에 맞지나 않을까, 집이 폭파되지나 않을까 걱정하기도 합니다. 그래서 결국 대의를 포기하게 됩니다. 좋습니다. 그렇게 해서 아흔 살이 되었다고 합시다. 하지만 이 사람은 나이는 아흔이지만 이미 서른여덟에 죽은 것이나 다름없습니다. 이 사람이 숨을 거두는 것은 벌써 오래 전에 있었던 영혼의 죽음을 뒤늦게 알리는 것에 불과합니다. 이 사람은 정의를 위해서 일어서길 거부한 그 순간에 죽은 것입니다. 진리를 위해 일어서길 거부한 순간에 죽은 것입니다. 공정을 위해 일어서길 거부한 순간에 죽은 것입니다. ……

혼자라고 생각하지 마십시오. 필요하다면 감옥에 갈 때도 있겠지만, 그곳에서도 혼자가 아닙니다. 옳은 것을 위해서 일어서십시오. 세상 사람들이 오해하고 비난할지도 모릅니다. 하지만 그렇다고 해서 혼자는 아닙니다. 저는 "주님과 함께 하는 자는 다수"라는 글을 읽은 적이 있습니다. 주님은 소수를 다수로 바꾸는 분입니다. 주님과 함께 걷고 주님께 의지하여 올바른 일을 하십시오. 그러면 주님은 숨을 거두는 순간까지 당신 곁에 계실 것입니다. 저는 번개를 본 적이 있습니다. 천둥소리도 들었습니다. 범법자들이 위세당당하게 걸어다니면서 제 영혼을 정복하려 들 때마다 저는 계속해서 싸우라는 주님의 목소리를 들었습니다. 주님은 절대로, 절대로, 저를 혼자 남겨두지 않겠다고 약속하셨습니다. 절대로 혼자가 아닙니다. 우리는 절대로 혼자가 아닙니다.

유엔에 심한 타격을 주었으며 대륙간, 인종간 증오심을 악화시켰다. 전쟁은 군사수요를 끝도 없이 증대시킴으로써 서민들의 생존과 관련된 요구를 억압하고 시민권운동의 발전을 좌절시켰다. 전쟁은 미국의 반동세력에게 큰 도움을 주고 아이젠하워 대통령이 경고했던 군산복합체를 강화하였다. 전쟁은 베트남을 파괴하고 수많은 미국 청년과 베트남 청년들을 불구로 만들었다. 전쟁은 전 세계를 핵전쟁의 위기로 몰아넣었다.

존슨 행정부는 정치력이 상당히 부족한 것 같다. 창조적인 정치력이 부족하면 비합리적인 군국주의가 증대하기 마련이다. 케네디 대통령은 자신의 실수를 인정할 줄 아는 훌륭한 사람이었다. 그는 피그 만 사건 후에 자신의 실수를 공개적으로 인정했다. 하지만 존슨 대통령은 베트남과 관련하여 이런 행동을 할 만한 정치력이 없는 것처럼 보인다. 그는 베트남에 대한 폭격을 중단시키기 위해서 대중적인 지지를 호소할 수 있었는데도 완강하게 버텼다. 베트남에 투하된 폭탄은 국내에서도 폭발하여 관대한 미국이 될 수 있는 가능성과 희망을 파괴해버렸다.

나는 존슨 대통령이 시민권운동에 대한 의견을 물으면 최대한 솔직하게 대답해왔다. 나는 대통령의 초청을 받아 백악관에 갔을 때 베트남 전쟁에 반대하는 이유를 분명히 밝혔다. 대통령과 장시간 전화통화를 할 수 있는 기회가 닿았을 때도 나는 이 문제에 관해서 언급하고 내 전쟁 반대 생각이 더 강해졌다고 분명히 밝혔다. 나는 베트남 전쟁은 존슨 대통령의 과실이 아니라 집단적인 과실이라고 생각한다. 존슨 대통령 외에도 세 명의 대통령이 우리나라를 베트남 전쟁으로 이끄는 데 관여했다. 그러므로 나는 존슨 대통령에게 모든 책임을 전가하고 싶지 않다. 내가 진심으로 관심을 가지는 것은 악몽과 같은 전쟁을 끝내고 우리의 영혼을 구원하는 일뿐이다.

우리나라 외교관은 세계 어느 곳을 가더라도 계란과 돌멩이 세례를 받고 있습니다. 이런 일이 벌어지는 까닭은 우리가 너무나 오만하게 무력을 휘두르기 때문입니다. 우리는 정의와 도덕의 지시를 무시하고 있습니다. 저는 이 문제에 관하여 보다 적극적인 태도를 보여주고 싶습니다. 제가 징병대상이었으면 좋겠습니다. 저는 성직자라고 징병대상에서 제외되고 싶지 않습니다. 저는 베트남 전쟁에 나아가 싸우느니 차라리 감옥에 가는 쪽을 택하고 싶습니다. 나는 연방정부를 비롯한 모든 사람들에게 이 점을 밝혀두고 싶습니다. 정부는 나의 절친한 친구이자 예일 대학 교회의 목사인 스포크 박사와 윌리엄 스로앤 코핀이 징집거부를 부추겼다고 처벌했습니다. 저는 그들과 동일한 대우를 받아도 개의치 않겠습니다. 저는 청년들에게 진심으로 이 전쟁이 부당하고 못마땅한 것이라고 생각한다면 전쟁터에 나가서 싸우지 말고 예수 그리스도의 수난의 길을 따르라고 계속해서 말할 것입니다. 정부가 유죄판결을 내린다고 해도 저는 개의치 않겠습니다.

31 빈민운동

The Poor People's Campaign

이 시대를 사는 우리에게는 전 사회에 대해 근본적으로 문제를
제기해야 할 사명이 있습니다. 우리에게는 불행과 고통 속에 빠져 있는
가난한 사람들에게 도움을 주어야 할 사명이 있습니다.
우리는 거지를 만들어내는 체계를 개조하는 근본적인 문제와 맞붙어야 합니다.

1967년 5월 31일(38세)
킹 목사, SCLC 집행부 연수회에서
정치력과 경제력을 근본적으로 재분배할 것을 주장하다.

12월 4일
'빈민운동'을 시작하다.

1968년 3월 18일
멤피스에서 파업을 진행하고 있는 청소원들을 대상으로 연설하다.

3월 28일
폭력으로 중단된 멤피스 시위행진을 주도하다.

킹 목사 테러 사건을 다룬 시사 주간지 〈라이프〉.

1967년 11월의 회의에서 SCLC 집행부는 우리 조직의 활동과 우리 조직과 우리가 직면한 위기상황에 대한 철저한 분석과 토론을 진행하였다. SCLC는 미국 정부에 빈민들이 안고 있는 불만사항을 개선하고 최소한의 직업과 소득을 보장할 것을 요구하기 위하여 1968년 봄부터 전국의 빈민들이 참가하는 워싱턴 D. C. 행진을 주도하기로 결정을 내렸다.

우리는 과거의 쓰라린 경험을 통해서 직접적이고 극적인 저항이 없는 한 정부는 인종문제와 관련된 문제를 개선하려 들지 않을 것임을 잘 알고 있었다. 정부는 셀마 투쟁을 겪고 나서야 기본적인 투표권이 보장된 연방법령을 제정하였으며, 버밍햄 투쟁을 겪고 나서야 공공시설의 인종차별을 없애는 데 동의했다. 흑인들의 경제적 참상을 대대적으로 고발하고 정부의 조치를 촉구하기 위해서는 셀마 투쟁이나 버밍햄 투쟁과 같은 투쟁이 필요했다.

우리는 워싱턴 행진을 통해서 우리의 요구를 알리고 미국 정부의 응답이 있을 때까지 워싱턴에 머무른다는 계획을 세웠다. 정부가 강력한 탄압을 가하면 우리는 과거와 마찬가지로 당당하게 맞설 계획이었다. 정부가 우리 운동을 조롱하고 비난한다면 그것은 미국의 빈민들이 이미 받고 있는 것이므로 우리는 의연하게 그런 비난을 수용할 것이다. 수백만의 빈민들이 이미 차별과 착취에 갇혀 있는 상황이므로 우리는 투옥도 감수할 것이다. 하지만 우리는 워싱턴 행진운동이 전 국민의 동정적인 이해를 얻게 될 것이며 워싱턴을 비롯한 여러 지역에서 동시다발적인 비폭력시위가 확대될 것이라고 확신하고 있었다. 우리는 정부에 대해서 특별한 개혁을 요청하고 정부가 빈곤과의 싸움을 시작할 때까지 적극적인 비폭력행동을 진행할 계획이었다.

우리는 워싱턴을 비롯한 여러 지역에서 흑인들의 극심한 분노와 좌절을 효과적이고 적극적인 비폭력운동으로 발산할 수 있는 계획을 세웠다. 우리 사회의 물질주의에 찬성하지 않는 전국의 청년들을 대상으로 새로운 워싱턴 운동에 합세할 것을 요구하고, 흑인 이외에도 인디안, 멕시코인, 푸에르토리코인, 아팔라치아인 등의 빈민 대표들에게 운동참여를 촉구할 계획이었다. 우리는 선의를 가진 모든 미국인들의 지원을 기쁘게 받아들였다.

우리는 워싱턴으로 가서 정부와 국가가 새로운 사회·경제·정치개혁을 진행하도록 하기 위해서 모든 합법적인 비폭력 항의수단을 동원하기로 했다. SCLC는 마지막 분석을 통해서 직접 워싱턴 행진에 참여하지 않으면 비폭력과 자유를 주창하는 조직의 의무를 방기하는 것이라고 판단하고 워싱턴으로 가기로 결정을 내렸다. 우리는 이런 태도를 계속 견지하면서 모든 미국인들에게 워싱턴 운동에 동참할 것을 촉구했다. 이렇게 해서 우리는 절망과 무관심에 대항한 창조적인 활동을 전개할 수 있었다.

정부의 성의를 구걸하지 않는 새로운 전술

정부는 또 다른 재앙의 여름을 부르는 모험에 뛰어들고 있습니다. 두해 여름 동안 폭력을 동반한 폭동이 있었지만 폭동을 야기한 근본 원인이 개선된 적은 한 번도 없습니다. 분노와 반발의 불길을 솟구치게 했던 불행은 전혀 줄어들지 않았습니다. 의회와 행정부는 실업과 열악한 주거 조건, 차별적인 교육 등의 흑인 빈민지역의 참상에 대해서 마지못한 듯한 태도로 진부한 방법을 사용하고 있습니다.

희망의 선언 1968년

흑인들이 분노를 터뜨리고 사소한 문제에도 흥분하게 될 때까지 미국은 아무 대책 없이 기다려왔습니다. 전쟁과 인플레, 도시의 쇠퇴, 백인 반동세력, 그리고 폭력적 분위기 등 상호연관된 문제들에 직면하여 미국은 더 이상 인종문제와 빈곤문제를 회피할 수 없는 처지가 되었습니다. 안타까운 것은 미국이 그런 준비를 갖추지 못하고 있다는 점입니다. 별개의 문제들이 결합하면서 엄청나게 복잡한 사회적 위기를 야기하고 있습니다.

저는 미국의 흑인들이 폭동에 나선 것에 대해 전혀 유감스럽게 생각하지 않습니다. 흑인들의 폭동은 불가피한 것일 뿐 아니라 바람직한 것입니다. 흑인들이 이런 장엄한 소요를 일으키지 않았다면, 오랫동안 계속되어 온 탈법과 지연은 끝없이 계속되었을 것입니다. 흑인들은 과거의 수동적인 태도를 벗어던지고 자유쟁취를 위하여 미국 역사상 가장 창조적이고 용감한 투쟁에 나서고 있습니다. 지금은 중대한 시기입니다. 고통스러운 순간이 있더라도 결코 피해갈 수 없는 중대한 시기입니다.

몇 년 전에 비폭력운동은 눈부신 개선을 달성하였습니다. 해를 거듭하면서 흑인들은 건전하고 활기찬 모습으로 자신감을 표현하고 있습니다. 당시 시민권운동의 지배적인 사상이었던 비폭력전술이 지난 두 해 동안 사회변화를 야기하는 역할을 수행하지 못했던 것은 외면할 수 없는 사실입니다. 비폭력주의는 물리적으로 흑인들을 억압할 기회만을 노리던 과격한 인종차별주의자들을 저지했다는 점에서 남부지역에서 독창적인 이론으로 평가되었습니다. 비폭력 직접 행동 덕분에 흑인들은 적극적인 항의를 표현하며 거리를 점거하고 대낮에 비무장의 흑인들을 쏘아대던 압제자들의 총구를 틀어막을 수 있었습니다. 이것이 바로 남부지역에서 전개되었던 십 년 간의 항의운동으로 인한 인명손실이 북부지역에서 전개되었던 열흘 동안의 폭동으로 인한 인명 손실에 비해서 월등히 작은 이유입니다. ……

저는 사회 불안에 대한 '대통령 국가자문위원회'의 의견에 동의합니다. 국가자문위원회는 우리나라는 두 개의 적대적인 사회로 분열되어 있으며 사회 분열을 초래하는 가장 파괴적인 힘은 백인들의 인종주의라고 주장하였습니다. 우리에게 무엇보다도 절실히 필요한 것은 의회에 대해 결단력 있는 행동을 촉구할 수 있는 효과적인 수단입니다. 물론 이 수단은 폭력의 사용과는 무관한 것이어야 합니다.

이제 대중적인 비폭력항의운동으로 복귀해야 할 때가 왔습니다. 따라서 우리는 올 봄과 여름부터 워싱턴 D. C.에서 일련의 시위를 개시할 계획입니다. 우리는 흑인들과 백인들이 함께 참여하는 시위를 통해서 정부에 대해서 가난한 흑인과 백인들에게 유익한 정책을 시행할 것을 촉구할 것입니다.

의회와 정부에 압력을 줄 방법을 찾아라

우리는 과거의 경험을 통해서 우리 운동이 진전되어 선의를 가진 사람들이 압력을 가하기 전까지는 의회와 정부가 전혀 움직이지 않을 것임을 잘 알고 있었다. 선의를 가진 사람들이 의회에 압력을 가하게 되면 의회 내의 세력연합은 파괴될 것이다. 의회는 아직도 세력연합과 농촌지역이 우위를 차지한다는 점에서 기본적으로 남부식의 의회였다. 상임위원회 의장직에는 남부출신 의원들이 많았는데, 그들은 가능하면 진보를 막으려고 애를 쓰고 있었다. 그들은 세력을 모으기 위해서라면 남서부의 우익의원들이나 북부 공화당 의원과 손잡는 일도 서슴지 않았다.

종교계와 노동계, 학계, 학생들, 자유주의자, 그리고 빈민들 자신을 포함한 양심적인 세력들이 하원의원들에게 압력을 가하여 요구사항을 수용하도록 만들기 위해서는, 강력하고 극적이며 도덕적인 호소력을 지닌 운동을 전개할 필요가 있었다.

우리는 빈민이 안고 있는 전반적인 경제문제를 과감하게 고발할 계획이었다. 우리는 의회를 움직이기 위해서는 상당히 많은 활동이 필요하다고 생각했다. 초기 단계의 시위에서는 빈민문제의 본질 및 빈민지역의 비참한 상황을 전 국민에게 알리는 일에 중점을 둘 계획이었다. 그리고 나서 의회가 아무런 반응을 보이지 않으면 새로운 단계에 착수할 작정이었다. 솔직히 말해서 우리는 의회로부터 즉각적인 성과를 얻어낼 수 있으리라고 생각하지 않았다. 의회는 본래 이 문제에 관해서 완강한 태도를 보이고 있었는데, 당시에는 특히 국내 상황보다 베트남 문제에 보다 많은 자원과 능력을 투입하고 있었다. 따라서 우리는 2, 3주 동안의 시위만으로 의회를 움직일 수 있을 것이라는 환상을 가지지는 않았다. 하지만 의회와 정부기관이 집중되어 있는 워싱턴에서 시위를 시작하면 교육적인 효과는 클 것이라고 판단하고 있었다.

우리는 워싱턴 시위를 '직업과 수입 쟁취운동'으로 불렀다. 경제문제가 흑인들과 빈민들이 직면한 가장 큰 문제라고 생각했기 때문이었다. 흑인사회는 완전히 불황이었다. 사람들은 흑인사회에 존재하는 대량실업은 사회문제로 취급하고 백인사회에 존재하는 대량실업은 불황이라고 부르는 경향이 있었다.

우리는 워싱턴 주변에서 행동을 시작할 것이다. 일단 이 활동이 시작되면 많은 사람들이 워싱턴으로 모여들 것이다. 노새를 타고 워싱턴으로 오는 사람도 있을 것이고, 노새가 끄는 마차를 타고 오는 사람도 있을 것이다. 노새가 줄을 지어 워싱턴으로 행진하게 될 것이다. 엄청난 대열이 남부지역에서 올라올 것이다. 미시시피 주의 행렬이 앨라배마 주의 행렬과 만나고, 앨라배마 주의 행렬이 조지아 주의 행렬과 합쳐지며, 조지아 주의 행렬이 사우스캐롤라이나 주의 행렬과 만나고, 사우스캐롤라이나 주의 행렬은 노스캐롤라이나 주, 그리고 버지니아 주의 행렬과 만나서 워싱턴으로 들어오게 될 것이다. 시카고와 디트로이트 그리고 클리블랜드, 밀워키 주에서 이어지는 행렬이 있을 것이고, 보스턴, 뉴욕, 필라델피아, 볼티모어에서 이어지는 행렬이 있을 것이다. 이 행렬들은 모두 워싱턴으로 향할 것이다.

우리는 인류 역사상 가장 부유한 나라의 정부 앞에 빈민문제를 제기할 것이다. 정부가 빈민들이 처한 현실을 개선할 책임이 없다고 주장한다면, "생명과 자유, 그리고 행복 추구"를 보장하겠다는 약속을 이행하지 못한다는 비난을 면치 못할 것이다. 빈민을 구제하지 못한다면 우리 사회는 인종차별주의라는 질병이 심각한 상태라는 평가를 받게 될 것이다.

미국 국민은 인종차별주의라는 치명적인 질병에 감염되어 있다. 하지만 우리는 미국 국민들이 민주주의 이념에도 익숙해 있다는 점에서 희망을 찾을 수 있다. 미국 국민은 지금 그릇된 길을 걷고 있지만 옳은 일을 할 잠재력을 지닌 국민이다. 미국 국민은 과거의 방식을 지속할 수 없을 것이다. 미국 국민이 발을 들여놓을 미래가 아무리 풍요롭다고 해도 우리나라를 괴롭히는 인종차별주의를 정당화할 수는 없을 것이다. 빈곤을 종식시키는 일, 편견을 뿌리뽑는 일, 고통받는 양심을 해방시키는 일, 정의와 공정함, 그리고 독창성이 있는 미래를 만드는 일 등, 이 모든 것이 미국의 민주주의 이념에 부합하는 것들이다.

우리는 대규모 비폭력행동을 통해서 국가적인 재난을 회피하고 새로운 계급 간 화해와 인종 간 화해의 정신을 만들어낼 수 있을 것이다. 우리는 미국 역사에 또 하나의 고귀한 도덕적 사건을 기록할 수 있을 것이다. 우리 모두는 역경의 시간을 맞아 시험을 받고 있다. 하지만 시간이 흐르면서 우리는 깨끗한 양심을 가지고 미래를 맞을 수 있을 것이다.

우리에게는 미국을 변화시키고 예수 그리스도교에 새로운 활력을 제공할 수 있는 힘이 있습니다. 우리는 교회에 대한 충정을 잃어버린 젊은이들에게 예수님은 신성의 빛을 타고났으면서도 인간의 특질을 다루었으며 인간의 문제에 관심을 가지셨다는 점을 알려야 합니다. 예수님은 인간이 먹을 빵을 걱정하셔서 그 오랜 옛날부터 '브레드바스켓 작전(Operation breadbasket)'을 시작하셨습니다. 예수님은 연좌운동을 최초로 실천하신 분입니다. 예수님은 역사상 가장 위대한 혁명가이셨습니다. 투쟁에 나선 우리들을 보고 이러저러한 사상의 영향을 받았다고 말하는 사람들에게 우리가 어떤 사상의 영향을 받았는지 알려줍시다.

나는 대학생 시절에 『자본론』과 『공산당 선언』을 읽었습니다. 마르크스의 저서는 세계 전역에서 수많은 혁명운동을 고취시켰습니다.

하지만 안타깝게도 기독교 신앙은 혁명의 칼날을 제공하지 않았습니다. 그렇다고 혁명가의 길이란 어떤 것인지 알기 위해서 칼 마르크스의 저서를 읽을 필요는 없습니다. 나는 칼 마르크스의 사상적 영향을 받은 바 없습니다. 나는 예수라는 이름을 가진 갈릴리 성인에게서 사상적 영향을 받았습니다. 예수님은 마음의 상처를 지닌 사람들을 치유하고 가난한 사람들의 문제를 해결하라는 성령의 부름을 받으신 분입니다. 우리의 사상에 영향을 미친 것은 바로 예수님입니다. 세계에 대해서 전하고 싶은 메시지가 있으면 밖으로 나갑시다. 우리는 이 세계를 변화시키고 이 나라를 변화시킬 수 있습니다.

멤피스에서의 위대한 운동

1968년 3월 한 주 동안 나는 서른다섯 번쯤 연설을 했다. 화요일에 미시간 주 그로스 포인트에서 연설을 시작해서, 금요일에는 디트로이트에서 네 차례나 연설을 하고, 토요일에는 로스앤젤레스로 가서 다섯 차례의 연설을 했다. 일요일에는 로스앤젤레스의 교회 세 곳에서 설교를 하고 나서 비행기를 타고 멤피스로 향했다.

멤피스에 도착하자마자 나는 시내를 둘러보고는 랄프 애버니시에게 "멤피스 주민들은 참으로 위대한 운동을 하고 있군" 하고 말했다. 문제는 멤피스 시 당국이 청소원으로 일하는 공무원들을 공정하고 성의 있게 대하지 않은 데서 출발한 것이었다. 1,300명의 청소원들이 파업을 하고 있었는데, 멤피스 시 당국은 그들에게 성의 있는 태도를 보이지 않고 있었다. 청소원들의 시위는 전국적인 시위가 필요한 문제였다. 청소원들은 흑인이 단결할 수 있다는 사실과 흑인은 모두 같은 운명공동체라는 사실, 한 사람의 흑인이 당하는 고통은 곧 전체 흑인의 고통이라는 사실

> **결단**
>
> 1968년 1월 7일에 한 설교
>
> 우리는 이 땅의 불우한 사람들을 잊고 안일하게 생활하거나 사고하지 않겠다는 결단을 가져야 합니다. …… 어떤 의미에서 보면 우리는 모두 이 땅의 불우한 사람들입니다. 아니 우리 중에는 이 땅의 불우한 사람들보다 더 불우한 사람들도 있습니다. 나는 매일 아침, 기회가 있을 때마다 내 아이들에게 이런 이야기를 해줍니다. 우리 가족은 식탁에 앉을 때, 아침예배를 드릴 때, 항상 이런 기도를 드립니다. "주님, 저희를 도와주소서. 저희보다 행복하지 않은 사람이 있다는 사실을 잊지 않게 하소서. 어디에 가더라도 그들을 잊지 않도록 하소서." 나는 아이들에게 이렇게 말합니다. "나는 너희들에게 좋은 교육을 시키고 싶어서 최선을 다해 일하고 있다. 좋은 교육을 받을 수 없는 주님의 자녀들이 많이 있다는 사실을 잊지 않았으면 좋겠다. 또한 자신이 그들보다 훌륭하다고 생각하지 않길 바란다. 그들이 인간적인 대우를 받지 못하는 한 너 역시 인간적인 대우를 받을 수 없는 법이다."

을 입증하고 있었다. 부유한 흑인들은 가난한 흑인들과 힘을 합칠 필요가 있다. 부유한 흑인들은 차별대우를 받고 고통과 착취를 당하는 흑인 형제들을 동정심을 가지고 대해야 한다. 언젠가는 우리 사회가 청소원들에게 경의를 표해야 할 날이 올 것이다. 우리들의 쓰레기를 치워가는 직업은 의사에 버금가는 가치 있는 직업이라고 할 수 있다. 청소원이 쓰레기를 치워가지 않으면 질병이 만연하게 될 것이기 때문이다. 모든 노동은 신성한 것이다.

파업을 진행중인 여러분께 드리고 싶은 말씀이 있습니다. 여러분은 오랫동안 파업을 진행하면서도 절망하지 않았습니다. 가치 있는 것을 얻으려면 반드시 희생이 필요합니다. 여러분은 한 목소리로 이 사회에 대해서 모든 요구사항이 수용될 때까지 파업을 계속할 것이며 "누구도 우리를 따돌릴 수 없게 할 것이다"라고 선언해야 합니다. 여러분은 임금과 안전 보장책뿐 아니라 조직할 권리와 의견을 발표할 권리를 쟁취하기 위해서 투쟁한다는 사실을 널리 알려야 합니다.

우리는 흩어져 있을 때보다 뭉쳐 있을 때 더 많은 것을 얻을 수 있습니다. 우리는 단결함으로써 힘을 얻어야 합니다. 힘은 목적을 달성하는 능력이며, 힘은 변화를 일으키는 능력입니다. 우리에게는 힘이 필요합니다. 롭 시장을 비롯한 시 당국자들이 "아니"라고 말하고 싶어도 "예"라고 말하지 않을 수 없도록 만들려면 끝까지 단결해야 합니다.

또 한 가지, 압력을 가하지 않고서는 아무것도 얻을 수 없다는 사실을 말씀드리고 싶습니다. 파업을 끝내고 현업에 복귀하라는 말이나 "여러분은 제 밑에 있는 사람이므로 저는 여러분을 위해서 최선을 다할 것입니다. 그러니 파업을 끝내고 현업으로 복귀하십시오"라는 감언이설에 속아넘어가지 마십시오. 요구사항이 완전히 받아들여질 때까지는 절대로 현업에 복귀해서는 안 됩니다. 압제자들은 결코 자발적으로 자유를 주지 않는다는 사실을 잊지 마십시오. 자유는 억압받는 사람들이 요구할 때만 얻어질 수 있습니다. 자유는 흑인들이 배가 고프다고 말만 하면 권력구조와 정책결정권을 가진 백인세력들이 자발적으로 내놓는 은쟁반 위의 풍요로운 음식이 아닙니다. 평등한 대우를 받고 싶다면, 적절한 임금을 받고 싶다면, 투쟁해야만 합니다.

예수님은 가난한 사람을 만나지 않았기 때문에 지옥에 간 사람에 대해 말씀하셨습니다. 그 사람의 이름은 부자였습니다. 거지 나사로가 매일 부잣집 문전에 와서 먹을 것을 달라고 했지만 부자는 그에게 아무것도 주지 않았습니다. 결국 부자는 지옥에 떨어지고 말았습니다. 이 우화에는 부자가 재물이 많았기 때문에 지옥에 떨어졌다는 이야기는 전혀 없습니다. 예수님은 모든 부자들을 비난하지는 않았습니다. 어느 날 부유한 젊은 지배자가 예수님을 찾아와서 영생에 대해서 묻자, 예수님은 재산을 모두 팔아버리라고 말했습니다. 이때 예수님은 일반적인 진단을 내린 것이 아니라 그 사람에게 국한된 처방책을 내놓은 것입니다. 이런 시각과 상징성에 입각해서 이 우화를 읽는 사람은 천국과 지옥 사이에 이루어진 대화를 기억할 수 있을 것입니다. 그것은 바로 천국의 아브라함과 지옥의 부자가 나눈 대화입니다. 그 대화는 천국의 거지와 지옥의 부자간의 대화가 아니라 천국의 백만장자와 지옥의 작은 부자 사이의 대화였습니다. 부자가 지옥에 떨어진 것은 그에게 재물이 많았기 때문이 아니었습니다. 부자의 재물은 나사로와 부자 사이에 놓인 구렁을 건너갈 수 있는 기회였습니다. 부자는 나사로에게 얼굴을 보이지 않았기 때문에 지옥에 떨어진 것입니다. 부자는 인생의 수단이 인생의 목적을 능가하게 만들었기 때문에 지옥에 떨어진 것입니다. 부자는 빈곤과의 전쟁에서 가난한 자의 반대편에 섰기 때문에 지옥에 떨어졌습니다.

미국도 역시 재물을 제대로 사용하지 않으면 지옥에 떨어지게 될 것입니다. 자신이 지닌 엄청난 자원을 빈곤을 종식시키고 주님의 모든 자녀들이 기본적인 생활상의 필요를 충족시킬 수 있도록 하는 데 사용하지 않는다면, 미국도 역시 지옥에 떨어지게 될 것입니다. 해가 바뀌고 세대가 바뀌어 가면 미국은 역사책에 이렇게 쓰게 될 것입니다. "우리는 하늘을 찌를 듯한 거대한 건물을 세웠다. 우리는 바다를 건널 수 있는 엄청난 다리를 세웠다. 우리는 우주선을 이용해서 성층권에 고속도로를 뚫었다. 우리는 잠수함을 이용해서 광대한 바다 속을 뚫고 갈 수 있게 되었다." 나는 주님이 이렇게 말씀하시는 것을 들을 수 있습니다. "너는 그 모든 일을 다 이루었지만 배고픈 나에게 먹을 것을 주지 않았다. 너는 헐벗은 나에게 입을 것을 주지 않았고, 경제적인 안정이 필요한 내 자녀의 어린 자손들에게 경제적 안정을 주지 않다. 그러니 너는 나의 왕국에 들어올 수 없다." 미국은 이런 처벌을 받아 마땅합니다. 주님은 멤피스 시장과 기득권자들에 대해서 이렇게 말씀하고 있습니다. "네가 내 자녀들에게 베푸는 것은 곧 나에게 베푸는 것이다."

…… 죽음의 위협 속에서 나날을 보내면서 저도 낙담할 때가 있습니다. 엄청난 비난을 받으면서 저도 낙담할 때가 있습니다. 몸을 비틀거리

게 하는 차가운 시련의 바람을 맞고 낙담하게 될 때 저도 때로는 용기가 꺾이고 모든 활동이 무익한 것이라고 느끼게 됩니다.

하지만 그때마다 다시 성령이 내 영혼에 임하십니다. 길르앗에는 상처 입은 자를 온전케 하시는 향유가 있습니다. 이런 믿음을 가지고 투쟁에 임한다면 우리는 새로운 멤피스를 세울 수 있을 것입니다. 골짜기마다 돋우어지며 산마다, 작은 산마다 낮아지며 고르지 않은 곳이 평탄케 되며 험한 곳이 평지가 되는 날이 오게 합시다. 그날이 오면 주님의 영광이 나타나고 모든 육체가 이것을 함께 보게 될 것입니다.

32

못 다 이룬 꿈
Unfulfilled Dreams

1968년 4월 3일(39세)
멤피스의 비숍 찰스 J. 메이슨 교회에서 최후의 연설을 하다.

4월 4일
로레인 호텔에서 암살당하다.

킹의 묘비에는 킹이 자주 인용했던 찬송가의 한 구절이 쓰여 있다. "마침내 자유, 자유다. 마침내 나를 자유롭게 하신 신을 찬미하라."

인생에서 가장 큰 고통은 끝낼 수 없는 일을 끝내려고 끊임없이 노력하는 것이라고 생각합니다. 우리에게는 다윗처럼 꿈을 이룰 수 없음을 깨닫는 순간이 너무나 많습니다.

인생은 깨어진 꿈들이 계속 이어지는 한 편의 이야기와 같습니다. 마하트마 간디는 몇십 년 간 민족의 독립을 위해서 노력했습니다. 하지만 간디가 통일시키려 했던 조국은 힌두교와 이슬람교 간의 갈등으로 인도와 파키스탄으로 갈라지고 말았습니다. 간디는 조국의 분열을 지켜보면서 암살당하고 말았습니다.

우드로 윌슨은 국제동맹을 꿈꾸었지만 그 약속이 실현되기 전에 죽고 말았습니다.

사도 바울은 스페인에 가고 싶어했습니다. 스페인에 가서 그곳에서 복음을 전하는 것이 바울의 가장 큰 꿈이었습니다. 하지만 바울은 스페인에 가지 못하고 로마의 감옥에서 숨을 거두었습니다. 인생은 이런 것입니다.

우리의 선조들은 자유에 대한 노래를 불렀습니다. 선조들은 노예제도와 불의의 기나긴 밤에서 벗어나게 될 날을 꿈꾸었습니다. 선조들은 "내 고통을 아는 사람은 아무도 없네. 예수밖에는 없네"라는 짧은 노래들을 부르곤 했습니다. 그들은 꿈을 꾸면서 더 나은 앞날을 생각했습니다. 그들은 "다행스럽게도 고통은 언제까지나 계속되지는 않는다. 언젠가는,

언젠가는, 내 마음의 짐을 벗을 날이 있을 것이다" 하고 말하곤 했습니다. 그들에게는 큰 꿈이 있었기에 이런 노래를 부른 것입니다. 하지만 많은 선조들이 이 꿈을 이루지 못하고 숨을 거두고 말았습니다.

여러분들은 각자 신전을 하나씩 세우고 있습니다. 거기에는 항상 투쟁이 있습니다. 낙담할 때도 있고 꿈이 깨지는 순간도 있습니다. 우리들 중에는 평화의 신전을 세우려는 사람들도 있습니다. 우리는 전쟁반대를 외치고 항의운동에 참여하지만 우리 앞에 서 있는 벽은 너무나 단단합니다. 평화의 신전을 세우려는 노력은 무의미한 것처럼 보입니다. 평화의 신전을 세우기 위해서 나설 때마다 그 사람은 외톨이가 되고 낙담하게 되며 당황하게 됩니다.

그렇습니다. 인생은 그런 것입니다. 그래도 다행인 것은 "그 꿈은 오늘이나 내일 이루어지지는 않을 것이다. 하지만 마음속에 꿈을 간직하고 있다는 것은 유익한 것이다. 노력한다는 것 자체가 훌륭한 것이다"라는 목소리가 들린다는 점입니다. 여러분은 꿈이 이루어지는 것을 보지 못할지도 모릅니다. 하지만 꿈을 현실로 만들려는 열망을 가졌다는 것은 아주 훌륭한 일입니다. 마음속에 꿈을 간직하고 있다는 것 자체가 유익한 것입니다.

이제 다른 이야기로 넘어가겠습니다. 여러분은 자기 나름의 신전을 세울 때마다 우주에는 선과 악의 팽팽한 긴장상태가 존재한다는 사실을 직시해야 합니다. 힌두교는 이것을 허상과 실제 사이의 투쟁이라고 부릅니다. 플라톤 철학은 이것은 육체와 영혼 사이의 긴장상태라고 부릅니다. 과거의 종교인 조로아스터교는 이것을 빛의 신과 암흑의 신 사이의 긴장이라고 부릅니다. 정통적인 유태교와 기독교는 이것을 신과 악마 사이의 긴장이라고 부릅니다. 이렇게 호칭은 다르지만, 우주에는 분명히 선과 악 사이의 투쟁이 존재합니다.

투쟁은 우주라는 외부세계에만 있는 것이 아니라 우리들 각자의 인생 속에도 있습니다. 심리학자들은 각자 나름대로 그것의 정체를 밝히려고 노력하고 있습니다. 그래서 사람마다 그것을 다르게 부릅니다. 지그문트 프로이트는 이런 긴장을 이드(id)와 슈퍼에고(superego) 간의 긴장이라고 불렀습니다. 그것을 신과 인간 사이의 긴장이라고 생각하는 사람들도 있습니다. 우리 모두의 마음 속에서는 전쟁이 진행되고 있습니다. 내전이라고 할 수 있겠지요. 모든 사람의 인생 속에서는 내전이 진행되고 있습니다. 우리가 착한 일을 하려고 나설 때마다, 그것은 나쁜 일이라고 말하면서 뒷덜미를 잡아끄는 것이 있습니다. 여러분의 인생 속에서도 이런 일이 벌어지고 있습니다. 남에게 사랑을 베풀려고 할 때마다 무엇인가가 증오심을 부추기면서 여러분을 잡아끌기 마련입니다. 사람들에게 친절하고 상냥하게 굴려고 할 때마다 무언가가 질투심과 시기심을 부추겨서 그들에 대한 나쁜 소문을 퍼뜨리게 합니다. 이렇게 우리의 인생 속에서는 내전이 진행되고 있습니다. 심리학자나 정신과의사들이 정신분열증이라고 부르는 이런 긴장상태가 모든 사람들의 마음속에서 진행되고 있습니다. 우리는 자신 속에 지킬 박사와 하이드가 있는 것 같다고 느낄 때가 있습니다. 우리는 결국 옛 로마의 시인 오비디우스의 "나는 인생의 선한 면을 보면 그것에 동의한다. 하지만 인생의 악한 면을 보면 역시 그것에도 동의한다"는 말을 외치게 됩니다. 우리는 인간의 성격은 말 두 마리가 끄는 이륜마차와 같다는 플라톤의 의견에 동의할 수밖에 없게 됩니다. 때로는 성 아우구티누스가 『참회록』에 기록했듯이 "주님, 저를 도덕적으로 결백한 인간으로 만들어주소서. 하지만 지금 당장은 싫습니다" 하고 외쳐야 할 때도 있습니다. 우리는 "나는 내가 해야겠다고 생각하는 선은 행하지 않고 해서는 안 되겠다고 생각하는 악을 행하고 있습니다"라는 사도 바울의 말을 외치게 됩니다. 아니면 "내 마음이 나를 신사로도 만들고 악당으로도 만든다"라는 괴테의 말을 외치기도 합니다. 인간의 본성 속에는 긴장이 존재합니다. 우리는 꿈을 꾸고 신전을 세우려고 할 때마다 이런 긴장이 존재한다는 점을 솔직히 인정해야 합니다.

주님은 어떤 개별적인 사건들이나 개별적인 실수가 아니라, 우리 인생 전체의 경향을 근거로 해서 우리를 심판합니다. 주님은 주님의 자녀들이 나약하며 흔들리기 쉽다는 것을 잘 알고 있습니다. 주님이 원하시는 것은 올바른 마음가짐입니다.

여러분에게 질문 하나를 던지고 싶습니다. 여러분은 올바른 마음가짐을 가지고 있습니까? 만일 올바른 마음가짐을 가지고 있지 않다면 오늘 당장 뜯어고칩시다. 주님께 고쳐달라고 합시다. 사람들이 당신에 대해서 이런 말을 하게 만들어봅시다. "그 사람은 최고의 경지에 도달하지 못할지도 모른다. 그 사람은 꿈꾸는 것을 모두 이루지 못할지도 모른다. 하지만 그는 최소한 그것을 위해서 노력을 기울이기는 했다." 어떤 사람이 여러분에 대해서 이렇게 말한다면 얼마나 멋지겠습니까? "그 사람은 착하게 살려고 노력했다. 그 사람은 공정하게 살려고 노력했다. 그 사람은 정직하게 살려고 노력했다. 그 사람은 올바른 마음가짐을 가지고 있었다." 나는 하늘로부터 이런 목소리를 듣고 싶습니다. "나는 너를 받아들인다. 너의 마음속에 나의 은총이 있으니 너는 나의 은총을 받은 자다. 마음속에 은총을 가지고 있었으니 아주 훌륭한 일이다."

나는 여러분에 대해서 아는 것이 없지만 고백을 하나 하겠습니다. 그렇다고 해서 마틴 루터 킹이 성인이라고 말하지는 마십시오. 주님의 모든 자녀가 그렇듯이 저 역시 죄인입니다. 하지만 나는 착한 사람이 되고 싶습니다. 언젠가는 "너는 노력을 기울였으니 나는 너를 맞아들여 축복을 내리겠다. 올바른 마음가짐을 가지고 있었으니 참으로 훌륭한 일이다"라는 주님의 목소리를 듣고 싶습니다.

나는 산 정상에 올랐던 적이 있습니다

내가 인류 역사 전체를 파노라마 식으로 볼 수 있는 시간의 출발점에서 있는데, 그때 하나님이 "마틴 루터 킹, 어떤 시대에 살고 싶으냐?"고 물으셨다고 합시다. 그러면 나는 애굽으로 날아가서 주님의 자녀들이 애굽의 어두운 토굴에서 빠져나와 홍해를 건너고 황무지를 지나서 약속의 땅을 향해 장엄한 행진을 하는 모습을 지켜보고 싶습니다. 하지만 아무리 장엄하다고 해도 이곳에서 멈추고 싶지 않습니다.

그리스에 가서 올림포스 산에 오르고 싶습니다. 플라톤과 아리스토텔레스, 유리피데스, 아리스토파네스가 파르테논 신전 주위를 거닐면서 현실 세계에 존재하는 수도 없이 많은 문제들을 토론하는 모습을 보고 싶습니다. 하지만 이곳에서 멈추고 싶지도 않습니다.

로마제국 전성시대로 가서 여러 제왕들과 지도자들이 로마를 발전시키는 모습을 보고 싶습니다. 하지만 이곳에서도 멈추고 싶지 않습니다.

르네상스 시대로 거슬러 올라가서 르네상스가 인간의 문화적, 미적 생활에 미친 공적들을 모두 살펴보고 싶습니다. 하지만 이곳에서 멈추지는 않겠습니다.

내 이름과 같은 마틴 루터가 활동했던 곳으로 가서 그가 비텐베르크의 교회 문에 아흔다섯 개의 명제를 새기는 모습을 보고 싶습니다. 하지만 이곳에서 멈추고 싶지는 않습니다.

1863년으로 거슬러 올라가서 주저하던 에이브러햄 링컨 대통령이 노예해방선언에 서명하기로 결심하는 모습을 보고 싶습니다. 하지만 이곳에서도 멈추고 싶지 않습니다.

1939년 초로 거슬러 올라가서 조국의 경제침체로 고심하던 사람이 "우리에게는 두려움 외에는 두려워할 것이 없습니다"라고 멋진 말을 하는 모습을 보고 싶습니다. 하지만 이곳에서 멈추고 싶지는 않습니다.

이상하게 들리겠지만 나는 하나님께 가서 이렇게 말하고 싶습니다. "20세기 후반에 몇 년 간 살 수 있게 해주시면 고맙겠습니다."

지금 우리 세계는 일대 혼란 속에 빠져 있습니다. 나라는 병들고 여러 문제로 앓고 있으며 어디를 가나 혼란뿐입니다. 그런데 이곳으로 오고 싶다니 이해할 수가 없지요? 하지만 어두울 때만 별을 볼 수 있는 법입니다. 나는 20세기 바로 지금 이 시기에 주님이 역사하시는 모습을 보고 싶습니다. 지금 세계에서는 중대한 일이 벌어지고 있습니다. 많은 사람들이 떨쳐 일어나고 있습니다. 남아프리카공화국의 요하네스버그에서도, 케냐의 나이로비에서도, 가나의 아크라에서도, 뉴욕에서도, 조지아 주 애틀랜타에서도, 미시시피 주 잭슨 시에서도, 테네시 주의 멤피스에서도, 사람들이 모여 있는 곳이면 어디에서나 "우리는 자유를 원한다"는 한결같은 외침이 울리고 있습니다.

내가 지금 이 시대에 살고 싶은 또 한 가지 이유는 지금이야말로 인류가 오랜 세월 동안 해결하려고 애써왔던 문제들을 더 이상 방치할 수 없는 시점이기 때문입니다. 이 문제들을 해결하지 못하면 우리는 더 이상 살아남을 수 없습니다. 인류는 오랜 세월 동안 전쟁과 평화에 대해서 이야기해왔습니다. 하지만 이제는 더 이상 이야기만 하고 있을 때가 아닙니다. 이제는 더 이상 폭력이냐 비폭력이냐를 놓고 따질 때가 아닙니다. 비폭력이 아니면 이 세계는 살아남을 수 없습니다. 이것이 지금 우리의 현실입니다.

인권혁명에서도, 전 세계의 유색인종들을 오랜 가난과 오랜 고통과 경멸 속에서 해방시키기 위한 대책을 서둘러 마련하지 않으면 이 세계는 파멸하고 말 것입니다. 나는 이런 시대에 태어나서 인권의 혁명적 향상과정을 지켜볼 수 있게 해주신 하나님께 감사드립니다. 그리고 저를 멤피스로 이끄신 하나님께 감사드립니다.

랄프가 자주 이야기하였듯이, 흑인들이 가렵지 않은 곳을 긁고 간질이지 않는데도 웃으면서 이곳 저곳을 배회하던 때가 있었습니다. 하지만 그런 시절은 지나갔습니다. 우리는 지금 진지하게 말하고 있습니다. 우리는 주님의 세계에서 정당한 자리를 차지하기로 결심했습니다. 우리가 하려는 것은 이것뿐입니다. 우리는 부정적인 항의운동이나 부정적인 논쟁을 하지 않습니다. 우리는 인간답게 행동할 것입니다. 우리는 주님의 자녀입니다. 우리는 주님의 자녀이므로 남이 시키는 대로 살아야 할 필요가 없습니다.

이 중요한 역사적 시기에 우리는 어떤 행동을 해야 할까요? 우리는 뭉쳐야 합니다. 우리는 함께 뭉쳐서 단합을 유지해야 합니다. 애굽의 파라오에게는 노예제도를 지속시키고 싶을 때마다 즐겨 사용하던 방법이 있었습니다. 그것은 무엇이었을까요? 파라오는 노예들간에 싸움이 끊이지 않게 했습니다. 하지만 노예들이 단결하면 파라오의 궁정에서는 변화가 일어날 것입니다. 파라오는 노예들을 계속 부릴 수 없을 것입니다. 노예들의 단결은 곧 노예제도로부터 벗어나기 시작한다는 것을 의미하는 것입니다. 그러므로 우리는 단합을 유지해야 합니다.

어떤 탄압도 우리의 전진을 가로막을 수 없게 합시다. 우리는 비폭력운동으로 경찰력을 무력하게 만들 수 있습니다. 경찰들은 우리들의 비폭력운동에 어떻게 대처해야 할지 몰라서 크게 당황했습니다. 나는 그런 장면을 자주 목격했습니다. 앨라배마 주 버밍햄에서 장엄한 투쟁을 진행하고 있을 때의 일입니다. 우리는 날마다 식스틴스 스트리트 침례교회에서부터 행진을 시작했습니다. 수백 명이 행진하고 있을 때, 경찰견을 풀어놓으라는 불 커너의 명령이 떨어지자마자 개들이 달려들었습니다. 하지만 우리는 달려드는 개들 앞에서 '어느 누구도 나를 되돌려 세울 수 없네' 라는 노래를 불렀습니다. 불 커너는 이번에는 "소방호스를 작동하라"고 외쳤습니다. 전에 말씀드린 것처럼 불 커너는 역사를 모르는 사람이었습니다. 그가 알고 있는 물리학은 우리가 알고 있는 초(超)물리학과는 거리가 먼 것이었습니다. 불 커너는 물로도 끌 수 없는 불이 있다는 사실을 모르고 있었습니다. 우리는 소방호스 앞으로 다가갔습니다. 우리는 물에 대한 경험이 많은 사람들이었습니다. 침례교도들은 세례식에서 물 속에 몸을 담급니다. 감리교도들의 세례식에서는 목사가 신도의 머리에 물을 뿌립니다. 물을 쏟아댄다고 해도 우리의 걸음을 멈출 수는 없습니다.

우리는 개들 앞으로 걸어 나가서 개들의 눈을 노려보았습니다. 우리는 소방호스 앞으로 걸어나가서 소방호스를 쥔 경찰들을 노려보았습니다. 우리는 쉬지 않고 '고개를 들어 하늘을 보니 자유가 보이네'라는 노래를 불렀습니다. 우리는 범인호송차 속으로 던져지곤 했는데, 통조림 깡통에 든 생선처럼 포개질 때도 있었습니다. 경찰들이 우리를 호송차에 던져넣고 나자 불 커너는 "출발해" 하고 외쳤습니다. 움직이는 호송차 속에서 우리는 쉬지 않고 '우린 승리하리라'라는 노래를 불렀습니다. 때로는 투옥될 때도 있었는데 교도관들은 우리의 기도와 주장, 그리고 노래에 감동 받아서 창문 너머로 우리를 쳐다보곤 했습니다. 우리에게는 불 커너가 정복할 수 없는 힘이 있었습니다. 결국 우리는 불 커너를 쫓아내고 버밍햄에서 승리를 거두었습니다.

우리는 끝까지 이 투쟁을 위해 헌신해야 합니다. 여기서 투쟁을 멈춘다면 큰 비극이 야기될 것입니다. 우리는 이 점을 잊지 말아야 합니다. 행진계획이 세워지면 모두들 참석합시다. 직장을 빠지더라도, 학교에 결석을 하더라도 행진에 참여하도록 하십시오. 여러분의 형제들에 대해서 관심을 기울이십시오. 여러분이 직접 파업을 하지는 않더라도 언제나 힘을 합쳐야 합니다. 남을 생각하는 마음을 기르도록 합시다.

하루는 어떤 사람이 예수님을 찾아와서 인생의 중요한 문제들에 대해서 몇 가지 질문을 던졌습니다. 당시 그 사람은 예수님을 잔꾀로 속여넘겨서 자신이 예수님보다 아는 것이 많다는 것을 과시하려는 속셈이 있었습니다. 그 사람이 던진 질문은 철학적, 신학적 토론으로 쉽게 해결될 수 있는 것이었습니다. 하지만 예수님은 추상적인 이 질문을 예루살렘에서 여리고로 내려가는 길에서 어떤 사람이 강도를 당한 구체적인 상황으로 재구성하였습니다. 레위인과 제사장은 강도에게 맞아 쓰러져 있는 사람을 도와주지 않고 지나갔습니다. 다른 인종 한 사람이 지나가다가 그를 불쌍히 여겨 응급처치를 해주고 도와주었습니다. 예수님은 이 사람이야말로 자신이 상대방의 처지에 있다고 상상할 수 있는 능력, 그리고 자신의 형제에 대해서 염려하는 능력을 가졌다는 점에서 착하고 훌륭한 사람이라고 말씀하셨습니다.

자, 이제 상상력을 발휘해서 제사장과 레위인이 왜 멈추어 서지 않았는지 생각해봅시다. 교회 모임이 있기 때문에 시간이 없었을 것이라고 생각하는 사람들도 있을 것입니다. 종교의식에 참여하려는 자는 하루 전부터 인간의 몸에 손을 대어서는 안 된다는 교리가 있었다고 생각하는 사람도 있을 것입니다. 그들이 '여리고 성 지위향상협회'를 조직하기 위해서 예루살렘이나 여리고로 가고 있던 것은 아닐까 하는 생각을 하는 사람도 있을 수 있습니다. 그럴 수도 있습니다. 그들 두 사람은 개별적인 결과에 발을 묶이는 것보다는 문제의 근본 원인을 다루는 것이 더 낫다고 생각했을지도 모릅니다.

하지만 나는 이런 상상을 해보았습니다. 두 사람은 겁을 먹었을지도 모릅니다. 여리고 성은 위험한 지역입니다. 나는 아내와 함께 처음으로 예루살렘을 방문했을 때 차를 빌려서 예루살렘에서 여리고로 내려가는 길을 달려보았습니다. 그 길에 들어서자마자 나는 아내에게 "예수님이 우화의 배경으로 이 길을 택한 이유를 알 것 같소"라고 말했습니다. 그 길은 구불구불해서 강도들이 숨어 있기에 알맞은 지형이었습니다. 예루살렘에서 1,920킬로미터쯤 이어지는 그 길은 해발 360미터에 위치해 있습니다. 여리고를 향해서 15분이나 20분 가량 내려가다 보면 해면하 660미터 높이의 지대를 만나게 됩니다. 아주 위험한 지형입니다. 예수님이 활동하시던 시대에 그곳은 '피의 고개'라고 불렸습니다. 제사장과 레위인은 땅에 쓰러진 이 사람을 보고는 가까운 곳에 강도가 있을 것이라고 생각했거나 땅에 쓰러져 있는 사람이 일부러 꾀병을 앓고 있다고 생각했을 수도 있습니다. 그 사람이 강도에게 털리고 폭행을 당한 것처럼 꾸며서 자신들을 꾀어 가지고 쉽게 잡으려는 속셈이라고 생각했을 수도 있습니다. 제사장과 레위인은 그 사람을 보자마자 이렇게 자문했을 것입니다. "만일 이 사람을 도우려고 멈추면 나는 어떤 일을 당하게 될까?"

하지만 선한 사마리아인은 정반대의 질문을 던졌습니다. "만일 이 사람을 도와주지 않으면 이 사람은 어떤 일을 당하게 될까?"

오늘 밤 여러분 앞에도 동일한 문제가 놓여 있습니다. 여러분의 문제는 "만일 내가 청소원들을 도우려고 멈추어 선다면 직장은 어떻게 될까?" 하는 것도 아니고, "만일 내가 청소원들을 도우려고 멈추어 선다면 목사의 직분을 수행하는 데 어떤 일이 생길까?" 하는 것도 아니며, "내가 어려움에 처한 이 사람을 도우려고 멈추어 선다면 나에게는 어떤 일이 생길까?" 하는 것도 아닙니다. 여러분이 직면해야 할 문제는 바로 "내가 청소원들을 도우려고 멈추어 서지 않는다면 그들에게는 어떤 일이 생길까?" 하는 것입니다.

여러분, 보다 흔쾌히 일어섭시다. 보다 큰 결단을 가지고 일어섭시다. 이 중요한 시기, 도전의 시기에 바람직한 미국을 만들기 위해서 전진해 나갑시다. 우리에게는 미국을 보다 훌륭한 나라로 만들 수 있는 잠재력이 있습니다. 제가 지금 여러분과 함께 할 수 있도록 허락해주신 하나님께 다시 한 번 감사드립니다.

몇 년 전 내가 뉴욕에서 최초로 발간된 저서에 서명하고 있을 때의 일이었습니다. 서명을 하고 앉아 있는데, 정신이 이상한 어떤 흑인여성이 내게 다가와서는 "당신이 마틴 루터 킹 맞습니까?" 하고 물었습니다. 나는 서명을 하느라 고개를 숙인 채 "네, 그렇습니다" 하고 대답했습니다.

그 순간 나는 가슴에 충격을 느꼈습니다. 정신이상의 여성이 나를 칼로 찔렀던 것입니다. 나는 즉시 할렘 병원으로 후송되었습니다. 토요일 저녁의 일이었습니다. 칼날이 가슴에 깊이 박혀 있었는데, X선 촬영 결과 뾰족한 칼끝이 대동맥에 닿아 있는 것이 발견되었습니다. 칼끝이 대동맥을 뚫고 들어가면 대동맥출혈로 사망하게 될 형편이었습니다. 다음날 『뉴욕타임스』에는 내가 재채기라도 하게 되면 사망할 것이라는 기사가 실렸습니다.

의사들은 흉부를 절개하여 칼날을 제거하는 수술을 끝내고 나서 나흘 후에 휠체어를 타고 병원 구내를 다녀도 좋다고 허락했습니다. 전국 각지와 세계에서 저에게 위문편지가 쏟아져 들어왔습니다. 그 편지들을 조금 읽어도 좋다는 의사들의 허락을 받고 나는 몇 통의 편지를 읽었습니다. 그 중에서 아직도 잊혀지지 않는 편지가 있습니다. 대통령과 부통령에게 온 편지도 있었고, 뉴욕 주지사의 편지도 있었지만, 내용은 기억나지 않습니다.

하지만 화이트 플레인 고등학교 여학생이 보낸 편지의 내용은 결코 잊혀지지 않습니다. 그 편지에는 "킹 목사님, 저는 화이트 플레인 고등학교 9학년 학생입니다. 중요한 것은 아니지만 제가 백인여학생이라는 사실을 알려드리고 싶습니다. 신문에서 목사님의 부상소식을 읽었습니다. 목사님이 재채기라도 했더라면 사망했을 것이라는 기사도 있었습니다. 목사님이 재채기를 하지 않아서 참 다행이라는 말씀을 드리고 싶습니다"라는 글이 실려 있었습니다.

나도 그 당시 재채기를 하지 않아서 참 다행이라고 생각했습니다. 만일 그때 재채기를 했더라면 나는 전 남부지역의 학생들이 런치 카운터 연좌운동을 전개했던 1960년에 활동할 수 없었을 것입니다. 학생들의 연좌운동은 아메리칸 드림의 찬란한 실현을 위한 것이었으며, 이 나라를 독립선언서와 미국헌법을 기초한, 선조들이 깊이 파놓은 민주주의의 샘물로 되돌리려는 것이었습니다.

만일 그때 재채기를 했더라면 나는 주간(州間) 여행시의 인종차별을 없애기 위한 1961년의 자유승차운동을 목격할 수 없었을 것입니다.

만일 그때 재채기를 했더라면 나는 조지아 주 올버니의 흑인들이 굽은 허리를 펴기 시작했던 1962년에 활동할 수 없었을 것입니다. 올버니 투쟁으로 모든 흑인들은 자신이 허리를 굽히지 않는 이상 어느 누구도 자신의 등 위에 올라탈 수 없다는 사실을 자각하고 어디를 다니든 허리를 꼿꼿이 펴고 다니게 되었습니다.

만일 그때 재채기를 했더라면 나는 앨라배마 주 버밍햄의 흑인들이 이 나라의 양심을 흔들어 깨우고 시민권 법령을 탄생시켰던 1963년에 활동할 수 없었을 것입니다.

만일 그때 재채기를 했더라면 나는 그해 여름에 나의 꿈을 미국인들에게 알릴 수 없었을 것입니다.

만일 그때 재채기를 했더라면 나는 앨라배마 주 셀마에서 전개된 위대한 운동을 목격할 수 없었을 것입니다.

만일 그때 재채기를 했더라면 나는 멤피스 사회가 고통당하는 형제자매들을 위해서 일어서는 모습을 목격하지 못했을 것입니다. 나는 당시 재채기를 하지 않았던 것에 대해서 주님께 깊은 감사를 드리고 있습니다.

나는 오늘 아침 애틀랜타를 떠나는 비행기를 탔습니다. 일행은 모두 여섯이었습니다. 여객기 기장이 안내방송을 통해서 이렇게 말했습니다. "여객기의 출발이 지연되어 대단히 죄송합니다. 저희 비행기에는 마틴 루터 킹 목사님이 탑승하고 있습니다. 저희는 승객들의 모든 짐을 검사하고 비행기 내부를 철저히 검사하기 위해서 신중을 다하고 있습니다. 저희는 밤새 비행기에 대한 보호 및 경비절차를 완료했습니다."

이렇게 해서 나는 멤피스로 왔습니다. 나에 대한 여러 위험한 시도와 미수로 끝난 암살시도에 대한 이야기도 있었고, 극심한 인종차별주의의 질병을 앓고 있는 백인형제들의 협박도 있었습니다.

앞으로 어떤 일이 일어날지 알 수 없습니다. 우리 앞에는 힘든 나날들이 기다리고 있습니다. 하지만 나에게 그런 것은 아무런 의미가 없습니다. 나는 이미 정상에 올라 있습니다. 나는 그런 위험에 대해서는 전혀 관심이 없습니다. 저도 남들처럼 오래 살고 싶습니다. 하지만 지금 나는 그런 것에 신경을 쓸 겨를이 없습니다. 나는 주님의 뜻대로 살고 싶을 뿐입니다. 내가 정상에 오를 수 있도록 허락해주신 분은 바로 주님이

십니다. 나는 정상에 올라서 약속의 땅을 볼 수 있었습니다. 나는 어쩌면 그 약속의 땅에 여러분과 함께 갈 수 없을지 모릅니다. 하지만 오늘 밤 나는 우리 국민들이 언젠가는 그 약속의 땅에 도착할 것이라는 사실을 말씀드리고 싶습니다. 나는 오늘 밤 너무나 행복합니다. 저에게는 아무런 두려움도 없습니다. 어느 누구도 두렵지 않습니다. 저의 눈은 이미 영광스런 주님의 역사를 본 적이 있기 때문입니다.

정의를 알리는 군악대장

나는 가끔 모든 인간은 인생의 공통분모인 죽음이 닥쳐올 순간을 늘 의식하고 있다는 생각을 할 때가 있습니다. 인간은 누구나 죽음을 생각합니다. 나는 이따금 나의 죽음과 장례식에 대해서 생각하곤 합니다. 나는 죽음을 음울한 것이라고 생각하지 않습니다. 나는 이따금 "내가 진정으로 듣고 싶은 말은 무엇일까?" 하고 자문합니다. 오늘 나는 여러분께 이 말씀을 드리고 싶습니다.

나는 그날이 오면 마틴 루터 킹 2세는 자신의 인생을 남을 돕는 데 바치려고 노력했다는 말을 듣고 싶습니다.

그날이 오면, 마틴 루터 킹 2세는 누군가를 사랑하려고 노력했다는 말을 듣고 싶습니다.

그날이 오면, 내가 전쟁문제에 대해서 올바른 태도를 가지려고 노력했다는 말을 듣고 싶습니다.

그날이 오면, 내가 굶주린 사람들을 배불리 먹이려고 노력했다는 말을 듣고 싶습니다.

그날이 오면, 내가 일생 동안 헐벗은 사람들에게 입을 것을 주려고 노력했다는 말을 듣고 싶습니다.

그날이 오면, 내가 일생 동안 감옥에 갇힌 사람들을 만나려고 노력했다는 말을 듣고 싶습니다.

그날이 오면, 내가 인류를 사랑하고 인류를 위해 봉사하려고 노력했다는 말을 듣고 싶습니다.

나를 군악대장(軍樂隊長)으로 부르고 싶다면 정의를 알리는 군악대장, 평화를 알리는 군악대장, 평등을 위한 군악대장이라고 불러주십시오. 나머지 사소한 것들은 아무래도 상관없습니다. 나는 죽은 뒤에 한푼도 남기지 않을 것입니다. 나는 죽은 뒤에 멋지고 화려한 재물들도 남기지 않을 것입니다. 하지만 나는 죽은 뒤에 헌신적인 인생을 남기고 싶습니다. 제가 하고 싶은 말은 이것이 전부입니다.

내가 지나가는 길에 누군가를 도울 수 있다면, 노래나 말로 누군가의 용기를 북돋울 수 있다면, 누군가에게 옳지 않은 길을 가고 있다고 말해줄 수 있다면, 나의 삶은 헛되지 않은 것이 될 것입니다. 내가 기독교인의 의무를 다 할 수 있다면, 이 세상의 영혼을 구원할 수 있다면, 하나님의 가르침을 전할 수 있다면, 나의 삶은 헛되지 않은 것이 될 것입니다.

킹 암살은 조직적 음모

"흑인 민권 운동가 마틴 루터 킹 목사는 조직적인 음모에 따라 살해됐다." 1968년 테네시 주 멤피스에서 발생했던 킹 목사 암살 사건을 재심한 셸비 카운티 순회법정에서 배심원들은 8일 킹 목사가 정부 내 비밀조직과 마피아 등 범죄조직이 연루된 거대한 음모의 희생자라는 평결을 내렸다.

흑인과 백인이 각각 6명씩 포함된 배심원단은 그동안 킹 목사의 암살범으로 99년 징역형을 받은 제임스 얼 레이를 단독범으로 기소한 것이 잘못됐음을 인정하고 킹 목사 가족들이 상징적으로 요청한 100달러의 배상금 지급 결정도 내렸다.

킹 목사 가족들은 1993년 은퇴한 사업가 로이드 조우어스(73)가 레이가 아닌 다른 킹 목사 살해범에게 돈을 줬다고 주장하자 암살사건의 재심을 요청했다.

킹 목사가 살해된 로레인 모텔 건너편에서 음식점을 경영했던 조우어스는 6년 전 미국 ABC방송과 인터뷰에서 마피아 친구로부터 킹 목사 암살범 고용을 부탁받고 10만 달러를 받았으며, 자신이 돈을 준 암살범은 레이가 아닌 다른 사람이라고 주장했다.

그러나 암살을 지시한 사람과 자신이 돈을 준 암살범에 대해서는 구체적인 이름을 밝히지 않았다.

킹 목사 가족의 변호사인 윌리엄 페퍼는 미국 연방수사국(FBI)을 비롯해 중앙정보국(CIA), 마피아, 군 정보기관 등이 킹 목사 암살과 관련돼 있다고 주장해왔다. 그는 베트남 전쟁을 반대하던 킹 목사가 워싱턴에서 대규모 시위를 준비하자 연방정부 요원들이 마피아와 함께 킹 목사를 살해했으며, 사건 당시 살해현장 주변에는 마피아가 실패했을 경우를 대비해 군대 저격수들까지 배치돼 있었다는 '거대 음모론'을 주장했다.

애초 단독 암살을 진술했던 레이도 재판과정에서 자신의 진술을 번복하며 무죄를 주장하다 지난해 간질환으로 감옥에서 사망했다.

배심원 데이비드 모피는 한 사람에 의해 저질러진 암살로 보기에는 너무나 복잡하다며 "중앙정보국, 군 관련자, 조우어스 등이 모두 관련된 '준비된' 사건이라고 생각한다"고 말했다.

킹 목사 아들인 덱스터는 "사람들이 (진실을) 말하게 된 것을 보니 무척 행복하다"며 "이는 우리가 오랫동안 기다려왔던 것"이라고 말했다.

『한겨레신문』(1999년 12월 9일)

편집자 후기

　내가 마틴 루터 킹 2세를 처음 본 것은 먼 발치에서였다. 당시 킹 목사는 '고용과 자유쟁취를 위한 1963년 워싱턴 행진'의 최종 연사로 링컨 동상 앞에 설치된 연단 위에 서 있었고, 나는 시민권 시위에 처음 뛰어든 열아홉의 대학생으로 연단 아래 모인 엄청난 군중 속에 있었다. 킹 목사는 후에 노벨평화상을 수상하여 그 해의 인물이자 국가적인 영웅이 되었고, 나는 킹 목사로 대표되는 시민권운동의 보병이 되어 시민권운동이 획득한 평등한 기회의 문으로 걸어 들어갔다.

　20년이 넘는 세월이 흘러서 나는 스탠포드 대학의 역사학 교수로 재임하게 되었다. 그런데 뜻밖에도 킹 목사 부인인 코레타 스콧 킹 여사가 나를 찾아와서 킹 목사가 남긴 문헌을 편집해달라고 부탁했다. 나는 킹 여사의 부탁을 받아들여 '킹 목사 문헌편집 프로젝트'의 책임자가 되었다. 그 후 나는 킹 목사의 인생에 관련된 기록들에 깊이 빠져들었으며, 만나본 적도 없는 킹 목사라는 인간에 대해서 점차 많은 것을 알게 되었다. 킹 목사에 대한 연구는 나의 학문생활에서 중심적인 위치를 차지하게 되었고, 문헌편집자로서의 나의 경력에서 가장 중요한 의미를 가지게 되었다. 나에게 워싱턴 행진은 '마틴 루터 킹 2세의 자서전'이라는 목적지로 다가가는 첫걸음이었다. 내가 킹 목사가 남긴 사회정의라는 유산을 이어받은 사람이라면, 이 책은 킹 목사가 남긴 지적 유산의 산물이라고 할 수 있다.

본서에 기록된 킹 목사의 인생에 대한 서술은 모두 킹 목사 자신의 발언에 기초한 것이다. 킹 목사는 여러 상황에 처해서 여러 방식으로 자신의 생각을 밝혔다. 본서에는 킹 목사가 여러 사건들을 겪으면서 생각했던 내용들이 실려 있다. 킹 목사는 자신의 일대기를 쓴 적은 없지만, 자기 인생의 특정한 시기를 집중적으로 다루는 세 권의 책과 무수히 많은 논설과 수필을 썼다. 그밖에도 연설과 설교, 편지, 그리고 출간되지 않은 원고 등의 소중한 자료가 많이 남아 있다. 본서는 이런 자료들을 취합한 덕분에 그렇게 갑자기 세상을 뜨지 않았다면 킹 목사가 직접 썼을지도 모를, 자서전에 근접할 만한 내용을 구성할 수 있었다.

본서의 대부분은 킹 목사가 활동중에 출간하고 직접 편집했던 자전적 기록으로 구성되어 있다. 대부분의 경우 킹 목사는 많은 사람들의 도움을 받으면서 글을 썼다. 하지만 킹 목사의 글을 살펴보면 킹 목사 자신이 글을 편집하는 과정에 깊이 관여하여 훌륭한 저작을 남길 수 있었음을 알 수 있는 증거들이 많이 발견된다. 나는 이 자서전을 준비하면서 저자의 정확한 의도를 파악하기 위해서 출간된 저작이라도 반드시 자필원고를 검토했고, 출간된 저작에는 나타나 있지 않은 내용을 명확하게 파악하는 데 도움이 된다고 판단이 될 경우에는 자필원고의 구절을 직접 인용하였다.

본서의 기본 구조를 이루는 것은 출간된 자전적인 기록이지만, 그런 기록들만으로는 불완전한 서술이 될 수밖에 없다. 나는 불완전한 서술을 보충하고 출간된 저작에 포함되지 않은 사건들에 대한 킹의 설명을 포함시키기 위해서, 출간할 의도가 없었거나 자전적 기록으로 남길 의도가 없었던 수많은 발언들을 포함해서 수백 건의 기록에 실려 있는 구절들을 인용하였다. 이 구절들은 출간된 서술을 보충하여 내용의 확장을 가능하게 해주는 다리 역할을 하고 있다. 어떤 경우에는 내용을 읽기 쉽고 이해하기 쉽게 만들기 위해서 편집자로서 변경한 부분도 있다. 이 점에 대해서는 나중에 설명하겠다. 내가 이렇게 편집의 묘를 살린 것은 독자들이 킹 목사가 쓴 자투리 글이나 기록된 발언들을 쉽게 읽을 수 있도록 하려는 데 있다. 이렇게 하지 않으면 이 소중한 내용들은 소수의 킹 연구학자들만 접할 수 있을 것이다.

독자들은 이 글이 킹 목사가 직접 자신의 일대기를 기록할 때처럼 일관성 있고 이해하기 쉽게 쓰여질 수 없다는 점을 인정하리라 믿는다. 따라서 이 글은 킹 목사의 가족에 대한 이야기는 자세히 다루지 않는다. 킹 목사는 자신의 공적, 사적 생활에서 부인이 중요한 역할을 하고 있다고 여러 번 언급하였다. 하지만 그가 남긴 글에는 부인이 시민권활동을 비롯한 공적인 사건에 어느 정도로 참여했는지에 대한 내용은 거의 언급되지 않는다. 또한 그의 글에는 가족들이 자신의 인생에 큰 영향을 주었다는 점 외에 부모와 자녀, 누나인 크리스틴 킹 파리스, 그리고 동생인 A. D. 킹과의 관계를 알려주는 내용이 그다지 많지 않다.

이 책은 개인적 생활에 대한 기록이기보다는 종교적 정치적 자서전이라고 할 수 있다. 킹 목사의 개인적 생활은 자신이 직접 글로 표현한 내용에만 국한된다. 하지만 킹은 개인적 생활에 대해서 이야기하길 좋아하는 사람이 아니었으므로 직접 자서전을 썼다고 해도 상세히 공개하지는 않았을 것이다. 하지만 킹 목사는 가끔 개인적인 편지 속에서 과묵함을 극복하고 자신의 감정을 공개하는 경우가 있었다. 그가 남긴 기록들 속에는 출간되지는 않았지만 그의 성격을 짐작케 해주는 내용들이 들어있다. 킹 목사가 직접 자서전을 썼다면 이 자료들을 나와는 다르게 사용했을지도 모르지만, 이 자료들이 자신의 인생을 이해하는 출발점이 될 수 있다고 생각했을 것이다.

이 책은 킹 목사의 글들을 모으고 편집해달라는 킹 일가의 주문이 결실을 맺은 것이다. 이 책이 세상에 나오기까지는 '킹 목사 문헌편집 프로젝트'가 찾아낸 수천 건의 킹 관련 기록 속에서 자전적인 내용을 찾아내기 위해서 집단적인 노력을 기울여준 직원들과 학생들의 도움이 컸다. 이 책은 주석이 달린 14권의 『마틴 루터 킹 2세 전집』을 출간하기 위해서 기울여온 노력의 산물이다.

　이 책은 킹 목사 사후에 자료가 수집되고 편집된 것이므로 어떻게 구성되었는지에 대한 설명이 필요하다. 많은 자서전들이 편집상의 보조를 통해 쓰여진다. 편집상의 보조작업이란 사소한 원고정리부터 주제를 보충하기 위해서 기존의 소재를 가지고 새로 글을 쓰는 작업(예를 들면 테이프 녹취작업)까지 포함하는 것이다. 이럴 경우에 독자들은 편집상의 보조작업이 있었다는 사실을 그다지 인식하기 어렵다. 알렉스 헤일리의 편집으로 출간된 『말콤 엑스 자서전』을 보면 자서전을 흥미 있고 문학적 가치가 있도록 쓸 만한 시간과 능력이 부족한 경우 막후의 편집 보조작업이 얼마나 중요한 역할을 하는지 잘 알 수 있다. 편집이 성공적이어야만 독자들은 자서전의 내용이 중심사상을 정확하게 표현하고 있다고 느끼게 된다.

　마틴 루터 킹 2세의 자서전이 사실과 부합하도록 하기 위해서 킹 목사의 글과 발언의 통일성을 유지하는 일관된 방법을 사용했다. 또한 킹 목사의 인생을 킹 목사 자신의 글과 발언을 기초로 하여 서술하기 위해서 세심한 주의를 기울였다. 편집자로서 정확한 판단을 내리기 위해서 상당히 많은 어려움을 겪었음을 인정하지 않을 수 없다. 킹 목사 인생의 여러 시기에 쓰여진 자료들을 결합하여 그의 인생의 흔적을 추적하기로 결정하기까지 많은 갈등을 겪었다. 이 글이 인생 전반을 다루고 있는 것은 킹 목사가 사망 직전에 쓴 글을 기초로 해서 편집 및 조사 작업이 이루어졌기 때문이다. 킹 목사가 청년기에 가졌던 태도와 세계관을 알려주는 자료들은 많이 있다. 어른이 되고 난 후에 중요한 문제에 관한 킹 목사의 견해는 거의 변화가 없었다. 킹 목사가 자신의 신념에 대해서 마지막으로 서술했던 내용이 청년기의 글과 크게 다른 점이 없다고 생각해도 무방할 것이다.

　이 글을 쓰는 데 사용된 자료들은 킹 목사가 직접 자서전을 썼다면 틀림없이 참고했을 기록들이다. 그 자료들은 다음과 같다.

- 자전적인 책과 자필 원고 : 『자유를 향한 첫 걸음 Stride Toward Freedom: The Montgomery Story』(1958) 『우리가 기다릴 수 없는 까닭 Why We Can't Wait』(1964) 『어디로 갈 것인가? 혼란인가 화합인가? Where Do We Go from Here: Chaos or Community?』(1967)
- 특정 시기와 특정 사건에 대한 논설과 수필(출간되지 않은 자료도 포함)
- 자전적인 내용이 포함된 연설, 설교, 기타 공개적인 발언
- 출간되었거나 기록으로 남아 있는 대담 중에서 자전적인 발언
- 킹 목사가 쓴 편지
- 공문서와 회의 기록, 여러 가지 영상 및 음향 자료에 포함되어 있는 킹 목사의 발언

나는 가능하면 이 자료들을 최초로 활자화한 사람들을 찾아갔다. 하지만 이런 작업이 불가능한 경우도 있었다.

킹의 사상을 정확하게 반영하기 위해서 나는 글의 내용을 내적인 일관성을 유지하면서 읽기 쉽고 명쾌하게 만드는 데 필요하다고 판단되는 경우에만 개입하였다. 나는 특정 자료의 완전성과 직접성을 유지하기 위해서 서술을 편집하였으며 킹 목사의 글을 그대로 삽입하는 경우에는 작은 글꼴로 처리하였다. 킹 목사가 직접 기록한 글에서 인용한 기타의 내용은 자전적인 서술에 부합하는 장소에 두되, 다른 모양으로 표시하였다.

일반 자서전과 마찬가지로 여러 사건들에 대한 킹 목사의 기억은 시간의 경과와 불완전 기억 때문에 왜곡되는 경우가 있다. 따라서 나는 킹 목사의 서술에 포함된 역사적 부정확성을 바로 잡지 않았다. 특정한 사건에 대한 자료가 중복될 경우에는 킹 목사의 기억 중에서 가장 생생하고 가장 믿음이 가는 내용을 선택하였다. 중복된 자료들 중에서 한 가지를 선택할 경우에는 일반적이고 추상적인 묘사보다는 정확한 묘사를, 사건 발생 시점 이후에 기록된 설명보다는 사건 발생 시점과 근접한 시점

에 기록된 설명을 선택한다는 원칙을 따랐다.

자료를 선택하고 연대별로 배열하고 나서 킹 목사의 인생을 여러 시기로 나누어 장을 구성했다. 이 과정에서 나는 전체적인 맥락에서 볼 때 중복되거나 불필요하다고 생각되는 내용을 제거하는 방식으로 자료를 요약하였다.

캘리포니아 주 스탠포드 대학

클레이본 카슨

이 책의 편집에 쓰인 자료들

출전 약어 해설

ABSP, DHU   Arthur B. Spingarn Papers, Howard University, Washington, D.C.

AC, InU-N   Audiotape Collection, Indiana University, Northwest Regional Campus, Gary, Indiana

ACA-ARC, LNT   American Committee on Africa Papers, Amistad Research Center, Tulane University, New Orleans, Louisiana

AFSCR, AFSCA   American Friends Service Committee Records, AFSC Archives, Philadelphia, Pennsylvania

CB, CtY   Chester Bowles Collection, Yale University, New Haven, Connecticut

CSKC, INP   Coretta Scott King Collection (개인 소장)

DABCC, INP   Dexter Avenue King Memorial Baptist Church Collection (개인 소장)

DCST, AB   Dallas County Sheriff's Department Surveillance Tape, Birmingham Public Library, Birmingham, Alabama

DHSTR, WHi   Donald H. Smith Tape Recordings, State Historical Society, Madison, Wisconsin

DJG, INP   David J. Garrow Collection (개인 소장)

EMBC, INP   Etta Moten Barnett Collection (개인 소장)

HG, GAMK   Hazel Gregory Papers, Martin Luther King, Jr., Center for Nonviolent Change, Inc., Atlanta, Georgia

JFKP, MWalk   John F. Kennedy Miscellaneous Papers, John F. Kennedy Library, Waltham, Massachusetts

JWWP, DHU   Julius Waties Waring Papers, Howard University, Washington, D.C.

MLKP, MBU   Martin Luther King, Jr., Papers, 1954-1968, Boston University, Boston, Massachusetts

MLKEC, INP   Martin Luther King Estate Collection (개인 소장)
MLKJP, GAMK   Martin Luther King, Jr., Papers, 1954-1968, King Center, Atlanta,
                  Georgia
MMFR, INP   Montgomery to Memphis Film Research Files (개인 소장)
MVC, TMM   Mississippi Valley Collection, Memphis State University,
                  Memphis, Tennessee
NAACPP, DLC   National Association for the Advancement of Colored People
                  Papers, Library of Congress, Washington, D.C.
NBCC, NNNBC   National Broadcasting Company, Inc., Collection, NBC Library,
                  New York, New York
NF, GEU   Newsweek File, Emory University Special Collections, Atlanta,
                  Georgia
OGCP, MBU   Office of General Council Papers, Boston University, Boston,
                  Massachusetts
PHBC, INP   Paul H. Brown Collection (개인 소장)
SAVFC, WHi   Social Action Vertical File, State Historical Society, Madison,
                  Wisconsin
SCLCT, INP   Southern Christian Leadership Conference Tapes (개인 소장)
TWUC, NNU-T   Transport Workers Union Collection, Tamiment Library, New
                  York University, New York, New York
UPWP, WHi   United Packinghouse Workers Union Papers, State Historical
                  Society, Madison, Wisconsin
WAR, INP   William A. Robinson Miscellaneous Papers (개인 소장)

1. 어린 시절

주요 자료

- "An Autobiography of Religious Development", Clayborne Carson, Ralph E. Luker, Penny A. Russell 편 『The Papers of Martin Luther King Jr., Volume Ⅰ: Called to Serve, 1929년 1월-1951년 6월』(Berkeley: University of California Press, 1992) 중에서 1950년 11월, pp.359-363.
- 『Stride Toward Freedom: The Montgomery Story』(New York: Harper and Row, 1958) 1장. 『Stride Toward Freedom』 초고 중의 "Family in Siege"(MLKP, MBU).

기타 자료

- "Facing the Challenge of the New Age", NAACP 노예해방 기념일 집회에서 한 연설, Atlanta, 1957년 1월 1일(PHBC, INP).

- "Why Jesus Called a Man a Fool", Mount Pisgah Missionary Baptist Church에서 행한 설교(1967년 8월 27일). Clayborne Carson, Peter Holloran 편 『A Knock at Midnight: Inspiration from the Great Sermons of Reverend Martin Luther King, Jr.(New York: IPM/Warner Books, 1998)』 중에서 pp.145-164.
- Edward T. Ladd와의 대담, Emory University에서 있었던 WAII-TV의 〈Profile〉 프로그램에서, Atlanta, 1964년 4월 12일(MLKEC, INP).
- John Freeman과의 대담, BBC방송사의 〈Face to Face〉 프로그램에서, London, England, 1961년 10월 24일(MLKJP, GAMK).
- Alex Haley와의 대담,『Playboy 12』(1965년 1월): 65-68, 70-74, 76-78.
- Meredith 행진운동에서 행한 연설, Grenada, Mississippi, 1966년 6월 16일(MLKJP, GAMK).
- Ted Poston의 글 "Fighting Pastor"에서 인용,『New York Post』(1957년 4월 10일)
- "The Negro and the Constitution"『Papers Ⅰ』중에서 1944년 5월, pp.110-111.
- 어머니 앨버타 윌리엄스 킹에게 보낸 편지(1944년 6월 11일과 6월 18일)와 아버지 마틴 루터 킹 1세에게 보낸 편지(1944년 6월 15일),『Papers Ⅰ』pp.112-116.

2. 모어하우스 대학

주요 자료
- "An Autobiography of Religious Development"

기타 자료
- 『Stride Toward Freedom』 pp.91, 145.
- "A Legacy of Creative Protest"『Massachusetts Review 4』(1962년 9월): 43.
- "Martin Luther King Explains Nonviolent Resistance", William Katz 저 『The Negro in American History』(New York: Pitman, 1967), pp.511-513.
- "May 17-11 Years Later"『New York Amsterdam News』, 1965년 5월 22일.
- Edward T. Ladd와의 대담.
- John Freeman과의 대담.
- Ted Poston의 글 "Fighting Pastor"와 "The Boycott and the 'New Daw'"에서 인용, 『New York Post』(1956년 5월 13일).
- William Peters 글 "Our Weapon Is Love"에서 인용,『Redbook 107』(1956년 8월): 42-43, 71-73.
- L. D. Reddick 저, 『Crusader without Violence』(New York: Harper and Brothers, 1959), p.74.에서 인용.
- "Kick Up Dust"『Atlanta Constitution』의 편집자에게 보낸 편지(1946년 8월 6일), 『Papers Ⅰ』p.121.

3. 크로저 신학교

주요 자료

- 『Stride Toward Freedom』 6장.
- "Pilgrimage to Nonviolence" 『Christian Century 77』(1960년 4월 13일): 439-441. "How my mind has changed" 『Christian Century』기사의 초고 중에서(MLKP, MBU).
- 『Strength to Love』(New York: Harper and Row 1963), 17장

기타 자료

- "Autobiography of Religious Development."
- "Preaching Ministry", 1949(?), 크로저 신학교에 제출한 학과 소논문, Chester, Pennsylvania(CSKC, INP).
- "How Modern Christians Should Think of Man", 1949-50, 『Papers I』, pp.273-279.
- "His Influence Speaks to World conscience" 『Hindustan Times』 1958년 1월 30일.
- "The Theology of Reinholld Niebuhr", 1954(?), Clayborne Carson, Ralph E. Luker, Penny A. Russell, Peter Holloran 편 『The Papers of Martin Luther King, Jr., Volume Ⅱ: Rediscovering Precious Values, July 1951-November 1955』(Berkeley University of California Press, 1994), pp.269-279.
- 보스턴 대학 입학 지원서의 일부, 1950(?)년 12월, 『Papers I』, p.390.
- Sankey L. Blanton에게 보내는 편지, 1951년 1월, 『Papers I』, p.391.
- 어머니 Alberta williams King에게 보내는 편지, 1948년 10월, 『Papers I』, p.161.
- Peters의 글, "Our Weapon Is Love"에서 인용.
- "The Significant Contributions of Jeremiah to Religious Thought", 1948년 11월, 『Papers I』, pp.181-194.
- "A Conception and Impression of Religion Drawn from Dr. Edgar S. Brightman's Book Entitled 'A Philosophy of Religion'", 1951년 3월 28일, 『Papers I』, pp.407-416.

4. 보스턴 대학

주요 자료

- 『Stride Toward Freedom』 6장.

기타 자료

- "Rediscovering Lost Values", 1954년 2월 28일, Second Baptist Church에서 행한 설교, Detroit, Michigan, 『Papers Ⅱ』, pp.248-256.

- 보스턴 대학에 제출한 논문과 관련한 기자회견, Boston, Massachusetts, 1964년 9월 11일, (OGCP, MBU).
- George W. Davis에게 보내는 편지, 1953년 12월 1일, 『Papers Ⅱ』, pp.223-224.
- "A Comparison of the Conceptions of God in the Thinking of Paul Tillich and Henry Nelson Wieman"의 개요, 1955년 4월 15일, 『Papers Ⅱ』, pp.545-548.
- "Memories of Housing Bias in Boston" 『Boston Globe』, 1965년 4월 23일.

5. 내 아내 코레타

주요 자료
- 『Stride Toward Freedom』 1장과 출간되지 않은 초고 가운데 "Family in siege."
- Coretta Scott King 저 『My Life with Martin 』(New York: Henry Holt, 1969, rev. 1993) 3장.
- Edward T. Ladd와의 대담.
- Arnold Michaelis와의 대담, 『Martin Luther King Jr.: A Personal Portrait』 (videotape), 1966년 12월(MLKEC, INP).

기타 자료
- "Remarks in Acceptance of the NAACP Spingarn Medal", Detroit, Michigan, 1957년 6월 28일(ABSP, DHU).
- Martin Agronsky와의 대담, NBC의 〈Look Here〉, Montgomery, 1957년 10월 27일 (NBCC, NNNBC).
- John Freeman과의 대담.
- Poston의 글 "Fighting Pastor"에서 인용.
- Coretta Scott King에게 보내는 편지, Atlanta, 1952년 7월 18일; Coretta Scott King에게 보내는 편지, Boston, 1954년 7월 23일(CSKC, INP).

6. 덱스터 애브뉴 침례교회

주요 자료
- 『Stride Toward Freedom』 1장과 2장. "Montgomery Before the Protest" 『Stride Toward Freedom 』초고 중 출간되지 않은 부분(MLKP, MBU).

기타 자료
- "Recommendations to the Dexter Avenue Baptist Church for the Fiscal Year 1954-55", 1954년 9월 5일, 『Papers Ⅱ』, pp.287-294.
- Dexter Avenue Baptist Church의 신도들에게 행한 연설, Montgomery, 1954년 5월

2일(CSKC, INP).
- "The Three Dimensions of a Complete Life", Dexter Avenue Baptist Church에서 행한 설교, Montgomery, 1954년 1월 24일(CSKC, INP).
- "Looking Beyond Your Circumstances," Dexter Avenue Baptist Church에서 행한 설교, 1955년 9월 18일(CSKC, INP).
- Francis E Stewart에게 보내는 편지, 1954년 7월 26일, 『Papers Ⅱ』, pp.280-281.
- Walter R. McCall에게 보내는 편지, 1954년 10월 19일, 『Papers Ⅱ』, pp.301-302,
- Ebenezer Baptist Church Members에게 보내는 편지, 1954년 11월 6일,『Papers Ⅱ』, pp.313-314.
- Howard Thurman에게 보내는 편지, 1955년 10월 31일, 『Papers Ⅱ』, pp.583-584.
- John Thomas Porter에게 보내는 편지, 1955년 11월 18일, 『Papers Ⅱ』, p.590.
- L. Harold DeWolf에게 보내는 편지, 1957년 1월 4일(MLKP, MBU).
- Edward H. Whitaker에게 보내는 편지, 1955년 11월 30일, 『Papers Ⅱ』, p.593.
- Poston의 글 "The Boycott and the New Dawn"에서 인용.
- SCLC 라디오 프로그램 중 Coretta Scott King과의 대담, "My Life with Martin Luther King, Jr."에서 인용, 1969년 12월(SCLCT, INP).

7. 몽고메리 운동

주요 자료
- 『Stride Toward Freedom』 1장과 2장. 『Stride Toward Freedom』초고 중 출간되지 않은 내용 가운데 "The Decisive Arrest", 1958년 5월(MLKP, MBU).
- "The Montgomery Story", NAACP 제 47차 정기총회에서 행한 연설, San Francisco, California, 1956년 6월 27일, Clayborne Carson, Stewart Burns, Susan Carson, Peter Holloran, and Dana L. H. Powell 편 『The Papers of Martin Luther King, Jr., Volume Ⅲ: Birth of a New Age, December 1955-December 1956』 (Berkeley: University of California Press, 1997), pp.299-310.

기타 자료
- Holt Street Baptist Church에서 열린 Montgomery Improvement Association의 대중집회에서 행한 연설, 1955년 12월 5일, 『Papers Ⅲ』, pp.71-79.
- "Facing the Challenge of a New Age", First Institute for Nonviolence and Social Change에서 행한 연설, Atlanta, 1956년 12월 3일, 『Papers Ⅲ』, pp.451-463.
- Poston의 "Fighting Pastor"에서 인용.

8. 필사적인 저항

주요 자료

- 『Stride Toward Freedom』 5장, 7장, 8장. 본서 초고 중 출간되지 않은 내용 가운데 "Family in Siege"

기타 자료

- "Walk for Freedom", 1956년 5월, 『Papers Ⅲ』, pp.277-280.
- "Why Jesus Called a Man a Fool"
- "A Testament of Hope" 『Playboy 16』(1969년 1월): 175.
- "Nonviolence: The Only Road to Freedom" 『Ebony 21』(1966년 10월): pp.27-30.
- MIA 집행부 회의 기록(Donald T. Ferron이 기록), 1956년 1월 30일. First Baptist Church에서 열린 MIA 대중집회 기록(Willie Mae Lee가 기록), 1956년 1월 30일, 『Papers Ⅲ』, pp.109-112, 113-114.
- Martin Agronsky와의 대담.
- Joe Azbell 글 "Blast Rocks Residence of Bus Boycott Leader"에서 인용, 『Montgomery Advertiser』, Montgomery, 1956년 1월 31일, 『Papers Ⅲ』, pp.114-115.
- Wayne Phillips 글 "Negroes Pledge to Keep Boycott"에서 인용, 『New york Times』, 1956년 2월 23일. 『Papers Ⅲ』, pp.135-136.

9. 몽고메리의 승리

주요 자료

- 『Stride Toward Freedom』 8장과 9장. 본서 초고 중 출간되지 않은 내용 가운데 "Family in Siege" "The Violence of Desperate Men"(MLKP-MBU).

기타 자료

- 버스 보이코트 종료 연설, Montgomery, 1956년 12월 20일, 『Papers Ⅲ』, pp.485-487
- "Montgomery Sparked a Revolution" 『Southern Courier』, 1965년 12월 11일-12일.
- 유죄 판결에 대한 반박, 『Papers Ⅲ』, pp.198-199.
- "A Knock at Midnight," 『Strength to Love』 6장.
- "The Montgomery Story"
- Lillian Eugenia Smith에게 보내는 편지, 1956년 5월 24일, 『Papers Ⅲ』, pp.273-274.
- Sylvester S. Robinson에게 보내는 편지, 1956년 10월 3일, 『Papers Ⅲ』, pp.391-393.

- Joe Azbell, Montgomery와의 대담 내용, 1956년 3월 23일, 『Papers Ⅲ』, pp.202-203.
- "Desegregation and the Future", 지방 학교 전국 위원회의 연례 오찬에서 행한 연설, New York, 1956년 12월 15일, 『Papers Ⅲ』, pp.472-473.
- L. D. Reddick 저 『Crusader Without Violence』에서 인용.

10. 확산되는 투쟁

주요 자료
- 『Stride Toward Freedom』 9장, 10장, 11장.

기타 자료
- "Conquering Self-Centeredness", Dexter Avenue Baptist Church에서 행한 설교, Montgomery, 1957년 8월 11일(MLKJP, GAMK).
- "The Future of Integration", The United Packinghouse Workers of America, AFL-CIO에서 행한 연설, Chicago, 1957년 10월 2일(UPWP, WHi).
- "Facing the Challenge of a New Age", 1956년 12월 3일.
- "Facing the Challenge of a New Age", 1957년 1월 11일.
- "Give Us the Ballot", 자유를 기원하는 순례 기도회에서 행한 연설, Washington, D.C., 1957년 5월 17일(MLKJP, GAMK).
- "South-Wide Conference to Draft Final Plans for a Voting Rights Campaign", 보도자료, Montgomery, 1957년 10월 30일(UPWP, WHi).
- O. Clay Maxwell에게 보내는 편지, 1958년 11월 20일(MLKP, MBU).
- Frank J. Gregory에게 보내는 편지, 1957년 5월 7일(MLKJP, GAMK).
- Dwight D. Eisenhower에게 보내는 편지, 1957년 11월 5일(NAACPP, DLC).
- Fannie E. Scott에게 보내는 편지, 1957년 1월 28일(MLKP, MBU).
- Coretta Scott King에게 보내는 전보, New Orleans, 1957년 2월 14일(CSKC, INP).
- Mike Wallace와의 대담, "Does Desegregation Equal Integration?" 『New York Post』, 1958년 7월 11일.
- Mike Wallace와의 대담, "Self-Portrait of a Symbol: Martin Luther King" 『New York Post』, 1961년 2월 15일.
- Martin Agronsky와의 대담 내용.
- "The Consequences of Fame" 『New York Post』, 1957년 4월 14일.
- Poston의 글, "Where Does He Go from Here?"에서 인용, 『New York Post』, 1957년 4월 14일.

11. 새로운 국가의 탄생

주요 자료

- "The Birth of a New Nation", Dexter Avenue Baptist Church에서 행한 설교, Montgomery, 1957년 4월 7일(MLKEC, INP).
- Etta Moten Barnett와의 대담, Accra, Ghana, 1957년 3월 6일(EMBC, INP).

기타 자료

- "Concerning Southern Civil Rights", 미시시피 자유당 전당대회에서 행한 연설, Jackson, Mississippi, 1964년 7월 25일(MMFR, INP).
- 『Why We Can't Wait』(New York: New American Library, 1964), p.21.
- Dexter Avenue Baptist Church의 연감, Montgomery, 1956년 11월 1일–1957년 10월 31일(DABCC, INP).

12. 죽음의 위협

주요 자료

- 『Why We Can't Wait』 p.17
- "I've Been to the Mountaintop", Bishop Charles J. Mason Temple에서 행한 연설, Memphis, Tennessee, 1968년 4월 3일(MLKJP, GAMK).
- "Advice for living" 『Ebony 14』(1958년 12월): 159.

기타 자료

- Dexter Avenue Baptist Church의 연감, Montgomery, 1957년 11월 1일–1958년 10월 30일(DABCC, INP).
- Montgomery Improvement Association의 대중집회에 보내는 편지, 1958년 10월 6일(HG, GAMK).
- 아이졸라 커리의 암살 미수에 관한 대담, New York, 1958년 9월 30일(MMFR, INP)
- 할렘 병원에서 발표한 성명, New York, 1958년 9월 30일(MLKP, MBU).
- 몽고메리로의 귀환 성명, Montgomery, 1958년 10월 24일(MLKJP, GAMK).

13. 비폭력운동의 산실, 인도 순례

주요 자료

- "My Trip to the Land of Gandhi" 『Ebony 20』(1959년 7월): 84-86.
- "Sermon on Mahatma Gandhi" Dexter Avenue Baptist Church에서 행한 설교

Montgomery, 1959년 3월 22일(MLKJP, GAMK).

- "A Walk Through the Holy Land", Dexter Avenue Baptist Church에서 행한 설교, Montgomery, 1959년 3월 29일(MLKJP, GAMK).
- "The Death of Evil upon the Seashore"『Strength to Love』8장.

기타 자료

- "Remaining Awake Through a Great Revolution", National Cathedral에서 행한 설교, Washington, D.C., 1968년 3월 31일(MLKJP, GAMK).
- "The American Dream", Lincoln University에서 행한 연설, Pennsylvania, 1961년 6월 6일(MLKP, MBU).
- "The American Dream,", Ebenezer Baptist Church, Atlanta에서 행한 설교, Atlanta(MLKEC, INP).
- "Equality Now: The President Has the Power"『Nation 192』(1961년 2월 4일): 91-95.
- 인도를 떠나면서 발표한 성명, New Delhi, 1959년 3월 9일(MLKP, MBU).
- James Bristol의 여행 일지에서 인용, 1959년 3월 10일(AFSCR, AFSCA).
- "Pilgrimage to Nonviolence"
- G. Ramachandran에게 보내는 편지, 1959년 5월 19일(MLKP, MBU).
- 『Why We Can't Wait』p.135.

14. 연좌운동

주요 자료

- "The Burning Truth in the South"『Progressive 24』(1960년 5월): 8-10.
- Montgomery Improvement Association 창립 4주년 연례 연설, 1959년 12월 3일 (MLKJP, GAMK).
- "Foreword", William Kunstler가 편집한 『Deep in My Heart』(New York: William Morrow, 1966), pp.21-26.

기타 자료

- "The Time for Freedom Has Come"『New York Times Magazine』, 1961년 10월 9일. Copyright ⓒ 1961 by the New York Times Co. Reprinted by permission.
- "A Creative Protest", North Carolina Durham에서 행한 연설, 1960년 2월 16일 (DJG, INP).
- 『Why We Can't Wait』2장.
- '학교의 흑백차별 철폐를 위한 청년 행진'에서 발표한 성명, Washington, D.C., 1959년 4월 18일(MLKJP, GAMK).
- '청년 지도자 협의회 개회 때 행한 대 언론 성명', Raleigh, North Carolina, 1960년

4월 15일(MLKP, MBU).

- Dexter Avenue Baptist Church 신도들에게 행한 고별 성명, 1959년 11월 29일 (MLKJP, GAMK).
- Allan Knight Chalmers에게 보내는 편지, 1960년 4월 18일(MLKP, MBU).
- James W. Shaeffer에게 보내는 편지, 1959년 12월 4일(MLKP, MBU).
- 지지자들에게 보내는 편지 양식, 1960년 6월(MLKP, MBU).
- William Herbert Gray에게 보내는 편지, 1960년 4월 6일(MLKP, MBU).
- "King Accepts Atlanta Job; Leaving City"에서 인용, 『Montgomery Advertiser』, 1959년 11월 30일.

15. 애틀랜타에서의 체포와 대통령 선거

주요 자료

- John F. Kennedy 대통령 자료실의 Berl I. Bernhard와의 대담, Atlanta, 1964년 3월 9일(MLKJP, GAMK).

기타 자료

- 『Why We Can't Wait』 p.147
- "Why We Chose Jail, Not Bail", 리치스에서 체포된 후에 판사에게 한 진술, Atlanta, 1960년 10월 19일(CSKC, INP).
- "Out on Bond" 『Atlanta Journal』, 1960년 10월 28일.
- Irl G. Whitchurch에게 보내는 편지, 1959년 8월 6일(MLKP, MBU).
- Chester Bowles에게 보내는 편지, 1960년 6월 24일(CB, CtY).
- Mrs. Frank Skeller에게 보내는 편지, 1961년 1월 30일(MLKP, MBU).
- Andrew Young, 『An Easy Burden』에서 인용(New York: HarperCollins, 1996), p.175.

16. 올버니 운동

주요 자료

- 올버니 교도소 투옥 일지, 1962년 7월 10일-11일, 7월 27일-8월 10일(CSKC, INP).
- "Why It's Albany" 『New york Amsterdam News』, 1962년 8월 18일.
- "Fumbling on the New Frontier" 『Nation 194』(1962년 3월 3일): 190-193.
- "Albany Georgia-Tensions of the South" 『New York Times Magazine』에 게재하기 위해서 쓴 논설문 초고, 1962년 8월 20일(MLKJP, GAMK).
- 『Why We can't Wait』 1장, 2장.
- Laurels Country Club에서 열린 District 65-AFL-CIO에서 행한 연설, Monticello,

New York, 1962년 9월 8일(MLKJP, GAMK).

기타 자료

- Earl Mazo에게 보내는 편지, 1958년 9월 2일(MLKP, MBU).
- 지지자들에게 보내는 편지 양식, 1961년 12월 19일(JWWP, DHU).
- "America's Great Crisis", Transport Workers Union 정기 총회에서의 연설, New York, 1961년 10월 5일(TWUC, NNU-T).
- "Solid Wall of Segregation Cracks at Albany" 『SCLC Newsletter』, 1963년 3월 (MLKIP, GAMK).
- Vic Smith의 글 "Peace Prevails"에서 인용, 『Albany Herald』, 1961년 12월 18일.
- "Turning Point of Civil Rights" 『New York Amsterdam News』, 1962년 2월 3일.
- "A Message from Jail" 『New york Amsterdam News』, 1962년 7월 14일.
- "The Case against Tokenism" 『New York Times Magazine』, 1962년 8월 5일. Copyright © 1962 by the New York Times Co. Reprinted by permission.
- "Terrible Cost of the Ballot" 『New York Amsterdam News』, 1962년 9월 1일 (MLKJP, GAMK).
- 교도소에서 나오면서 발표한 성명, Albany, Georgia, 1962년 7월 13일(MLKJP, GAMK).
- National Press Club에서 있은 연설과 답변, Washington, D.C., 1962년 7월 19일 (MLKP, MBU).
- Albany 폭력 사태에 대한 성명, W. G. Anderson과 공동 집필, 1962년 7월 25일 (CSKC, INP).
- John F. Kennedy에게 보내는 전보, 1962년 8월 2일(JFKP, MWalK).
- John F. Kennedy에게 보내는 전보, 1962년 9월 11일(JFKP, MWalK).
- Alex Haley와의 대담 내용.
- 『Time』에서 인용, 1964년 1월 3일, p.15.
- "Interview, Man of the Year, 『Time 83』(1964년 1월 3일): 13-16, 25-27.

17. 버밍햄 운동

주요 자료

- 『Why We Can't Wait』 3장과 4장. 『Why We Can't Wait 』의 초고(MLKP, MBU).

기타 자료

- 항의 운동 금지 명령에 대한 성명, 1963년 4월 11일, Alan F. Westin, Barry Mahoney 저 『The Trial of Martin Luther King』(New York: Crowell, 1974), p.79.
- "Most Abused Man in Nation" 『New York Amsterdam News』, 1962년 3월 31일.
- St. Luke's Baptist Church에서 열린 대중집회에서 행한 연설, Birmingham, 1963년

5월 5일(MLKJP, GAMK).
- Yazoo City에서 열린 대중집회에서 행한 연설, Mississippi, 1966년 6월 21일 (MLKJP, GAMK).
- John F. Kennedy에게 보내는 전보, 1963년 4월 16일(JFKP, MWalK).

18. 버밍햄 교도소에서 온 편지

주요 자료
- 『Why We Can't Wait』 5장.

기타 자료
- St. John Baptist Church에서 행한 연설과 기자 회견, Gary, Indiana, 1966년 7월 1일 (AC, InU-N).

19. 드디어 자유다!

주요 자료
- 『Why We Can't Wait』 6장.

기타 자료
- Sixteenth Street Baptist Church에서 행한 성명, Birmingham, 1963년 5월 3일 (DCST, AB). St. Luke's Baptist Church에서 열린 대중집회에서 행한 성명.
- 대중집회에서의 성명, Birmingham, 1963년 5월 10일(MLKEC, INP).
- "What a Mother Should Tell Her Child", Ebenezer Baptist Church에서 행한 설교, Atlanta, 1963년 5월 12일(MLKJP, GAMK).
- Kenneth B. Clark와의 대담, 『King, Malcolm, Baldwin : Three Interviews by Kenneth B. Clark 』(Middletown, Connecticut, 1963), p.27.
- Alex Haley와의 대담.
- 『Press Conference USA』, 영상 자료, Washington, D.C., 1963년 7월 5일(DJG, INP).

20. 워싱턴 행진

주요 자료
- 『Why We Can't Wait』 7장. 『Why We Can't Wait』의 초고 중에서 "A Summer of Discontent", 1963년 9월(MLKP, MBU).

- 고용과 자유 쟁취를 위한 워싱턴 행진에서 행한 연설, Washington, D.C., 1963년 8월 28일(SCLCT, INP).

기타 자료
- Donald H. Smith와의 대담, Atlanta, 1963년 11월 29일(DHSTR, WHi).
- 법정 진술, Martin Luther King, Jr.와. Mister Maestro, Inc.와 Twentieth Century Fox Record Corporation간의 법적 공방, 미국 지방법원, New York S.D. 지부, 1963년 12월 16일(MLKEC, INP).

21. 환상의 죽음

주요 자료
- 『Why We Can't Wait』 8장.
- "Epitaph and Challenge" 『SCLC Newsletter』, 1963년 11월-12월.
- "Eulogy for the Martyred Children", Birmingham, 1963년 9월 18일(MLKJP, GAMK).
- John F. Kennedy 및 시민권 운동 지도자들과의 회견, 음성 녹화, Washington, D.C., 1963년 9월 19일(JFKP, MWalK).

기타 자료
- SCLC 제7차 정기총회에서의 연례 연설, Virginia, 1963년 9월 27일(MLKJP, GAMK).
- Alex Haley와의 대담.
- Sixteenth Street Baptist Church에서 살해된 세 어린이들에 대한 연설, Birmingham, 1963년 9월 18일(MLKP, MBU).
- John F. Kennedy 암살에 대한 친필 비망록, 1963년 11월(MLKJP, GAMK).
- "What Killed JFK?" 『New York Amsterdam News』, 1963년 12월 21일.
- Denise McNair 가족에게 보내는 크리스마스 카드, 1963년 12월(MLKJP, GAMK).

22. 세인트 오거스틴

주요 자료
- 『Why We Can't Wait』 8장.
- "Let Justice Roll Down" 『Nation 200』(1965년 3월 15일): 269-274. Copyright ⓒ 1965. Reprinted by permission.
- "St. Augustine Florida, 400 Years of Bigotry and Hate" 『SCLC Newsletter』, 1964년 6월.

- St. Augustine에 관한 성명, Atlanta, 1964년 6월 17일(MLKJP, GAMK).
- SCLC 제8차 정기총회에서의 연례 연설, Savannah, Georgia, 1964년 10월 1일 (SAVFC, WHi).
- 1964년 시민권 법령의 통과, Atlanta, 1964년 7월 2일(MLKJP, GAMK).

기타 자료
- "Hammer of Civil Rights" 『Nation 198』(1964년 3월 9일): 230-234.
- Goldwater와 St. Augustine에 대한 성명, ABC사의 대담 내용, St. Augustine, Florida, 1964년 7월 16일(MLKJP, GAM]K).
- "Quest for Peace and Justice", University of Oslo에서의 노벨상 수상 강연, Oslo, Norway, 1964년 12월 11일(MLKJP, GAMK).

23. 미시시피의 도전

주요 자료
- Freedom Democratic Party 지지 성명, Jackson, Mississippi, 1964년 7월 22일 (MLKJP, GAMK).
- SCLC 제8차 정기총회 연례 연설.
- Southern Association of Political Scientists에서의 연설, 1964년 11월 13일(MLKJP, GAMK).
- "Ready in Mississippi" 『New York Amsterdam News』, 1964년 8월 29일.
- "Pathos and Hope" 『New York Amsterdam News』, 1962년 3월 3일.
- "People to People" 『New York Amsterdam News』, 1964년 9월.

기타 자료
- "Passage of 1964 Civil Rights Act", 1964년 7월 2일.
- 전국 민주당 자격 심사 위원회 직전에 발표한 성명, Atlantic City, New Jersey, 1964년 8월 22일(MLKJP, GAMK).

24. 노벨평화상

주요 자료
- "Mighty Army of Love" 『New York Amsterdam News』, 1964년 11월 7일.
- "What the Nobel Prize Means to Me" 『New York Amsterdam News』, 1964년 11월 28일.
- 노벨평화상 수상식에서의 수상 연설, Oslo, Norway, 1964년 12월 10일(MLKJP, GAMK).

- 노벨상 수상 때 받은 상금에 관한 성명, Oslo, Norway, 1964년 12월 17일(MLKJP, GAMK).
- "Dreams of Brighter Tomorrows" 『Ebony 20』(1965년 3월): 43.

기타 자료
- "Quest for Peace and Justice"
- 남아프리카공화국의 독립에 관한 연설, London, England, 1964년 12월 7일(ACA-ARC, LNT).
- 노벨평화상에 관한 성명, Forneby, Norway, 1964년 12월 9일(MLKIP, GAMK).
- New York City Medallion 수상 연설, New York, 1964년 12월 17일(MLKJP, GAMK).
- "The Nobel Prize" 『Liberation』(1965년 1월): 28-29.
- "Struggle for Racial Justice", 축하 만찬에서 행한 연설, Atlanta, 1965년 1월 27일 (NF, GEU).
- "After the Nobel Ceremony, A Tender Moment Is Shared" 『Ebony 20』(1965년 3월): 38.

25. 말콤 엑스

주요 자료
- Alex Haley와의 대담.
- "The Nightmare of Violence" 『New York Amsterdam News』, 1965년 2월 25일.
- Malcolm X 사망과 회교국가, 그리고 폭력에 관한 기자 회견, Los Angeles, 1965년 2월 24일(MLKJP, GAMK).

기타 자료
- Betty Shabazz에게 보내는 전보, 1965년 2월 26일(MLKJP, GAMK).
- Edward D. Ball에게 보내는 편지, 1961년 12월 14일(MLKP, MBU).
- Williams 대 Wallace의 재판에서 행한 증언 내용 사본, 1965년 3월 11일(MLKJP, GAM]K).
- Robert Penn Warren과의 대담, Robert Penn Warren 편 『Who Speaks for the Negro?』(New York: Random House, 1965), pp.203-221.

26. 셀마 투쟁

주요 자료
- "Movement to Washington" SCLC의 종교 지도자 연수 프로그램에서 행한 연설,

Miami, 1968년 2월 23일(MLKEC, INP).

- "Selma-The Shame and the Promise" 『Industrial Unions Department Agenda 1』 (1965년 3월): 18-21.
- "Civil Rights No. 1-The Right to Vote" 『New york Times Magazine』, 1965년 3월 14일, p.26. Copyright ⓒ 1965 by the New York Times Co. Reprinted by Permission.
- Williams 대 Wallace 재판에서 행한 증언 내용 사본.
- Hubert Humphrey와의 예정된 회견, 보도자료, Washington, D.C., 1965년 2월 7일 (MLKJP, GAMK).
- "Behind the Selma March" 『Saturday Review 48』(1965년 4월 3일): 16-I7.
- "After the March-An Open Letter to the American People", Atlanta, 1965년 4월 1일(MLKIP, GAMK).
- SCLC 제9차 정기총회에서 행한 연례 연설, Birmingham, Alabama, 1965년 8월 11일(MLKJP, GAMK).

기타 자료

- Selma 행진 전에 열린 집회에서 행한 연설, Selma, Alabama, 1965년 2월 1일 (MLKJP, GAMK).
- "A Letter from Selma: Martin Luther King from a Selma, Alabama Jail" 『New York Times』, 1965년 2월 5일. Copyright ⓒ 1965 by the New York Times Co. Reprinted by permission.
- 셀마 교도소에서 동지들에게 전달한 지시문, 1965년 2월(MLKJP, GAMK).
- "Let Justice Roll Down" 『The Nation』, 1965년 3월 15일.
- 세 명의 백인 성직자들에게 가해진 잔혹한 폭행에 대한 성명, 1965년 3월 10일 (MLKJP, GAMK).
- James Reeb 목사 사망에 관한 성명서의 친필 초고, 1965년 3월 11일(MLKIP, GAMK).
- 법원의 셀마 행진 승인이 발표되었을 때 행한 성명, Montgomery, 1965년 3월 16일(MLKJP, GAM]K).
- 셀마 상황에 관한 린든 존슨 대통령의 연설에 관한 성명, 1965년 3월 16일(MLKJP, GAMK).
- Selma에서 가진 회견 내용, Alabama, 1965년 3월 24일(MMFR, INP).
- St. Jude's에서 행한 연설, Montgomery, 1965년 3월 24일(MLKJP, GAMK).
- 셀마-몽고메리 행진에서 행한 연설, 1965년 3월 25일(MLKJP, GAMK).
- St. John Baptist Church에서 행한 연설과 기자회견, Gary, Indiana, 1966년 7월 1일.
- 『Where Do We Go From Here : Chaos or Community?』(New York: Harper and Row, 1967), pp.1-2.
- 지지자들에게 보내는 편지 양식, 1965년 6월(WAR, INP).

27. 와츠

주요 자료
- "A Cry of Hate or a Cry for Help?" 『New York Times Magazine』에 보내는 특별 기고문 초안(MLKIP, GAMK).
- Los Angeles 도착시 발표한 성명, 1965년 8월 17일(MLKJP, GAMK).
- "Feeling Alone in the Struggle" 『New york Amsterdam News』, 1965년 8월 28일.

기타 자료
- "A Christian Movement in a Revolutionary Age", Rochester, New York, 1965년 9월 28일(CSKC, INP).
- "Beyond the Los Angeles Riots, Next Stop : The North" 『Saturday Review 48』 (1965년 11월 13일): 33-35.
- "The Crisis in Civil Rights", Chicago, 1967년 7월(MLKJP, GAMK).

28. 시카고 운동

주요 자료
- "Why Chicago Is the Target" 『New York Amsterdam News』, 1965년 9월 11일.
- 『Where Do We Go from Here』
- "The Good Samaritan", Ebenezer Baptist Church에서 행한 설교, Atlanta, 1966년 8월 28일(MLKIP, GAMK).
- "One Year Later in Chicago", 친필 초고, 1967년 2월(SCLCR, GAMK).
- 『Federal Role in Urban Affairs Hearings』에서 인용, 미국 상원 국정운영위원회의 집행부 재조직 소위원회 직전에 발표한 성명, 1966년 12월 15일.

기타 자료
- 대언론 발표문, Chicago, 1965년 7월 7일(MLKIP, GAMK).
- 시카고 운동 계획, 보도자료, Atlanta, 1966년 1월 7일(MLKJP, GAMK).
- 군인 광장에서 열린 자유 집회에서 행한 연설, Chicago, 1966년 7월 10일(MLKJP, GAMK).
- 웨스트사이드 폭동에 관한 성명, Chicago, 1966년 7월 17일(MLKJP, GAMK)
- "Why I Must March", 연설문, Chicago, 1966년 8월 18일(MLKEC, INP).
- 비폭력 호소 성명, Grenada, Mississippi, 1966년 9월 19일(MLKJP, GAMK).
- "A Gift of Love" 『McCalls 94』(1966년 12월): 146-147
- 새 정치를 위한 전국 협의회 연설 요지, Chicago, 1967년 8월 31일(MLKJP, GAMK).
- Liberty Baptist Church에서의 기자회견, Chicago, 1967년 3월 24일(MLKIP, GAMK).

- "What Are Your New Year's Resolutions?" Ebenezer Baptist Church에서 행한 설교, Atlanta, 1968년 1월 7일(MLKJP, GAMK).
- 〈Merv Griffin Show〉에서 Merv Griffin과의 대담, 1967년 7월 6일(MLKEC, INP).
- "Conversation with Martin Luther King", James M. Washington 편 『Testament of Hope』(San Francisco: Harper and Row, 1986; 1991 ed.), pp.657-679.
- Flip Schulke, 『King Remembered』.

29. 블랙 파워

주요 자료
- 『Where Do We Go from Here』 2장.

기타 자료
- 메레디스 행진 중에 행한 연설, West Marks, Mississippi, 1966년 6월 12일(MLKJP, GAMK).
- 대중집회에서 행한 연설, Yazoo City, Mississippi, 1966년 6월 21일(MLKJP, GAMK).
- "It Is Not Enough to Condemn Black Power" 『New York Times』에 실린 서명 광고, 1966년 7월 26일.
- 흑인 정치 권력에 관한 성명, Grenada, Mississippi, 1966년 6월 16일(MLKJP, GAMK).
- "Conversation with Martin Luther King"

30. 베트남 전쟁

주요 자료
- "Journey of Conscience", 연설문 초안, 1967(CSKC, INP).
- "Beyond Vietnam", Riverside Church에서 행한 연설, New York City, 1967년 4월 4일(MLKJP, GAMK).
- Los Angeles에서 가진 기자회견, 1967년 4월 12일(DJG, INP).
- "To Chart Our Course of the Future", Penn Center에서 SCLC 집행부 사퇴 때 행한 연설, Frogmore, South Carolina, 1967년 5월 22일(MLKJP, GAMK).
- SCLC 종교 지도자 연수 프로그램에서 행한 연설.

기타 자료
- "My Dream-Peace: God's Man's Business" 『New york Amsterdam News』, 1966년 1월 1일.

- 기자회견, Los Angeles, California, 1967년 4월 12일.
- "Why I Am Opposed to the War in Vietnam", Ebenezer Baptist Church에서 행한 설교, Atlanta, 1967년 4월 30일(MLKIP, GAMK).
- "To Serve the Present Age", Victory Baptist Church에서 행한 설교, Los Angeles, 1967년 6월 25일(MLKEC, INP).
- 폭동에 관한 기자회견, Ebenezer Baptist Church, Atlanta, 1967년 7월 24일(MLKJP, GAMK).
- 새 정치를 위한 전국협의회 연설 요지.
- 『The Trumpet of Conscience』(San Francisco: Harper and Row, 1967), p.37.
- Ebenezer Baptist Church에서 행한 설교, Atlanta, 1967년 11월 5일(MLKEC, INP).
- "What Are Your New Year's Resolutions?" Ebenezer Baptist Church에서 행한 설교, Atlanta, 1968년 1월 7일(MLKEC, INP).
- "A Testament of Hope" 『Playboy 16』(1969년 1월): 175.

31. 빈민운동

주요 자료
- 워싱턴 시위에 관한 성명, Atlanta, 1967년 12월 4일(MLKJP, GAMK).
- "Showdown for Non-Violence" 『Look 32』(1968년 4월 16일): 23-25.
- "Movement to Washington"
- 멤피스에서의 연설, Tennessee, 1968년 3월 18일(MVC, TMM and MLKJP, JMK)

기타 자료
- Penn Center에서의 SCLC 집행부 사퇴 때 행한 연설, 1967년 5월 22일.
- "What Are Your New Year's Resolutions?"
- 대중집회에서 행한 연설, Waycross, Georgia, 1968년 3월 22일(MLKJP, GAMK).
- "A Testament of Hope" 『Playboy』.

32. 못 다 이룬 꿈

주요 자료
- "Unfulfilled Dreams", Ebenezer Baptist Church에서 행한 설교, Atlanta, 1968년 3월 3일, 『Knock at Midnight』 pp.191-200.
- "I've Been to the Mountaintop"
- "The Drum Major Instinct", Ebenezer Baptist Church에서 행한 설교, Atlanta, 1968년 2월 4일, 『Knock at Midnight』 pp.184-186.

이 책을 편집한 **클레이본 카슨**Clayborne Carson은 스탠포드 대학 역사학 교수이다. 미국 흑인 시민 권운동에 관한 전문가로『투쟁 속에서 SNCC와 60년대 흑인들의 각성』『말콤 엑스 FBI 파일』 등 많은 글을 발표해왔다. 킹 목사의 아내 코레타 킹 여사의 부탁을 받고 1985년부터 〈킹 목사 문헌편집 프로젝트〉를 담당했다.『마틴 루터 킹 목사 전집』을 출간했으며 킹 목사의 설교 모음집 『한밤의 노크소리』를 엮었다.

이 책을 옮긴 **이순희**는 서울대학교 영어영문학과를 졸업했고 현재 전문번역가로 활동하고 있다. 옮긴 책으로는『나쁜 사마리아인들』『거대한 불평등』『아프리카의 운명』『1587년 아무 일도 없었던 해』『나, 다이애나의 진실』『마음을 열지 않는 아이들을 위한 113가지 교육 법칙』등이 있다.

나에게는 꿈이 있습니다

초판 1쇄 발행	2015년 7월 13일
개정판 1쇄 발행	2018년 11월 20일
개정판 2쇄 발행	2021년 8월 5일

엮은이	클레이본 카슨
옮긴이	이순희
책임편집	장동석
디자인	고영선 정진혁

펴낸곳	(주)바다출판사
발행인	김인호
주소	서울시 마포구 어울마당로5길 17 5층(서교동)
전화	322-3675(편집), 322-3575(마케팅)
팩스	322-3858
E-mail	badabooks@daum.net
홈페이지	www.badabooks.co.kr

ISBN	978-89-5561-352-0 03840